LE PAIN NOIR

GEORGES-EMMANUEL CLANCIER

LE PAIN NOIR

★

roman

Édition définitive augmentée de
Histoires du Pain noir

FRANCE LOISIRS
123, Boulevard de Grenelle, Paris

Une Édition du Club France Loisirs, Paris,
réalisée avec l'autorisation
des Éditions Robert Laffont

ISBN 2-7242-6715-X

SOMMAIRE

HISTOIRES DU PAIN NOIR

J'étais en vacances à Gourette, village des Pyrénées, pendant l'été de 1952. C'est là que j'ai commencé à écrire Le pain noir. *A vrai dire, depuis longtemps déjà, s'affirmait en moi l'impérieuse nécessité de donner vie dans un livre à des personnages dont certains auraient pour modèles des hommes et des femmes qui m'étaient familiers et chers. Si je puis ainsi ressaisir, dans la lumière d'août sur les montagnes pyrénéennes, le moment où ma plume traça les premiers mots du livre, il m'est moins aisé de dater l'instant (j'en ressens pourtant toujours au plus profond de moi-même l'acuité extrême, l'angoissante évidence) ayant déclenché cette suite d'émotions, de nostalgies, de souvenirs, de rêveries et aussi d'interrogations, de méditations, de projets qui devaient aboutir, quelques saisons plus tard, à ce jour d'été où, seul, en montagne, j'entrais enfin dans l'écriture du roman de Catherine et de son peuple.*

Cet instant fut à la fois source et blessure, il m'a atteint au cours d'un repas familial que rien ne semblait devoir distinguer de la banalité quotidienne. Ma grand-mère maternelle assise à sa place habituelle, de l'autre côté de la table, me faisait face, silencieuse comme à l'accoutumée en cette circonstance. Levant les yeux vers elle, soudain je pris conscience qu'un jour, hélas peu lointain, elle ne serait plus, elle rejoindrait dans l'absence à jamais les êtres déjà disparus qu'avec elle j'aimais : ces paysans, ces artisans, ces ouvriers, ces femmes des villages, des campagnes, des faubourgs, qui avaient, les uns avec tant d'ingénue ou de malicieuse bonhomie, les autres, comme elle, avec tant d'indulgente tendresse, veillé sur mon enfance et mon adolescence.

Elle faisait tellement et depuis si longtemps partie de mon existence que sans doute je ne voyais ou ne voulais pas voir sur elle l'épreuve menaçante du temps. Et maintenant, voici que, tout à coup, malgré moi, mes yeux voyaient.

Dès lors, ma pensée et mon cœur ne cessaient plus d'être hantés par cette prise de conscience et par l'angoisse qu'elle suscitait. Je me remémorais sans fin ce que je savais de la vie de celle qui était pour moi une seconde mère, soit pour l'avoir avec elle vécu, soit qu'elle me l'eût raconté tout au long de mon enfance.

En ces années cinquante, au lieu de s'insurger passionnément contre toute possibilité de retour au règne des bourreaux instauré dans une grande partie de l'Europe, en fait bien avant le début officiel de la Seconde Guerre mondiale, les nations victorieuses se retrouvaient prises au piège de la guerre froide – susceptible à chaque instant de se muer en désastre atomique universel et définitif. Journaliste en province, je percevais avec un dégoût voisin du désespoir la médiocrité haineuse dans laquelle s'enfonçait la société, à l'heure même où elle eût dû s'adonner, dans un ultime sursaut de l'esprit et du cœur, à la recherche et à la sauvegarde d'une figure de l'humain enfin délivrée du masque monstrueux imposé par les tyrans modernes et leurs artisans.

Ce fut alors que me poignit si fort la crainte de voir disparaître la vieille femme que, depuis toujours, je vénérais. Je fus envahi par l'irrépressible désir de sauver, *du moins dans un livre, la trace, l'écho, le reflet, l'exemple de sa vie comme de celle de ses proches et, autour d'eux, de tout un peuple dont le chaos de l'Histoire menaçait d'effacer à jamais la mémoire.*

Je ne saurais trop le souligner : ce n'était nullement un constat intellectuel ni le souci d'établir une thèse qui me guidaient mais une réaction viscérale, un élan de tout mon être. Du plus profond de moi-même s'élevait un cri de douleur et d'amour, il lui faudrait traverser le silence d'un livre.

Bien des fois, naguère, mon épouse m'avait demandé : « Pourquoi n'écris-tu pas l'histoire de ta grand-mère ? Elle est belle et émouvante. » J'écoutais ce conseil d'une oreille distraite. Songe-t-on à écrire sur l'air qu'on respire, sur une lumière qui vous devient invisible tout simplement parce qu'elle éclaire chaque instant de vos jours ? Mais que cet air ou cette lumière paraissent sur le point de vous manquer, et vous mesurez alors l'immensité du trésor que vous allez perdre.

C'était cela même qui m'arrivait. Je me souvenais de mes années d'enfance au lendemain de la Première Guerre mondiale, de l'espoir qui régnait alors en un monde nouveau, paisible, fraternel et juste. Me rappeler cela, c'était aussi me remettre en mémoire les récits d'une autre enfance, très lointaine : celle de ma grand-mère et de son mari, Pépère Jules. Ils avaient si souvent évoqué pour moi, pendant les années où je vivais en partie chez eux, leur enfance à la fois émerveillée et misérable dans la campagne limousine au siècle dernier, et aussi la distance quasi fabuleuse qui séparait leurs jours de petits paysans affamés, ignorants et asservis, de ces temps nouveaux – de bonheur et de justice ? – dont ils croyaient voir la promesse à l'horizon, sinon pour eux-mêmes, en tout cas pour ma génération et pour celles à venir.

Tout ce que je savais, grâce à ces récits que grand-mère Louise, jadis, me faisait des travaux, des joies, des peines jalonnant son existence de petite bergère ou de frêle servante de sept ans, tout ce trésor de sa mémoire tantôt à goût de larmes, tantôt traversé de sourires, dont elle et son époux, Jules, le tendre et malicieux ouvrier, m'avaient fait autrefois l'offrande, tout cela vivait en moi avec la force, la saveur et la couleur de mes propres souvenirs d'enfance. En outre, bien que fils de la ville, j'avais assez souvent partagé l'existence des paysans et des villageois limousins parmi lesquels je comptais des parents et des amis. Or cette vie campagnarde gardait encore, quoiqu'elle fût, sans le savoir, sur le point de disparaître, maints aspects pas si éloignés de ceux que me décrivaient mes « conteurs » familiers. Ainsi, le paysage était-il à peine changé : fermes et métairies gardaient les mêmes murs de torchis ou parfois de granit, les mêmes toits de tuiles brunes ; les haies demeuraient autour des champs, des prés, receleuses d'oiseaux, comme demeurait le morcellement vert, blond, châtain, des terres, des bois, des prairies de peu d'hectares. Et dans ce paysage venu du fond du temps, je croyais bien des fois voir travailler, flâner, braconner, deviser des hommes, des femmes, des enfants ressemblant à s'y méprendre à ceux, à celles qui, autrefois, peuplaient fermes, métairies et hameaux de ces mêmes collines, de ces mêmes vallées.

C'est sans doute à cause de cela, de cette imprégnation (dont je ne soupçonnais pas l'étendue ni la profondeur en moi), à partir d'un pays natal dont ma grand-mère m'était, par son exemple, par sa parole, médiatrice et donatrice, qu'à peine avais-je commencé à écrire les premières pages du Pain noir, *en ces jours d'été, à Gourette, je m'étonnai du nombre considérable de faits, d'impressions, de gestes, de visions, de traits qu'en moi le travail du souvenir et de l'imagination appelait et tressait dans la prose du roman. Devant ce foisonnement imprévu, je compris qu'un seul livre ne me permettrait point, contrairement à ce que j'avais pensé, d'évoquer la vie entière de l'héroïne, Cathie, depuis son enfance au lendemain de la guerre de 1870 jusqu'à sa vieillesse contemporaine de l'époque où, précisément, j'avais conçu le dessein d'écrire cette œuvre. Il m'apparut que quatre livres seraient indispensables et qu'ils correspondraient aux quatre saisons d'une vie.*

Dans les mois qui précédaient mon séjour pyrénéen, je me posais bien des questions sur la façon dont je devrais composer et écrire Le pain noir *pour qu'il répondît à l'émotion qui me le rendait si nécessaire. Comment bâtirais-je un livre où le temps de toute une vie, d'une part, se déroulerait, s'écoulerait très longuement, chargé de multiples événements intérieurs et extérieurs, et, d'autre part, quand viendrait la fin, se refermerait sur lui-même, bouclant la boucle, et laissant l'impression d'un seul instant pareil à une bulle irisée et légère qui, posée au creux de la paume, semble contenir la totalité d'un destin jusqu'au moment où, soudain, elle s'élève, explose et s'évapore ?*

Les interrogations de mon ami Raymond Queneau sur l'art du roman nourrissaient les questions qu'ainsi je me posais. De même, mes lectures, alors, de Faulkner m'incitaient à envisager l'écriture d'un roman éclaté *où le présent, le passé, le futur s'entrelaceraient. J'espérais arriver peut-être, par ces jeux dans l'emploi du temps, à donner l'impression d'une sphère où tiendrait, ramassée sur elle-même, la trace d'une destinée.*

Or, dès que j'eus commencé à écrire, de même que le rythme des premières pages m'imposa d'emblée de passer du projet d'un seul livre à quatre, il m'apparut que le roman se déroulerait selon une chronologie sans ruptures, tout simplement fidèle à la succession des jours, des saisons, des années.

Pourtant, dix ans plus tard, lorsque j'achèverai mon roman par La dernière saison, *je retrouverai ma préoccupation initiale relative à une forme devant évoquer la contradiction et la contraction du temps d'une vie. Et ceux des lecteurs qui me feront l'amitié de suivre mes personnages jusqu'à* La dernière saison *verront comment le tracé circulaire du temps se referme, se boucle au terme du roman.*

En attendant, quand j'eus terminé le premier roman dont le titre, Le pain noir, *deviendra celui de l'ensemble, j'en donnai le manuscrit à lire à celle qui l'avait inspiré. Ma grand-mère reconnut, me dit-elle, son enfance dans celle de Cathie, l'héroïne. J'étais heureux de pouvoir lui rendre, dans le miroir des mots, le reflet d'une enfance que ses récits, jadis, quand j'avais cinq ans, dix ans, avaient indissolublement enlacée à la mienne.*

Le manuscrit du Pain noir *devait ainsi, pendant deux ou trois ans, recueillir l'attention et l'assentiment de lecteurs proches qui devenaient autant d'amis rares et secrets de Cathie. En effet, un éditeur, auquel me liait alors un contrat, avait refusé de publier le livre, craignant d'une part que je ne pusse mener à bien l'écriture des trois autres romans annoncés, jugeant d'autre part que l'évocation de l'humble vie quotidienne de petits paysans d'autrefois ne saurait intéresser à l'heure d'une littérature résolument citadine et orientée vers des préoccupations tout autres que le chant d'une terre natale ou la quête des racines. Ce refus, je* l'avoue, m'enleva pendant longtemps le courage de poursuivre mon œuvre, malgré la ferveur avec laquelle quelques poètes parlaient du manuscrit – entre autres : Jean Lescure, Pierre Seghers, Max-Pol Fouchet...

Ma grand-mère mourut. Je quittai le Limousin pour Paris, où je travaillais à la R.T.F. Ma secrétaire, un matin, m'annonce : « M. Aragon au téléphone. » J'avais dû rencontrer deux fois, me semble-t-il, le poète du Crève-cœur. La première, en septembre 1940 auprès de Joë Bousquet, l'emmuré de Carcassonne, la seconde, après la Libération, au journal Ce soir, où j'étais venu saluer Jean Roire, l'ancien administrateur de la revue Fontaine. Si j'admirais certains des livres de l'auteur du Paysan de Paris, l'homme Aragon – son allure quelque peu théâtrale – me mettait mal à l'aise. Au téléphone, son discours volubile et enthousiaste me laissa sans voix. Il avait lu, disait-il, le manuscrit du Pain noir (je ne sus jamais qui avait pu le lui communiquer), depuis lors, mon roman et son héroïne le « hantaient ». Il voulait absolument l'éditer. Il lui fallait partir pour un mois à l'étranger, mais à son retour nous nous verrions, et, en attendant, il allait me dépêcher le directeur des Éditeurs français réunis... Pendant de longues minutes, son discours fut un poème lyrique improvisé en l'honneur de Cathie, en l'honneur du Pain noir.

Quelques semaines plus tôt, j'avais confié un exemplaire du manuscrit à un jeune écrivain corrézien avec lequel j'avais sympathisé lors d'une rencontre à Collonges – extraordinaire village de grès rouge aux environs de Brive ; c'était Jacques Peuchmaurd. Il était à présent directeur littéraire chez Robert Laffont, qui avait déjà publié mon premier livre de poèmes, Le paysan céleste, ainsi qu'un récit : Secours au spectateur. Peu de jours après l'appel téléphonique et passionné d'Aragon, la lettre de Peuchmaurd arriva avec le contrat de Robert Laffont.

J'écrivis à l'auteur d'Aurélien. Jamais il ne me répondit. Pierre Seghers, un ou deux mois plus tard, me dit avoir dîné chez Aragon et Elsa (était-ce donc lui qui avait confié mon manuscrit à son ami ?) Il leur parla du Pain noir : « Un beau livre », aurait dit Seghers, qui me rapportait ensuite la réplique d'Aragon : « Non, pas un beau livre..., un chef-d'œuvre... Mais qu'on ne me parle plus jamais de ce salaud de Clancier : il s'est servi des éloges que je lui ai faits de son livre pour le faire éditer chez Laffont. »

Après la mort d'Elsa, Aragon dut me pardonner, semble-t-il, ce qu'il considérait – à tort – comme un mauvais tour que je lui aurais joué, puisqu'il recommença à m'envoyer ses livres dédicacés.

Le pain noir parut donc en 1956. Auparavant, je m'étais remis à l'écriture de La fabrique du roi ; vinrent ensuite Les drapeaux de la ville, enfin, en 1961, La dernière saison.

Un autre poète, comme Aragon fondateur puis transfuge du surréalisme, s'éprit soudain de l'héroïne du Pain noir. *C'était Philippe Soupault. Son ami, Paul Gilson, auprès duquel je travaillais à la R.T.F., avait dû, je le suppose, lui passer mes livres. Soupault estima que le prix Fémina se devait de couronner* La fabrique du roi. *Il fit vaillamment campagne dans cet espoir. En vain... Qu'importait : j'avais gagné bien plus qu'un prix littéraire, l'amitié, désormais, d'un poète dont j'admirais la liberté d'esprit et la fantaisie émerveillante-émerveillée.*

« Tout se passe comme si » les êtres chers à ma mémoire, que l'injustice du monde avaient condamnés au silence et auxquels, plus tard, je pus prêter ma voix pour que revivent à travers elle leurs espérances comme leurs peines, leurs blessures comme leurs joies, « tout se passe comme si », dès lors, leur souvenir dont mon œuvre est animée rencontrait, suscitait des amis qui auraient à cœur de les faire mieux connaître encore et aimer.

Il en alla ainsi, de nouveau, lorsque Claude Désiré, responsable auprès de Pierre Sabbagh des programmes dramatiques de la deuxième chaîne de télévision, vint cordialement me reprocher de ne pas lui avoir fait lire Le pain noir, *ce qu'il venait de faire de son propre chef. Et cette lecture l'avait convaincu, ajoutait-il, que la télévision devait absolument consacrer une série de films à l'histoire de Catherine et de sa famille. Il fit partager son enthousiasme à Françoise Verny et à un jeune réalisateur – tout juste de l'âge de mon fils –, Serge Moati.*

Malgré nombre d'embûches, de perfidies, voire de traquenards politiques (dont certains visaient le directeur général de l'O.R.T.F., Arthur Conte), la ténacité courageuse de Claude Désiré, alliée au grand talent de Françoise Verny, de Serge Moati et de son équipe, surmonta tous les obstacles. Et, au cours de l'hiver 1974-1975, un immense public découvrit les huit beaux films fidèles en profondeur au réalisme poétique du livre.

L'écriture des quatre romans du Pain noir *se sera étendue sur une dizaine d'années, et leur publication sur cinq ans environ, en attendant leur transposition télévisuelle, près de vingt ans après la publication du livre initial. Je disais vrai, certes, lorsque, ayant achevé* La dernière saison, *je déclarais : « Sans doute aurai-je rêvé au monde du* Pain noir *toute ma vie, ou plutôt ce monde n'aura cessé de nourrir mes rêves : ceux du jour comme ceux de la nuit. Les souvenirs de sa lointaine, misérable et poétique enfance, ma grand-mère me les contait à l'âge où l'on écoute, peureux et ravi,* Cendrillon *ou* Peau d'âne. *A l'âge d'homme, les souvenirs des souvenirs sont revenus à ma mémoire, avec la force patiente, têtue, irrépressible d'une source. Il m'a fallu, avec les mots et les images, leur donner vie, vie de songe pour moi et pour les autres, seule vie qui échappe à la mort. »*

Par une sorte d'intime croyance irraisonnée en l'authenticité rayonnante d'une parole venue du fond du souvenir et transmettant celui-ci, par amour, à qui écoute, je me suis refusé, quasi superstitieusement, tout au long de l'élaboration de ma tétralogie, à me référer à des ouvrages, à des documents ou à des archives historiques. Je me permis cependant de faire une entorse, une seule, à cette... règle, quand j'écrivais La dernière saison. *En effet, un lecteur de Nice envoya, par l'intermédiaire de ma cousine (fille du grand-oncle qui m'inspira le personnage de Francet), une liasse de feuillets où, après avoir lu* Les drapeaux de la ville, *il avait noté ses souvenirs des émeutes de 1905 à Limoges, émeutes auxquelles il avait participé – il était alors apprenti porcelainier dans l'usine où travaillait mon (futur) grand-oncle, avec lequel il s'était lié.*

Je crus voir une sorte de signe dans l'arrivée imprévue de ces feuillets dus à l'écho que mes propres pages avaient trouvé dans la mémoire et le cœur d'un inconnu ; et leur apport me fut précieux lorsque, dans La dernière saison, *j'évoquai la grève tragique.*

Dans les années soixante-dix, avant d'écrire une Vie quotidienne en Limousin au XIXe siècle, *selon la proposition que m'avait faite Jean-Claude Ibert, je pris soin de consulter documents et archives de l'époque, ce dont, précisément, je m'étais bien gardé quand j'écrivais* Le pain noir. *Alors que j'étudiais ainsi des mémoires, des journaux, des almanachs, voire des comptes rendus de sociétés savantes, une crainte rétrospective me venait d'avoir refusé naguère une telle recherche d'informations publiques... J'en fus quitte pour la peur, car ce que je pus relever dans les ouvrages de bibliothèques me confirma la véracité de ce que m'avait apporté jadis la seule transmission orale d'une mémoire à une autre.*

Si une tendre fidélité aux souvenirs d'une famille, d'une terre, d'une ville, d'une époque m'a ainsi guidé dans l'élaboration de mon livre, j'ai tenu pourtant à ce que celui-ci soit un roman, qu'il entrelace en ses pages la mémoire et l'imaginaire, non pour s'écarter du vécu et du vrai mais, bien au contraire, dans le désir d'atteindre une vérité vivante.

Des pensées, des sentiments, des événements liés à mon existence, alors même que j'écrivais, purent parfois infléchir, colorer, animer le récit que je faisais d'actions, de faits, d'émotions situés trente ou cinquante années auparavant. De même, des œuvres que j'admirais et aimais depuis mon adolescence – entre autres, la Sylvie, *de Gérard de Nerval – ont pu, plus ou moins secrètement, trouver des reflets dans certaines de mes pages ; quelques faits et gestes du très jeune Baudelaire ont encore pu se glisser dans le destin d'un de mes personnages.*

Je le répète : ces métamorphoses propres à l'art du roman et qui brassent les saisons, les époques, les êtres, l'observation et le songe m'ont paru seules susceptibles de redonner vie et vérité à ces enfants, ces femmes, ces hommes que le temps emportait et – comme dit une chanson qu'ils aimaient :

C'est de ce temps-là
Que je porte au cœur
Une plaie ouverte.

De la mystérieuse alliance qui put s'établir dans mon livre, et à travers lui, entre le passé, le présent (et parfois même, comme on va le voir, le futur), comme entre la réalité et l'imaginaire, je donnerai, pour finir, un exemple qui, je l'avoue, n'a pas cessé de me troubler et de m'émouvoir : Marie-Louise Reix, ma grand-mère, me contait comment, dans son enfance, elle et son frère Jeanet, feuilletant de naïfs almanachs, imaginaient des voyages qui les mèneraient loin, bien loin de leur ferme limousine. Ils pensaient que, s'ils creusaient, au fond d'une carrière voisine de kaolin, un tunnel, un long, très long tunnel traversant toute la terre, un jour tous deux déboucheraient de l'autre côté du globe, au fond d'une autre carrière de kaolin : en Chine.

Marie-Louise et Jeanet inventaient *ces voyages dans les années 1880. A mon tour, j'ai rapporté ce dialogue des deux petits rêveurs dans le premier livre du* Pain noir *que j'écrivais, comme je l'ai dit, un peu après 1950. Et, voici dix ou douze ans peut-être, un professeur de littérature française à l'université de Nankin, M. Chen Zong Bao, traducteur de* L'éducation sentimentale, *emprunta sur un rayon de la bibliothèque universitaire un exemplaire du* Pain noir *que de jeunes coopérants français, au moment de rentrer au bercail, avaient laissé en souvenir à l'université. M. Chen Zong Bao trouva proche de sa propre enfance, misérable et paysanne, celle des personnages du* Pain noir. *Il aima ce livre au point de vouloir le traduire dans sa totalité. Au bout de plusieurs années de patient travail, et après être venu en Limousin même pour y découvrir les lieux évoqués (notamment la carrière de kaolin), il traça le dernier des mille milliers de caractères chinois qui constituent le manuscrit de sa traduction. Celle-ci a paru, en deux volumes, en 1986.*

Ainsi, un siècle après la rêverie-prophétie de Marie-Louise et Jeanet, leurs doubles, *Cathie et Francet, traversant l'espace et le temps, sont parvenus en Chine, à la rencontre de garçons et de filles qui, eussent-ils les yeux bridés et le teint mat, pourraient être cependant, eux aussi, leurs frères et leurs sœurs.*

G.-E. C., 15 février 1991.

LIVRE UN

LE PAIN NOIR

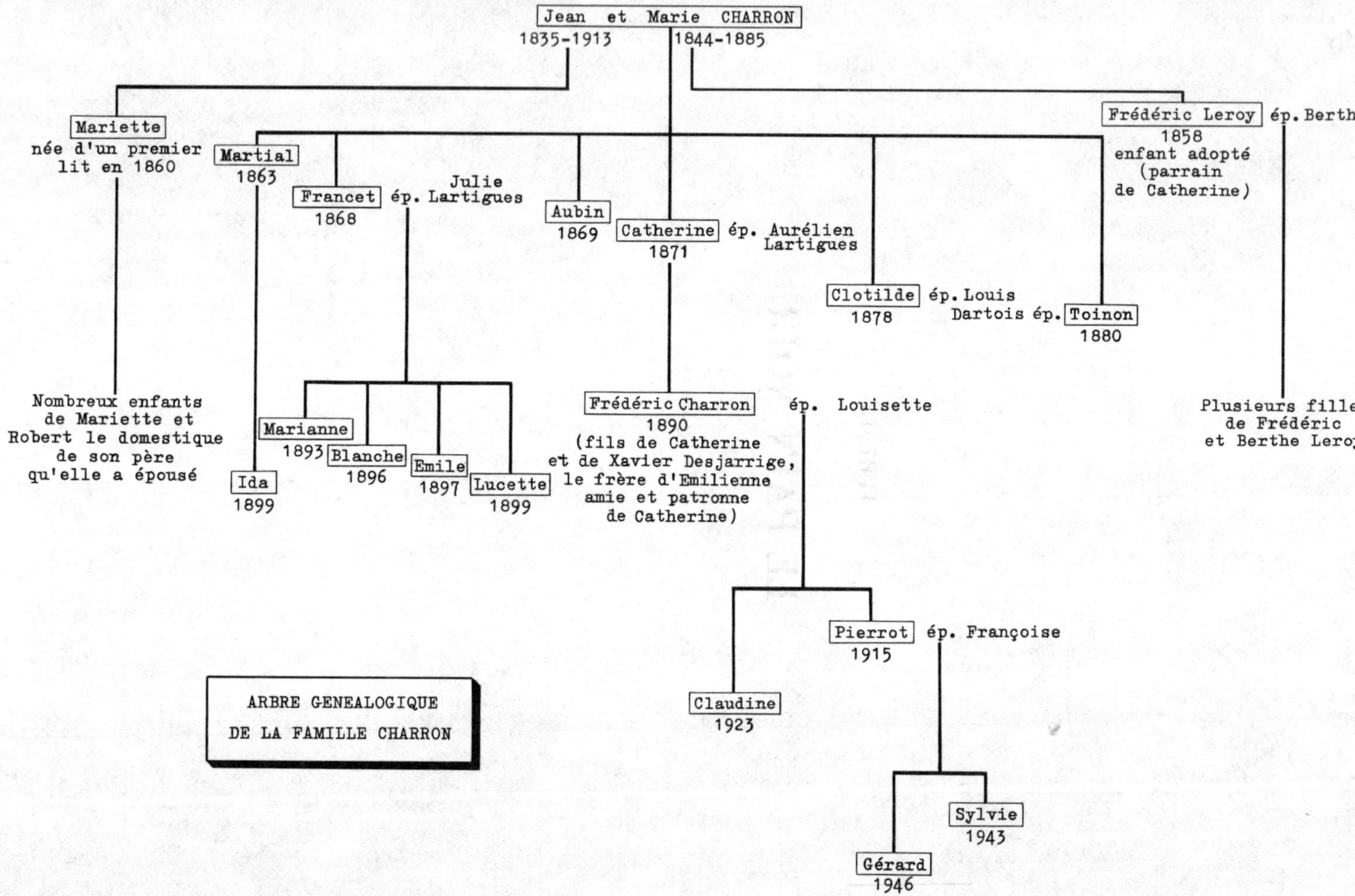

ARBRE GENEALOGIQUE
DE LA FAMILLE CHARRON

A la mémoire de
Marie-Louise Reix
ma grand-mère,
sans qui ce livre
n'aurait pas été écrit.

LE TEMPS DES MÉTAIRIES

I

La petite regardait les cœurs de lumière percés dans les volets massifs. Etait-ce beau ! « Tu dors ? » demanda-t-elle. Nulle réponse. L'auraient-ils laissée seule ? Elle s'enfonça, craintive, sous les couvertures. Le drap de chanvre frottait durement sa joue. Une odeur étrangère mêlée à la sienne, plus chaude que sa propre odeur, demeurait dans le lit, étendue, lourde comme un corps. Elle se blottit dans le noir et dans cette senteur, puis elle crut étouffer, dut sortir la tête, risquer de nouveau un regard sur la chambre encore envahie par la moiteur de la nuit mais où le jour de juin, sa franchise et sa fraîcheur pénétraient de plus en plus par les cœurs rayonnants. Ses yeux s'habituant à la clarté naissante devinèrent un renflement là-bas sous les draps de l'autre lit.

— Aubin, tu dors ?

Les garçons, quel sommeil de plomb ! Comment un sommeil pourrait-il être de plomb ? « *Je connais un marchand de plomb,* dit la mère ; *il vient de Lyon, il ne faut lui dire ni oui ni non.* » Catherine a perdu hier soir à ce jeu. Son frère Aubin a gagné. Comme il dort... Que va-t-elle faire aujourd'hui ? Il y aura les cochons à garder, comme tous les jours ; ça ne serait rien sans cette grosse truie qui lui fait peur. Il y aura, comme tous les jours, la vaisselle à essuyer, mais parfois, pendant ce travail monotone, la mère chante ou raconte des légendes qui donnent des frayeurs merveilleuses, et Mariette, la sœur aînée, n'arrête pas de bavarder : des histoires de jeunes filles, de promis, de bals, de mariages, de noces, de querelles : « *Vous savez bien, Mère, et puis le fiancé qui les a surpris ; la Marguerite rejoignait chaque soir un des postillons, le grand roux, dans la diligence, quand ils avaient dételé.* » Des histoires auxquelles on ne comprend pas grand-chose et qui ont l'air parfois d'énerver la mère, d'autres fois de la captiver au point de lui faire oublier la vaisselle ; des histoires obscures et palpitantes.

C'était bon tout à l'heure d'être couchée dans l'odeur de Mariette, comme si elle avait été encore là, mais il devait y avoir belle lurette qu'elle était levée : en même temps sans doute que les parents dont le lit de merisier s'allongeait béant à la gauche des cœurs de lumière. A droite, c'était le lit d'Aubin et du Parrain. Aubin continuait à dormir dans l'odeur du Parrain comme elle, tout à l'heure, dans celle de Mariette. Elle aimait bien aussi l'odeur du Parrain : odeur de travail, de terre, d'herbe, un peu comme celle du père.

Tiens, la lumière à présent n'était plus seule à entrer toute dorée par les deux cœurs, venaient aussi des bruits du matin : une charrette — ses roues craquaient sur la route de La Noaille —, les aboiements proches de Félavéni, le chien broussailleux comme un buisson d'hiver. Maintenant, n'était-ce pas la voix lointaine du Parrain grondant une vache dans le champ de seigle ? Non. Plutôt celle râpeuse de Robert, le domestique. « *Je te défends de dire du mal de Robert !* » criait Mariette : Robert par-ci, Robert par-là, *son* Robert. Le Parrain regardait tristement Mariette lorsque la jeune fille se lançait dans ces éloges interminables ; le père haussait les épaules.

Que ferait-elle encore ? Elle irait cueillir des fleurs au bord du canal, elle s'arrangerait pour que sa mère ne la vît pas s'approcher de l'eau. Et puis, il y aurait les jeux des garçons, mais voudraient-ils d'elle ? Toujours à déguerpir quand elle faisait mine d'aller vers eux. Ils disaient parfois : « *Tu en as de la chance d'être une fille ! Comme ça, tu n'iras pas à l'école !* » Etait-ce bien une chance ? Elle aurait voulu comprendre ce que racontaient ces livres que les garçons laissaient avec mépris traîner sur les bancs, ou bien cet almanach nouveau que les garnements se disputaient, et sur la couverture duquel de petits personnages la faisaient rêver : un homme noir, une dame en crinoline, bras arrondis au-dessus de la tête, et deux officiers de profil, sabre au côté, composaient, lui disait-on, les quatre chiffres de l'année mil huit cent soixante-dix-sept.

Mariette, non plus, ne savait pas lire, ni la mère ni même le père. Pourquoi un homme n'allait-il pas en classe ? Francet et Martial allaient chez les Frères, à La Noaille, et sans doute, à la Toussaint, Aubin ferait-il comme eux. Pour le moment, regardez-le qui enfonce le visage dans l'oreiller ! Enfin, lui, du moins, acceptait de jouer avec elle ; oh ! elle sait bien pourquoi : simplement parce que Martial et Francet font sentir à Aubin qu'ils sont des grands. Le premier a quatorze ans, le second neuf ans et demi, et Aubin même pas huit ans, pauvre cadet qu'on affublait encore de robes alors qu'eux portaient culotte.

C'est drôle que Mariette ou la mère n'entrent pas, bruyamment, jeter Aubin ainsi qu'elle-même Catherine à bas du lit. Seraient-ils tous les deux seuls dans la maison, abandonnés ? La mère dit un conte comme cela où des parents trop miséreux abandonnent leurs enfants. Dieu merci, ce n'est pas la misère aux Jaladas. Qu'est-ce que c'est la misère ? Il y avait une immense forêt dans ce conte et un géant, comment donc ? Ah ! un ogre, il mangeait les enfants. Ne plus penser à cela ! Se cacher de nouveau sous les draps, mais il y fait noir : si l'ogre aussi allait s'y tapir ? Elle frissonne, bondit hors du lit, traverse la chambre en courant, grimpe sur le lit d'Aubin, entrouvre les draps, se glisse près de son frère. Sauvée. Son cœur bat vite. « *Là, là, tout doux.* » Il se calme peu à peu. Elle est bien, elle regarde son frère dormir. Sommeil de garçon, sommeil de plomb : en sautant sur le lit, elle ne l'a même pas réveillé. Il sent bon. Au delà de lui, vers le mur, elle croit deviner la grande odeur puissante et protectrice du Parrain.

Normalement, le Parrain eût dû coucher dans la cuisine avec Martial, l'aîné, mais celui-ci ne cessait de protester que le Parrain était trop gros, qu'il prenait toute la place, qu'il l'empêchait de dormir ; quant à Francet, il faisait mille malices à Aubin qui pleurait ou criait. A la fin, les parents ont cédé, envoyant Francet avec Martial et prenant le Parrain dans leur chambre. Pauvres parents, ils n'ont pas vu que c'était là un coup monté de longue date. Quant au Parrain, il a proposé d'aller coucher dans la grange où dort déjà Robert, le domestique, mais le petit Aubin a supplié qu'il vienne avec lui, et le père a déclaré : « Tu le sais bien, tu es le fils de la maison, comme les autres. Tu viendras dans la chambre avec Aubin. »

Il fallait entendre Mariette. « Un fils ? criait-elle. Un étranger ! » Jamais elle ne se déshabillerait ni ne s'habillerait, ne dormirait en présence d'un étranger. Mais le père lui imposa silence. « Qui t'empêche de te déshabiller avant les autres ? Et pour dormir, où est le mal ? »

— Robert va bien dans la grange, disait encore la jeune fille.

— Robert n'est pas mon fils !

— Et le Parrain ?

— Le Parrain, c'est tout comme ; ta belle-mère et moi l'avons accueilli, orphelin, il est devenu un autre enfant pour nous.

La porte s'ouvre à grand fracas, une petite personne s'engouffre en coup de vent dans la chambre, elle court à la fenêtre, fait claquer les volets contre le mur ; la lumière cette fois éclate dans la pièce. La petite personne brune se retourne et crie :

— Eh bien, les lascars, vous n'avez pas honte !

Elle se dirige vers le lit où l'ogre peut-être se cachait, tire d'un seul coup le drap, reste stupéfaite :

— Ça, marmonne-t-elle.

Elle hésite, vient maintenant vers l'autre lit. Elle se frotte les yeux, éblouie par le soleil ; puis elle éclate de rire, repart en courant, revient de la cuisine, suivie d'une autre femme, guère plus grande qu'elle et brune comme elle, et comme elle les yeux vifs, et toutes deux rient, rient si bien qu'à la fin Aubin se réveille, tout étonné de trouver sa sœur près de lui.

— Les voyez-vous, dit la mère en riant, mes angelots sur le même oreiller.

A voir rire ainsi Mariette et la mère, le rire gagne les enfants, le même rire fileté, clair pour Catherine et pour Aubin. « Non, ce n'est pas la misère, songe Catherine, puisque Mère est là, que nous rions, qu'on ne nous a pas abandonnés ; la misère, l'abandon, c'est dans les contes, seulement dans les contes. »

Le matin passe vite quand on flâne dans la châtaigneraie en face de la métairie : une châtaigneraie en pente douce avec de hauts, larges, vieux arbres croulants. De l'autre côté de la route, la métairie allonge ses bâtiments sans étage : là-bas la grange, puis la chambre, la cuisine enfin avec les deux marches de granit devant la porte, le banc de bois tordu auquel il manque une patte et que le père parle toujours de réparer et que jamais il ne répare, la fenêtre basse derrière laquelle on voit Mariette aller et venir. La voilà qui sort de la maison, un seau à la main ; les sabots — trop grands pour les pieds qu'elle a si menus et dont elle est fière —, les sabots claquent sur la route. Catherine sort de l'ombre d'un châtaignier et court vers Mariette, la suit dans le pré qui flanque la châtaigneraie, longe avec elle les étables vides en ce moment. Voici le puits. « Ne te penche pas ! » crie Mariette de sa voix aiguë. La chaîne se déroule, descend, descend... Ne va-t-elle pas au fond de la terre ? Et qui vit au fond de la terre ? Le diable ? Plouf. Un instant, puis la chaîne remonte si lentement ; Mariette tire sur les rayons du treuil, la poulie grince, le cylindre de bois gémit en tournant.

Mariette est toute rose sous l'effort, sa poitrine se gonfle, s'abaisse, ses beaux bras vont et viennent. Elle est jolie, Mariette. « *Deviendrai-je aussi jolie quand je serai grande ?* » Oh, grande, Mariette ne l'est pas, mais mince ; comme elle ressemble à la mère, et pourtant elle n'est pas sa fille. Brune comme elle, et comme elle les yeux noirs, mais moins allongés et moins graves. Elle décroche le seau, le pose sur la margelle, tout en s'écartant pour éviter d'être éclaboussée. Elle reste un instant immobile, silencieuse. A quoi songe-t-elle, Mariette ? A quoi songe-t-on quand on est peignée avec un chignon, quand la poitrine se tend sous un corsage vert pomme ? Depuis quelque temps, Mariette choisit pour ses corsages les couleurs les plus vives qu'elle puisse trouver. Le père se moque d'elle : il se fâche parfois en disant que la fille d'un paysan n'a pas à jouer à la dame. Mariette est repartie, le seau à la main. Une flaque d'eau est restée dans un creux de la margelle. Catherine y trempe les mains, puis elle lisse ses cheveux châtain clair, humectant ses nattes l'une après l'autre, ensuite elle suce son index et, comme elle l'a vu faire à Mariette, passe la salive sur le trait fin des sourcils. « *Moi aussi* », dit-elle à haute voix, et elle songe : je porterai des corsages rouges, bleus, verts. Parrain me les achètera.

Le père dit bien en parlant du Parrain : « C'est mon fils lui aussi », mais Catherine ne s'y trompe pas. Non, il n'est pas son frère ce grand, ce timide garçon de dix-neuf ans, un peu voûté, au doux regard de myope : Frédéric Leroy que tout le monde aux Jaladas a pris l'habitude de nommer le Parrain depuis que, voilà près de six ans, on a baptisé la petite Frédérique-Catherine Charron. Elle est heureuse d'avoir le même prénom que son parrain, et de ne pas le porter ne la chagrine pas. Il lui semble que c'est là un secret partagé avec celui qui la prend sur ses larges épaules lorsqu'elle est fatiguée, lui ramène des sucres d'orge de La Noaille, lui a fait cadeau de rubans roses que la mère attache à ses nattes le dimanche matin. « T'as pas de mère ? » lui demandait-elle un jour. « Ta mère, c'est comme si c'était la mienne », a-t-il répondu. Il était orphelin quand les parents l'ont recueilli. Que signifie ce mot : « orphelin » ? « Ses parents étaient morts, quoi », bougonne Martial en haussant les épaules. Mais comment les parents pourraient-ils mourir ? Frédéric dit : « Ta mère, c'est ma mère maintenant. » Et Mariette au contraire : « La Mère n'est pas ma mère. Toi, Catherine, tu es ma demi-sœur, nous avons le même père, pas la même mère. » Ciel, que le monde des grandes personnes est compliqué ! Demi-sœur ? Elle se tâte, elle se regarde dans les flaques d'eau, elle n'est pas une moitié de fille, elle est bien tout entière. Alors ! Et puis qu'importe. Elle, sa mère est sa mère, son père, son père et Frédéric Leroy son parrain qui la prend contre lui quand on la gronde. Depuis toujours il est là et ils sont là auprès d'elle, presque confondus avec elle-même, comme la nuit lorsqu'ils dorment tous dans la même chambre, dans la même pièce. Depuis toujours il y a cette métairie des Jaladas avec la lourde porte que les enfants s'amusent à faire grincer, sa grange, sa cuisine, sa chambre avec les trois lits et les cœurs de lumière dans les volets, le puits, les étables, derrière la maison la porcherie d'où viennent ces cris stupides, la châtaigneraie, le pré.

Depuis toujours. Depuis ce mois de décembre — le mois des loups-garous — où elle est née, et les loups-garous ne l'ont pas mangée parce que la mère, le père, le parrain veillaient sur elle. Martial, Francet, Aubin lui ont dit que pour eux aussi depuis toujours il y avait eu ce domaine des Jaladas, et ils ajoutaient : « Depuis toujours et pour toujours, du moins jusqu'à nos vingt ans, car alors nous partirons soldats », « et moi, remarque Francet, je voudrai voir du pays. »

C'était ainsi, les garçons allaient à l'école, puis au régiment, les filles non ; elles restaient à la ferme, faisaient la cuisine, la vaisselle, la *bacado* pour les porcs, gardaient vaches et brebis, allaient chercher l'eau. Pourquoi n'iraient-elles pas à l'école ? pourquoi ne seraient-elles pas soldats ? Mais les soldats font péter le canon comme le fusil du père parfois à la poursuite d'un lièvre dans les topinambours, et ça fait peur. Du moins les filles portent-elles un jour corsages de toutes couleurs, et, en attendant, des rubans aux cheveux. Depuis toujours et pour toujours.

Catherine tourna le dos au puits et gagna la piste qui séparait la châtaigneraie de la haute prairie de juin ; sa tête dépassait à peine la cime des herbes. Elle entendit une voix crier : « Cathie ! Cathie ! » Ce devait être Aubin qui la cherchait pour jouer ; elle ne répondit pas. Nul ne pouvait la voir glissant ainsi derrière les tiges. Elle atteignit bientôt le fond du pré et de la châtaigneraie, là s'ouvrait le canal large de deux mètres, profond d'autant, qui menait l'eau brune à un ancien moulin bâti en contrebas et abandonné depuis longtemps aux orties et aux ronces. Les nénuphars, les iris, les joncs envahissaient peu à peu le canal, mais çà et là, parmi les plantes aquatiques, s'ouvraient de calmes clairières. Elle se plaisait à s'asseoir au bord de ces étendues partagées d'ombre épaisse et de lumière, elle y jetait des brindilles que le faible courant entraînait lentement. Les garçons ne venaient guère ici troubler ses jeux silencieux, ils préféraient au canal la rivière où ils plaçaient des bouteilles pour attraper les gardèches, où encore, aux saisons de basses eaux, ils se baignaient et cherchaient à la main sous les roches les truites. La mère défendait à Catherine d'aller au bord du canal. Quand l'herbe était fauchée, il était difficile de passer outre car du seuil de la cuisine on découvrait le pré dans toute sa longueur jusqu'aux rives fleuries d'iris bleus, mais, avant les fenaisons, ni vue ni connue, Catherine se faufilait, comme ce matin, à la lisière de la prairie. Malin ensuite qui eût pu la dénicher, allongée sur la berge et cherchant à apercevoir son reflet dans l'eau où trempait le bout de ses nattes.

Depuis un long moment déjà elle demeurait fascinée par les ombres et les clartés de l'univers qu'elle cherchait à percevoir sous la surface de l'eau ; soudain, une boule éblouissante, apparue, juste derrière son visage reflété, à la manière d'une auréole, la fit sursauter. Elle avait cru voir à sa place la vierge qu'on l'amenait prier à l'église, avec son disque doré derrière le crâne. Elle se mit à pousser de petits rires étouffés lorsqu'elle comprit que c'était là une farce du soleil. Mais tout aussitôt, elle s'inquiéta : si le soleil surgissait ainsi droit au-dessus du canal, le père n'allait pas tarder à rentrer déjeuner. Qui sait même s'il ne s'impatientait pas déjà sur les marches de la cuisine ? Elle remonta vers la ferme en courant.

Elle s'était trop vite alarmée. Les hommes n'étaient pas encore de retour. Félavéni, allongé sur les dalles, l'accueillit en jappant. Au lieu d'entrer, après avoir arraché une rose au rosier malingre qui ornait le coin de la métairie, elle contourna la cuisine avec l'intention d'aller jeter un coup d'œil aux clapiers. Là elle trouva Aubin.

— Où étais-tu passée ? Si un jour le loup te mange, tant pis pour toi.

Elle eut envie de pleurer.

— Tu es méchant, je dirai à la Mère que tu es méchant.

— Regarde, fit le garçon.

Il s'était planté devant une cage en tréfilage suspendue au mur et dans laquelle un écureuil rouge rongeait une noisette. Le petit animal se dressait sur ses pattes de derrière : de ses pattes de devant, il faisait tourner la noisette sous ses dents, sa jolie queue relevée en panache. Son minuscule œil brillant observait les enfants.

— Pour ça, dit Aubin, il faut reconnaître qu'ils sont forts. Ils connaissent les terriers, les nids.

— Pourquoi qu'ils te veulent pas avec eux ? demanda Catherine.

— Ils me trouvent trop jeune, répondit Aubin en baissant les yeux.

Quand il les releva, une lueur violente traversa leur grisaille.

— Regarde, fit-il encore.

L'écureuil entrait maintenant dans une roue creuse, œuvre de Francet, et, galopant à l'intérieur, il se mit à faire tourner la roue de plus en plus vite.

— Si j'ouvrais la porte ?

— Non, non, non, supplia Catherine.

— Eh bien, quoi, on dirait que la cage devait être mal fermée et qu'alors, forcément, l'écureuil...

— Non, répéta Catherine, l'écureuil serait capable d'aller tout raconter à Francet.

Aubin observa sa sœur du coin de l'œil, fit une moue dédaigneuse.

— On a beau dire, les filles, c'est des filles.

Puis il ajouta comme pour lui-même : « A la Toussaint, Martial quittera l'école et travaillera la terre, moi au contraire, j'irai à l'école, alors Francet sera seul, il sera bien content de m'emmener avec lui. »

Il se pencha vers Catherine :

— Tu t'imagines que les écureuils ça cafarde comme des quilles !

Lui tournant le dos, il fila vers la cuisine. Elle se mit à trottiner sur ses talons.

Deux bras noueux et tannés la saisirent comme elle gravissait la première marche, et la soulevèrent, jusqu'au ciel, lui sembla-t-il, puis la laissèrent descendre à toute vitesse — délicieuse, effrayante chute — et la reposèrent avec douceur sur le sol de la cuisine. Elle sourit au Parrain qui l'avait ainsi accueillie. Mariette glapissait près de l'âtre où fumaient quelques tisons. « Ces enfants la feraient devenir folle, ils étaient toujours en retard. » La mère posait sur la longue table sombre des écuelles de soupe. « Allons, proclama le père, à table les gars, on n'a pas de temps à perdre. »

Il s'assit le premier à la place du milieu, face à la cheminée. Le

Parrain se lavait les mains à l'évier. C'était Catherine qui, fière, tenait la *couade* soulevée pour faire écouler l'eau sur les bras maigres et les mains aux ongles noirs. Quand il se fut essuyé, il alla s'asseoir sur le banc à la droite du père. Aubin occupait la place de gauche. Sur une chaise, dos à l'évier, Catherine se tenait sagement. De l'autre côté de la table, au bout du banc, Robert, le domestique, mangeait goulûment, la mine renfrognée, les coudes écartés sur la table ; chaque fois qu'il soulevait sa cuillère, on voyait sous sa chemise bouger les muscles de son bras et de son épaule. Affairées, la mère et Mariette continuaient à aller et venir dans la cuisine, ouvraient la maie derrière le père pour y prendre une assiette garnie de lard, plaçaient une marmite sur le feu. De temps à autre, elles se plantaient devant la table, avalaient une cuillerée de soupe, repartaient. On entendait le bruit mouillé des bouches happant la soupe épaisse, le tic-tac de la pendule dont le balancier doré se mouvait majestueux à la droite de Cathie, parfois une mouche qui bourdonnait contre la vitre, enfin le pétillement des brandons sous la marmite. Cette paix fut soudain rompue par un gémissement du chien. Il était entré sans qu'on le vît et, imprudemment, s'était risqué sous la table ; Robert lui avait allongé un grand coup de pied dans les côtes ; la bête s'enfuit, la queue basse ; au passage, le Parrain lui caressa l'échine.

— *Passo defauro !* cria Mariette. La sale bête, ajouta-t-elle avec un sourire à l'adresse du domestique qui, maintenant, lissait ses moustaches du revers de la main.

Elle leva les bras pour arranger son chignon et ce geste gonfla son corsage vert.

— C'est-il aujourd'hui dimanche, demanda le père, que tu as pris des couleurs de demoiselle ?

Mariette rougit et fila vers la cheminée, se baissa, feignant de tisonner le feu. Robert se retourna et jeta un regard sur la jeune fille accroupie.

Le père se redressa, sortit un couteau de sa poche, fit claquer la lame pour l'ouvrir, le posa près de son assiette. Il avait un grand torse maigre ; dans sa longue tête hâlée, sous les sourcils comme des épis de blé mûr, ses yeux bleus paraissaient extraordinairement clairs ; son nez était allongé et busqué, son front étroit, qu'encadraient, mal peignés, les cheveux châtains mêlés de touffes grises. Il se leva, attrapa une des tourtes alignées sur le *rateau* suspendu aux poutres du plafond, puis, la pressant de biais contre sa poitrine, il commença à tailler de longues tranches de pain bis qu'il distribuait à la ronde. « Tiens, Parrain ; tiens, Aubin ; tiens, Robert ; tiens, Cathie. » Quand il parlait, ses épaisses moustaches tombantes tressaillaient au-dessus de la bouche qu'elles dissimulaient.

Il se mit en devoir de tartiner du fromage frais et sembla s'absorber dans cette tâche. Robert se versa coup sur coup deux verres de cidre sans que nul n'y prît garde, sinon le Parrain qui, ostensiblement, alla se verser un verre d'eau à l'évier.

— L'eau est fraîche, dit-il tout en buvant.

On voyait sa pomme d'Adam qui montait et descendait, montait, descendait sous son cou maigre.

— Je dis : l'eau est fraîche, répéta-t-il.

Le père le regarda sans comprendre l'allusion, mais le domestique, qui avait gardé près de lui la bouteille, replaça celle-ci au milieu de la table, et, empourpré jusqu'aux oreilles, se leva en déclarant qu'il lui fallait aller soigner les bêtes. Quand il fut sur le pas de la porte, Mariette lui fit un petit signe de la main.

Ce fut encore le Parrain qui s'en aperçut, et avec lui Catherine. Il lui sembla que les mains du Parrain tremblaient cependant qu'il refermait son couteau puis le plaçait dans la poche du pantalon de droguet bleu. Le Parrain se leva à son tour, bredouilla de vagues paroles et sortit.

— Ils sont bien pressés, aujourd'hui, remarqua la mère.

Le père mangeait sa tartine en silence.

Père est métayer, songeait Catherine, le bourgeois lui a dit : « Tu me dois la moitié des récoltes, tu me dois un demi-sac de blé noir. » Etait-ce parce qu'elle était fille de métayer qu'elle n'était que la demi-sœur de Mariette ? Quand je serai vieille comme elle, moi aussi j'aurai un corsage de couleur.

Soudain Mariette posa son torchon, se planta, les yeux tournés vers la porte ouverte. « Ecoutez ! » gémit-elle, très pâle. La mère s'arrêta de laver les assiettes, le père s'immobilisa, le manche de son couteau perpendiculaire à la table.

— Qu'y a-t-il ! Bon Dieu, qu'y a-t-il !

Il repoussa le banc, enfila ses sabots, sortit à grands pas sur la route. Les femmes suivirent. Les bruits venaient de derrière la grange.

— Vous êtes fous ! Ils sont fous, criait Jean Charron.

Lorsqu'elles arrivèrent, elles trouvèrent le Parrain et Robert aux prises. Le domestique avait le dessus, il avait flanqué le jeune homme par terre, et, tout rouge et suant, cognait à coups de poing dans la poitrine du vaincu. Le père, armé d'un pieu, marcha sur Robert.

— Arrête-toi, cria-t-il, ou je te chasse immédiatement.

L'autre sembla hésiter, enfin il se releva, se baissa pour ramasser sa veste dans la poussière, la secoua, la jeta sur son épaule et s'éloigna. Comme il passait près de Mariette et de Catherine qui se tenaient à l'écart, Mariette lui demanda à voix basse sur un ton de prière : « Il ne t'a pas fait de mal, au moins ? » Le domestique éclata de rire. « Me faire mal, dit-il entre les dents, me faire mal, à moi ! »

Le Parrain revenait vers la maison, du sang sous le nez ; il marchait entre le père et la mère.

— Je lui ai reproché, disait-il, de boire votre cidre sans que vous le serviez, d'abuser de votre bonté.

— Nous voilà bien, disait le métayer.

Quand il arriva devant Mariette, le Parrain baissa les yeux ; une lassitude profonde se lisait sur son visage meurtri. Catherine courut à lui, tendit ses bras ; il se baissa, elle fit claquer un baiser sur chaque joue et murmura :

— Moi, Parrain, je t'aime.

A la fin de l'après-midi, Aubin était allé à la rencontre des grands pour leur annoncer la bataille, mais Francet et Martial firent mine de prêter une attention toute relative au récit de cet exploit. Il ne fallait pas que leur cadet s'imaginât les étonner ni vivre en leur absence quelque chose d'exceptionnel.

— Tout cela, c'est bien joli, déclara Francet — un petit brun, frisé, trapu, au nez busqué — mais ça ne vaut pas ce que Martial apporte dans sa caisse.

Aubin remarqua alors qu'en effet l'aîné ne portait pas sa caisse de livres en bandoulière comme à l'ordinaire mais dans ses deux bras comme un précieux tabernacle.

— Qu'est-ce que c'est ? Dites, qu'est-ce que c'est ? implora Aubin.

— *Bêtio, bêtio,* fit Martial.

Il était grand pour ses quatorze ans, le poil dru, l'œil à la fois malicieux et naïf.

— *Bêtio, bêtio,* le lui fait-on voir à ce gamin ?

— Oh ! oui, supplia Aubin.

Martial entrouvrit le couvercle de la caisse ; son frère put apercevoir au fond du cartable une boule de plumes beiges.

— Un joli geai, fit Francet, hein ! Il y avait longtemps qu'on avait repéré le nid dans le taillis de chez Pradel. On attendait que le petit soit assez fort pour vivre sans qu'on ait à lui donner la becquée. Et voilà, aujourd'hui, nous nous sommes décidés.

Lorsque Catherine vit le geai, elle battit des mains. Elle le trouvait encore plus beau que l'écureuil avec son plumage tendre et sur les ailes, ses fines plumes mouchetées de bleu et de noir.

— Je lui apprendrai à parler, affirmait Francet.

Les garçons trouvèrent une cage pour l'oiseau. Martial dut nettoyer le fond de son cartable que le prisonnier avait couvert de fiente.

Mariette protestait. Les Jaladas devenaient une véritable ménagerie.

— Une ménagerie ? demandait le père, qu'est-ce donc ?

— Oui, disait Francet, on voit ça sur le livre des Frères, une sorte de roulotte, dans le genre de celles des romani qui passent parfois sur la route de La Noaille, mais des roulottes pleines d'animaux, de lions, de boas, de tigres.

— Il en sait des choses, ce Francet, disait la mère.

Les garçons passaient déjà leur temps à s'occuper de l'écureuil, continuait Mariette, maintenant, avec le geai on ne pourrait plus obtenir d'eux le moindre travail. Mais Jean Charron souriait ; avec les enfants, le Parrain et Robert, il s'amusait à regarder le petit geai lisser ses plumes d'un bec sûr. Il était content que l'arrivée de l'oiseau dissipât le malaise qui avait pesé sur lui et sur les deux jeunes gens durant tout l'après-midi, pendant qu'ils travaillaient ensemble dans les champs. Tout en mangeant la soupe, Martial et Francet répétaient cinq ou six fois le récit de la capture ; chaque version s'ornait de variantes, l'aventure devenait de plus en plus fabuleuse, l'arbre où perchait le nid de plus en plus haut et dangereux. Aubin écoutait, bouche bée. Les hommes gardaient le silence, ils avaient retrouvé dans la cuisine leur mauvaise humeur. Robert, ostensiblement, ne buvait que de l'eau, le Parrain mangeait à peine. Quant à Mariette, elle avait repris un corsage noir.

Le soir tombait, de fraîches odeurs venaient de la châtaigneraie, de la prairie. Une rainette se mit à chanter, là-bas, dans les roseaux du canal. Les garçons étaient sortis afin de jeter un dernier coup d'œil sur leur geai. Catherine aurait pu les suivre, mais elle préférait demeurer engourdie sur sa chaise. Le père et le Parrain s'étaient assis sur la marche devant la cuisine. Ils prenaient le frais en silence. Le métayer tirait de grosses bouffées de fumée de sa cigarette. Mariette et la mère rangeaient la vaisselle dans la commode, les restants de cuisine dans la maie dont le couvercle craquait chaque fois qu'on le soulevait. Quand le Parrain avait-il commencé à parler ? La petite ne s'en était pas aperçue, mais à présent elle guettait ses paroles.

— Non, non — et sa voix avait quelque chose de rauque, de blessé — je vous dis que je serai très bien là-bas, il y a un coin de l'étable qui est très propre. Votre petit Aubin dormira mieux.

— Puisque ta décision est prise, finit par dire le père.

Les deux hommes se levèrent. Le Parrain vint embrasser Catherine. Tiens, la joue du Parrain était mouillée. Elle faillit le lui dire, mais se contenta de demander :

— Dis-moi, tu voudras m'acheter un corsage vert quand je serai vieille ?

— Bien sûr, dit le Parrain — et sa voix était redevenue vive et claire —, et même, je l'espère, avant que tu sois vieille.

— Marie, ordonna le père, donne une couverture au Parrain, il veut dormir dans l'étable.

— Par exemple, dit la mère, abasourdie.

Elle resta un moment immobile, puis elle passa dans la chambre, en revint bientôt avec une couverture à raies brunes qu'elle tendit au jeune homme.

— Ne prends pas froid, mon petit.

Du bout des doigts, elle lui tapota la joue.

— Merci, Mère, dit le Parrain à mi-voix.

Il partit en courant presque.

Le père alla se planter sur la porte. La nuit était maintenant descendue. On entendit une galopade sur la route et les trois garçons ne tardèrent pas à surgir de l'ombre, essoufflés.

— Ça a-t-il du sens de se mettre dans des états pareils, gronda la mère.

— Ben, c'est que, commença Aubin...

— Tais-toi, lui enjoignit Francet d'une voix dure.

— M'an, dit Catherine, y a Aubin qui veut dire quelque chose et Francet l'empêche.

— Allez-vous laisser parler ce petit ! dit la mère.

Mais Aubin ne voulait plus parler, il gardait la tête basse.

— Vous avez encore fait quelque bêtise, demanda le père.

— Pour les punir, vous n'avez qu'à ouvrir la cage du geai, proposa Mariette.

Alors Martial se mit vite à parler.

— *Bêtio, bêtio,* ils n'avaient pas fait de bêtise.

Ils étaient en train de pisser contre la haie dans le tournant, après la châtaigneraie. Ils n'y voyaient pas à deux pas et ils avaient entendu, loin, très loin, mais bien entendu, un coup sourd.

— Écoutez, avait dit Francet, le canon des Prussiens.

Pris de panique, ils s'étaient enfuis à toutes jambes. En arrière, le petit Aubin les suppliait de l'attendre, criant que les Pruscos allaient le prendre ; et c'était tout, les voici.

— Innocents, fit le père en riant, et la mère aussi riait, et Mariette devait pouffer dans l'ombre.

— Innocents, mais il y a six ans que les Prussiens sont revenus chez eux ; votre canon, c'est l'un d'entre vous qui a dû péter.

Vexés, Francet et Martial se dirigèrent vers leur lit et se mirent à se déshabiller sans un mot. Quand Aubin et Catherine passèrent devant eux pour entrer dans la chambre, Martial réaffirma à voix basse :

— *Bêtio,* moi je dis que c'était le canon.

Quand elle fut couchée, Catherine, en attendant que Mariette vînt la rejoindre, se mit à regarder les gros cœurs dans les volets, ils étaient blancs à présent, blafards, c'était la clarté de la lune qui les emplissait. Les cœurs de lune ressemblaient aux cœurs de soleil comme des frères, de pâles frères, mais ce n'était plus la même chose, leur lumière était sans allégresse et comme morte. « *Depuis toujours, et pour toujours ?* » Le Parrain n'avait pas toujours partagé le lit d'Aubin, et ce soir il ne viendrait pas y dormir, ni demain sans doute, jamais plus peut-être. Et Mariette quitterait-elle la chambre elle aussi un jour pour n'y plus revenir ? Et Aubin ? Et le père et la mère ? Faudrait-il donc dormir seule, un jour, toute seule dans le noir ? A cette pensée, Catherine crut que son cœur allait cesser de battre, elle mordit le drap pour ne pas appeler, puis comme on plonge, fermant les yeux, elle se glissa sous les couvertures. Là elle retrouva, à peine perceptible, l'odeur de Mariette et, toute fugace qu'elle fût, cette odeur suffit à l'apaiser.

Alors, repliant sur elle-même ses bras, elle se laissa descendre dans le sommeil à la poursuite de l'image toujours plus lointaine, toujours plus effacée du geai qu'elle voyait somnoler tendrement entre les pattes de l'écureuil.

II

Le père, ses yeux bleus de fontaine au printemps, son long nez busqué, ses moustaches blondes à la gauloise, sa chevelure jamais peignée, ses mains osseuses, son rire, ses colères. Catherine l'admirait, le craignait, l'aimait ; il était pour elle l'image de la toute-puissance, de la justice et de la bonté. Il devait rester pour elle, toute sa vie, l'image de la bonté. Mais celle de la puissance ? A peine avait-elle douze ans qu'elle avait envie parfois de le protéger comme un enfant. Pour le moment, aux Jaladas, le père régnait encore, et il criait, et il chantait, et il tempêtait. Signe de son pouvoir : la mèche d'amadou qui ne le quittait pas et avec laquelle, en l'enflammant aux étincelles de deux silex, il allumait ses cigarettes mal faites qu'il gardait longtemps, calcinées, noircies, collées à ses lèvres. Le père et la mère, Jean et Marie, lui plus âgé qu'elle d'une dizaine d'années. Elle était sa seconde femme après avoir été sa belle-sœur. Elle était venue tenir le ménage de son aînée lorsque celle-ci, à la naissance de Mariette, était tombée malade ; l'aînée n'avait pas tardé à mourir. Marie avait continué à tenir la maison, à s'occuper de Mariette, sa nièce toute menue et brune et qui lui ressemblait tellement. Jean Charron, le veuf, s'était mis quelque peu à boire. Elle lui avait fait honte de se laisser aller ainsi : un bel homme comme lui, encore jeune et vaillant. Il avait cessé de boire et l'avait épousée ; quelques années plus tard les enfants étaient venus animer de leurs jeux et de leurs cris les Jaladas. Martial, lorsque Mariette avait un peu plus de deux ans, puis Francet, puis Aubin, Catherine enfin.

— Qu'en ferons-nous de tous ces enfants ? s'inquiétait parfois la mère.

Alors le père riait :

— T'en fais pas, le bon Dieu y pourvoira.

Et ils avaient adopté le petit Frédéric quand il marchait sur ses dix ans et que son père, un ami de Jean Charron, s'était tué en tombant d'une charrette.

Il y avait deux choses au monde dont le père était fier jusqu'à la déraison : les cheveux de sa femme ; les boucles d'oreilles, la chaîne, la croix, le bracelet d'or massif qui lui venaient d'une aïeule lointaine et dont il se plaisait à orner lui-même la mère. Il arrivait, par une belle matinée de dimanche, que le métayer entrât dans la chambre pendant que sa femme était en train de se peigner. La semaine, elle portait ses cheveux bruns massés en un lourd chignon, mais le dimanche, aux premières heures de la matinée, elle apparaissait avec l'immense traîne de sa chevelure qui lui tombait aux talons. Mariette et Catherine, après qu'elle avait longuement passé le peigne dans la cascade crépitante de ses cheveux, l'aidaient à tresser la longue, lourde natte qu'elle enroulait ensuite au sommet de sa tête, comme une haute couronne. Il arrivait donc qu'à ce moment le père entrât.

— Laissez, laissez, criait-il aux filles.

Il se dirigeait vers l'armoire aux portes travaillées en pointes de diamant, fouillait sous les piles de draps, revenait avec les mains brillantes d'or. Il attachait lui-même le collier et la croix au cou de sa femme, lui tendait les boucles d'oreilles et pendant qu'elle les ajustait passait le bracelet pesant à son poignet.

— Là, disait-il, solennellement, lève-toi.

Elle se levait, petite dans sa longue chemise de nuit blanche, avançait, sa riche chevelure déployée sur les épaules et sur les reins.

Le père appelait :

— Aubin ! Martial ! Francet ! Parrain ! Eh, Parrain !

Quand les garçons faisaient cercle dans la chambre :

— Vous êtes fou, mon pauvre homme, disait la mère.

De rougir la faisait paraître plus jeune encore. On eût dit la sœur aînée de Mariette. Comment croire qu'elle avait dépassé la trentaine !

Le père prenait chacun des enfants à témoin :

— Est-elle belle ? demandait-il, ne croirait-on pas une reine !

Catherine s'étonnait : depuis quelque temps, elle n'avait plus le droit, le dimanche, d'aider sa mère à se peigner. La dernière fois qu'elle fut admise à la toilette, elle dit, pointant le doigt vers le ventre maternel :

— Comme vous devenez grosse, Mère, vous mangez trop de soupe sans doute (car on se fâchait pour qu'elle, assez chétive, mangeât de meilleur appétit les écuelles de pain trempé).

— Tire-toi de là, avait crié Mariette. Tu dis des bêtises.

Et depuis ce jour, elle n'assistait plus à la cérémonie dominicale.

Plusieurs fois l'an, passaient aux Jaladas des colporteurs en voyage sur la route de La Noaille. Ils s'arrêtaient à la maison, avalaient un verre de cidre, déballaient leur marchandise : foulards, cachemires noirs et rouges, bijoux de pacotille, fleurs artificielles, tissus multicolores où l'on pouvait tailler ensuite de si beaux corsages comme ceux qu'arborait Mariette, rouleaux de dentelles, fanfreluches de linon. De quoi, certes, faire tourner bien des têtes.

— Remballez, monsieur, je vous en prie, je vous ai acheté du fil, des aiguilles, un coupon de drap pour rapiécer les vêtements de mes fils, c'est assez, je n'ai besoin de rien d'autre.

— Bah ! faisait l'homme au teint basané et aux favoris crépus, je ne passe pas tous les jours, ma petite dame. Voyez ce taffetas rose, touchez, est-ce assez beau ? Oh ! permettez, là, sur votre épaule... Mademoiselle, vous la grande jeune fille, et vous la petite demoiselle, regardez votre mère, ce taffetas va-t-il assez bien à ses yeux, à son teint ?

— Non, l'homme, je vous en prie, vous nous prenez pour des milords.

— Mais c'est à vous, ma bonne dame, un petit écu et la pièce est à vous.

— Je n'ai pas l'argent, n'insistez pas.

Alors le marchand à la figure de cuivre jetait un coup d'œil sur la couronne de cheveux et faisait entendre un sifflement admiratif.

— Pas d'argent ! Mais vous avez une fortune sur la tête.

Il sortait une paire de ciseaux de sa poche et faisait claquer leurs lames. Mariette frissonnait, Catherine portait instinctivement les mains à ses nattes. La mère semblait fascinée.

— On fait un marché, poursuivait l'étranger. Vos cheveux et je vous laisse la pièce de taffetas, ou si vous préférez, je vous paye en bon argent sonnant et trébuchant.

D'une main le colporteur tenait les ciseaux, de l'autre le taffetas dont il faisait jouer les reflets sous la lumière.

A ce moment, le père arriva ; les femmes étaient si absorbées qu'elles ne l'avaient pas entendu approcher.

— Salut, dit Jean Charron, puis : Qu'y a-t-il ?

Catherine déclara sans hésiter :

— La mère voudrait bien ce beau linge rose, mais elle n'a pas de sous et le monsieur dit qu'il le lui donne si elle se laisse couper les cheveux.

— Cou... couper les cheveux ! *ses* cheveux, gémit le père comme si le souffle lui manquait, puis il marcha vers l'étranger en hurlant.

— Tondre ma femme comme une pouilleuse ! la plus belle chevelure du canton ! Filez ou je lance le chien sur vous.

Comme s'il avait compris les paroles de son maître, Félavéni, qui s'était tenu coi jusqu'alors, se dressa et se mit à grogner, babines retroussées.

— Ça va, dit l'étranger, pas la peine de vous énerver.

Il rangea en un tournemain ses lots d'étoffe dans son baluchon noir, jeta celui-ci sur son épaule, toucha d'un doigt sa casquette de marin et s'éloigna. Comme il arrivait à la route, le père le rappela.

— Eh ! le voyageur, cria-t-il, combien votre drap rose ?

— Du drap ! fit l'étranger, méprisant, le meilleur taffetas qu'on puisse trouver.

Avec un sourire cruel qui découvrait ses dents très blanches, il revint sur ses pas, fit son prix.

— Bien, dit le père, attendez.

Il entra dans la cuisine, gagna la chambre, revint bientôt avec l'argent.

— Voilà, dit-il.

L'autre s'empressa d'empocher la monnaie, plia le taffetas qu'il remit à l'acheteur, toucha de nouveau sa casquette et partit à grands pas.

Le père déroula l'étoffe rose, la mit en écharpe sur les épaules de sa femme.

— C'est vrai qu'elle te va bien. Tu es contente ?

La mère était si émue qu'elle ne pouvait répondre.

— Je t'en prie, ajouta-t-il, ne me fais plus de telle peur ; quand j'ai vu ce moricaud avec ses ciseaux, j'ai eu envie de le tuer.

Il posa la main sur les tresses de sa femme.

— Garde tes cheveux, reprit-il doucement. Les vendre ou vendre la croix, le collier, les bijoux de l'aïeule, pour moi, ce serait pareil.

— Ce noiraud, avec ses dents et ses oreilles pointues, le poil crépu, la peau brûlée, pour moi, affirma Mariette, pour moi, ce colporteur c'était le diable.

— Il avait de beaux anneaux d'or à ses oreilles, dit Catherine.

La journée de juin n'en finissait plus, la nuit tardait à venir.

— Qu'est-ce que je vois ! gronda le père. Francet, tu as fini de gaspiller la tourte ! Quand tu auras semé, labouré, moissonné, et battu comme nous, tu n'auras plus envie de faire perdre ainsi le pain.

Francet leva la tête ; depuis un moment il s'amusait à rouler entre ses doigts deux grosses boules de mie.

— Je fais la terre et le soleil, répondit-il.

— La terre et le...

Le père faillit s'étrangler de surprise.

— Non, mais voyez quel petit âne !

Francet reprit avec assurance.

— Parfaitement, les Frères nous l'ont appris, pas, Martial ?

— *Bêtio, bêtio,* dit l'aîné, il dit vrai.

— Qu'est-ce qu'ils vous ont appris ? demanda le métayer en reposant sa cuillère dans l'écuelle.

— Que la terre et le soleil sont ronds comme des boules, et que la terre tourne sur elle-même et tourne autour du soleil comme ça...

Et Francet, tenant une boule de mie dans chaque main, simulait tant bien que mal la rotation du globe autour de l'astre.

Le père resta quelques secondes silencieux, puis brusquement il se leva.

— Me prendriez-vous pour un couillon ! s'écria-t-il.

Francet posa calmement les boules de mie sur la table. Inquiet, Martial répétait très vite :

— Vrai, les Frères nous l'ont appris, c'est dans les livres.

— Dans ce cas, trancha le père, les Frères et vous, voilà de fameux dadais.

— Jean, dit la mère avec un accent de réprobation.

— Alors toi aussi, tu te mets de la partie, tu leur donnes raison, tu admets leurs *gnorles :* la terre, une boule qui tourne sens dessus dessous et qui tourne encore autour du soleil. Suis-je donc venu à mon âge pour m'entendre déclarer des sornettes pareilles !

— Mais les savants... voulut remarquer Martial.

— Les savants ! Des savants dans ton genre, des savants de l'Académie d'Ambazac pour sûr, de l'Académie des ânes.

— Il y a longtemps, longtemps qu'on sait cela, depuis des cent ans et des cent ans.

— Qui, « on » ?

— Bien, des savants, comme dit Martial.

— Ah ! ces gosses me rendront fou, soupira le père. Tu vois, ajouta-t-il, s'adressant à sa femme, tu vois où ça les mène l'école, à dire des folies, et à me faire demander si moi-même je ne deviens pas fou.

Puis, obéissant à une idée soudaine, il quitta sa place.

— Venez, ordonna-t-il.

Et comme personne ne bougeait.

— Venez tous.

Il sortit, les garçons le suivirent, puis la mère, le Parrain donnant la main à Catherine, Mariette et le domestique en arrière.

Il traversa la châtaigneraie. Parvenu à la lisière, il s'arrêta. Au delà du canal commençait une vaste lande de bruyère qui s'étendait très loin jusqu'aux collines bordant l'horizon. Le soleil, gros œuf rouge, descendait dans une échancrure des collines bleuâtres.

— Alors, fit Jean Charron, en se retournant, elle est ronde ? Regardez cette lande.

Personne ne répondit.

— Hein, vous ne voulez pas reconnaître qu'elle est plate, plate comme cette lande, plate comme ma main.

— Y a des creux et des bosses, remarqua Mariette.

— Innocente, est-ce que ça compte quelques montagnes et quelques vallées sur la terre qui est grande, grande... grande... comme la terre ! Pas plus que ces lignes dans ma main... Sans doute ces savants sont des messieurs des villes, ils n'ont jamais vu une lande comme celle-ci, plate jusqu'à l'horizon.

Laissant son ton coléreux, il se mit à rire :

— D'ailleurs, si elle était ronde, on ne tiendrait pas debout dessus, et si elle tournait, vous nous voyez la tête en bas, la tête en haut, la tête en bas, la tête en haut, quelle affaire !

Il ajouta, montrant du doigt le soleil qui disparaissait derrière le col.

— Et celui-là, c'est-il pas visible qu'il fait un grand tour dans le ciel. Il disparaît là maintenant, et demain matin, il montera de l'autre côté.

Rassuré par ce qu'il venait de voir, de montrer et d'expliquer, le père respira profondément et reprit le chemin de la maison. Personne ne parlait, tous impressionnés par ces mystères qui mettaient aux prises, d'une part le père et l'évidence familière, d'autre part, le prestige de l'école. On rentra, les femmes desservirent la table. Catherine regardait soigneusement autour des écuelles.

— Que cherches-tu ? demanda la mère.

La petite ne répondit pas. Enfin un sourire détendit son visage, elle avait trouvé. Elle prit les deux boules de mie, œuvre du savant Francet, puis l'une après l'autre les avala.

— Que fais-tu... pour t'étrangler ! cria la mère.

Ravie et grave, Catherine répondit :

— J'ai mangé la terre, j'ai mangé le soleil.

Ce soir-là, maussades, Francet et Martial furent les premiers couchés. On les entendit chuchoter dans le lit à rideaux au fond de la cuisine.

Catherine s'approcha en tapinois, elle put surprendre quelques mots.

— N'empêche qu'elle est ronde, maugréait Francet.

La petite alla se planter devant le lit, et montrant le poing.

— Vilains, méchants drôles ! Elle est plate.

La mère et Mariette préparaient les repas ; pourtant, aux yeux de Catherine, le père était le nourricier. C'était lui qui faisait et cuisait le pain. Il pétrissait la pâte dans la maie. Torse nu, il se penchait sur le coffre où plongeaient ses bras blancs et poussait des ahans sonores pour s'encourager à l'ouvrage. Les tourtes molles s'alignaient sur des planches puis on les portait au four. Celui-ci occupait le fond d'une vaste pièce annexe construite derrière la métairie : le claier où, à l'automne, sur des claies, on mettait à sécher des châtaignes, cependant qu'au centre de la salle, sur la terre battue, un feu brûlait nuit et jour. Deux fois par mois, le père cuisait le pain. Catherine aimait le voir enfourner les tourtes sur une longue pelle qu'il enfonçait dans la gueule du four puis retirait après avoir, d'un coup sec du poignet, fait glisser le fardeau. Parfois, aux jours de cuisson, Catherine avait droit à une minuscule tourte qu'elle aidait à pétrir puis à enfourner. Quand les épais et larges disques de seigle étaient cuits, on les transportait en procession jusqu'à la cuisine ; là, on les alignait, verticaux sur le *rateau* suspendu au plafond. Les premiers jours : quelle tendresse, mais, quand approchait le temps de la nouvelle cuisson, on se serait cassé les dents sur les tranches de pain bis.

Le père ne faisait pas le sucre, du moins il l'achetait. Une fois ou deux par saison, Catherine voyait le père revenir de La Noaille chargé de besaces. Elle se précipitait pour aider à les ouvrir et à sortir les emplettes : voici le sel, un paquet de bouchons, une botte de chandelles de suif, un paquet de tabac, enfin un magnifique pain de sucre. On le plaçait sur la commode, pour que tous pussent l'admirer avant qu'on ne le cassât.

— Un fameux obus, remarquait le père, il faudrait en faire pleuvoir sur le dos des Prussiens.

Dans le voyage, il arrivait que le cône se brisât à la base : Catherine cherchait longtemps au fond de la besace ; elle finissait toujours par trouver le morceau de sucre et allait le grignoter dans un coin.

Le père était le maître des bijoux d'or qu'il sortait de temps à autre de leur cachette, dans l'armoire, pour en parer la mère : il était aussi le maître de l'argent. Oh ! il en rentrait peu aux Jaladas, le plus clair des récoltes passant à la nourriture de la famille et des bestiaux ; cependant, de loin en loin, Jean Charron effectuait quelques ventes. Il revint un jour de la foire ne se contenant plus de fierté et d'enthousiasme. Ses yeux bleus luisaient plus qu'à l'ordinaire.

— M'est avis que le père est un peu bu, fit simplement la mère.

Il s'assit à sa place habituelle, ce n'était pourtant pas l'heure de manger. Il prit Catherine sur ses genoux, la regarda dans les yeux cependant qu'il fouillait d'une main impatiente la poche de son gilet.

— Vois, dit-il en faisant briller au bout de ses doigts quelque chose de jaune et de rayonnant.

— Écoute.

Et il laissa tomber la pièce d'or sur la table où elle tinta.

— Un louis, dit-il, un beau louis que j'ai gagné... Marie, il faut fêter ce jour.

— Et comment ?

— Tu feras des dorées à midi.

— Des dorées ? Mais vous n'y pensez pas. Nous ne sommes pas à Pâques. Et puis les poules pondent peu. Sans compter que je suis en retard pour le repas.

— Pour une fois, ordonna le père, n'attendons pas Pâques pour faire bombance. J'ai rapporté de l'or, on mangera des dorées.

Au dessert, on mangea en effet des tartines toutes dorées de jaune d'œuf et sucrées.

— Père, dit Catherine, pourquoi vous portez pas tous les jours des pièces d'or.

— Mais l'or est rare, petite.

Et se tournant vers le Parrain et Robert le domestique :

— Je ne parle pas seulement pour nous, à la campagne on ne l'a jamais ramassé à la pelle, mais en France, notre bourgeois me disait ce matin même, à La Noaille, qu'il n'y en a plus. Pensez, il a fallu en donner des milliards et des milliards aux Pruscos. Je me suis laissé dire que trois longs trains chargés de louis d'or étaient partis en Allemagne.

— Ont-ils emporté aussi des train de dorées ? s'inquiéta Catherine.

Le père était le maître de la joie. C'était lui qui organisait les veillées des fileuses et les chants et la danse.

Une fois les batteuses faites, en septembre, à la faucille on fauchait le chanvre. Pendant plusieurs semaines, on pouvait voir les longues gerbes tremper dans les ruisseaux ou les pêcheries. Ensuite, on faisait sécher le chanvre au soleil et, quand le temps était venu, on le *barguait* à la veillée dans le claier des Jaladas où les châtaignes avaient été mises à sécher. Chaque famille apportait sa *bargue,* machine primitive en bois, munie d'une sorte de levier qu'on élevait puis abaissait en cadence afin de broyer la paille du chanvre. La paille brisée tombait sur le sol. On retirait des dents de la bargue le fil qu'on attachait par poignées. Là, on ne parlait ni ne chantait car une épaisse poussière blanche emplissait le claier et se déposait sur les gens qui ressemblaient bientôt tous à des meuniers. Les femmes avaient serré leur coiffe au ras des sourcils pour protéger leurs cheveux, les hommes enfoncé leurs chapeaux jusqu'aux yeux. On sortait de là altéré et étourdi tant les bargues menaient un beau vacarme.

Mais bavards et chanteurs se rattrapaient aux « assemblées » suivantes. On n'y barguait plus le chanvre, on le filait. Le claier était vaguement éclairé à la lueur d'une chandelle de suif, le *pétrou,* coincée dans un bâton fendu qu'on enfonçait entre deux pierres du four. Le *pétrou* n'éclairait guère, il fumait et ne cessait de crachoter et de pétiller — d'où son nom ; mais qu'importait, le père chantait de sa belle voix grave des chansons tantôt en patois limousin, tantôt en français : il y était question de bergère et de seigneur, de fiancés et de guerre, d'amour et de morts. *Turlututu !* disait la bergère au trop galant chevalier, *gardez votre turlututu, gardez votre château, moi je garde mon turlututu, moi je garde mon cœur.*

Baisse-toi montagne, lève-toi vallon, implorait à son tour dans la nuit l'amoureux transi, *pour me laisser voir ma Jeanneton. C'est la lune qui brille, c'est la lune d'amour.* Il finissait par la trouver dans les bois sa Jeannette avec les garçons. *C'est la lune qui brille, c'est la lune d'amour.* Le père chantait et la mère le regardait, et les femmes écoutaient, filant le chanvre ; elles tenaient d'une main leur quenouille et de l'autre lançaient le fuseau ; sans cesse, il leur fallait cracher dans leurs doigts pour lisser le fil et éviter qu'il ne se rompît.

Plus tard, on dévidait les fuseaux au rouet ; c'était le père qui tournait la manivelle et formait des écheveaux. Et toujours on bavardait, on chantait, on riait.

Les châtaignes sèches là-haut sur leurs claies suspendues au plafond, le chanvre filé, lavé et remis au tisserand afin qu'il en fît des toiles pour les chemises ou les draps (ah ! ces draps, quelles majestueuses piles dans les armoires les plus pauvres, mais qu'ils étaient rudes. On les faisait, à cause de cela, étrenner par les enfants afin qu'ils pussent les user et les rendre ainsi plus doux !), une fois ces travaux terminés, on faisait encore des « assemblées » aux Jaladas pour la danse. Un chabretaire monté sur la table tapait du pied et faisait *darder* sa chabrette dans les notes aiguës. Les couples reprenaient en chœur au refrain :

Ma tcharmelle mé dit qu'elle é pucello
Moun bourdon que noun, noun,
(Ma Charmelle me dit qu'elle est pucelle
mon bourdon dit non, non.)

Dans le chapeau du chabretaire — un vieux petit bonhomme bossu auquel Catherine était chargée de porter un verre de cidre, et elle posait vite le verre et s'enfuyait de crainte que le bossu ne l'attrapât de sa main crochue —, dans ce chapeau, les danseurs versaient leur obole, cependant que les joueurs de cartes, consciencieusement, plaçaient un sou sur la fourche du *pétrou* à chaque partie.

Et le père dansait, et le père chantait, le père était le maître de la joie.

III

La moisson faite, le Parrain partit. Il avait patienté jusque-là, dormant dans l'étable.

— Maintenant, dit-il au père, pour vous le plus dur est fait ; vous me remplacerez à la Toussaint.

— Tu n'y penses pas, disait le père, nous laisser en plein été... Et les batteuses, malheureux, et les pommes de terre, et le chanvre à faucher, les châtaignes à ramasser...

— Bah ! votre domestique est fort comme un Turc, il mettra un coup de plus et tout sera dit.

— C'est à cause de lui que tu pars...

— Laissons cela.

— A cause de lui... et à cause de Mariette.

— Mariette est comme ma sœur, répliqua vivement le Parrain, vous le savez bien puisque la mère et vous, vous avez bien voulu être de nouveaux parents pour moi.

— On te regrettera Parrain, et que vas-tu faire ?

— J'ai un oncle charpentier, Martial, du Breuil, je vais lui demander l'apprentissage.

— C'est un métier, dit le père.

— Oui, c'est un métier.

— Allons, puisque tu le veux.

Ils entrèrent dans la cuisine, le métayer compta les gages du Parrain.

— C'est-il Dieu possible, dit la mère, et elle jeta un regard sévère à Mariette.

Celle-ci pinça les lèvres.

— Voilà, au revoir Mère, dit le Parrain.

— Au revoir mon fils, et elle l'embrassa, et l'embrassa encore.

Le père lui tapa sur l'épaule puis serra fortement sa main. Catherine se jeta dans ses bras et se mit à pleurer.

— Je veux pas qu'il s'en aille, gémissait-elle, je veux pas.

— Je reviendrai, dit le Parrain, je te le promets, ma petite Cathie.

Il tira de sa poche des bonbons, en emplit les mains de l'enfant ; puis encore un long ruban bleu pâle qu'il tendit à la mère.

— Pour les jours de fête, dit-il, pour attacher ses nattes.

— Parrain, Parrain, il ne fallait pas, tu vas avoir besoin de tes sous avant d'avoir trouvé du travail.

Catherine suça les bonbons et leur sucre se mêlait au sel de ses larmes.

— Il est temps, dit le Parrain.

Il tendit gauchement la main à Mariette ; elle lui donna le bout de ses doigts.

— Au revoir Mariette.

— Adieu, répondit-elle.

— Bonheur, et santé, prospérité à vous tous, dit le Parrain d'une voix étouffée.

— Merci, à toi de même, répondirent les parents en même temps.

— Merci, merci, cria Catherine cependant que le Parrain quittait la ferme et que le chien Félavéni le suivait en gambadant.

— Il est parti, dit le père.

— Il est parti, dit la mère.

Le père haussa les épaules.

— Allons, dit-il sèchement, Mariette ne reste pas là plantée à ne rien faire. A quoi rêvasses-tu ? Aide un peu à Marie, que diable. Tu crois que dans son état, elle n'a pas besoin qu'on l'aide !

Mariette ne répondit pas, munie d'un chiffon, elle se mit à frotter la commode puis la table, puis le coffre de la pendule avec rage.

Après le départ du Parrain, les journées paraissaient vides à Catherine. Aussi cherchait-elle à se rapprocher des garçons, mais en vain : quand ils la voyaient venir, ils prenaient leurs jambes à leur cou. Les vacances, en privant Martial et Francet de leurs camarades d'école, les avaient rendus plus conciliants envers Aubin ; tous trois déguerpissaient dès qu'ils avaient terminé l'ouvrage que les parents leur avaient commandé. Tout ce que pouvait faire Catherine, c'était de les guetter en feignant de s'amuser avec quelque poupée de maïs ou un bout d'étoffe qu'elle pliait et repliait sans cesse, les guetter puis les suivre de loin. Elle avait fini par trouver un profond plaisir à surprendre ainsi les divertissements ou les méfaits de ses frères ; puisqu'elle les voyait et qu'ils ne la voyaient pas, il lui semblait qu'elle devenait elle-même l'un deux : soit Francet, soit Aubin, soit parfois les trois à la fois.

Quant à eux, ils ne songeaient qu'à expédier au plus vite leurs travaux, afin d'être tout à leur geai. Mais celui-ci, malgré leurs attentions et même à cause d'elles, connut une triste fin.

Il était devenu dodu, luisant, vif dans sa cage, tant ils le nourrissaient avec soin. Ils l'appelaient Tiénou, Aubin ayant trouvé qu'avec sa façon cocasse de vous regarder de côté, de son petit œil rond, il ressemblait à un vieil original nommé Tiénou qui vivait seul dans une cabane sur la hauteur. Tiénou, malgré tous les efforts de Francet se refusait à parler. « Ça viendra », affirmait Francet qui, connaisseur en langage d'oiseau, ne pouvait admettre qu'il ne pût parvenir à enseigner, ne fût-ce que le mot « bonjour » à son geai. C'était en effet Francet qui traduisait en patois chaque chant d'oiseau. Selon lui, le merle printanier en sifflant déclarait : « *Ai cin pitits din moun nid, Seran tôt drus, tôt drus, tôt drus !* »

L'hiver, le pinson, affamé, venait jusque sur le seuil de la métairie implorer le secours familial : « *Cousi ! cousi* » ; mais au temps des cerises, il se moquait pas mal de ceux qu'en décembre ou janvier il avait appelé « cousins » : persifleur il chantait, le bec encore sucré de cerises :

> « *Crésé-tu pobré paisan*
> *Que vai na à to porto*
> *Per un brisou !* »

Et cette impertinente alouette, Francet la désignait du doigt, cependant qu'elle s'efforçait par saccades vers l'azur. « Entendez-la, disait-il, elle voudrait bien que le Bon Dieu l'aide à monter au ciel, entendez ses promesses :

« *Juraraï pu ! Juraraï pu !* »

Et voilà comme elle les tient, elle se laisse retomber en pierre, ah ! pour la descente pas besoin d'aide, entendez la parjure :

« *Fé dé di ! Fé dé di ! Fé dé di !* »

C'était vexant de connaître ainsi la langue des oiseaux et de ne pas pouvoir en échange apprendre un mot humain à Tiénou. « S'il n'était pas en cage, émit un jour Martial, peut-être parlerait-il. » Les garçons tinrent conseil, puis ils entrèrent à la cuisine, en ressortirent avec une paire de ciseaux. Le malheureux geai perdit ce jour-là le bout éclatant de ses ailes ; mais on n'a rien sans peine. Tiénou, ainsi réduit, fut transporté de la cage à la cuisine où malgré les protestations de la mère et de Mariette, les garçons lui installèrent, à la gauche de la cheminée, un perchoir au-dessus d'une planchette destinée à supporter sa nourriture, sa boisson et à recevoir ses excréments. Tiénou parut ravi de l'aventure, il ne parlait toujours pas, mais balbutiait, gazouillait comme un bébé bavard. Il mangeait encore de meilleur appétit car il prenait de l'exercice à travers la grande cuisine. De son perchoir, il sautait ou voletait sur la cheminée, de la cheminée au *rateau* qui contenait les tourtes ; de là, se laissait choir sur la table, ou sur la maie ; en ses jours d'audace, il se lançait sur le sommet de la pendule. Aux repas, il se familiarisait assez pour venir se percher sur l'épaule de Francet. Il s'approchait bien parfois de l'écuelle de Catherine, mais elle avait peur de son gros bec et le chassait. Toute la journée les garçons ne songeaient qu'à chercher fruits, baies ou grains ou mouches pour Tiénou qui engraissait à vue d'œil. Plus moyen de leur faire faire quoi que ce fût, Tiénou était leur roi et eux ses chevaliers servants. Bien entendu, les voyages de Tiénou à travers la cuisine n'allaient pas sans désagréments pour les ménagères qui n'avaient plus assez de temps, de mains ni de torchons pour essuyer ses fientes sur la table, les bancs, la commode ou dans la vaisselle.

Un après-midi, Mariette décréta que ça ne pouvait plus durer comme ça, ce geai les rendrait folles. Les garçons, au lieu d'aller au puits emplir un seau comme on le leur avait demandé, s'étaient éclipsés à la recherche une fois encore de la pitance de Tiénou. Celui-ci, qui venait de manger copieusement, digérait silencieux sur son perchoir.

— C'est vrai, dit la mère à Mariette, tu n'as qu'à le perdre dans le bois.

— Oui, mais Francet me battra.

Mariette jeta au geai un regard de haine.

— Il faudrait le faire mourir sans qu'ils se doutent que j'y suis pour quelque chose.

Tout à coup, elle s'esclaffa.

— Ça y est, fit-elle.

Elle passa dans la chambre, en revint avec du fil, une aiguille, un dé à coudre.

— Mère, attrapez le geai, demanda-t-elle.

— Que vas-tu faire ?

— Vous allez voir, il a mangé comme un porc, ça ne tardera pas.

La mère prit sans peine le geai assoupi par la digestion.

— Tenez-le sur les ailes, et fermez-lui le bec, demanda Mariette.

Elle enfila le fil dans l'aiguille, prit son dé et, d'une main sûre, cependant que l'oiseau se secouait en vain, prisonnier dans les mains de la mère, elle souleva ses plumes au-dessus du croupion et lui cousit le cul. Ensuite elle voulut reposer l'oiseau sur son perchoir, mais il tomba sur la planchette et y resta, accroupi, la tête rentrée dans les épaules, l'œil à demi clos. C'est ainsi qu'au soir le trouvèrent les garçons.

— Tiénou, mon Tiénou, implorait Francet, qu'as-tu ? réponds-moi ?

Mais le geai ouvrait péniblement un œil, ses plumes se hérissaient, et de son bec entrouvert nul son ne sortait.

Ils essayèrent de le faire boire, de lui donner à manger. rien n'y fit.

Francet avait les larmes aux yeux, il se refusa à avaler quoi que ce fût puisque Tiénou ne pouvait se nourrir.

Le lendemain matin, ils trouvèrent le cadavre froid et raidi tombé de la planchette sur le sol. Cette fois Francet ne soupira pas, ne pleura pas. Il prit l'oiseau mort, le frotta longuement contre sa joue tout en fixant son regard sur Mariette.

— Nous allons enterrer la victime, dit-il.

Mariette sous le regard du garçon ne put s'empêcher de baisser les yeux.

— Non, reprit Francet s'adressant cette fois à Aubin et à Martial, non.

Les garçons graves, anxieux, attendaient les paroles de leur frère comme un oracle.

— Avant de l'enterrer, il faudrait voir s'il n'a pas été blessé, si quelqu'un ne l'avait pas blessé.

Et Francet se mit à palper le cadavre sous la gorge, sur les flancs, sous le ventre, sur le dos.

— Je ne sens rien, dit-il.

— Fais voir, demanda Martial, et il imita Francet, en vain.

— Et moi ? demanda Aubin.

Il allait reposer l'oiseau, lorsqu'il hésita, passa plusieurs fois ses doigts sur le ventre.

— Comme il a le ventre dur ! dit-il.

— Donne, fit Francet avec une sourde violence. Lui-même palpa à nouveau le ventre de l'oiseau. Il poussa un cri étouffé.

— Qu'y a-t-il ? demandèrent ses frères à l'unisson.

Francet ne répondit pas. Fiévreusement, il s'était mis à plumer le derrière du geai. Ses doigts tremblaient en arrachant les plumes. Enfin il s'arrêta.

— Voyez, dit-il aux garçons. Cousu.

— Ça, fit Martial.

Il cracha avec mépris sur le sol.

— Je t'ai déjà dit de ne pas cracher par terre, gronda la mère. Vous prenez la maison pour une écurie !

Les garçons ne répondirent pas. Martial enfonça jusqu'aux oreilles son chapeau cabossé, Francet prit l'oiseau contre son cœur, Aubin renifla bruyamment. Ils sortirent à la queue leu leu.

— Cathie, va voir ce qu'ils font, dit Mariette.

Catherine revint au bout d'un moment. « Ils ont enterré Tiénou au fond du pré, dit-elle. Francet a fait une croix avec deux branches, ils l'ont plantée en terre. »

— Ils vont me battre, soupira Mariette.

Ils ne la battirent point, mais ses lapins pour lesquels elle nourrissait une si vive affection, l'un après l'autre, elle les trouva crevés, chaque matin, lorsqu'elle allait leur porter le fourrage.

IV

Aubin allait maintenant à l'école, c'était à Catherine de le remplacer pour garder les cochons. Ils sortaient de leur porcherie derrière les Jaladas dans un concert de grognements, se bousculaient pour contourner la cuisine, hésitaient un instant devant la route, repartaient collés derrière la grosse truie, folâtraient enfin dans la châtaigneraie. On avait, les jours précédents, ramassé les châtaignes, et Catherine devait mener les cochons au bois afin qu'ils pussent se nourrir des fruits oubliés sous les fougères ou dans la mousse. Parfois d'autres bergères de sa taille et de son âge la rejoignaient dans le bois : c'était la Marion des Lagrange ou l'Anne des Mauriéras. Les chiens se couchaient tranquillement dans une clairière exposée au soleil, les cochons poussaient leur groin à travers ronces et lichens à la recherche des châtaignes ; les petites bergères ramassaient les girolles, les derniers cèpes de la saison ou se partageaient en riant une tranche de pain bis. La Marion, qui allait sur ses huit ans, était la plus bavarde. Catherine et Anne l'écoutaient bouche bée leur parler de la Vierge et des saints, du loup-garou, ou de la chasse-gallerie qui passait le soir en hurlant au-dessus des toits.

De saisissement parfois, les petites s'en laissaient tomber assises sur la mousse, voire sur une bogue de châtaigne : elles se relevaient alors d'un bond, arrachant vivement le pelon piqué de toutes ses pointes à leurs fesses nues.

— *Fé dé di, quella pina !* jurait Anne au grand scandale de Catherine.

A la fin de l'après-midi, on appelait les chiens pour faire rentrer les cochons. Quelques aboiements, des courses folles qui faisaient voler les feuilles mortes, des couinements et bientôt, au petit trot, les porcs prenaient d'eux-mêmes le chemin du retour. Ceux de Catherine n'avaient que quelques mètres à parcourir, elle laissait le soin à Félavéni de les guider jusqu'à la porcherie.

Ainsi, un jour, s'était-elle libérée de sa tâche de bergère sans avoir même à remonter clore la porcherie, son père, qu'elle apercevait dans la cour, s'en étant chargé. Elle avait pu accompagner ses camarades un bout de chemin et maintenant elle revenait en longeant le canal. Les voix de Marion et d'Anne retentissaient encore sur la route en contrebas, et Catherine allait à reculons cherchant à apercevoir les bergères. Le crépuscule chargeait le ciel de somptueux nuages blancs, mordorés ou bleuâtres ; elle se plaisait à deviner dans leur amoncellement les visages des anges, des apparitions de villes d'or, des montagnes inaccessibles, tout un univers plus merveilleux encore que celui auquel Marion faisait allusion dans ses contes. Elle oscillait du monde céleste à celui familier où ses compagnes rentraient leur troupeau et où s'étendait, jauni par l'automne, le grand pré qui remontait jusqu'au puits là-bas, et jusqu'à l'étable où le père, à présent, apportait quelque litière. Comme on voit mieux les choses, comme on les voit différemment, qu'elles soient nuées ou terre, quand au lieu d'avancer tout bêtement, on va à reculons, le corps incertain, le regard enivré. Et soudain, qu'y a-t-il ? Où est-elle ? Elle s'enfonce... L'eau, le froid, l'eau sur ses jambes, sur son ventre, sa poitrine. Le canal, elle l'avait oublié... elle est tombée dans le canal, elle va mourir. Son père, là-bas, au bout du pré, à la porte de l'étable ; il ne la voit pas ; l'appeler ! Non, que ferait-il ! Sa colère...Elle va mourir. Respirer. Mais... comment ? elle flotte ? Sa cape s'est ouverte, éployée autour d'elle, comme la feuille d'un immense nénuphar, et Catherine flotte supportée par cette cape-feuille. Elle agite ses petits bras, frappe l'eau, le courant l'entraîne loin de la rive. Elle brasse l'eau de nouveau, résiste, se rapproche, happe une touffe de joncs sur la berge, tire, les joncs craquent, la voici repartie, et la cape s'imbibe, bientôt ne la soutiendra plus. Des pieds, des mains, elle rame, elle nage comme elle l'a vu faire au chien quand, l'été, les garçons le jettent à l'eau. Une autre touffe de joncs, cette fois ils tiennent. Elle s'arc-boute, s'efforce, se couche sur la berge, se hisse. Enfin la voici allongée sur l'herbe, frissonnante, ruisselante, sauvée.

Lorsqu'elle eut repris souffle, elle gagna la châtaigneraie, passa à quelques mètres de son père sans qu'il la vît. Que dirait-il s'il l'apercevait dans cet état, les vêtements collés au corps ? Honteuse, elle traversa la route, entra dans la cuisine. La mère d'abord ne sut que dire. Catherine baissait la tête, l'eau s'égouttait autour d'elle sur le sol. La mère pâlit, et brusquement se jeta sur elle, la prit dans ses bras, l'embrassant, pleurant, bégayant.

— Petite, ma petite, ma petite Cathie, mon pauvre trésor.

— Mon Dieu, mon Dieu, répétait Mariette.

On déshabilla l'enfant devant le feu, la frotta entre des serviettes rugueuses. Avec une bouillotte, la voici dans le lit, on lui fait avaler une tisane. Et sa mère encore qui de nouveau lui parle, l'embrasse. Et le père qui est venu, il ne se met pas en colère, se tient tout gauche au pied du lit.

— Cette petite malheureuse qui n'osait pas vous appeler de peur que vous la fâchiez.

Quel long sourire timide a le père.

Cette chaleur du lit, cette tendresse, ce bonheur.

— Du moins, là-bas, les enfants ne risqueront plus de tomber dans le canal.

C'était après les batteuses. La bourgoise, Mme de La Mothe était là, avec son fils Gaston. Tous deux avaient l'œil ; ils comptaient les gerbes, se promenaient dans la cour. Évidemment, malgré leurs terres, ils n'étaient guère riches les bourgeois et contraints à vivre chichement ; ils ne rêvaient que de gagner un sac ou une volaille de plus sur les redevances des métayers.

Robert le domestique avait profité des batteuses pour boire tout son soûl et, quoique petit, il lui fallait force litres pour apaiser sa soif. Il était donc énervé par le vin, enfiévré par le travail, la poussière, la chaleur, au demeurant homme de méchante humeur. Depuis un moment le va-et-vient de la bourgeoise, de l'aire où l'on avait battu au fléau, à la grange, de la grange à la cuisine, de la cuisine aux sacs, ce va-et-vient commençait à l'irriter. Il avait bien fait virevolter son fléau de telle sorte que la poussière allât incommoder la « dame », clamé ses jurons les plus orduriers pour qu'elle s'enfuît offusquée, rien n'y faisait, elle continuait d'aller et venir, son œil de pie braqué sur les gerbes, sur le tas de grains élevé au milieu de l'aire, sur les premiers sacs de blé. A la fin, il n'y tint plus : sous prétexte de débarrasser un coin de la grange, il s'empara d'une gerbe, qu'un autre que lui aurait eu de la peine à déplacer, et l'envoya à la volée rouler en direction de la dame. Sous le choc, telle une quille, Aglaé de La Mothe s'affala de côté, cependant que son fils se précipitait vers elle en criant : « Maman, Maman, avez-vous du mal ? »

et que toute la famille Charron s'avançait la mine basse.

Quant à Robert, il feignit de se désintéresser de l'affaire. Assis sur une autre gerbe, il s'était mis à avaler goulûment un bout de pain et du fromage. M. Gaston releva sa mère dont la robe noire était à présent tachée de poussière et de purin. Ils regagnèrent muets et furieux leur tilbury qui attendait à l'ombre des châtaigniers. Là, au père qui les avait suivis bredouillant des excuses, la bourgeoise dit sèchement :

— Charron ou vous me renvoyez immédiatement ce butor ou vous cherchez une autre métairie.

Ce fut à cette dernière décision qu'on s'en tint car renvoyer Robert il n'y fallait plus songer ; il était depuis quelques jours fiancé avec Mariette, et cela avait eu lieu à l'occasion d'une autre sorte d'exploit. Les voisins des Charron, les Lagrange, possédaient un taureau, ils en tiraient profit, faisant payer les saillies. C'était une longue bête brune, aux cornes courtes et pointues, au mufle baveux. Un anneau perçait ses naseaux et Marcel Lagrange menait ainsi par une corde passée dans l'anneau l'animal quasi sauvage. On l'écoutait la nuit mugir et sauter dans son étable. La petite Marion Lagrange en était très fière, et toute la famille d'ailleurs en acquérait un grand prestige. Un matin, on entendit des cris, des appels, des aboiements monter de la ferme des Lagrange. Jean Charron se planta sur les marches de la cuisine.

— Y a quelque chose qui ne va pas chez les Lagrange, remarqua-t-il.

— Penses-tu, dit la mère. Ils crient après leurs bêtes, c'est tout.

Mais il fallut reconnaître qu'il se passait quelque chose d'anormal.

— J'y vais voir, dit le père.

— Je vous suis, proposa Robert.

Les femmes se pressèrent sur le seuil pour les voir partir. Ils n'allèrent pas loin. Le taureau s'était échappé du pré. Lagrange et ses fils avaient essayé de le cerner, mais il avait couru sur le plus jeune qui n'avait eu d'autre ressource que de grimper dans un pommier.

Maintenant, noir, il avançait sur la route, il montait vers les Jaladas.

Quand le père l'aperçut il chercha en vain quelque bâton, et ne trouva à portée de main, dans une haie, qu'une dérisoire baguette de noisetier.

— Mon Dieu, s'écria la mère qui était venue sur la route, mon homme va se faire tuer.

Le taureau s'était planté au milieu de la chaussée : il baissait la tête, on le sentait en train de rassembler ses forces, se préparant à se jeter sur cet homme maigre et sa badine de noisetier. C'est alors qu'on vit cette chose incroyable qui frappa de stupeur le père, la mère, Mariette, Catherine, Aubin, et, assemblée en contrebas, toute la famille Lagrange : Robert le domestique alla droit au taureau ; arrivé à un mètre, il s'arrêta, se baissa un peu, écartant légèrement les bras du corps. Le taureau frappa le sol de son sabot. Tous cessèrent de respirer : la bête allait bondir et lancer sur ses cornes la dépouille ensanglantée du domestique. Ce ne fut pas l'animal mais l'homme qui le premier s'élança. Il agrippa les cornes du fauve. Celui-ci essaya de se dégager et dans son effort souleva son adversaire du sol, mais vite Robert reprit terre, il s'arc-bouta, et l'on devinait la lente, terrible pression que ses bras exerçaient sur les cornes. Le taureau soufflait, ses yeux étaient injectés de sang ; la bave coulait de son mufle. Enfin on vit le col de la bête se tordre, le taureau tomba sur les genoux, Robert se penchait sur le vaincu, la sueur sillonnait sa face. Il fit signe à Lagrange d'approcher. Le paysan passa la corde dans l'anneau de la bête, tordit la corde : le taureau poussa un long gémissement.

— Voilà, dit Robert.

Il s'essuya les mains à son pantalon de velours, puis les passa sur son visage pour ôter la sueur.

Lagrange fit relever sa bête.

— Un homme comme ça, c'est un phénomène, fit-il.

Le père brisa sa branche de noisetier, jeta les débris dans le fossé.

— Merci, Robert, dit-il. Merci.

— De rien, fit l'autre en remontant son pantalon sur les hanches.

Ce soir-là, quand les garçons et Catherine furent couchés, Mariette demanda aux parents de l'accompagner sur la route.

— En voilà une idée, s'étonna le père.

Mariette insista. Quand ils furent dehors, dans la nuit, elle leur demanda de la marier avec Robert.

— D'ailleurs, ajouta-t-elle dans un souffle, il fallait faire vite... pour l'honneur.

V

A la Toussaint, la famille s'installa à la métairie du Mézy, dans un fond, à quelque six kilomètres de La Noaille. La maison était plus grande, plus neuve qu'aux Jaladas. La terre était bonne si l'on en croyait le métayer qui s'en allait. Les débuts furent donc heureux, joyeux même puisqu'on commença par la noce de Mariette et de Robert. Catherine croyait rêver.

Les murs de la grange furent tendus de draps blancs et de branches vertes et fraîches de sapins. D'un coin à l'autre on lança des guirlandes de papier multicolore. Le long des murs, trois tables en fer à cheval ; pour les orner, comme il n'y avait plus de fleurs, on fit des bouquets de feuillages roux.

Par malchance il pleuvait : une petite pluie fine, incessante. Le matin, au son d'une chabrette et d'une vielle, la noce s'en alla à la mairie puis à l'église de La Noaille. Quelle boue ! Le long cortège endimanché pataugeait. Les femmes relevaient sur leurs chevilles leurs longues jupes noires à bandes rouges, vertes, orange, elles serraient sur leurs épaules leurs fichus de cachemire et se blottissaient contre leurs cavaliers ; leur belle, vaste, légère coiffe de dentelle : le *barbichet*, se couvrait de mille perles d'eau et semblait un grand oiseau blanc aux ailes ouvertes dans la brume. Des vieux portaient au-dessus d'eux d'immenses parapluies bleu passé. Les jeunes préféraient se mouiller et montrer leurs atours. En tête du cortège, à deux pas derrière les musiciens, la mariée minuscule dans sa longue robe gris perle, au bras du père très droit et grave, pour aller ; au bras de son mari trapu et renfrogné, pour revenir. Le chemin était long jusqu'à La Noaille. La mère était tout essoufflée. Catherine la trouvait de plus en plus grosse ; Catherine, elle, avait pour cavalier le Parrain revenu à l'occasion du mariage. Elle arborait une robe bleu pâle qu'il lui avait portée la veille. La robe était bien un peu large et trop longue, mais qu'importait, quelle jolie toilette ! les demoiselles de la ville en avaient-elles d'aussi gracieuses ? Au bout de quelques minutes le bout de la robe fut trempé et maculé de boue. Catherine s'en aperçut et eut envie de pleurer, mais quand le

Parrain vit cela, il la prit sur ses épaules comme jadis ; ainsi ils allèrent à La Noaille, ainsi ils en revinrent. De loin en loin, dans le crachin, les garçons d'honneur poussaient de sonores : « *I foufou !* » et dans les fermes au passage, les paysans leur répondaient.

Le repas fut énorme. Le père avait bien fait les choses. Le coût de la noce et la dot mangèrent toutes les économies réalisées aux Jaladas. Il fallait bien « pour l'honneur » inviter : cousins et arrière-cousins, et encore les Lagrange et les Mauriéras des Jaladas, et Duchein, le collègue du Mézy, et sa famille — car ce domaine comptait deux métairies — et M. Maneuf le propriétaire, et ses domestiques « deux jeunes qui n'avaient pas leurs yeux dans les poches » remarqua le Parrain, Mlle Léonie et M. Paul.

A la place d'honneur, devant un haut bouquet de feuilles de chêne dorées, les mariés : elle, rose et brune, petite, vive, la repartie preste ; lui, engoncé dans ses habits du dimanche, maussade, semblait-il, le front barré d'une ride molle. Alentour, peut-être cinquante personnes qui bâfraient, buvaient, parlaient, riaient, plaisantaient lourdement.

Un jour, songeait Catherine, elle aussi se marierait. Elle ne voudrait pas un mari comme Robert, comme Aubin peut-être ou comme le Parrain... Oh ! elle se marierait avec le père ! mais, ne disait-on pas qu'un homme ne pouvait avoir qu'une femme ? Pourtant, Mariette lui avait confié un jour : « Ta mère, c'est la deuxième femme du Père. » Alors, pourquoi ne serait-elle pas la troisième ? il est vrai que la première femme était morte... Mon Dieu, si ces pensées allaient faire mourir la Mère ! Elle se forçait vite à écouter une chanson, à avaler un nouveau gâteau pour chasser cette rêverie où le bonheur et l'angoisse se mêlaient si redoutablement.

A la longue, tant de monde, tant de plats et de friandises, tant de chansons et tant de bruit la plongèrent dans une somnolence bienheureuse. Pour elle, la journée passa si vite qu'elle ne devait en garder qu'un souvenir confus et ravi, où s'éclairait l'image de la robe offerte par le Parrain.

A peine avait-on remis en ordre la maison et la grange, après le bouleversement de la noce, qu'une querelle éclata entre le métayer et son gendre pour une histoire d'argent et de draps.

— Je n'ai pas toute la dot, espèce d'avare ! criait Robert ; il avait bu.

— Si tu n'étais pas saoul, tu verrais que le compte y est.

— Saoul ! moi ! hurla le jeune homme. Il marcha vers son beau-père, mains levées.

Mariette se précipita entre eux, noua ses bras autour du cou de son mari :

— Ne fais pas ça, ne fais pas ça, suppliait-elle.

Il se fit lâcher et la repoussa rudement.

— Ça va, on l'abîmera pas ton vieux.

Le soir même, sur une carriole que prêta Duchein, le jeune ménage s'en alla. Robert avait déclaré qu'il logerait chez un camarade de régiment qui avait une grosse ferme au delà de La Noaille, et qui, *lui*, se ferait une joie d'ouvrir sa demeure à un ami.

— Ma pauvre enfant, dit la mère, ma pauvre Mariette qu'adviendra-t-il de toi ?

Mais la jeune femme s'empressait de faire paquets et baluchons, de temps à autre elle levait la tête et jetait sur son mari un regard rêveur.

Une fois Mariette et Robert partis, le Mézy parut bien vaste. La famille Charron occupait la partie gauche du rez-de-chaussée ; une cuisine et deux chambres d'égales dimensions, l'une était occupée par les parents et Catherine, l'autre par les trois garçons. Le propriétaire, M. Maneuf, conservait le reste de la maison. Le Mézy : une demeure carrée, au crépi clair, sur la gauche les longs bâtiments des étables, de la grange, de la porcherie ; derrière, un *coudert* pour les cochons avec quelques pruniers malingres ; devant : une cour pavée ornée de grosses dalles de granit, un jardin de maître orné d'un haut sapin, d'une pelouse et de massifs de rosiers ; au delà du jardin, les prairies. Une route étroite et défoncée séparait le Mézy des champs et du potager. Quand on faisait quelques pas sur cette route, en laissant la ferme en arrière, on pouvait apercevoir, assez loin de là, sur la hauteur, la seconde métairie où vivaient les Duchein.

M. Maneuf était veuf, sans enfants. C'était un petit vieux large d'épaules, toujours vêtu de noir. Il avait un visage plat, marqué au nez et aux joues de couperose, un crâne chauve et pointu, une barbiche qu'il persévérait à teindre malgré ses soixante-dix ans. Une paralysie des jambes le maintenait assis dans un fauteuil flanqué de grandes roues. Si le temps le permettait, M. Paul, le domestique, poussait le fauteuil du maître jusqu'au jardin à l'ombre du sapin ; de là M. Maneuf avait vue sur la route, sur ses champs, la cour et la maison. Il faisait lui-même pivoter sa chaise et tourner les roues afin de suivre la marche de l'ombre sous l'arbre ou bien de voir les prés où Jean Charron aidé de Martial nettoyait les rigoles. Si le temps était froid ou qu'il plût, on pouvait apercevoir le buste de M. Maneuf derrière la fenêtre de la salle à manger. A travers la vitre, ses petits yeux vifs brillaient, Catherine ressentait un obscur malaise à se trouver placée sous leur regard. Au rez-de-chaussée, M. Maneuf avait sa cuisine, sa chambre qui donnait sur le coudert, et sa salle à manger d'où il observait la cour et le jardin. Il laissait le premier étage à ses serviteurs : M. Paul, préposé à pousser le fauteuil, entretenir le potager, conduire le tilbury, Mlle Léonie, gouvernante, cuisinière, femme de chambre, et le reste, disaient les mauvaises langues.

Mlle Léonie, une longue personne âgée d'une trentaine d'années, brune de peau, d'yeux et de cheveux, sèche, aux lèvres minces mais au regard ardent, à la voix criarde et dure mais aux façons minaudières. Elle avait les cheveux ternes et cassants. « Ma pauvre femme, disait-elle à la métayère, avec un air de profonde commisération, ma pauvre femme, je vous plains de garder une telle toison. Si encore vous étiez une dame, vous auriez des servantes pour vous aider à vous peigner, mais avec tous vos travaux, ah ! oui, vraiment je vous plains. »

— Jean, disait-elle au père, ne croyez-vous pas que dans cette terre le froment conviendrait mieux que le seigle ! ou bien : « Jean, vous devriez donner un coup de main à M. Paul pour bêcher le jardin. »

— En effet, c'est à voir, mademoiselle, répondait le père, ou encore : « Dès que j'aurai changé la litière, j'irai relayer M. Paul. »

— Vous ne pouvez pas la renvoyer à ses fourneaux, protestait la mère. Sait-elle seulement la différence entre le seigle et le froment ? Et son M. Paul, vous savez bien que c'est son travail, et non le vôtre, de jardiner... Vous êtes trop bon, mon ami, ou trop naïf !

M. Paul, en effet, devait tenir le jardin en état, mais M. Paul n'aimait guère ce travail qui donnait des ampoules à ses mains blanches. Il pouvait avoir vingt-cinq ans, la taille bien prise, une moustache fine dessinait son ombre au-dessus de lèvres gourmandes ; il avait l'œil brun, allongé et luisant, les cheveux toujours bien peignés. Sa tâche préférée était d'atteler, au tilbury jaune et noir, Sultane la pouliche alezane qu'il tenait aussi nette, aussi coquettement lissée que lui-même, et de filer grand train jusqu'à La Noaille où il allait faire des emplettes de boutique en boutique, laissant complaisamment admirer la voiture, le cheval et le cocher. Parfois, Mlle Léonie se mettait sur son trente et un : fronces, garnitures, rubans surchargeaient sa robe mauve afin d'étoffer un peu ses maigres appas. Un coup de fouet, et la voiture s'envolait emportant M. Paul et Mlle Léonie, raides et droits sur le banc capitonné, tels deux mannequins de cire. Parfois, aussi, M. Maneuf était de la promenade. Il avait fait construire un plan incliné qui permettait de le rouler en fauteuil du seuil de la maison jusque sur le plancher du tilbury où il pénétrait par l'arrière. Ces jours-là, après que les roues du fauteuil avaient été soigneusement calées, Sultane s'en allait d'une longue foulée élégante et sage. Sur le siège avant, M. Paul et Mlle Léonie se tenaient tout aussi raides que lorsqu'ils étaient seuls, mais la servante n'avait droit alors qu'au tablier et au fichu sur la tête et M. Paul portait le chapeau de cocher ; tous deux paraissaient maussades et comme absents.

A vrai dire, M. Maneuf expédiait souvent son domestique aux emplettes ; M. Paul ne se faisait pas prier, mais Mlle Léonie ne laissait pas de confier à la mère que le maître exagérait en éloignant si souvent du Mézy M. Paul.

— Il est jeune, vous comprenez. Ne se laisserait-il pas tourner la tête par quelque effrontée de La Noaille, et alors comment fera son maître pour le remplacer ?

Les jours où M. Paul était de sortie, on ne voyait pas M. Maneuf ni dans le jardin ni à la fenêtre de la salle à manger, on ne voyait pas non plus Mlle Léonie.

— On dirait qu'ils sont morts, remarquait la mère avec une secrète réprobation.

Catherine, qui rôdait dans les couloirs, surprenait parfois des rires étouffés, de petits cris ; comme elle craignait les yeux perçants du paralytique, et les lèvres minces de la demoiselle, elle n'osait rapporter à sa mère les bruits fugaces qu'elle entendait et qui démentaient l'apparent sommeil du logis.

VI

Catherine avait fort à faire pour reconnaître son nouveau

domaine. La campagne du Mézy était moins vallonnée qu'aux Jaladas mais, dans sa nouveauté, elle n'offrait pas moins de mystères. Le départ de Mariette donnait à Catherine davantage de travail ; c'était elle à présent qui essuyait seule la vaisselle, aidait à servir et à desservir la table ; et, comme Martial allait aux champs avec le père afin de remplacer tant bien que mal Robert, il lui fallait non seulement conduire les cochons au « coudert », où, Dieu merci, ils pouvaient rester seuls, mais encore garder les vaches, dont l'une, « La Rougeô », toujours chargée d'une entrave qui traînait entre ses pattes de devant, l'effrayait par ses bonds et ses meuglements. Du moins le chien Félavéni demeurait-il fidèle et facilitait la tâche de l'enfant. Pour mener les bêtes au pré, il fallait traverser une garenne plantée de chênes que l'automne dépouillait ; au centre se dressait un imposant et massif monument de granit bleu : là reposaient les restes de Mme Maneuf et de son fils Octave. Deux plaques ovales de porcelaine garnies de nuages roses étaient incrustées dans la pierre tombale ; sur l'une d'elles une jeune femme au regard mélancolique souriait ; l'autre plaque était fendue par le milieu, elle portait l'image d'un officier bleu et rouge, mais la fêlure partageait le visage qui, ainsi tordu, arborait une grimace douloureuse.

Catherine se signait en passant devant la tombe et pressait le pas ; les chênes au-dessus d'elle lui semblaient menaçants et tourmentés, la lumière prenait une étrange couleur, l'air se laissait mal respirer. Une fois sortie de la garenne, elle retrouvait le calme, oubliait bien vite le sépulcre et ses deux prisonniers. Un jour pourtant, arrivée au pré, elle ne put chasser un obscur remords. En longeant la tombe, elle avait jeté un regard apeuré à la jeune femme et au soldat, et elle avait cru lire une tendre supplique dans les yeux de la dame et un appel amer dans la bouche mutilée de l'officier. Elle avait beau chanter, planter devant elle ses poupées de maïs, leur faire jouer le rôle de Mlle Léonie et de M. Paul, elle ne parvenait pas à se délivrer d'une inquiétude qui la faisait tressaillir au moindre bruit dans la haie, au moindre mouvement de l'herbe. A la fin, elle n'y tint plus. Elle prit l'une de ses poupées, la plus belle, celle qui portait ruban rouge à la taille, chapeau en papier doré, et après avoir enjoint à Félavéni de garder les vaches en son absence, la voici repartie vers la garenne. Un nuage assombrit à ce moment le ciel ; le bois de chêne s'enténébra. Catherine s'arrêta, frissonnante ; pourtant elle reprit sa marche, parvint au tombeau. Elle s'agenouilla devant les plaques de porcelaine, envoya un baiser à la belle dame, un autre au soldat ; puis elle déposa la poupée de maïs devant la tombe et murmura :

— Voilà, moi je ne peux pas rester avec vous, mais elle vous tiendra compagnie.

Elle se releva, se signa, courut à perdre haleine jusqu'au pré où elle se jeta sur Félavéni le pressant dans ses bras pour sentir enfin une chaude, une vivante présence.

Elle n'avait plus Marion ni Anne pour l'accompagner dans les prés, échanger avec elles des confidences, s'étonner ensemble des extravagances des grandes personnes ; sa seule amie était la fille des Duchein, les autres métayers, la Marie Brivat : une grande blondasse de douze ans, les yeux tournés : fruit d'un premier mariage d'Octavie Duchein. Elle était un peu « demeurée », les métayers la faisaient travailler comme un homme, il lui fallait aller chercher l'eau au puits mais aussi labourer si Duchein avait affaire ailleurs, garder les vaches mais encore coucher à l'étable quand une bête était sur le point de vêler. Et justement une normande traînait plus péniblement de jour en jour ses flancs énormes. Les Duchein avaient installé un lit à l'étable et ordonné à Marie d'y passer dorénavant les nuits dans l'attente de l'événement. La journée, Marie faisait ses doléances à Catherine.

— J'ai peur, il y fait chaud, il y fait bon, mais j'ai peur, tous ces culs de bêtes que j'aperçois dans l'ombre, ces bruits de chaîne, ces coups sourds, j'ai peur.

Et elle concluait :

— Ah ! Cathie, toi qui es brave tu devrais venir coucher avec moi.

— Mon père ne voudrait pas.

— Et si ton père voulait ?

— Si mon père voulait, alors...

Marie prend Catherine par la main et la voilà qui court, court.

— Marie, Marie, où m'emmènes-tu ? Ne cours pas si vite !

Rien n'arrête Marie, elle ne répond pas, entraîne l'enfant ; les cailloux volent sous leurs pieds, les chiens les suivent en gambadant.

Enfin Catherine à bout de souffle se fait lâcher, reste un moment penchée en avant pour reprendre haleine. Quand elle relève la tête, elle aperçoit tout là-haut, au bout d'un champ, le père et Martial qui labourent et Marie qui s'avance à grands pas vers eux.

Elle les rejoint à son tour.

— C'est vrai, dit le père, que tu veux coucher avec Marie à l'étable ?

Catherine de la tête fait signe que oui.

Marie bat des mains, saute sur place, le père la regarde, apitoyé ; Martial lui jette un coup d'œil méprisant.

Dès la vaisselle faite, Marie vint chercher sa compagne. La mère donna un petit baluchon à Catherine, l'embrassa.

— Ne prends pas froid.

— Ne t'approche pas des vaches, dit le père, elles ne te connaissent pas, la nuit tu pourrais les surprendre et un coup de pied est vite attrapé.

Les deux fillettes partirent. Il pouvait être neuf heures ; il faisait froid et clair, leurs sabots résonnaient sur la route. Le chemin parut long à Catherine du Mézy à la métairie des Duchein. Marie, au contraire, riait toute seule, disait des mots sans suite. Elles passèrent souhaiter le bonsoir aux Duchein. Affalé sur la table, l'homme grogna un mot incompréhensible ; enfin il se leva en maugréant, Marie prit la lampe-tempête ; le métayer les conduisit à l'étable. Un petit lit de fer était dressé dans un coin. Duchein à la lueur de la lampe examina la vache énorme.

— Alors, c'est compris, dit-il à Marie, si elle commence à bramer tu viens me chercher.

Il partit. Les enfants se couchèrent, Marie souffla la lampe. C'était vrai qu'il faisait chaud ; l'odeur des bêtes était bonne à respirer. On les entendait souffler parfois dans le noir. L'une d'elles ruminait lentement, lentement. Un veau s'ébroua, geignit, enfin dut se coucher ; on entendit craquer la paille sous son poids.

— Il est tout fou, dit Marie, puis, après un silence :

— Tu ne dis rien. Tu n'as pas peur au moins ?

— Non.

Une vache laisse tomber une bouse qui claque mollement. Catherine se met à rire. Le veau s'agite encore.

— Ne ris pas, souffle Marie, tu les inquiètes.

Elle ajoute :

— C'est drôle hein, seule ici je suis malheureuse comme les pierres, je m'imagine je ne sais quoi, que les vaches deviennent géantes, qu'elles vont me percer à coups de cornes, me piétiner. Et toi aussi tu te sentirais perdue si tu étais seule ici. Et, toutes deux, ici, eh bien, toutes deux c'est, je ne sais pas comment te dire, c'est mieux qu'un beau lit dans une belle chambre.

— On est bien, dit Catherine.

Puis :

— C'est cette nuit qu'elle va faire son veau ?

— J'sais pas. Je voudrais pas, j'aime pas ça.

— Moi, je voudrais bien, pour voir, tu comprends ; mais aussi je voudrais pas, parce que peut-être, je pourrais revenir ici les autres nuits.

— Oh ! oui, oui, Cathie, tu viendras. Ah ! si cette bête pouvait ne pas vêler encore.

— B'soir, murmure Catherine.

— Bonsoir.

La nuit se passa sans incident ; et comme elle l'avait espéré, Catherine revint dormir dans l'étable. Chaque soir les deux fillettes se demandaient « si ça serait pour cette fois ». Il arrivait à la vache de geindre ; les enfants se dressaient dans leur lit, puis le calme revenait. Après l'une de ces alertes, Marie s'interrogea :

— Je me demande tout de même quand elle va se décider à faire le veau ?

Elle eut une drôle de voix pour murmurer :

— Dis Cathie ?

— Quoi...

— Rien.

— Comment rien ?

— Non, je ne voulais rien dire, ça me regarde pas.

— Qu'est-ce qui te regarde pas ?

— Ta mère ?

— Quoi ma mère ?

— Est-ce que... enfin... enfin quand est-ce qu'elle va faire son petit ?

— Comment ? dit Catherine éberluée.

Marie sentit l'enfant se raidir et s'éloigner vers le bord du lit ; elle aurait bien voulu n'avoir point parlé. Elles restèrent ainsi un moment silencieuses, hostiles. Puis Catherine s'approcha de nouveau de sa compagne :

— Qu'est-ce que tu disais ?

— Je disais rien, répondit Marie dans un grognement.

— Oh si Marie, parle-moi, pourquoi tu disais ça ?

Alors Marie se décida.

— Ben quoi, t'as bien vu ta mère ?

— J'ai vu, j'ai vu, qu'est-ce que j'ai vu ?

— T'as pas vu son ventre ?

— Oh si, gros, très gros depuis, depuis les Jaladas.

— Eh bien ? fit Marie.

— Alors, c'est donc ça, soupira Catherine, comme la vache ?

— Comme la vache, répéta Marie.

Cette nuit-là, Catherine fit des rêves : aux Jaladas, près du canal, sa mère tenait par la patte un petit veau : « Maman », disait-il ; elle le regardait tendrement ; elle avait sa belle chevelure déployée sur les reins, de son front sortaient deux petites cornes d'argent.

Par une aube grise de décembre, la vache vêla. Marie avait réveillé Catherine qui se refusait à sortir du sommeil.

— Hein, Cathie, réveille-toi ! Tu entends ! cette fois la Rousse est sur le point. Entends-la.

Il faisait tiède au creux du lit mais dans la pénombre de l'étable on voyait deux jets de buée sortir par les naseaux des bêtes allongées. Dans son coin la Rousse mugissait et tirait sur sa chaîne.

— Il faut que j'y aille, soupira Marie.

Elle se leva, enfila une vieille capote de soldat qui traînait jusqu'à terre. Catherine restée seule se boucha les oreilles pour ne plus entendre les beuglements de la Rousse. Toutes les autres vaches s'étaient dressées et essayaient de se détacher.

— Pourvu qu'ils viennent vite, se disait Cathie.

Le temps lui paraissait interminable. Enfin on poussa la porte basse de l'étable, les Duchein arrivaient suivis de Marie. De son lit, Catherine assista, à la fois horrifiée et émerveillée, à la venue du veau. Le métayer plongea ses bras nus dans la vache. Catherine voyait mal, les Duchein se tenant devant elle. La Rousse poussa un long, profond mugissement — elle crie avec son ventre, pensa Catherine —, le métayer jura, il y eut un « flac » sur la litière et Catherine vit une espèce de grosse masse blonde pelotonnée sur la paille. Le métayer lavait la vache, lui parlait doucement. « Là, ma jolie, là ma rousse, ça y est maintenant, tu nous l'as fait espérer ton veau, mais ça y est ma belle, là, tout doux, là... »

Bientôt la Rousse se mit à lécher à grands coups de langue le veau tremblant auprès d'elle ; sur le pelage clair du nouveau-né la langue maternelle laissait de larges traces sombres et frisées.

Plus tard, lorsque Catherine se leva, elle vit le veau se dresser en vacillant sur ses maigres, longues pattes flageolantes, puis du museau frapper de brefs coups têtus contre le pis de la Rousse.

— Tu vois, fit Duchein, les bêtes c'est plus fin que les chrétiens, ça vient de naître et déjà ça tient debout sur ses jambes.

Catherine voua dès lors une vive admiration au petit de la Rousse. Chaque jour ensuite, elle demandait de ses nouvelles à Marie Brivat.

VII

La neige se mit à tomber, d'abord légèrement, et à peine touchait-elle le sol qu'elle fondait, puis peu à peu elle devint plus épaisse, et pressée, semblait-il, de changer sous l'armée incessante de ses flocons l'aspect de la cour, du jardin, de la route, des prés, des champs, et le sens des jours. Un matin, Catherine découvrit une saveur inaccoutumée à l'air, un éclat nouveau à la lumière, elle courut à la fenêtre de la chambre et ne reconnut pas le coudert ni, au delà, les champs et les bois sous la somptueuse fourrure blanche. Même étonnement devant la cour marquée de profondes empreintes de sabots, et devant le jardin qui paraissait en fleur avec son sapin bleu-blanc scintillant au pâle soleil de l'hiver. Les bêtes ne sortaient plus, et bien peu les gens. On ne voyait plus Mlle Léonie, M. Paul ni M. Maneuf. Blotti frileusement près de l'âtre, on pouvait se croire perdu, à cent lieues de tous voisins, n'ayant plus rien d'autre à faire qu'à vivre, dans le silence et l'immobilité, l'obscure tendresse familiale. La neige ne faisait pas que feutrer les bruits, adoucir les gestes, elle semblait rendre plus calmes et rêveurs les garçons. Ils se livraient bien des batailles acharnées de boules de neige, glissaient sur les pentes gelées, mais, lorsqu'ils rentraient dans la cuisine, c'était pour se glisser eux aussi près de la cheminée, ou pour s'appuyer gauchement au père, passer leur bras autour du cou de la mère ; et même il leur arrivait de prendre Catherine sur leurs genoux. Pourtant il fallut s'arracher à cette bienveillante torpeur : la marraine, Félicie, gesticulante, autoritaire, essoufflée, vive et ronde, vint s'installer au Mézy.

— Cathie, dit la mère, pour faire place à ta marraine qui vient m'aider, tu vas nous laisser pour quelque temps. Les Duchein veulent bien te prendre chez eux. Puisque tu as déjà couché avec la Marie, tu ne te trouveras pas trop changée, et puis tu reviendras bientôt, et tu verras une surprise.

— Je veux la voir tout de suite, protesta Catherine.

— Non, ça ne se peut pas, trancha la marraine en secouant le torchon dont elle venait d'essuyer la table.

— J'étais si bien, dit encore Catherine, je voudrais rester là, avec vous, et qu'il neige toujours.

— Mais, puisque je te dis que tu reviendras bientôt, assura la mère en l'embrassant.

Il fallut donc partir. C'est le père qui l'accompagna à la métairie des Duchein. Catherine n'avait pas l'habitude de mettre ainsi sa main dans celle du père ; pour qu'il ne la lâchât point, mais au contraire resserrât son étreinte, elle feignait de déraper sur la route ; quelle forte, chaude main il avait !

— Dites, Père, cette surprise dont parlait la Mère.

— Une surprise ? quelle surprise ? Ah oui, fit-il.

Mais il n'ajouta rien, il paraissait préoccupé, sans s'en rendre compte, pressait le pas.

— Bon, se dit Catherine, il lui tarde de m'avoir menée là-bas pour repartir.

Cette idée l'attrista, elle n'ouvrit plus la bouche jusqu'à la métairie. « Sale Félicie, sale marraine », répétait-elle intérieurement.

La métayère s'empressa pour les accueillir :

— Viens vite près du feu, petite, enlève tes sabots, veux-tu du lait chaud ?

Et le métayer :

— Un verre de gnole, Charron ? avec ce froid ça ne se refuse pas.

Les hommes trinquèrent, le père ne put s'empêcher de faire la grimace en vidant d'un trait son verre.

— Fameux, dit-il, seulement j'ai pas l'habitude.

Il se leva.

— Alors merci, dit-il, je vous laisse la petite.

— Pour combien de jours ? demanda la Duchein.

— Allez savoir, dit le père, quatre, cinq, six...huit ? je vous réglerai le compte exact.

— Mais oui, mais oui, fit la femme, ne vous tracassez pas pour ça...

Duchein ajouta :

— Ça fera cinq sous par jour.

Catherine ne comprit pas le sens de ce marché. Elle se demanda si le père n'était pas en train de la vendre. Déjà, il repartait, il ne lui avait même pas dit au revoir. Par la porte entrebâillée, elle le regarda s'enfuir, on eût dit qu'il courait tant il se dépêchait de regagner le Mézy.

La Marie Brivat était occupée au-dehors et les Duchein ne faisaient plus attention à Catherine depuis que le père avait disparu à un tournant du chemin. Elle les entendait qui parlaient argent, elle avec une voix aiguë, lui avec des accents rauques qui semblaient mal se déprendre du fond de son maigre gosier.

— T'as pas demandé assez cher, reprochait la femme.

Vexé sans doute, le mari chaussa ses sabots et sortit.

— Tiens, petite, dit la métayère, comme si elle découvrait soudain Catherine, tu vas m'aider à éplucher les patates, ça va t'amuser.

Ainsi, jusqu'à l'heure du lit, il y eut une série continue de ces « amusements » : mettre le couvert, laver la vaisselle, la ranger, balayer. Une fois Marie rentrée à la maison, c'étaient les deux fillettes qui devaient accomplir toutes ces tâches, cependant que la Duchein et son homme discutaient âprement au coin du feu.

— Mais ça ne m'amuse pas du tout, protestait Catherine à voix basse.

— Tais-toi, suppliait Marie, si elle t'entendait...

Quand elles furent couchées, Catherine éclata en sanglots, Marie essaya de la consoler.

— Pourquoi mon père m'a-t-il menée chez vous ? demandait la petite. Quand c'était pour coucher à l'étable, ça me plaisait, mais rester là, la nuit, le jour, et ne plus voir ni ma mère, ni mon père, ni mes frères, je ne veux pas.

— Es-tu bête, répondit Marie. C'est à cause du petit, quand ça sera né, ils te reprendront sans doute.

— Sans doute ? s'inquiétait Catherine.

Alors, sa mère allait faire un petit, et il prendrait sa place dans la maison et dans l'amour des parents, quant à elle on la renvoyait chez des étrangers ! Elle pleura de plus belle.

— Tais-toi, tais-toi, implorait Marie, si la Duchein entend, elle nous fouettera.

Devant cette menace, Catherine étouffait ses pleurs. Marie ajoutait :

— Tu comprends, quand ça naîtra, ils auront trop à faire pour s'occuper de toi, et puis ils n'ont pas voulu que tu voies.

— J'ai bien vu le veau, rétorquait Catherine.

Des jours passèrent, elle n'aurait su en dire le nombre. Il ne neigeait plus, mais çà et là, dans les creux des prairies, il restait de grandes nappes blanches. Dans la cour, sur les chemins et la route, on piétinait une boue gluante et glissante.

— Ils m'ont oubliée, pensait Catherine, ils ne s'occupent plus que de l'autre.

Un matin, devant la ferme, avec Marie, elle préparait la soupe pour les cochons : elle entendit un léger bruit, leva la tête, Aubin était devant elle.

— Ça y est, dit-il, on a une sœur, les parents m'ont dit de venir te chercher.

Catherine fit un signe d'amitié à Marie, et sans prendre le temps d'entrer dans la cuisine, d'avertir la métayère ni d'emporter son baluchon, avec son frère elle partit.

— Pressons-nous, pressons-nous, disait-elle à Aubin.

— Eh, on a bien le temps, répliquait-il.

— Comment elle est notre sœur ?

— Ben, c'est une sœur.

— Mais comment ?

— Oh ! moi, tu sais, les filles !

Arrivée au Mézy, elle se planta sur le seuil, elle n'osait plus entrer. Le père vint la chercher, la souleva de terre, frotta ses moustaches aux joues de la petite.

— Ma Cathie, disait-il en riant, il y a une surprise pour toi.

Ainsi il ne l'avait pas oubliée ? Il l'aimait toujours ? Il l'emporta dans la chambre. La mère était couchée, pâle, souriante dans sa chevelure défaite. Elle aussi embrassa Catherine, elle la fit asseoir sur le lit, à sa gauche, et elle lui dit :

— Regarde.

Mais Catherine ne voyait rien.

— Là, fit la mère.

En se penchant, de l'autre côté de sa mère, Catherine aperçut une minuscule tête brune, deux menus poings fermés.

— Elle dort, dit la mère, à mi-voix. Ne la réveille pas ; plus tard, tu verras les beaux yeux qu'elle a.

— Je crois revoir Mariette à sa naissance, dit Jean Charron en rougissant.

— Quand va-t-elle marcher ? demanda Catherine.

Les parents se mirent à rire.

— Dans longtemps, très longtemps, répondit la mère.

— Vois-moi ces cheveux, dit le père, elle aura une aussi belle chevelure que toi, Marie ! Ce sera ton portrait.

Sur le crâne étroit, Catherine voyait de longs poils noirs et rares, ils paraissaient mouillés. Elle demanda :

— Mère, vous l'avez léchée ?

La mère la regarda étonnée, et ne répondit pas.

— Allons, dit le père, tu fatigues ta mère et tu vas réveiller Clotilde, va dans la cuisine.

Elle y retrouva la marraine qui tourbillonnait de la cheminée à la commode, de l'évier à la pendule comme une grosse toupie.

— Tu es contente ? s'enquit la bonne dame.

Catherine prit une mine grave.

— Oui, dit-elle, on l'appellera Otilde, c'est moi qui ai choisi son nom.

VIII

« Otilde, c'est moi qui ai choisi son nom ! » répétait Catherine chaque fois qu'on lui demandait ce qu'elle pensait de sa sœur. Il lui semblait ainsi que la petite lui appartenait, qu'elle l'avait voulue. On ne comprenait pas son obstination, mais un jour, le père déclara : « Puisqu'elle veut à toute force avoir choisi le prénom de Clotilde, pourquoi ne serait-elle pas sa marraine. »

Ce fut ainsi que Catherine revint à l'église de La Noaille où elle avait marié Mariette et Robert. Elle y retrouva le Parrain ; il avait l'air content, disait que le métier de charpentier rentrait bien et qu'il pensait bientôt pouvoir s'installer pour son compte dans un village des environs. Elle y rencontra aussi le parrain de Clotilde : c'était un vague cousin de Félicie, un grand garçon hébété qui ne cessait de se moucher pendant que le curé marmonnait ses prières.

On revint au Mézy. Catherine avait espéré qu'après l'aspersion d'eau bénite, sa sœur marcherait. Elle fut peinée de voir qu'il n'en était rien. L'hiver tirait maintenant sur sa fin, et Clotilde s'obstinait à demeurer une petite chose vagissante dans son berceau.

Les arbres restaient sans feuilles, les prés inondés scintillaient quand le soleil apparaissait à travers les nuages ; au tombeau des Maneuf, la fente qui partageait l'image de l'officier s'était encore aggravée. Un jour, après de longues averses, Catherine traversant la garenne trouva un morceau de la plaque de porcelaine brisé sur le sol, le soldat n'avait plus ainsi qu'un demi-visage, un demi-torse ;

l'enfant se demanda si ce n'était pas là ce qui lui était arrivé à la guerre. Cette supposition l'attrista mais ne l'effraya point : elle s'était habituée aux secrets du Mézy, ils étaient maintenant pour elle inoffensifs.

Avec l'hiver, le propriétaire semblait s'être affaibli, il n'avait plus l'œil aussi vif ; Catherine passait devant lui sans se troubler. Pour compenser, semblait-il, la lassitude de leur maître, les deux domestiques se tenaient plus raides et plus glorieux que jamais. A peine s'ils daignaient répondre d'un imperceptible mouvement de tête au salut qu'on leur adressait. Quand le temps était sec, ils promenaient le vieux sur la route, M. Paul poussait le fauteuil, cependant qu'à ses côtés Mlle Léonie tricotait.

— Oui, déclara un jour Martial, seulement moi j'étais caché dans les bois à épier les écureuils. *Bêtio,* j'ai vu arriver Maneuf et ses larbins sur la route ; ils se croyaient seuls, vous ne pouviez plus les apercevoir du Mézy ; alors Mademoiselle a fourré le tricot dans sa poche, elle a pris le cocher par la taille et elle s'est mise à l'embrasser sur la bouche. Pendant ce temps, lui il poussait toujours le fauteuil ; et le vieux devant, je ne sais pas s'il se doutait de quelque chose.

— Allons, dit sévèrement le père, ce que font les autres ne nous regarde pas. D'ailleurs tu vois pas toujours très clair, Martial, tu te seras trompé.

Souvent, M. Paul attelait Sultane et il partait à fond de train avec le tilbury. On eût dit qu'ayant rongé son frein tout l'hiver, la jument ne se connaissait plus dès qu'on la sortait de l'écurie. Elle prenait le galop et ne le lâchait plus jusqu'à La Noaille. C'était du moins Francet et Aubin qui l'affirmaient car ils avaient souvent été croisés par la voiture alors qu'ils revenaient de l'école. Eux, certes, n'allaient pas aussi vite. Les six kilomètres leur prenaient plus de deux heures, il est vrai qu'ils s'arrêtaient maintes fois en chemin : ici il y avait une mare et l'on guettait le manège des grenouilles, là un nid de la saison dernière, on essayait de l'abattre à coups de cailloux ; ailleurs, dans un pré, des poulains qu'on regardait longtemps danser, sauter, voltiger à travers la prairie. Quand les garçons rentraient, il faisait nuit noire ; les jours allongeaient bien mais on eût dit qu'avec eux les garçons allongeaient également leur trajet.

Un soir, on les attendit en vain pour se mettre à table. A la fin, impatienté, le père commença à manger.

— Ça va les faire dépêcher, dit-il. D'ailleurs, cette comédie a assez duré, à partir de demain j'exige qu'ils soient là à sept heures, et s'ils n'obéissent pas, c'est simple ils ne reviendront plus à l'école.

— Pourvu qu'il ne leur soit rien arrivé, dit la mère.

— Penses-tu, affirma la métayer, des garnements, voilà la vérité.

Et se tournant vers Catherine.

— Du moins toi et ta sœur, vous ne tourmenterez pas comme ça votre mère puisque vous n'irez pas à l'école.

— Moi, j'irais bien, déclara Catherine.

— Tu entends, s'écria le père, tu entends, Marie, ta fille. ma fille qui veut aller à l'école. Ah ! nous vivons de drôles de temps. Ce n'est pas toi, hein, quand tu étais fille, qui aurais demandé à aller à l'école.

Mais au lieu de répondre que non, certes non, comme il en était sûr, la mère resta un moment songeuse, puis :

— Qui sait ? dit-elle, ça aurait peut-être mieux valu.

D'étonnement, le père en avala de travers ; il toussa. Martial lui tapa dans le dos.

Tous continuèrent à manger en silence, jusqu'au moment où Félavéni aboya.

— Ah ! ce sont eux, dit la mère vivement.

— Ils vont m'entendre, proclama le père.

Mais Félavéni se tut, revint se coucher sous la table, le silence retomba. Plus tard on entendit le déclic de la pendule, elle laissa tomber une note grave, la demie de huit heures.

— Jean, implora la mère, vous devriez aller voir.

Le métayer prit une lanterne et partit, suivi de Martial. Déjà, on apercevait la petite flamme de la lampe se balançant sur la route, lorsque Jean Charron s'arrêta et siffla le chien ; Félavéni bondit et disparut à son tour. La mère restait figée sur le seuil de la cuisine, elle ne prenait pas garde aux pleurs de Clotilde dans son berceau bas. Catherine s'approcha de la petite et se mit à la bercer. C'était une chance, pensait-elle, qu'on oubliât de l'envoyer se coucher. Elle parlait à la petite :

— Otilde, Otilde, pleure pas, je te garde, je suis grande moi.

La petite se calma. La pendule sonna neuf coups solennellement. Catherine entendit la mère qui parlait toute seule, elle égrenait des noms de saints :

— Monsieur Saint-Martial, Monsieur Saint-Aurélien, Monsieur Saint-Loup.

— N'aie pas peur du loup, dit Catherine à sa sœur endormie, n'aie pas peur du loup Otilde, s'il vient je lui donnerai un coup de bâton.

— Monsieur Saint-Just, continuait la mère, Monsieur Saint-Arédius.

Le loup aurait-il mangé Aubin et Francet ? se demanda Catherine. Elle chercha la main de Clotilde sous les draps, la serra et se sentit rassurée.

— On était trop heureux, soupira la mère.

Toujours rien. Je n'irai pas au lit, se répétait Catherine, je n'irai pas au lit. Malgré elle, ses yeux se fermaient. On entendit des pas sur la route.

— Alors ? demanda la mère, et son appel fit sursauter Catherine. Il lui sembla que c'était un appel animal, monté des entrailles. Nul ne répondit, la mère courut vers la route. Ils revinrent tous bientôt : la mère tenait la lampe à hauteur de son visage — des rides soudain le creusaient. Derrière venait Jean Charron, il portait Francet dans ses bras. Aubin chargé de son cartable et de celui de son frère, Martial enfin, et le chien fermaient la marche. On distinguait mal les figures dans la cuisine éclairée au *pétrou*, cependant celle de Francet paraissait méconnaissable avec des trous d'ombre.

— Francet, mon Francet, qu'as-tu ? implorait la mère.

Le père porta Francet sur le lit. Tous suivirent.

— Je les ai trouvés au tournant des Prades, Francet allongé au bord du fossé. Il s'était traîné jusque-là en s'appuyant à Aubin, puis il est tombé épuisé.

— Qu'as-tu ? répétait la mère.

— Ce matin, dit Aubin, en arrivant chez les Frères, le gros Lavergnas lui a flanqué un coup de pied en plein sur la jambe. Francet a failli tourner de l'œil, les Frères lui ont fait avaler du sucre trempé dans de l'eau de mélisse ; à midi il n'a pas touché au casse-croûte ; ce soir, il est parti avec moi en boitant, mais plus on avançait, plus il boitait ; à la fin, il fallait que je le traîne, on s'arrêtait, on repartait. Au tournant des Prades, il est tombé. Je ne savais plus que faire.

— Demain ça ira, dit le père.

On coucha Francet, la mère le borda. Tous allèrent enfin dormir.

Le lendemain matin, Aubin — maintenant, depuis qu'il allait à l'école, il partageait le lit de Francet — prétendit qu'il n'avait pas fermé l'œil de la nuit, que Francet ne cessait de se tourner d'un côté puis d'autre, de marmonner, de crier même. Quant à Francet il ne soufflait mot, les joues en feu, les yeux battus, un large bleu tuméfié sur sa jambe. Il ouvrit seulement la bouche pour dire qu'il irait en classe, alors que la mère lui proposait de rester.

— Lavergnas rigolerait bien si je n'y allais pas.

Il se leva péniblement, dut se forcer pour boire un peu de lait. A peine avait-il fait cent mètres sur la route en compagnie d'Aubin qu'il tomba et pria son frère de le ramener à la maison. On le recoucha. Fièvre, délire. La jambe enflait, Francet ne mangeait plus ; quand il ne gémissait pas, il se tournait vers le mur, les yeux clos. Catherine s'approchait, lorsqu'on faisait la toilette du malade : comme il était devenu maigre et, au contraire, énorme sa jambe. Catherine se demandait si ce n'était pas là le mal de son frère : que sa jambe engraissât et que lui maigrît. Elle pensa aussi au ventre de sa mère qui avait tant gonflé pour abriter Clotilde, puis s'était dégonflé. De ces pensées, elle ne livrait rien, intéressée par les allées et venues qui animaient la maison depuis la maladie de Francet. Le guérisseur de Glandon était venu, celui qui soignait les enragés. Il avait tiré la jambe de Francet sans paraître entendre les hurlements du garçon ; ensuite, il avait placé des herbes sur le mal, craché dessus et, après avoir de son pouce esquissé un signe de croix à hauteur du genou, tout en marmonnant des imprécations, il avait fait rabattre les couvertures sur le patient.

— Voilà, avait-il déclaré, quand les herbes auront séché sur la plaie, votre fils sera guéri.

Jean Charron était allé à l'armoire ; il revint avec des pièces qu'il glissa dans la main du guérisseur. Les herbes séchèrent mais le mal resta.

De vieilles femmes venaient s'asseoir près du lit. N'étaient-ce pas des sorcières ? A la mère éplorée, l'une déclarait qu'on avait dû jeter un sort à Francet, une autre alors se fâchait : comment pouvait-on croire à des sornettes pareilles ? Selon elle, c'était un saint qui en voulait à la famille, il fallait donc l'apaiser. Sans doute saint Exupère ! Sa statue grossière dressée sur une colline au-dessus du hameau de Couvre était chargée de béquilles miniatures, de vêtements apportés par des parents dont les enfants boitaient.

Le métayer attela Flanflan, le cheval de trait ; la mère, Clotilde et Catherine prirent place dans la carriole. Marie Brivat s'occuperait de Francet. Il faisait au départ un froid vif ; il ne tarda pas à disparaître au fur et à mesure qu'on avançait sur la route pierreuse entre les haies où surgissaient les premiers bourgeons du printemps. Catherine était ravie de ce voyage ; elle chantait, essayait de siffler pour imiter les garçons. Comme on gravissait une côte, le père, qui était descendu pour alléger la voiture, remarqua sévèrement :

— Tu as donc le cœur à chanter quand ton frère est malade.

Catherine s'arrêta net au milieu d'un refrain, elle sentit un feu envahir ses joues ; elle se mordait les lèvres pour ne pas pleurer. La mère s'en aperçut, posa une main sur la tête de l'enfant.

— Laissez donc, dit-elle, qu'elle chante si elle en a envie, c'est une enfant, elle ne sait pas, et puis ça me fait du bien de l'entendre. Chante, va ma Cathie, les oiseaux chantent bien.

Catherine essaya de reprendre son refrain, mais sa voix se brisa et cette fois elle éclata en sanglots. Pour essayer de la distraire, la mère lui désignait les arbustes le long de la route.

— Vois donc les pousses vertes, dans dix jours, tout sera en feuilles, ce sera le printemps.

Et dans un soupir : « Si le printemps pouvait guérir Francet. »

Cahotée par les secousses de la voiture, Clotilde somnolait dans les bras maternels ; il fallut la chatouiller, lui tapoter les mains pour la réveiller et lui donner le sein. On s'était arrêté à l'ombre claire d'un bosquet de chênes car le soleil devenait chaud. Catherine admirait la mamelle ronde, gonflée, blanche, veinée de fins vaisseaux bleus, que la petite enfin tétait d'une bouche avide. Quand Clotilde lâcha le bout du sein, il en gicla un jet de lait. Catherine regardait, silencieuse ; elle n'osait pas avouer le désir profond qui la bouleversait ; elle rêvait de prendre le sein à deux mains, d'y coller à son tour sa bouche altérée et de fermer les yeux et de sentir le suc couler doucement dans sa gorge. La mère agrafa son corsage, Catherine esquissa un geste vers la poitrine de nouveau cachée.

— Qu'y a-t-il ? demanda la mère.

— Rien, je... Rien, je croyais que tu étais mal boutonnée.

La voiture repartait. On traversait maintenant une plaine et le cheval allait au trot. Parfois, sans ralentir l'allure, il soulevait sa queue, et Catherine riait en voyant devant elle poindre le crottin jaune, tassé, qui tombait sur la route. On passait des hameaux : les gens sortaient sur le seuil de leur masure pour regarder l'attelage ; le père soulevait son chapeau, Catherine faisait un geste de la main. Quand arriverait-on ? Elle avait l'impression d'être partie pour le bout du monde.

Elle dit :

— Père, il y a bien un bout du monde puisque la terre est plate ?

Elle pensait que le père lui répondrait avec plaisir ; elle se souvenait de cette querelle qu'il avait eue avec les garçons aux Jaladas.

Mais il haussa les épaules, et se contenta de grogner :

— Est-ce que je sais ?

Vers midi, on s'arrêta de nouveau pour casser la croûte. Ils s'assirent sur un talus ; Jean Charron tira d'une panière d'osier noir des œufs durs, du pain, une bouteille d'eau.

— Pourvu que la Marie sache bien s'occuper de Francet, dit la mère.

L'après-midi parut long à Catherine. Il faisait chaud, la route était mauvaise, la carriole sautait dans les creux et sur les bosses. Il fallut à la fillette plusieurs minutes pour sortir de sa somnolence en prenant conscience peu à peu que la voiture s'était immobilisée. La voix paternelle éclatant dans cette torpeur la fit sursauter :

— Tu dors ?

Elle se frotta les yeux. On était sur un terre-plein d'où l'on dominait quelques toits de tuiles ou de chaume. Le père dételа le cheval, l'attacha à un anneau de fer fixé au rocher. Ils prirent un chemin en lacets qui se hissait au flanc d'une colline. Les cailloux roulaient sous leurs pieds. De temps à autre, la mère s'arrêtait pour reprendre souffle. Elle finit par laisser le père se charger du bébé.

— Le bout du monde, pensait Catherine, et y arriverait-on jamais ?

Enfin le sol s'aplanit, le vent se leva, la bruyère fanée s'agitait follement ; il y eut encore une butte à gravir.

— Oh ! s'écria Catherine.

Elle n'avait jamais rien vu d'aussi beau : le monde ne finissait pas ; au contraire, il recommençait dans l'immense plaine qu'elle apercevait au pied du mont, dans les vallées qui rayonnaient avec leurs villages, leurs clochers et leurs bois. Et au delà des chaînes de collines bleues à l'horizon, il devait y avoir encore tant de terres, de chemins, de maisons à découvrir.

Le vent la secouait toute, comme il la secouait ! N'allait-il pas, soulevant ses jupes, la faire s'envoler au-dessus de cette plaine, jusqu'à ces montagnes qui lui semblaient être autant d'appels que le monde lui réservait ? Là-bas les nuages semblaient traîner leur grand cortège déployé au ras des sommets.

— Cathie, dit une voix.

Elle dut s'arracher à cette fascination. Elle avait oublié les parents ; ils étaient agenouillés un peu plus loin devant le socle de pierres grises qui supportait la statue du saint. Un simple auvent de fer le surmontait pour l'abriter de la bise et des pluies.

— Agenouille-toi, souffla la mère.

La bruyère meurtrissait les genoux. Qu'il était laid ce saint, pensait Catherine, à la fois terrifiant et ridicule. On l'eût dit taillé à coups de hache dans le bois. Ses couleurs s'étaient fondues en une teinte jaunâtre uniforme ; le bleu de ses yeux cependant demeurait. Il semblait loucher et peut-être était-ce là ce qui lui donnait un aspect à la fois risible et féroce.

— Sale saint, dit-elle intérieurement. Sale saint qui as rendu malade la jambe de Francet et les jambes de bien d'autres garçons et filles. Autant de victimes, sans doute, qu'il y avait, fichées dans les interstices séparant les pierres du socle, accrochées aux bras du saint, entassées derrière lui, de béquilles et de chemises, de ceintures, de chaussettes d'enfants.

Elle éprouva soudain du remords d'avoir ainsi mal pensé à propos du saint : s'il allait se venger et maintenir la plaie sur la jambe de Francet...

— Signe-toi, dit la mère.

Elle fit le signe de la croix en même temps que ses parents.

— Maintenant va accrocher ça au bras du saint.

La mère lui tendait une chaussette de laine marron qu'elle reconnut pour être celle de son frère. Elle se releva, s'approcha de la statue. Mais Catherine était trop petite et le père dut la hisser vers le saint. Il lui fallut vaincre une vive répugnance pour toucher ce bras de bois qui paraissait la désigner, elle, personnellement, violemment, Catherine Charron, aux puissances mauvaises. Elle parvint cependant à attacher la chaussette de Francet. De nouveau, les parents se signèrent, la mère glissa quelque argent au pied du saint ; ils revinrent à la voiture.

Au retour on trouva la pluie ; Jean Charron déploya la bâche verte. Catherine se laissait engourdir par le bruit de la pluie sur la toile ; elle s'appuyait à sa mère, fermait les yeux, tout illuminée par les images de la plaine, des vallées et des monts lointains qu'elle gardait en elle.

Ni le saint ni le printemps revenu ne guérirent Francet. Un après-midi, Catherine vit entrer dans la cour du Mézy une voiture bleue aussi légère et élégante que le tilbury de M. Maneuf : un vieux, grand monsieur en descendit. Il avait un drôle de chapeau noir qui paraissait dur et ressemblait aux cloches de verre sous lesquelles on plaçait les restes de fromage ou de lard. Le vieillard avait aussi une barbe blanche carrée, une chaîne de montre en or qui sautait sur son ventre lorsqu'il toussait ou parlait. Il paraissait inspirer aux parents un profond respect, de la crainte même.

— Monsieur le Médecin, disait la mère, Monsieur le Médecin, que faut-il faire ?

Le monsieur sévère ne répondait pas. Il passa dans la chambre, se fit montrer la jambe de Francet, la souleva, la palpa. Francet hurlait comme lorsque le guérisseur était venu. Catherine s'était plantée dans un coin, près de la pendule, elle tremblait à chaque cri que poussait son frère. Enfin, le monsieur revint à la cuisine ; suivi des parents. Quand ils eurent refermé la porte de la chambre, il entra dans une terrible colère (de frayeur, Catherine s'accroupit derrière la pendule), une colère sans bruit, c'était cela qui était plus épouvantable encore, comme s'il ne voulait pas qu'on l'entendît au loin. Il parlait à voix basse mais on le sentait plein de cris à l'intérieur ; sa bouche s'ouvrait, se fermait, sa barbe tressautait, sa chaîne de montre bondissait sur son ventre et il levait les bras au ciel, les laissait retomber d'un coup et tout cela silencieusement. Les parents baissaient la tête.

Qu'allait-il leur faire ? se demandait Catherine avec angoisse. Les battre, les chasser, les conduire en prison ? Il employait des mots bizarres.

— Responsable... s'il meurt ce sera votre faute... Vous m'appelez quand il est trop tard.

La mère se mit à pleurer, elle aussi sans bruit. Quel méchant homme ! Instinctivement, Catherine chercha autour d'elle un bâton pour aller le frapper. Elle n'en trouva pas, et quand elle regarda l'homme, de nouveau, elle le trouva changé. Il s'était assis devant la table, il tirait de sa poche une fiole noire, y trempa une plume et se mit à écrire.

— J'ai bien peur qu'il faille lui couper la jambe, dit-il doucement.

La mère poussa un long gémissement guttural ; le père se précipita derrière elle de crainte qu'elle ne tombât ; elle se pencha sur la table comme si elle eût été blessée.

— Jamais, dit-elle, jamais ; j'aime mieux le voir mort.

L'homme à la barbe blanche se releva, tapa sur l'épaule de la mère.

— Je ne voulais pas vous effrayer, mais que voulez-vous, l'enflure est très laide, le mal a gagné fort loin... Vous savez on vit avec une jambe en moins.

— Jamais, redit-elle.

— Tsst...Tsst... fit l'homme en hochant la tête. Je vais faire l'impossible, ajouta-t-il, mais je ne garantis rien.

Il alla à l'évier. Jean Charron courut chercher une serviette propre, une barre de savon noir qu'il tendit au vieillard, puis il passa de nouveau dans la chambre. Catherine entendit tinter des pièces que le père compta une à une dans la main fine du monsieur. Celui-ci remit son drôle de chapeau sur ses cheveux blancs.

— Faites-le bien manger, dit-il, qu'il ne bouge pas sa jambe malade sous aucun prétexte. Les remèdes le plus tôt possible.

Il sortit accompagné du père. La mère s'affala sur la table, elle releva la tête lorsqu'elle sentit une petite main sur son cou. C'était Catherine.

— Il est vilain, l'homme, dit-elle.

A sa stupéfaction, la mère fit signe de la tête que non, puis, essuyant ses larmes avec un coin de son tablier, elle dit :

— Non, Catherine, c'est moi et ton père qui sommes des sots.

Elle prit la tête de Catherine entre ses mains ; plongea un regard affolé dans les yeux de la fillette.

— T'as entendu ce qu'a dit le docteur ?

— Quoi ?

— A propos de Francinet.

— Qu'il faudrait lui couper la... ?

— Catherine, écoute-moi bien, jamais, tu entends, ne répète ça à ton frère, ni à Martial ni à Aubin. A personne, tu entends, à personne.

Les mains serraient la tête de l'enfant, et les yeux rougis, les yeux hagards, à la fois ordonnaient et suppliaient.

— Jamais, dit la petite.

Puis, quand la mère l'eut lâchée, elle ajouta, songeant au mal de Francet, à cet homme étrange et coléreux qui menaçait les parents et parlait de couper les jambes, songeant encore au mauvais saint, à sa colline d'où l'on découvrait le monde, elle ajouta, si bas qu'elle fut seule à s'entendre :

— Mais enfin, qu'est-ce qui nous arrive là ?

IX

L'homme à la barbe blanche revint souvent. Peu à peu, Catherine s'enhardit assez pour accepter de lui tendre la main. Francet hurlait toujours à chacune de ses visites ; du moins il reprenait quelque appétit et n'avait plus ces moiteurs ni ces frissons qui au début de la maladie ne le lâchaient pas. Le père, lorsque le temps le permettait, portait dans la cour une chaise confectionnée tout exprès pour Francet qu'il allongeait sur ce siège. De là, le garçon pouvait apercevoir sous le sapin, dans le jardin, M. Maneuf, pétrifié semblait-il, dans son fauteuil à roulettes. Parfois, pendant plus d'une heure, le vieux paralytique et le jeune malade se regardaient sournoisement. Ils en étaient venus sans trop le savoir eux-mêmes à se haïr : chacun découvrait dans l'autre, à la fois un reflet et un défi. Francet s'imaginait que le vieux se réjouissait de le voir, comme lui-même, enchaîné, et pour cela il le détestait ; quant au propriétaire, il supposait que l'enfant trouvait naturel que lui, le vieux, fût paralysé, mais révoltant que sa jeunesse fût ainsi perdue. Pour s'arracher à cette mutuelle et sordide fascination Francet devait faire un profond effort ; quand, enfin, il y parvenait, autant pour faire rager le vieux que pour chasser sa peine, il se mettait à rire, à chanter à tue-tête, à siffler comme un merle. Là-bas, le paralytique feignait de s'endormir.

Une nouvelle amitié naissait entre Catherine et Francet. Les premiers temps, Aubin continuait à faire à celui-ci le compte rendu des journées qu'il passait seul à présent à l'école des Frères, mais, peu à peu, Francet s'était désintéressé de cette vie qui lui était désormais interdite, et bientôt, Aubin, gagné par une gêne indéfinissable, n'avait su que dire à son frère, le devinant de plus en plus étranger à ce qui avait été leur domaine commun. Quant à Martial, son travail aux champs faisait de lui rapidement un jeune homme : il ne s'amusait plus à chercher les nids, à capturer lézards ou écureuils. Ce fut Catherine qui, au contraire, devint l'inséparable du malade.

Elle avait toujours rêvé de participer aux jeux des garçons, mais ceux-ci la méprisaient ou l'ignoraient ; à présent, Francet était le premier à l'appeler. Ecouter Clotilde gazouiller, la bercer ou la chatouiller, cela allait un moment, mais ensuite ? Elle accourait donc près de l'allongé, lui demandait si quelque chose lui manquait, avait-il faim ou soif ? le soleil le gênait-il ? Elle allait chercher le grand parapluie rapiécé qu'on emportait aux prés pour garder les vaches par temps de bruine, l'installait au-dessus du malade, passant le manche dans un cylindre de fer que le père avait fixé à la chaise. En vérité, Francet n'était pas exigeant pour la soif, la faim ou le soleil ; ce qu'il demandait à sa sœur, c'était d'être sa messagère auprès de ce monde qu'il ne pouvait plus parcourir. Il l'envoyait à la châtaigneraie, à la garenne ou à la mare.

— Tu verras, lui disait-il, à la corne du bois : un gros châtaignier crevassé, à la troisième branche sur la droite, ça m'étonnerait qu'il n'y ait pas un nid de merle. Regarde bien et prends soin que la merlette ne t'aperçoive pas, sinon elle abandonnerait ses œufs.

Ou bien :

— A la mare, fais le tour par la gauche, tu arrives à une touffe de joncs, jette quelque fleur rouge à trois pieds en avant, tu verras les grenouilles faire le rond autour de la fleur. Tu les compteras et tu reviendras me le dire.

Et la petite partait en courant, grimpait aux arbres, jetait des fleurs dans la mare et revenait conter à Francet ce qu'elle avait pu découvrir. Elle lui rapportait aussi ce que jusqu'alors elle n'avait pu confier à personne : sa joie lorsqu'elle couchait dans l'étable des Duchein et comment était né le veau, son pèlerinage à la statue de saint Exupère, comment elle avait noué au bras du saint une chaussette de Francet, et ce vaste cercle de pays et de monts que de là-haut elle avait contemplé.

— C'est beau le monde, disait Francet, et ça ne finit plus. Si tu veux, quand on sera grands, on voyagera tous les deux.

— Oh oui ! disait Catherine en joignant les mains.

— Tu sais, ajoutait Francet, le père avait tort de se mettre en colère, elle est ronde.

— Tu crois ?

— J'en suis sûr... Tiens, va me chercher les almanachs, c'est marqué dessus.

Catherine allait dans la chambre, en revenait avec une pile de brochures cornées, déchirées, dépareillées. A La Noaille, des amis de Jean Charron, apprenant la maladie de Francet, avaient fait cadeau de ces almanachs qui traînaient dans leur grenier.

Francet mouillait un doigt pour feuilleter plus vite les livres, il ne tardait pas à trouver l'article qu'il cherchait.

— Tu vois, disait-il, c'est là.

Catherine voyait des signes noirs, des dessins aussi qui représentaient une boule, avec des taches, des zigzags.

— Ça c'est l'Amérique, disait Francet, ça c'est l'Europe, ici la France.

Son doigt désignait un minuscule dessin.

— La France ? demandait Catherine. Où nous vivons ?

— Oui.

— N'est-ce pas plus grand que nos champs, et que La Noaille, et que tout ce pays que je voyais depuis la statue du saint ?

— Bien sûr.

— Mais alors, mais alors comment la France ça pourrait être ce petit bout de je ne sais quoi sur ton dessin ?

— C'est ainsi, affirmait Francet.

— Explique, demandait Catherine.

— C'est ainsi, c'est ainsi, répétait-il avec un air grave.

La petite demeurait songeuse un instant :

— Tu es savant, concluait-elle, pleine d'admiration.

— Oh ! je voudrais tout savoir.

Il disait cela avec une soudaine avidité.

Puis :

— J'en apprends des choses dans les almanachs.

— Lis, demandait-elle.

Et il lui lisait l'histoire de Christophe Colomb ; de là on passait à une recette de cuisine, puis à la relation d'un crime horrible perpétré dans les Causses par des aubergistes qui faisaient disparaître tous leurs clients. Catherine en avait les larmes aux yeux jusqu'à ce qu'il lui fallût rire, car à la page suivante, c'était le récit des bons ou plutôt des mauvais tours que le renard jouait au loup. Il y avait aussi les horoscopes.

— Va chercher une épingle, disait Francet.

Elle en prenait une dans la boîte vernie sur la commode, une longue épingle avec une tête en verre violet.

— Que veux-tu savoir ? interrogeait Francet.

Catherine demeurait perplexe.

— Veux-tu savoir si tu voyageras plus tard ? la question est marquée là.

— Oui.

— Bon, regarde bien ces carrés avec des chiffres, maintenant ferme les yeux et pique au hasard.

Ce qu'elle faisait.

— Soixante-cinq, proclamait Francet.

Il mouillait une fois encore son doigt pour chercher la page 65, là il trouvait la réponse à la question de Catherine.

— « Bien des choses vous intéresseront dans l'existence. »

— Ça veut dire quoi ? demandait Cathie.

Francet se grattait la tête, il réfléchissait, relisait la réponse.

— Ça doit vouloir dire que tu voyageras.

— Ils sont forts ceux qui font ces almanachs, disait Catherine.

Elle ajoutait :

— Si tu demandais quand tu seras guéri ?

Elle regrettait d'avoir prononcé de telles paroles, car elle voyait bien qu'elles attristaient son frère ; il prenait pourtant un air indifférent pour affirmer :

— Impossible, la question n'est pas prévue sur l'almanach. Et même si elle y était, ça ne m'intéresserait pas.

Avant sa maladie, Francet était déjà le plus adroit des garçons : il n'y avait pas meilleur que lui pour rafistoler une cage, tailler un sifflet de sureau, bâtir un moulin qu'on plaçait ensuite sur les ruisseaux ; ses longues heures de repos le rendirent encore plus habile : il se plaisait à sculpter des marrons — les garçons en faisaient de grandes provisions, chaque automne, dans la cour de l'école.

— Tiens, Cathie, disait le sculpteur, voici M. Maneuf.

C'était vrai, on reconnaissait le maître avec son crâne pointu, ses yeux comme des aiguilles.

— Maintenant, Mlle Léonie.

Catherine applaudissait, puis tirait la langue à cette effigie ; il n'y manquait point la sécheresse de la maîtresse-servante, ni sa morgue.

— Apporte-moi un tison que je noircisse les moustaches de M. Paul.

Les deux enfants alignaient ensuite les caricatures sur la fenêtre de la cuisine et leur faisaient jouer des comédies. Mlle Léonie avait dans cette affaire les rôles les plus grotesques.

— Dis-moi, Francet, demanda un jour Catherine, dis-moi, tu pourrais pas m'apprendre à lire ?

Francet posa son almanach, regarda sa sœur, réfléchit.

— Je ne vois pas comment je pourrais faire.

Il appela la mère qui revenait du puits un seau à la main.

— Qu'y a-t-il Francinet ?

— Cathie voudrait apprendre à lire, pourquoi ne l'envoyez-vous pas à l'école ? A La Noaille, il y a des filles qui y vont, Cathie pourrait y entrer elle aussi.

— Ça te fait si envie, petite ?

Catherine intimidée hocha la tête.

— Pourquoi pas, après tout, reprit la mère. On verra.

Elle souleva de nouveau le seau et partit.

Catherine se hissa sur la pointe des pieds, passa les bras autour du cou de Francet et lui appliqua sur les joues deux baisers.

LES RUES

X

Souvent, Catherine avait pu entendre les parents évoquer les calamités dont, à les en croire, la vie du paysan était sans cesse menacée. Ces fléaux, c'étaient l'incendie qui, soudain, en une nuit, mystérieusement allumé par on ne sait quel mauvais génie, détruisait une ferme et les récoltes assemblées dans les granges, ou bien la maladie qui décimait en quelques semaines le plus beau troupeau, ou encore la grêle, capable de ne laisser que paille hachée où l'on attendait une riche moisson. Le feu, l'épidémie, ni la grêle ne s'étaient abattus sur le Mézy, et pourtant, en quelques jours, les métayers s'étaient trouvés emportés dans une misère plus terrible que s'ils avaient dû subir la triple malédiction des flammes, du choléra, et des nuées. Un matin de mai, il leur avait fallu fuir la métairie et se réfugier dans un faubourg de La Noaille.

Du moins les enfants s'étaient-ils vite habitués à leur nouvelle existence, d'autant plus qu'il ne leur semblait pas qu'elle pût se prolonger beaucoup. Ils s'attendaient à repartir bientôt à la campagne, dans un autre domaine.

Ce soir-là ils regardaient la mère aller et venir dans la cuisine : elle décrochait une casserole, l'essuyait, la replaçait, ouvrait un tiroir de la commode, le refermait. Parfois elle s'asseyait un instant, vite se relevait, reprenait son va-et-vient inutile. Francet allongé sur deux chaises bâilla, et tous, malgré eux, durent l'imiter ; même la mère qui évitait de les regarder dut bâiller à son tour. Un bâillement qui n'en finissait pas, et Catherine avait l'impression que non seulement sa bouche s'ouvrait mais une autre bouche au fond de son estomac. On n'avait pas l'heure — il avait fallu vendre la haute pendule — mais la nuit tombait peu à peu ; par la fenêtre étroite et basse, on pouvait encore apercevoir au-dessus d'un toit de tuile une longue et mince bande de lumière jaune sous le ciel lentement assombri.

De l'auberge qui occupait le rez-de-chaussée, des rumeurs montaient à travers le plancher : des voix sourdes, des rires, des bruits de verres entrechoqués. Dans son berceau, Clotilde poussa une sorte de gémissement, la mère se pencha sur elle puis recommença à essuyer sur la table, sur la chaise, sur la commode, une poussière imaginaire. Enfin les marches de l'escalier craquèrent sous des pas.

— A table, cria Aubin, en riant.

Martial sortit de sa poche son couteau, l'ouvrit, le posa à côté de son assiette.

La mère alla vers la porte, on l'entendit parler d'une voix qui se voulait légère :

— Ah ! Jean, je commençais à porter peine.

Jean Charron posa ses sabots sur le palier ; il entra, la mère referma la porte derrière lui. Il prit place sur le banc. Les enfants se taisaient. Le père posa ses mains sur la table. Tous le regardaient. Machinalement il lissa ses moustaches sur son poignet puis, pour répondre à l'interrogation muette des yeux, il fouilla dans la poche de son pantalon, en sortit cinq pièces de bronze qu'il laissa tomber une à une sur la table. L'une des pièces se mit à rouler, Catherine l'arrêta et la remit au père avec respect.

— Voilà, fit-il.

Personne ne dit mot. Au rez-de-chaussée les rumeurs avaient cessé. Dans ce silence le claquement que fit en se refermant le couteau de Martial résonna avec une sorte de cruauté.

— Voilà, reprit le père, il ajouta : avec ça, que vouliez-vous que j'achète ?

— Bien sûr, dit la mère.

Catherine trouva si étrangement douce cette voix, que, soudain, elle se sentit, sans savoir pourquoi, envahie par les larmes. Elle se moucha vite afin de dissimuler ses pleurs.

La voix trop douce murmura :

— Le mieux, les enfants, c'est d'aller vous coucher.

Francet fit signe à Martial, celui-ci l'aida à quitter ses deux chaises. En sautant sur un pied et appuyé sur son frère, Francet se dirigea vers le lit où il s'assit pour se déshabiller.

— Allez, Cathie, va ma Cathie, ordonna la mère.

L'enfant quitta le banc à son tour, se dirigea vers le père pour l'embrasser comme chaque soir. Mais elle le vit s'affaler sur la table, la tête cachée entre ses bras, et son large dos était secoué par des soubresauts.

— Vite, dit la mère, va dans la chambre, laisse-nous, le père est fatigué.

Elle prit son mari par les épaules, se pencha vers lui, lui parla à l'oreille.

Catherine effrayée avait gagné la chambre ; par la porte entrebâillée, elle regardait le couple dans l'ombre. Il lui semblait entendre la mère chuchoter :

— Mon petit, allons mon petit Jean.

Pourtant le père était vieux avec ses moustaches, les cheveux déjà blancs aux tempes ; il était grand, il était fort, comment la mère pouvait-elle lui parler comme on parle à un enfant ? Et quel était ce mal qui l'avait fait s'écrouler sur la table ? On eût dit qu'il pleurait. Non, sans doute : le père ne pouvait pas pleurer, lui qu'elle avait toujours connu aux Jaladas, au Mézy rieur et chantant. Et pourquoi la mère les envoyait-elle au lit sans manger ? Ils avaient été sages. Elle se coucha et se mit à bâiller sans que le sommeil pût venir.

Les sous de bronze que le père avait portés ce soir : pourquoi disait-il « avec ça que vouliez-vous que j'achète » ? Ils étaient pourtant beaux ces sous et luisants, il y en avait autant que de doigts dans la main ; elle l'avait remarqué. Avec le sou du pouce le père aurait pu acheter une tourte de pain blanc comme celles qu'il cuisait lui-même aux Jaladas, et non pas comme celles toutes noires, aussi dures que pierres, et puantes, qu'il ramenait à présent, de temps à autre, le soir, du moulin du Breuil. Avec le sou de l'index, elle aurait acheté du lard qui parfumait la soupe là-bas dans les métairies ; avec le sou du majeur — quels drôles de noms l'index, le majeur, c'était Francet qui lui avait appris, il savait tout ce Francet depuis qu'il était malade ; il disait qu'il pouvait vous réciter ses almanachs sans les regarder... Où en était-elle ? le pouce, l'index, ah oui avec le majeur, avec le sou du majeur, elle aurait acheté un fromage, très gras, tendre, blanc comme le pis et comme le lait de la Blanchette qu'elle allait voir traire, chaque après-midi, aux Jaladas.

C'était la mère qui la trayait ou parfois Mariette, et quand c'était Mariette elle s'amusait à barbouiller le visage de Catherine avec l'écume du lait. Le goût chaud et sucré sur les lèvres. Clotilde tétait goulûment le sein de sa mère. Etre petite, toute petite, être Clotilde et boire à ce sein clair ; aujourd'hui et hier, et avant-hier, Clotilde a bu le lait si caressant. Pourquoi les a-t-on envoyés au lit sans manger ?... Le lait si doux, comme la voix de la mère était douce, douce à en pleurer. Peut-être, était-ce à cause de cette douceur profonde, inconnue, que le père s'était mis lui aussi à pleurer. Pleurait-il ? Avait-il ramassé les sous ? le sou du pouce, celui de l'index, celui du majeur. Et le sou de l'annulaire, avec lui elle eût acheté un pain de sucre ; le sou de bronze, le doigt avec son anneau d'or. L'anneau était toujours au doigt du père et à celui de la mère ; ils pourraient vendre ces bagues, l'or ça vaut tellement plus que le bronze ; on pourrait acheter une belle maison avec, et la campagne autour. L'or du louis que le père faisait tinter aux Jaladas, elle croit l'entendre au fond de ses oreilles, Oh ! va-t-il cesser à la fin ce tintement. « *Des dorées,* avait dit le père, *tu feras des dorées aux enfants* » ; et pourtant les dorées c'était seulement pour Pâques d'habitude, mais il fallait bien fêter cet or, le père avait voulu ; le pain frit dans le jaune d'œuf, la belle couleur d'or. Ils devraient vendre leurs anneaux. N'avaient-ils pas vendu les bijoux dont le métayer, jadis, se plaisait à orner son épouse le dimanche : la croix d'or entre les seins et le collier et le bracelet. « *Une reine* », disait le père en riant, puis il replaçait les bijoux et s'en allait, fredonnant une chanson.

Il ne chantait plus, jamais, et ce soir n'était-ce pas des sanglots qui le secouaient ? On ne voyait plus les bijoux. Un soir le Parrain était venu à la maison portant des œufs, des fraises et du pain, un plein panier : les enfants étaient joyeux à table mais ni le Parrain ni les parents ne partageaient cette gaieté ; après le repas, Jean Charron était allé chercher les bijoux : lui, la mère et le Parrain s'étaient penchés sur le trésor, l'avaient longtemps contemplé ; chacun d'eux à son tour le soupesait, enfin le Parrain sortit son mouchoir à carreaux, y plaça les bijoux, au moment où il allait replier l'étoffe le père s'est écrié : « Pas la croix !... Gardons au moins la croix. » La mère avait parlé à voix basse, le nom de Francet revenait souvent dans la conversation, et les mots de maladie, de guérison, de médecin. A la fin le père jeta la croix dans le mouchoir du Parrain. Mais peut-être avaient-ils oublié qu'ils avaient ces anneaux d'or. Ne devrait-elle pas les appeler, leur faire part de sa découverte ! Le père sortirait en ville et reviendrait bientôt les mains chargées de boudins, de gâteaux, et de pain blanc. Non, il était trop tard maintenant, trop tard pour acheter, trop tard pour manger, le père aurait dû y songer plus tôt, ou du moins dépenser ses sous de bronze ! Qu'aurait-elle pu faire du sou de l'auriculaire ? Tu comprends, disait Francet, le doigt gratte-oreille. Oh ! ce tintement de l'or dans les oreilles. Elle aurait acheté un craquelin, un beau craquelin marron, léger, craquant, en forme d'immense oreille justement. Le petit homme qui les vendait se promenait le jeudi dans les rues, vêtu de blanc, un grand panier au bras. N'était-ce pas demain jeudi ? Mais si. Qui sait, peut-être le Parrain se trouverait-il à passer par là ; il rencontrerait le petit homme en blanc, lui achèterait tout son panier de craquelins secs et croustillants. Alors, vite, il fallait vite dormir pour que jeudi fût déjà là. Elle bâillait. Et ce sommeil qui ne venait toujours pas.

— C'est jeudi, Mère ?
— Dors, Cathie.
— Mais il est tard.
— Reste au lit. Aubin et Francet ne sont pas levés. Vous vous lèverez à midi quand le père rentrera.
— Il n'est plus malade ?
— Malade ?
— Oui, hier soir...
— Ah oui. Non, il va mieux, il est parti au travail avec Martial, ils gagneront bien quelques sous, alors avec les cinq sous d'hier, ils achèteront du pain et je tremperai une soupe. Vous vous lèverez pour la manger.
— Mère...
— Qu'y a-t-il ?
— Quel travail fait-il notre père ?
— Feuillardier, je te l'ai déjà dit.
— Il ramasse les feuilles.
— Non, il taille les troncs de châtaigniers pour en faire des feuillards, des *palains* si tu préfères, pour clôturer les prés.
— C'est difficile ?
— Pour lui, oui, il n'est pas habile, il se blesse, il ne va pas vite, on le paye aux pièces, il gagne peu.
— Dites, Mère, c'est jeudi ?
— Oui.
— C'est le jour du petit homme blanc.
— Quel homme blanc ?

— Celui des craquelins, peut-être le Parrain viendra et nous portera des craquelins.

— Ne pense pas à ça, ne pense pas à ça, dors.

La mère a dit ces mots très vite, puis elle est sortie. Catherine est seule de nouveau. « *Ne pense pas à ça* », à quoi penser ? Elle compte les poutres qui soutiennent le toit mais, à le regarder longtemps, voilà qu'un vertige la prend. Le toit descend en pente raide au-dessus du lit, quand il arrive à la fenêtre en face, il est si bas que seule Catherine peut passer sans avoir à se baisser. Lorsqu'il pleut, le choc des gouttes sur les tuiles résonne comme une vive musique, mais dans un coin de la chambre l'eau tombe goutte à goutte, il faut placer là une bassine, et quand souffle quelque ouragan le vent semble prêt à arracher la charpente ; Catherine se cramponne alors aux draps dans la crainte de voir soudain au-dessus d'elle apparaître le ciel en furie. Ce matin, il ne pleut ni ne vente. Le temps doit être gris. Par un interstice des tuiles un rayon de lumière se glisse en biais et vient projeter sur le mur un paysage d'ombres et de clartés. Le jour où elle a découvert ce jeu céleste sur le mur blanchi à la chaux, Catherine a poussé des cris de joie. Elle n'avait rien vu d'aussi drôle que ce firmament et ces nuages réduits à la grandeur d'un mouchoir. Heureusement qu'elle a ce spectacle pour la distraire ce matin ; on pourrait rester des journées entières à contempler ces impalpables architectures qui se font et se défont sur le mur : tantôt l'ombre du nuage qui passe a l'air d'une simple fumée tantôt l'apparence de fines silhouettes d'hommes, de femmes ou d'animaux qui se meuvent silencieusement, lentement comme au fond d'un rêve. D'autres fois, les ombres se font menaçantes, et ce matin, justement, n'est-ce pas l'ombre mauvaise de Mlle Léonie et de M. Paul, bras dessus, bras dessous, qui surgit un instant sur la paroi ? Hop ! un coup de vent, et la vision s'effiloche. Des gorgones, des chimères défilent à présent, semblables à celles que Catherine admire sur l'église de La Noaille. Est-elle belle cette église, avec ses vitraux bleus, rouges, verts, ses madones, ses croix ! Parfois Catherine y court en cachette : la pénombre colorée lui semble plus profonde encore que celle des châtaigneraies, elle retrouve là cette impression à la fois oppressante et enivrante que lui donnait la traversée de la garenne au Mézy, avec le tombeau de Mme Maneuf et de son fils l'officier. L'église est à la fois garenne et tombeau, et Catherine se perd au pied de ces arbres de pierre, au fond de cette tombe calme. Quand elle habitait les métairies, La Noaille c'était pour elle l'école où allaient ses frères : maintenant Francet n'en parle plus jamais. Aubin n'y va plus faute d'argent, aussi la ville est-elle devenue pour Catherine l'église Saint-Loup et toutes les rues qui rayonnent autour avec leurs riches demeures ou leurs masures, leurs boutiques, leurs échoppes, leurs ateliers ; comme si toute la cité ne faisait que prolonger la maison de saint Loup. N'est-ce pas lui ce saint à tête de bête cruelle que dessinent les nuées sur le mur ? Sa longue gueule s'ouvre, se ferme, s'ouvre. Saint Exupère avait donné le mal à Francet. Saint Loup ne veut-il pas la dévorer à son tour ? N'est-il pas le saint redoutable de la faim avec son peuple mystérieux de loups-garous qui hantent les nuits sans lune ? Catherine voudrait appeler mais son cri s'éteint dans la gorge. Elle détourne les yeux. Tout à coup elle se dresse sur le lit. Elle écoute, avide ; ne s'est-elle pas trompée ? — « Craquelins ! »

C'est lui ! Elle bondit, court pieds nus à la fenêtre, l'ouvre, se penche vers la rue. Il vient, portant son grand panier, le petit homme blanc. Comment un aussi petit être peut-il porter un panier aussi immense, et quelle voix claironnante !

— Craquelins ! Craquelins, Mesdames !

Des voisines sortent sur le seuil des maisons ; elles font signe au bonhomme ; il approche, soulève le linge qui couvre son panier. Des enfants se pressent autour de lui, tendent leur main, il leur donne les gâteaux puis prend l'argent. La mère va sortir elle aussi, elle choisira les craquelins les plus gonflés, les plus légers. Ça y est, le marchand passe devant la maison. Quelqu'un l'a appelé, il s'arrête. C'est la jeune femme de l'aubergiste, Toinette Laurent — elle habite au rez-de-chaussée — elle s'avance jusqu'au milieu de la rue, parle au vendeur. La femme rentre chez elle, le petit homme couvre à nouveau sa panière. Il part, il est parti.

— Craquelins ! Craquelins, Mesdames !

Sa voix chantante continue à retentir au loin.

Catherine revient vers le lit, se couche. Sur le mur, les images célestes se poursuivent, elle ne les regarde plus.

XI

Maintenant, Catherine le savait : elle n'irait pas à l'école, jamais elle ne pourrait lire les conseils, les histoires, les merveilles des almanachs.

— Mère, avait-elle demandé, vous vous souvenez, l'autre jour, avant qu'on quitte le Mézy, Francet vous avait dit que je pourrais bien aller en classe. Vous avez répondu oui, que je pourrais y aller. Quand est-ce que je vais apprendre à lire ?

La mère la regarda sans répondre ; puis elle s'était approchée d'elle, l'avait attirée d'une main contre son flanc.

— Il ne faut plus penser à ça, ma Cathie. Quand je t'avais promis, nous étions au Mézy, je ne pouvais m'imaginer qu'il allait nous arriver ce malheur. Mais cette métairie devait être maudite puisque Francet, et ensuite... Comment veux-tu qu'on t'envoie à l'école ? Aubin n'y va plus, on n'a même plus de quoi vous donner à...

La mère n'acheva pas sa phrase comme si elle avait eu mal ou honte.

Catherine eut envie de questionner encore : « Pourquoi est-ce arrivé ce qui est arrivé ? » Elle n'osa pas, alla s'asseoir dans un coin. Elle pensait aux derniers jours passés à la métairie. Il lui semblait avoir assisté à toutes les étranges scènes qui avaient marqué ces quelques semaines tant les parents en avaient parlé et en parlaient encore chaque soir.

Alors Pâques approchait. Il semblait à Catherine que ces fêtes n'arriveraient et ne se passeraient jamais assez vite afin qu'elle pût aller à l'école. C'était enfin décidé ; le père avait bien levé les bras au ciel, juré ses grands dieux que les gens devenaient fous ; au bout du compte, il avait cédé. Par reconnaissance envers Francet, et à la pensée aussi que devenue écolière elle passerait de longues heures loin de lui, Catherine ne le quittait plus. Il lisait et relisait pour elle à haute voix les almanachs, ensuite elle mêlait étrangement dans son souvenir l'histoire de France, les contes, les recettes de cuisine et de santé, les proverbes, les plaisanteries qu'elle avait écoutés avec une religieuse attention. Quand elle essayait de répéter à son frère ce qu'elle avait retenu des lectures qu'il lui faisait, il hochait la tête, pensivement.

— Christophe Colomb n'était pas roi de France, rectifiait-il. Le conte de l'Indien et de Face-Pâle, c'est de l'invention, ce n'est pas pour de bon.

— Comment, rétorquait Catherine, c'est bien du vrai puisque c'est écrit.

— Va plutôt à la garenne, tranchait Francet vite irrité, va voir si les petits merles sont nés.

Pâques approchait, mais, avant les Rameaux, devait se tenir à La Noaille, un samedi, la grande foire de l'année. Le métayer en parlait chaque soir car il devait y aller vendre un veau et il s'en réjouissait à l'avance : ça ferait un peu d'argent, les quelques économies qui pouvaient lui rester après la noce de Mariette ayant fondu comme neige au printemps au cours de la maladie de Francet.

Le jour de la foire arriva. Jean Charron se mit en route de grand matin, tirant le veau derrière lui. Le temps était très doux, la mère, aidée de Martial, était arrivée à installer Francet dans la cour. Sur l'arbre du jardin les oiseaux chantaient. A la fin de la matinée, M. Paul fit sortir Sultane de l'écurie : il la bouchonna, l'étrilla puis il l'attela au tilbury. La veille il avait astiqué la voiture ; son vernis jaune et noir et ses cuivres brillaient au soleil. Il conduisit l'attelage devant la maison, manœuvra afin que la voiture présentât l'arrière à la porte du Mézy. Ensuite il installa le plan incliné et, avec Mlle Léonie, poussa M. Maneuf et son fauteuil jusque sur la voiture.

Catherine et Francet observaient ces allées et venues. Ils entendirent la servante fermer les portes à clef ; elle prit place sur le siège avant à côté de M. Paul. Il desserra le frein, fit claquer le joli fouet rouge et vert ; la jument s'enleva. Dans un tintement de clochettes la voiture disparut, soulevant un nuage de poussière blanche.

— Voilà ce qu'il nous faudrait plus tard pour nos voyages, dit Francet.

Catherine ne répondit pas. Elle s'était installée près de lui sur une chaise basse et avec un fouet imaginaire elle faisait galoper un cheval non moins imaginaire. Le soleil tourna lentement autour du Mézy. On ne pouvait guère s'ennuyer ce jour-là : il suffisait de regarder la route pour se réjouir d'un spectacle animé, ce n'étaient que carrioles, charrettes, paysans et bestiaux se rendant à La Noaille. Au milieu de l'après-midi, voitures et piétons commencèrent à repasser dans le sens contraire. Certains paysans revenaient en chantant, de ceux-là on pouvait dire sans crainte de se tromper qu'ils avaient dû vendre comme ils l'entendaient vaches, veaux ou cochons ; d'autres marchaient, taciturnes, frappant à coups d'aiguillon rageurs la bête dont ils n'avaient pu se défaire. Comment reviendrait-il le père, chantant, riant comme ceux-là, ou maussade comme ces derniers ? Le soleil touchait la cime des chênes de la garenne lorsque Martial dévala en criant la pente d'une butte où il s'était juché.

— Père revient seul !

La mère s'affaira, allant et venant de la cuisine à la chaise de Francet. Elle était toute rose de joie et quand son mari parut enfin, silencieux, mais les yeux rieurs, elle courut vers lui, lui enleva des mains les paquets dont il était chargé.

— Faut pas se plaindre, dit le père.

Il ajouta :

— J'étais si pressé d'arriver que je dépassais tout le monde sur la route. Le dernier que j'ai passé, Michelot, le fermier de la Bastide, il m'a crié : « Eh ! Charron ! as-tu le diable à tes trousses pour filer ainsi ? » Mais, ma foi, je l'ai salué et j'ai continué, je voulais vous voir. Quand même il a dû me trouver malappris. J'ai envie de l'arrêter au passage et de lui offrir un verre de cidre. Hein, qu'en penses-tu Marie ?

— Ce serait de bon usage, dit la mère.

— Je vais chercher une bouteille...

Il s'éloigna en se frottant les mains ; la mère le suivit à la cuisine pour ranger les emplettes.

A ce moment, les enfants entendirent un fracas au delà du jardin : des grincements, des cris, des jurons, puis plus rien.

Catherine courut appeler les parents.

— Il y a eu quelque chose, dit-elle.

Le père posa sur la table la bouteille de cidre et les deux verres qu'il avait préparés, se rendit sur la route. Il aperçut au débouché du tournant une voiture arrêtée en travers de la chaussée, des gens qui gesticulaient. Il revint sur ses pas.

— Un accident.

— Il faut y aller, dit la mère.

Lorsqu'il rentra un peu plus tard, son visage était bouleversé. Il marchait en poussant devant lui le fauteuil de M. Maneuf.

— Qu'y a-t-il ? demanda la mère.

Le père ne trouva pas la force de répondre.

— Nous avons renversé un homme, déclara M. Maneuf, les domestiques sont repartis à La Noaille pour le conduire au médecin, mais je crains bien que ça n'en soit guère la peine.

— Le crâne ouvert, dit Jean Charron à voix basse ; la route était rouge de sang.

— Cet imbécile a fait un faux pas, prétendit le maître, il s'est littéralement jeté sous la roue, dans le virage.

— C'était le pauvre Michelot, dit le père.

— Michelot, s'écria la mère, que vont-ils devenir ? Ils ont huit enfants et aucun d'élevé.

— Pour moi, conclut Maneuf, il avait bu, il titubait. Ce qui est arrivé est uniquement de sa faute.

Duchein, l'autre métayer, arriva sur ces entrefaites ; il s'arrêta dans la cour. Tout en parlant, il tirait sur ses moustaches

— J'ai vu une flaque de sang au tournant, et, avant, le tilbury m'avait croisé filant de nouveau vers La Noaille ; j'ai pensé, il est arrivé quelque malheur.

— Un poivrot qui s'est fait écraser par ma voiture, affirma le propriétaire.

— Un poivrot ? voulut protester le père.

— Je sais ce que je dis, ce Michelot en avait un fier coup dans le nez.

— Si Monsieur le dit, c'est que c'est vrai, s'empressa de déclarer Duchein en jetant un regard de biais vers Charron.

— Il faudrait aller prévenir les siens, proposa la mère. Martial tu connais le chemin.

Mais Martial refusa, il ne saurait comment parler.

— Et puis, remarqua M. Maneuf, il faut attendre, on ne sait pas encore ce qu'aura dit le médecin.

On rentra le maître chez lui, la mère lui fit cuire une omelette. Il se versa de hauts verres de vin. Pendant qu'il mangeait, la mère restait derrière lui pour le servir.

— Une émotion pareille, disait-il, ça creuse.

Puis il reprenait :

— Cet imbécile, on n'a pas idée de boire comme ça quand on a à marcher... Il s'est jeté sous la roue.

Elle rapporta ces propos un peu plus tard dans la cuisine.

— Il n'avait pas bu, protestait Jean Charron, moi qui venais derrière lui, je voyais bien qu'il marchait droit sur le bord de la route. Ce sont ces fous avec leur jument folle ; ils vont toujours un train d'enfer, ils ont dû arriver dans le tournant comme des sauvages et serrer le talus, le pauvre Michelot se trouvait là, ils n'ont dû le voir qu'au moment où ils lui passaient dessus.

— Que vont-ils devenir les petits Michelot ? répétait la mère.

— Bien, ça va coûter cher au bourgeois, heureusement qu'il a de quoi, quant à M. Paul je crois qu'il pourra chercher une autre place.

— Tu t'imagines qu'on leur fera payer quelque chose ?

— Il y a des juges, il me semble.

M. Paul et Mlle Léonie firent une brève halte au Mézy à la nuit tombée ; ils ramenaient le cadavre chez les Michelot. La servante entra dans la cuisine des Charron, elle fit un gracieux sourire à la ronde puis demanda au métayer :

— Monsieur Jean, vous serez aimable de nous attendre avant d'aller vous coucher. Nous aurons à vous parler dès ce soir, avec M. Maneuf.

— C'est que vous n'êtes pas encore rentrés de la ferme aux Michelot, dit la mère, et demain matin, mon mari doit se lever avant le jour, le travail presse.

— Pour une fois le travail attendra, déclara Mlle Léonie.

Elle avait oublié son sourire et pinçait ses lèvres minces.

— Je vous attendrai, promit Jean Charron.

Quand elle fut sortie :

— Que me veulent-ils ?

— Je me le demande, dit la mère, c'est rapport au malheur certainement.

— Mais j'ai rien vu. C'est toi qui m'as appelé, je montais de la cave avec la bouteille de cidre et j'avais pris deux verres.

— Vous le leur direz, conseillait la mère.

Jamais veillée ne parut aussi longue, les enfants étaient allés se coucher, taisant leur inquiétude. Le feu s'était éteint.

— Une si bonne journée, disait le père, et voilà.

— Pauvres de nous, reprenait la mère, quand je songe à la Michelote et à ses loupiots, à présent.

— Ils toucheront la grosse somme.

— Quand ils la toucheraient ça leur rendra pas le malheureux, et ils ne l'ont pas encore touchée.

— Dans ce cas, il n'y aurait pas de justice.

La mère haussait les épaules.

— Vous êtes juste, vous, mais les autres !

Ils ne trouvaient bientôt plus la force de parler et somnolaient sur le banc. Ils sursautèrent lorsqu'on frappa à la porte beaucoup plus tard. C'était Mlle Léonie.

— Ah ! on a été plus longs qu'on pensait, disait-elle, mais cette femme, ces enfants s'accrochaient à nous. Une triste fin...

Elle soupira, puis :

— Merci, monsieur Jean, de nous avoir attendus, vous venez ?

Et comme la métayère se levait pour suivre :

— Oh ! vous savez, madame Charron, pour ce que nous avons à nous dire, ce n'est pas la peine que vous vous dérangiez. Vous pouvez aller dormir. On se sera bien vite mis d'accord avec votre mari.

Elle précéda Jean Charron, traversa le couloir, ouvrit la porte de la salle à manger. M. Maneuf était installé dans son fauteuil derrière la table. M. Paul, les traits tirés, se tenait à sa droite. Sur la table des petits verres et des bouteilles de liqueur étincelaient à la lueur de six bougies que supportait un chandelier d'argent.

— Qu'est-ce-que je te sers ? demanda Maneuf.

Le métayer restait debout, le chapeau à la main.

Il avait du mal à tenir les yeux ouverts.

— Eh bien, assieds-toi mon ami, ordonna Maneuf, et il emplit d'autorité un verre avec un liquide doré.

— Goûte-moi ça.

Pour donner l'exemple, il vida son verre d'un trait. Jean Charron fit de même, il s'attendait à devoir grimacer comme lorsqu'un voisin lui offrait un verre de gnole, mais il fut surpris par la douceur chaude de cette boisson !

M. Maneuf emplit de nouveau les verres.

— Alors, mon brave, dit-il, raconte-nous.

— Vous raconter quoi ?

— Tu venais de rentrer quand la chose s'est produite ?

— Je montais de la cave une bouteille de cidre, je voulais l'offrir au père Michelot.

— Tu l'avais donc vu ?

— Je l'avais dépassé ; vous comprenez, il me tardait d'annoncer à ma femme que j'avais vendu le veau.

— Ah ! c'est vrai, au fait, ce veau, tu l'as vendu ? Eh bien ? C'est bon ça. Dans le fond tu es content au Mézy, la terre donne bien, le maître t'embête pas, hein ! hein !

Et il riait en trinquant son verre contre celui du métayer.

— Pour ça, je ne me plains pas.

— Il ne manquerait plus que ça, fit Maneuf débonnaire. Et alors, tu as été le dernier à voir Michelot avant... qu'il se jette sous la roue de *ma* voiture ?

Il souligna le *ma* et jeta un coup d'œil à ses domestiques.

— Eh bien, ça se pourrait, dit le métayer.

— Ça ne se pourrait pas, c'est sûr, trancha Mlle Léonie.

Depuis un moment, elle léchait au fond de son verre une goutte de liqueur. « Quelle langue pointue, pensait Jean Charron. N'allaient-ils pas le laisser ? Et cet alcool qui l'engourdissait encore... Où voulaient-ils en venir ? » Quant à M. Paul, il restait muet et de temps à autre lissait ses fines moustaches.

— Tu as été le dernier à voir Michelot vivant, reprenait M. Maneuf, et...

Il marqua un temps puis détacha chacun des mots suivants :

— Et tu as remarqué qu'il avait bu !

— Pas le moins du monde.

— Allons, allons, fit Maneuf, réfléchissons : que t'a-t-il dit quand tu l'as dépassé ?

— Il m'a dit : « Eh, tu es bien pressé, Charron ! » Ou plutôt non, c'était pas ça ses paroles.

— Fais un effort, souviens-toi, ordonna Maneuf, nous avons tout notre temps.

— Il m'a dit, il m'a dit : « Eh ! Charron, aurais-tu le diable à tes trousses ? »

M. Maneuf croisa, puis décroisa ses mains où les veines saillaient ; il regarda une fois encore Mlle Léonie, M. Paul, et enfin déclara :

— Voilà qui est clair : paroles d'un homme ivre. Michelot avait tellement bu qu'il n'arrivait pas à avancer sur la route et qu'il priait notre ami de bien vouloir l'attendre. Dans son ivresse, il lui semblait que notre métayer filait comme le diable, alors que c'était lui qui pour un pas en avant en faisait deux en arrière ou sur le côté, sur le côté comme celui qui, un peu plus tard, devait le précipiter sous la roue.

M. Maneuf emplit une fois encore les verres, invita son hôte, en trinquant, à boire « le coup du bonsoir ». Puis il se pencha en avant, et se mit à parler sur un ton bonhomme.

— Voilà, dit-il, tu es un métayer sérieux, un brave homme, nous allons nous mettre d'accord. Demain matin, les gendarmes vont venir enquêter à propos de l'accident. Je les recevrai en premier, ensuite je te les enverrai. Je les avertirai que tu es le dernier à avoir vu Michelot vivant. Toi, tu répondras à leurs questions, ne te trouble pas, tu leur diras que c'est vrai, qu'en effet, tu venais de dépasser Michelot sur la route. C'est vrai, hein ?

— C'est vrai.

— Tu le leur diras ?

— Je le leur dirai.

— Très bien, fit M. Maneuf, très bien. Tu verras, j'ai des projets, de beaux projets pour toi et ta famille, je suis riche, sans enfants, j'aime faire le bien autour de moi.

Il hésita, comme si l'entretien était terminé, puis parut se raviser.

— Voyons, fit-il, qu'avais-je encore à te dire ?... Ah ! oui, alors nous sommes bien d'accord, n'est-ce pas ? Quand les gendarmes te demanderont comment tu as trouvé Michelot, en quel état, tu leur répondras qu'il était complètement ivre, qu'il titubait, que d'ailleurs il n'a pas pu te suivre, déclarant que tu allais trop vite pour lui.

Comme le métayer ne répondait pas :

— Voilà, fit encore M. Maneuf, nous sommes du même avis.

Il voulut emplir le verre de Jean Charron, mais celui-ci repoussa le verre d'un geste brusque et se leva.

— Non, dit-il, notre maître, non ça ne va pas.

— Qu'est-ce qui ne va pas ?

— Je ne dirai pas que Michelot était saoul et qu'il ne tenait pas sur ses jambes.

— Et pourquoi ? demanda Maneuf d'une voix sifflante.

— Parce que ce n'est pas vrai.

Le vieillard frappa du poing sur la table.

— Ce n'est pas vrai ? Qu'est-ce que tu en sais ?

— J'en sais que je l'ai vu Michelot et qu'il ne marchait pas et qu'il ne parlait pas comme un qui a bu.

— Et moi je te dis que si et qu'il s'est jeté sous la roue, je l'ai vu.

— Qu'il s'est jeté sous la roue, je ne peux rien dire ; je n'y étais pas, mais je ne dirai pas ce qui est faux.

Une ondée sanguine rougit le front du paralytique. Il s'appuya sur les accoudoirs du fauteuil comme s'il voulait essayer de se dresser.

— Tu le diras ! cria-t-il.

— Je ne peux pas faire ça.

Maneuf essuya d'un revers de main la sueur qui perlait à ses tempes. Mlle Léonie était blanche comme une chandelle et M. Paul lissait nerveusement sa moustache.

— Tu es un brave homme pourtant, Jean Charron, tu n'es pas de ces mauvaises têtes qui jalousent leurs patrons ; tu n'es pas de ces partageux comme j'en connais. Alors ?

Et le vieillard tendait les mains en un geste de paix.

— C'est impossible, répéta le métayer doucement.

Un moment, les autres parurent pris de panique. Deux bougies s'affaissaient avec une fumée nauséabonde, mais nul ne pensait à les moucher. Ces lueurs vacillantes projetaient sur les murs les ombres démesurées et agitées des trois complices immobiles. Tous se taisaient, mornes, et, semblait-il, épuisés. Mais soudain, Mlle Léonie dévisagea le paysan avec un défi dans les yeux. Elle se pencha vers son patron et lui parla à l'oreille, elle fit de même pour M. Paul. Un sourire revint errer sur les lèvres épaisses de Maneuf, il releva la tête et regarda le métayer en silence.

— Alors, c'est dit ? demanda-t-il.

Jean Charron ne répondit pas.

— Réfléchis bien, reprit le maître, ou tu te montres raisonnable et je réponds de ton avenir et de l'avenir des tiens, ou tu fais l'âne et je te jure que tu t'en repentiras ta vie durant.

— Je ne raconterai pas qu'il avait bu.

— Déguerpis ! cria M. Maneuf.

Le métayer se dirigea lentement vers la porte, là il se retourna, les regarda tous les trois tassés derrière leur table, M. Paul baissa les yeux, mais Maneuf et sa servante ricanaient. Il sortit.

Cette nuit-là, ni lui ni sa femme ne purent dormir. Ils entendirent des pas dans le couloir, puis dans la cour. Par les volets entrebâillés de la chambre ils purent apercevoir sur la route deux silhouettes qui se hâtaient.

Le lendemain, Catherine jouait dans la cour près de son frère, lorsqu'ils entendirent des chevaux trotter en direction du Mézy. Bientôt, en effet, les bêtes apparurent avec leurs cavaliers.

— Les gendarmes, souffla Francet.

Catherine se serra contre lui.

L'un des cavaliers toucha du doigt son bicorne.

— Dites, les enfants, le Mézy c'est bien là.

— Oui, dit Francet.

— Chez M. Maneuf ?

— A côté.

Ils descendirent de leurs montures. Déjà, Mlle Léonie et M. Paul s'empressaient. Elle fit entrer les gendarmes pendant que lui menait les chevaux à l'écurie. L'entretien fut long, enfin les deux hommes ressortirent, leur voix était joviale ; ils firent claquer leurs talons, saluèrent ; quand ils parurent au soleil, ils clignèrent des yeux ; l'un d'eux essuya ses moustaches d'un revers de main. Mlle Léonie prodiguait les sourires de ses lèvres minces. M. Paul alla chercher les chevaux ; les gendarmes s'inclinèrent galamment devant la servante puis se mirent en selle. Jean Charron et Martial rentraient des champs ; le chien qui les suivait se mit à aboyer quand il vit ces deux chevaux et ces gaillards inconnus. Le père le fit taire, pas assez vite cependant pour que Mlle Léonie n'eût le temps de lancer à l'adresse de Félavéni un retentissant :

— Sale bête, ça vous mordrait n'importe qui.

— Oh ! vous savez, fit un gendarme, nous n'avons pas peur.

— Que voulez-vous, on n'est pas chez soi, dit-elle encore à la cantonade.

Elle accompagna les cavaliers jusqu'à la route, et là, du bras, leur indiqua la direction de Couvre. Ils partirent au petit trot. Lorsqu'elle passa de nouveau dans la cour et quoique le chien ne fût plus là :

— Sale bête, dit-elle encore.

La mère fit un geste vers elle, mais le père la retint. Quand la servante fut rentrée :

— Jean, courez donc après les gendarmes, contez-leur la soirée d'hier. Dénoncez ces assassins !

Le père frotta les mains contre son pantalon, se courba un peu.

— Ça ne se peut pas, dit-il.

Bien plus tard, les gendarmes repassaient au Mézy, se dirigeant cette fois vers La Noaille. Un seul descendit de cheval et se rendit à grands pas chez M. Maneuf. Il n'y resta qu'un instant et ressortit en priant la demoiselle de ne pas se déranger pour lui. Sur le pas de la porte les deux domestiques regardèrent s'éloigner les cavaliers ; avant qu'ils ne fussent cachés par l'arbre du jardin, ils leur firent de la main un signe amical.

L'affaire Michelot fut classée. Duchein, l'autre métayer, avait déclaré aux gendarmes que la victime, ce jour-là, ne tenait pas sur ses jambes, étant complètement ivre, comme il avait pu s'en assurer un peu avant que ne survînt l'accident.

— Vous voyez, Jean, la justice, disait la mère.

A quelques jours de là, elle fut surprise de ramener dans les seaux d'eau qu'elle montait du puits des limaces, des brins de fumier. Le propriétaire, lui, jouissait d'une pompe installée dans sa cuisine et qui prenait l'eau à un autre puits souterrain. Elle fit part de ses craintes à son mari, il installa un fin treillis au-dessus du puits, les saletés disparurent alors. Les domestiques amenèrent au Mézy un jeune chien-loup qu'ils tenaient toute la journée attaché malgré ses hurlements ; quand ensuite ils le détachaient, il était prêt à se jeter sur tout ce qui passait à sa portée. Il blessa profondément Félavéni et faillit mordre Catherine qui s'approchait pour défendre son chien.

— On est bien obligé d'avoir un chien de garde pour se protéger, déclarait Mlle Léonie en passant dans le couloir.

Elle disait aussi, comme si elle parlait à son ami, mais en élevant la voix :

— Il y a des voisinages malsains, des gens qui peuvent vous passer leurs maladies.

Et elle jetait un coup d'oeil vers Francet allongé sur sa chaise devant la maison.

— Je vais aller trouver M. Maneuf, et lui dire ce que je pense de sa Léonie, menaçait la mère.

— Garde-t'en bien, implorait le père.

Pourtant, sans l'avertir, elle alla trouver le paralytique. Elle revint en larmes.

— Ses yeux m'ont fait peur, avoua-t-elle, des yeux de sorcier.

Le lendemain de cette visite, Jean Charron trouva la partie nord du champ de blé saccagée, on eût dit qu'un troupeau s'y était roulé. Comme il en parlait à table :

— Tiens, s'écria Francet qui se tenait près de la fenêtre, le Duchein sort de chez Maneuf.

Quelques instants plus tard, M. Paul, les traits crispés, venait dire que le maître désirait parler à son métayer. Quand le père revint, tous l'interrogeaient anxieusement du regard. Il se laissa tomber sur un banc.

— Ça n'a pas été long, dit Martial.

— Non, il m'a dit : « On m'apprend qu'une partie du champ de blé a été foulée ce matin par tes propres vaches pour la bonne raison qu'elles ne sont pas gardées. » J'ai voulu protester mais il a continué : « Ça ne peut plus durer comme ça, quand tu es venu à la Toussaint dernière, tu avais avec toi un domestique fort et vaillant, tu t'es arrangé pour le chasser. Ensuite je comptais que deux de tes fils au lieu d'un t'aideraient et l'un d'eux a trouvé le moyen de tomber malade. Ta femme vient m'ennuyer avec des sornettes au sujet de je ne sais quels tourments que lui ferait Mlle Léonie. »

— Oh ! fit la mère, les bandits...

— « Ça ne peut plus durer », il a encore dit, « vous me coûtez trop cher, trop cher, ta famille et toi, en argent et en tranquillité : la propriété mal tenue, le bétail abandonné, les ennuis et des menaces jusque chez moi, il faut que cela finisse au plus vite. »

Le surlendemain, Francet et Catherine virent entrer dans la cour un petit bonhomme vêtu de noir, portant besicles sur le nez. Le col de sa redingote était couvert de pellicules.

— Suis-je ici au Mézy, métairie du sieur Pierre Maneuf ?

Catherine attendit que son frère répondît, mais il se contenta de jeter un coup d'oeil sur le bonhomme noir et ne dit rien.

— Ne suis-je pas... ? redemanda le visiteur.

Catherine ne le laissa pas achever.

— Oui, dit-elle.

Alors l'homme ne s'adressa plus qu'à la fillette comme si elle était seule dans la cour.

— Et pourrais-je voir le sieur Charron ?

Elle ne comprit pas ce qu'il voulait dire et resta à son tour sans répondre. Le bonhomme en noir paraissait fort perplexe devant ces enfants qui l'un après l'autre devenaient muets.

— Charron, répétait-il, à tout hasard, le sieur Charron, métayer au Mézy.

— C'est notre père, déclara Francet.

— Bon, bon, fit l'homme en hochant la tête.

Il enleva ses besicles, les remit.

— Il faut que je le voie.

— Il est aux champs, dit Francet.

— Ah, ah ! fit le visiteur de nouveau perplexe. Puis : Eh bien, il faut aller le chercher.

— Je ne peux pas

— Vous ne pouvez pas ?

— Je suis malade, et Francet désignait sa jambe immobile.

Le petit homme parut inquiet, enfin :

— Et la petite ?

— Il veut que t'aille chercher le père, expliqua Francet.

Catherine quitta sa chaise basse à côté de son frère et s'en alla. Comme elle se retournait elle vit l'homme en noir s'asseoir à la place qu'elle avait laissée, et avec son mouchoir s'éponger le visage.

— Un bonhomme en noir ? Un bonhomme en noir ? répétait le père lorsqu'elle l'eut informé du désir de l'étranger, un bonhomme en noir avec des lorgnons, qu'est-ce que c'est encore ? Qu'en pense la mère ?

— La mère ne sait pas, elle garde les vaches avec Clotilde ; elle m'a dit de rester avec Francet.

Quand il vit arriver l'homme et la fillette, l'étranger se leva, toucha le bord de son chapeau et demanda :

— Charron Jean, métayer du sieur Maneuf, au Mézy ?

— Oui, dit le père en ôtant son chapeau.

— Restez couvert, je vous en prie, proposa l'homme avec un sourire.

Mais le père ne sembla pas entendre. L'autre sortit de sa poche un papier qu'il déroula et remit au métayer. En haut, à gauche du papier, Catherine aperçut un joli timbre.

— De la part du propriétaire du Mézy, dit l'homme en noir.

— Merci.

— De rien, assura le messager.

— Vous prendrez bien un verre de cidre.

— Jamais d'alcool, jamais d'alcool, fit l'homme en agitant ses mains courtes et grasses.

— Sans façon, insista le père.

— Sans façon.

Il toucha de nouveau le bord de son chapeau.

— Bonne continuation, dit-il.

— Au revoir, monsieur.

Et comme les enfants demeuraient cois.

— Eh bien, voulez-vous dire au revoir au monsieur.

— Laissez-les donc, fit l'homme en noir en inclinant la tête.

Déjà il arrivait sur la route, Catherine remarqua alors que le bas de ses pantalons étroits était blanc de poussière.

— Il va bien, observa le père, un bourgeois venir comme ça au Mézy, et repartir à La Noaille sans monture.

Il tournait et retournait dans ses mains le papier timbré. Enfin, il le donna à Francet.

— Pourrais-tu le lire ? demanda-t-il timidement.

— Quel joli timbre, dit Catherine.

— Par-devant nous, Maître Lacongéras, huissier à La Noaille... commença Francet.

— Un huissier, dit le père, c'était l'huissier.

Il avait tout d'un coup pour dire cela un air atterré ; et Catherine se demandait comment un aussi petit bonhomme noir, inoffensif et quelque peu ridicule, pouvait inspirer au père ce sentiment d'excessif respect.

Francet continuait : il était signifié au sieur Charron par le propriétaire du Mézy, le sieur Maneuf, que faute de main-d'œuvre suffisante les cultures étaient laissées à l'abandon, voire saccagées par le bétail, lequel n'était plus gardé. En conséquence, le sieur Maneuf faisait toutes réserves quant au bail de métayage tacitement établi entre lui d'une part et le sieur Charron Jean, métayer, d'autre part.

Quand Francet eut achevé sa lecture, le père demeura tête basse, son chapeau à la main. Il soupira puis il reprit le papier et partit dans la direction de la garenne.

— Il va voir la mère, affirma Francet, je crois bien que c'est une sale affaire.

— Pourtant ce timbre était si joli, dit Catherine.

— Mais c'est de la folie, protestait la mère... Jean, non Jean, vous êtes fou, ces assassins vous rendent fou. Vous n'y pensez pas, laisser le Mézy au mois de mai, leur abandonner fourrage, bétail, récoltes. Ils vont sauter de joie, Duchein n'aura plus qu'à cueillir ce que vous avez semé et le tour sera joué ! Et nous, où irons-nous ? A La Noaille ? Oui ? Et de quoi vivrons-nous puisqu'il faudra tout laisser ici, avec quel argent ? Vous savez que le peu qu'on avait est parti en visites du médecin et en remèdes pour Francet ? Que dites-vous ? Injustice ? Les gendarmes ? L'huissier ! le papier timbré ! En prison ? Mais je vous le répète, c'est de la folie, Jean ; ils ne peuvent rien contre vous...

— Je ne peux plus, je n'en peux plus, si je reste, oui, je deviendrai fou, tout à fait. C'est décidé, l'oncle de Parrain va me prêter une charrette, le Parrain me donnera un coup de main, c'est décidé. On part.

Le père avait maigri, il mangeait à peine, dormait mal : un rien l'irritait. On l'entendait marmonner des bribes de phrases où revenaient toujours les mêmes mots d'huissier, de gendarmes, de papier timbré, de procès.

Un matin, Martial était revenu en courant ; tout essoufflé, il raconta qu'il avait vu de loin Duchein lancer son bétail à travers la partie basse du grand champ de blé. De l'autre côté du champ Mlle Léonie et M. Paul attendaient en riant que les vaches sortissent du blé.

— *Bêtio, bêtio,* s'écria Martial pour conclure, si j'avais eu un fusil, je les descendais tous les trois.

— Le petit a raison, dit le père.

Il décrocha au-dessus de la cheminée son vieux fusil de chasse, mais sa femme se jeta sur lui. Catherine s'était mise à crier et Clotilde dans son berceau l'imitait. Les garçons, les yeux brillants, regardaient. La mère se cogna au banc et tomba ; alors Jean Charron posa l'arme, aida la mère à se relever, la fit asseoir ; des hoquets la secouaient, on eût dit qu'elle riait, d'un rire aigu, par saccades. Le père lui fit boire de l'eau, l'embrassa.

— Ne t'inquiète pas, dit-il, je vais à La Noaille.

— J...ean, essaya-t-elle d'appeler entre deux hoquets.

Il lui fit signe de la main et s'en alla, voûté, vieilli.

A son retour, il déclara que le lendemain même, ils quitteraient le Mézy.

Catherine était heureuse : le Parrain était là. C'était lui qui avait amené la charrette. On y entassa les quelques meubles, deux sacs de pommes de terre qui restaient de l'an dernier, les tourtes de seigle, que le père avait fait cuire la semaine précédente. Sur le devant de la voiture, on laissa une place pour y installer Francet et sa chaise. Le chargement était presque achevé quand M. Paul conduisit son maître dans la cour.

— Ainsi, gronda le paralytique, on décampe sans crier gare, comme des voleurs !

Le père, qui ficelait un sac sur la voiture, interrompit son travail et descendit, mais la mère le devança et courut jusqu'au fauteuil du propriétaire.

— Vous croyez que ça va se passer comme ça, lui dit-il, abandonner la métairie sans remplaçant.

Mais la mère sans élever la voix répondit :

— Un remplaçant, allez donc, vous en avez un, la canaille qui a accepté d'être votre faux témoin.

— Madame, fit Maneuf en frappant sur les accoudoirs de son fauteuil.

Elle l'interrompit :

— Puisque nous allons à La Noaille, chassés par vous, par vos valets, par votre complice, pensez-vous pas que l'occasion serait bonne d'aller raconter aux gendarmes certaine soirée, certaines propositions que vous avez faites à mon mari ?

— Ils... ils ne... ils ne vous croiraient pas, balbutia Maneuf, puis il essaya de se reprendre :

— D'ailleurs, je ne vois pas ce que vous voulez dire.

Il fit signe à son domestique et celui-ci poussa le fauteuil jusqu'à la maison.

— Vous avez bien fait, Marie, dit le Parrain.

Alors, toute colère retombée, elle se tourna vers le père et dit avec tristesse :

— Si vous m'aviez écoutée, si vous aviez appelé les gendarmes lorsqu'ils sont venus enquêter, nous n'en serions pas là.

Puis elle eut un sourire désolé, et serrant le bras de son mari :

— Mon pauvre, dit-elle, tu n'es pas assez méchant.

Catherine s'approcha du Parrain.

— Tu as entendu, lui dit-elle, stupéfaite, tu as entendu ?

— Quoi ? demanda le Parrain.

— Elle a tutoyé le père.

XII

La marraine Félicie leur avait trouvé ces deux pièces sous le toit d'une vieille bâtisse à La Ganne, faubourg de La Noaille, au-dessus du cabaret des Laurent. « Je n'ai pu faire mieux, s'était-elle excusée, les propriétaires poussent les hauts cris quand, à leurs questions, je réponds que vous avez cinq enfants. » « De toute façon, c'est tout ce qu'on pouvait se payer », dit le père. « Un mauvais moment à passer », avait déclaré Félicie en posant ses courtes mains grasses sur son ventre, « mais vous en viendrez à bout. »

La Ganne, c'était une ruelle en pente ; leur maison était la dernière sur la gauche, après venaient des terrains vagues, des jardins, quelques taillis, les prés. Ce n'était pourtant pas la campagne aux yeux de Catherine car on trouvait encore au bout d'un chemin rouge et blanc la manufacture de la Reynie : la fumée de ses fours filait vers La Ganne les jours de vent d'ouest et noircissait les façades, le tour des fenêtres. Les porcelainiers de la Reynie menaient grand bruit lorsqu'ils descendaient ou remontaient le faubourg de La Ganne. Catherine les avait pris d'abord pour des boulangers à cause de leurs blouses blanches, elle s'était demandé si cette manufacture, dont son père et ses frères parlaient avec respect, était un ensemble de fours, dont tourtes et miches devaient sortir par milliers. Qui donc pouvait manger tout cela ? s'inquiétait-elle les jours nombreux où il lui fallait se contenter d'un morceau de tourte terreuse. Francet la détrompait, essayant de lui faire comprendre ce qu'était la porcelaine. Elle n'en avait jamais vu jusqu'au soir où un vieil ouvrier qui s'apprêtait à entrer au rez-de-chaussée, dans le café des Laurent, l'ayant appelée, sortit de sa blouse une minuscule tasse transparente, qu'il fit tourner au soleil : « Hein, petite, qu'en dis-tu, est-ce assez joli, c'est moi qui ai fait ça, hein. »

Elle ne pouvait croire que d'aussi grosses mains tannées et crevassées avaient pu créer un aussi frêle objet, une sorte de corolle dure et glacée. « Tiens, dit l'ouvrier, je te la donne. » Elle s'était enfuie avec ce trésor, l'avait montré à Francet.

— Comment peut-on faire une chose aussi menue, aussi gracieuse ? Toi, tu ne pourrais pas, Francet, pourtant tu tailles le bois et les marrons.

Il fronça les sourcils :

— Si j'allais à l'usine un jour tu verrais.

Il lui raconta que la femme d'un pharmacien, jadis, au temps des rois, une bourgeoise de La Noaille, avait trouvé dans les prés une terre blanchâtre, elle s'en servait pour laver son linge, « un vrai savon, cette terre », disait-elle, et son mari prit un peu de terre, l'examina dans son laboratoire puis l'envoya à un savant du roi, et le savant avait dit : « C'est du kaolin. »

— Quel drôle de nom.

— Oui, reprenait Francet, un nom chinois, un nom de Chine, un pays qui est de l'autre côté de la terre, sous nos pieds, et les gens sont jaunes, les Chinois.

— M. le curé de Saint-Loup, il a une figure jaune, c'est un Chinois ?

— Non, on dit qu'il est malade, je ne sais quoi, l'estomac, le foie, c'est pour ça qu'il est jaune.

— Comment disais-tu, cette terre ?

— Du kaolin, ça veut dire la terre des collines. On nous l'avait appris à l'école et je l'ai lu dans un almanach, et avec cette terre le savant du roi a dit qu'on pouvait faire de la porcelaine, jusqu'alors seuls les Chinois en faisaient, et ils étaient très riches, très puissants à cause de cela. Et le roi, il a fait bâtir la manufacture à La Noaille.

— Oh ! alors il passera un jour dans la rue lorsqu'il va à la Reynie.

— Qui ça ?

— Eh bien, le roi.

— C'est bête les filles, il n'y a plus de roi.

— Ah ! soupirait Catherine.

Elle restait un moment songeuse et attristée, puis une autre question venait à ses lèvres mais elle n'osait pas la poser de crainte que son frère n'allât encore se moquer. Pourtant c'était si troublant cette idée qui s'imposait à elle qu'à la fin elle ne pouvait s'empêcher de parler.

— Francet ?

— Oui.

— Dis Francet !

— Quoi ?

— Promets que tu ne riras pas de moi.

— Qu'est-ce c'est encore ?

— Promets.

— Flûte.

Elle se taisait, boudeuse, allait à la fenêtre et tournait le dos à son frère. Au bout d'un moment, il l'appelait.

— Cathie.

Elle ne répondait pas. Il insistait alors.

— Cathie, que voulais-tu me dire ?

Elle continuait à regarder, il ne savait quoi, dans la rue.

— Je ne rirai pas de toi, tu entends, je ne rirai pas.

Elle revenait près des chaises sur lesquelles Francet allongeait sa jambe malade.

— Cette terre, la, le...

— Le kaolin.

— Oui, le kaolin, eh bien, puisqu'on en trouve à La Noaille et puis en Chine, je pense que si on creusait un trou dans un pré d'ici, un trou profond, profond, profond, on déboucherait de l'autre côté de la terre dans du kaolin encore, sur une colline de Chine.

Francet se grattait le nez, Catherine l'observait, perplexe : sans doute allait-il lui lancer quelque mot méprisant. A la fin, il la regardait gravement.

— Peut-être, disait-il, peut-être.

Puis, baissant la voix comme si on eût pu les entendre, et pourtant ils étaient seuls ; le père et Martial aux feuillards, la mère occupée à faire le ménage dans des maisons bourgeoises que lui avait indiquées tante Félicie, Aubin à courir les rues, Clotilde enfin suçant ses doigts dans son berceau, Francet ajoutait :

— Quand je serai guéri, si tu veux, on essaiera de percer ce tunnel jusqu'à la Chine, je commanderai tous les garçons, toi toutes les filles de La Noaille, ça sera du beau travail.

Catherine contemplait son frère bouche bée.

— Mais, Francet, je pense, de l'autre côté de la terre, on doit avoir la tête en bas. On tombera dans le ciel.

— T'en fais pas, puisque les Chinois ne tombent pas, on tiendra. En attendant, ajoutait-il, tu pourrais déjà repérer dans quelque pré un endroit à kaolin pour savoir où il nous faudra creuser.

Elle se mit donc à la recherche de la terre blanche. Elle crut l'avoir trouvée dans le chemin qui menait à la manufacture, en porta une poignée à Francet.

— Mais non, lui dit-il, c'est de la porcelaine cassée qui s'est mélangée à la boue du chemin.

Elle recommença la quête, marchant les yeux obstinément fixés sur le sol, dans les prés, les taillis environnants, mais elle ne trouvait que de la terre noire ou rouge et revenait à la maison avec des maux de tête qui inquiétaient la mère. Enfin elle décida de guetter le passage de l'ouvrier qui lui avait fait don de la tasse et lui demanda d'une voix tremblante où elle pourrait trouver du kaolin. Il se mit à rire :

— Que veux-tu en faire, loupiote ?

— Le montrer à mon frère.

— Tu lui diras d'aller à Marconnac, c'est à deux lieues d'ici, de grandes carrières.

— Oh ! il n'ira pas, il a mal à la jambe.

Le vieil ouvrier passa la main sur son visage taché de poussière blanche.

— Alors, dit-il, c'est trop loin pour toi.

— Qu'est-ce que c'est les carrières, demanda Catherine, les carrières de Marconnac ?

— De grands, grands trous à kaolin, profonds. On y descend remplir des paniers, on les remonte au jour.

Catherine se mit à courir, sur le seuil du couloir elle s'arrêta, se retourna :

— Merci, m'sieur, cria-t-elle.

L'ouvrier lui sourit.

— Et la tasse tu l'as toujours ?

— Oh ! oui.

De sa grosse main, l'ouvrier lui envoya un baiser. Elle resta tout intimidée sur le pas de porte, puis, quand l'homme fut parti, monta quatre à quatre les escaliers.

— Tu sais, Francet, lança-t-elle essoufflée, tu sais, ils nous ont volé notre idée... A Marconnac, dans ce qu'ils appellent des carrières, ils creusent de grands, grands trous dans le kaolin, quelque jour ils arriveront en Chine.

Elle regretta aussitôt d'avoir dit cela car elle vit son frère pâlir, réprimer une grimace.

— Tu as mal ? demanda-t-elle.

— Oui.

Avec ses mains, il essaya de bouger sa jambe allongée, poussa un faible cri.

— Cette garce, dit-il, quand elle sera guérie ce sera trop tard, les autres seront arrivés en Chine au bout de leur tunnel.

XIII

Aux Jaladas, Catherine jouait avec Anne Mauriéras, Marion Lagrange et au Mézy avec la Marie Brivat, mais en ville elle ne connaissait d'abord personne. Ses frères avaient été les premiers à parler à une fille et à un garçon qui vivaient avec leur père dans une masure voisine. Les Lartigues étaient aussi misérables que les Charron, d'ailleurs tout le monde à La Ganne se trouvait logé à la même enseigne, sauf peut-être les Laurent qui vivaient dans l'euphorie de leur jeune mariage et de leur jeune commerce. Le père Lartigues était homme de peine à la manufacture, il avait été maçon, mais, ayant perdu la main droite dans un accident, il ne pouvait plus rendre que de menus services, aussi gagnait-il fort peu d'argent à l'usine. Sa femme était morte voici quelques années, sa fille Julie, une petite noiraude âgée de dix ans, tenait la maison ; le fils, Aurélien, était son cadet d'un an, il allait de temps à autre chez les Frères où il avait rencontré les fils Charron, et le reste du temps son père le louait comme berger ; c'était un garçon aux traits fins, aux yeux gris mélancoliques, ses cheveux tondus révélaient un crâne régulier qui allait bien avec l'élégance du visage. Malgré sa gravité, et même sa tristesse apparente, Aurélien ne disait presque jamais une parole qui ne fût une plaisanterie. Il prit l'habitude de venir tenir compagnie à Francet allongé devant la fenêtre ; tous deux, fort bavards, n'arrêtaient pas de parler.

— Vous m'étourdissez, à la fin, s'écriait la mère.

Cependant elle était heureuse de cette amitié naissante car les reparties d'Aurélien enchantaient Francet qu'on entendait rire comme aux beaux jours disparus. Francet racontait à son camarade ce qu'il avait appris dans les almanachs. Aurélien lui rapportait les faits et gestes des ouvriers de la manufacture, lui décrivait quelque nouvelle machine à calibrer que son père avait aidé à installer à la manufacture, et tous deux s'extasiaient sur les mécaniques nouvelles. Un soir, ils se réjouissaient ainsi à la pensée que bientôt on construirait des voitures qui avanceraient à toute allure sur les routes sans qu'aucun attelage ne les tirât. « Déjà, disait Aurélien, un ouvrier avait parlé à son père : on embauchait pour construire une ligne de chemin de fer qui passerait à La Noaille, mais un jour on n'aurait même plus besoin du rail, les machines fileraient sur les routes. »

Le père entendit ces propos, retrouva pour un instant ses colères anciennes, criant que ces gars étaient fous, que jamais, au grand jamais on ne verrait pareilles diableries sur les routes du monde, qu'il n'y aurait certes pas d'autre moyen pour se déplacer qu'un bon cheval ou de bonnes jambes. Là il s'arrêta net, interdit comme s'il avait prononcé un mot criminel, il jeta à Francet un regard suppliant puis, sous prétexte d'aller acheter du sel, prit ses sabots et sortit.

— Quand nous serons grands, dit Aurélien, nous fabriquerons une voiture sans chevaux et nous irons loin, loin, tous les deux Francet... et toi aussi Cathie si tu veux bien, ajouta-t-il, en baissant la voix.

— Oh oui, je voudrais.

— Il faudra emmener ta sœur, proposa Francet.

— Et le tunnel pour la Chine, rappela Catherine.

— Ça sera bien plus drôle de filer sur notre voiture mécanique, affirma Francet.

Aurélien, Julie et Catherine prirent l'habitude de se réunir autour des chaises du jeune malade pour discuter de leurs futurs itinéraires, les filles voulaient que Paris fût le but du voyage, les garçons penchaient pour l'Océan, on finit par décider de faire le tour de la France avec une pointe sur Paris.

Julie Lartigues avait un curieux caractère : « un instant tout vinaigre, disait son frère, l'instant d'après tout miel ».

« Ma chatte », l'appelait Francet.

Avec lui elle se montrait toujours patiente même lorsqu'on voyait à son maigre visage jauni qu'elle était tourmentée intérieurement de colères ou d'inquiétudes inexprimées. Elle demandait à Francet s'il était bien, s'il n'avait besoin de rien, s'il ne voulait pas quelque oreiller pour appuyer sa tête, un verre d'eau pour se rafraîchir. Quand il lui fallait partir, si la mère n'était pas là, elle se jetait sur Francet et couvrait son visage et ses mains de baisers.

Lorsqu'il se trouvait seul avec Catherine, Aurélien perdait un instant son habituelle exubérance, on remarquait alors la mélancolie naturelle de sa bouche et de ses yeux, puis, comme un élève se met à réciter sa leçon, il se lançait dans quelque histoire saugrenue que Catherine ne comprenait pas toujours mais qui toujours pourtant la faisait rire. Lui, alors, se taisait de nouveau et la regardait, grave. C'est Aurélien qui lui fit connaître les gens du quartier, ayant sur chacun d'eux un mot dont Catherine ne percevait pas d'abord la moquerie tant il était dit avec un calme et un détachement parfaits.

— Mon père, hier soir, il est rentré, confiait Catherine à Aurélien, il nous a dit que les gens de la maison au toit de chaume lui avaient parlé. « Que vous ont-ils demandé, a dit la mère, c'est de vrais mendiants. » « Ils n'ont rien demandé, a dit le père, mais je n'ose pas te répéter leurs paroles. » Nous, Martial, Aubin, Francet et moi, on a fait semblant de jouer dans un coin et de ne pas entendre. Le père a baissé la voix, il a dit : « Ils ont dit, Charron, ils m'ont appelé comme ça : Charron, tu nous fais pitié avec tes gosses, t'es aussi misérable que nous avec les nôtres et tu ne fais rien pour trouver à leur mettre sous la dent. » J'ai dit que je travaillais autant que je pouvais aux feuillards, que toi tu allais en journée mais que c'était vrai, qu'à la fin de la journée ça faisait bien peu d'argent. Ils se sont mis à rire : « Nigaud, qu'ils ont dit, ce soir viens donc avec nous... » Là, continuait Catherine, mon père s'est mis à chuchoter et je n'ai plus compris ce qu'il pouvait dire.

— Il parlait des Jalinaud, affirmait Aurélien, c'est eux qui habitent sous le chaume, et je sais bien ce qu'ils proposaient à ton père.

— Comment sais-tu ?

— Pas difficile à deviner, ce sont les plus grands maraudeurs de tout le quartier ; ils voulaient conseiller à ton père de faire comme eux, la nuit ils partent avec des sacs : haricots, patates, poulets, tout passe au fond.

— Mais c'est très mal, s'écriait Catherine.

Aurélien avait un sourire attristé.

— Quand on a faim.

— Nous on bâille à s'en décrocher la mâchoire quelquefois tant on a l'estomac creux, et pourtant tu vois, le père a refusé d'aller en maraude.

Aurélien la regardait, longuement, et avec une voix changée, soufflait :

— J'ai peur parfois que tu, que vous mourriez de faim.

Etait-ce cette crainte, se demandait Catherine, qui poussait Aurélien à lui glisser en cachette, dans sa main ou dans la poche de son tablier, des bouts de sucre, des fruits, parfois même quelque croûton de pain ?

— Il y en a d'autres qui maraudent ? demanda-t-elle.

Il lui sembla qu'Aurélien rougissait pour lui répondre :

— A La Ganne, tous, plus ou moins. Les filles Jalinaud et le plus jeune des garçons, celui qui louche, ils vont aussi mendier sur la place du Haut.

— Mendier ? s'étonna Catherine.

— Ma sœur et moi, quelquefois, si on entend des pas dans la rue, on se relève, on se met à la fenêtre, il est plus de minuit, on voit des ombres qui se glissent le long des maisons ; c'est les Jalinaud, ou le Mignon avec sur les épaules son sac de maraude.

— Le Mignon ?

— Oui, ce gros, moustachu, boucané, le jour il se promène avec une canne qu'il a sculptée lui-même, tu n'as pas vu ? une canne avec des serpents qui montent de la pointe jusqu'au pommeau.

— Si, si, je l'ai vu.

Ainsi Aurélien présenta peu à peu à la fillette tous les habitants de La Ganne : au rez-de-chaussée de la maison qu'occupait la famille Charron : les jeunes aubergistes, les Laurent — Aurélien prétendait qu'ils feraient faillite car les porcelainiers ne payaient guère leurs dettes ; un peu plus loin, dans une cabane en planche, le *Bon Dieu* et la *Bon Dielle* — « Y a pas de bon Dieu ! » criait l'homme vingt fois par jour, d'où son surnom ; ils avaient pour voisin Perraud et sa femme la Cramillou — elle avait le visage cuit : on disait qu'enfant elle était tombée, tête première, dans une bassine d'eau bouillante. « Va te cacher, laide », marmonnait Perraud qui l'avait épousée pour ses cinquante écus de dot. Les autres habitants de La Ganne n'étaient pas moins pittoresques. Le Iandou, un vieux garçon vêtu comme un arlequin de hardes de toutes les couleurs et qui vivait dans une seule pièce avec ses pourceaux. On le disait riche. Sa voisine, la Cul-Béni, se signait chaque fois qu'elle l'apercevait : elle prétendait qu'il était une incarnation du diable.

— La Cul-Béni a peut-être raison, dit un jour Catherine, Iandou, c'est peut-être le diable.

— Le diable, affirma calmement Aurélien, le diable ça n'existe pas.

Catherine et ses frères se regardèrent éberlués.

— Qui t'a dit une chose pareille ? s'exclama Aubin.

— Mon père. Il dit comme ça : Dieu, le diable, des histoires de bonne femme.

— C'est vrai, tint à affirmer Julie.

Aubin, Francet, Catherine demeurèrent sidérés par tant d'audace.

— Si notre père vous entendait, finit par balbutier Catherine.

Elle parlait si bas que nul ne prit garde à sa remarque.

Les jours qui suivirent elle évita de jouer avec Aurélien et sa sœur. Maintenant ces enfants l'inquiétaient. Julie ne prêta pas attention à cette nouvelle attitude mais Aurélien errait comme une âme en peine dans la rue sans que Catherine daignât lui parler.

Elle aurait aimé faire connaissance avec Amélie Anglard, une jolie petite blonde qui habitait un peu plus haut, dans le faubourg de La Ganne. C'était la fille du cantonnier ; accoudée à sa fenêtre elle souriait à Catherine mais sa mère lui interdisait d'aller s'amuser dans la rue.

— Tu entends, je te défends de jouer avec ces voyous, s'était écriée la cantonnière, un matin qu'Amélie avait fait mine de parler aux deux Lartigues, à Catherine et à Aubin.

Catherine ne savait plus trop que faire pour passer le temps, elle ne voulait pas rester dans la cuisine auprès de Francet afin de ne pas rencontrer Julie. Elle se promenait, un quignon de pain à la main, elle y mordait de temps à autre pour tromper la faim car le père connaissait de nouveau une passe difficile. Un jeudi, comme elle allait ainsi le long du faubourg, mâchonnant un morceau de tourte noirâtre, Aurélien surgit devant elle sans qu'elle eût pu le voir approcher.

« Sans doute, songea-t-elle ensuite, s'était-il dissimulé dans un couloir pour la guetter. » Il tenait son bras gauche derrière son dos ; de sa main droite, sans rien dire, il ravit à Catherine la tranche de pain noir et dur qu'elle essayait de grignoter.

— Mon pain, cria-t-elle, je veux mon pain.

Mais il recula vite et refusa de lui rendre son bien. Comme il était cruel ! Cette découverte la bouleversa. Depuis qu'il avait nié Dieu et le diable, il lui paraissait dangereux, mais qu'il se montrât d'une telle méchanceté envers elle la désespérait. Elle sentit les larmes monter à ses yeux. Un chien maigre passait à ce moment.

— Tiens, dit Aurélien, et il lança le pain sur le sol.

La bête flaira le morceau de tourte, hésita puis s'enfuit.

— Tu vois, remarqua le garçon, même les chiens affamés n'en veulent pas.

Elle aurait voulu l'insulter mais aucun mot, aucun son ne consentait à passer par sa gorge contractée. Aurélien montra ce qu'il cachait derrière son dos : un beau craquelin léger, doré. « Il va le manger devant moi, pensa-t-elle avec une sorte de panique : la Cul-Béni avait raison : le diable c'est Iandou, et, je vois à présent, c'est aussi ce bourreau. » Soudain, elle eut un sursaut comme qui se réveille d'un cauchemar ; on l'appelait : « Cathie ! Cathie. » Qui donc l'appelait de cette voix tendre.

— Cathie, mais tu rêves, tu dors, Cathie.

Mais oui, c'était la voix d'Aurélien, cette voix anxieuse, c'était Aurélien qui l'appelait, lui parlait.

— Tiens, mange, mange donc, c'est pour toi, je l'ai acheté pour toi, tu n'aimes donc pas les craquelins.

Elle finit par prendre le gâteau qu'il lui tendait depuis un moment, le porta à sa bouche, sentit la bonne odeur l'envahir, alors elle éclata en sanglots et en même temps elle riait et mangeait. Le goût des larmes se mélangeait à celui de la pâte, elle laissait retomber de ses lèvres des miettes de gâteau. Oh ! elle était heureuse, elle était heureuse, elle avait envie de le crier, ce garçon n'était pas le diable, qui sait, personne peut-être n'était le diable. Quand elle eut fini de manger elle s'essuya d'un revers de main la bouche et les yeux. Aurélien l'observait avec un sourire triste, elle lui sauta au cou et l'embrassa. En se reculant, elle s'aperçut qu'ils étaient juste sous la fenêtre du cantonnier, et Amélie Anglard les regardait, toute pâle et, semblait-il, fascinée. Catherine se sentit pleine de honte : la petite blonde avait donc tout vu, depuis le moment où Aurélien avait pris et jeté le pain jusqu'à celui ou Catherine l'avait embrassé.

— Allons-nous-en, dit Catherine.

— Veux-tu que nous allions voir préparer les craquelins ?

— Comme tu voudras.

Ils montèrent vers la ville.

— Tu as vu ? demanda le garçon au bout de quelques pas.

— Non... quoi ?

— Quand on est parti la fille du cantonnier...

— Eh bien ?

— Elle nous a envoyé un baiser.

L'étroite coulée de ciel entre les toits du faubourg n'avait jamais paru aussi bleue, aussi lumineuse à Catherine. Ils allaient vite et atteignirent bientôt le bas de la rue Limogeane. C'était la rue commerçante de La Noaille ; mais, à son début, à l'orée des faubourgs elle ne groupait encore que d'humbles commerces : une épicerie sombre et exiguë aux vitrines de laquelle on voyait des cartons jaunis, souillés par les mouches, un cabaret dont la peinture brune s'écaillait, une quincaillerie dont les rayons paraissaient à demi vides. Parmi ces boutiques disgraciées et désertes, le magasin du boulanger étonnait et détonnait avec ses vitrines fraîchement peintes en jaune, ses alignements de miches et de tourtes, et aussi la file d'enfants qui se pressaient sur le seuil. Aurélien et Catherine eurent du mal à s'approcher de la vitrine.

— Monte sur mes pieds, proposa le garçon, tu verras mieux.

Catherine se déchaussa et se hissa sur les sabots d'Aurélien.

« Dire que je le prenais pour le démon », pensait-elle. Sur sa nuque, elle sentait le souffle de son ami ; cela la chatouillait et lui donnait envie de rire ; mais elle fut bientôt absorbée par le spectacle qui attirait ici tous les jeudis ces enfants attentifs. Derrière la vitre, dans un coin, on voyait le boulanger au travail. Il était torse nu, des traces de farine demeuraient sur ses mains ou accrochées aux poils de sa poitrine. Sur une table, avec un rouleau, il aplatissait des galettes de pâte, les trouait à l'aide d'un verre ; puis, avec une passoire, il trempait un instant ces sortes de couronnes dans une bassine d'eau bouillante qui chauffait sur un poêle derrière lui ; après un instant, il ressortait les couronnes et allait les glisser dans un petit four dont on apercevait, au fond de la pièce, la gueule rouge qui s'entrouvrait pour happer les gâteaux. De temps à autre il s'interrompait, allait extraire du four une douzaine de craquelins dorés qu'il enfilait sur une ficelle.

Il y eut un remous parmi les enfants ; on bouscula Catherine, elle faillit tomber en perdant l'appui des sabots d'Aurélien.

— Ne poussez pas, dit une voix irritée.

Cependant la foule enfantine s'écarta pour laisser le passage à une grande fille en robe verte à falbalas accompagnée d'un garçon qui portait un chapeau de paille à large bord. Le jeune couple parvint dans le magasin ; avec des gestes impérieux, la jeune fille se fit servir. La boulangère s'empressa, prépara deux paquets de craquelins qu'elle remit au garçon. La jeune fille sortit d'une fente de sa jupe une bourse noire et or et paya la patronne. Puis elle se retourna flanquée du garçonnet à la mine falote, aux yeux pâles et globuleux. Avant de quitter le magasin elle toisa les enfants loqueteux qui tenaient le trottoir ; d'eux-mêmes, ils s'écartèrent pour lui livrer passage. Catherine admirait la jeune fille verte, mais était-ce une jeune fille ? n'était-ce pas plutôt une fillette grandie trop vite ? Elle avait le teint mat, les lèvres épaisses et avides, des yeux noirs allongés sous les cils touffus, et un air de défi sur tout le visage et dans son maintien :

— Dans le fond, elle a peur, murmura Aurélien.

— Peur ?

— Oui, peur de nous.

— Qui est-ce ?

La jeune personne fit un vif mouvement de la tête pour secouer la chevelure châtaine qui lui encadrait les joues de longues anglaises.

— Xavier, tiens-toi droit, fit-elle d'une voix grave et chantante.

A côté d'elle, le garçon se redressa.

— Tu ne les connais pas ? s'étonna Aurélien.

Le couple avait maintenant gagné le milieu de la rue, les gamins assemblés devant la boutique se retournaient et parlaient fébrilement.

— Tiens-toi droit ! cria un enfant en parodiant la voix chantante de la jeune fille.

Là-bas, le garçon aux paquets haussa les épaules ; la fille s'arrêta, revint sur ses pas.

Sur le trottoir tous se taisaient maintenant. A quelques mètres, la jeune fille verte les regardait, une colère muette faisait trembler ses lèvres. Quelle insulte allait-elle leur jeter qui les ferait rentrer sous terre ? se demandait Catherine avec une angoisse émerveillée. Mais nulle injure ne jaillit des lèvres méprisantes ; la jeune fille haussa les épaules à son tour et repartit. Quelques enfants essayèrent de rire.

— Je crois qu'ils auraient besoin d'une correction, le frère et la sœur, remarqua celui qui s'était le premier moqué d'eux.

— C'est ça... oui... oui... Une bonne raclée... Une fessée.

Tous parlaient à la fois.

— Elle est belle, dit Catherine.

— Dans le fond, je suis sûr qu'ils avaient peur de nous, répéta Aurélien.

— Ce n'est pas vrai, lui, je n'en sais rien, mais elle certainement pas.

— Eh ! ne te fâche pas, Cathie... On dirait que tu es pour elle. Si tu avais vu aux derniers Rameaux : ceux de La Ganne et ceux du faubourg des Trois-Châtains étaient là, à la sortie de l'église ; les Desjarrige sont apparus, elle, Emilienne, portait un haut rameau trop lourd pour elle, chargé à craquer de cornues, de meringues, de sucreries ; à ses côtés, Xavier, son frère, soulevait un autre rameau presque aussi grand et aussi riche. Nous, à coups de bâton, à coups de pierre, on s'est mis à cogner sur le buis ! Pan, les cornues dégringolaient, les meringues, les bonbons ; le Xavier a tout lâché et s'est enfui ; elle, la chipie, elle continuait à marcher comme si de rien n'était, raide ; je crois bien qu'elle a dû recevoir quelques coups de pierre et de bâton, mais elle brandissait son rameau déchiqueté comme un drapeau. Les bourgeoises piaillaient ; leurs messieurs nous ont attaqués avec leurs cannes ; moi, j'ai eu ma part sur le dos et sur les jambes, mais quand nous avons déguerpi nous avions aussi notre part de friandises.

— C'est très mal, conclut Catherine indignée.

Aurélien la regarda, surpris, et la gaieté qui l'animait depuis que la petite avait mangé le craquelin en pleurant et en riant l'abandonna.

— Moi, je rentre, dit-il.

— Qui est-ce ? répétait-elle encore.

Il eut un air maussade pour répondre :

— Je te l'ai dit, les Desjarrige.

— Où habitent-ils ?

— La plus grande maison sur la place du Haut, sur le mail.

— Ils doivent être riches ?

— Plutôt. Sa mère avait je ne sais combien de fermes et de métairies ; le père Desjarrige est marchand de chevaux, le plus gros de la contrée ; alors Mademoiselle joue à l'amazone. Elle t'écraserait sur son passage, ma pauvre Cathie, ajouta-t-il en la regardant avec tristesse.

Elle ne répondit pas, ils revinrent à la Ganne sans parler. « Il faut que je la prévienne, songeait Catherine ; ils lui veulent du mal, ils ont juré de lui donner une correction comme ils disent. Je la préviendrai ; nous deviendrons amies, elle est si belle, nous jouerons toutes trois : Emilienne, Amélie Anglard et moi... Emilienne, Amélie, presque le même nom : Emilienne, noire, belle, Amélie, blonde, comme elle est douce ; toutes les trois. S'ils ne donnent pas raison aux autres méchants qui la détestent : Francet, Aurélien pourront jouer aussi, et, si elle veut, ce garçon aux gros yeux qui portait ses paquets. »

XIV

Jusqu'alors, elle ne s'était guère hasardée seule au delà du dernier tournant après lequel le faubourg de La Ganne rejoignait la rue Limogeane. Elle se sentait un peu plus hardie pour sortir de la ville et flâner dans la direction de la manufacture ou sur les berges des pêcheries qui bordaient la route. Tant qu'elle marchait entre les médiocres ou misérables demeures des voisins dont elle connaissait les noms ou les vices ou les ridicules ou la gentillesse, elle se sentait à l'aise, mais lorsqu'elle avait dépassé la maison du cantonnier, la fenêtre d'où Amélie Anglard lui adressait un ultime sourire, elle n'avançait plus qu'avec peine, chaque pas lui coûtait. Il lui semblait être observée et critiquée par les inconnus moqueurs qui se cachaient derrière ces rideaux tirés d'une main preste à son passage, ou, au contraire, assis sur le pas de leur porte, la dévisageaient. Et c'était pour la plus effrontée, la plus insolente des filles de La Noaille qu'elle bravait aujourd'hui ces gens acerbes ou hypocrites ; la plus insolente, mais la plus belle, et son insolence était justifiée parce qu'elle s'attaquait à des sots, à des envieux, à des laids. Envers elle, pensait Catherine, Emilienne ne garderait plus cette morgue. « Elle me remerciera d'être venue ainsi jusqu'à elle pour déjouer le complot des enfants en haillons. »

Où trouver la demoiselle Desjarrige ? Catherine avait demandé à Aurélien de lui indiquer la maison, la plus grande maison sur le mail, mais il avait prétexté un travail à faire et s'était enfui sans lui répondre. Elle le voyait bien, il se méfiait d'elle, il se rangeait du côté des méchants, de ceux qui voulaient du mal à la plus radieuse créature qu'elle eût jamais vue. Tant pis, elle lutterait seule contre tous pour celle qu'elle admirait.

La plus grande maison sur le mail ! C'était un vaste rectangle qui s'élevait en pente douce, il était planté d'ormeaux. A sa base se dressait un cloître de Carmélites, d'étroites ouvertures grillagées perçaient la sévère façade de granit. Aurélien et sa sœur prétendaient que derrière ces murs se déroulaient des scènes effroyables, ils avaient entendu leur père conter cela à des amis : carmélites flagellées jusqu'à tomber demi-mortes, d'autres qui voulaient s'enfuir et qu'on bâillonnait pour étouffer leurs supplications, d'autres encore hagardes à force de sévices. Comment leur père savait-il cela puisque nul ne pouvait entrer dans le cloître ? Si on leur posait cette question, Aurélien ou Julie ne trouvaient rien à répondre. « C'est comme ça, c'est comme ça », disaient-ils. Le père à qui Francet avait rapporté ces dires, s'était mis en colère. « Ce sont des saintes ! » affirmait-il. Catherine évitait de longer les murs du monastère : si elle allait entendre des cris à travers ces lourdes pierres, ou si au contraire, par quelque meurtrière, une religieuse exsangue allait s'élancer dans les airs, la tête nimbée d'une auréole d'or ! Catherine traversait donc le mail en son milieu ; entre les ormeaux, elle apercevait les maisons bourgeoises coiffées de leurs hauts toits d'ardoises, chacune d'elles était flanquée d'une grille, au delà de laquelle on devinait les feuillages d'un parc. Certaines portes étaient ornées de grandes plaques de cuivre brillant. Elle aurait voulu pouvoir déchiffrer les noms qui y étaient inscrits, ainsi aurait-elle découvert celui des Desjarrige, car elle ne pouvait dire quelle était la plus importante de ces demeures à ses yeux toutes semblables. D'une de ces maisons sortit un groupe de paysans endimanchés et bruyants ; Catherine s'approcha d'eux, rassembla tout son courage.

— Pardon, demanda-t-elle, est-ce là la maison Desjarrige ?

Un vieux fermier maigre et courbé la dévisagea en hochant la tête, sa femme fit glisser sur la petite son regard méfiant.

— Non, fit le bonhomme, c'est chez Maître de Loménie, l'avocat. Tenez, ajouta-t-il, le voilà qui sort.

Et pouffant de rire, il remarqua :

— Si Mademoiselle a quelque procès à lui confier c'est le moment.

La femme fronça les sourcils et tira son mari par le bras. Ils s'en allèrent après avoir salué l'avocat. Celui-ci se dirigea vers un kiosque à musique qui ornait le centre du mail. Maître de Loménie était en sabots, portait une casquette et tenait un journal à la main ; il se mit à faire le tour du kiosque tout en lisant sa gazette.

Au bout d'un moment un homme sortit d'une autre riche maison et vint le rejoindre. Plus jeune que l'avocat, il était aussi chaussé de sabots et coiffé d'un vieux chapeau cabossé et verdâtre. C'étaient donc là les messieurs puissants et fortunés dont on parlait dans les faubourgs en baissant instinctivement la voix avec une nuance d'envie et de respect, « les gens du Haut » comme on disait parce que le mail occupait une éminence. Ce jeune lourdaud qui s'entretenait avec l'avocat, ou quelque autre garçon tout pareil, serait peut-être, un jour, le fiancé, le mari d'Émilienne Desjarrige. A cette idée, Catherine sentit une profonde colère l'envahir ; il lui sembla qu'Émilienne était prisonnière de ces mornes maisons, de ces sombres ormeaux, de ces hommes sans grâce, comme elle-même était prisonnière du faubourg, de ses masures où croupissaient des êtres misérables ou vicieux. Elle revit l'horizon illimité qui s'était révélé à elle lorsque avec ses parents elle était allée prier saint Exupère : seul cet espace sans fin était digne d'Émilienne.

Elle était arrivée au sommet du mail et ce qu'elle découvrit, une fois passé le rideau des arbres, lui fit oublier sa colère et son rêve. Un joli jardin aux allées de sable soigneusement dessinées était séparé de la rue par une grille aux pointes dorées, le portail restait grand ouvert. Catherine s'approcha. Par-delà les massifs de fleurs s'élevait un léger bâtiment qu'elle prit pour un palais. A droite et à gauche d'un perron s'étendaient deux ailes construites en pierres de taille blanches, des cariatides supportaient un léger balcon, l'ensemble du logis était surmonté d'un campanile où s'insérait une horloge. Sotte, sotte, se répétait Catherine, la voilà la plus grande maison et la plus somptueuse. Elle alla jusqu'au portail, ne vit personne, s'engagea dans une allée. Elle avait fait quelques pas lorsqu'elle entendit le gravier crisser sous des roues ; elle se jeta de côté dans un bosquet de bambous et vit passer une calèche aux roues noires et rouges traînée par un cheval brun, vif et luisant : un cocher en gants blancs, livrée bleue, chapeau de cuir, tenait les rênes. Sur les coussins rose fané, abritée par une ombrelle à fanfreluches, se prélassait une dame blonde en robe de soie noire. Non, ce n'était pas Émilienne. Catherine dut porter les mains à sa poitrine tant son cœur battait fort. Elle attendit un moment, puis, n'entendant plus rien, sortit de sa cachette, reprit l'allée. Celle-ci par une large courbe entre des pelouses l'amena devant le perron, mais par une fenêtre entrouverte résonnaient les notes grêles d'une musique. « C'est elle qui joue », pensa Catherine. Elle grimpa lestement les marches, arriva devant une lourde porte vitrée, s'arc-bouta pour l'ouvrir. Elle trouva un hall sombre d'où partaient trois escaliers, un central, deux latéraux. Elle se demandait lequel elle devait prendre, lorsqu'une grosse voix la fit tressaillir.

— Et alors, on se croit un âne dans un moulin.

Catherine regardait en tous sens, ne voyait rien. Elle resta un moment sans pouvoir bouger, paralysée de frayeur ; enfin, comme elle allait s'enfuir, elle aperçut sortant de l'ombre sur la gauche, à quelques pas de l'escalier, un homme aussi large que haut, chauve et barbu, qui s'avançait vers elle. Quel père terrible avait Émilienne ! Comment oser lui dire qu'elle venait porter secours à sa fille ? Elle remarqua avec un surcroît d'horreur qu'il manquait au vieil homme la main droite et qu'un crochet sortait de sa manche. Il dut surprendre le regard de l'enfant, se troubla et dit en avalant ses mots :

— Faut pas avoir peur de mon instrument.

Et il élevait son bras inutile tout en parlant.

— C'est un souvenir de 70.

Il renifla, marqua une pause, puis ajouta en désignant de sa main valide une brochette de rubans multicolores sur sa poitrine.

— Ça aussi.

Il sourit et Catherine sentit d'un coup la peur l'abandonner.

— Que viens-tu faire à la sous-préfecture ? demanda-t-il.

— A la sous-préfecture ?

— Eh bien, oui, à la sous-préfecture, reprit l'homme en se caressant la barbe.

— Je croyais... dit-elle.

— Qu'est-ce que tu croyais ?

Au lieu de répondre, elle pivota sur ses talons, en deux bonds gagna la porte entrebâillée et s'enfuit comme si elle eût eu le loup à ses trousses. Elle traversa le jardin sans reprendre haleine et ne s'arrêta pour souffler un peu que lorsqu'elle se fut dissimulée derrière le kiosque à musique sur le mail.

Ainsi la plus belle maison de La Noaille n'était pas celle d'Émilienne mais la sous-préfecture, comme avait dit l'homme au crochet. Elle se sentait tout attristée de devoir constater que l'être le plus beau qu'elle connût n'habitait pas la plus belle des demeures. Elle se souvenait des chansons entendues aux veillées : on y parlait de bergères, de seigneurs et de châteaux. Elle n'avait jamais vu de châteaux, du moins jusqu'à ce jour, pensait-elle, car, avec son campanile, sa lourde porte, son parc et son gardien manchot, la sous-préfecture lui semblait être le plus étonnant des châteaux. Qui était le seigneur ? M. le sous-préfet ? Ses frères parlaient parfois avec admiration du bicorne du sous-préfet. Et la bergère ? Elle-même. Comme ce monde de la ville était étrange, tellement plus étrange que celui qu'elle avait connu aux métairies. Là-bas, dans la campagne, on était plongé toujours au sein d'un mystère calme, aussi naturel et vaste et vital que la chaleur de la mère quand elle vous prenait sur ses genoux et vous berçait. Ici, c'était plein d'étrangetés auxquelles on se heurtait et qui, tout à la fois, attiraient, repoussaient, fascinaient, meurtrissaient. Pourquoi ces misérables tanières des faubourgs ? Pourquoi cet extravagant édifice couronnant de sa richesse les riches demeures du mail ? Pourquoi, à l'entrée du domaine des gens du Haut, le Carmel, peut-être lieu de terreur ? Pourquoi cette si jolie Émilienne, et pourquoi ces enfants haineux, déguenillés ? Pourquoi la faim ? Pourquoi ces trop bruyants porcelainiers dont les mains tremblaient ? Pourquoi ces disputes où semblaient se complaire les voisins : la Cul-Béni, aigre comme la bise, le Iandou couché avec ses cochons, les Jalinaud chapardeurs, le Bon Dieu battant sa Bon Dielle. Et Perraud moquant sa Cramillou ?

Catherine revint lentement à la maison. Elle trouva Francet somnolent, allongé sur ses chaises devant la fenêtre ; Clotilde se traînait à plat ventre sous la table.

— Elle a pissé sous elle, grommela Francet, que veux-tu que j'y fasse, je ne pouvais pas me lever, la changer et nettoyer le plancher.

Il ajouta à voix presque basse :

— Vous nous laissez seuls, on pourrait crever, Clotilde et moi, que personne ne viendrait à notre secours.

Catherine baissa la tête, elle essaya d'aller chercher la petite sous la table, mais Clotilde se débattit, se fit lourde dans ses bras lorsqu'elle voulut la soulever. Catherine dut la laisser à nouveau se rouler sur le sol. Elle alla s'accouder à la fenêtre par où venait encore un peu de jour et là se mit à pleurer silencieusement. Elle n'aurait su dire pour quel chagrin, ou si c'était de fatigue, d'accablement. Elle ne rejoindrait jamais Émilienne ; elle ne savait d'ailleurs plus pourquoi elle avait cherché sa demeure ; elle avait honte d'avoir laissé son frère infirme et sa sœur dans cette pièce triste. Elle entendit grincer la porte mais elle ne se retourna pas et continua à fixer son regard brouillé de larmes sur le carré de ciel où montait l'ombre. Enfin, la voix de la mère la tira de cette torpeur, la voix inquiète et tendre.

— Qu'y a-t-il ? Francet, Cathie, Clotilde ? Où êtes-vous ? tous les trois dans la lune, ma parole.

La mère embrassa Francet, prit dans ses mains le visage de Catherine.

— Tu pleures ?

— Je ne sais pas.

— Elle ne sait pas, répéta la mère.

Elle lui tapota la joue, Catherine sourit.

— On n'a pas le temps de pleurer, dit la mère.

Elle attrapa Clotilde sous la table.

— Et celle-là, c'est du propre, Cathie viens m'aider.

Francet sifflotait maintenant ; il avait repris sur sa chaise un bâton et s'appliquait à tailler des losanges sur l'écorce. Catherine avait retrouvé sa force, elle courait dans la chambre en rapportant des langes pour changer ceux de Clotilde. La mère allumait le feu ; les premières flammes éclairèrent son fin visage amaigri. Francet s'arrêta de sculpter la baguette de châtaignier. Il fit signe à Catherine qui passait près de lui, attendit que la mère fût passée dans la chambre et murmura :

— Tu ne trouves pas que la mère devient bien chétive ?

— Ah ! fit Catherine.

— Quand elle allumait le feu, je voyais ses os sous la peau.

Catherine regardait la mère qui rentrait dans la cuisine. La remarque de Francet lui causait un malaise indéfinissable, elle prenait conscience que jusqu'alors elle n'aurait su dire si la mère était grande, petite, grosse ou menue ; elle était la mère, c'était tout, et belle bien sûr, mais d'une beauté qu'il ne s'agissait pas de comparer à celle des autres, à celle d'Émilienne par exemple, et maintenant que Francet avait parlé, il serait désormais impossible de voir la mère comme jadis, intangible, seule, séparée des autres, au-dessus d'eux. Immédiatement, Catherine se demanda quelle était la plus jolie, d'Émilienne en longue robe verte et de la mère lorsqu'elle peignait sa chevelure ? Elle se refusa à répondre en elle-même mais elle ne parvenait pas à chasser les deux images confrontées. La mère s'était assise sur une chaise basse près de l'âtre ; elle prit Clotilde sur ses genoux, dégrafa son corsage ; la blancheur du sein surgit dans la pénombre. Catherine s'approcha, elle resta un moment à contempler la mère allaitant l'enfant. Soudain, elle se détourna et courut à la fenêtre en chantonnant de vieux airs qu'elle rendait méconnaissables. Elle chantait pour fuir sa pensée : alors qu'elle regardait le sein maternel, elle s'était souvenue de cette promenade en carriole quand les parents allaient prier saint Exupère et que la mère avait ainsi allaité Clotilde ; Catherine avait retrouvé en elle cette sensation d'avidité et d'amour qu'elle avait eue jadis devant le sein gonflé, tendu, épanoui, signe et chair du bonheur, et elle avait découvert, avec un sentiment d'angoisse, combien la gorge aimée était maintenant pitoyable, terne, chétive — « elle est chétive », avait dit Francet. Etait-ce donc le jour des découvertes insolites ou hostiles ? Là-bas aux métairies, la mère était toujours et pour toujours jeune, et là, que lui arrivait-il ? allait-elle vieillir ? devenir semblable à ces femmes épuisées que Catherine voyait dans le faubourg et dont on ne pouvait savoir l'âge ?

— Surveille le feu, Cathie.

Catherine alla rapprocher les tisons, il lui fallut revoir la noiraude petite face de Clotilde suçant la mamelle. Elle dut se retenir pour ne pas crier. Quand elle passa devant Francet, comme s'il eût deviné sa pensée, il chuchota :

— As-tu vu ? Elle mange la mère comme ma jambe me mange.

— Que dis-tu de ta jambe ? Te fait-elle mal ? demanda la mère.

— Non, non, elle va mieux, je dis qu'elle va mieux.

La jeune femme soupira ; elle arrangea son corsage, posa Clotilde somnolente dans le berceau. Ensuite, elle vint vers Francet, attira la tête bouclée du malade contre son flanc, passa son autre bras sur les épaules de Catherine.

— Mes petits, dit-elle.

Elle se tut un instant.

— Quelque jour, commença-t-elle d'une voix implorante.

Elle n'acheva pas sa phrase, et les enfants restèrent immobiles contre elle se demandant si c'était l'espoir ou au contraire une crainte qu'elle voulait puis n'avait plus osé exprimer.

XV

— Mère, Mère ! cria Aubin.

Il était à la fenêtre et désignait de la main on ne savait quoi dans la rue.

La mère vint auprès de lui, se pencha. Catherine parvint à se faufiler entre eux.

— C'est lui, dit encore Aubin.

Il montrait un homme au teint basané, vêtu de bleu marine, et portant un ample baluchon sur son épaule. L'homme s'arrêtait devant les portes, discutait avec les gens, faisait mine d'ouvrir pour eux son bagage, mais les voisins semblaient repousser cette offre en tournant la tête de gauche à droite, et l'on entendait le rire de l'homme.

La mère regardait et ne disait rien.

— Vous ne le reconnaissez pas ? demanda Aubin.

Elle ne répondit pas.

— Voyez, reprit le garçon, il a des anneaux d'or aux oreilles. Je me souviens bien de lui, il était passé un jour aux Jaladas et vous lui aviez acheté de l'étoffe, et même, comme vous manquiez d'argent, il vous avait offert...

— Oui, oui, je me souviens, prononça-t-elle très vite.

Elle se retira de la fenêtre, fit quelques pas dans la cuisine. Elle parut s'absorber dans son travail puis s'arrêta, revint vers les enfants.

— Aubin, va dire à cet homme qu'il monte, que je veux lui parler.

Le jeune garçon demeura un instant immobile, bouche bée.

— Allons, va.

Elle avait un air dur, ses yeux brillaient dans son visage émacié. Catherine, Francet la regardaient sans oser bouger ni parler ; la petite Clotilde jouait silencieusement, assise contre la commode. « Pourquoi avait-elle envoyé Aubin chercher l'homme ? Que voulait-elle lui acheter ? Y avait-il donc de l'argent caché dans la maison ? » Autant de questions que se posaient les enfants, les yeux fixés sur les yeux de la mère. On entendit un pas rapide dans l'escalier. Quelqu'un s'arrêta sur le palier, frappa à la porte. La mère se tenait raide, pâle, au milieu de la pièce. La porte s'ouvrit, une voix rocailleuse demanda :

— N'est-ce pas là qu'on m'a appelé ?

— Entrez, dit enfin la mère dans un souffle.

L'homme avança lentement. Il clignait des yeux, il lui fallait s'habituer à la pénombre. Il tourna la tête et ce mouvement fit briller un de ses anneaux d'or.

— On n'y voit goutte chez vous, marmonna-t-il.

Pendant qu'il parlait, Aubin était entré derrière lui, puis était venu se placer à côté de la mère.

L'homme s'approcha de la table, y posa son baluchon, qu'il commença à ouvrir.

— Pas la peine, murmura la mère.

— Pas la peine ? La voix rude fit tressaillir Catherine.

— Nous n'avons pas de quoi vous acheter, reprit la mère. Elle parlait avec difficulté comme si elle respirait mal.

Le poing de l'étranger s'abattit sur la table. Catherine courut vers la mère, s'accrocha à sa jupe. Dans le berceau, la petite Clotilde se mit à pleurer.

— *Madre de dios !* jura l'homme.

Il jeta son baluchon sur l'épaule, cracha un jet de salive et se dirigea vers la porte.

N'était-ce pas des forbans comme lui qui enlevaient les enfants ? se demandait Catherine agrippée à la robe maternelle. L'homme allait gagner la porte mais il aperçut Aubin, s'arrêta.

— C'est toi, graine de pute, qui m'as fait monter, grogna-t-il. Je vais te faire voir ce qu'il en coûte de me berner.

Il leva la main gauche et s'avança vers Aubin. Le garçon recula jusqu'à la cheminée et s'arma d'un tisonnier. L'étranger jeta son ballot à terre. Catherine poussa un cri bref, rauque, comme du fond d'un cauchemar. La mère s'était placée entre le gitan et Aubin.

— Tirez-vous de là, ordonna le colporteur, votre gars mérite une leçon.

— C'est moi qui l'ai envoyé jusqu'à vous.

Ce n'était plus d'une voix blessée qu'elle parlait maintenant mais avec une sourde colère.

L'homme hésita, il passait ses mains sur ses hanches étroites, prêt à bondir, semblait-il. Enfin il se baissa, ramassa son colis.

— Alors pourquoi maintenant ne voulez-vous rien acheter ?

Comme s'il était intimidé, il gardait les yeux baissés vers le paquet qu'il tenait devant lui, contre ses genoux.

— Ce n'est pas pour acheter, c'est pour vendre que je voulais vous voir.

Il releva la tête, ouvrit la bouche comme s'il voulait parler et ne trouvait pas ses mots et, d'un coup, il éclata de rire, d'un rire féroce qui découvrait ses dents blanches sous sa fine moustache et n'en finissait pas de retentir. Un rire tout rouge, pensait Catherine qui serrait les poings de rage.

— Vendre ! Vendre ! répéta-t-il. Vendre quoi ? Ce banc boiteux ? Ces murs sales ? Vendre votre misère ? Hein ? Ou bien quoi ? Ou bien ces morveux ? et il désignait d'une main les enfants épouvantés.

Il fut secoué encore deux ou trois fois par un accès de rire, puis il reprit d'une voix blessante :

— A moins que vous vouliez vous vendre vous-même.

La mère recula.

— Oh, ne craignez rien ! Que voudriez-vous que je fasse de vous ? vous n'avez guère que la peau et les os, au jour d'aujourd'hui ça ne se paye pas cher, vous savez.

Il ricana, se mit à se balancer sur ses jambes écartées. La mère se taisait.

— Allons, dit-il, et il fit mine de s'apprêter à partir. Cependant il s'attardait à vérifier l'ordonnance de son baluchon, le posait à terre, le reprenait.

— Enfin, demanda-t-il, que vouliez-vous donc me vendre ? La mère porta les mains à sa tête. L'étranger parut d'abord ne pas comprendre, et puis il dit :

— C'est donc ça...

Il alla vers la fenêtre.

— Comment savez-vous donc que j'achète les cheveux ?

— Vous m'avez proposé d'acheter les miens.

— Moi, fit-il étonné, et quand ?

— Voici deux ans.

— Allons donc, c'est la première fois que je monte chez vous.

— C'était aux Jaladas.

— Aux Jaladas ? répéta-t-il comme s'il essayait de rappeler un souvenir disparu... Approchez donc, je ne vois pas.

La mère se dirigea à son tour vers la fenêtre. Le bohémien la regardait en penchant la tête à gauche puis à droite puis de nouveau à gauche.

— Votre visage ne m'est pas inconnu, dit-il, et une fois encore, à mi-voix, comme pour lui-même, il répéta : « Aux Jaladas ? aux Jaladas ? »

Il se mit à nouveau à rire, mais, cette fois, on l'entendait à peine. Ses dents luisaient sous la moustache, on voyait les soubresauts de ses larges épaules, et seul un mince sifflement sortait de sa bouche. Son visage s'immobilisa cependant qu'un sourire cruel tordait ses lèvres.

— Je vois, dit-il, je vois. C'est vous la petite brune au mari terrible. Il m'avait chassé comme un chien votre mari, comme un chien...

Il respira profondément, s'accouda à la fenêtre, dévisageant la mère.

— Ça ne lui a pas réussi au pauvre homme hein ? Certains disent que j'ai le mauvais œil, pourquoi pas ? Il est mort votre mari, hein ? Alors, forcément, la misère, et vous voilà dans cette soupente, et vous voudriez bien vendre vos cheveux maintenant puisque votre défunt ne viendra pas vous faire une scène pour cela ni me chercher querelle !

Il fourragea dans ses poches, en sortit un cigare mince, un briquet à mèche d'amadou. Il alluma le cigare, en tira quelques bouffées.

— Dieu merci, mon mari n'est pas mort, dit la mère en se signant.

L'homme retira le cigare de sa bouche, jeta un coup d'œil vers la porte.

— Oh ! ne vous inquiétez pas, il ne rentrera pas de sitôt. Et d'ailleurs, maintenant, il ne vous chasserait pas.

Le colporteur reprit sa pose béate.

— Il ne manquerait plus que cela, grommela-t-il.

Le cigarillo se consumait lentement ; on voyait le bout embrasé rougeoyer à contre-jour quand l'homme respirait la fumée puis se ternir et recommencer à s'éclairer. L'odeur du tabac incommodait Catherine mais elle ne bougeait pas, toujours appuyée contre la mère, fascinée par cette scène qui lui paraissait presque irréelle.

— Alors ? demanda faiblement la mère après un long silence.

Le gitan lança par la fenêtre son cigare aux trois quarts consumé.

— Quand je vous ai fait une offre honnête vous m'avez fait chasser, et maintenant c'est à votre tour de me prier.

Une ondée légère colora un moment de rose les joues de la mère, ensuite son visage parut plus gris encore.

— Ma pauvre femme, reprit l'étranger, si vos cheveux ont dépéri comme le reste de votre personne, vous pouvez les garder.

La mère porta les mains à sa coiffe, l'enleva d'un coup sec, et, nerveusement, se mit à retirer les épingles de corne qui retenaient la couronne de ses nattes ; celles-ci tombèrent, lourdes, longues, souples comme des serpents noirs et brillants.

— Fff ! siffla l'homme ne pouvant dissimuler son admiration.

La mère maintenant dénouait les tresses, ses doigts maigres allaient et venaient le long des nattes. Le marchand avait repris son air indifférent. Quand la chevelure fut toute déployée, mante sombre sur les épaules et jusqu'aux reins, il s'approcha, prit dans ses mains carrées des poignées de cheveux, les palpa, les souleva comme il l'eût fait d'une riche étoffe. Encadré par la masse ténébreuse, le visage de la mère paraissait extraordinairement menu. Enfin l'homme s'arrêta de jouer avec les cheveux, il sortit de sa poche une pièce d'argent.

— Oh ! fit la mère.

— Qu'y a-t-il ? Ça ne vous suffit pas ?

Et il rempocha la pièce.

— On a donné le double à une voisine qui n'avait pas la moitié de...

— A votre aise, dit-il

Il prit son baluchon et marcha vers la porte. Là, il s'arrêta :

— Alors, la belle, c'est non ? Vous n'êtes pas près de me revoir, j'aime autant vous le dire, et vous ne trouverez pas de sitôt d'autre acheteur.

— Puisqu'il faut, murmura la mère.

Il revint sur ses pas, alla prendre un escabeau près de la cheminée, le plaça devant la fenêtre.

— Asseyez-vous, dit-il. Pas comme ça, le dos à la lumière.

Courbée en avant, la mère attendit. L'homme sortit de son bagage une étoffe bleue, l'étala sur le sol, prit dans une trousse de cuir une paire de ciseaux.

Francet, allongé sur sa chaise, Aubin et Catherine, debout devant la mère, suivaient du regard, avec une haine anxieuse, les gestes de l'étranger. Seule Clotilde dans son coin se désintéressait de la scène, elle jouait avec une poupée en chiffons et, de temps à autre, se mettait à rire. Aubin se pencha vers Catherine.

— Si j'avais cinq ans de plus, lui chuchota-t-il à l'oreille, je le ferais passer par la fenêtre.

Le romani prenait tout son temps. Il déplaça plusieurs fois l'étoffe bleue sur le sol, parut réfléchir, alla cracher par la fenêtre, revint, et soudain, les ciseaux grands ouverts, il sembla fondre sur la chevelure comme épervier sur sa proie : les lames cliquetaient, l'une après l'autre les grandes mèches tombaient sur l'étoffe. Un sourire tordait la bouche du gitan cependant qu'il virevoltait tout autour de la mère. Quand il s'arrêta, les enfants ne la reconnurent plus sous les traits de ce jeune homme au crâne mince, aux cheveux ras, aux yeux immenses. Le marchand ramassa l'étoffe sur le sol, la plia, l'enfouit dans son ballot et tendit la piécette d'argent à la mère. Elle ne parut pas la voir et demeura assise, hébétée. Il posa l'argent sur la table, fit un salut de la main, voulut s'éloigner — plus tard Catherine devait se demander en vain quel démon l'avait poussée — mais comme il arrivait à la porte, la petite courut vers lui, s'accrocha à sa veste de droguet et, à coups de pied, elle se mit à le frapper. Il essaya de l'écarter, elle attrapa alors sa lourde main hâlée, la mordit jusqu'au sang. Il poussa un cri, parvint à se débarrasser de l'enfant qui tomba à genoux essayant encore d'agripper une jambe de l'homme, il fit un saut de côté, et se mit à rire très haut comme il avait fait avant de tondre la mère. Ils entendirent son rire barbare résonner pendant qu'il descendait l'escalier. Contre la commode, Clotilde se mit à rire elle aussi comme si elle voulait répondre à la joie insultante du marchand. Catherine se releva, frotta ses genoux endoloris. La mère avait quitté l'escabeau ; elle passa dans la chambre. Quand elle revint, la coiffe grise étroitement serrée sur le front et les tempes, elle était de nouveau celle qu'ils avaient toujours connue, la Mère, fine, belle, apaisante et non plus l'étrange créature apparue sous les mains profanatrices du gitan.

— Dommage que le père ne soit pas rentré, il aurait empêché cela, dit Aubin.

— Dommage, dommage, répliqua Francet, sans doute, mais il faut...

— Il faut quoi ? demanda Aubin.

— Rien, oh, rien.

— Tu vois, Cathie, reprit Aubin, si tu avais eu l'idée de le mordre avant qu'il commence, peut-être qu'il serait parti.

— Je ne sais pas ce qui m'a pris, balbutia Catherine. Je ne sais pas du tout.

— Moi je dis tant mieux que le père ne soit pas venu, tant mieux que Cathie n'ait pas mordu le romani avant, remarqua Francet.

— Oh ! toi, gronda Aubin.

— Parfaitement, si la mère a fait ça, c'est qu'elle a ses raisons. Pour l'empêcher de vendre ses cheveux il aurait fallu trouver de l'argent.

— Comment veux-tu ? soupira Aubin.

Catherine le regarda ; elle fut saisie de voir combien en ce moment il ressemblait au père lorsque celui-ci se laissait aller à avouer son impuissance contre le mauvais sort. Tous deux avaient la même rêveuse tristesse dans les yeux, bleus pour le père, gris pour Aubin, la même moue de la bouche gourmande, leur allure même était semblable avec leurs épaules tombantes, leur long cou, leur chevelure en désordre. Aubin n'avait plus sa joliesse de traits qui, l'an passé encore, faisait dire parfois aux gens : « Il est gentil comme une fille votre Aubin. » Depuis le départ des Jaladas, il avait grandi trop vite ; avec ses manches et ses pantalons maintenant fort courts, il paraissait dégingandé et emprunté. Au contraire, malgré la bouffissure qui, avec la maladie, avait envahi ses traits, et malgré sa vie immobile, Francet gardait son air vif ; peut-être même semblait-il plus preste que jadis, car sa vivacité s'était toute réfugiée dans son regard et dans ses mains.

— Comment veux-tu gagner de l'argent ? questionna Aubin de nouveau, quand le père et Martial en gagnent si peu et pourtant ce sont des hommes eux.

— J'y arriverai bien, affirma Francet.

Il avait repris sur la table le bâton qu'il était en train de sculpter lorsque le marchand était entré ; à coups rapides de son canif il faisait voler les copeaux de bois.

— Pauvre vieux, fit Aubin.

Francet parut blessé par cette pitié, une lueur de défi passa, rapide, dans ses yeux.

— Vous verrez !

Catherine en écoutant Francet avait presque du remords d'avoir attaqué le colporteur. Son geste eût pu pousser l'homme, songeait-elle, à reprendre l'argent qu'il avait donné à la mère. Elle passa les mains sur sa tête. Non, ses cheveux n'étaient pas encore assez longs, elle n'eût pu les vendre au gitan pour qu'il épargnât ceux de la mère, alors que faire ? Elle pensa à Émilienne Desjarrige, aux belles anglaises châtaines de la belle Émilienne ; on ne couperait pas les cheveux de la jeune fille, jamais. Catherine ferma les yeux pour chasser l'image de la jolie tête bouclée. Mais, dans le noir intérieur, l'harmonieux visage s'éclairait plus nettement encore et Catherine ne savait plus si elle l'admirait, l'aimait encore ou le haïssait.

Ce soir-là, comme tous les autres soirs, le père et Martial rentrèrent tard ; le père harassé, semblait-il, et Martial toujours maigre, sec mais sans fatigue. On soupa de quelques pommes de terre en silence. Les enfants guettaient furtivement les gestes de la mère dans la crainte de quelque catastrophe. Ils se souvenaient de la colère du père aux Jaladas, lorsqu'il avait chassé le gitan ; et ils attendaient une colère semblable, mais contre qui, puisque l'homme était loin à présent dans la nuit ? Quand ils eurent fini de manger, le père fouilla dans sa poche, en sortit quelques sous qu'il mit sur la table comme il faisait chaque jour pour que la mère les prît et les rangeât dans l'armoire de la chambre. Cette fois la mère ne ramassa pas la monnaie ; elle posa, à côté des sous de bronze, la piécette d'argent laissée par le colporteur. Le père regarda la pièce, regarda sa femme, regarda de nouveau l'argent.

— *Bêtio, bêtio,* fit Martial en refermant son couteau avec un claquement.

Aubin, Francet, Catherine retenaient leur souffle. La mère restait debout appuyée contre la table, l'air absent. Un large sourire éclaira le visage du père.

— Bravo, fit-il, faire des ménages rapporte plus que faire des feuillards.

Ce contentement du père effraya plus Catherine que la colère qu'elle attendait : quand il allait s'apercevoir de sa méprise, son courroux n'en serait que plus profond. Et la mère disait d'une voix lasse.

— Non, Jean, ce ne sont pas les ménages.

Le père la regarda stupéfait.

— Alors quoi ? demanda-t-il.

Elle ne répondit pas, se contenta de montrer d'un doigt sa tête qu'enserrait la coiffe grise. Le père se leva, il tendit la main vers la coiffe, prit entre ses paumes la tête de sa femme, resta ainsi un moment les yeux mi-clos. On eût dit un aveugle cherchant à reconnaître avec ses doigts un visage aimé. Il laissa tomber ses bras, s'assit de nouveau sur le banc. Il semblait contempler ses mains qui tout à l'heure avaient deviné sous l'étoffe le crâne dépouillé de sa tendre, opulente parure.

La mère ramassa les sous et la piécette blanche ; elle alla les placer dans la chambre. Le père demeurait immobile.

Catherine ne put plus supporter de voir ses grandes mains couchées sur la table comme des animaux pleins de fatigue.

— Père, dit-elle, voulez-vous me passer le pain.

Le père ne broncha pas. Était-il sourd aussi ? Aveugle tout à l'heure et maintenant sourd ? Elle eût voulu l'entendre crier de rage, elle eût voulu le voir se dresser dans sa violence ; et il aurait couru dans la nuit, il aurait rattrapé l'étranger, l'aurait roué de coups, et l'autre aurait demandé grâce, et le père serait revenu en chantant de sa chère voix grave une chanson de berger comme jadis, quand il était le maître de la joie.

Le père continuait à regarder ses mains ; la gauche portait sous le pouce une entaille fraîche et profonde qu'avait dû faire l'outil en taillant le bouleau.

— Moi, proclama Catherine avec une soudaine et malheureuse fierté, j'ai mordu l'homme à la main.

XVI

Un matin, c'était jour de marché, une carriole s'arrêta devant la maison. Un cheval, un lourd percheron gris se mit à hennir ; aussitôt tous les enfants du quartier s'approchèrent de la voiture.

Catherine qui regardait par la fenêtre signala cet événement à Francet.

— Une carriole ? demanda-t-il.

— Oui, il y a une petite femme qui vient de sauter à terre.

— Qui est-ce, Cathie ?

— Je ne la connais pas.

— C'est sans doute pour les Laurent, peut-être la femme ou la fille d'un marchand de vin...

— Elle est entrée dans le couloir.

— Dans le couloir ? Pas dans l'auberge ?

— Dans le couloir.

— Mais Cathie, mais tu entends ?

Elle entendait : des pas légers montaient l'escalier. On cogna à la porte. Les enfants ne répondirent pas ; on frappa encore.

— Qui ça peut bien être ? murmura Francet.

La porte s'ouvrit, la petite femme passa la tête dans l'entrebâillement, elle n'aperçut pas les enfants dans l'ombre.

— Personne, déclara-t-elle.

Elle acheva de pénétrer dans la pièce, posa un panier d'osier sur la table.

Francet se redressa sur sa chaise, pour mieux allonger sa jambe. En se remuant, il fit craquer son siège. La petite femme étouffa un cri.

— Comment, dit-elle vivement, vous étiez là et vous ne me répondiez pas. On vous a donc changés tous les deux pour que vous soyez si timides !

Cette fois, ils l'avaient reconnue à sa voix ; c'était Mariette qui avait changé, elle qu'ils n'avaient plus vue depuis que son homme avait failli frapper le père. Toujours petite bien sûr, et vive, mais elle avait maigri, elle ne portait plus de corsage vert mais robe et tablier noirs, et surtout, surtout elle avait un air si grave ; où avait-elle pu prendre cet air, elle la sautillante comme un roitelet ? C'était Mariette et ce n'était plus Mariette. Peut-être qu'elle non plus ne les reconnaissait pas car elle s'était plantée devant eux et les regardait muette à son tour. Enfin, elle soupira, et d'un coup se jeta sur Francet puis sur Catherine puis sur Francet de nouveau et encore sur Catherine, et elle les embrassait, les embrassait. Quand elle les laissa, elle ouvrit le panier qu'elle avait posé sur la table, en sortit une miche de pain, des fromages blancs, des carottes et des raves, un gros morceau de lard, des craquelins qu'elle offrit aux enfants.

— Je suis contente, dit-elle, cependant qu'ils mangeaient leurs gâteaux. Je suis contente, répétait-elle, pourtant nul sourire n'accompagnait ses paroles. Ses lèvres autrefois si rouges étaient ternes et sèches, ses joues creuses.

— Ça va là-bas ? demanda Francet entre deux bouchées.

Mariette hocha la tête en signe d'assentiment.

— Et la mère ? questionna-t-elle.

— Elle fait des ménages chez les gens du Haut, répondit Catherine.

— Et le père ?

— Le père, feuillardier avec Martial.

— Aubin ?

— Il court, trancha Francet d'une voix amère.

— On m'a dit que... on m'a dit que... soupira Mariette en baissant la voix, elle désigna d'un geste gauche la jambe allongée du garçon.

— Ah ! on t'a dit, fit Francet. Tu vois, ajouta-t-il après un silence, tu as bien fait de quitter la maison avec ton Robert, depuis, nous autres...

— Ça s'arrangera, souffla Mariette très vite.

Elle prit dans ses mains le visage de Catherine, la regarda longuement.

Catherine respirait sur ces mains une odeur qu'elle cherchait à reconnaître ; elle ferma à demi les yeux et revit le grand lit aux Jaladas, le lit tout imprégné de cette odeur chaude dans laquelle elle se pelotonnait, heureuse ; elle releva les paupières, vit près d'elle cette figure aux traits tirés, ce regard éteint ; elle dut se mordre les lèvres pour ne pas crier.

— T'es pâlotte, toi aussi, remarqua Mariette.

En bas le cheval se mit à hennir.

— Qu'est-ce qu'il a ? dit Francet.

— Oh ! fit Mariette, c'est comme ça quand je pars avec lui.

— Pourquoi ?

— Parce qu'il est content.

Cette pensée fit naître enfin un sourire dans les yeux de Mariette, un sourire malicieux.

— A propos, dit-elle, il faudrait bien que je m'en occupe de mon cheval.

— Vous vous en faites pas, dit Francet, un cheval !

— On a bien dû vous dire, le Parrain a bien dû vous dire qu'on avait une ferme à Ambroisse, il était venu nous apprendre vos mal...

Elle hésita et reprit :

— Enfin, ce qui vous est arrivé... Eh bien, là-bas, il y a des champs assez plats et l'on peut se servir du cheval pour labourer. Aujourd'hui il n'ira pas au champ, il restera avec moi, alors il chante.

— Ton Robert doit sans doute le faire chanter d'autre manière, dit Francet, et Catherine trouva que sa voix était mauvaise.

Mariette soupira.

— Il faudrait que je m'en occupe, les aubergistes en bas n'ont pas d'écurie, de remise ?

— Si, les jours de marché, ils louent un hangar dans le voisinage, signala Francet.

— Alors, j'y vais.

— Je vais avec toi, proposa Catherine.

— Non, non, reste avec Francet, je reviens vite.

Elle descendit l'escalier. Un moment plus tard ils entendirent rouler la carriole. Catherine se pencha par la fenêtre, elle vit l'aubergiste Laurent et Mariette remonter la rue, Mariette tirait le cheval par la bride.

— Ça fait drôle, tout de même, dit Francet, ça fait drôle.

Catherine s'approcha de la table, rompit un morceau de la miche.

— Et moi ? demanda son frère.

Ils se partagèrent le morceau de pain.

— Bon sang, il y avait longtemps que je n'en avais pas mangé d'aussi blanc.

— Oui, dit Catherine, elle a de la chance, elle.

Francet ricana.

— De la chance ? Tu as vu l'air qu'elle a?

— Elle portait de si jolis corsages verts.

Il se mit à fredonner une chanson ; Catherine ne comprenait pas les paroles.

— Répète, demanda-t-elle.

Il répéta : « Quand on est marié on fait triste ménage — Et du soir au matin on a bien du chagrin. »

— T'es méchant, dit la fillette.

— Méchant ? glapit-il, c'est cela que vous pensez de moi, maintenant, tous, vous tous. « Il est méchant ! » Et, après, pourquoi je ne serais pas méchant moi, si ça me plaît ?

Il s'agitait en parlant et sa jambe glissa à demi de la chaise ; il jura, Catherine se précipita, l'aida à replacer sa jambe sur le siège. Il était blême, des gouttelettes de sueur perlaient à ses tempes, il respirait péniblement.

« Mon Dieu, songea Catherine, il ne va pas mourir ? »

— Je vais chercher Mariette, dit-elle à voix basse.

— Non, non, murmura Francet, ne lui dis rien, ça va passer, ça passe, ne lui dis pas, tu entends, je ne veux pas que tu lui dises, ça ne la regarde pas, ça ne regarde personne.

A ce moment, ils entendirent les pas de Mariette dans l'escalier. Francet se mit à siffler et, quand la petite femme entra, elle sembla un instant retrouver son sourire ancien pour remarquer :

— Eh bien ! tu es gai, du moins, mon Francet, tu siffles comme un merle.

Elle parut hésiter, fit quelques pas, demanda d'une voix timide :

— Et la petite ?

— Quelle petite ? Clotilde ? fit Catherine.

— Oui.

— Elle dort dans la pièce à côté.

— Je peux la voir ?

C'était étrange d'entendre cette femme en noir qui, naguère, leur donnait des ordres, c'était étrange de l'entendre demander une permission.

— Ne la réveille pas, bougonna Francet, après y a plus moyen d'être tranquille.

Sur la pointe des pieds, Mariette se dirigea vers la chambre, ouvrit la porte avec mille précautions, entra. Elle resta longtemps à contempler l'enfant endormie. Quand elle revint, elle semblait toute songeuse.

— Comme elle est mignonne, murmura-t-elle.

— T'es pas difficile, grogna Francet.

— C'est moi qui m'occupe d'elle, déclara Catherine très fière.

Mariette se secoua comme si elle voulait échapper à sa rêverie.

Elle jeta un regard circulaire sur la pièce sombre.

— On va faire une surprise à la mère, dit-elle. Quand elle rentrera, elle trouvera le ménage fait et le repas cuit à point.

Et elle se mit à balayer, à frotter les pauvres meubles, à ranger, puis elle alluma le feu, prépara la soupe avec le lard et les légumes qu'elle avait apportés ; bientôt de la marmite s'échappa un parfum qui emplit toute la cuisine. Francet et Catherine fermaient les yeux pour mieux le respirer.

On entendit au loin la cloche de la manufacture.

— La mère ne va pas tarder, dit Catherine.

En effet, bientôt les marches de l'escalier craquèrent sous des pas.

— Je me cache, dit Mariette, ne dites rien. Elle alla se dissimuler dans l'ombre, derrière la commode.

La mère poussa la porte. Elle s'arrêta net sur le seuil, renifla. Elle paraissait effrayée.

— Jésus-Marie, marmonna-t-elle.

Elle huma plusieurs fois encore l'odeur du bouillon.

— Que se passe-t-il ? demanda-t-elle d'une voix suppliante.

Mariette sortit de sa cachette et s'avança vers elle.

Les deux femmes restèrent face à face. Comme elles se ressemblaient : même taille, même minceur, même costume noir, même fatigue sur les traits, même tristesse. Mariette fit un pas en avant et elle tomba dans les bras de la mère. Elles se tenaient, appuyées l'une contre l'autre, leurs deux têtes rapprochées. Enfin elles s'écartèrent et les enfants virent que leurs visages étaient noyés de larmes.

— Il y avait si longtemps, dit la mère.

Mariette, gênée, feignit de regarder vers la fenêtre ; la lumière accusait la pâleur de son teint. La mère ouvrit les lèvres comme si elle allait poser une question, puis elle eut un geste las de la main et garda le silence.

— T'as vu la petite ? demanda-t-elle un peu plus tard

— Oui, elle est belle.

— Comme un chat qu'on sort de l'eau, affirma Francet.

— Francet ! gémit la mère.

— Si on la réveillait maintenant, proposa Mariette.

Les deux femmes passèrent dans la chambre. Elles avaient laissé la porte entrouverte ; on les entendait jouer avec la petite. Ensuite, elles se mirent à chuchoter, ou plutôt c'était Mariette qui devait parler, parler vite à voix basse, la mère ne prononçait que de rares paroles, de loin en loin.

— Eh ! Cathie, souffla Francet, essaye d'écouter ce qu'elles disent.

— Ce serait mal.

— Ma pauvre fille, tu seras donc toujours aussi gourde ?

— Et si elles me voient.

— Pas de danger, elles sont bien trop occupées à se confesser.

Elle s'approcha de la porte. De là, elle percevait plus fortement le chuchotis de Mariette mais ne parvenait pas à distinguer les mots. Plusieurs fois cependant elle saisit un prénom qui revenait sans cesse sur les lèvres de Mariette : « Robert ! » et jamais il ne semblait avoir le même sens : tantôt craché avec colère, tantôt lâché avec résignation, parfois chargé, semblait-il, d'une secrète admiration. Puis, sans qu'elle y eût pris garde, un autre prénom se substitua à celui-ci dans le fiévreux et incompréhensible dialogue. Maintenant, Mariette et la mère parlaient d'Aubin. La voix de Mariette paraissait se faire insistante.

Catherine revint vers son frère.

— Alors ? demanda-t-il.

— Pas moyen de comprendre.

— Ah ! moi, si je pouvais bouger, je comprendrais, va. Rien qu'à l'oreille je peux savoir le temps qu'il fait, l'heure qu'il est, je peux reconnaître ton pas dans la rue ou celui de Julie ou celui d'Aurélien.

— Tout ce que je sais, c'est qu'elles ont parlé de Robert d'abord, et que maintenant, elles parlent d'Aubin.

— Aubin ? s'étonna Francet.

— Oui, Aubin.

— Qu'est-ce qu'il peut bien avoir à faire dans leurs histoires ? Tu es sûre que c'est de lui qu'elles parlent ? Ce n'est pas plutôt de moi ?

Ils se turent car les femmes revenaient dans la cuisine. Elles mirent le couvert. Il était temps, un brouhaha de voix mâles emplit l'escalier, des sabots claquèrent sur les marches, la porte s'ouvrit. Un juron joyeux retentit : « Nom de Dieu, la fameuse soupe », cependant que, flanqué de Martial et d'Aubin, le père avançait vers la table. C'était Martial qui avait juré, le père, lui, muet, regardait Mariette et semblait ne pas en croire ses yeux. La mère la poussa vers lui.

— Eh bien, embrassez-vous.

Mariette pencha la tête, sur son front le père déposa un baiser.

On n'eût pu dire lequel des deux était le plus intimidé.

— Alors, comme ça, t'es venue ? dit le père.

— Je suis venue.

— *Bêtio, bêtio,* fit Martial en riant, tu devrais revenir tous les jours, j'avais oublié que la soupe, ça pouvait sentir aussi bon.

Mariette s'approcha d'Aubin ; elle voulut passer la main dans l'épaisse chevelure du garçon, mais il se recula ; ses yeux gris s'assombrirent.

— Comme tu as grandi, Aubin, dit Mariette, tu seras un beau garçon.

Sur sa chaise, Francet poussa un faible cri.

La mère se précipita.

— Tu as mal, mon petit ?

De la tête, Francet fit signe que oui. Catherine qui se trouvait à ses côtés eut l'impression que son frère mentait. Elle lui en voulut de ce cri qui avait peiné la mère. Ils s'attablèrent. Plus personne ne parlait ; tous, sauf Mariette, semblaient absorbés à savourer la soupe.

Le père commença à tailler la miche de pain blanc qu'avait apportée Mariette, mais il s'arrêta et demanda à Cathie de lui passer la tourte noire qui était dans la huche. Martial protesta.

— Si c'est pas malheureux, pour une fois qu'on pouvait se régaler.

— On n'a pas le droit de laisser perdre le pain entamé, affirma le père.

Il donna cependant une tranche de la miche à Francet, une autre à Catherine.

Mariette oubliait de manger, elle les regardait tous l'un après l'autre, longuement, comme si chacun d'eux l'étonnait. Enfin, les hommes firent claquer leur couteau en le refermant.

— Alors ? demanda le père en se tournant vers Mariette.

Aubin se leva.

— J'ai promis aux copains d'aller avec eux à la rivière, dit-il, on a une « araignée », je crois que les truites...

— Malheureux, dit le père, si jamais les gendarmes.

Aubin se dirigea vers la porte.

— Reste là, ordonna la mère.

Le garçon se retourna, stupéfait.

Il était grand pour ses neuf ans, et Mariette pouvait trouver beaux ses lourds cheveux qui avaient foncé, et entre leurs cils noirs, ses yeux clairs.

— Eh bien, parle, Mariette, continua la mère.

La jeune femme fit un geste vers Aubin mais ne put se décider à parler. Tous la regardaient, attentifs. Catherine s'approcha de Francet et lui prit la main.

— Voilà, dit la mère, Mariette nous propose d'emmener Aubin avec elle, à leur ferme d'Ambroisse. Il aidera, ils le nourriront, le logeront, le blanchiront.

— Et à la Toussaint et à la Saint-Jean, nous vous donnerons un écu, ajouta Mariette.

— Ça nous tirera bien d'embarras, dit la mère.

Jean Charron lissait ses moustaches. Il se racla la gorge.

— On est trop nombreux ici, reprit la mère, trop pour le peu d'argent qui entre dans cette maison.

Le père toussota.

— Et Robert ? demanda-t-il.

— Robert est d'accord, fit Mariette à demi-voix.

— A-t-il mis de l'eau dans son vin ? interrogea Martial en clignant de l'œil.

Mariette jeta un regard de détresse vers la mère ; celle-ci fit mine de se pencher sur le feu. Toujours penchée, elle répéta, mais sa voix maintenant semblait infiniment lasse :

— Ça nous tirerait d'embarras.

— Non, souffla Aubin avec une sorte de rage contenue. Il avait mis les mains dans ses poches et il paraissait prêt à défier quiconque.

— Non, quoi ? demanda doucement la mère.

— Non je n'irai pas...

— Tu ne seras pas malheureux là-bas, remarqua Mariette.

— C'est toi qui le dis.

La mère vint vers lui, posa sa main droite sur l'épaule du garçon.

— Mon petit, il faut...

Aubin fronça les sourcils :

— Tu ne veux donc pas nous aider à sortir de cette misère ?

— Ça va ! vous les aurez vos écus à la Toussaint et à la Saint-Jean ! Puisque vous m'avez assez vu, bonsoir la compagnie.

— Aubin, gronda le père.

— Laissez-le, Jean, laissez-le, dit la mère.

Elle passa dans la chambre, en revint bientôt avec un paquet de linge et des vêtements qu'elle remit à Mariette. On promit de se revoir bientôt, on s'embrassa, mais Aubin pendant ces préparatifs et ces adieux resta obstinément à l'écart, taciturne. Enfin le père, puis la mère s'approchèrent de lui, le baisèrent au front ; il ne leur rendit pas leur baiser. Un peu plus tard, quand Martial eut attelé le percheron à la voiture, la mère tendit les bras vers Aubin qui se recula. Il grimpa sur la carriole, s'assit à côté de Mariette qui tenait les rênes. Jusqu'en haut du faubourg, la conductrice ne cessa d'envoyer des baisers ; pas une seule fois son compagnon ne se retourna. Quand la carriole eut disparu au sommet de la côte le père, prenant sa femme par le bras, lui dit :

— Je n'aurais pas cru ça de lui.

— Le pauvre, fit la mère.

Elle se pencha vers Catherine.

— Le pauvre, reprit-elle, il croit que je l'aime pas, je vous aime bien, mes petits, ne l'oublie pas, Catherine, ne l'oublie pas.

Elle s'arrêta de marcher.

— Ah ! je n'aurais pas dû... mais que faire ? Du moins, là-bas, il mangera à sa faim.

— Et Mariette, dit le père, comme s'il reprenait une autre pensée depuis longtemps poursuivie, tu as vu ?

— Oui, peut-être ce sera bien pour elle, qu'il y ait son frère là-bas.

Martial et le père repartirent à leur travail. La mère cet après-midi était de lessive chez les bourgeois du Haut. Catherine restée seule ne répondit pas aux signes que lui lançait Aurélien accroupi au bord de la rigole. Elle n'avait pas envie de jouer. Elle remonta dans la cuisine.

— Et d'un ! remarqua Francet.

— Et d'un quoi ?

— Un de parti.

— Mère n'aurait pas dû le forcer à s'en aller.

— Elle a bien fait. Vous partirez tous.

— Oh ! Oh !

Catherine étouffait, il lui semblait qu'elle avait mille choses à crier mais elle ne trouvait aucun mot pour exprimer son indignation tant celle-ci était forte. Et voilà que Francet reprenait.

— Moi, on ne pourra pas me forcer à partir, je resterai seul avec elle.

Catherine eut envie de gifler son frère, elle se retint pourtant. « Qu'il se taise, pensait-elle, ou je ne sais ce que je fais. »

— Moi... recommença Francet.

Alors elle alla prendre dans le lit Clotilde qui, depuis un moment, tendait les bras vers elle, et descendit les escaliers aussi vite que le lui permettait son fardeau. Là-haut, elle entendait son frère l'appeler.

— Cathie ! Cathie ! pourquoi me laisses-tu ?

Il lui sembla même qu'il se mettait à se plaindre d'une longue plainte monotone, comme lorsqu'une esquille d'os traversait sa jambe malade. Arrivée dans la rue, elle hésita un instant, puis partit d'un bon pas vers la campagne.

Il faisait une belle journée d'automne, les arbres étaient rouge et or, les feuilles jaunies parsemaient les prés.

Clotilde, son bras passé autour du cou de sa sœur, n'arrêtait pas de chantonner. Elle a de la chance, pensait Catherine, elle ne comprend pas. Elle dut bientôt ralentir son allure. Elle avait beau changer de bras pour porter la petite, elle sentait ses forces s'épuiser, et la fatigue accroissait sa tristesse.

« N'oublie pas », avait dit la mère. Pourquoi se séparait-elle de ses enfants ? Car Francet avait dit vrai sans doute ; après Aubin, ne serait-ce pas son tour à elle d'être expédiée elle ne savait où ? Elle songeait aux Jaladas, tout en marchant lentement sur le talus. Là-bas, ils étaient tous ensemble, elle avait cru que c'était depuis toujours, et pour toujours, et le Parrain était parti, puis Mariette, Aubin maintenant. Si elle avait pu deviner qu'on emmènerait ainsi son frère, chaque jour elle lui aurait demandé de jouer, de se promener avec elle, il n'aurait pas refusé sachant son départ proche. Et ce Francet, comme il était mauvais tout de même. « Ce n'est pas de sa faute », disait la mère lorsqu'il avait fait quelque méchant tour. Bien sûr ; la mère n'aimait plus que Francet. Catherine se laissa choir sur le bord de la route, étendit Clotilde sur l'herbe rase à côté d'elle. Au bout d'un moment, elle crut entendre un froissement de branches dans la haie, derrière elle. Elle se retourna, ne vit rien. Nul vent n'agitait la cime des arbres ; il n'y avait d'autre bruit que les roucoulades que ne cessait de lancer Clotilde.

« C'est sans doute un hérisson sous les feuilles mortes », pensa Catherine.

De nouveau quelque chose bougea dans le buisson. Cette fois, elle put apercevoir une ombre qui se glissait dans le pré. Elle se leva, inquiète, puis se mit à sourire.

— Eh ! que fais-tu ? cria-t-elle, je t'ai vu.

Aurélien essayait de se dissimuler de l'autre côté des broussailles. Il écarta les ronces et s'avança, l'air penaud.

— Je n'osais pas m'approcher, balbutia-t-il.

— Pourquoi m'as-tu suivie ?

— Quand je t'ai vue partir avec la petite, je me suis dit, comme ça, où peut-elle bien aller ?

— T'as vu Aubin ?

— Oui.

— Elle l'a emmené.

— Elle l'a emmené ? Où çà ?

— Chez eux, il ne reviendra plus.

— Il ne revien...

— Comme je te dis.

— Il est content ?

— Il ne voulait pas partir, c'est la mère... Un jour, moi aussi on me fera partir, je ne reviendrai plus.

Elle sentit une main brûlante se poser sur la sienne ; Aurélien, les oreilles rouges, la regardait et la suppliait.

— Tu ne feras pas ça, Cathie ?

— Pourtant...

— Alors je te suivrai.

Dans l'herbe Clotilde s'était mise à pleurer.

— Elle a faim, dit Catherine, faut qu'on rentre.

Aurélien se pencha, ramassa la petite. Ils reprirent le chemin de La Noaille ; Catherine allait, légère, les mains libres, elle ne se sentait plus triste. Près d'elle, Aurélien allongeait le pas pour essayer de se maintenir à sa hauteur. Parfois il lui fallait s'arrêter pour reprendre souffle ; Clotilde s'était endormie dans ses bras.

XVII

Le froid fut vite là. Un vent coupant soufflait du nord-est depuis plusieurs jours. En un clin d'œil, il dépouilla les arbres de leurs dernières feuilles. Il ne faisait guère bon dans la cuisine. Chaque après-midi, en compagnie de Julie et d'Aurélien, Catherine allait à la recherche du bois mort qu'ils rapportaient ensuite dans une caisse montée sur deux roues ; mais ces provisions étaient vite épuisées. Allongé sur ses chaises, Francet grelottait. De la place du Haut sa sœur et les enfants Lartigues lui rapportaient des poignées de marrons. Il y sculptait des têtes grimaçantes qu'il mettait ensuite à sécher devant la cheminée.

— Celui-là, c'est Robert, disait-il, montrant un visage au gros nez, au front bas, à la bouche menaçante.

— A côté, le père Maneuf.

Et ma foi, l'on pouvait reconnaître dans ce gnome la face ridée et jaunâtre du maître qui les avait chassés, ses petits yeux enfoncés et durs.

Un jour, Julie demanda à Francet.

— Toi qui fais ce que tu veux de tes mains, tu devrais me tailler un fuseau.

— Je ne dis pas, fit le jeune sculpteur, je ne dis pas, mais il faudrait m'en montrer un.

— Je vais te chercher celui que j'ai cassé.

Elle revint avec l'outil.

— Il me faudrait un bout de bois de la même dimension, remarqua Francet.

Aurélien sortit à son tour ; un peu plus tard il porta un morceau de chêne. Aussitôt Francet se mit à l'ouvrage. Le bois était dur, mais le garçon s'appliquait, il enlevait de minces copeaux avec sa lame, regardait tantôt le fuseau cassé, tantôt l'ébauche. Il sifflotait pendant son travail. Les enfants le contemplaient avec admiration. A la fin de l'après-midi, le fuseau était prêt.

— Donne, demanda Julie.

— Pas encore, protesta Francet.

Devant son air déçu, il ajouta :

— Demain, tu verras, c'est une surprise.

Le lendemain elle battit des mains en découvrant sur le fuseau ses initiales : J.L. enlacées et brunies au feu.

— Pas une dans le quartier qui en ait un aussi joli ! s'écria-t-elle.

Elle en oublia de remercier Francet et s'enfuit avec le fuseau.

— Tu as vu, Cathie ? dit Francet.

A quelque temps de là, Julie revint accompagnée d'une voisine. Celle-ci, une femme maigre à qui l'on ne pouvait donner d'âge, tenait un bout de bois à la main.

— Voilà, dit-elle, j'ai vu le fuseau de Julie, j'en voudrais un pareil, avec mes lettres ; c'est plus beau et puis comme ça on ne peut pas vous le voler. Elle ajouta :

— Je te donnerai deux sous.

— Quelles lettres faut-il ?

— Je ne sais pas, moi, je m'appelle Antoinette Dubreuil.

— Oh ! fit le garçon, un A et un D, ce sont des lettres difficiles, il faudra mettre un sou de plus.

Aurélien était là qui souriait, la voisine le prit à témoin.

— C'est vrai ce qu'il dit que ces lettres sont difficiles ?

— Tout ce qu'il y a de plus difficile, affirma Aurélien.

La femme hésitait regardant tour à tour Francet, Aurélien, Julie et Catherine.

— Si c'est trop cher pour vous, proposa Francet, donnez seulement deux sous et je vous graverai une seule lettre, le A ou le D comme vous voudrez.

— Une seule lettre ! se récria la femme. De quoi j'aurais l'air avec une seule lettre sur le fuseau ? On dirait que j'étais trop pauvre pour me payer l'autre.

— C'est à vous de voir, répliqua Francet froidement, et comme si cette affaire ne l'intéressait, plus, il se mit à sculpter un marron.

Au bout d'un moment, la voisine demanda :

— Ça serait-y un joli A et un joli D au moins ?

— Chez les Frères, j'avais le prix d'écriture, déclara Francet.

— Va pour trois sous, concéda la femme avec un soupir.

Quand elle fut partie, Catherine, Aurélien, Julie se mirent à parler tous à la fois.

— J'avais bien peur qu'elle s'en aille, disait Catherine.

— Francet va devenir riche, proclamait Julie.

— Je lui ai bien répondu, disait Aurélien, j'ai bien dit que c'était des lettres difficiles.

Francet, lui, ne soufflait mot, il les regardait, un sourire sur les lèvres. Il jouissait de son triomphe.

Dès lors, il ne se passa plus de jour sans qu'une voisine jeune ou vieille, belle ou laide, riche ou pauvre, ne vînt commander un fuseau à Francet. Il améliorait son art et aux initiales enlaçait parfois des fleurettes ou des étoiles quand la cliente mettait un sou de plus ou qu'elle lui paraissait gentille.

Avec ce travail, son humeur changeait, il redevenait aimable et gai comme au temps où il pouvait courir prés et bois, il n'avait plus de phrase moqueuse ou dure à l'égard de Catherine ou de Martial. Sa jambe même semblait mieux aller, elle ne le faisait plus souffrir et les abcès se cicatrisaient lentement. Souvent la mère le regardait pendant qu'il taillait à coups prestes ses fuseaux ; un sourire venait errer sur les lèvres maternelles, mais vite il s'évanouissait, elle reprenait son air las :

— Et Aubin, murmurait-elle, savoir ce qu'il devient : pourvu que l'autre ne le maltraite pas. Il doit avoir bien froid dans les champs.

— Vous en faites pas, Mère, disait Francet. Je vendrai tellement de fuseaux qu'Aubin pourra revenir bientôt et que nous n'aurez plus besoin de faire les ménages.

La mère s'approchait, posait une main sur les cheveux bouclés de son fils.

— Ne va pas te fatiguer, Francillou, disait-elle.

Elle ajoutait :

— Garde les sous pour toi, quand tu seras grand tu en auras besoin.

— J'en aurai besoin comme les autres, ni plus ni moins.

Il prenait un air grave.

— Maintenant, je sais que je guérirai.

Un matin, on frappa timidement à la porte.

— Entrez, répondit Catherine qui faisait manger Clotilde sur ses genoux.

Une jeune fille mince et rose pénétra dans la cuisine.

— Pardon, demanda-t-elle, je suis bien chez Francet Charron.

— C'est moi.

— Ah ! je suis contente, fit la demoiselle, je n'ai pas l'habitude de venir dans ce faubourg, mon père tient une épicerie à l'autre bout de la ville, j'avais peur de m'être trompée.

Elle commanda une paire de fuseaux. Quand elle fut partie, Francet lança son couteau en l'air et le rattrapa à la volée.

— T'es pas fou ! cria Catherine, tu pourrais t'éborgner.

Francet se moquait bien de sa prudence.

— T'as entendu ? disait-il : à l'autre bout de la ville, elle venait de l'autre bout de la ville.

Il fallait se rendre à l'évidence, la renommée de Francet gagnait de proche en proche. De plus en plus, c'étaient des jeunes filles qui venaient passer commande. « Le petit Charron », comme elles disaient, leur plaisait ; elles lui trouvaient la mine éveillée, de belles mains fines, et elles le plaignaient, elles auraient voulu le soigner, le consoler.

Qui sait ? songeait Catherine, la belle Emilienne Desjarrige en personne viendrait peut-être un jour demander un fuseau. Elle se lierait d'amitié avec Francet et avec elle, Catherine. Quelle joie ! « Mais non, folle que tu es, pensait-elle ensuite, les filles du Haut ne filent pas la laine, c'est bon cela pour leurs servantes, seulement pour leurs servantes. »

Elle se plaisait de nouveau à rester près de Francet car il avait repris l'habitude de lui conter ses projets d'avenir. Il ne parlait plus de percer un tunnel à travers le kaolin pour aller en Chine, il décrivait la fabrique de fuseaux qu'il construirait lorsqu'il serait guéri.

— Une usine ? demandait Catherine.

— Oui, grande comme la manufacture de porcelaine. J'inventerai des machines pour faire les fuseaux, des fuseaux de toutes les couleurs, il y en aura même en or pour les reines.

— Les reines ne filent pas, avait envie de remarquer Catherine en se souvenant d'Émilienne Desjarrige, mais elle se taisait et se laissait bercer par les contes de son frère.

— Nous serons riches, nous serons tous riches, nous aurons un grand château près de l'usine.

— Aubin y sera-t-il ?

— Bien sûr, et Mariette, mais il ne faudra pas qu'elle amène son Robert. Il y aura aussi Julie et Aurélien.

Ces féeries grisaient les deux enfants, ils ne prenaient pas garde à l'accablement du père ni à l'air soucieux de Martial.

— Alors ? demandait la mère.

— Le patron parle de ne garder qu'un feuillardier sur deux.

— Vous en faites pas, disait Martial, *bêtio, bêtio,* on s'arrangera, je m'occupe.

— Que veux-tu dire ?

— Je m'occupe, Mère, vous verrez.

La veille de la Toussaint, Martial déclara :

— Quand je vous disais que je m'occupais !

Il affectait d'être gai, souriant, mais ses yeux demeuraient graves.

— Demain, j'entre comme domestique au mas du Treuil, le fils est parti au régiment, je le remplacerai.

La mère embrassa Martial sur les deux joues. Le père baissa la tête.

— J'avais des domestiques, dit-il entre ses dents. Maintenant ce sont mes fils qui deviennent valets de ferme.

— Et après ? fit Martial en se forçant à rire. Y a pas de déshonneur. J'oubliais, le patron du chantier est au courant, alors c'est entendu, Père, il vous garde comme feuillardier.

Le lendemain matin, Martial partit de bonne heure car le mas du Treuil n'était pas dans le voisinage. Il prit la route en chantant. Par la fenêtre Catherine le regarda s'éloigner, il avançait vite sur ses longues jambes maigres, son baluchon dansait sur l'épaule.

Une nuit les aubergistes qui occupaient le rez-de-chaussée déménagèrent à la sauvette. Ils avaient fait faillite ; la clientèle des porcelainiers, si elle consommait force vin, ne payait guère.

Quelques jours plus tard, le père dit timidement :

— La Marie-des-Prés — c'était ainsi qu'on avait surnommé la propriétaire car elle habitait une maison dans les prés, au bord d'une pêcherie —, la Marie-des-Prés nous offre sa maison et elle reprend cet appartement pour elle et ses fils.

— Ah ! non, cria Francet, c'est en bas que je veux habiter pour pouvoir m'asseoir dans la rue aux beaux jours.

— Laisse parler le père, dit la mère. Sans doute allez-vous nous expliquer, Jean, pourquoi vous avez accepté cette proposition ? Parce que bien entendu, ajouta-t-elle avec lassitude, vous avez accepté ?

Le père paraissait de plus en plus gêné.

— J'ai accepté, rapport aux conditions... Là-bas, ce sera moitié loyer.

— Une ruine, cette bicoque des prés, dit la mère, mais bien sûr, Jean, on arrive à peine à payer le terme ici.

— Et ce n'est pas tout.

Il tirait sur ses moustaches, et regardait obstinément le foyer où luisaient faiblement quelques braises.

— La Pirou va s'installer ici, elle reprendra pour son compte l'auberge des Laurent.

— Ça la regarde, fit la mère.

— Ça la regarde, mais elle m'a demandé de lui laisser Cathie...

— Lui laisser Cathie !

Catherine qui somnolait dans l'ombre sursauta en entendant prononcer son nom.

— Cathie ferait la vaisselle et garderait l'auberge.

— Une enfant de huit ans ne va pas servir à boire et rendre la monnaie !

— Mais non, la Marie-des-Prés a l'intention de continuer à aller laver à la pêcherie. Les clients ne sont pas si nombreux à l'auberge, quand il en viendra un, Cathie ira chercher la patronne. Elle nourrira Cathie et lui achètera une paire de sabots.

Il se leva, se dirigea vers la fillette mais elle lui échappa. Alors il revint s'asseoir devant le feu à demi mort, laissa pendre ses mains entre ses jambes.

— Ai-je donc si mal fait, Marie ? implora-t-il.

La mère s'approcha de lui, posa sa main sur l'épaule basse.

— Mais non, Jean, dit-elle, mais non, mon petit.

— Je n'irai pas à la maison-des-prés, je n'irai pas, grommelait Francet sur ses chaises.

Ainsi ce qu'elle avait craint naguère, il y avait si longtemps, lui semblait-il, aux Jaladas, lorsqu'on lui contait l'histoire de ces enfants abandonnés dans la forêt par leurs parents trop pauvres, ainsi, cette fois, cela arrivait : elle allait être emportée dans elle ne savait quelle vie hostile. Sa mère avait vendu Aubin l'autre jour, puis Martial avait pris les devants, il s'était vendu lui-même et maintenant son père l'avait vendue, vendue pour du pain et des sabots. Ah ! Francet l'avait bien dit : il resterait seul avec les parents, lui du moins, on ne le vendrait pas, on ne pouvait pas le vendre avec sa jambe malade. Il avait de la chance. Si elle pouvait devenir infirme comme lui, cette nuit même, ou bien redevenir petite, toute petite, comme Clotilde. Ils seraient bien obligés alors de la garder. Dire qu'elle avait rêvé de vieillir pour pouvoir porter des corsages verts comme Mariette ! Elle se sentait vieille à présent, si vieille et adieu les beaux corsages, ils ne viendraient jamais ; à leur place, les tristes habits de servante.

Le lendemain, en s'éveillant, elle tâta ses jambes dans l'espoir d'en trouver une raide ou atrophiée ou tordue, mais non, l'une et l'autre étaient vives et chaudes sous les draps ; d'une main, elle parcourut tout son corps : hélas, il n'avait pas rapetissé pendant la nuit, elle le reconnaissait, non pas un corps potelé de bébé comme elle aurait voulu, mais son long corps maigre et nerveux.

Les parents dormaient encore. Elle se leva, s'habilla, sans bruit. C'était décidé. Puisqu'ils voulaient se séparer d'elle, elle allait partir, n'importe où ; non, elle se réfugierait chez son Parrain, il la garderait lui, il ne la livrerait pas à des étrangers. Elle marcha sur la pointe des pieds. Comme elle arrivait à la porte, elle s'entendit appeler. Francet chuchotait.

— Où vas-tu, Cathie ?

Il s'était dressé sur son lit, elle devinait la tache blanche de sa chemise dans la pénombre. Pourvu qu'il n'aille pas alerter les parents.

— Cathie, répéta-t-il.

Elle ne répondit pas, fit tourner la poignée de la porte. A ce moment, la mère tout endormie prononça :

— Qu'y a-t-il, ma Cathie ?

Il suffit de cette voix tendre, de cet appel engourdi par le sommeil pour enlever à l'enfant son courage. Elle sentit brusquement le froid qui régnait dans la chambre. Elle grelottait.

— Tu vas prendre du mal, murmura Francet.

Elle lâcha la poignée de la porte, revint vers son lit, se glissa tout habillée sous l'édredon.

LA MAISON DES PRÉS

XVIII

La Marie-des-Prés n'était pas une méchante femme. Elle offrit à Catherine une paire de sabots. A sa table on ne mourait pas de faim. Ses deux fils, l'un apprenti menuisier, l'autre apprenti boulanger, possédaient un solide appétit, aussi leur préparait-elle des plats où Catherine trouvait sa part. La vaisselle était vite expédiée. Ensuite, il n'y avait plus qu'à attendre les clients. La Marie-des-Prés partait laver à la pêcherie à quelque cent mètres de là, et Catherine gardait l'auberge. L'apprenti menuisier avait réinstallé la branche de gui, malgré cela les buveurs étaient rares. Parfois plusieurs jours passaient sans qu'on en vît un seul. Quand cependant un voisin ou bien quelques ouvriers de la manufacture se décidaient à entrer, Catherine poliment leur souhaitait le bonjour, les invitait à s'asseoir, plaçait un verre devant eux puis courait à toutes jambes vers la mare. Dès qu'elle apercevait la Marie-des-Prés, elle se plantait sur la route, mettait ses mains en cornet devant sa bouche et appelait. La patronne laissait là son linge et rappliquait vivement ; tout essoufflée, elle servait le vin en prenant soin que la bouteille ne glissât pas entre ses mains encore savonneuses. Le jeudi, Aurélien proposait à Catherine de la remplacer à l'auberge si elle avait envie de se promener, mais, presque toujours elle refusait. A son désespoir en effet avait succédé une sorte de fierté.

— Je suis grande, disait-elle un jour à son ami, mon père m'a regardée ce matin quand je partais pour venir à l'auberge, il m'a regardée et il a dit : « Ma grande Cathie qui gagne son pain. »

Aurélien resta tout interdit en écoutant cette déclaration. Il se mit à pousser du pied un caillou, il était navré qu'elle déclinât son offre et ne savait que faire pour lui être agréable.

Il était pourtant des moments où Catherine ne se sentait pas grande du tout ; c'était le soir, lorsque à nuit noire, la vaisselle lavée et mise en place, il lui fallait regagner la maison-des-prés. Les premiers jours, son père ou sa mère venaient la chercher, puis ils lui avaient dit : « Maintenant, tu connais le chemin, tu ne peux pas te perdre, tu ne risques rien... » Elle avait dû affronter seule la nuit, la plainte des arbres sombres dans le vent, les formes inquiétantes du brouillard qui se levait dans la prairie le long du ruisseau, le bruissement des fourrés au passage de quelque sauvagine, l'envol et le cri des chouettes, la clarté maléfique de la lune. Catherine marchait vite, vite ; elle faisait claquer le plus fort possible les sabots que lui avait donnés la patronne, afin que les puissances hostiles en entendant ce bruit pussent penser que c'était là une forte personne, sûre d'elle-même et courageuse et décidée qui s'avançait dans la nuit, et non cette minuscule fillette terrorisée — car elle avait l'impression alors de ne pas être plus haute qu'un poussin juste sorti de l'œuf et qui file de toute la vitesse permise par ses frêles petites pattes à la recherche de sa mère.

Un jeudi matin, Aurélien avait poussé la porte de l'auberge.

— Eh ! Cathie, viens voir, il neige.

Elle était sortie et tous deux s'étaient amusés à essayer d'attraper les minces flocons sur le bout de leur langue.

— C'est dommage, disait Aurélien, cela ne tient pas. Si elle avait tenu, demain, au réveil, on serait allé voir si les fantômes laissent des traces dans le pré.

— Quel pré ? demanda Catherine.

— Le pré aux fantômes, celui qui commence après le ruisseau.

Elle s'était mise à trembler.

— Qu'as-tu ? s'inquiéta le garçon.

Elle avoua ses frayeurs nocturnes. « Maintenant, ajoutait-elle, maintenant qu'il lui avait dit le nom de ce pré, le pré aux fantômes, jamais elle ne pourrait trouver le courage de rentrer chez elle. »

Il essaya de la réconforter, de lui prouver que les fantômes n'existaient pas, et qu'il lui suffisait de se signer pour les chasser si malgré tout quelques-uns rôdaient dans le brouillard. Voyant qu'il ne parvenait pas à la convaincre, il réfléchit un instant puis se mit à sourire. Elle protesta.

— Il n'y a pas de quoi rire.

— Je ne ris pas, Cathie, je veux te dire qu'il ne faut plus avoir peur, le soir je viendrai te chercher et je te ramènerai chez toi.

Catherine le regarda, s'approcha de lui et l'embrassa.

Dès lors, chaque soir, il vint la chercher. Ils partaient la main dans la main. Quand ils arrivaient au pré, Catherine, sans en souffler mot, souhaitait que survînt quelque fantôme.

— Vois, disait-elle, là-bas, cette forme blanche, tu ne crois pas que c'en est un ?

Mais un coup de vent dissipait les tentacules de la brume, les revenants ne se montraient pas. Arrivée en vue de la maison-des-prés, Catherine serrait la main de son compagnon et le quittait en courant. Elle ne pensait plus à lui qui, rendu à la solitude, luttait à son tour contre l'effroi.

Il ne devait pas être loin de deux heures de l'après-midi. La Marie-des-Prés venait de partir à la mare. Catherine achevait de ranger la vaisselle lorsqu'elle entendit frapper à la porte de l'auberge. Elle alla ouvrir et se trouva en face du vieux porcelainier qui lui avait donné un jour une tasse si délicate.

— Bonjour monsieur, dit-elle. Poliment elle ajouta comme la patronne le lui avait enseigné : « Finissez d'entrer. »

Le vieil homme en blouse blanche parut tout étonné de la voir.

— Que fais-tu là, petite ? demanda-t-il.

— Je suis servante, monsieur.

— Servante ! à ton âge ?

Elle lui indiqua une chaise et une table, alla chercher un verre.

— Asseyez-vous, dit-elle, je vais appeler la patronne.

— Je suis gelé, j'aurais voulu un vin chaud. Va vite, sinon je serai en retard.

La patronne revint en bougonnant, fit chauffer le vin, le servit, empocha l'argent et repartit à sa lessive. Catherine resta auprès de l'ouvrier. Pendant qu'il dégustait son vin à petites gorgées, il s'était mis à interroger la petite.

— Et ton frère, il avait mal à un bras, je crois ?

— A une jambe.

— Ah ! oui, c'est vrai. C'est lui qui te faisait chercher du kaolin ?...

Il s'essuya les moustaches sur sa manche plâtreuse.

— Quel âge as-tu ? demanda-t-il.

— Huit ans, monsieur.

— Huit ans, répéta-t-il, huit ans, comme s'il ne comprenait pas, et il ajouta :

« Forcément, il doit coûter cher avec ses remèdes. »

Catherine fronça ses fins sourcils. Qu'avait-il cet étranger à vouloir se mêler de ce qui ne le regardait pas ?

— Oh ! mon frère gagne de l'argent.

— Il gagne de l'argent ? s'étonna l'ouvrier, incrédule. Et comment pourrait-il gagner de l'argent s'il est cloué sur une chaise ?

— Il taille des fuseaux.

— Des fuseaux ?

Quelle manie il avait de toujours répéter ce qu'on lui répondait ! Le vieil homme paraissait de plus en plus surpris. Il consulta une grosse montre qu'il sortit de dessous sa blouse.

— Eh là, grogna-t-il, pas le temps de faire la conversation.

Il donna un sou à Catherine, lui tapota la joue.

— On se reverra, loupiote.

Quelques jours plus tard, à la même heure, il revint à l'auberge.

— C'est pour un vin chaud ? demanda Catherine. Je vais chercher la patronne.

— Laisse-la donc, dit le porcelainier.

Il passa sa lourde main ridée sur son visage comme toujours saupoudré de poussière blanche.

— Ces fuseaux que fabrique ton frère, ce sont de vrais fuseaux ?

— Bien sûr, affirma-t-elle avec fierté, les plus beaux jolis qu'on puisse trouver dans le canton.

— T'en aurais pas à me montrer par hasard ?

— Ah ! non, non.

L'ouvrier parut déçu.

— Oh ! s'écria-t-elle, je vais peut-être pouvoir vous en montrer un... Attendez.

Elle courut chez les Lartigues, emprunta à Julie le fuseau que Francet avait taillé pour elle. L'ouvrier fit tourner l'objet entre ses doigts.

— Vous savez, dit Catherine, c'est son premier fuseau, depuis il les fait beaucoup mieux.

— Et avec quoi ?

— Ben, avec son couteau.

— Il est adroit. Mais il ne doit pas en tailler des tas dans une journée.

— Un ou deux, peut-être.

Le porcelainier remit le fuseau à Catherine.

— Et il se fait quelques sous avec ça ?

— Bien sûr.

— Il pourrait s'en faire davantage, dit-il à voix basse comme s'il se parlait à lui-même, puis :

— C'est-y une ou deux jambes qu'il a de malade ?

— Une.

— L'autre va bien ?

— Tout à fait bien.

— Il est là-haut ? et il désignait du doigt le premier étage.

— Non, c'est la patronne qui a pris notre étage, nous, maintenant, on est à la maison-des-prés.

— T'en fais pas, petite, dit l'homme, ça ne sert à rien de s'en faire.

Il enfonça la casquette sur son front et s'éloigna.

Les jours puis les semaines passèrent sans qu'elle le revît. Elle avait rapporté à son frère les questions de ce « drôle de vieux », et Francet avait paru fort contrarié par la curiosité de l'inconnu.

— Peut-être qu'il veut se mettre à tailler des fuseaux, lui aussi, avait-il maugréé.

Elle avait tout à fait oublié le porcelainier lorsqu'un soir, en rentrant à la maison-des-prés, elle le vit attablé avec les parents, devant une écuelle de soupe. Elle fut si stupéfaite qu'elle laissa choir sur le sol de terre battue un almanach dépareillé que la patronne lui avait remis pour son frère. Le vieil ouvrier éclata de rire.

— Ça t'épate de me voir là, hein Cathie ? Parce que je sais maintenant que tu t'appelles Cathie. Oh ! tu verras, avec le père Baptiste, il ne faut jamais s'étonner de rien. Allez, petite, viens t'asseoir à côté de moi et mange ta soupe.

Le père et Francet regardaient l'homme avec une admiration ingénue, la mère ne se départissait pas à son égard d'une certaine réserve. Chaque fois qu'il l'appelait « Madame Charron », elle jetait sur lui un regard méfiant. Il bavarda, raconta des histoires de l'usine. Au moment de s'en aller, il sortit des poches de sa blouse deux fines tasses à fleurs enveloppées dans du papier bleu, il en remit une à Catherine, l'autre à Francet.

— Toi, Cathie, pour te remercier du vin chaud et de tes bonnes paroles, toi, Francet, pour te remercier de ton fuseau.

Il serra la main au père, tira sa casquette pour saluer la mère et s'en alla en riant.

— Il y a du brave monde quand même, conclut Jean Charron lorsqu'on n'entendit plus les pas de l'ouvrier.

— Peut-être, dit la mère, mais je le trouve bien hardi, cet homme, de venir ainsi chez des gens qu'il ne connaît pas.

Catherine regardait la tasse à fleurs. Elle donnait tort à sa mère et Francet devait faire de même car il protesta :

— En tout cas, pourvu qu'il revienne.

La mère conseilla la prudence :

— Ne va pas t'emballer, mon Francet, les histoires qu'il t'a racontées, ce n'est peut-être que des histoires. Tu sais, les porcelainiers, on les dit beaux parleurs et un peu fous.

— Pourquoi, Marie, cet homme serait-il venu raconter des histoires ?

— Est-ce qu'on sait, avec ces gens de la manufacture ! Il voulait jeter de la poudre aux yeux.

— Quelles histoires ? demanda Catherine.

— Il est tourneur à l'usine, répondit Francet. Alors, il reviendra, il aidera le père à me monter un tour, il croit que je pourrai le faire marcher avec ma bonne jambe.

— Faire marcher un tour ? qu'est-ce que cela veut dire ?

— Une machine quoi, avec un plateau qui tourne très vite, j'accrocherai un morceau de bois au plateau et pendant qu'il tournera, je n'aurai qu'à appliquer ma lame contre le bois. Vrrr ! les copeaux voleront. Avec cet engin, le père Baptiste dit que je pourrai faire jusqu'à dix et peut-être même vingt fuseaux dans ma journée, et bien plus réguliers.

— Allons, dit la mère, tu t'énerves en pensant à cela, tu ne pourras pas dormir. On ne sait même pas s'il reviendra votre Baptiste.

Il revint et, avec le père, construisit un tour.

Ensuite il apprit à Francet comment imprimer un bon rythme à la pédale avec sa jambe valide et comment travailler au couteau le bout de bois virant telle une toupie. Les copeaux sautaient, Francet sifflait, les fuseaux s'alignaient, élégants, sur le bord de la fenêtre.

— Te voilà parti pour faire fortune, affirmait le père Baptiste de sa voix rocailleuse. Bientôt Cathie n'aura plus à être servante, et Mme Charron n'ira plus travailler chez les autres.

La mère faisait maintenant bon visage à l'ouvrier, cependant elle continuait à mettre son mari et les enfants en garde contre les enthousiasmes du vieux.

— On ne se tirera pas d'affaire aussi facilement, soupirait-elle.

Elle disait vrai. Si Francet faisait maintenant ses fuseaux beaucoup plus vite, il n'en vendait guère ; la maison-des-prés était trop loin du bourg, les filles n'en prenaient pas facilement le chemin. De même, l'auberge ne comptait pas plus de clients sous le règne de la Marie-des-Prés que sous celui des Laurent. A la fin de l'hiver, la patronne décida de fermer définitivement le cabaret. Elle complimenta Catherine pour sa bonne conduite, lui donna un sucre d'orge et la renvoya chez elle.

La joie de l'enfant fut brève. Elle passait son temps à regarder les copeaux voler sur le tour de Francet. Il faisait des recherches à présent pour tourner des fuseaux en plusieurs pièces ; il lui fallut bien des tentatives infructueuses, enfin un soir il s'écria :

— Catherine, j'ai gagné, regarde-moi ça.

Il brandissait son chef-d'œuvre : un fuseau en trois parties qu'il ne cessait de dévisser et de revisser.

— Les filles se battront pour acheter mes fuseaux !

Pour le moment le dégel rendait les chemins boueux, inondait les prés, emplissait l'air d'un brouillard épais. Clotilde maintenant nommait les parents : « Paï, Maï », sa sœur : « Ti », son frère : « Cé » ; elle trottait dans la maison dès qu'elle pouvait tromper la surveillance de Catherine et allait s'affaler dans la boue.

De temps à autre, le père Baptiste venait voir son élève, il l'encourageait à fignoler toujours davantage ses fuseaux.

— Ça ira, petit, affirmait-il.

Un jour il partagea le repas des Charron et dit à Catherine :

— Accompagne-moi, loupiote, je vais te montrer quelque chose de beau.

Catherine le suivit. Ils regagnèrent la route, au bout d'un moment, prirent un chemin sur la droite : le chemin était rouge et blanc. Catherine le reconnut : c'était celui de la manufacture. Le vieil homme marchait vite et elle avait peine à le suivre. Ils rencontraient des groupes d'ouvriers qui allaient au travail et interpellaient le père Baptiste.

— Eh, père Baptiste, c'est ta promise ?... Tu les prends au berceau.

— Taisez-vous, innocents, leur lançait-il de sa voix où roulaient des silex.

Comme s'il devinait l'inquiétude de Catherine, il se penchait vers elle et lui glissait à l'oreille :

— Quand la cloche aura sonné, ils seront tous dans les ateliers ;

comme ça, tu pourras t'en revenir tranquille, il n'y aura personne dans le chemin.

Ils débouchèrent sur une vaste esplanade rouge et blanche comme était le sentier ; de hauts tas de charbon la bordaient sur la gauche, sur la droite s'allongeait sous un toit de tuiles plates et brunes un bâtiment de briques à deux étages, le long de la façade couraient de puissantes et tortueuses glycines.

— Quand c'est en fleur, ce bleu sur les briques, c'est magnifique, disait l'ouvrier. Et les fours ! ajoutait-il, désignant de la main, au fond de l'esplanade, une construction noirâtre dont le toit était percé par trois grosses cheminées basses crachant leur fumée.

— C'est beau, hein ? demanda-t-il.

— Oui, répondit Catherine faiblement.

Elle ne trouvait pas cela si beau, bien moins beau que la sous-préfecture par exemple. Et ces trois gueules de four soufflant leur fumée noire lui faisaient peur. Le père Baptiste se pencha, releva la visière de sa casquette, regarda à gauche et à droite comme s'il craignait qu'on pût l'entendre et dit à voix basse.

— Ne le répète pas, mais si ton frère guérit, et je pense qu'il guérira, je le ferai entrer ici, qu'en penses-tu ?

Catherine n'en pensait rien du tout.

— Oui, dit-elle encore.

— Ah ! je savais bien que tu me donnais raison.

Il la prit dans ses bras, la souleva de terre et l'embrassa bruyamment. Elle trouva qu'il sentait le vin. A ce moment, une cloche se mit à sonner à toute volée.

— Mille excuses, fit le vieux. Et surtout pas un mot à tes parents ni à ton frère.

Il planta là Catherine et se dirigea vers l'usine. Des ouvriers débouchaient du chemin en courant. Catherine s'étonna de voir parmi eux des enfants dont quelques-uns, des garçons, lui parurent plus petits qu'elle. Seule, au milieu de l'esplanade, elle fut prise de panique. A reculons, elle se glissa jusqu'aux abords des tas de houille. Les ouvriers faisaient-ils comme les romanis, enlevaient-ils les enfants pour les faire travailler à la manufacture ? Le père Baptiste lui avait peut-être tendu un piège ?

Elle vit un gros homme sanguin sortir de l'usine et se mettre à crier après les enfants qui, à son gré, n'allaient pas assez vite. Ce fut un garçon qui entra le dernier, il passa devant le bonhomme, tranquillement, les mains aux poches. Le gros essaya de lui flanquer un coup de pied, mais l'enfant l'esquiva par un saut de côté et pénétra dans l'usine. L'homme referma la porte derrière lui, puis se dirigea vers les fours.

Près du tas de charbon, Catherine n'osait plus bouger. Si ce coléreux l'apercevait, c'en était fait d'elle, il l'enfermerait dans la manufacture.

Du long bâtiment venait maintenant une sourde rumeur. La petite trouvait ce bruit plutôt rassurant, un peu comme le ronron d'un énorme chat. Cependant, elle resta longtemps aux aguets ; enfin elle s'avança dans la cour, et, sans oser courir, de crainte que le bruit de ses pas n'allât faire sortir le bonhomme coléreux qui avait dû, pensait-elle, se tapir à la porte d'un four, elle regagna le chemin rouge et blanc.

— Que t'a-t-il montré de beau ? demanda Francet un peu plus tard.

— L'usine.

— Et c'est beau ?

— Si c'est beau, c'est, c'est, je peux pas te dire, tellement c'est beau.

Francet prit un air sombre.

— Oh ! ça ne m'intéresse pas.

Et il fit ronfler son tour.

La maison-des-prés reçut une autre visite en cette fin d'hiver : celle du Parrain. Quand elle lui ouvrit la porte, la mère eut un cri d'allégresse.

— Le Parrain ! s'écria-t-elle et sa voix était légère, comme jadis.

Mais elle ajouta sur un ton confus et cérémonieux :

— Pardonnez, mademoiselle, je ne vous avais pas vue.

C'est vrai que la « demoiselle » ne tenait pas beaucoup de place. Petite, mince, brune, à qui ressemblait-elle donc ? se demandait Catherine. Mais à Mariette, finit-elle par conclure, une Mariette non pas vive, nerveuse, coquette comme l'était sa demi-sœur avant le mariage, mais une Mariette timide, calme, effacée.

— Comme elle a grandi, ma Cathie, disait le Parrain.

Il hissait sa filleule sur ses épaules et lui faisait faire ainsi le tour de la cuisine ; elle devait se pencher pour ne pas heurter de la tête le plafond. Il lui remit un ruban rouge, quelques bonbons, une piécette d'agent. Il demanda des nouvelles de Martial, d'Aubin ; sa voix se fit hésitante quand il s'inquiéta de la santé de Mariette.

Ensuite, il resta un moment sans parler. La « demoiselle » se tenait sagement assise près de lui.

— Voilà, dit-il enfin, nous allons nous marier.

La mère l'embrassa, demanda la permission à la « demoiselle », qui rougit fort, de l'embrasser elle aussi ; Jean Charron se leva, tapa sur l'épaule du Parrain.

— Bien, dit le père, bien.

Le Parrain semblait tout embarrassé.

— Seulement, Berthe vient de perdre son père.

— Pauvre petite, fit la mère, votre mère doit être bien malheureuse.

Berthe rougit et essuya furtivement une larme.

— Elle n'a pas sa mère... Je voulais vous dire, il n'y aura pas de noces, faut nous pardonner.

— Pardonner, pardonner ! dit la mère, tu n'as pas à demander pardon.

— Oh ! s'il n'y avait pas ce deuil, vous pensez bien. Remarquez pour un grand repas, il aurait fallu qu'on emprunte, parce que ni Berthe ni moi...

— Ça vous empêchera pas d'être heureux, affirma le père ; n'est-ce pas, Marie ?

Elle ne répondit pas et fit mine de chercher en vain quelque objet dans la commode.

Jean Charron s'approcha du Parrain et lui parla à voix basse.

— Ne vous inquiétez pas, répondit le jeune homme, je les ai toujours et j'espère bien ne pas avoir à m'en séparer.

— C'est bien honteux à dire, mais nous n'avons même pas une bouteille de cidre à vous offrir.

— Qu'allez-vous chercher là, Père ! protesta le Parrain.

Il dut penser que sa visite attristait les Charron car il se leva, aussitôt imité par sa fiancée, embrassa Catherine et prit congé.

Les parents, Catherine et Clotilde accompagnèrent les fiancés dans le chemin qui, entre deux prés, menait à la route.

— Je n'ai pas voulu en parler devant Francet, dit le Parrain, mais bien entendu, vous Mère, vous Père et toi Cathie, vous partagerez avec nous le repas de mariage.

Cette visite attrista Catherine.

— Je ne veux pas qu'il se marie, confiait-elle à Francet.

— Voyez-vous ça, il a l'âge, non ?

De la pointe de sa lame, il gravait les initiales sur un fuseau. Il ajoutait tout en regardant son ouvrage.

— Le père aussi, ça doit le chiffonner ce mariage. Il a peur que la dépense oblige le Parrain à revendre les bijoux.

— Quels bijoux ?

— Nos bijoux. Moi j'ai bien deviné que le père lui en parlait quand il a baissé la voix.

— Et si jamais il donne la croix et le collier d'or à sa femme !

— Ça serait son droit.

— Non, il n'a pas le droit, non.

Catherine trouvait que les grandes personnes la trahissaient. Elle le pensa bien plus encore lorsque la Marie-des-Prés, entre deux lessives, vint voir la mère et lui dit :

— J'ai tant fait de compliments de votre Cathie que les jeunes Pichon du Boccage la demandent comme bergère. D'ici à la Saint-Jean, il lui donneront un louis et deux autres de la Saint-Jean à la Toussaint. Ce sont de braves gens, les jeunes Pichon, votre Cathie ne sera pas malheureuse.

XIX

« Pas malheureuse. » Les grandes personnes ont vite fait de décider cela ; ensuite, les voilà tranquilles. C'était vrai pourtant que les Pichon du Boccage étaient braves, tout jeunes et bien plantés, mais le soir quand elle mangeait silencieusement à leur table, et plus tard quand elle se mettait au lit dans leur cuisine, Catherine avait l'impression de rêver ; quelqu'un, quelque chose avait dû commettre une erreur et par suite de cette erreur, elle se trouvait, elle, Catherine, à cette table, dans ce lit, étrangère chez des étrangers.

Ils n'étaient pas mauvais, mais affolés de travail, semblait-il, comme s'ils ne devaient pas avoir assez de toute leur vie pour abattre la besogne qu'ils s'étaient fixée. Ils ne regrettaient pas le pain à leur bergère de huit ans ; ils ne la fâchaient pas, mais ils ne la voyaient pas, ils ne voyaient pas le mince visage qu'elle levait vers eux, inquiet, interrogateur, quand, à côté d'elle, ils parlaient vite, avec de grands gestes comme s'ils eussent été seuls.

Lui, avait le poil noir hérissé, il n'y avait pas plus coléreux. « Soupe au lait », l'appelait sa femme. Ce n'était jamais contre elle qu'il s'irritait ni contre Catherine : les bêtes avaient le don de le faire entrer en fureur. Aussi leur inspirait-il un véritable effroi. Aux vaches en particulier, deux bêtes franches cependant. Catherine les aimait bien. Roso et Bloundo avançaient leur mufle contre la poitrine de l'enfant, la regardaient de leurs immenses yeux chagrins et Catherine leur parlait pensant qu'elles s'attristaient sur son sort. Le maître lui ne savait pas parler doucement aux bêtes, de là venait tout le mal. Il tenait la charrue dans le champ ; Catherine marchait devant l'attelage, posant son aiguillon sur le joug. Soudain, pour un faux pas de la Roso, un tressaillement de la Bloundo, Pichon entrait dans une colère aussi folle qu'un orage d'août, il lâchait le manche, hurlait, lançait des mottes de terre sur les bêtes ; l'attelage bondissait, Catherine, tremblante, se jetait de côté, s'attendant toujours à être piétinée par les vaches. De la ferme, la femme arrivait en courant. Elle sermonnait son jeune mari qui, exténué, s'était assis au bord du champ et s'épongeait le front avec un mouchoir jaune. L'homme ne disait plus rien ; quand sa femme avait dévidé son chapelet habituel de reproches, de menaces, de prières, elle le prenait par le cou et l'embrassait.

Un peu honteux, Pichon allait chercher la charrue en bataille, il demandait à Catherine de le précéder pour calmer les bêtes écumantes. Elle leur parlait à voix basse, prononçant leur nom, mais dès qu'elles sentaient l'approche du maître, elles relevaient la tête, prêtes de nouveau à foncer. Il avait rendu ses bêtes si nerveuses, qu'il lui était impossible de les mettre, à lui seul, sous le joug. Il devait faire appel à sa femme et à Catherine. Sans cesse, les bêtes bronchaient ; le jeune homme s'énervait, il se mettait à crier. La femme et Catherine avaient alors bien du mal à empêcher les vaches de s'enfuir. Un jour qu'il essayait en vain d'attacher le joug, il poussa un juron ; la Roso sauta et partit à fond de train, folle, le joug sur la nuque. Il fallut organiser une battue avec les voisins pour la rattraper, loin, dans un bois, à demi morte de fatigue, le col tordu par le lourd appareil. Pichon jugea prudent de s'en défaire et la vendit au boucher. Les enfants du voisinage disaient à Catherine : « Ton maître deviendra fou quelque jour », et elle avait peur qu'il s'en prît à elle comme il faisait pour les animaux et lui envoyât quelque coup d'aiguillon. Pourtant jamais il ne fit le moindre geste contre elle et, toujours, il lui parlait sans élever la voix.

En plus des deux vaches, Catherine avait à garder quatre moutons. Ils étaient aussi fantasques que leur maître. Jeunes, gros et vigoureux, il n'y avait pas à les tenir. Dès qu'ils entendaient claquer les sabots de la bergère, ils se bousculaient à l'entrée de l'étable.

Elle tirait la porte en prenant soin de se placer à l'abri derrière le mur, car les quatre moutons bondissaient les uns par-dessus les autres pour gagner le large. Dans le pré, la danse n'arrêtait pas : pour un papillon, un coup de vent, l'ombre d'un nuage sur l'herbe, une mouche, plus souvent encore pour rien, les quatre bêtes se donnaient la course, se séparaient, se rejoignaient, traversaient la prairie à fond de train. Catherine avait beau s'époumoner à les appeler, elle avait beau lancer à leur suite son chien Bismarck, un vieux bâtard broussailleux, rien n'y faisait. Menaces, prières restaient vaines. Catherine à son tour se mettait à courir dans la direction de ses bêtes, mais quand, enfin, elle arrivait au sommet de la prairie, voilà les quatre vauriens qui filaient en sens inverse.

Quelque jour, songeait-elle, ils prendraient la poudre d'escampette. On ne les reverrait plus. Les gendarmes viendraient la chercher. « Bergère, qu'avez-vous fait de vos quatre moutons ? » « Ils sont partis. » « Eh bien ! en prison, bergère, en prison. »

Le temps passait au Boccage : vinrent les feuilles, puis les fleurs, puis les fruits ; pourtant Catherine avait toujours le sentiment d'être là, en exil, à la suite d'une incompréhensible erreur. L'automne arriva et le mariage du Parrain : pour un jour ce fut vacances. Mais Catherine ne s'amusa guère à ce repas, elle regardait en face d'elle, sans indulgence, ces êtres dont elle s'était crue aimée et qui l'avaient trahie : le Parrain en épousant cette timide orpheline, le père et la mère qui l'avaient encore une fois vendue, le père qui, au dessert, essaya en vain de se remémorer une des chansons qu'il chantait avec tant de cœur au temps des Jaladas, la mère dont le visage s'était encore amenuisé mais dont la taille s'épaississait ; et Catherine reconnaissait mal cette minuscule figure posée sur un corps qu'elle trouvait trop volumineux. A la fin de l'après-midi, l'oncle du Parrain attela le cheval et reconduisit la petite au Boccage.

— Tu t'es bien amusée, Cathie ? demanda le jeune fermier.

— Oui, maître, répondit-elle sagement.

— Tu dois avoir envie de dormir, va vite te coucher.

— Oui, maître.

Les feuilles jaunirent, tombèrent. Les moutons étaient toujours aussi fous. En les poursuivant à travers une haie, Catherine se piqua un doigt aux ronces, elle n'y prit pas garde et continua sa course. Le lendemain le doigt, le majeur gauche, était enflé ; le soir, de sourdes lancées le parcouraient. Toute la nuit Catherine se battit avec ses moutons, ils étaient devenus énormes et criaient des injures avec la voix du maître. Au matin, le doigt était rouge sombre et toute la main enflée.

— Et alors, Cathie, alors, qu'y a-t-il ce matin ?

— Voilà, maîtresse, je me lève.

De l'aube au crépuscule, elle se traîna derrière ses moutons. Souvent des poussées de douleur la faisaient crier. Elle eut l'idée de gagner la rive d'un ruisseau qui traversait le pré, y plongea sa main malade. La glissade froide et rapide de l'eau atténuait la souffrance. Lorsqu'elle la retirait de l'eau sa main était bleue et morte, mais ensuite le sang recommençait à battre atrocement au bout du doigt infecté. Catherine passait ses nuits à geindre, et la patronne qu'elle empêchait de dormir la fâchait.

— Tu as appelé ta mère toute la nuit. Que veux-tu qu'elle te fasse ta mère ? Tu es douillette ! C'est rien ce que tu as, c'est un pisse-chien, tu n'as qu'à pisser dessus et ça passera.

Le maître ne disait rien, mais on voyait bien à son air sombre qu'il n'avait guère dormi lui non plus et il passait sa mauvaise humeur sur les bêtes.

Au bout de la semaine, le doigt était blanchâtre à son extrémité. Couchée à plat ventre au bord du ruisseau, Catherine y laissait pendre sa main. Tout à coup elle eut une impression bizarre, comme si l'eau lui eût emporté le doigt. Elle retira sa main. Dieu merci aucun doigt n'y manquait, mais l'ongle du doigt pourri et un morceau de chair étaient partis dans le courant.

La plaie mit longtemps à se cicatriser et l'ongle à repousser. Une marque profonde demeura au bout du majeur et l'ongle devait pour toujours garder une forme bizarre, comme un toit dont le faîte eût suivi le milieu de l'ongle. Plus tard, quand elle aurait l'impression que ces mois du Boccage apparaissaient comme étrangers à sa vie, il suffirait à Catherine de regarder son doigt abîmé pour éprouver dans toute sa force la part de larmes et de douleurs bien réelles qui avaient accompagné ce premier séjour loin des siens.

On était au début de l'hiver, mais le soleil s'attardait cette année sur la campagne comme si l'automne ne devait jamais finir, lorsque la patronne déclara à Catherine qui rentrait ses moutons :

— Cathie, tu vas bientôt nous quitter : un voisin, Laliret, qui revenait tantôt de La Noaille, a vu ton père. D'ici peu, il t'enverra chercher.

Catherine ne répondit pas.

— Je suppose que tu es contente, dit la fermière, tu l'as assez appelée ta mère quand ton doigt te faisait mal.

— Oui, dit Catherine.

Pourtant elle n'aurait su affirmer, vraiment, si elle était contente. Elle ne se plaisait toujours pas au Boccage mais elle n'éprouvait plus de joie à la pensée de retourner chez elle. Ses parents ne l'avaient pas gardée, ils la placeraient sans doute de nouveau quelque jour, alors que lui importait de revenir à la maison-des-prés ? Les jours suivants, cependant, la pensée de revoir la masure familiale lui devint moins indifférente ; c'était la curiosité qui s'éveillait en elle : la fermière ne lui avait pas appris pourquoi ses parents songeaient à la reprendre et Catherine n'osait pas lui demander si elle savait quelque chose à ce sujet. Voilà, songeait-elle, Francet a dû faire fortune avec ses fuseaux et il va me délivrer, il m'est reconnaissant parce que grâce à moi le père Baptiste lui a monté un tour. Elle s'attendait presque à voir paraître un brillant équipage qui serait venu la prendre dans la cour de la ferme pour la conduire à La Noaille. Ce fut plus simplement le voisin des Pichon, Laliret, qui, se rendant un matin à la ville, la fit asseoir à côté de lui dans sa voiture. Le soleil était toujours là mais l'air à présent était vif.

— Ça va te donner des couleurs, remarqua Laliret, comme cela ta mère sera fière de toi.

Il avait l'air brave, ce Laliret, avec ses petits yeux rieurs et son nez qui bougeait. Catherine s'enhardit et lui demanda :

— Comme ça, mon frère a fait fortune ?

L'homme la regarda stupéfait.

— Ben... finit-il par balbutier, je ne... je ne crois pas...

Catherine baissa la tête.

— Mais alors pourquoi me fait-on rentrer à la maison ?

Cette fois, le conducteur fut si étonné qu'il ouvrit la bouche mais demeura sans rien dire. Comme on arrivait au sommet d'une côte, il fit claquer le fouet, et, dans le plat, le cheval se mit à trotter. Ce n'est qu'après une longue course, comme l'animal ralentissait l'allure, que l'homme remarqua :

— La fermière du Boccage ne t'a donc rien dit ?

Catherine de la tête fit signe que non. Laliret se gratta de l'index le bout du nez.

— Eh bien... commença-t-il.

Mais il s'en tint là, comme s'il ne pouvait ou ne voulait en dire plus long, et il se mit à regarder les nuages, les arbres dépouillés, un vol de corbeaux sur les champs avec l'air d'un qui aurait tout oublié du but de ce voyage et même si vraiment il y avait un but à quoi que ce soit. Cette expression égarée de son compagnon découragea Catherine, elle n'osa plus l'interroger et se résigna à ne rien savoir de ce qui l'attendait à La Noaille.

« Je verrai bien. »

XX

Elle vit. La mère était couchée. Près d'elle un petit être blanc, chétif, suçait son pouce.

— Embrasse ta sœur, dit la mère, elle s'appelle Antoinette, Toinon.

Le visage de la mère semblait usé, les yeux y paraissaient trop grands.

— Tu es heureuse ? demanda le père.

— Oui, répondit Catherine.

— Tu as une jolie petite sœur, dit la marraine Félicie qui aidait au ménage.

— Oui.

Elle ne se sentait ni heureuse ni malheureuse mais elle trouvait bien laide cette petite chose grimaçante à côté de la mère. Il y avait aussi une fillette dans la cuisine avec de beaux yeux noirs, elle se tenait bien droite. Félicie la poussa vers Catherine.

— Tu reconnais Cathie, lui demanda-t-elle.

— Non, répondit la fillette.

Catherine jeta un coup d'œil sous la table pour voir si Clotilde ne s'y traînait pas à quatre pattes selon son habitude ; elle ne vit rien, alors elle comprit : cette enfant toute droite, au regard sombre, c'était Clotilde.

— Ma Clotilde, lui dit-elle, et elle essaya de la prendre dans ses bras, mais l'enfant se dégagea vivement et alla chercher refuge près de Francet. Lui, n'avait pas changé, un peu grossi et des couleurs aux joues, on devinait que, malgré sa jambe toujours allongée, il allait mieux.

La marraine Félicie mit de l'ordre dans la pièce, puis elle jeta une pèlerine brune sur ses épaules.

— Maintenant que Cathie est arrivée je vous laisse, Marie. Votre fille veillera sur vous.

Elle se tourna vers le père qui se tenait gauchement au pied du lit.

— Vous, Jean, dit-elle sur un ton de commandement, empêchez Marie de se lever trop tôt et qu'elle ne se presse pas de reprendre ses ménages.

Le père ne sut que répondre, il tira plusieurs fois sur sa moustache.

— Vous avez entendu ? gronda Félicie.

Ce fut la mère qui la rassura.

— Mais oui, Félicie, ne portez pas peine pour moi.

La grosse femme la regarda, hocha la tête.

— Je ne vous trouve pas fameuse, ma pauvre Marie, soupira-t-elle. Vous n'aviez pas besoin de ça — et d'un signe du menton elle indiquait l'être minuscule pelotonné contre la mère — pour vous arranger. Enfin, trancha-t-elle en reprenant son ton autoritaire, quand ils sont là on est bien obligé de les garder.

Elle empoigna son cabas de paille noire, donna une tape sur la joue de Catherine et s'en alla en soufflant.

Toinon occupa le berceau en bois plein qui avait été celui de Clotilde et celle-ci partagea le lit de Catherine. Il semblait à l'aînée avoir à côté d'elle l'une des ces grandes poupées qu'il lui était arrivé d'admirer derrière leur vitrine dans un magasin de la rue Limogeane. Elle aurait passé son temps à habiller, à peigner Clotilde, mais il fallait faire vite : il y avait Toinon à emmailloter et démailloter, les repas à préparer. Lorsque la mère s'apprêtait à donner le sein à Toinon, Catherine essayait de trouver un prétexte pour s'éloigner : la vue de cette pauvre mamelle flasque lui faisait mal, elle ne pouvait s'empêcher de revoir en elle-même ce glorieux globe, tendre, que la mère jadis tendait vers la petite bouche avide de Clotilde, alors que la carriole les menait toutes les trois vers Saint-Exupère, ce globe de chair à la fois laiteuse et brune qui avait jailli si chaudement du corsage et que Catherine aurait voulu baiser et mordre.

— Pourquoi ont-ils eu cette Toinon ? demanda-t-elle à Francet.

— Je me le demande moi aussi, grommela-t-il entre les dents, et il prit son air sombre.

Pourtant il ne paraissait pas triste ces jours-ci. De temps à autre, des filles de La Noaille venaient le voir ; il leur remettait leurs fuseaux ou leurs quenouilles démontables — car maintenant il tournait également les quenouilles. Elles donnaient leurs sous en échange ; à quelques-unes il réclamait un baiser en plus, elles s'acquittaient de cette dette en riant. Lui aussi riait. Il redevenait sévère lorsqu'elles quittaient la maison-des-prés en courant.

Peu à peu, Clotilde se laissait apprivoiser par sa sœur aînée. Elle lui donnait la main et toutes deux allaient dans les prés ou les bois mouillés cherchant de menus trésors dans l'herbe froide, les feuilles pourries ou les branches mortes.

La mère ne resta guère longtemps au lit. Debout elle paraissait encore plus fragile. Ses cheveux avaient repoussé depuis le passage du gitan, quand elle les ouvrait sur ses épaules, on avait l'impression qu'elle allait ployer sous leur masse.

Toinon enfin prenait figure humaine, son visage devenait lisse, ses petits yeux bridés vous regardaient avec quelque espièglerie, semblait-il.

— Les Chinois doivent être comme ça, prétendait Francet, ce qui mettait le père en colère.

— C'est le portrait de ma défunte maman, disait la mère.

Il y avait parfois des visiteurs qui venaient « voir pousser Toinon ». La marraine Félicie arrivait au milieu de l'après-midi, le dimanche. Elle portait quelques victuailles, tourbillonnait dans la cuisine, grognait, se mouchait bruyamment, vitupérait contre l'humidité qui régnait dans cette sacrée cabane à lapins, puis s'en allait en maudissant « ses bourgeois » qui étaient chiches de son temps comme ils l'étaient de leur argent.

— Le mariage lui manque, affirmait Francet avec un sourire en coin.

Et Catherine se demandait en quoi le mariage pouvait manquer à Félicie.

XXI

La neige tomba, s'en alla, revint, s'en alla encore. Il y avait trop d'humidité dans la terre, les arbres, les prés, pour qu'elle pût tenir ; et ce fut le 1er janvier 1881. Chaque année, ce jour-là, le Parrain avait coutume de donner une piécette d'argent à sa filleule. Elle se leva avant même que la nuit fût tout à fait dissipée tant elle avait hâte d'accueillir le Parrain et ses étrennes. Les premières heures de la matinée passèrent vite. Elle gardait un ton enjoué, prenait des mines pour faire rire Clotilde. La mère restait mélancolique. « Cette année, que va-t-elle nous apporter ? » avait-elle murmuré quand le père l'embrassa. Elle avait ajouté : « Ce n'est pas encore qu'on nous verra tous réunis dans une maison, je ne parle pas de cette masure, dans une métairie, comme autrefois... Francet, j'aurais bien voulu te donner des étrennes, et à toi aussi Cathie, et à Aubin, que devient-il le pauvre ? Et à Martial. Mais... » Et elle laissa retomber sa main avec lassitude. Quand le soleil toucha la cime nue des frênes, Catherine n'y tint plus. Profitant d'un moment d'inattention, elle prit le chemin et courut jusqu'à la route. Elle remonta à pas pressés le faubourg de La Ganne. Au fur et à mesure qu'elle approchait du centre du bourg, elle croisait ou dépassait des groupes d'enfants affairés qui allaient de porte en porte. Dans l'un de ces groupes, elle aperçut Aurélien et Julie ; elle se hâta dans l'espoir qu'ils ne la verraient pas, mais Aurélien courut après elle et voulut l'emmener avec eux.

— Viens donc.

— Je n'ai pas le temps.

Elle s'approcha cependant du groupe où demeurait Julie. Un grand gars s'en détacha, atteignit la sonnette d'une porte. Au bout d'un moment, on entendit un pas traînant et la porte s'ouvrit, une femme en papillotes parut sur le seuil. Les enfants entonnèrent en cœur :

Boun'anado
Bien accoumpagnado
Mes etrennas
Si ô plâ.

La bourgeoise releva sa robe, fouilla d'une main courte dans la poche d'un jupon et lança quelques sous sur les quêteurs. Ce fut une ruée. Enfin la mêlée se défit, on en vit sortir Julie triomphante.

— Vois, dit-elle à Catherine, en ouvrant la main, vois, depuis ce matin, je me suis fait près de dix sous.

« Je vais bien les avoir moi sans m'abaisser », songea Catherine.

— Tu restes avec nous ? demanda Aurélien, ensuite on achètera des miettes de gâteaux.

— Je ne peux pas, on m'attend, répondit Catherine et elle laissa là Aurélien consterné.

En passant devant les maisons du Haut, elle se demanda une fois encore quelle pouvait être exactement celle des Desjarrige ; elle imagina les bijoux, les fleurs, les pâtisseries que la belle Émilienne devait avoir reçus pour étrennes. Ces images l'attristèrent ; pour les chasser, elle s'appliqua à penser à la pièce d'argent que bientôt le

Parrain lui glisserait au creux de la main. Pourquoi n'était-il pas venu ? Il était peut-être malade, ou bien n'était-ce pas plutôt son orpheline de femme qui l'en avait empêché ? Elle s'arrêta, le cœur battant. Et s'il avait changé de maison ! s'il avait quitté le pays sans prévenir ! Non, cette idée était trop effrayante, ce n'était pas possible. Il avait dit, lors de son mariage, qu'ils allaient habiter le quartier de La Parade ; eh bien, elle savait où se trouvait ce quartier au nord de La Noaille. On disait le quartier de La Parade ; en fait ces quelques maisons s'étendaient, fort éloignées les unes des autres, sur près d'un kilomètre. Avec la traversée du bourg et le long trajet qui séparait la maison-des-prés des premières bâtisses de La Ganne, cela ne devait pas faire moins de trois kilomètres que durent parcourir les maigres jambes de Catherine. « Pourvu que je le trouve », se répétait-elle. « Sinon je n'aurai pas la force de revenir chez nous. » Une vieille femme lui indiqua la maison qu'elle cherchait, l'une des dernières de La Parade. On ne pouvait pas s'y tromper : avec les madriers entassés dans la cour, ce ne pouvait qu'être celle d'un charpentier.

Catherine pénétra dans la cuisine. Berthe, la petite femme, la regarda inquiète.

— Que voulez-vous, mademoiselle ? dit-elle en rougissant.

— Eh bien, commença Catherine, puis la timidité de l'autre la gagna... Le Parrain, finit-elle par articuler.

— Quel Parrain ?

Cette question causa à l'enfant une peur panique, elle eut envie de tourner les talons et de s'enfuir. Dans quelle maison irréelle était-elle tombée, où l'épouse même du Parrain semblait ne pas connaître celui-ci ?

— Eh bien... recommença Catherine.

A ce moment, de la pièce voisine vint une voix mâle qui dissipa le cauchemar.

— Ma parole, disait cette bonne voix, cette voix solide, sans faille, sans fantasmagorie, ma parole n'est-ce pas Cathie que j'entends ? Une minute, ma Cathie, je me fais beau et j'arrive.

— Ah ! fit la jeune femme, vous êtes mademoiselle Catherine ? Jésus, Vierge Marie, que va penser de moi mon pauvre mari ? Je ne vous avais pas reconnue !

Elle cligna plusieurs fois des paupières, regarda longuement Catherine de la tête aux pieds.

— Jésus, Vierge Marie, répéta-t-elle encore.

Le Parrain sortait de la chambre tout en boutonnant sa chemise blanche. Il était rasé de frais, Catherine fut tout heureuse de poser ses lèvres sur la joue qui sentait encore le savon.

— Bonne année, Parrain !

— Bonne année, ma Cathie. Suis-je bête ? On travaille tant et plus, comme des bêtes et hier je n'ai pas pensé qu'aujourd'hui était jour de l'an, je pensais à un dimanche ni plus ni moins. C'est mon sacré petit brin de femme qui m'y a fait penser tout à l'heure. Comment trouves-tu ça, Cathie ? Ma femme est si timide qu'elle n'osait pas me dire qu'on était le 1er janvier. Enfin quand elle s'est décidée à m'avertir, il était trop tard pour que je descende à la maison-des-prés.

Il rit, souleva Catherine de terre comme il faisait aux Jaladas.

— Enfin, dit-il, tout est bien qui finit bien puisque tes parents t'ont envoyée.

Qu'allait-il faire si elle lui apprenait qu'elle était venue de son propre chef ? Elle ne trouva pas le courage de le détromper.

— Bien entendu, dit-il, tu manges avec nous. Je te reconduirai chez toi à la nuit.

Ce mot « à la nuit » la remplit de crainte ; elle pensa pour la première fois à ses parents qui devaient déjà depuis longtemps l'appeler et l'attendre. Cette pièce d'argent que le Parrain lui mit dans la paume lui fit oublier ses inquiétudes.

— Tu vas nous faire des dorées, dit le Parrain à sa femme. Ma petite Cathie les aime.

Des dorées ! Comme aux temps heureux ! Catherine eut envie de sauter au cou du jeune charpentier, elle ne broncha pas pourtant : elle n'était plus d'âge, songeait-elle, à faire de tels gestes. Comme s'il devinait ses pensées, le Parrain remarqua :

— Comme te voilà devenue grande... et sage.

Il lui fit visiter les deux pièces de la maison. Il n'y avait là que le strict nécessaire : une lingère, un lit, une table, une maie, un seul banc. Les meubles étaient si bien cirés et frottés qu'ils en prenaient une sorte de douceur et l'on oubliait leur pauvreté. Le Parrain semblait fier de la propreté qui régnait ici, il dit à Catherine :

— Elle est vaillante, tu sais, mon sacré petit brin de femme.

Ensuite il fit faire à sa filleule le tour de la maison, la conduisit sous un hangar où il rangeait ses outils : des équerres, une scie, des marteaux de plusieurs dimensions, un établi, des gouges, des pointes, un paquet de grosse corde.

— C'est un dur travail la charpente, mais je ne me plains pas.

Catherine se demandait si c'était à elle-même qu'il souriait ou à ses propres outils.

« C'est parce que je suis venue le voir qu'il est content », essaya-t-elle de se dire, mais elle n'était pas sûre qu'il n'eût pas eu le même air heureux si elle n'avait pas été là ; et ce doute lui était désagréable. Elle n'eut qu'à plonger la main dans la poche de son tablier et toucher du bout des doigts la pièce d'argent pour retrouver sa joie.

Pendant le repas le Parrain parla de son travail, décrivit les chantiers sur lesquels il lui fallait aller. Sa femme ponctuait ce récit d'exclamations étouffées : « Oh ! là... Ciel... Eh bien... Ma foi... Mon Dieu ! » Comme si elle était effrayée par l'évocation de ces chantiers si nombreux ou si hauts ou si loin. Puis le Parrain devint moins exubérant, il se mit à parler des Jaladas, des parents, des frères de Catherine, enfin il se tut et parut mélancolique.

— Mange, mange donc, proposait sa femme.

Ils savourèrent longuement, en silence, les châtaignes blanchies et les dorées.

Après le repas, le Parrain demanda :

— Berthe, si tu chantais pour la petite.

Et se tournant vers Catherine : « Comme un ange, elle chante, tu sais ! »

Berthe rougissait, baissait la tête, se raclait la gorge.

— Allons, allons, fit le Parrain et, s'adressant de nouveau à sa filleule : Elle est si modeste qu'elle n'a jamais chanté que pour moi seul... et encore à condition de ne pas me voir.

Il reprit :

— Allons, Berthe, Cathie c'est une enfant, c'est ma fille ou ma sœur, comme tu veux.

Berthe murmura quelque chose, ce devait être, mais on n'en était pas sûr tant la voix était faible, ce devait être : « Je ne pourrai pas. »

— Bien, dit le Parrain, nous allons te laisser, oublie-nous, et chante comme si tu étais seule.

La femme ne répondit pas, le Parrain se leva et entraîna Catherine avec lui dans la chambre. Il poussa la porte mais la laissa entrebâillée. Ils restèrent un long moment silencieux assis l'un en face de l'autre, chacun sur un escabeau. Catherine bâilla ; si elle devait attendre encore, immobile et muette, elle allait s'endormir ; déjà elle s'assoupissait, ses yeux, malgré elle, se fermaient. Et soudain dans l'autre pièce une voix fine, jeune comme le printemps s'éleva. D'abord hésitante comme celle, semblait-il, d'un oiseau prêt à s'enfuir, elle s'affermit, s'arrondit. Catherine vit le Parrain sourire et elle ne put s'empêcher de sourire elle aussi. Ils sourirent à ce chant qui les rendait heureux.

Rossignolet des bois,

disait la chanson,

Rossignolet sauvage
Apprends-moi ton langage
Rossignol, apprends-moi
Comment il faut aimer.

Et l'oiseau, car sans aucun doute c'était lui qui chantait par la voix de la jeune femme — Catherine reconnaissait bien son trait ténu et pur, ses trilles, l'allégresse royale de son timbre —, l'oiseau disait « comment il faut tendrement aimer ». Quand la jeune femme s'arrêta, Catherine vit briller des larmes dans les yeux du Parrain.

— Hein, dit-il, est-ce beau ? Ça doit être comme ça dans le paradis, s'il y en a un.

Ils revinrent dans la cuisine, Berthe baissa les yeux et rougit encore. Catherine lui prit la main qu'elle embrassa.

— Oh ! Oh ! fit la jeune femme, oh !

Elle était écarlate et ne savait que faire. Le Parrain éclata de rire.

— Je crois que voilà une paire d'amies, dit-il.

C'était vrai, depuis qu'elle avait entendu Berthe chanter, Catherine ne se sentait plus du tout jalouse de la jeune femme. Elle eût voulu pouvoir rester avec elle, mais rester ? Le jour déclinait vite, justement le Parrain déclara :

— Ah ! Cathie, il ne va pas falloir tarder à s'en revenir.

— Déjà, fit la jeune femme.

Comme pris d'une idée subite, le Parrain se pencha vers l'enfant et lui demanda à voix basse :

— Avant de partir, ça te ferait plaisir de les voir ?

— Quoi ? demanda Catherine.

— Suis-je bête ! s'écria le jeune homme, je veux dire les bijoux.

Oui, Catherine voulait bien, d'autant plus que ça retarderait encore le moment du départ. Tous trois rentrèrent dans la chambre ; sous les piles de linge le Parrain prit une boîte noire, l'ouvrit, en sortit la croix, le collier, le bracelet d'or. Il passa le collier autour du cou de sa filleule, y attacha la croix.

— Est-elle jolie comme ça ! s'exclama-t-il.

Berthe alla chercher dans la cuisine un petit miroir de poche,

Catherine put apercevoir sa bouche, son menton, le collier et la croix. « Peut-être, songea-t-elle, Émilienne Desjarrige n'a pas d'aussi riches bijoux. »

Quand il les eut replacés dans la boîte noire et pendant qu'il cachait de nouveau celle-ci sous le linge :

— Que ton père ne s'inquiète pas, dit le Parrain, ses bijoux c'est comme s'il les avait toujours. J'aimerais mieux me vendre moi-même que de m'en séparer.

— Vous êtes venue sans écharpe, remarqua Berthe à l'instant des adieux. Mais malheureuse, vous allez attraper froid.

Elle prit derrière la porte sa propre écharpe de laine brune et la noua sur la gorge de l'enfant.

— Le Parrain vous la rapportera, dit Catherine.

— Non, non, vous la garderez en souvenir, j'en ai une autre aussi chaude... Ne t'attarde pas, conseilla-t-elle à son mari.

Ils n'avaient pas fait dix pas, qu'ils virent surgir sur la route un homme qui marchait à grandes enjambées.

— Mais... C'est le père, dit le Parrain.

Il sentit dans sa main la main de Catherine se glacer.

Jean Charron se mit à crier :

— Elle était là ! Elle était là ! cette petite garce ! Elle ne craint pas de faire mourir sa pauvre mère de peur ! On l'a cherchée partout, partout !

Il leva les mains pour frapper Catherine, mais le Parrain s'interposa :

— Non, Père, je vous en prie, demanda-t-il. C'est mal ce qu'elle a fait mais c'est une gaminerie, c'est de ma faute, elle ne m'a pas vu arriver pour ses étrennes, alors elle est venue.

— Elle ne pouvait pas nous avertir, non ! gronda le père. Elle mériterait !...

— Allez, dit le Parrain, c'est le nouvel an, oublions cela, l'important c'est que vous l'ayez trouvée. Bonne année.

— Bonne année pour toi et ta femme, répondit Jean Charron un peu radouci.

Il entra se reposer dans la maison. Il expliquait : à la fin, c'était Francet qui avait conseillé d'interroger Julie et Aurélien, ils auraient peut-être aperçu Catherine si elle avait traversé le faubourg. Les deux enfants confirmèrent en effet qu'ils avaient vu Cathie, non pas dans le faubourg mais dans la ville, et qu'elle n'avait pas voulu rester avec eux, qu'elle semblait pressée et qu'elle était partie vers le haut de La Noaille. Ainsi le père s'était douté du lieu où il trouverait Catherine.

Elle appréhendait le moment où elle allait être seule avec lui, il recommencerait à la gronder. Comme s'il avait deviné sa crainte, le Parrain proposa de les accompagner.

Ils partirent dans la nuit qui maintenant tombait, elle entre les deux hommes et leur donnant la main. Il y eut bien, quand elle fut rentrée, les reproches de la mère auxquels Jean Charron joignit de nouveau les siens. Mais la fillette n'y prit pas garde : au lieu de ces voix courroucées, elle entendait en elle-même s'élever le chant pur de Berthe : « Rossignolet des bois... »

— Ma parole, dit le père, cette petite devient innocente, elle sourit quand on la réprimande.

XXII

La mère reprit quelques forces, recommença à faire des ménages, elle était pourtant pitoyable à voir.

— Que voulez-vous, disait-elle à Félicie qui lui reprochait de ruiner ainsi sa santé, que voulez-vous, Jean gagne si peu, Aubin et Martial ne sont plus à nourrir, c'est vrai, mais voilà cette Toinon à présent et les remèdes de Francet coûtent toujours cher.

On n'avait plus à nourrir Aubin et Martial, et bientôt, de nouveau, on n'eut plus à nourrir Catherine. Une ancienne voisine du faubourg, jeune ouvrière vive et malicieuse, venait d'épouser un veuf, père de deux enfants en bas âge, fermier de Lascaux, dans les environs de La Noaille ; la jeune ouvrière conseilla à son mari et à sa belle-mère de prendre une petite servante. Ils firent d'abord la sourde oreille car ils étaient fort avares, enfin ils cédèrent, et l'ancienne porcelainière vint à la maison-des-prés demander Catherine. Clotilde se roula par terre, pleura, pria, elle ne voulait pas qu'on lui prît sa Cathie. Il fallut pourtant se séparer.

— T'en fais pas, Cathie, dit la jeune épousée, je serai ton amie.

Elle avait une frimousse ronde cette Adélaïde, Catherine la suivit sans trop de tristesse.

— Ah ! dit le père, Cathie devient grande, je veux bien la placer chez vous, mais à une condition.

Il s'interrompit, regarda sa femme :

— C'est que vous l'envoyiez au catéchisme.

La mère acquiesça d'un signe de tête

— Lascaux est loin du presbytère, vous savez, remarqua Adélaïde.

— Mais Cathie a l'âge d'aller au catéchisme, reprit le père.

— Elle ira donc, promit Adélaïde.

Elle partit avec Catherine. Pendant le trajet qui était long, elle fit ses confidences à l'enfant. Elle s'était mariée par ennui. Ses parents connaissaient la mère du veuf ; ils avaient arrangé cette union. Elle en avait assez de l'usine, elle avait dit « oui ». Le veuf, Thomas Parot, avait perdu sa femme voici un an : elle cueillait des cerises dans l'arbre, elle glissa, pouf ! la voilà sur le sol, raide morte. Elle laissait à son mari deux garçons d'un et trois ans.

— Je finissais par m'ennuyer à l'usine mais je t'avoue qu'à Lascaux, je ne m'amuse guère non plus. Je n'y arrivais plus avec ces enfants de mon mari, alors j'ai dit : je connais une bonne petite, vaillante et tout, c'était toi.

Elle ajoutait :

— Je suis bien contente que tu sois venue, Cathie.

Quand elles parvinrent à Lascaux, Catherine déclara, en voyant la grande maison carrée à un étage :

— Eh ! vous êtes riches.

— Tu crois ? dit Adélaïde, je ne m'en aperçois guère.

On ne s'en apercevait même pas du tout parce que Thomas Parot et sa mère, la vieille Marceline, étaient deux avares de la plus belle eau. En vérité, le fils ne faisait que suivre, la mère menait le jeu ; lui se trouvait penaud quand son espiègle de nouvelle femme se moquait de leur ladrerie. Une ancienne ouvrière, ça avait la réplique facile et des mots, des mines contre quoi il se sentait désarmé, et puis, elle était si plaisante à contempler, Adélaïde, avec son visage rose, rond et ses petits yeux qui brillaient. Sans elle, Catherine serait morte de faim : heureusement Adélaïde veillait.

— Tiens, petite, prends cette épingle pour ton col, disait la vieille en plaçant dans une écuelle d'eau chaude deux tranches de pain noir en croix.

Adélaïde faisait un clin d'œil à sa protégée. Dès les premiers jours, elle l'avait conduite dans sa propre chambre, lui avait montré sa commode et dans cette commode le tiroir du bas.

— Tu vois ce tiroir, Cathie, c'est le tien, prends la clef, j'en ai une autre ; quand tu auras faim, tu n'auras qu'à y regarder. Et surtout ne dis rien à la vieille ni à Thomas.

En rentrant de garder les moutons, ou après avoir fait la toilette des « drôles », Catherine montait sans bruit au premier étage, écoutait : la vieille allait et venait en bas, dans la cuisine ; Thomas était au labour, Adélaïde lavait du linge à la pêcherie. L'enfant poussait la porte de la chambre, allait à la commode, tirait de dessous sa robe la clef légère que lui avait donnée Adélaïde. Elle ouvrait le tiroir, y trouvait quelques bonbons, ou un morceau de pain de sucre, des craquelins, parfois, du biscuit. Elle emplissait ses poches et filait au bois afin de savourer ses provisions. Cependant ces gâteries ne suffisaient pas toujours à la rassasier ; elle avait faim de pain, de vrai pain blanc, doré, car Dieu sait si le pain de Lascaux méritait peu ce nom. C'était une sorte de pâte noirâtre mal levée ; pour pouvoir l'avaler, il fallait que Catherine le fît tremper dans les ruisseaux. Elle n'avait rien mangé d'aussi mauvais depuis les premières semaines où les parents, à bout de ressources, s'étaient installés dans le faubourg. Il était de tradition, lorsqu'on faisait le pain dans une ferme, qu'on fît cuire une petite tourte pour la bergère, celle-ci la partageait ensuite avec les autres gardeuses du voisinage. Quand le tour de Lascaux arrivait, Catherine portait dans le pré à ses compagnes une infâme galette en déclarant : « Voici mon tourteau de bergère. » Les autres riaient.

— Malheureuse, disaient-elles, si c'est pas une honte pour les Parot d'oser te donner ce poison.

Elles se servaient de la tourte comme d'un ballon, y donnant de grands coups de pied.

Pour aller de Lascaux au presbytère, il fallait à Catherine plus d'une heure de marche. Elle partait avant le lever du jour chaque jeudi et avançait sur la route, encore tout endormie. La première fois, Adélaïde l'accompagna ; elle la présenta au prêtre nouvellement nommé, le jeune abbé Ladurantie, un grand blond qui portait de grosses lunettes de myope.

— Cette enfant a l'air sage, bien sage, dit-il d'une voix dont la douceur causa à Catherine, sans qu'elle sût pourquoi, une gêne indéfinissable.

— Sais-tu lire ? demanda-t-il.

Elle rougit et balbutia un « non » imperceptible.

— Ça n'a pas d'importance, continua la voix enveloppante, ce qu'il faut c'est connaître sa religion et que Dieu, lui, puisse lire dans notre cœur.

Catherine était troublée, elle n'avait jamais entendu de telles paroles. Elle regardait de tous côtés. Adélaïde s'était retirée discrètement sans que sa protégée s'en aperçût. Il y avait, dans cette salle haute de plafond et que parcourait le tuyau du poêle, il y avait là une quinzaine d'enfants, filles et garçons. L'âge moyen semblait être de dix à treize ans, mais la porte s'ouvrit en grinçant et Catherine vit entrer deux grandes filles qui lui parurent êtres bonnes à marier. Elle crut tout d'abord qu'elles accompagnaient quelque autre fillette, mais les deux jeunes filles allèrent prendre place sur un banc près de l'estrade où se tenait le prêtre et celui-ci quand il les vit frappa dans ses mains :

— Mes enfants, dit-il, je crois que nous sommes tous là, je vais pouvoir commencer.

Catherine ne retint pas les premières paroles de la leçon, car elle était trop occupée à dévisager ses camarades. Le claquement d'une baguette la fit sursauter. C'était l'abbé qui du bout d'une badine de noisetier tapait sur la table.

— Eh là-bas, fit-il, la nouvelle, Charron Catherine...

Elle ne comprit pas qu'il s'agissait d'elle.

Sa voisine, une petite blonde boulotte, lui donna un coup de coude.

— Lève-toi, lui glissa-t-elle.

Catherine se mit debout, lançant de tous côtés des regards apeurés.

— Charron Catherine, reprit l'abbé.

Quelle drôle d'idée de l'appeler ainsi ! Ne pouvait-il pas dire « Cathie » comme tout le monde ? « Charron Catherine » et toute trace de douceur avait disparu de la voix ecclésiastique. Il marqua une pause et, cette fois, il avait repris son ton caressant.

— Mon enfant, je dois t'enseigner la vérité : la vérité de Dieu, et toi tu dois ouvrir tout grands, ton cœur, ton âme... (ici la voix changea de nouveau et redevint sévère) et tes *oreilles* (de nouveau un accent suave) à cette Vérité.

— Je disais donc, poursuivit l'abbé : je disais donc que Dieu avait créé le monde.

Catherine restait debout, embarrassée de ses mains. Les autres enfants la regardaient en étouffant leurs rires. L'abbé, une fois encore, s'interrompit :

— Eh bien, mon enfant, ordonna-t-il, assieds-toi.

Des rires fusèrent dans la salle. Un coup sec de la baguette retentit sur la table, les rires cessèrent aussitôt. L'abbé enleva ses lunettes et promena un regard terrible sur la classe.

— Auriez-vous envie d'aller en enfer ! gronda-t-il.

Il leva ses grands bras.

— Dans l'huile bouillante brûler éternellement !

Cette perspective fit trembler Catherine. Sa voisine s'en aperçut, elle lui glissa à l'oreille.

— Ma pauvre fille, si tu fais attention à ses histoires.

Le prêtre avait remis ses lunettes et repris son regard noyé.

— Je disais donc, reprit-il, Dieu...

Les deux heures de catéchisme passèrent pour Catherine en un clin d'œil. Elle s'en revint titubant presque, comme si elle avait bu, et c'était vrai qu'elle se sentait un peu ivre ; d'immenses images s'éclairaient en elle. « Que la lumière soit ! » elle croyait entendre une prodigieuse voix proférer cet ordre, et elle voyait sur une lande noire déferler une vague de lumière.

— A quoi penses-tu, Charron ? demandait quelqu'un.

Elle avait du mal à quitter ses visions et à se retrouver sur la route de Lascaux en compagnie de deux filles et d'un garçon.

— Moi, je suis Amélie Danet, déclarait la plus grande des filles, une maigriotte aux cheveux châtains.

— Moi Françoise Dunoyer, disait l'autre, une brunette qui louchait légèrement.

— Et moi Émile Naigret.

Il avait une drôle de voix ce garçon dont le visage chiffonné portait des taches de rousseur, une voix qui commençait dans le grave, filait vers l'aigu, retombait dans le grave.

— Comment tu t'appelles, Charron ? redemanda Amélie. On n'a pas compris ton prénom quand l'abbé t'a parlé.

— Cathie, répondit-elle.

— Nous on est du Bas-Lascaux, déclara le garçon.

— Ah ! fit Catherine, mais elle était repartie aux premiers jours du monde et Dieu se reposait. C'était beau le repos de Dieu, la lumière, l'eau et la terre toutes neuves à ses pieds.

— Et toi, Cathie ? demandait Françoise Dunoyer.

— Elle est dans la lune, remarqua Amélie ; elle ajouta : je la connais, elle est servante chez les Parot au Lascaux du Haut.

— Servante ?... Servante ?... répétèrent les deux autres enfants étonnés.

Catherine répétait en elle-même : « Servante de Dieu. » Ils la quittèrent à un carrefour, elle n'y prit pas garde.

Dès lors, elle ne vécut plus que dans l'attente du jeudi. Le chemin était pourtant long et pénible pour rejoindre le presbytère, mais elle s'en allait dans le petit matin, impatiente d'être arrivée pour apprendre de nouvelles merveilles sur la vie et les miracles de Dieu, de son fils, de la Vierge et des saints. A une première croisée de chemin, elle criait : « *I foufou* ! » « *I foufou* ! » lui répondait-on, et Amélie Danet arrivait en courant ; un peu plus loin elle appelait Françoise Dunoyer, enfin, elles retrouvaient au carrefour de Lascaux Emile Naigret qui les attendait assis sur une borne de granit.

L'abbé Ladurantie avait confié le soin à Catherine d'allumer et d'entretenir le feu. Elle n'y parvenait pas toujours car le poêle avait un mauvais tirage.

— Ah ! disait l'abbé, mon enfant, on voit bien que tu n'es pas méchante, tu n'arrives pas à faire prendre le feu.

Catherine était, sans doute possible, celle qui répondait le mieux aux questions du prêtre. Il se plaisait à la citer en exemple. Les deux grandes filles bonnes à marier jetaient un regard torve sur Catherine, quand elle récitait en patois, sans hésitation : « Je vous salûe Marie, pleine de grâce » ou le *Pater*.

— Vous voyez, prenez exemple sur elle, conseillait l'abbé aux retardataires qui venaient au catéchisme parce qu'elles étaient en effet sur le point de se fiancer et qu'elles voulaient pouvoir se marier à l'église.

Un jour l'abbé prit Catherine à part.

— Je ne te vois jamais à la messe le dimanche, mon enfant, tu offenses ainsi grandement Notre-Seigneur.

Catherine rapporta ces paroles à sa jeune patronne.

— Ah ! fit Adélaïde, il parle bien ton curé, mais que vont dire nos avares ?

Elle resta perplexe puis s'aperçut que Catherine pleurait silencieusement. Elle prit la petite contre elle.

— Tu ne vas pas te rendre malade pour leur fichue messe.

— C'est que... bredouilla Catherine en avalant ses larmes, c'est que... j'irai en enfer, alors, et je brûlerai sans fin au lieu d'être au paradis à voir la Vierge et à écouter les anges qui chantent comme la femme de mon Parrain.

Adélaïde se mit à rire :

— Si tu tiens tellement à aller au paradis... Mais, ajouta-t-elle, rends-toi compte que si j'obtiens de Thomas et de la vieille de t'envoyer à la messe, ça te fera un matin de plus où tu devras te lever à potron-minet, car tu penses bien qu'ils ne t'accorderont pas la grand-messe où l'on voit les belles dames de La

Noaille et leurs messieurs.

Thomas déclara que ce n'était pas la peine de nourrir et de payer une servante si, deux matins par semaine, il fallait s'en séparer. « Sans compter qu'elle revenait de La Noaille épuisée et que de toute la journée ensuite elle n'était bonne à rien. »

Adélaïde insista, embrassa son mari, lui fit des cajoleries. La vieille, qui était superstitieuse, reconnut qu'il ne fallait pas se mettre le curé à dos. Ainsi, le dimanche, Catherine put aller à la première messe. Elle fut éblouie par l'abbé Ladurantie qu'elle retrouva non plus sous l'aspect quelque peu brouillon et modeste du professeur de catéchisme, mais revêtu des éclatants symboles de la divinité. Elle ne regrettait plus du tout de ne pas aller à l'école : où eût-elle pu apprendre d'aussi surprenantes histoires que celles du catéchisme et participer à une aussi troublante grandeur que celle de la messe ? Elle ne prenait plus garde à la mauvaise nourriture de Lascaux, même elle était heureuse parfois de mal manger puisque l'abbé prônait l'esprit de mortification. Elle traînait les deux petits garçons du maître dans les prés et leur montrait le ciel.

— Voyez, leur disait-elle, voyez, la Sainte Vierge qui s'avance dans ce nuage blanc et or, elle tient dans ses bras l'Enfant-roi. Et cette éclaboussure de lumière derrière le nuage, eh bien ! c'est la lumière de Dieu.

Elle essayait de compter les côtes des garçons et ensuite elle comptait les siennes, mais la plupart du temps, elle s'embrouillait dans ses calculs et ne parvenait pas à savoir si, oui ou non, il manquait une côte aux garçons, celle que Dieu, l'enlevant à Adam, avait changée en femme.

Elle ne pensait plus guère à monter ouvrir le tiroir aux friandises et cette indifférence peinait Adélaïde. Un soir, sous prétexte que la toilette des deux bambins avait été mal faite, la jeune femme, pour la première fois, tança Catherine d'importance. D'abord la petite ne comprit pas, elle avait tellement l'habitude d'être défendue et choyée par la jeune femme qu'elle considéra la colère d'Adélaïde avec stupeur.

Prenant cet étonnement pour du défi, la jeune femme se mit à crier de plus belle, encouragée par son mari qui lui disait : « Enfin, tu vois clair, tu vois cette mauvaise graine. » Elle s'approcha de la petite et, au comble de l'exaspération, la gifla. Il était nuit, pourtant Catherine quitta la cuisine. Sanglotant, elle s'enfuit dans la prairie. La lune s'était levée et blanchissait uniformément les prés. Catherine s'agenouilla dans l'herbe mouillée. Elle regarda la lune. Il lui sembla que ce devait être la porte ronde du paradis, et elle se mit à prier en patois à haute voix : « Vierge Marie, vous qui êtes au paradis derrière la porte de la lune, écoutez-moi, vous devez m'entendre puisque tout dort et qu'il n'y a que ma voix qui monte vers vous, écoutez-moi ; tous les soirs je vous salue, mais ce soir il faut que je vous parle : je n'avais pas fait de mal et Adélaïde m'a frappée, je ne peux plus rester ici, à Lascaux, servante des Parot, faites-moi revenir chez ma mère. Oh ! je vous en prie, elle s'appelle comme vous, Marie, faites-moi revenir à la maison. »

Elle prononça encore trois *Ave*, fit le signe de la croix, puis rentra à la ferme.

Thomas Parot ricana quand elle passa près de lui.

Adélaïde au contraire lança vers elle un regard tendre et malheureux ; mais l'enfant sembla l'ignorer, se dévêtit rapidement et se coucha. Elle s'endormit rassérénée, elle ne doutait pas que pendant la nuit la Vierge ne la transportât à la maison-des-prés.

Le lendemain matin, elle n'en crut pas ses yeux lorsqu'elle reconnut la cuisine de la ferme. Elle se leva vite, courut au-dehors pour voir si c'était encore la campagne de Lascaux ; hélas ! on ne pouvait s'y tromper ; rien n'avait changé, c'était toujours la même cour, au delà le même talus broussailleux, puis les mêmes champs. Que s'était-il passé ? Comment la Vierge avait-elle pu ne pas exaucer sa prière ? Toute la journée, Catherine fut désorientée, se demandant si elle reviendrait jamais au catéchisme. Adélaïde la regardait aller et venir ; enfin, comme l'enfant passait près d'elle, elle la prit dans ses bras et lui chuchota à l'oreille :

— Ne boude plus, ma Cathie, tu sais que je t'aime bien.

La petite se pelotonna contre elle.

— Mais, c'est toi peut-être qui ne m'aimes plus.

— Oh si, affirma Catherine.

— Montons voir le tiroir aux provisions, proposa Adélaïde.

Catherine ne refusa pas. A quoi bon se priver puisque là-haut la Vierge faisait la sourde oreille.

XXIII

Elle dut pourtant, une fois encore, avoir recours aux puissances célestes et, cette fois, dans des conditons dramatiques.

L'hiver était revenu. Depuis plusieurs jours la neige était tombée, sa couche épaisse demeurait sur les champs, et dans les chemins, à l'abri du soleil, durcissait en verglas. Il ne devait pas être loin de midi. A Lascaux, tous se tenaient près du maigre feu. Thomas Parot essayait de rafistoler une vieille faucille ; sa mère, Adélaïde et Catherine épluchaient des châtaignes ; les deux bambins jouaient sous le banc. On frappa à la porte trois coups légers. Le chien se dressa en grognant. Le maître alla ouvrir. Catherine vit à contre-jour un garçon qu'elle ne reconnut pas.

— Pardon, la compagnie, dit-il.

Alors elle se leva, car elle avait entendu la voix d'Aurélien. C'était bien lui : il venait annoncer que la petite Toinon avait les convulsions et que la mère demandait à Catherine de partir immédiatement et d'aller de ferme en ferme afin de recueillir le prix d'une messe destinée à sauver sa sœur.

La Marie-des-Prés, ajouta-t-il, avait conseillé les Charron : elle faisait le tirage des « devoir à part ». On l'avait chargé, lui, Aurélien, d'aller chercher deux baguettes de noisetier. La Marie-des-Prés les croisa et les tendit au-dessus du feu. Au fur et à mesure que le bois se calcinait, elle reculait du foyer ; quand les tisons se refroidissaient et devenaient noirâtres, elle les détachait et les jetait dans un bol rempli d'eau ; enfin, selon la position qu'y prenaient ces bouts de bois elle déclarait : « C'est saint Guy », ou bien « sainte Barbe » ou encore « saint Loup qu'il faut prier ».

Son examen achevé elle s'était recueillie un long moment ; on entendait la mère sangloter dans un coin ; puis elle releva la tête et affirma : « Il faut faire dire une messe si vous voulez que votre fille ne meure pas ni ne reste idiote. Seulement le prix de cette messe, il faut qu'une main innocente le reçoive sou après sou. Vous entendez, sou après sou, en allant quêter de ferme en ferme. » Elle avait précisé : « Le mieux serait que Clotilde fît cette quête, à son âge on est forcément innocent. » En entendant cela, Clotilde s'était accrochée aux jupes de sa mère en demandant « ce qu'on voulait lui faire ».

— Vous voyez, elle est trop petite, avait dit Jean Charron.

— Alors, je ne vois que Cathie, conclut la Marie-des-Prés. Il faut la faire prévenir tout de suite.

— J'y vais, proposa Aurélien.

La mère l'avait remercié. Comme il partait, la Marie-des-Prés remarqua :

— Et surtout qu'elle ne dise jamais « merci » quand on lui donnera un sou !

Il était déjà sur le chemin lorsqu'il avait fallu faire demi-tour ; on avait oublié de lui indiquer le prix de la messe. « Quarante et un sous ! pas un de plus, pas un de moins », décréta la Marie-des-Prés.

— Quarante et un sous, répéta Adélaïde quand Aurélien eut terminé son récit. Ma pauvre Cathie, c'est de la folie, je vais te les donner moi, ces quarante et un sous, et tu n'iras pas attraper le mal de la mort sur la neige.

— Hein ! s'écria Thomas abasourdi.

Catherine le rassura d'un geste.

— Non, dit-elle, vous êtes bien bonne, madame Adélaïde, mais donnez-moi seulement un sou si vous voulez bien ; il faut que je fasse ce qu'a dit la Marie-des-Prés, je ne veux pas que ma sœur meure, ni qu'elle devienne idiote.

— Comme tu voudras, ma Cathie, dit Adélaïde.

Elle lui donna un sou.

— Attends-moi un instant, demanda-t-elle.

Elle sortit, on l'entendit monter en courant l'escalier. Quand elle redescendit elle remit un petit paquet à l'enfant.

— Pour te soutenir pendant le voyage.

Elle l'accompagna dans la cour.

— Il y a du sucre, des biscuits dans le paquet, dit-elle.

Catherine s'éloigna, suivie d'Aurélien ; il lui proposa de faire la quête avec elle. La fillette refusa, il ne fallait pas, ça ferait échouer la messe.

— Reviens plutôt chez moi, et dis-leur que je rentrerai dès que j'aurai l'argent.

Au carrefour de Lascaux, ils se séparèrent. Aurélien était triste.

— Ah ! Cathie, dit-il, je ne crois pas à ces billevesées moi, et je te plains de devoir faire cette randonnée. C'est sûr, tu ne veux pas que je te suive ?

— Non, non, va vite rassurer ma mère.

Elle se sentit pourtant le cœur serré quand elle se retrouva seule dans le chemin qui mène au Bas-Lascaux. La première porte à laquelle elle frappa fut celle de la métairie des Danet. Amélie fut tout étonnée de la voir :

— Ce n'est pas jeudi, lui dit-elle, on ne va pas au catéchisme.

Catherine raconta son histoire, la mère Danet essuya une larme d'un coin de tablier et remit un sou à l'enfant. Elle voulait lui faire chauffer un bol de lait, mais Catherine répondit qu'elle n'avait pas le temps. Elle repartit sur la neige. Chez Françoise Dunoyer, chez Émile Naigret, elle se trouva encore en pays ami, ensuite ce fut l'inconnu. Toutes les portes étaient soigneusement closes contre le froid. Il lui fallait parfois frapper longtemps pour qu'on lui ouvrît ; elle avait peur des chiens qui s'avançaient vers elle en montrant les crocs.

— Madame, disait-elle à la fermière, ma sœur a les convulsions, voulez-vous me donner un sou pour payer une messe qui la sauvera ?

Personne ne refusait, partout on la pressait de questions : d'où venait-elle ? Comment elle s'appelait ? Quel âge avait sa sœur ? Depuis quand était-elle malade ? Elle répondait de son mieux, mais avait hâte de repartir car le temps pressait. On lui offrait à boire, à manger, on l'invitait à se mettre un moment au coin du feu. Souvent elle s'échappait en murmurant qu'elle regrettait, qu'elle regrettait bien, mais qu'elle n'avait encore que cinq ou huit sous et qu'il lui fallait se dépêcher. Parfois cependant elle avait trop froid ou trop faim et elle ne trouvait plus le courage de dire « non ». On lui donnait des conseils : « Va à telle ferme de ma part. Marche jusqu'à une pêcherie et prends garde à ne pas y tomber parce que la neige cache le bord, ensuite tu tourneras à droite. » Il neigeait de nouveau ; Catherine avançait lentement, il lui fallait régulièrement s'arrêter pour enlever les blocs neigeux qui se formaient sous la semelle. La blancheur de la campagne l'éblouissait, l'obligeait à fermer les yeux à demi. Elle craignait de s'endormir. Alors qu'arriverait-il ? Toinon n'aurait pas sa messe, elle ne serait pas sauvée, son âme monterait au paradis, pendant son sommeil dans la neige celle de Catherine aussi se serait envolée : toutes deux se rencontreraient là-haut. Quelle paix ce devait être de ne plus être qu'une âme, de ne plus avoir à marcher et marcher dans la neige !

Après bien des détours, elle aperçut les premières maisons de La Noaille. Le ciel, de gris qu'il était, virait au noir : bientôt ce serait la nuit. Elle s'arrêta sur le bord de la route, compta ses sous, s'y reprit à deux fois : « Vingt-trois » tel était le chiffre. Elle fut désespérée. Jamais elle ne recueillerait le complément d'ici la maison-des-prés. Elle eut envie de rebrousser chemin. Qui sait ? elle avait peut-être oublié des fermes sur son trajet, certaines devaient être tapies sous la neige et elle n'avait pas su les distinguer dans la campagne toute blanche. Elle fit un pas, ses jambes flageolaient, elle s'assit, chercha dans le paquet que lui avait remis ce matin Adélaïde quelques morceaux de pain, de sucre, les croqua, se sentit mieux et repartit vers La Noaille.

Elle frappa en vain aux premières maisons. Dans l'une ne restait qu'une infirme qui regarda Catherine sans comprendre ; une autre était gardée par deux enfants qui n'avaient pas d'argent sur eux ; une troisième était vide, les gens devaient être encore au travail. Catherine arriva à la place du Haut. Elle hésita devant la porte sculptée d'une grande maison. Enfin elle tira la sonnette, une servante vint ouvrir, écouta la supplique de l'enfant, puis lui ferma la porte au nez en lançant :

— Je n'ai pas de temps à perdre.

Parmi ces riches demeures, laquelle était celle d'Émilienne Desjarrige ? La belle des belles refuserait-elle de donner un sou pour sauver Toinon ? Mais qui répondra d'abord ? Une servante ? et ce sera ainsi pour toutes les maisons du Haut. Catherine découragée traversa la ville, arriva au faubourg de La Ganne. La première personne de connaissance qu'elle aperçut fut Amélie Anglard, la fille du cantonnier. Elle lui fit signe, la fillette timide l'attendit.

— Me donnerez-vous un sou pour sauver ma sœur ?

— Bien sûr, Catherine. Vous permettez que je vous appelle Catherine ?

Elle rentra chez elle, revint bientôt et tendit plusieurs pièces à la quêteuse.

— Non, je ne peux accepter qu'un sou et je ne dois pas remercier.

Elle alla frapper ensuite à son ancienne maison, la Marie-des-Prés la complimenta et remit son obole.

— T'en fais pas, Cathie, d'ici demain ta sœur n'est pas en danger, et demain matin tu auras vite fait de compléter le prix de la messe.

La Cul Bénit donna un sou et même Iandou que Catherine s'enhardit assez pour appeler. Il quitta ses cochons, vint en grognant et tira une pièce de sa poche d'arlequin. Il y eut encore le sou du père d'Aurélien et de Julie, celui de la Bon Dielle, Catherine entra épuisée à la maison, posa vingt-neuf sous sur la table et s'endormit. La mère dut la déshabiller et la coucher comme lorsqu'elle était toute petite. Le lendemain elle eut de la peine à sortir du lit, ses jambes et ses reins étaient endoloris. A demi somnolente, elle repartit, longea les deux faubourgs ouest de La Noaille. Trois heures plus tard elle entrait au presbytère et remettait au curé Ladurantie ses quarante et un sous. Il la regarda un long moment sans rien dire, enfin, sur un ton de reproche, il marmonna :

— J'ai su que ta sœur était malade et j'ai prié pour elle. Tu n'avais pas besoin de cet argent pour que je dise une messe.

Catherine rentra à la maison et dormit encore tout l'après-midi ; elle ne se réveilla même pas lorsque le médecin vint examiner Toinon. Celle-ci ne mourut pas, ne resta pas idiote. On la voua au bleu pour remercier la Sainte Vierge. Catherine repartit à Lascaux.

Au printemps, le curé déclara que cette fois elle pouvait communier. Amélie Danet qui avait été communiante l'an passé lui prêta sa robe blanche. Il fallut faire un ourlet car la robe traînait sur le sol, les épaules aussi étaient trop larges. Cependant, en s'apercevant dans la vitrine des magasins, Catherine se trouva d'une grande beauté ; peut-être était-elle aussi élégante, songea-t-elle, qu'Émilienne Desjarrige. L'église bourdonnait de prières et d'hymnes. Catherine crut s'évanouir lorsqu'elle s'avança avec ses compagnes vers l'autel ; elle allait manger Dieu, n'était-ce pas terrible d'avaler qui vous aimez et qui vous aime ? Elle se souvint du sein dénudé de sa mère et du désir violent qu'elle avait eu de mordre dans cette chair aimée. C'était peut-être ainsi la communion, on se nourrissait de son amour. « Mangez, ceci est ma chair, buvez, ceci est mon sang. » L'hostie n'allait-elle pas la brûler comme un trait de feu en descendant dans son corps ? Non, c'était tout simplement difficile à avaler. Un goût fade. Elle passa l'après-midi à la maison-des-prés ; les habitants de La Ganne vinrent admirer sa robe. Le soir elle reprit ses vieux habits et regagna Lascaux.

Les jours lui semblèrent monotones. Elle n'allait plus au catéchisme que de loin en loin, même pas chaque mois : peu à peu elle espaça ses visites à la messe. Elle finit par ne plus guère penser à la Vierge, à Dieu ni aux saints.

XXIV

Quelque temps après la communion de Catherine, la mère avait insisté pour qu'un dimanche tous les enfants pussent se retrouver à la maison. Ce n'était pas là projet facile à réaliser, remarqua Jean Charron : les maîtres ne voudraient peut-être pas se passer de leurs petits domestiques ce jour-là, et puis, comment faire un repas de famille au complet ? L'argent était toujours aussi rare. Mais sa femme ne céda pas. « *Il faut* », répétait-elle avec une sorte de fièvre dans les yeux. « *Il faut.* » Le lendemain, elle le savait, le chagrin la minerait, du moins pendant un jour aurait-elle eu tous les siens autour d'elle « comme au temps des métairies ». Le père se laissa fléchir. On profita de voyages de voisins dans les environs pour adresser des messages à Lascaux, à Ambroisse où demeuraient Mariette et Aubin, au mas du Treuil où travaillait Martial. Et un dimanche de juin, après les fenaisons, tous se retrouvèrent à midi dans la maison-des-prés. On avait invité Robert, l'époux de Mariette, mais sans trop insister, et lui avait paru enchanté de voir partir, pour une journée, sa femme et son beau-frère ; Mariette avait pu confier ses premiers-nés à une voisine. La mère avait eu envie d'inviter le Parrain. « C'est mon fils, disait-elle, comme les autres. » Mais on ne pouvait lui demander de venir sans sa femme, et déjà, sans le compter, ils seraient neuf à table ; on aurait beau se contenter de peu pour manger, les frais seraient grands ; finalement, il fallut se résoudre à laisser le Parrain chez lui.

D'abord, il y eut une sorte de gêne. On s'embrassa cérémonieusement, Toinon assise sur son lit battait des mains. Mariette, la mère, Catherine, Clotilde s'étaient placées du côté de la cheminée ; en face d'elles, le père avait à sa droite Martial, à sa gauche Aubin. Francet, la jambe allongée sur deux chaises garda sa place habituelle au bout de la table. Ils mangèrent en silence leur soupe. La mère, elle, ne mangeait pas, elle les regardait. Toute menue, pâle, la tête durement serrée sous le foulard — car de nouveau elle avait dû vendre ses cheveux — on ne voyait plus d'elle que ses mains — leur maigreur les faisait paraître d'une étrange longueur — et ses yeux noirs qui rayonnaient. Sur ses lèvres grises errait un sourire hésitant. Les enfants sentaient sur eux son regard inquiet, les yeux baissés vers leur écuelle ils s'appliquaient à avaler sans bruit leurs cuillerées de potage.

Mariette avait apporté un pâté de viande et plusieurs bouteilles de cidre. Quand ils eurent bu, ils se mirent à parler. Catherine de Mme Adélaïde et des deux avares. Martial de ses maîtres, qui, disait-il, étaient de braves gens. Mariette de son mari : « Il me donne bien du souci, remarquait-elle en riant, il est bourru, il est violent, mais dans le fond ce n'est pas un méchant homme. N'est-ce pas, Aubin ? » demandait-elle. Aubin répondait par de vagues grognements.

Il ajoutait que Robert était fort comme un Turc. Lui se sentait chaque jour devenir plus vigoureux, d'ici à un an ou deux, eh bien, il serait peut-être aussi musclé que son beau-frère. En effet, il donnait une impression de force vive ce jeune garçon bien planté, aux épaules basses mais larges, au cou droit, rond et ferme, aux cheveux drus coupés en brosse, au teint bruni, aux mains carrées. Il avait gardé ses yeux gris rêveurs, leur regard enfantin étonnait dans le visage ombré déjà d'un blond duvet sur les lèvres et aux joues. Aubin atteignait presque la taille du père, on lui aurait donné seize ou dix-sept ans d'âge, il n'en avait pas quatorze. Catherine se sentait fière d'avoir pour frère ce grand et beau garçon. Elle eût voulu pouvoir se promener à son bras, dans les rues de La Noaille. Seul Francet parlait peu. Il prenait moins conscience de son infirmité quand ses frères n'étaient pas là ; aujourd'hui il n'arrivait pas à partager la joie qui régnait dans la maison. Martial évoquait des souvenirs des Jaladas et du Mézy.

— *Bêtio, bêtio,* s'écriait-il, tu te souviens Francet quand tu jouais de l'accordéon au fond du pré !

Francet ne répondait pas, comme s'il n'était pas question de lui, mais de quelque autre garçon qui eût porté son prénom et qui aurait disparu.

— Et le geai, disait Aubin, était-il assez beau, dire que cette sacrée Mariette lui avait cousu le cul.

Mariette rougissait, cela lui redonnait pour un instant cet éclat de jeunesse qui la rendait si gracieuse avant son mariage. Elle craignait que Francet ne lui lançât quelque pointe pour venger de nouveau l'oiseau sacrifié. Non, il continuait à manger sa tarte comme s'il avait totalement oublié ce geai qui lui avait été si cher et la colère qu'il avait eue contre sa sœur.

Tous éclataient de rire, et, de les voir rire, la petite Clotilde riait à son tour, cependant que Toinon, assise sur son lit, pour exprimer sa joie, empoignait une branche de fagot laissée à sa portée et tapait sur le flanc de la commode. C'était un beau tintamarre.

A la fin du repas, on se leva péniblement de table, non pas que la nourriture et la boisson aient été abondantes, mais on avait tellement parlé et ri qu'on se sentait un peu ivre. La mère s'appuya contre Aubin ; elle dit avec un sourire d'orgueil.

— Il m'a dépassée mon fils, pour son âge, c'est le plus grand, le plus fort, le plus beau garçon de La Noaille.

Aubin rougit jusqu'aux oreilles. Derrière eux s'éleva un bruit de machine, ils se retournèrent : Francet s'était mis à son tour qu'il actionnait à coups de pédales rapides. Avec une lame, il faisait voler des copeaux de bois.

— Francet, dit la mère, tu n'y penses plus, travailler un jour pareil. Tu auras bien assez de temps lorsqu'ils seront partis.

Sans interrompre son travail, Francet répondit qu'il avait une commande urgente de fuseaux à exécuter. La mère haussa les épaules comme si elle voulait dire par là : « Il est comme ça, que voulez-vous ! » Elle avait lâché le bras de son fils ; maintenant Mariette s'était approchée d'elle et lui parlait. Elles se mirent à laver la vaisselle. Catherine voulut les aider, mais la mère la remercia et lui dit :

— Va, ma Cathie, tu n'as pas trop souvent l'occasion de te reposer, va jouer avec tes sœurs.

Toinon avait quitté son lit — elle enjambait le bord et se laissait glisser jusqu'à terre. Catherine chercha les petites ; déjà elles étaient dans le pré, Clotilde traînant sa cadette sur une planche selon leur jeu favori.

— Elles ne s'en font pas, remarqua Aubin.

— Non, répondit Catherine.

Elle ne savait que dire, son frère l'intimidait. Il allait sans doute la trouver sotte et la quitter pour rejoindre Martial et le père qui discutaient et faisaient les cent pas dans le chemin. Pourtant Aubin se pencha, ramassa quelques brins d'herbe qu'il froissa dans sa paume.

— C'est un beau pays, Ambroisse, dit-il.

— C'est comme aux Jaladas ? demanda Catherine.

— C'est mieux qu'aux Jaladas.

— Oh ! fit-elle incrédule.

— Si, si, insista son frère, si, il y a des bois, non pas des bois, une forêt, on n'en voit pas la fin.

— Alors il doit y avoir des loups, se récria Catherine.

— Peut-être, et après ? On les chasse.

Il se tut un moment, il semblait sourire à quelque vision intérieure.

— Dans la forêt, il y a aussi des sangliers.

— Je n'aimerais pas ça, assura Catherine, aux Jaladas il n'y avait pas toutes ces bêtes.

— Oui, mais il n'y avait pas de chasse à courre non plus.

— Des chasses à courre ?

— Des chasses avec des équipages, des chevaux, des piqueux en costume rouge, des amazones, des meutes, des cors. On dirait je ne sais quoi, une fête, un bal, une course, la guerre.

— Tu les as vus ?

— Si je les ai vus, plusieurs fois, comme je te vois.

— Et tu n'as pas eu peur ?

— Peur ? s'exclama Aubin, et il éclata de rire.

Il redevint grave et reprit :

— Plus d'une fois ils sont passés près de moi quand je me promenais dans la forêt, ils filaient sur leurs chevaux comme des diables et des diablesses rouges et noirs.

Il regarda au loin comme s'il apercevait ce défilé dont il parlait. Il baissa la voix pour ajouter :

— Un matin, je ramassais du bois dans une clairière, j'ai entendu un froissement des branches et des broussailles tout près de moi ; je me suis relevé, il y avait un grand cheval brun, mince, qui se dressait à me toucher presque. Il était en sueur. Je ne voyais que la silhouette du cavalier, car j'avais le soleil en plein dans les yeux. A la voix — elle ne parlait pas patois, elle parlait français, une belle voix comme doivent en avoir les dames de Paris — je compris bien que c'était une amazone. Elle avait perdu la chasse, elle me demandait son chemin pour rejoindre le pavillon de Puy-Rodas.

— Oh ! fit Catherine, elle retenait sa respiration pour mieux écouter le récit de son frère.

— Mais je t'ennuie avec cette histoire ? demanda-t-il avec une pointe d'inquiétude dans la voix.

— Continue, pria Catherine.

— Elle me dit : « Maintenant que j'ai perdu la chasse, je suis pas si pressée, je vais laisser souffler Dragon. » C'était le cheval, Dragon. « Voulez-vous m'aider à descendre ? » Je lui tends la main, elle appuie dessus sa main, une main...

Il hésita comme s'il cherchait en vain à décrire ces doigts, cette paume, ce poignet pour lui admirables ; il y renonça.

— J'ai pu voir l'amazone, bien la voir quand elle a été par terre. J'étais plus grand qu'elle. Tu sais, Cathie, je n'ai rien vu d'aussi beau que cette demoiselle, rien.

Il étendit le bras, cracha sur l'herbe.

— Si je mens je vais en enfer... Le teint mat, comme la mère avant qu'on vienne à La Noaille, des yeux noirs, longs et des cils. Ah ! je peux pas te dire, et des cheveux comme du velours, des cheveux en anglaises qui se secouaient quand elle riait, car elle riait en me regardant.

— Elle se moquait de toi ? demanda Catherine avec une sorte d'effroi.

— Non, elle disait que je la regardais comme une bête curieuse et ça la faisait rire. J'aimais bien quand elle riait parce que dès qu'elle devenait calme je n'osais plus respirer tant je lui trouvais l'air fier. Au bout d'un moment, elle a dit — je répète ce qu'elle a dit — elle a dit en me lorgnant avec ces yeux tout allongés... Oh ! ça n'a pas de sens ce qu'elle a dit.

Il s'interrompit, poussa un caillou du pied.

— Qu'est-ce qu'elle a dit ? demanda Catherine en portant les mains à sa poitrine.

— Elle a dit : « Sais-tu que tu es beau ? » A ce moment, je n'ai pas compris ce qu'il se passait, elle a dû se tordre un pied, elle a glissé.

— Elle a glissé ? s'inquiéta Catherine.

Aubin se mit à parler très vite comme s'il avait hâte d'en finir avec cette histoire.

— Elle a glissé et s'est retrouvée contre moi, tout contre moi. Je ne bougeais pas, je me tenais raide comme un arbre, j'ai senti sa bouche contre la mienne. J'ai fermé les yeux ; quand je les ai rouverts, elle bondissait sur son cheval. Je ne savais pas si j'avais envie de chanter ou de pleurer. Quand elle a été à l'orée du bois, elle se retourne et crie : je m'appelle...

— Émilienne, affirma Catherine.

Aubin l'observa stupéfait.

— Par exemple, dit-il. Tu sais la suite ?

— Non, elle t'a encore parlé ?

— Elle a crié, en s'éloignant : « Et toi ? » J'ai répondu : « Aubin », mais ma gorge était comme ça.

Il montra son poing serré.

— Je ne crois pas qu'elle ait pu m'entendre.

Cette pensée sembla le rendre mélancolique.

— Ça ne fait rien, dit-il, chaque fois que j'ai un moment, je retourne à la clairière, elle viendra bien un jour. Plus tard nous nous marierons.

Catherine le contemplait avec vénération. Ainsi Émilienne l'avait embrassé et l'épouserait ! Était-ce vraiment son frère ? N'était-ce pas plutôt quelque prince abandonné par ses parents et que la mère et le père avaient recueilli ? Bientôt la vérité éclaterait, Aubin revêtirait ses habits brodés d'or et s'en irait sur un cheval blanc emportant dans ses bras la belle Émilienne.

Quelqu'un appela de la maison. C'était Mariette. Il était temps de repartir, disait-elle, car ils feraient un long crochet pour ramener Catherine à Lascaux.

Catherine eut envie de protester. Pourtant elle se tut, car, à ce moment, elle remarqua la pâleur de la mère et ces deux taches rosâtres aux pommettes qui faisaient paraître encore plus blafard le reste du visage. La petite femme se haussait sur la pointe des pieds pour poser un baiser sur la joue d'Aubin, celui-ci penchait la tête ; Martial vint à son tour embrasser la mère, Catherine fit de même.

— Pourquoi nous regarde-t-elle comme ça, se demandait-elle, avec ces yeux agrandis comme si elle avait peur de ne pas assez nous voir.

Les trois jeunes gens montèrent dans la carriole avec Mariette et l'on dit adieu à la maison-des-prés et à ses habitants : le père et la mère sur le seuil, près d'eux Clotilde accrochée d'une main aux jupes de la mère et de l'autre tenant Toinon assise sur le sol, enfin, appuyé à la fenêtre, Francet qui devait se soulever à demi sur sa chaise. Après avoir traversé la ville, à un carrefour on laissa Martial qui s'en alla vers le mas du Treuil à grandes enjambées. Sur le banc, entre Mariette et Aubin, Catherine somnolait. Son frère sifflait gaiement. Elle songeait qu'il devait lui tarder d'être de retour à Ambroisse et de pouvoir revenir à la clairière. Lorsque la voiture s'arrêta en bas du chemin qui rejoignait la ferme des Parot, et qu'il lui fallut dire adieu aux deux voyageurs, elle se sentit désemparée : elle aurait voulu poursuivre la route avec eux et se trouver auprès d'Aubin le jour où la belle Émilienne viendrait le chercher.

XXV

A Lascaux, elle pensa bien souvent à la chance de son frère, puis vinrent les moissons et leurs lourdes journées de travail, elle oublia peu à peu ce que lui avait conté Aubin, elle finit même par se demander si elle ne l'avait pas rêvé : un rêve incertain, où la belle Émilienne sur son cheval s'était approchée d'elle et l'avait embrassée sur le front.

A la Toussaint, elle quitta Lascaux. Adélaïde s'était disputée avec son mari et, par représailles, il avait décidé que, dorénavant, elle devrait se passer de servante.

Adélaïde pleura lorsqu'elle fit ses adieux à Catherine.

— Si quelque jour t'es ouvrière, conseilla-t-elle à l'enfant, comme moi je l'étais, ne te marie pas, crois-moi, ne te marie pas avec un paysan, épouse un ouvrier si tu veux ou reste fille mais de toute façon garde ton travail à l'usine.

Catherine aurait bien voulu trouver quelque chose à dire pour réconforter la jeune femme mais tout ce qu'elle put balbutier, ce fut :

— J'ai vu la manufacture, c'est grand.

— Oui, c'est grand, reprit Adélaïde.

Les deux avares feignaient de s'affairer dans la cuisine.

— Adélaïde, cria Thomas Parot d'une voix sévère.

— Voilà, fit la jeune femme.

Elle sourit à Catherine, un sourire mouillé de larmes, puis rentra dans le couloir.

Catherine ne resta pas longtemps libre à la maison-des-prés. On la plaça chez la Fressange qui habitait l'un des faubourgs de La Noaille. Ce n'était pas très loin, et le soir Catherine pouvait rentrer chez elle. Si les Parot étaient avares, du moins laissaient-ils en paix leur jeune servante, et Adélaïde était là pour apporter quelque tendresse à l'enfant, aussi Catherine ne tarda-t-elle pas à regretter Lascaux car la Fressange était bien la plus mauvaise femme qu'elle eût connue. Grande, sèche, le cheveu rare, l'œil rond et petit, elle était l'épouse d'un serrurier, et de ce mariage paraissait tirer une fierté démesurée. Elle affectait de traiter autour d'elle tout le monde comme une vile espèce, à l'exception de son mari et des deux garçons qu'il lui avait donnés : l'aîné qui devait aller sur ses cinq ans tenait de sa mère sa maigreur et sa mauvaise humeur chronique, l'autre qui n'avait pas trois ans était un gros pataud, il ne voulait presque jamais marcher, il fallait à Catherine le traîner ou le porter, ce qui vite épuisait la fillette.

— Regardez-moi cette « emplâtre », marmonnait la Fressange lorsque Catherine, à bout de souffle, déposait le lourdaud sur le sol.

D'ailleurs, soit qu'elle servît à table, soit qu'elle fît la vaisselle ou qu'elle balayât, il n'était pas un acte de Catherine qui ne lui valût quelque réprimande.

Vint un jour où elle ne put plus supporter l'aigreur ni la mauvaise foi de la Fressange. Elle revint à la maison-des-prés, bien décidée à ne plus jamais revoir sa patronne.

Quand elle entra chez elle, la mère s'apprêtait à aller faire une lessive en ville.

— Est-il arrivé quelque malheur ? demanda-t-elle.

— La Fressange est trop mauvaise et trop menteuse, jamais plus je ne reviendrai la servir.

— Mais ma pauvre enfant, tu sais bien que ton père et moi n'arrivons pas à vous nourrir.

— J'irai ailleurs, à la fabrique.

— T'as pas l'âge.

— J'irai dans une autre place, mais je ne veux plus voir la Fressange.

— Le père t'y ramènera.

— S'il m'y ramène, j'irai me noyer.

— Cathie, veux-tu te taire.

— Sûr que j'aime mieux mourir que de travailler encore pour cette vipère.

La mère regarda longuement Catherine.

— Elle est donc si méchante ?

— Le diable ne peut pas l'être autant.

Et Catherine éclata en sanglots.

— Je n'en peux plus, je n'en peux plus, répétait-elle.

Elle sentait la main maternelle sur sa tête. Elle continuait à pleurer, mais c'était bon de laisser ainsi couler ses larmes et de s'appuyer contre la mère comme au temps des Jaladas ou du Mézy.

— Ah, dit la voix douce, j'ai bien peur que le père ne veuille pas t'entendre.

— Écoutez, Mère, proposa Catherine, je vais chercher les pissenlits, c'est la saison, je me ferai des sous avant que vous m'ayez trouvé une autre place.

Quand la mère fut partie à sa lessive, Francet demanda sévèrement.

— Pourquoi tu lui as dit que tu te noierais ?

Pendant la scène entre sa sœur et la mère, il n'avait pas ouvert la bouche, continuant à graver les initiales sur un fuseau comme s'il ne prenait pas garde à la discussion.

— Parce que c'est vrai, affirma Catherine.

— Il faut se trouver bien malheureux pour vouloir se ficher à l'eau.

Il observa d'un œil connaisseur les initiales qu'il venait d'entrelacer sur le bois.

— Est-ce que je m'y fiche, moi ? dit-il entre ses dents.

— Tu n'as pas de Fressange, toi, remarqua, étonnée, Catherine.

— Et ça, fit-il montrant du doigt sa jambe allongée, c'en est pas une belle ?

Catherine eut honte, elle ne sut que répondre. Elle alla prendre un panier d'osier dans une resserre et demanda à Clotilde si elle voulait l'accompagner aux pissenlits. La petite se mit à sauter de joie, et Toinon à crier quand elle les vit partir sans elle. Francet tendit à la gamine, toujours vêtue en blanc et bleu aux couleurs de la Vierge, un nabot qu'il avait sculpté dans un rondin ; consolée, Toinon se tut.

— Moi, je peux pas la quitter ma Fressange, dit Francet, cependant que Catherine et Clotilde sortaient.

Au pré, elles remplirent le panier de salade.

Le soir, le père ne voulut rien entendre.

— Il ferait beau voir que tu n'y reviennes pas chez ta patronne ; que penserait-on de nous ?

La mère lui chuchota quelque chose à l'oreille.

— Penses-tu, répondit-il en faisant un large geste de la main comme pour balayer une image saugrenue. Il reprit : Demain matin, Cathie, tu me feras le plaisir de me suivre, je te ramènerai moi-même à Mme Fressange. La femme d'un serrurier, te rends-tu compte de ta conduite ?

Catherine eut envie de demander en quoi cela importait que la Fressange fût l'épouse d'un serrurier, mais elle jugea plus sage de ne point poser cette question et elle dit :

— Tout mon grand panier de pissenlits qui va être perdu.

La mère saisit l'occasion.

— C'est vrai, Jean, vous allez nous faire perdre de l'argent, les pissenlits se vendent bien au marché de La Noaille.

Jean Charron parut un instant déconcerté par cette remarque, cependant il s'entêta. Alors la mère lui chuchota quelque chose à l'oreille. Il pâlit et ne dit plus rien.

On ne parla plus de la Fressange. Catherine chaque jour portait en ville un panier de pissenlits. Des ménagères la hélaient au passage, ou bien quelques marchands de primeurs lui achetaient à bon compte sa salade. Le soir, son frère lui disait : « Aligne tes sous, je vais aligner les miens. » Il était rare que sa cueillette lui rapportât autant qu'à son frère la vente des fuseaux. Ils appelaient la mère, lui offraient leur gain.

— Vous voyez, Mère, disait Francet, on s'en tirera et bientôt vous pourrez laisser les ménages.

— Vous êtes gentils.

A peine si on comprenait la mère, tant sa voix était enrouée.

— Ça fait des mois que je n'ai plus mal à la jambe, reprenait Francet, bientôt je pourrai marcher et alors j'irai à l'usine, le vieux Baptiste m'a promis de me prendre avec lui, on sera riche.

— Pense pas à ça, demandait la mère, repose-toi.

— Pourquoi vous voulez pas que je pense à plus tard, vous ne croyez pas que je vais guérir ?

— Bien sûr que si, bien sûr, mais je veux dire ne te préoccupe pas de ton travail, de ce que tu feras, tu as tout le temps.

Quand la mère n'était plus là, Francet protestait.

— J'ai le temps, j'ai le temps ! c'est pas vrai, elle voit pas qu'elle est si maigre qu'on pourrait la faire tomber rien qu'en soufflant dessus.

— Que dit-il, Cathie ? demandait Clotilde effrayée. Je veux pas qu'on souffle sur notre mère pour la faire tomber.

— C'est-y bête les filles, faisait Francet.

Puis il se reprenait :

— Je dis pas ça pour toi, Cathie, toi t'es pas comme les autres, mais entends-moi cette Clotilde, et celle-là tu trouves qu'elle a l'air fine à traîner son cul sur la terre, cette Toinon, à la voir on jurerait qu'elle ne sait pas marcher... Pouvoir marcher et se traîner comme un crapaud, tout de même si c'est pas honteux.

Toinon savait bien retrouver ses jambes quand elle voyait Catherine et Clotilde partir vers le pré. Elle s'élançait derrière elles ; souvent elle trébuchait, parfois s'affalait. Ses sœurs la relevaient en la tenant chacune par la main. Elles allaient cueillir des jacinthes sauvages dans un pré où l'herbe était épaisse et sombre. Quand elles revenaient de leur promenade, toutes fleuries, il leur arrivait souvent de trouver Julie en compagnie de Francet. Lorsqu'ils apercevaient les trois fillettes, Francet et Julie se mettaient à parler fort, à rire, à plaisanter. Catherine n'osait pas leur dire combien ils lui paraissaient étranges avec leur visage en feu, leurs yeux brillants, leurs lèvres sèches et cette fièvre dans leurs paroles et dans leurs gestes. Elle n'aurait su dire pourquoi, mais il lui était désagréable de voir ensemble Julie et Francet. « Ma parole, pensait-elle, c'est à croire que cette Julie nous guette, il suffit que je m'absente avec Clotilde et Toinon pour qu'au retour je la retrouve là. »

Julie n'était que de quelques mois l'aînée de Catherine, pourtant celle-ci, depuis qu'elle avait quitté Lascaux, avait l'impression que son ancienne compagne de jeux avait soudain vieilli, pris de l'avance sur elle. Non pas que Julie fût plus grande mais quelque chose en elle, dans son allure, sur son visage, changeait : était-ce sa façon nouvelle de se coiffer, non plus avec des nattes, mais comme une femme déjà, avec un chignon, ou bien cette manière qu'elle avait maintenant de sourire ou de rire en montrant les dents ? ou encore cette façon de serrer très fort sa ceinture ? — on eût dit que sa taille allait se briser tellement elle était mince. Catherine se promettait d'en parler avec Aurélien lorsqu'elle le rencontrerait, mais on ne le voyait plus à la maison-des-prés.

— Il travaille à la fabrique, disait Julie.

XXVI

Parfois Catherine accompagnait sa mère chez les bourgeois qui l'employaient. La petite aidait à plier des draps, à éplucher des légumes, à frotter des meubles. Elle prenait grand plaisir à pénétrer ainsi dans ces riches et ombreuses maisons du Haut. Elle n'en visitait guère que les communs, cependant, il arrivait que par une porte entrebâillée elle pût jeter un coup d'œil sur une chambre où luisait quelque grand miroir, sur un salon endormi sous ses housses mais que dominait le portrait d'un officier garni d'or et de rubans. Un après-midi, la mère demanda ainsi à Catherine de l'accompagner en ville.

Elle prépara d'abord le repas du soir en précisant qu'elles rentreraient tard : elle recommanda à Clotilde, à Toinon d'être sages et de ne pas obliger Francet à crier après elles. La mère et Catherine partirent donc pour La Noaille. Souvent elles s'arrêtaient pour permettre à la jeune femme de reprendre haleine car la marche l'essoufflait. Quand elles arrivèrent sur la place du Haut, elles marquèrent de nouveau une halte.

— On n'est pas près de rentrer, dit la mère, parce que ces gens-là donnent un bal, alors jusqu'à ce que les premiers invités arrivent le travail ne manquera pas.

— Un bal ! fit Catherine émerveillée.

Mais la mère crut deviner une désapprobation dans cet étonnement.

— Eh bien, quoi, dit-elle, le père et moi, nous en donnions bien des bals aux Jaladas. Tu te rappelles pas ? C'était peut-être pas aussi bien que dans les salons de ces messieurs du Haut, pourtant on s'amusait bien.

Elle commença à fredonner une chanson :

Les filles de la montagne font lou pellelée.

Une quinte de toux l'interrompit qui la fit se ployer en deux. Quand elle put enfin se redresser elle murmura :

— Ce n'est plus le temps des bals.

Elles traversèrent le mail. En passant près d'un ormeau, la mère se reposa de nouveau quelques instants en s'appuyant d'une main contre l'arbre. Puis elle se dirigea vers une grille rouillée, tira le pied de biche de la sonnette. Au bout d'un moment des sabots firent craquer le gravier derrière le portail, celui-ci s'ouvrit et une fille rougeaude, mal peignée, mais portant sur sa jupe noire un tablier blanc qu'on devinait fraîchement repassé, demanda à la mère ce qu'elle voulait.

— Ah ! c'est vous, dit la rougeaude en se frottant le nez. On vous attendait... Avec ce bal on ne sait déjà plus où donner de la tête.

Elle les précéda.

Une large allée longeait la maison qui, sur ce côté, s'ornait d'une immense vigne vierge que la brise faisait trembler. Elles contournèrent sur la gauche la grande demeure de granit : derrière s'étendait un parc touffu que dominait un cèdre bleu. Sur la droite de la maison, et séparées d'elle par une autre allée, s'élevaient les écuries. On entendait piaffer les chevaux. Au portail à double battant étaient clouées plus de cent pattes grises, beiges, ou brunes, et sous chacune d'elles luisait une plaque de cuivre.

Catherine ne put s'empêcher de questionner la rougeaude à ce sujet.

— Oh, c'est les pattes de biches, de cerfs, de chevreuils, de sangliers ou de loups qu'a tués Monsieur.

— Et les plaques ?

— Il paraît qu'on a gravé dessus le lieu et la date de la chasse et le nom des gros bonnets maîtres de l'équipage... je dis : « il paraît », parce que la dame de compagnie de Madame l'a raconté ; moi je ne sais pas lire.

Catherine était effrayée par les vestiges de ce massacre ainsi exposés. « Des loups, se répétait-elle intérieurement, et des sangliers et des cerfs. » Instinctivement elle s'était rapprochée de sa mère. Le maître, le chasseur n'allait-il pas surgir de l'écurie, campé sur un cheval noir ? Elle avait peur, cependant pour rien au monde elle n'eût voulu être en ce moment ailleurs qu'ici même.

— Attention aux marches, cria la rougeaude.

Catherine ne s'était même pas aperçue qu'elles devaient maintenant descendre un escalier de pierre qui menait au sous-sol. Elle faillit tomber, la fille la retint d'une poigne solide.

Elles entrèrent dans une cuisine au carrelage grenat et noir. Le long fourneau rougeoyait dans la pénombre, sur un mur des chaudrons luisaient. Catherine ne vit d'abord que ce rougeoiement du feu et ces lueurs, puis lorsque ses yeux se furent habitués à l'obscurité, elle distingua une table massive qui partageait la pièce en deux, et, derrière cette table, des silhouettes féminines.

— En voici deux autres pour nous aider, déclara la fille qui leur avait ouvert la grille...

Derrière la table, les silhouettes firent des signes avec leurs têtes. Catherine s'approcha encore : elle vit deux femmes assises, une autre debout, mais si boulotte qu'elle dépassait à peine le chignon des ménagères penchées sur la table. Celles-ci épluchaient, puis coupaient en lamelles des pommes qu'elles jetaient ensuite dans une bassine. Sans aucun doute, la boulotte commandait ici car elle ordonna :

— Vous autres, dépêchez-vous de me remplir votre bassine. Toi, dit-elle à la rougeaude, rejoins la dame de compagnie.

Il faisait trop chaud dans la cuisine, mais Catherine s'y plaisait à respirer les parfums de fruits coupés, de sirops, de gâteaux qui cuisaient à feu doux dans le four. A côté de sa mère elle s'appliquait à peler les pommes ou à aligner leurs tranches minces sur la pâte à tarte. Un haut chat noir se promenait à pas majestueux ; parfois il s'arrêtait, fixait son regard jaune sur les mains affairées des femmes. Quand Catherine surprenait le regard de la bête sur ses doigts elle ne pouvait réprimer un frisson et s'arrêtait un instant de travailler.

— Allons, petite, maugréait la boulotte, tu rêvasses.

Elle s'adressait sèchement à la mère :

— Elle est pourtant bien jeune pour penser déjà aux amoureux, votre fille.

La mère avait un pâle sourire, les autres femmes riaient. Catherine les aurait giflées. Comment leur dire que ce chat noir était pour elle le maître de céans, celui qui avait coupé les pattes de loups, de chevreuils et de cerfs, clouées aux portes des écuries.

— Tu as peut-être faim, reprenait la boulotte, goûte-moi cette cuillerée de crème, tu m'en diras des nouvelles.

Les femmes riaient de nouveau en voyant la bouche de Catherine barbouillée de chantilly.

Le jour déclinait lentement. La cuisinière ne cessait de sortir de ses fourneaux des quiches, des biscuits, des flancs, des tartes. On déposait ces pâtisseries chaudes et dorées sur la table, et l'on remplissait à nouveau le four de pâtes fades et pâles.

Par la fenêtre grillagée, ouverte au ras du sol, avec les premières ombres du soir, pénétraient les odeurs du parc : de résine, de feuillage frais, de roses et d'herbes.

— Tout de même, grogna la boulotte, la dame de compagnie exagère, elle pourrait penser à me renvoyer Mathilde. Je ne peux pourtant pas quitter mon feu pour aller la chercher, cette empotée...

— Écoute, petite, ça te dégourdira les jambes. Tu vas monter au premier, tu entends : au premier, tu vas dire à la dame de compagnie que Mme Pourpaille a besoin de Mathilde. Tu entends, Mme Pourpaille, c'est moi.

Catherine quitta son banc, à la fois heureuse, fière et inquiète d'avoir à accomplir cette mission.

— Ouvre cette porte-là au fond, dit la boulotte. Monte l'escalier de pierre, il te conduira dans le hall, là tu prends un autre escalier, celui de droite, tu arrives à un couloir, tu frappes à la troisième porte à gauche, c'est là.

L'enfant aurait bien voulu que la boulotte répétât ces indications, mais elle n'osa pas le lui demander. Cependant, comme si elle eût deviné son inquiétude, Mme Pourpaille ajouta :

— D'ailleurs, c'est simple, dès que tu vas ouvrir la porte, Farou va filer avec toi, tu n'auras qu'à le suivre, c'est l'heure où il a l'habitude de monter boire le lait que cette taupe de dame de compagnie lui offre dans sa chambre.

Elle disait vrai : à peine Catherine eut-elle poussé la porte, le grand chat noir lui fila entre les jambes et se mit à grimper l'escalier de pierre devant elle. Elle courait pour ne pas perdre la bête de vue, et dans sa course elle oubliait déjà les paroles de Mme Pourpaille. Du hall, dont les murs étaient tapissés de plantes vertes, partaient deux larges escaliers de bois ciré ; l'un à gauche, et l'autre à droite, ce fut celui-là que choisit Farou. On entendait dans les hauteurs résonner une musique. Catherine aurait voulu s'arrêter, écouter ces notes qui chantaient étrangement pour elle dans la pénombre de cette vaste demeure inconnue, mais le chat ne l'attendrait point. Elle eut beau hâter le pas autant que le lui permettaient les marches glissantes, elle perdit la trace de l'animal. Sur le palier, elle s'appuya au mur que couvrait une tapisserie à demi effacée. La musique s'était tue, le silence était aussi dense que l'ombre qui de toute part envahissait la maison. Il fallait pourtant continuer à chercher la dame de compagnie. Elle s'avança vers le milieu du palier. Vue de là, cette tapisserie contre laquelle elle s'était appuyée laissait deviner des personnages anciens, des chevaux, une bête fantastique trouée de flèches. De nouveau Catherine songea aux trophées de chasse exposés sur le portail de l'écurie. Que faire si le chasseur impitoyable surgissait de l'ombre ? Il lui sembla entendre un léger bruit, elle eut envie de fuir, mais comment oser reparaître devant la boulotte et les femmes moqueuses ? Le bruit semblait venir de ce couloir : une sorte de frottement. Elle se tapit de nouveau contre le mur, mais se souvint alors des chevaux, des personnages, de la bête fantastique derrière son dos; elle fit un pas en avant, perdue. Le bruit, un instant, cessa, puis reprit, et cette fois un miaulement l'accompagnait. Catherine rit doucement, les maléfices étaient dissipés. Elle se dirigea à tâtons dans le couloir : le chat grattait au bas d'une porte. La fillette frappa trois coups timides. Nul ne répondit. Elle frappa encore, et encore. Rien. Elle s'enhardit assez pour tourner la poignée, passa la tête par l'entrebâillement de la porte : la chambre était déserte, au pied du lit le chat poussait du nez une soucoupe blanche vide. Dans les préparatifs du bal, la dame de compagnie devait avoir oublié son favori. Le chat bomba le dos, il paraissait immense comme cela. Catherine recula quand elle le vit, menaçant, avancer vers elle.

Dans l'obscurité, les yeux de la bête étaient devenus deux courtes flammes vertes. Je n'ai plus qu'à redescendre, songeait Catherine, je dirai : « Madame Pourpaille, la dame de compagnie n'était pas dans la chambre. » Le chat la frôla, elle sauta en arrière. Un peu plus loin dans le couloir elle vit luire les deux yeux verts. Pourquoi le chat se retournait-il comme s'il lui faisait signe ? Elle le suivit. Elle n'entendait rien, n'y voyait goutte, sauf, parfois, ces yeux phosphorescents qui la regardaient. Que lui voulait la bête ? Le couloir lui paraissait interminable. Enfin, là-bas, sur la gauche, s'ouvrit un longue raie verticale de lumière en même temps que Farou miaulait. Sitôt après ce miaulement, la fente lumineuse se réduisit à un fil d'or. Catherine se dirigea sur ce rayon. Il longeait sans doute quelque porte que Farou avait dû pousser, la dame de compagnie se trouvait peut-être derrière. Catherine, elle n'aurait pu dire pourquoi, était sûre du contraire, mais elle tenait à se donner de sages raisons pour suivre le chat. Lentement, à son tour elle poussa la porte, demeura figée d'admiration.

Jamais elle n'avait vu salle si vaste, ni si brillante. Le parquet blond dessinait des losanges ; au long des murs, derrière des vitrines, couraient jusqu'à un mètre du plafond fort élevé des rangées de reliures sombres et dorées. En face de la porte où elle se tenait, le mur n'avait pas ce revêtement de livres ; il était percé par trois hautes fenêtres : l'une d'elles était entrouverte et la brise agitait les rideaux de tulle. Sur la pointe des pieds, Catherine traversa la pièce, alla à la fenêtre : elle donnait sur le parc ; on voyait le cèdre profiler sa masse géante et noire devant le ciel où l'horizon gardait une traînée de jour. La petite fit le tour du salon. Au faîte des bibliothèques étaient posés, à intervalles réguliers, des bustes de plâtre. Elle se demandait quelles étaient ces têtes coupées, des têtes énergiques ou rêveuses aux yeux blancs. Elle trembla : le maître tuait-il également des hommes ? Etait-ce là leur tête tranchée puis recouverte d'une pellicule de porcelaine ? Dans chaque intervalle, entre les bustes, brillaient les flammes de dix chandelles et au milieu du plafond, un lourd lustre de cristal étincelait, chargé lui aussi de flammes vacillantes. Catherine errait dans cette salle où peu de meubles demeuraient : quelques fauteuils, des tabourets, relégués, semblait-il, dans les coins. Qui pouvait lire tant de livres ? Cela donnait le vertige d'imaginer un être capable de lire ces milliers d'ouvrages. Ce ne pouvait être qu'un monstre, le monstre qui exposait ses trophées de chasse, les têtes de ses victimes et son amoncellement de lectures.

Une musique retentit derrière elle qui la fit tressaillir. Se retournant, elle comprit l'origine de ce son qui venait de la bouleverser. Elle avait dû heurter l'un de ces instruments bizarres assemblés au bord d'une légère estrade. Il y avait là une sorte de métier à tisser, debout, tout doré et d'une grâce extrême : d'un doigt elle en frôla les cordes, elles résonnèrent comme un tintement très lointain de cloches dispersées dans le vent. Elle s'enhardit, monta sur l'estrade, alla jusqu'à un meuble de bois sombre : table triangulaire posée sur trois pieds. Ce meuble avait une longue bouche ouverte garnie de dents horizontales, les unes blanches, les autres noires ; Catherine promena ses mains sur les dents : elles s'enfonçaient, cela faisait de la musique encore ; elle reconnaissait le son qu'elle avait entendu à travers les murs lorsqu'elle gravissait l'escalier à la suite du chat. Au fait où était-il passé l'étrange animal ? Il l'avait attirée jusqu'à cette salle et maintenant où se cachait-il ? Une autre question s'imposa à l'enfant : combien de temps s'était écoulé depuis son départ de la cuisine ? Elle n'aurait su le dire. Il lui semblait que cela devait faire des heures. Et même, depuis qu'elle se trouvait dans cette salle illuminée et déserte, elle avait l'impression d'avoir pénétré dans un univers absolument étranger au monde familier des jours et des nuits. Ici le temps ne pouvait être le même que dans le sous-sol où régnait la cuisinière boulotte ou bien à la maison-des-prés. Elle essayait en vain d'imaginer l'inquiétude que son absence devait donner à la mère ou le courroux de la boulotte. Redescendrait-elle jamais auprès d'elles ? Dans cette salle les heures ne devaient point s'écouler, ni s'éteindre les lumières ni se clore les yeux des têtes tranchées. De nouveau elle fit courir sa main sur les dents du meuble. La musique s'éleva plus forte : elle vibrait encore lorsqu'une voix jeune, belle mais pleine d'autorité, figea Catherine aussi sûrement que les bustes sur les rayons.

— Eh bien, disait la voix, quelle audace !

Catherine ne se retournait pas, elle restait debout, raide, la main droite posée sur le meuble à musique. Quel visage devait avoir le monstre à voix d'ange ? Car elle ne doutait pas un instant d'avoir affaire à l'être redoutable dont cette fabuleuse salle devait être le sanctuaire.

— Mademoiselle, je vous parle, reprit la voix qui cette fois se faisait dure. Cela vous ennuierait de vous retourner ?

Catherine ne se rendit même pas compte qu'elle pivotait lentement sur les talons de ses sabots. Elle ne put voiler la surprise qui succédait à sa terreur : le monstre n'était autre qu'une jeune fille élancée, dont la longue robe de taffetas vert d'eau marquait la taille mince et bouffait sur les hanches : les bras restaient nus, ils étaient d'une blancheur chaude, le visage était encadré d'anglaises aux reflets châtains, les yeux noirs s'allongeaient sous des cils épais et de grandes paupières. A côté de la jeune fille se tenait un garçon aussi grand qu'elle mais plus jeune semblait-il ; comme elle il avait un teint mat, des cheveux sombres, des yeux voilés de cils drus, pourtant il paraissait être le reflet fade et vaguement ridicule de la souveraine qu'il suivait.

— Voulez-vous me dire ce que vous faites ici ? demanda la beauté d'une voix qui se voulait sévère.

La petite essaya de répondre, n'y parvint pas, baissa la tête, la releva et s'entendit avec angoisse murmurer :

— Aubin.

— Quoi ? fit la jeune fille en fronçant les sourcils. Cela lui donna un air cruel qui la rendait plus admirable encore.

— Qu'est-ce qu'elle raconte ? gronda le garçon.

Cette grosse voix molle suffit à rompre le charme. Catherine se sentit tout d'un coup délivrée. Moitié courant, moitié glissant elle traversa le salon en diagonale ; quand elle eut atteint la porte elle se retourna.

— Je suis la sœur d'Aubin ! cria-t-elle.

Il lui sembla que la jeune fille esquissait de la main un geste pour la retenir, pour l'implorer. Mais Catherine referma la porte derrière elle et, tâtonnant dans la nuit, regagna l'escalier.

XXVII

Depuis qu'elle avait découvert, dans cette salle à ses yeux si étrange, Émilienne Desjarrige, Catherine vivait un rêve éveillé ; des paroles échangées autour d'elle, ne retenant que celles qui, par quelque biais, pouvaient rejoindre son conte secret : les mots de mariage par exemple, ou de danse, ou de musique, ou encore de chasse à courre. Elle passait son temps à se remémorer les circonstances, selon elle magiques, de sa rencontre avec la jeune reine de La Noaille — et pas seulement de La Noaille, se disait-elle, mais du monde entier, de ce monde de plaines, de vallées et de montagnes qu'elle avait aperçu jadis de la colline de Saint-Exupère. Tantôt sa rêverie était dorée comme la lumière qui brillait dans la salle de bal, tantôt elle devenait aussi opaque que les ténèbres qu'il lui avait fallu traverser dans l'escalier et les corridors de la riche demeure : cette ombre l'envahissait lorsqu'elle se souvenait que les préparatifs de la fête auxquels elle avait pris part annonçaient quelques fiançailles en perspective. Elle croyait voir le fiancé, un homme trapu, velu et fort comme Robert, son beau-frère, surgir dans le salon : la musique cessait net, tous les danseurs s'immobilisaient, on les eût dits changés en statues, au milieu d'eux Émilienne, pâle, un bras levé — c'était le geste même qu'elle avait esquissé vers Catherine comme si elle eût voulu la retenir — et l'homme carré s'approchait, posait ses lourdes mains sur les épaules de la jeune fille ; enfin, sans que personne n'osât l'en empêcher, il l'emportait on ne savait où, jamais plus on ne reverrait le ravisseur ni sa belle proie... « Jamais plus. » Catherine éclatait en sanglots. Ses parents, ou Clotilde, ou Toinon, ou Francet la regardaient ébahis.

— T'es-tu fait mal ? demandaient-ils.

— C'est peut-être les fièvres, supposait la mère.

— Non, non, je n'ai rien, affirmait la rêveuse, et elle continuait à essuyer la vaisselle ou à balayer, en avalant ses larmes.

Aurélien vint un jour la voir à la maison-des-prés.

— Tiens, dit-il, je t'ai apporté des œufs, je les ai trouvés dans les bois.

Catherine était en train de faire la toilette de ses sœurs ; elle les peignait rapidement sans prendre garde aux cris des petites. Aurélien restait près d'elle, gauche, taciturne. Francet prenait le soleil devant la porte ; un vieux chapeau sur les yeux, il somnolait.

En vain le jeune visiteur toussa-t-il plusieurs fois afin de rappeler sa présence.

Il répéta :

— Cathie, je t'ai porté des œufs.

Elle se retourna en sursautant.

— Tu es là ? dit-elle.

— Tu vois, c'est des œufs pour toi.

— Pour moi, que veux-tu que j'en fasse ?

— Tu les mangeras.

— Ah ! bien merci, si tu crois que j'ai faim !

— Justement, murmura Aurélien en baissant la tête.

— Justement quoi ?

— Ma sœur... commença-t-il à dire, mais il s'arrêta ne pouvant se décider à aller plus avant.

Il soupira.

— Ta sœur ? que fait-elle ta sœur ?

Il voulait dire : « Julie m'a raconté que tu pleures sans qu'on sache pourquoi, on craint que tu ne sois malade ; il ne faut pas, je t'ai apporté des œufs pour que tu ne sois pas malade. » Au lieu de cela il dit sans même s'en rendre compte :

— Ma sœur et Francet, s'ils continuent, je me demande s'ils ne finiront pas par se marier.

— Que dis-tu ? s'écria Catherine, elle avançait son visage contre le sien, mais il s'apercevait bien qu'elle ne le voyait pas.

— Tu dis : « Marier » ? cria-t-elle encore.

Mon Dieu qu'avait-il fait, quel crime avait-il commis ? Voilà que les larmes brillaient sous les paupières de son amie, ces larmes incompréhensibles dont lui avait parlé Julie.

— Je te demande pardon, bredouilla-t-il, je ne savais pas.

Mais Catherine ne l'écoutait pas : elle renvoya les petites jouer dans le pré, jeta un coup d'œil vers la cour afin de vérifier si Francet somnolait toujours, puis elle fit asseoir Aurélien près d'elle au bout du banc, loin de la porte. Elle lui raconta son entrevue avec Émilienne. C'était bon de parler de ce royaume qu'elle portait jusqu'alors dissimulé en elle-même. Dans son récit, la demeure bourgeoise devenait palais, et presque irréelle la jeune fille à force de beauté : même le compagnon falot qui se tenait près d'Émilienne se parait de charmes. Jusqu'à la description de ce garçon, Aurélien s'était tu, ensorcelé à son tour, mais là, il interrompit Catherine.

— Celui-là, je le connais, protesta-t-il, c'est son frère, et je t'assure qu'il n'est pas beau, une figure de rave.

Elle se fâcha, elle n'admettait pas qu'on critiquât un être qui avait l'inimaginable chance de vivre près d'Émilienne.

Aurélien jugea prudent de ne pas insister. Catherine sembla oublier leur différend ; elle reprit son récit pour narrer sa fuite. Émilienne, disait-elle, agenouillée, tendait vers elle ses bras. Elle se tut. Elle paraissait voir au delà des murs et des prés cet immense salon où la reine à genoux la suppliait. Aurélien n'osait ni parler ni risquer le moindre geste. Tout en continuant à regarder l'invisible, Catherine prononça lentement :

— Quand je pense qu'on va la marier...

Aurélien jugea qu'il pouvait de nouveau entrer en scène.

— Qu'est-ce que ça peut te faire ? demanda-t-il.

Il crut qu'elle allait le frapper. Elle s'était levée, avait fait un pas en arrière, puis était revenue vers lui, menaçante :

— Comment ! Comment ! Elle bégayait d'indignation. Ce que ça peut me faire ?

Aurélien était atterré de provoquer en elle cette fureur. Pourtant, il crut devoir tenir bon. Cathie n'était-elle pas envoûtée, songeait-il. Il pouvait lui porter secours en lui faisant remarquer ses erreurs.

La gorge nouée, il reprit, s'arrêtant à chaque mot :

— Mais... oui... ça ne... peut... rien... te faire...

Et il termina d'un trait :

— ...que cette fille se marie.

Catherine ouvrit la bouche comme si elle allait crier encore, mais elle resta ainsi, muette. Elle ne savait que répondre, elle avait beau chercher en elle, elle ne voyait pas en effet pourquoi l'idée du mariage d'Émilienne Desjarrige lui était intolérable.

— C'est vrai, reprit Aurélien, ça n'a pas d'importance.

Elle l'aurait giflé. Elle se redressa et déclara :

— Bien sûr, ce n'est pas pour moi que je trouve ça terrible, c'est pour Aubin, parce qu'il pensait se marier avec elle.

— Aubin ? répéta le jeune garçon stupéfait.

— Oui.

Elle lui parla de l'amazone, du baiser donné dans la clairière. Aurélien baissa la tête.

— Tu as raison, dit-il, ce doit être mauvais de ne pas pouvoir se marier avec celle qu'on voudrait.

Elle eut honte de cette victoire, et pour ne plus avoir honte essaya de se persuader que c'était bien pour son frère qu'elle souffrait en imaginant le départ d'Émilienne.

— Et toi ? demandait le garçon, avec qui tu voudrais te marier ?

— Moi, reprit Catherine, je ne me marierai pas.

Elle ne remarqua pas la rougeur soudaine d'Aurélien.

Elle prit la main qu'il lui tendait.

— N'oublie pas, dit-il, mange bien les œufs que je t'ai portés.

Sans répondre elle l'accompagna jusqu'au seuil.

XXVIII

Les jours passaient, cependant elle ne parvenait pas à oublier cette gêne qu'elle avait eue lorsque Aurélien lui avait dit : « Mais ça ne peut rien te faire que cette fille se marie. » Il a raison, se répétait-elle, tout en continuant à rêver à la demeure des Desjarrige, aux pattes clouées sur les portes des écuries, aux têtes coupées posées au-dessus des rayonnages dans la bibliothèque, aux reflets des reliures rouge et or, à ces étranges instruments de musique qui avaient trahi sa présence, et toujours à la robe de taffetas vert d'eau de la jeune fille, à ses bras nus, à leur blancheur, à sa chevelure châtaine, aux grandes paupières qui s'abaissaient parfois sur ses yeux. Ah ! elle n'aurait pas dû fuir, mais revenir sur ses pas lorsque Émilienne avait fait ce geste vers elle. Mais quel geste ? Avait-elle bien vu ? Elle était si bouleversée : peut-être la jeune fille voulait-elle au contraire la chasser, lui montrer ainsi avec insolence la porte. Non, c'était bien un appel, il fallait y répondre, s'avancer et attendre. La jeune fille lui aurait demandé son nom, se serait intéressée à son sort. « Mademoiselle, si vous saviez, il y a longtemps que je vous cherchais. Je vous avais vue une fois, vous veniez d'acheter des craquelins. Les filles et les garçons qui étaient avec moi ont dit des horreurs sur vous et qu'ils vous feraient du mal. J'ai voulu vous avertir. Personne n'a pu m'indiquer votre maison, et ce soir me voici, je ne savais pas être chez vous. Pardonnez-moi d'avoir touché à vos meubles de musique. » Émilienne l'aurait prise par le cou. « Nous ne nous quitterons plus, Catherine. Viens, je vais te donner une de mes robes et ce soir tu danseras avec moi. Ma mère a une dame de compagnie, toi tu seras ma petite demoiselle de compagnie. Je t'apprendrai à lire ces milliers de livres sur les rayons, à taper sur les dents de ce meuble à musique, à monter à cheval, à chasser les cerfs et les loups. » « Moi, je vous conduirai à la colline de saint Exupère, le mauvais saint qui a blessé mon frère Francet ; sur nos chevaux nous partirons vers ces plaines, ces vallées, ces villages, ces forêts, ces montagnes qu'on voit de là-haut. Avec vous j'irai jusqu'en Chine, nous traverserons le monde... »

Prise par ces fables, Catherine demeurait totalement indifférente à ce qui l'entourait. Quand elle avait un moment de libre, elle allait contempler ses yeux dans un morceau de miroir que la mère rangeait dans la commode : comme elle eût voulu que ses prunelles s'assombrissent et que ses paupières devinssent larges et bombées comme celles d'Émilienne. Le soir, quand elle se déshabillait, d'un geste rapide, elle portait ses mains à sa poitrine plate dans l'espoir, toujours déçu, de sentir sa gorge doucement se renfler comme celle, opulente, de l'amazone.

A peine remarqua-t-elle la joie, qui, un matin, donna une surprenante jeunesse aux visages des parents. Ce jour-là, le docteur, après avoir examiné une fois encore la jambe de Francet, s'était penché vers la mère et l'avait embrassée.

— Sacré brin de femme, avait-il dit. Je peux bien vous l'avouer maintenant, plus d'une fois, en moi-même, je vous ai traitée de tous les noms : elle sera cause de la mort de son fils, je me disais, la têtue, elle aura voulu sauver sa jambe mais elle l'aura tué. Eh bien...

Il sortait sa tabatière et logeait une prise dans une narine, à petits coups de pouce, puis dans l'autre.

— Eh bien, reprit-il, cette jambe, je la crois pour ainsi dire guérie. Mon vieux Francet — et il tapa sur l'épaule du garçonnet —, tu vas pouvoir marcher.

A cette nouvelle, des larmes inondèrent le visage émacié de la mère. Jean Charron se mit à tirer nerveusement sur sa moustache, Francet prit un air rogue pour cacher la peur, à lui-même incompréhensible, qui le prenait à l'idée qu'il était enfin sauvé, qu'il allait pouvoir redevenir semblable aux autres.

— Comment, dit le docteur, vous pleurez, la Mère ?

— C'est de joie, Monsieur, c'est de joie.

— A la bonne heure, dit le vieil homme.

Il la prit par les épaules, la regarda, réprima une légère grimace.

— Pas fameuse, vous, remarqua-t-il. Je vous avais pourtant bien ordonné de vous reposer.

La mère hocha la tête. Elle avait un sourire d'enfant, et une larme demeurait accrochée à sa joue creuse.

— Ce n'est pas possible, dit-elle.

— Enfin, remarqua le médecin en désignant du doigt Catherine puis Clotilde et Toinon, enfin votre aînée vous aide, j'espère, et les deux autres n'ont qu'à se dépêcher de grandir pour en faire autant.

— Oui, dit la mère, Catherine est vaillante.

— Eh bien, remarqua le père, ces temps-ci, on se demande ce qu'elle a, elle n'est guère à son travail.

Le docteur se mit à rire.

— Le fait est qu'elle a plutôt l'air dans la lune. Quel âge a-t-elle ?

— Elle va sur ses treize ans, répondit le père.

— Hum, fit le vieillard, c'est peut-être ce que je pensais qui vous la change, quoiqu'elle soit encore un peu jeune. Allez, au revoir toi, Francet, il te faudra des béquilles au début.

Il crut lire une expression de détresse sur le visage du garçon.

— Au début, reprit-il, au début seulement.

Et prenant un ton jovial :

— Eh bien, quoi, tu apprendras à marcher un peu plus tard que ta sœur Toinon. Il n'y a pas de quoi avoir honte.

Le père Baptiste qui, au sortir de la manufacture, venait de temps à autre à la maison-des-prés, déclara que ce n'était pas la peine d'acheter des béquilles à La Noaille, que ça coûterait une petite fortune, alors que lui et Francet seraient bien capables de fabriquer eux-mêmes ces instruments.

L'ouvrier tint promesse. Pendant une semaine, il vint chaque jour chez les Charron ; il restait souper et travaillait avec le fils jusqu'à la nuit tombée. Francet poussa la coquetterie jusqu'à sculpter les branches de ses béquilles. Le père Baptiste se plaisait à le regarder faire.

— Pour être adroit, il est adroit ce gars, je vous le dis, c'est lui, lui, pas un autre qui me succédera à la manufacture. Vous verrez quelles belles porcelaines il saura tourner un jour... Qu'en penses-tu, Cathie ? Est-ce assez joli ces feuillages qu'il a creusés sur ses bâtons ?

Mais Catherine n'entendait ni ne répondait. Les premières fois qu'elle vit son frère sautiller sur ses béquilles, elle ne put s'empêcher de ressentir une secrète horreur. Il paraissait ainsi extrêmement large et court. Elle trouvait qu'il avait l'air d'un gros oiseau dont on aurait coupé les ailes. Il passait son temps à faire le tour de la maison, à peine s'il se reposait ou s'occupait de son travail : les filles venaient en vain à la maison-des-prés réclamer leurs fuseaux.

— Laissez-moi m'habituer, leur disait-il. Après je me remettrai au travail.

Aux plus jolies il retenait une danse pour le prochain bal de La Noaille.

Elles avaient un rire contraint, ne pouvant imaginer que cet infirme quelque jour les ferait valser ou serait leur cavalier de bourrée. Parfois, il priait l'une d'elles de lui donner le bras et de l'aider à marcher dans le chemin. Il s'appuyait alors de l'autre côté sur une seule béquille.

Quand Julie Lartigues le surprenait ainsi, un bras passé sur les épaules de ses jeunes clientes, elle pinçait les lèvres, redressait sa petite tête, et, une fois seule avec lui, se plaignait amèrement de ses façons ridicules.

— Tu ne vois pas qu'elles se moquent de toi. Tu n'es qu'un boiteux pour elles. Mais toi, tu veux courir. Quand t'étais cloué à ta chaise, j'étais bonne pour te faire passer le temps, maintenant, il faut que les autres te prêtent leurs épaules pour t'aider à marcher, les épaules et ensuite...

Francet ne se fâchait pas, il riait, et son rire portait à son comble le courroux de Julie ; elle ne tardait pas à éclater en pleurs, alors pour la consoler il l'embrassait.

Ces querelles et ces réconciliations irritaient Catherine. Elle prenait Clotilde et Toinon par la main et s'en allait avec elles cueillir des fraises dans les bois.

— Je connais une princesse, disait-elle aux petites, elle habite un palais, une pièce où brillent mille bougies. Elle m'y invite la nuit, et nous dansons en robe de taffetas.

XXIX

En fait de palais, il fallut redevenir servante chez les autres, mais Catherine n'y prit pas garde. Elle continuait à ne reconnaître que ses images intérieures, comme il en avait été avant sa communion : mais, à la place occupée par la Vierge ou les anges, se dressait maintenant, aussi céleste, l'effigie rayonnante d'Émilienne.

Catherine avait pour patronnes les dames Jacquemont. Elles habitaient au delà de la sous-préfecture, une maison carrée, à un étage, située au sommet d'un long jardin en pente. La mère était une haute femme maigre toujours vêtue de noir ; quoi qu'elle fît, elle ne lâchait jamais un lourd chapelet aux grains bruns et luisants ; la fille, qui pouvait avoir la trentaine, semblait minée par quelque langueur : ses tempes étaient déjà garnies de cheveux blancs. On disait en parlant des deux femmes : « Les dames Jacquemont. » Pourtant la fille était mariée, mais son époux, Gaston Bienvenu, un beau brun qui portait avec coquetterie une moustache aux pointes retroussées, ne faisait que de brefs séjours à la maison : juste le temps, après maints serments, prières, menaces ou disputes, d'obtenir de sa belle-mère, par l'entremise de sa femme amoureuse et désespérée, quelque nouvel argent qu'il s'empressait d'aller dépenser à La Noaille ou au chef-lieu. On racontait dans le voisinage qu'il ne tarderait pas à mettre les dames Jacquemont sur la paille.

Catherine ne se souciait guère de cela. Elle appréciait le calme qui régnait dans la maison quand l'époux volage était reparti. La jeune femme s'asseyait devant l'une des fenêtres qui donnaient sur le jardin ; silencieuse elle travaillait à un ouvrage de tapisserie sur lequel plus d'une fois tombaient ses larmes. Sa mère allait d'une pièce à l'autre sans bruit, tout en égrenant son chapelet. Catherine poursuivait ainsi dans une paix absolue sa vie imaginaire pleine de beauté, de danse, de musique et de luxe.

Et soudain, elle fut arrachée à ses nuées, rejetée sur la terre.

C'était le matin. Il ferait une journée lourde, déjà on respirait avec peine, les oiseaux se tenaient cois sur les arbres du jardin. Catherine avait terminé le ménage dans la chambre de la jeune dame. Elle secouait un chiffon par la fenêtre lorsqu'elle aperçut un garçon qui gravissait l'allée centrale. Il avait les cheveux châtains coupés en brosse, il était mince, ses pantalons rapiécés s'arrêtaient à mi-mollet. Catherine voyait mal le visage du visiteur car elle avait le soleil dans les yeux. Le garçon se planta sur le perron. Elle descendit ouvrir la porte, s'arrêta à deux pas de lui. Il baissa la tête comme s'il n'osait la regarder.

— Aurélien, dit-elle étonnée.

Il ne répondit pas. Sans lever les yeux, il marmonna d'une voix à peine perceptible :

— Ton frère...

— Francet ! cria-t-elle. Sa jambe ?

— Non, Aubin.

— Eh bien ?

Aurélien baissa encore la tête.

— Il s'est tué.

Elle avala sa salive.

— Ça n'est pas possible.

— Robert l'avait envoyé quérir le foin dans la barge. Il est monté, le plancher avait des lames pourries, une a cédé, ton frère est passé à travers, on l'a retrouvé sur le sol, sa tête avait heurté le pied de l'échelle.

— Mais... murmura Catherine.

— Il était mort, dit Aurélien.

Elle regardait fixement le messager comme si elle ne comprenait pas.

— Chez toi, ils sont partis à Ambroisse. Cette nuit, ta marraine Félicie a gardé les petites, puis ce matin elle a repris son travail. Elle te fait dire de rentrer à la maison-des-prés.

Aux dames Jacquemont qui s'étaient approchées, Aurélien répéta la tragique nouvelle. Elles donnèrent ses gages à Catherine, l'embrassèrent.

— Que Dieu te garde, dit la jeune femme, toi et ta mère.

— Nous prierons pour l'âme de ton frère, assura la vieille.

Aurélien et Catherine descendirent l'allée en pente, traversèrent La Noaille. Quand ils arrivèrent au chemin qui menait à la maison-des-prés, Catherine saisit le bras de son camarade. Aurélien la regarda avec un faible sourire : devinait-il qu'elle avait peur, peur de cette mort qui avait terrassé Aubin, peur de ce nouveau monde inconnu qui allait être le sien et celui de sa famille maintenant qu'était survenu l'irrévocable ?

Elle essayait encore d'imaginer son frère étendu au pied de l'échelle dans la grange. Elle le voyait toujours bien vivant en elle comme il était voici quelques mois, ce dimanche où il lui contait sa rencontre avec l'amazone. Elle pouvait sans difficulté voir cette scène à laquelle elle n'était pourtant pas présente : la clairière, le garçon qui ramasse du bois, et, tout à coup, écartant les broussailles, le haut cheval brun et sa cavalière ; tandis que pour le cadavre étendu sur le sol de la grange, non, il n'y avait pas place en elle. Comment se représenter Aubin sans gestes, sans voix, sans rire, sans couleurs, sans cette odeur qu'elle se plaisait jadis à respirer lorsque aux Jaladas, le matin, elle se glissait dans le lit de son frère ? Ce n'était pas lui qui était mort, mais quelque chose — quoi ? elle n'aurait su le dire — quelque chose dans sa propre vie. Elle eut honte d'avoir passé ces dernières semaines à rêver autour de l'image d'Émilienne. Il lui semblait que la jeune fille était responsable de l'accident, elle s'était promise à un autre après avoir embrassé Aubin, elle avait oublié Aubin et c'était comme si elle avait oublié de le faire vivre, de le soutenir : aussi s'était-il écrasé sur le sol. Catherine dut s'arrêter au milieu du chemin, il lui semblait que son cœur allait cesser de battre, elle se pressa contre Aurélien.

— Cathie, dit-il doucement.

— Comment peut-on mourir ? demanda-t-elle. Tu crois que tu pourrais mourir toi aussi ?... Et moi ?

Elle le regarda, lui toucha le cou, les épaules, les mains.

— Tu es... sûr que ?

Elle allait dire : « Tu es sûr que nous ne sommes pas morts ? » Cette question lui fit à la fois trop honte et trop peur, elle se tut. Ce fut Aurélien qui parla.

— Tu te rappelles Cathie, quand je t'accompagnais, les soirs, de l'auberge à la maison-des-prés, parce que tu voyais des fantômes ?

Catherine contempla le pré avec étonnement. C'était pourtant vrai, elle avait craint les revenants lorsqu'elle le traversait, une fois terminée sa journée de travail chez la Marie-des-Prés. Elle revit tout à coup la tombe de Mme Maneuf et de son fils l'officier dans la garenne du Mézy, et la poupée de maïs qu'elle avait déposée en offrande devant le tombeau. Elle avait donc déjà eu peur des morts, mais comme ils lui semblaient maintenants inoffensifs, et attendrissante son ancienne frayeur à côté de ce trouble innommable, de cette tare qu'elle devinait en elle et dans tout ce qui l'entourait depuis qu'Aurélien lui avait annoncé le malheur.

Elle trouva Clotilde et Toinon occupées à se chamailler dans un coin de la cuisine, cependant que Julie Lartigues prenait le soleil assise à même la terre et adossée au mur de la maison.

— Ah ! il me tardait que vous veniez, dit Julie, car j'ai affaire en ville...Quand je pense, ajouta-t-elle, que tes parents ont voulu emmener Francet avec eux ; pourvu qu'il ne revienne pas malade de là-bas.

Elle se leva, s'étira en bâillant.

— Allez viens, ordonna-t-elle à son frère, on aura besoin de toi à la maison.

— Il faut que je reste auprès de Cathie, affirma Aurélien.

— Oh, je ferai bien seule, va, protesta faiblement Catherine.

— Mais non, je ne te quitte pas.

Il rougit en s'entendant dire cela et il rougit plus encore lorsqu'il surprit le regard de gratitude de son amie.

— C'est bon, je vous laisse, dit sèchement Julie.

Elle s'en alla : armée d'une baguette, elle fauchait d'un geste rageur les hautes ombelles qui bordaient l'entrée du chemin.

Catherine prépara le repas. Les petites se plaignirent de la soupe. « Pas aussi bonne, disaient-elles, que celle trempée par la mère. »

La journée passa vite. Etait-ce le départ des parents ? Le bouleversement que le drame avait apporté ? Clotilde et Toinon paraissaient en proie au démon : toujours à se disputer, à se battre, à renverser ce qui se trouvait sur leur passage. Et Catherine ne se sentait pas le courage de les gronder. Elle restait dans l'ombre d'Aurélien, silencieuse, et lui ne savait que dire pour essayer de dissiper le malaise ou la menace tapis dans ce silence. Il parlait de la vie du faubourg, des querelles du Iandou et de la Cul Bénit, des larcins que continuaient à commettre les Jalinaud, et parfois il s'arrêtait au milieu d'une phrase, sur le point d'évoquer, à propos de ces personnages longtemps familiers à Catherine et à ses frères, le souvenir d'Aubin.

Le soleil descendit derrière les bois.

— Quand sont-ils partis ? demanda Catherine.

— Hier après-midi...

Elle se replongea dans il ne savait quelle absence.

— Oh ! ils ne vont pas tarder à rentrer.

Il dit cela très vite pour essayer de cacher ses craintes.

La petite tourna la tête vers lui, mais ne répondit pas.

Le ciel demeurait très clair mais la fraîcheur tombait, et les grenouilles commençaient à faire entendre dans les marais le prélude à leur concert nocturne.

— J'ai faim, cria Clotilde.

— Faim, répéta Toinon.

Catherine dut servir de nouveau la table, Aurélien eut un air timide pour dire que, maintenant, il lui fallait s'en aller.

— Oh ! non, supplia-t-elle, tu vois, j'ai sorti une écuelle pour toi, tu vas rester manger, après tu partiras.

Quand ils eurent dîné, ce fut Catherine elle-même qui lui proposa : « Eh bien, va-t'en maintenant, et merci pour... merci pour aujourd'hui. » Il lui serra la main, embrassa les deux petites. Quand il arriva sur le seuil, il se retourna, il vit Catherine se mordre les lèvres.

— Cathie, dit-il.

Elle éclata en sanglots. Il ne savait que faire ; planté gauchement devant la porte ouverte, il regardait son amie essayer en vain de retenir ses pleurs. Toinon s'était endormie à même le sol, et Clotilde somnolait, la tête sur la table.

— Que veux-tu que je fasse ? demanda Aurélien à voix basse.

Catherine écarta les bras de son corps, les laissa retomber en un geste d'impuissance. Il eût préféré qu'elle criât, qu'elle se plaignît plutôt que de la voir ainsi accablée, sans défense, perdue devant la nuit qui s'avançait au long des arbres.

— Veux-tu... ?

Il s'arrêta, incertain, puis :

— Veux-tu que je reste ? finit-il pas souffler d'un trait.

Elle courut vers lui.

— Oui, Aurélien, oui, ne me laisse pas, tu coucheras dans le lit de Francet.

Vive de nouveau, elle revint vers les petites, les déshabilla, coucha Toinon, porta Clotilde dans son propre lit. Elle se mit ensuite à desservir la table et à balayer ; soudain elle s'arrêta, le balai à la main, et, demanda :

— Mais, je n'y pensais plus, que va-t-on dire chez toi, mon pauvre Aurélien ? On va te chercher.

Il y avait longtemps que cette pensée l'inquiétait, il imaginait non sans crainte l'accueil qui lui serait réservé le lendemain. Pourtant il n'hésita pas.

— Ça ne risque rien, j'avais averti mon père que je resterais ici pour t'aider.

Ce mensonge rasséréna la fillette.

— Voilà, dit-elle, on va dormir.

Puis comme elle s'apprêtait à entrer dans la chambre, elle ajouta :

— Ça te fait pas drôle ?

— Quoi ?

— D'être dans cette maison et qu'il n'y ait pas de parents ?

— Je ne sais pas.

— Moi, il me semble que c'est toi et moi, les parents, qu'il n'y a plus de grandes personnes et que tu es le père, que je suis la mère, et que les petites sont nos petites.

— Oui, ça fait drôle.

La pièce était maintenant envahie par l'ombre, et les deux enfants distinguaient à peine leurs visages. Dans les bois une chouette ulula.

Catherine se signa et fit un pas vers Aurélien.

— T'as entendu ? demanda-t-elle d'une voix blanche.

— Ce n'est rien, c'est la chouette.

— Tu sais bien ce qu'on dit : « La chouette annonce la mort. »

— C'est des histoires va, une chouette, c'est une chouette.

— Si, c'est la mort d'Aubin ! Quand on meurt on devient peut-être une chouette. Si c'était Aubin qui venait me chercher.

Elle s'accrocha au bras de son camarade.

— Mais je ne veux pas mourir, moi, je ne veux pas m'en aller avec lui.

— Bien sûr que non, affirma-t-il d'un ton qu'il voulait énergique.

Il se répétait : « Tu es un garçon ; un garçon ça n'a pas des idées de filles. » Pourvu qu'elle ne sentît pas qu'il tremblait. Heureusement, elle était trop occupée pour pouvoir le remarquer.

— Allons, dit-il, tu es fatiguée, tu vas bien dormir et demain tu iras mieux.

— Tu crois que je vais pouvoir dormir ?

Elle se sentait redevenue petite, toute petite ; elle gardait au contraire l'impression qu'Aurélien était non pas un jeune garçon mais un père.

— Pendant mon sommeil, Aubin ne va pas venir me chercher ?

Si elle continuait à parler de cette façon ç'allait être pour lui aussi la panique. Il assembla le peu de force qui lui restait pour feindre la colère, il y allait de leur salut commun.

— Oh ! s'écria-t-il, tu es sotte avec tes questions ! Une fois pour toutes, tu ne risques rien, moi je vais me coucher, bonsoir.

Vexée, Catherine passa dans la chambre sans lui répondre.

Il entendit bientôt le lit craquer sous le poids de la fillette. Il était malheureux ; il avait dû se fâcher avec son amie pour la secourir et maintenant c'était à lui d'avoir peur dans le noir, de lutter contre ces idées que Catherine lui avait transmises, de penser aussi à la semonce et aux coups qui sans doute l'attendraient demain à la maison. Il restait debout dans l'obscurité, n'osant faire un geste. Sans doute dormait-elle dans sa chambre, aussi calme à présent que ses sœurs.

— Bonsoir Cathie, dit-il, et sa voix lui sembla résonner étrangement dans la nuit.

Ensuite le silence lui parut encore plus redoutable. Mais enfin, là-bas, il entendit un froissement de draps, et une voix paisible, une voix amicale tout engourdie par le sommeil lui souhaita à son tour : « Bonne nuit. »

Alors, il se sentit délivré de sa frayeur, de sa tristesse, la nuit redevint pour lui bienveillante, il chercha à tâtons le lit de Francet et s'y étendit tout habillé.

A la belle saison, à peine le soleil se levait-il qu'autour de la maison-des-prés les oiseaux du pays semblaient se donner rendez-vous pour lancer trilles, airs, chants, piaillements ou mélodies. Merles, pies, geais et pinsons, bouvreuils et bergeronnettes, piverts et chardonnerets, rouges-gorges et roitelets, moineaux, cailles et grives trouvaient en effet dans les bois du voisinage les sortes d'arbres qui convenaient le mieux à leur nourriture : du chêne au bouleau, du frêne au pin, du châtaignier au merisier. Il y avait même dans la sylve quelques ormeaux, des platanes, des sycomores, des acacias comme si jadis le vent se fût amusé à porter sur ces terres des graines de chaque espèce forestière. Les marais, pêcheries et ruisseaux qui coupaient çà et là les prés et se bordaient de joncs, de roseaux, de peupliers attiraient en outre quelques martins-pêcheurs, des bécasses et des poules d'eau. Ce fut donc un léger et vif prélude de roulades, de sifflets et de pépiements qui éveilla Catherine auprès de Clotilde encore endormie. Catherine sortit de la nuit, oublieuse et étonnée. Où était-elle ? Quelle était cette enfant à ses côtés ? Et d'où venait cet enchevêtrement de chants d'oiseaux ? Elle sourit en reconnaissant le rappel à tire-d'aile d'un merle. Mais soudain, elle porta les mains à sa gorge : Aubin était mort. Comment avait-elle pu sourire à l'instant ? Comment les oiseaux pouvaient-ils chanter ? Elle se souvint du cri de la chouette qui l'avait effrayée la veille, et ce souvenir lui fit de nouveau savoir gré aux oiseaux du jour d'effacer un peu par leur allégresse le néfaste signal de leur sœur nocturne. Elle se leva sans bruit, s'habilla, vint dans la cuisine, s'avança vers le lit de Francet.

Aurélien y dormait encore. Il avait les traits tirés dans la lumière grise du petit matin ; il respirait mal, bouche ouverte. Ainsi allongé sur la courtepointe rouge, il paraissait à Catherine plus grand que d'habitude, plus grand mais plus fragile aussi. Elle se sentait apitoyée et protectrice devant ce garçon qui, pourtant, était venu veiller sur elle. Elle se pencha : il avait la peau du visage très fine, à sa tempe on voyait une veine : la vie affleurait là si frêle, si précaire, si nue ; ce trait bleu était une mince frontière entre la vie et la mort, peut-être était-ce là qu'Aubin dans sa chute s'était heurté contre le pied de l'échelle, et la veine avait cessé de battre son menu tic-tac. Catherine se pencha encore et, sans en prendre d'abord conscience, posa ses lèvres sur la tempe de son ami.

Aurélien ne bougea pas.

Elle alluma le feu, se mit à tailler une soupe. Par la fenêtre, le soleil glissait maintenant ses premiers rayons : ils vinrent jouer sur la tête du dormeur qu'ils éveillèrent. Il se dressa sur son lit, regarda de tous côtés, cherchant visiblement où il pouvait bien être.

— Ça m'a fait la même chose, dit Catherine, j'étais perdue.

La voix le rassura, il sourit.

D'un bond il fut sur pied, brassant des deux mains ses cheveux emmêlés. Il bâilla de nouveau.

— C'est pas tout ça, marmonna-t-il, mais il va falloir penser à rentrer à la maison, le pater va faire du joli.

— Le pater ?

— Le père quoi ; tu sais bien, à la messe *pater noster,* moi je n'y vais pas à la messe, c'est Francet qui m'a raconté.

— Tu m'avais dit qu'on t'avait permis de rester...

— Eh bien !... Euh !... tu comprends, j'avais dit ou plutôt non...

Il s'embrouillait dans ses explications, Catherine déclara avec indifférence.

— Et puis, tu verras bien ; mange en attendant.

Quand il eut avalé sa soupe, il tendit la main à Catherine.

— T'en fais pas, dit-il, et si tu as besoin de moi...

Et sur ces paroles d'homme, il s'en alla. Debout, il avait repris aux yeux de la fillette sa taille habituelle.

Aubin en faisait bien deux comme lui, songeait-elle, cependant qu'il s'éloignait sur le chemin en continuant de se peigner avec les doigts.

Les petites ne tardèrent pas à s'éveiller à leur tour. Il fallut faire leur toilette, les habiller, les faire manger.

— Pourquoi c'est toi qui t'occupes de nous ? demandait Clotilde. Le père et la mère ne reviendront pas ? Et ton mari ?

— Mon mari ?

— Oui, celui qui était avec toi, hier soir, le frère de Julie.

— Tais-toi, tu dis des bêtises.

— Pourquoi elle criait la mère et elle pleurait quand on est venu la chercher ? Va-t-elle continuer à crier et à pleurer ?

L'enfant ne cessait de poser des questions et l'aînée ne savait comment y répondre.

Toinon semblait se complaire à un jeu bizarre, elle plaçait des bâtons sous ses aisselles et sautillait sur un pied.

— A quoi joues-tu ? lui demanda Catherine.

Ce fut Clotilde qui répondit :

— Eh bien, tu ne vois pas ? Elle joue à Francet.

— Petite malheureuse, s'il te voyait.

— Il la voit bien, reprit Clotilde, alors il fait comme ça.

Et elle haussait les épaules.

— Mais celle qu'est pas contente quand elle nous voit jouer au boiteux, c'est Julie. Ah ! la la ! Il faut l'entendre...

Décidément, ces petites étaient des diables. Pourtant Toinon, depuis ses convulsions, restait toujours en bleu et blanc, aux couleurs de la Vierge. Où était-elle la Vierge ? avait-*Elle* vraiment sauvé Toinon grâce à la quête faite dans la neige et la bise ? Et, dans ce cas, pourquoi n'avait-*Elle* pas protégé Aubin ? Ne pouvait-*Elle* s'occuper que d'un seul enfant dans une famille ? Jadis, *Elle* s'était bien gardée d'exaucer la prière de Catherine qui rêvait de se retrouver à son réveil transportée de la ferme des Thomas à la maison-des-prés. Et Dieu et son Fils, et les saints, que faisaient-ils donc dans leur paradis pour laisser mourir ainsi les beaux jeunes garçons ? A moins que... non, ce serait trop affreux, et alors quel but perfide poursuivait-on à l'église ou au catéchisme ? — à moins que Dieu et les saints fissent comme le méchant saint Exupère qui avait, selon une voisine du Mézy, donné le mal à la jambe de Francet. Non, ce grand ciel limpide où volaient les hirondelles ne pouvait cacher tant d'horreur. Pourtant, songeait de nouveau Catherine, pourtant il fallait bien qu'ils fussent ou cruels ou indifférents les seigneurs célestes pour donner carte blanche à la mort. Et si la première crainte était justifiée, n'allaient-ils pas se venger de ce qu'elle osât les juger ? Malgré elle ses yeux scrutaient le léger ciel matinal où, très haut, s'effilochaient des nuages ; elle aurait été à peine surprise de voir un archange flamboyant jaillir de l'une de ces nuées et fondre sur elle, comme un épervier sur les poussins.

Elle se souvenait des affirmations d'Aurélien lorsqu'il disait naguère : « Le Diable, le Bon Dieu ! des histoires ! » Elle s'était alors pour ces audaces brouillée avec lui. Elle continuait à penser qu'il avait tort sans doute, mais Aubin, ce jeune mort, la poussait à interroger avec âpreté les mystérieuses figures qu'on lui avait appris à vénérer.

Puis de la mort, ce fut à la vie que s'étendit son tribunal intérieur. Elle avait entendu bien des fois ses parents évoquer la vilenie de M. Maneuf et de ses domestiques, mais il avait fallu cette injustice inconcevable des dieux : la mort d'Aubin, pour que ce matin elle prît conscience, avec stupeur, de cette autre injustice des hommes qui avait provoqué le malheur des siens. Et là encore, tout le royaume céleste avait laissé faire : un homme parce que honnête, jeté avec sa femme et ses enfants à la misère, à la famine, voilà ce que ces maîtres avaient fait et nulle vengeance, nul secours n'était venu de l'invisible. Catherine sentait monter en elle un étrange sentiment, ou n'était-ce pas plutôt une sensation ? Quelque chose comme un feu, comme un orage muet, quelque chose d'illimité, que contenaient pourtant ses petits poings serrés, ses pieds crispés dans ses sabots, son cœur qui s'était mis à battre fort mais lentement, sa bouche sèche ; elle ne savait quoi d'immobile et de violent qui rendait à ses yeux la campagne, l'air, la lumière ennemis. Elle avait une furieuse envie de se battre contre tout ce qui se révélait soudain pour elle puissances imbéciles et cruelles ; et bien sûr, dans ce combat, elle serait terrassée, mais non vaincue. Elle fut surprise de s'entendre appeler par Clotilde : ainsi on pouvait encore la reconnaître ? Elle ne paraissait pas changée ? Elle était toujours une enfant aux yeux des autres ? Il est vrai que nul cri, nul geste, nul trépignement ne venait trahir cette force inconnue qui s'était emparée d'elle et la dressait, révoltée.

— Cathie, répétait sa sœur en pleurnichant, Cathie, je me suis fait mal.

Elle lui montrait son genou, où, sous des traces de terre, se devinait une écorchure.

Catherine alla mouiller un linge à l'évier, nettoya la plaie de la petite qui se mit à geindre. L'aînée la secoua :

— Tu n'as pas honte de pleurer pour rien ! Est-ce que je pleure moi ? On ne se plaint pas quand son frère est mort ; tu vas me faire le plaisir de te taire ; quand la mère va rentrer, ne va pas la fatiguer avec tes criailleries, elle est assez malheureuse comme ça.

La petite, éberluée par cette rebuffade, se tut, ouvrant de grands yeux.

Catherine eut honte de son mouvement d'humeur, elle prit Clotilde dans ses bras, se mit à la cajoler puis elle alla chercher Toinon et l'embrassa à son tour.

Il faisait bon, un vent léger animait les arbres ; de temps à autre quelque oiseau venait se percher sur les branches au-dessus des trois enfants et chantait son allégresse. Catherine jouait avec les petites, elle avait tout à fait oublié cette indignation qui brûlait ses nerfs avant que Clotilde ne vînt se plaindre ; la nature était douce : les feuilles, les herbes, les rigoles et leurs reflets à travers les tiges, le vol d'un loriot, la course d'un insecte mordoré sur les brindilles qui jonchaient le sol, tout cela était juste, paisible. Les fillettes se laissaient engourdir par le soleil qui filtrait à travers la ramure.

Un grincement les tira de leur torpeur. Elles se levèrent. Une voiture avançait péniblement dans le chemin qui rejoignait le faubourg de La Ganne. Catherine reconnut la carriole de Mariette, celle qui avait mené ici, voici quelques mois, sa demi-sœur et Aubin se rendant à l'invitation de la mère. Clotilde et Toinon, au bout de quelques pas, se refusèrent à aller plus loin. Catherine dut continuer seule. Le père sauta lourdement de la voiture, il paraissait gauche dans ses vêtements noirs ; à Mariette il tendit la main pour l'aider à descendre puis il fit le tour de la carriole et dut prendre Francet sous les bras pour le déposer sur le sol. Mariette attrapa les béquilles qu'elle donna au jeune garçon. Il restait sur la banquette de l'attelage, une sorte de paquet noir, tassé sur lui-même ; Jean Charron s'approcha, murmura quelques mots que Catherine ne put comprendre, la chose sombre sur la banquette bougea, se redressa légèrement et Catherine faillit crier en découvrant sous la capuche de drap le visage de la mère.

Il fallut que Mariette remontât dans la voiture et qu'elle poussât la mère par les épaules pour l'amener jusqu'au bord du plancher. Là, le père qui s'était hissé sur le marchepied prit sa femme dans ses bras, descendit et l'emporta vers la maison. Il ne paraissait plus bien fort avec ses épaules lasses, ses cheveux blancs, ses traits creusés, son teint pâli par l'insomnie, et pourtant il soulevait sa femme comme si elle n'eût pas eu d'autre poids que celui de la grande cape de deuil dans laquelle elle disparaissait. Francet suivit en boitillant sur ses béquilles, Catherine et les petites fermèrent la marche.

— Il faut la coucher, proposa Mariette quand ils furent entrés dans la cuisine.

Sous les voiles, une voix à peine perceptible essaya de protester. Le père hésita puis déposa son triste fardeau sur un banc ; mais une quinte de toux ploya la mère en deux, Mariette n'eut que le temps de se précipiter pour l'empêcher de tomber.

— Vous voyez bien, Mère, il faut aller au lit, murmura la jeune femme.

Mariette fit signe au père qui de nouveau, avec précaution, prit dans ses bras la malheureuse et vint l'étendre sur son lit. Mariette appela Catherine. Toutes deux déshabillèrent la mère : une fois enlevée la cape, puis le corsage et la jupe, le corps parut extraordinairement frêle, misérable avec ses os saillants, sa peau terne, sa poitrine plate. Était-ce donc là le même corps qui, au temps pas si lointain des métairies, avait tant de jeunesse ? Était-ce lui qui avait porté ces seins glorieux dont Catherine gardait la nostalgie ? Et le visage, comment le reconnaître dans cette face exsangue que trouaient les yeux fiévreux, brûlés par les pleurs ? Comme la mère portait la main à son front avec une grimace douloureuse, Mariette crut bien faire de lui ôter sa coiffe ; les cheveux retombèrent autour de sa figure et la firent paraître un peu plus émaciée. Une fois encore, quelques semaines auparavant sans doute, la mère avait dû vendre sa chevelure car celle-ci ne faisait que repousser et parvenait seulement à hauteur de la nuque et des joues. La malade ferma les yeux. Catherine se rapprocha de Mariette dans un mouvement de frayeur. Paupières closes, le visage paraissait non plus humain mais masque, comme ces têtes que Catherine avait vues dans le salon d'Émilienne. On entendait dans la cuisine les allées et venues du père, de Francet et des petites ; dans la chambre, seul brisait le silence le sifflement rauque qui s'échappait des lèvres entrouvertes de la mère.

— Elle dort, souffla Mariette, viens.

Elle sortit avec Catherine ; dès qu'elle fut dans la cuisine, elle parut impatiente de partir.

— Ne t'en va pas encore, implorait le père.

— Si, si, il le faut.

Elle semblait ne plus tenir en place, regardait de tous côtés, prêtait l'oreille.

— Ton mari est donc si méchant ? demanda Jean Charron d'une voix sourde.

— Oh ! non, pas du tout.

Et elle s'agitait.

— Il la bat, chuchota Francet à l'oreille de Catherine.

Mariette jeta sur lui un regard soupçonneux. Elle soupira, parut hésiter et finit par dire :

— Il vaut mieux que je parte tant qu'elle dort, la pauvre, elle me demanderait de lui raconter encore et encore comment l'accident est arrivé. Depuis l'enterrement, je crois bien qu'elle m'a obligée à lui faire ce récit plus de dix fois ; elle se torture.

Des larmes se mirent à couler sur le visage du père, elles s'accrochaient à ses moustaches, comme des perles.

Mariette vint l'embrasser. Elle lui parlait lentement, comme à un enfant.

— A quoi ça sert, vous savez bien.

Elle sortit un petit mouchoir de son tablier, essuya les yeux du père, puis ses moustaches. Elle l'embrassa encore, puis elle demanda à Catherine de l'accompagner jusqu'à la voiture.

— Non, Père, ne bougez pas, si elle appelait, allez vite dans la chambre.

Quand elles furent dehors, elle se planta, prit Catherine par les épaules, la regarda et, comme si elle s'adressait à elle-même, remarqua :

— Pas bien grande, non, pas bien vieille, non, et pourtant...

Elle lâcha sa sœur et reprit, tout en se dirigeant vers la voiture :

— Moi, c'est pas possible, je ne peux pas rester, alors Catherine, toi, tu vas prendre la place de la mère.

— Prendre la place !... fit la petite indignée.

— Je veux dire : la mère est fatiguée, bien fatiguée. Félicie me le disait un jour, depuis que vous êtes partis du Mézy, elle n'a fait que dépérir, se ronger les sangs pour vous tous, pour le père qu'on paye mal, pour la jambe de Francet... Et faire plus de ménages qu'on ne peut, ça vous use une femme. Elle n'était pas déjà brillante la mère, j'ai peur que la...

Elle s'arrêta, gênée, fronça ses fins sourcils.

— Bref, j'ai peur que l'accident ne l'ait achevée. En la déshabillant, je l'ai trouvée plus maigre qu'un chat perdu, et puis, elle tousse... Tu veilleras sur elle, Cathie.

Elles étaient arrivées à la voiture, Mariette y grimpa lestement, commença à tourner la manivelle du frein.

Quand le cheval démarra, elle le retint en tirant sur les guides et en poussant un « oh ! » sonore. Elle se pencha sur son siège, désigna de la main la masure.

— Maintenant, Cathie, dit-elle, il va falloir...

Là, elle s'arrêta, interdite, détourna les yeux pour éviter le regard interrogateur de la fillette.

— Je voudrais essayer de rentrer avant la nuit, cria-t-elle, comme si elle eût voulu couvrir le bruit de la lourde carriole qui s'ébranlait en grinçant.

Catherine regarda s'éloigner la voiture puis revint lentement vers la maison : « Maintenant, Cathie, il va falloir... » Quel devoir voulait-elle lui indiquer ? Et pourquoi ensuite n'avait-elle plus osé ? Triste, sévère devoir, sans aucun doute. Il faisait si beau dans les arbres, dans le ciel. Chaque pas lui coûtait qui la rapprochait du seuil. L'envie de fuir loin, bien loin de cette maison de douleur, rejoindre ces pays aperçus jadis de la colline de saint Exupère, où le désespoir, la mort sont inconnus. « Maintenant, Cathie, il va falloir... » Elle entra dans la cuisine, le père demeurait affalé sur le banc, Francet, épuisé sans doute par ces journées de deuil, s'était étendu sur son lit, les petites avaient renversé sur le sol une écuelle de lait dans lequel elles se roulaient avec application. Sur la table, dans la commode, dans l'âtre, devant la fenêtre, partout le désordre, l'abandon. Catherine regarda un instant ces signes de défaite, puis elle se dirigea vers les petites, envoya à chacune une paire de gifles, les conduisit dehors, revint, essuya le sol, balaya, ralluma le feu, épousseta les meubles, fit briller la commode, rangea les sabots de Francet. Quand enfin elle put jeter sur la pièce rendue à la vie et à l'ordre un regard apaisé, elle se dirigea vers la porte de la chambre. Elle crut entendre la mère gémir dans le lit, s'arrêta le cœur battant. Comme ils étaient beaux, comme ils étaient heureux les horizons lointains qui formaient leur ronde bleue, autour de saint Exupère ! « Maintenant, Cathie, il va falloir... » Elle avala sa salive, ferma à demi les yeux, entra dans la chambre.

XXX

« Je n'aurais pas dû, je n'aurais pas dû... » Combien de fois ils entendirent la mère s'accuser ainsi à propos de la mort d'Aubin. Parfois, Francet, sautillant sur ses béquilles, s'approchait du lit, il essayait de la raisonner.

— Vous savez bien que vous ne pouviez pas faire autrement, c'était pour qu'il ait à manger.

Le père suppliait :

— Marie, je t'en prie, Marie, à quoi ça sert de te retourner les sangs. Il dit que tu ne guériras pas, le médecin, si tu continues à penser, à penser... enfin...

Il se grattait le sommet du crâne, cependant que la mère reprenait :

— Je n'aurais pas dû...

Comment aurait-elle pu guérir, ne mangeant pas, hantée nuit et jour, et déchirée par une toux aux saccades brèves mais violentes ? Elle avait voulu se relever le lendemain de son retour à la maison-des-prés. A peine debout, elle avait chancelé ; Catherine avait dû seule l'aider à regagner le lit, le père étant parti dès l'aube à son travail et Francet ne pouvant que boitiller çà et là.

Félicie qui venait presque chaque semaine, le Parrain, Baptiste le porcelainier, et une fois ou deux Martial, Mariette aussi, quand elle avait pu s'échapper d'Ambroisse, faisaient une visite à la mère, l'adjuraient de ne plus penser à son chagrin, et de guérir, non seulement pour elle, mais pour les siens. Assise sur sa couche, elle les recevait poliment, s'efforçait même de sourire lorsqu'ils plaisantaient, les remerciant de leur gentillesse, mais après leur départ, elle retombait sur son lit plus lasse encore.

— Votre mère, elle a les traînaisons, déclarait la marraine Félicie.

Un jour Catherine demanda à Francet ce que pouvaient bien être ces traînaisons. Il hocha la tête.

— Quelque chose de pas fameux, je me souviens qu'on disait cela de la femme d'un cordonnier qui habitait près de l'école des Frères.

— Et alors ? s'inquiétait Catherine.

Francet ne répondit pas, de nouveau il hocha la tête, puis, comme s'il voulait éviter que sa sœur lui posât de nouvelles questions, il se hâta de s'installer devant son tour.

Quelquefois le père Baptiste le félicitait.

— Tu es bien le meilleur tourneur sur bois que je connaisse, affirmait-il.

Il ajoutait.

— Dépêche-toi de guérir tout à fait et tu entreras en apprentissage à la manufacture.

— Fera-t-il d'aussi jolies tasses, des tasses aussi fines que celle que vous m'aviez donnée ?

— Bien sûr, Cathie. Et puis...

Le vieil ouvrier s'interrompait, les regardait attentivement.

— Et puis, reprenait-il, toi aussi, Cathie, je pourrai te faire embaucher.

Il jetait un coup d'œil vers le père assis tristement au bout de la table.

— Comme cela, Charron, vous comprenez, ces enfants seraient casés, si jamais...

Le père levait la tête, ses yeux bleus avaient perdu leur éclat, des filets rouges zigzaguaient autour de leurs prunelles.

— Vous ne voulez pas dire... soufflait-il d'une voix étranglée.

— Oh ! ce que j'en dis, vous savez, grommelait le vieil ouvrier en poussant sa casquette pour se gratter le sommet du crâne.

Catherine ne voulait pas penser à ces lendemains qu'annonçait le porcelainier, elle ne comprenait pas à quoi pouvaient faire allusion ces phrases inachevées, mais elle y voyait d'obscures menaces. D'ailleurs, depuis la mort d'Aubin, existait-il autre chose que des menaces toujours présentes jusque dans les objets ou les êtres les plus familiers ? Non, elle ne voulait pas penser, et pour cela il lui suffisait de se vouer entièrement aux travaux que, chaque jour, fidèlement, ramenaient la toilette, la nourriture de Clotilde et de Toinon, les tisanes à préparer pour la mère, le ménage à tenir, les repas, les lessives. Catherine ne trouvait pas assez d'heures pour venir à bout de ces tâches, pourtant elle se levait avec le jour et se couchait à nuit noire. Aurélien lui avait proposé de faire pour elle, à la ville, toutes les courses nécessaires. Elle avait accepté, jugeant par surcroît que des promenades à La Noaille auraient pu la distraire ; or, il lui semblait qu'elle ne pourrait éviter aux siens quelque nouveau malheur qu'en ne se départant jamais d'une vaillance et d'une austérité qui, en quelques semaines, avaient enlevé à son visage la grâce de l'enfance.

— C'est une vraie petite mère, affirmait Félicie en la contemplant d'un air vague.

Et de fait, Clotilde et Toinon parfois se trompaient, et, au lieu de dire : « Cathie », l'appelaient « Mère ». Elle se reprochait alors sévèrement la joie secrète, l'orgueil qu'elle éprouvait malgré elle.

— Oui, répétait Félicie, vous pouvez être tranquille, Marie. Catherine, c'est comme si c'était vous.

La mère esquissait un sourire à l'adresse de sa fillette puis elle retombait dans sa mélancolie.

— Ah, je suis bien coupable — on entendait à peine sa voix rauque —, je reste dans ce lit, inutile, quand il y a tant de travail. Ma pauvre Cathie, c'est vrai que c'est toi la mère maintenant.

Elle restait un moment, les yeux fixes, comme absente, puis, de nouveau, elle essayait de sourire mais seule une grimace tordait un peu ses lèvres pâles.

— Je fais comme ces dames du Haut : ma délicate, ma feignante.

— Allons, grondait Félicie, et croisées sur son ventre ses mains courtes tressautaient ; allons, Marie, ne vous mettez pas martel en tête. Si ce beau temps continue vous serez bientôt sur pied.

Le beau temps continua, les derniers jours de septembre avaient une douceur légère, les feuilles prenaient lentement leurs ors et semblaient ne devoir jamais tomber. Au début de l'après-midi, la mère quittait le lit pour une heure ou deux et venait s'asseoir au soleil devant la maison. Elle reprit quelques forces, parvint à mener de nouveau une vie plus normale. Dès que la mère allait mieux,

Catherine retrouvait, toute proche en elle, l'enfant qu'elle était encore voici quelques semaines, avant la mort d'Aubin : elle devait se raidir, se tenir sur le qui-vive pour ne pas céder à quelque envie qui tournait en elle de rire ou de rêver ou de jouer à cloche-pied ou de se jeter dans l'herbe avec les petites. Non, il fallait demeurer grave, attentive à l'ordre du ménage, soigner et réprimander ses sœurs ; ainsi les mauvais jours, peu à peu, s'éloigneraient de la maison, ainsi pourrait-elle remettre enfin ses pouvoirs et ses devoirs trop lourds aux mains de la mère.

Octobre vint, et le soleil se fit plus chaud, plus épais semblait-il. Il enveloppait de sa propre caresse pesante la malade assoupie sur le seuil. Les enfants la regardaient.

— Le soleil lui donne des couleurs, chuchotait Francet.

C'était vrai, si ses joues demeuraient creuses, elles perdaient leur pâleur, se tachaient de feu.

Un après-midi, la mère quitta sa chaise, le visage plus enfiévré que de coutume. Elle porta la main à sa gorge comme si une poigne invisible cherchait à l'étrangler et se dirigea en titubant vers la chambre.

— Cathie, aide-moi, je crois que je vais tomber.

Catherine se précipita. Un moment plus tard, lorsqu'elle déshabilla la mère, elle sentit aux épaules, aux poignets, aux chevilles de la malade la peau brûlante, et pourtant la mère s'était mise à claquer des dents : elle prononçait des syllabes inintelligibles, agrippait entre ses doigts maigres les plis de la couverture. Dans un coin de la chambre, les deux petites regardaient, étonnées, leur mère secouée par la fièvre. Catherine essaya de lui faire avaler un peu d'eau mais elle eut peur que le verre ne se brisât entre les dents tremblantes. Appuyé sur ses béquilles, Francet sautillait dans la chambre comme un gros oiseau captif. Enfin il n'y tint plus.

— Tant pis, dit-il, je vais aller jusque chez les Lartigues et je demanderai à Aurélien d'avertir le médecin.

— C'est bien trop loin pour tes jambes. Il vaut mieux que j'y aille.

— Non, non, protesta-t-il, si jamais la mère m'appelait, me demandait de l'aider, je ne serais bon à rien. Je m'en vais.

Il partit en boitant. Les petites quittèrent leur coin et vinrent s'accrocher aux jupes de leur sœur. La mère gémissait maintenant. Une plainte basse, régulière, semblait tourner dans sa poitrine. Le visage restait enflammé aux joues, mais le front, les tempes, le nez avaient pris une teinte cireuse ; les yeux clos, cernés de mauve, s'enfonçaient profondément dans les orbites. Catherine ne reconnaissait plus la mère : où donc avait-elle déjà vu ce masque tourmenté ? Mais oui, c'était à l'église, cette tête du Christ reposant sur les genoux de la Vierge. La mère allait-elle devenir le Christ ? Allait-on la crucifier ? Comment la Vierge avait-elle pu laisser martyriser son fils ? Alors, même si on la priait jour et nuit, ne laisserait-*Elle* pas crucifier la mère ? Vite que Francet, que le père arrivent.

La malade se dressa sur son lit, ouvrit les yeux.

— Cathie ! cria-t-elle.

— Que voulez-vous ? essaya de prononcer Catherine.

— Où est Cathie ?

— Je suis là, vous voyez bien.

La mère la regardait et pourtant continuait :

— Allez chercher Cathie, je vous en prie.

— Je suis là, je suis là, soufflait la petite.

Que se passait-il d'impensable ? Il y avait un moment, elle avait cru voir le Christ à la place de la malade, maintenant était-ce à son tour de changer de visage au point que sa mère ne pouvait la reconnaître ?

Un étrange sourire passa sur la bouche grise, dans les yeux hagards.

— Si Cathie ne vient pas, tant pis, je vais partir avec Aubin. Il va venir me chercher avec le tilbury du Mézy.

Elle fit un geste de la main, parut tendre l'oreille.

— Ecoutez !... Vous entendez ce galop, ces roues, ces sonnettes ! C'est lui, c'est Aubin, il arrive...

Elle gardait les yeux fixés vers le fond de la chambre et Catherine ne pouvait s'empêcher de guetter dans cette direction, prête à voir surgir de l'ombre elle ne savait quoi d'insoutenable. Un cri inhumain l'arracha à cette fascination. La mère, bouche tordue, bras tendus en avant, paumes ouvertes, lançait cet appel. Sa voix se brisa et elle supplia, mais à peine comprenait-on ses mots :

— Non, non, Aubin ! Arrête ! Arrête ! Arrête-toi ! ce n'est plus lui. Ah ! la voiture de Maneuf ! Arrêtez ! Vous m'écrase...

Elle retomba sur le dos, se remit à geindre. Catherine s'approcha du lit, se risquant à vérifier d'un coup d'œil si ce pauvre corps n'avait pas été broyé par un attelage infernal. Les petites agrippées à leur sœur criaient. Catherine s'enfonçait les ongles dans la chair et se répétait : « Il ne faut pas que je crie, il ne faut pas que je pleure, il ne faut pas. »

XXXI

Malgré les soins du docteur le délire dura plusieurs jours et plusieurs nuits. C'était souvent au déclin du soleil que la mère luttait contre ses fantômes. Elle parlait encore d'Aubin, elle devait se promener avec lui aux Jaladas ou au Mézy, ou le conduire à l'école, ou préparer son repas, et toujours le rêve se changeait brutalement en cauchemar : un être cruel se substituait au jeune garçon, tantôt Robert, l'époux de Mariette, tantôt Mlle Léonie, tantôt le gitan que la malade voyait foncer sur elle avec ses ciseaux. Enfin, lentement, elle sortit de ce monde ensorcelé, mais elle laissa dans ce voyage ses dernières forces. Un matin, elle appela Catherine. La fillette s'approcha, prête comme d'habitude à ce que la possédée ne la reconnût pas, pourtant la mère ne répéta pas son prénom.

— Bonjour petite, souffla-t-elle d'une voix si mince qu'on eût dit celle d'un enfant.

— Voulez-vous quelque chose ? demanda Catherine. De la tisane ?

Elle s'attendait que la mère repartît dans ses divagations.

— Je ne veux rien, je voulais seulement te voir.

Elle demeura quelques instants silencieuse. Catherine pensa qu'elle s'était endormie et fit un pas pour s'en aller, mais la voix frêle :

— Attends un peu, Cathie.

La fillette revint vers le lit.

— Comment vas-tu petite ?

— Ça va.

— Et le père ?

— Aussi.

— Francet ?

— Il se promène avec Toinon et Clotilde dans le pré.

De nouveau la mère se tut, elle gardait les yeux fermés et Catherine ne savait toujours pas si elle dormait ou non.

— Cathie ?

— Oui.

— J'ai été bien malade ?

— Oh ! vous...

— Tu peux me dire, je sais que j'ai été malade, mais je ne sais plus combien de temps, je ne sais plus ce qui s'est passé.

Avait-elle oublié la mort d'Aubin ? se demandait Catherine. Ou bien allait-elle d'un coup s'en souvenir et retomber parmi ses monstres ?

Ce jour-là, la mère ne prononça pas le nom du disparu et par la suite lorsqu'il lui arrivait d'en parler sa voix si faible ne trahissait nul sursaut de douleur ou de panique, peut-être se faisait-elle seulement plus douce encore.

— Sa voix est douce, prétendait Francet, je crois que j'aimais mieux encore lorsqu'elle criait et se débattait, j'ai peur de cette douceur.

Pour causer, s'il se pouvait, quelque réconfort à la malade, le jeune garçon eut l'idée de paraître désormais devant elle sans l'aide de ses béquilles. Il les posait à la porte de la chambre, puis entrait en se raidissant pour dissimuler sa boiterie.

— Vous voyez, Mère, disait-il, je suis guéri. Faut faire de même.

Il s'asseyait vite au pied du lit, épuisé par son effort.

La mère lui souriait, avec ce sourire malheureux qui donnait à Catherine et à Francet l'envie de se jeter sur elle, de la prendre dans leurs bras, de l'emporter loin, très loin d'ici, sur une terre inconnue où elle retrouverait les forces, les couleurs de la vie.

— Du moins, j'aurai fait ça, murmurait-elle, je peux bien te le dire, maintenant, Francet, du moins j'aurai empêché qu'on te coupe la jambe.

Elle regardait longtemps son fils.

— Ta maladie, reprenait-elle, n'est plus qu'un mauvais souvenir.

Elle répétait : « Un souvenir... un souvenir... » et ses yeux semblaient contempler on ne savait quoi, au delà des murs, de tendre et de douloureux.

— Julie m'a porté un almanach ce matin, s'écriait Francet pour tenter d'arracher la mère à sa hantise, c'est la Cul Bénit qui le lui avait donné. Je l'ai là.

Il sortait de sa poche une brochure à demi déchirée et dont bien des pages manquaient.

— Si vous voulez, Mère, je vais vous lire l'histoire de « Napoléon et du vieux grognard », ou non, plutôt celle d'« Augustin la Justice, compagnon du tour de France ».

Et sans attendre de réponse il se mettait à lire, jetant de temps à autre un coup d'œil sur la mère pour voir si le récit parvenait à l'enlever à ses ombres. Quand il s'arrêtait, la gorge sèche :

— Tu lis bien, mon Francet, disait-elle, je crois que ça te servira.

Elle tendait son maigre bras vers Catherine, prenait la main de l'enfant.

— J'aurais bien voulu, Cathie, que toi aussi tu puisses apprendre. Au lieu de ça, j'ai dû te placer chez les autres.

Elle soulevait un peu la tête pour mieux voir son fils.

— Francet, tu crois pas que tu pourrais apprendre à Cathie ?

Le garçon fronçait les sourcils.

— Je vois pas comment il faudrait faire.

La mère lâchait la main de Catherine, paraissait se parler à elle-même.

— Si Jean avait su lire et écrire et compter et parler comme il faudrait parler, peut-être serions-nous encore au Mézy, peut-être les autres n'auraient pas pu le prendre à leur piège, nous serions au Mézy ou dans quelque métairie, tous ensemble, tous.

Elle fermait les yeux, les enfants n'osaient plus bouger. Dormait-elle ? On entendait le sifflement de son souffle.

Elle parlait encore à voix basse, on comprenait mal.

— Un jour... des gens comme nous, les Lartigues, les Iandou, les Michelot, tous les gens comme nous, s'ils savaient lire, écrire, les Mariette, les Félicie, lire dans les almanachs, dans les gazettes, ce qui se passe ici et ailleurs, écrire leurs peines, leurs misères, dire ce qu'ils aimeraient, ce qui serait bien... Un jour... peut-être alors, il y aurait moins de... moins de...

La toux rapide, aiguë, la secouait.

— Mère, reprochait Catherine, vous savez bien, le médecin il a dit que parler vous faisait mal.

La mère portait un mouchoir à ses lèvres, l'examinait avant de le replacer sous l'oreiller.

Quand elle lavait le linge, Catherine regardait à son tour avec crainte ces mouchoirs tachés de sang.

L'hiver devenait de plus en plus froid, on avait beau laisser ouverte la porte de la chambre, la cheminée de la cuisine ne parvenait pas à dégourdir l'air glacé qui faisait frissonner la malade, et la toux était de plus en plus fréquente et dure, et les taches sombres s'élargissaient dans les mouchoirs.

Le père travaillait sur un chantier lointain, il ne pouvait rentrer que le soir à la maison-des-prés. A peine avait-il passé la porte qu'il jetait un regard anxieux vers Catherine ou Francet. Clotilde et Toinon se jetaient dans ses jambes, levaient leurs petits bras vers lui, il se penchait, posait un baiser distrait sur leurs cheveux.

— Et alors ? demandait-il.

Les enfants se contentaient de hocher la tête. Il passait dans la chambre. Il fallait que Catherine allât lui porter l'écuelle de soupe, sans quoi il n'eût pas pensé à manger. La plupart du temps, à cette heure, la malade somnolait, lui la regardait dans l'ombre, silencieux, immobile, fasciné semblait-il par ce visage si menu que noyait la chevelure de nouveau épaisse et longue.

Un soir, la mère ne dormait pas ; elle l'accueillit avec une voix dont elle s'efforçait en vain de masquer la blessure. Il parla de son chantier, de la neige qui n'avait cessé de tomber depuis la veille, de Félicie qu'il avait rencontrée sur le mail, puis il poussa la porte de la chambre, les enfants n'entendirent plus qu'une sorte de rumeur. Catherine avait couché les petites ; elle et Francet se taisaient, inquiets et curieux. Le bruit d'une chute les fit sursauter.

— Approche-toi, souffla Francet, essaye de voir.

Catherine colla un œil à une fente de la porte. D'abord elle ne put rien percevoir dans l'obscurité qui régnait de l'autre côté ; cependant, par une fenêtre sans volets la neige jetait une vague lueur, et la fillette crut enfin deviner une forme agenouillée près du lit. Elle appuya une oreille à l'interstice, cependant elle ne comprenait à peu près rien. Elle entendait la voix grave du père, mais cette voix était changée, trouble, étouffée. Que disait-il ? Un mot semblait revenir souvent sur ses lèvres : « Pardon... pardonne-moi. » Il n'était plus le maître de la joie comme au temps des métairies, mais ne demeurait-il pas la bonté même, la droiture ? La voix de la mère s'éleva à son tour, et quoique aussi désincarnée, semblait-il, que le malheureux corps qui lui donnait naissance, cette voix paraissait soudain — par quelle magie ou quelle passion secrète ? — distincte, vaillante et jeune.

— Mais non Jean, rien n'est de votre faute, assurait la voix prête à se briser et pourtant paisible. Rien. Les autres au Mézy ont été plus forts, voilà, plus forts que vous.

Elle sembla hésiter et reprit :

— Plus forts que nous, ils nous ont écrasés comme ils ont écrasé le pauvre Michelot.

Catherine crut entendre des sanglots étouffés. La voix se fit plus tendre encore et murmura :

— Mon vieux, mon petit, allons, ce n'est pas de ta faute si tu es honnête et le monde... le monde...

Catherine se tourna vers Francet.

— Je ne sais pas, dit-elle, la mère parle du Mézy, du monde... je ne sais pas.

XXXII

Depuis quelques jours, la mère vomissait le sang. Le médecin appelé prescrivit en sa présence quelques remèdes, mais une fois revenu dans la cuisine, il haussa les épaules, déclarant que ses drogues ne lui feraient ni chaud ni froid.

Catherine tenait la cuvette quand la malade avait ses vomissements. Elle devenait aussi pâle que sa mère, des gouttelettes de sueur perlaient sur son front à la racine des cheveux. Ensuite, elle s'attendait à chaque pas à défaillir pendant qu'elle portait la bassine jusqu'à la pêcherie où elle la vidait d'une main tremblante. Clotilde et Toinon la suivaient à petits pas, intéressées, intriguées par ces gestes nouveaux.

Ce matin, Catherine dut les gronder car elles étaient tombées dans la boue et la neige fondue en voulant la suivre à la pêcherie. Elle n'eut pas le courage de les laver ; elles geignaient en vain, montrant leurs mains, leurs tabliers, leurs genoux souillés.

— Elles sont dégoûtantes, remarqua Francet qui s'interrompit d'actionner la pédale du tour.

— Cette fois, souffla Catherine, je me demande comment il peut rester du sang dans la mère.

— Tais-toi, supplia Francet.

Il sembla tendre l'oreille. Un bruit bizarre venait de la chambre. Ils s'approchèrent du lit. La mère, les yeux clos, la tête enfoncée dans l'oreiller, paraissait étouffer, sa poitrine se soulevait et s'abaissait très vite, l'air qu'elle exhalait causait ce sifflement court qui les avait alarmés.

— Il faut que j'aille encore quérir le médecin, dit Francet à voix basse.

Mais Catherine s'accrocha à lui. Elle ne voulait pas rester seule, et puis arriverait-il jusqu'en haut de La Noaille où habitait le docteur ? Avec ses béquilles il glisserait dans la fange et la neige ; enfin que pourrait faire le médecin, il avait dit lui-même que ses drogues étaient inutiles.

Ils restèrent debout devant le lit. Les petites passèrent devant eux, elles allèrent se tapir dans un coin de la chambre. Le sifflement se faisait plus bref encore, plus rauque. Les mains de la mère s'agrippèrent au drap puis s'élevèrent comme pour s'accrocher à quelque chose d'invisible au-dessus du lit ; elles retombèrent inertes. En même temps, Catherine et Francet tressaillirent : les mains se mirent à griffer le drap, le bruit des ongles sur l'étoffe et le sifflement continuel devenaient insoutenables. Catherine aurait voulu se boucher les oreilles.

« Non, non », se répétait-elle intérieurement ; elle n'aurait su dire si ce « non » s'adressait à ces bruits, à son désir de fuite ou à cette heure cruelle. Quel animal s'était logé dans le corps décharné et geignait par son haleine et griffait par ses mains ?

— Si Aurélien pouvait venir, murmura Catherine.

— Et que diable ferait-il ? murmura Francet.

Elle ne put répondre. Il lui semblait qu'Aurélien aurait chassé ce cauchemar comme jadis il écartait les fantômes, la nuit, en la ramenant à la maison-des-prés. Les yeux gris et graves d'Aurélien, ses cheveux en brosse, son crâne rond, le pli malicieux de ses lèvres, elle s'étonnait de ressentir soudain un tel besoin de les voir, de les toucher, de leur demander secours. Mais Aurélien n'était pas là, il ne viendrait pas, et il n'y avait dans la chambre, dans l'air, en elle, que ce sifflement inhumain qui marquait chaque seconde.

Elle se laissa aller contre le mur, baissa les yeux.

Elle eut l'impression que derrière le visage d'Aurélien auquel elle pensait, une autre figure se poussait obstinément, tentait de parvenir jusqu'à sa conscience : cette fois c'était un fin visage de fille blonde, un visage incertain, timide, la bouche souriait, mais les yeux s'inquiétaient. Que lui voulait ce visage ? Elle le reconnaissait sans pouvoir le nommer.

— Mais, prononça-t-elle à haute voix.

— Tu dis ? questionna son frère.

Elle ne répondit pas, se répéta intérieurement : « Mais c'est la figure d'Amélie Anglard. »

Elle se demandait comment, en cet instant, elle avait pu songer à la fille du cantonnier, toujours cloîtrée sans doute derrière sa fenêtre dans le faubourg de La Ganne ; à cet être gentil, avec qui, souvent, elle avait eu envie de jouer, et que depuis fort longtemps elle n'avait plus l'occasion de voir. Avait-elle deviné, obscurément, que c'était là un visage bienveillant comme celui d'Aurélien, un de ces rares visages où pour elle la vie se faisait enfin tendre, attentive promesse, comme jadis en celui de sa mère ?

« Le visage de la mère », Catherine, malgré elle, dut de nouveau contempler la face torturée de la malade, cette peau collée comme un mince papier sur les os, et le contraste de cette pauvre chose souffrante avec la grande chevelure sombre embroussaillée. Et toujours le halètement. Catherine aurait voulu crier grâce. Elle n'y tint plus, ferma les yeux, repartit en elle-même à la recherche d'autres secours. Non, elle ne devait pas : c'était abandonner sa mère, l'abandonner à ce monstre qui sifflait à travers sa poitrine. Mais d'autres sons se mêlaient à présent à la plainte gutturale, Catherine les reconnaissait : ces notes avaient résonné comme des appels secrets dans une riche demeure du Haut. Elle suivait en elle-même ces signes musicaux, bientôt n'entendait plus qu'eux ; puis ils cessaient, elle se trouvait dans l'immense salon illuminé, faisait à son tour tinter les instruments de musique, elle se retournait : Émilienne Desjarrige se tenait devant elle, les bras nus, mille étincelles s'éparpillaient dans la nuit de son regard ; « Catherine », disait la jeune fille et sa voix rendait ce nom aussi beau qu'elle-même et que cette lumière autour d'elle.

— Cathie ! Cathie !

Qui l'appelait ainsi, âprement ? Qui la tirait par la manche ? Elle ouvrit les yeux. Quelle tête bizarre avait Francet ! Pourquoi tordait-il sa bouche ? et pourquoi l'appelait-il à voix basse ? Il se tut quand elle le regarda. Elle étouffa un cri : le silence, un silence démesuré pesait sur la chambre. Elle tendit en vain l'oreille : pas un bruit, pas le moindre sifflement. Elle n'osait pas regarder le lit, craignant, lui semblait-il, de le découvrir vide.

Enfin elle se risqua à lever les yeux. La mère était toujours là, calme à présent : ses mains ne bougeaient plus sur le drap, sa gorge n'avait plus de halètement ; elle paraissait dormir, la bouche entrouverte. Mais dormait-elle vraiment ? Ses yeux n'étaient qu'à demi clos. Sans doute devait-elle suivre quelque rêverie, une rêverie heureuse, car, sinon sur sa bouche, du moins sur ses traits détendus, on pouvait déceler un sourire, oh, à peine perceptible, un sourire cependant, pour la première fois depuis si longtemps. Et même, était-ce croyable ? Voilà qu'elle avait rajeuni : son visage blême était plus jeune et juste que son visage épanoui, coloré, du temps des métairies.

— A quoi pense-t-elle ? chuchota Catherine.

Francet tourna vers sa sœur des yeux effrayés.

— A quoi ? commença-t-il

Il s'arrêta, jeta un regard sur la mère, se retourna vers Catherine.

— Mais elle est morte, dit-il, et sa voix avait une sourde colère.

Catherine recula, se cogna contre le mur. C'était donc ça la mort ? Ce silence après tant de plaintes, cette paix après tant d'angoisse, ce bonheur et cette justice des mains et des traits après tant de misères ? « Par ma faute », s'accusait-elle, « je l'ai quittée pour rejoindre Émilienne et la mort l'a prise. » Elle avait honte en même temps qu'un sentiment de stupeur et d'admiration mêlées l'envahissait devant l'imprévisible et solennelle douceur de la morte.

Les yeux entrouverts des disparus découvraient-ils quelque chose qui leur donnait cette apparence de quiétude ? Que voyait la mère ? le temps des métairies : ses enfants autour d'elle ? Voyait-elle Aubin ? Et lui, le garçon foudroyé, n'était-ce pas l'image orgueilleuse d'Émilienne qu'il avait rencontrée au delà de la vie ? Ah ! toujours cette inconnue, cette belle maudite, toujours liée à la mort des siens ! De nouveau Catherine ressentit sa honte. « Je devrais pleurer », se dit-elle, « on pleure quand la mère vient de mourir. » Mais il y avait en elle tant de fatigue accumulée, de révolte aussi, que pleurer lui était impossible Elle songea : la mère m'abandonne comme lorsqu'elle m'avait placée chez les autres, cette fois pour toujours elle m'abandonne.

Cette pensée ne trouva en elle nul écho, comme si quelqu'un d'autre de très lointain, d'indifférent eût pensé à sa place. Francet sortit de la chambre en sautillant sur un pied. Il revint muni de ses béquilles que depuis plusieurs jours il se forçait à ne plus utiliser devant la mère : son visage à présent était noyé de larmes. Alors, devant la peine de son frère, Catherine fut prise de panique, elle sentit soudain l'étendue de sa propre détresse, un sanglot la secoua tout entière. Vite elle tourna le dos à Francet, serra les dents, se raidit. Les pleurs silencieux du garçon avaient provoqué les gémissements et les cris des deux petites qui depuis des heures, souillées de boue, se tenaient pétrifiées, dans un coin de la chambre. Catherine marcha vers elles, leur enjoignit à voix basse mais sévère de se taire : « Au nom de notre pauvre mère, soyez sages ! » répétait-elle.

L'étonnement que leur causa cette phrase, l'air mystérieux et décidé de leur aînée suffirent à replonger les petites dans leur torpeur. Catherine les conduisit dans la cuisine, leur donna une tartine à grignoter. Ces gestes familiers lui avaient permis de se ressaisir. Elle se souvenait des paroles de Mariette, en guise d'adieu, lorsque, après avoir ramené la mère à la maison-des-prés, la jeune femme était repartie pour Ambroisse où l'on venait d'ensevelir Aubin.

« Maintenant, il va falloir... » avait dit Mariette. « Il va falloir », se répétait Catherine.

Elle prit dans un tiroir de la commode le grand peigne d'écaille, rentra dans la chambre, demanda à Francet appuyé contre le lit de se déplacer.

Son frère lui jeta un regard épouvanté.

— Je n'ai pas besoin de toi, ajouta-t-elle tendrement.

« Il va falloir.. » Elle s'approcha de l'oreiller. Qu'allait-elle ressentir en touchant cette tête ? Par le seul contact de cette chevelure, de cette chair sans vie, n'allait-elle pas être entraînée de l'autre côté du monde. Non, pas en Chine comme elle se plaisait à l'imaginer autrefois avec Francet, mais dans la Chine des morts ? « Il va falloir... » Elle leva le bras, retint son souffle, prit enfin une poignée de cheveux et commença lentement à peigner la lourde, la tiède chevelure emmêlée.

LIVRE DEUX

LA FABRIQUE DU ROI

A ma mère

LA LOI DES ENFANTS

I

Le combat avait commencé après les funérailles de la mère. Février en cette année 1885 n'était que neige et glace. Catherine jetait de loin des branches mortes dans l'âtre pour réveiller le feu ; avant de se baisser vers les flammes, la fillette retenait d'une main ses longues nattes. Les femmes faisaient cercle autour du foyer sur des chaises basses. Mariette paraissait toute menue sous sa cape de deuil, Catherine lui lançait parfois un regard à la dérobée, surprise et presque effrayée que sa demi-sœur se mît à ressembler à la mère.

Face au foyer, la marraine Félicie tendait à la flamme ses rondes mains grassouillettes, elle soupirait, et ses soupirs faisaient tressauter sa poitrine et sa panse rebondies. A l'autre bout de l'âtre, un peu en retrait, dans la pénombre, Berthe, la petite femme du parrain, Frédéric Leroy, se tenait assise droite sur le bord de la chaise, raide comme si elle n'osait ni bouger, ni même respirer. Catherine se reprochait la pensée qui lui venait à propos de cette épouse timide, mais elle ne parvenait pas à chasser cette idée : qu'il eût fallu que la petite femme se levât, se reculât encore dans l'ombre et qu'elle se mît à chanter de sa voix de rossignol ou d'ange, oui qu'elle chantât la mère disparue, sa vaillance et sa grâce, son amour et sa peine.

Mais pas de chant, rien que les sanglots de Mariette et les soupirs de Félicie. Catherine, elle, ne pleurait pas, ne pouvait pas pleurer ;

elle avait honte de songer que là où elle demeurait, la mère enfin était apaisée.

Était-ce parce qu'ils pensaient comme elle que les hommes, eux non plus, ne pleuraient pas ? Ils se tenaient en arrière autour de la longue table sombre de merisier. Le père avait demandé à Catherine de sortir un litre de cidre, mais nul ne buvait sinon Robert, le mari de Mariette, plus trapu, plus massif que jamais.

A la gauche du père, Martial, l'aîné, avait l'air d'un pierrot avec son long corps dégingandé et sa face pâlie par les nuits de veille auprès de la morte. Frédéric Leroy avait passé un bras autour des épaules du père. Celui-ci gardait les yeux fixés sur le brasier ; ses mains noueuses allongées sur la table tremblaient. Près de la fenêtre, son coin habituel, Francet taillait quelque branche de houx. Il ne pouvait rester un instant sans occuper ses doigts, comme si, au cours de ses années de maladie et d'immobilité, toute sa vie eût reflué dans les mains. Ses amis, Aurélien et Julie Lartigues, se tenaient debout derrière lui, le regardant sculpter son bâton. Près d'eux, appuyé d'une main contre le mur, le vieux porcelainier, le père Baptiste, couvait d'un œil attendri les doigts agiles de l'adolescent.

Quant aux deux gamines, elles seules ne cessaient de se déplacer d'un coin à l'autre de la pièce, l'air réjoui par une aussi nombreuse assemblée. Clotilde aurait bientôt sept ans, son visage rond et mat, ses sombres yeux rêveurs, ses cheveux noirs noués dans le cou par un ruban, lui donnaient toujours cette allure de grande poupée calme qui poussait soudain Catherine à la prendre dans ses bras, à la cajoler, et à lui parler comme si elle eût été encore un bébé. Antoinette, la maigriotte, la noiraude, la malicieuse Toinon, s'accrochait dès qu'elle le pouvait aux jupes de Clotilde, quitte à l'entraîner parfois avec elle dans sa chute. Elle savait fort bien marcher et courir, mais — était-ce pour imiter Francet, que depuis sa naissance elle avait toujours vu la jambe allongée sur deux chaises ? — elle passait son temps à se traîner sur le sol. On avait beau lui dire que pour une fille de quatre ans c'était honteux, rien n'y faisait ; ses jupes de drap bleu et blanc — aux couleurs de la Vierge, — ses jupes à ce régime étaient lacérées, usées, rapiécées. Ce fut précisément à cause d'elle que la discussion commença.

Avisant Toinon qui, une fois de plus, se vautrait devant la cheminée, Félicie, après un long soupir, demanda :

— Mon pauvre Charron, qu'allez-vous en faire de ces deux petites ?

Mariette, tout en pleurs, leva la tête. Félicie se tourna en arrière pour regarder le père, questionna de nouveau :

— Oui, qu'allez-vous en faire ?

Catherine espérait que la grosse femme avait parlé pour rien, pour dire quelque chose, n'importe quoi. Elle frémit lorsqu'elle l'entendit insister. Tous les regards se posèrent alternativement sur Félicie et sur les deux petites. Intimidée, Clotilde mit les mains devant ses yeux. Seul le père paraissait ne pas avoir entendu.

De l'ombre, là-bas, près de la fenêtre enténébrée, une voix rauque remarqua :

— Le fait est, vous ne pouvez pas rester comme ça avec ces deux loupiotes sur les bras. Votre Francet est tiré d'affaire ; dans quelques mois, il n'aura même plus besoin de ses béquilles, et j'ai mon idée pour lui, vous verrez. Cathie, eh bien, elle pourra se placer de nouveau, elle en a l'habitude, mais les deux loupiotes ?

« Maudit père Baptiste ! » maugréa Catherine intérieurement, « la marraine, c'est une grosse bavarde, elle ne sait ce qu'elle dit ; il avait bien besoin de revenir sur cette sottise ! Que veulent-ils donc qu'on fasse ? On ne va pas les vendre, ces petites, ou les perdre comme dans le conte du Poucet, ou les donner aux loups, ou les placer. On m'a bien placée, moi, mais ce n'est pas une raison. D'ailleurs j'étais plus vieille que Clotilde, j'avais huit ans, et puis je n'étais pas une poupée comme elle. Quant à redevenir servante, il va vite le père Baptiste, et alors, qui tiendra la maison, qui remplacera la mère, qui s'occupera du père, de Francet et des petites justement ? Je ferai des ménages comme faisait la mère pour gagner quelques sous, et comme cela je pourrai quand même rentrer à la maison-des-prés, je pourrai préparer les repas, tenir les meubles et les gens propres. »

Plus personne ne bougeait ni ne parlait. On entendit un billot de châtaignier éclater dans le feu, puis un verre, celui de Robert, cogner la bouteille. Catherine respira profondément. L'alerte, songeait-elle, était passée, le père enseveli sous son chagrin n'avait pas entendu Félicie ni le père Baptiste, ou bien il jugeait que les petites devaient rester ici, avec lui, avec Catherine et Francet, et, timide, il n'osait engager une discussion à ce sujet.

Jean Charron se mit à tapoter la table d'un doigt ; tous se tournèrent vers lui, sauf la femme du parrain qui ne bougea pas dans son ombre et Catherine qui se mit à tisonner le feu nerveusement. « Mon Dieu, qu'allait-il dire ? » Ce tapotement du doigt, elle le devinait, marquait son hésitation ; « s'il allait se laisser persuader par les *étrangers* ». Elle confondait sous ce vocable le vieux porcelainier et Félicie, sa cousine et marraine. Et les *étrangers* eurent l'audace, comme s'ils s'étaient donné le mot, de relancer le père avant que le chagrin n'effaçât de nouveau en lui le souci que leurs paroles éveillaient.

— Vous dans les bois, à vos feuillards, Catherine dans quelque ferme, Francet un jour ou l'autre avec moi à la fabrique, que feraient ces brimborions toutes seules ?

Et Félicie, gonflant son corsage :

— Quand vous avez perdu votre première femme, vous n'aviez que Mariette, un nourrisson alors, je vous l'accorde, mais votre belle-sœur a pu venir tenir votre maison, et puis vous étiez jeunes, elle et vous, et vous vous êtes mariés. Tandis que maintenant, ah, pas plus vous que moi, nous ne sommes plus de la première jeunesse, veuf vous êtes, veuf vous risquez de rester.

« L'impudente, la grosse folle ! » — Catherine, avec le tisonnier, donnait des coups rageurs dans les braises. Oser parler mariage aujourd'hui, deuil et mariage comme si l'un finissait par l'autre. L'impudente, et elle se comparait au père, tout juste si elle ne suggérait pas : « Je pourrais être votre troisième femme ! » Non, il n'aurait plus de femme, le père, elle serait là, elle Catherine pour veiller sur lui.

Jean Charron inclina un peu son long buste, cligna des yeux comme s'il cherchait à apercevoir on ne savait quoi dans l'ombre.

— Oui, que vais-je faire ? interrogea-t-il.

Il ne semblait s'adresser ni à Félicie, ni à Mariette à côté d'elle, ni au parrain, ni à aucune des personnes présentes : « Parle-t-il à la mère ? » se demanda Catherine avec effroi. Il resta un moment figé, le regard perdu, puis de nouveau se pencha au-dessus de la table.

— Je vais vous dire, fit Félicie, je vais vous dire, ces petites, il faut les mettre chez les Sœurs, à l'orphelinat.

Le tisonnier échappa des mains de Catherine, il résonna sur les dalles et ce bruit attira sur elle l'attention de l'assemblée.

Il fallait qu'elle parlât, ou plutôt qu'elle criât, qu'elle appelât au secours : « Père, entendez-vous, on vous dit d'abandonner vos enfants comme si vous-même étiez mort. Père, comme si moi j'étais morte ! » Au lieu de cela, elle restait muette comme au fond d'un cauchemar. Ce fut d'une voix presque imperceptible qu'elle finit par murmurer :

— Père, je me charge des petites, je les élèverai.

— Comment, comment ! protesta Félicie — et ses mains sur son ventre tremblaient — l'innocente, elle ne sait pas ce que c'est, une maison sans mère.

Mariette ajouta doucement :

— Tu es vaillante, ma Cathie, pour tes treize ans, mais deux gamines de cet âge, tu ne te rends pas compte.

Si, elle se rendait compte, elle se rendait compte que tous se liguaient pour disperser une famille. Oh ! sans doute, ils pensaient bien faire, mais c'étaient eux les innocents, eux qui ne comprenaient pas qu'ils tuaient la mère une seconde fois en séparant ses enfants, en les lui prenant, car mettre les deux petites à l'orphelinat, c'était les enlever à la mère, à sa mémoire. Ils ne voyaient donc pas qu'elle, Catherine, avait la force et la sagesse nécessaires pour succéder ici à la défunte ! Et Mariette qui la trahissait : Mariette, une orpheline pourtant elle aussi, et le père l'avait bien gardée jadis chez lui. Et qu'attendait donc le parrain pour dire : « Père, vous m'avez recueilli quand mes parents sont morts, parce que vous étiez leur ami, et ce que vous avez fait pour un étranger vous ne le feriez plus pour vos propres filles ? » Et qu'attendait sa femme la timide, cette autre orpheline, pour s'associer à ses paroles ? Et là-bas, dans le coin de la fenêtre, Julie et Aurélien Lartigues ne pouvaient-ils dire leur mot ? Leur père ne les avait pas mis chez les Sœurs quand leur mère avait rendu l'âme. En pensant à cela, Catherine remarquait que la maison était pleine d'orphelins. Elle savait que c'était chose commune dans le faubourg de La Ganne, à part quelques phénomènes bâtis à sable et à chaux, les pauvres ne faisaient guère de vieux os. « Mais alors, songeait-elle avec horreur, du jour où nous avons été, nous aussi, des pauvres comme tous ceux de La Ganne, c'était sûr que nous deviendrions des orphelins ! » En même temps, cette découverte d'une règle tragique à laquelle, sans le savoir, elle et les siens avaient été soumis, ne lui rendait que plus intolérable l'idée que Clotilde et Toinon se mêleraient au noir troupeau conduit par les Sœurs. Qui sait à quelles autres lois cruelles le sort soumettrait ces colonnes de fillettes tristes qu'on voyait défiler le dimanche et le jeudi à La Noaille, de l'église Saint-Loup au couvent bâti derrière la sous-préfecture ?

Ce qu'elle avait tant souhaité et espéré se produisit, le parrain parla enfin, trop craintivement certes au gré de Catherine, du moins fut-ce assez pour qu'elle ne luttât plus seule.

— Après tout, disait le jeune charpentier, après tout Cathie a peut-être raison. Si elle se sent de taille à élever ses cadettes, c'est une chance.

— Une chance ? rétorquait Félicie — et son double menton tremblotait tant elle était, semblait-il, offusquée. Dites plutôt un enfantillage... Non, non, répétait-elle en hochant la tête, que voulez-vous qu'il arrive ici sans femme pour gouverner !

Le père se leva et se dirigea vers la chambre. Il sembla à Catherine qu'il se parlait tout en marchant, elle crut l'entendre prononcer : « Marie... Marie. » Le parrain le suivit. Ils ne tardèrent pas à revenir, le père était blême.

— Je vous prie, dit-il, je vous prie...

Il fit un grand geste de la main et ne put achever sa phrase.

— Allez, Père, ne vous tourmentez pas, pria Mariette.

— La femme a raison, dit Robert.

C'était la première phrase qu'il prononçait de la journée. Sans doute avait-il jugé convenable tout de même de faire comprendre que lui aussi, à sa façon, prenait part au deuil.

Il ajouta aussitôt :

— C'est pas tout ça, mais Ambroisse n'est pas à côté, et dans la nuit le cheval ne va guère vite...

Ce fut le signal du départ, tous se levèrent. Dehors il gelait à pierre fendre. On s'entassa dans la carriole de Robert. On laisserait au passage Julie, Aurélien et le père Baptiste à La Ganne, Félicie, le parrain et sa femme à La Noaille, Martial un peu plus loin au carrefour de la route du Treuil et d'Ambroisse. Le cheval eut du mal à démarrer avec un tel chargement. Dans la nuit, cependant que la carriole cahotait contre les ornières, le père et Catherine, restés devant la maison-des-prés pour saluer la compagnie, entendaient Robert jurer après son cheval et claquer du fouet. Quand la lanterne de la voiture eut disparu, le père prit la main de Catherine. Ils restèrent un moment, debout, immobiles dans le froid. L'enfant n'osait ni bouger ni parler, il lui semblait que de sa petite main partaient une chaleur, une force, une confiance qui gagnaient la main et tout le corps et le cœur du père. Celui-ci enfin se secoua.

— Où ai-je la tête, ma Cathie, pour te garder ainsi dans la bise !

Ils rentrèrent se chauffer aux derniers tisons. Clotilde et Toinon somnolaient dans les bras l'une de l'autre. Le père effleura d'un doigt timide les boucles de Clotilde et la frange droite et brune de Toinon.

— Que faire ? demanda-t-il à voix basse.

De son coin où l'ombre le dissimulait tout à fait et où pourtant il devait continuer à tailler du bois car on percevait le crissement du couteau sur l'écorce, Francet affirma :

— Il faut faire ce que dit Cathie.

Le père haussa les épaules avec lassitude. Catherine s'était écartée de la cheminée, de crainte qu'on ne vît son visage soudain empourpré : Francet avait compris lui aussi, Francet la défendrait, l'aiderait à triompher ! Avait-il senti que la mère disparue, elle devait prendre tout naturellement soin de la maisonnée ? Catherine était tout étonnée de découvrir au sein même du malheur un bonheur : celui que lui apportait l'amitié de son frère. Elle voyait bien que la partie n'était pas gagnée, que le père demeurait incertain, que demain peut-être il penserait souhaitable d'envoyer les petites à l'orphelinat, du moins elle savait à présent qu'elle ne lutterait pas seule ni dans cette épreuve, ni, sans doute, dans celles qu'il lui faudrait affronter au long des jours.

Ce soir-là, une fois achevée la toilette de ses sœurs et la cuisine remise en ordre, Catherine éprouva le besoin de prier, non pas le Ciel, Dieu, la Vierge ou les Saints — elle ne croyait plus à ce divin cortège qui l'avait laissée, elle et les siens, s'enfoncer dans la détresse — non, elle invoqua la mémoire de la mère et d'Aubin, le frère qui devenait si beau lorsque la mort l'avait surpris. L'enfant les adjurait, si quelque part d'eux-mêmes continuait d'exister, elle ne savait où, de venir en elle pour la fortifier, pour faire que malgré ses treize ans, elle eût désormais la sagesse, la volonté d'une mère et le courage physique d'un garçon. Ensuite elle prit peur de son audace : les morts ainsi évoqués n'allaient-ils pas répondre à cet appel et revenir sous quelle forme effrayante ? Mais peu à peu l'approche du sommeil calma son angoisse, et il lui sembla qu'elle grandissait dans le noir, qu'elle devenait plus âgée et plus forte comme elle l'avait demandé.

II

Le lendemain, Catherine tint conseil. Le père était parti au travail. Francet somnolait. Assis devant son tour, de temps à autre il donnait un coup de pédale pour actionner l'engin puis s'arrêtait, semblait tomber dans des rêveries. Les petites dormaient à poings fermés. Catherine rangeait quelque assiette, essuyait les meubles, s'interrompait pour contempler Clotilde et Toinon. Elle enviait la paix de leur sommeil, elle songeait que depuis l'âge de huit ans, cette innocence et cette paix lui avaient été interdites.

— Sont-elles assez jolies, dit-elle à mi-voix.

Elle aurait voulu que le père fût encore là, elle l'aurait pris par la main, l'aurait mené devant le lit où reposaient les fillettes. Alors il eût bien été forcé de convenir que, dans le malheur, la vue de ces deux visages lisses et calmes était comme une éclaircie dans un ciel d'hiver.

Catherine voulut faire partager à son frère son admiration. Il était installé à sa machine, les yeux dans le vague ; cela lui ferait du bien de lire cette promesse claire sur les joues, sur le front, sur les bouches délicates des enfants.

— Eh ! Francet, viens voir un peu.

Il se leva, sautilla sur ses béquilles, comme un gros geai dont on eût rogné les ailes.

— Quoi, grogna-t-il, que veux-tu que je voie ?

— Les petites.

— Les petites ? Qu'est-ce qu'elles ont, les petites ?

— Regarde-les comme elles dorment. Elles sont belles.

— En voilà une affaire !

Il avait ce matin les traits tirés, les yeux bouffis ; les boucles noires et touffues de ses cheveux retombaient sur son front. Sa bouche se tordait en une grimace que Catherine connaissait bien.

« Sa jambe, se dit-elle, il a mal. La fatigue de ces derniers jours, sans doute. » Elle regretta de lui avoir parlé, elle savait qu'en ces moments de lassitude ou de crainte une seule chose convenait : ne point paraître remarquer sa présence. Elle se repentit d'autant plus de l'avoir tiré de sa torpeur, qu'à présent il parlait, et ce qu'il disait, à aucun prix elle n'eût voulu l'entendre.

— Elles font bien de dormir les petites, disait-il. Dans quelques jours elles ne dormiront pas si bien ni si tard. Hier soir, j'ai eu tort d'aller dans ton sens. J'aurais dû réfléchir. C'est vrai, que veux-tu qu'on fasse d'elles ici ? Tu vois bien, le père, qu'est-ce qu'il gagne à travailler le bois ? pas grand-chose. Moi, mes fuseaux, quand on m'en commande, ça va bien, mais il y a des saisons où ceinture. Et puis si cette garce le permet — et d'un geste du coude il désignait sa jambe — dès que je peux, j'entre à l'usine. Alors que feront-elles les mioches, ici ? Toi, tu auras intérêt, c'est vrai, à te placer dès que tu pourras. Tu les imagines seules dans cette masure, loin de tout chrétien ? Elles deviendraient des sauvageonnes des bois.

Catherine était atterrée. Francet la trahissait. Il eût mieux fait de se taire hier soir, de ne pas lui donner cette fausse espérance, du moins elle eût su ne pouvoir rien attendre que d'elle-même. Maintenant, découvrir ce changement de Francet à son égard lui donnait un sentiment de panique. Elle ferma les yeux. Elle avait l'impression que tout était fini, que cette fois c'en était fait des derniers vestiges de cette famille, de cette communion qu'elle avait crue éternelle lors de sa prime enfance aux Jaladas. Ils allaient devenir l'un et l'autre des étrangers : ces deux petites qui disparaîtraient à l'orphelinat, le père qui ne serait plus que ce grand corps amaigri et douloureux qui peinerait tout le long du jour pour obtenir quelques sous, Martial qui ne reviendrait plus à la maison-des-prés puisque aussi bien il n'y aurait plus de maison, plus de présence, de continuité humaine dans cette masure, Francet qui délibérément choisirait pour lui la solitude et l'inconnu, elle enfin qui s'en irait servante n'importe où, elle qui ne serait plus rien.

Elle s'approcha de Francet et, d'un ton monocorde, comme si elle n'entendait pas ce qu'elle proférait, elle dit : « Ça va être comme si nous aussi on était morts puisque chacun de nous sera mort pour les autres. »

Son frère lui empoigna le bras et la secoua si fort qu'elle cria. Il la lâcha aussitôt.

— Pardonne-moi, Cathie, je te fais mal, moi qui voulais te dire, qui voulais te dire...

Il était devenu tout rouge, et ne trouvait plus ses mots, ou peut-être n'osait-il pas les prononcer. Enfin il baissa la tête et conclut très vite :

— Tu as raison, j'étais fatigué ce matin, mais tu as raison, ça n'aurait pas de sens de se séparer l'un de l'autre, de se séparer des petites. Tous les deux on va en parler au père.

Il releva les yeux comme s'il guettait une approbation, mais Catherine se taisait, elle semblait regarder, au delà de lui, par la fenêtre, les prés où, sous le soleil, les plaques de gel commençaient à étinceler. Ce silence accentua le trouble de Francet, il balbutia :

— Cathie, je t'en prie, dis quelque chose.

Elle haussa les épaules :

— Que veux-tu que je dise ? Hier soir tu pensais comme ça, ce matin autrement et maintenant autrement encore. Je ne sais plus, je ne peux plus compter sur ton appui si tu changes de cette manière, j'aime mieux penser que je ne peux pas y compter plutôt que de prendre mon élan avec toi et, un moment après, tomber parce que toi tu te seras retiré.

Il eut beau lui jurer que cette fois il tiendrait parole, et il cracha par terre et se signa pour sceller le serment, elle demeura taciturne toute la matinée. Elle fit la toilette des petites, leur donna à manger sans répondre à leur bavardage. Francet s'était remis à travailler ; avec le tisonnier rougi au feu, il inscrivait des initiales sur des fuseaux de buis. Clotilde et Toinon assises sur le sol le regardaient faire. D'habitude il ne pouvait supporter que les gamines restassent ainsi à contempler ses moindres gestes, il les chassait en les menaçant d'une branche toujours à ses côtés. Mais ce matin, il devait être si absorbé par ses pensées qu'il ne remarquait pas la présence des deux enfants.

Le déjeuner fut vite avalé. Devant le mutisme de leurs aînés, les petites, troublées, ne parlaient plus. C'est dans ce silence que soudain la voix acide et flûtée de Toinon demanda :

— La mère, quand va-t-elle revenir ?

Catherine et Francet se regardèrent et chacun lut dans le regard de l'autre une secrète épouvante. Francet sortit de sa poche deux pantins en bois — il se délassait après son travail à sculpter de tels fantoches dans les tombées de buis ou de chêne qu'il n'avait pu utiliser pour tailler les fuseaux — et les offrit d'un geste brusque à Clotilde et à Toinon. Les nains difformes firent rire les petites. Toinon ne pensa plus à sa question. Bientôt les cadettes se mirent à se disputer, chacune d'elles voulant prendre les deux jouets.

Pendant que Catherine desservait la table, Francet remarqua :

— A l'orphelinat, on n'aurait pas de pantin à leur donner quand elles demanderaient ce qu'est devenue la mère.

Catherine lui jeta un coup d'œil inquiet et posa un doigt sur sa bouche pour qu'il se tût.

Un peu plus tard on frappa à la porte. Les petites s'enfuirent dans un coin avec leurs bonshommes. Catherine alla ouvrir. Aurélien Lartigues se tenait sur le seuil, le nez et les mains rouges de froid.

— Entre vite, lui dit la fillette, sinon tu vas geler sur place.

Le jeune garçon clignait des yeux pour s'habituer à la pénombre de la cuisine après la clarté du gel et du soleil sur les prés.

— J'avais un moment avant d'aller à la fabrique, alors je me suis dit...

— Tu as bien fait, reprit Catherine.

Elle s'efforçait de garder une mine grave, jugeant peu convenable ce plaisir que lui donnait la visite imprévue de leur camarade.

Elle se demandait, en posant un regard de biais sur le visage d'Aurélien tout illuminé par le froid, comment une fois elle avait pu être assez sotte pour croire que ce garçon était le diable.

Le visiteur qui s'était assis devant le feu paraissait gêné. Catherine devinait qu'il voulait dire quelque chose mais n'y parvenait pas.

— Il ne faudra pas te mettre en retard pour la fabrique, dit-elle.

Il hocha la tête gravement, puis, soudain, il sortit des poches de sa veste, l'un après l'autre, six œufs enveloppés dans des chiffons.

— J'ai pensé, j'ai pensé, dit-il d'une voix presque imperceptible, que ces œufs, enfin...

Francet soupesa les œufs dans sa main, les mira en les élevant à contre-jour devant la fenêtre.

— De beaux œufs, fit-il en connaisseur. Une fameuse idée que tu as eue là !

Aurélien se taisait, l'air toujours aussi gauche. Catherine paraissait réfléchir.

— Mais, fit-elle au bout d'un moment, vous n'avez plus de poules chez vous. Tu les a donc achetés, ces œufs ?

— Porte pas peine, on me les a donnés.

— Qui donc ?

Il marmonna des syllabes incompréhensibles, puis se leva et affirma qu'il lui fallait partir s'il voulait arriver à temps avant que la cloche de la fabrique ne sonnât.

Il promit de revenir à la fin de la journée. Il ajouta que sa sœur Julie sans doute l'accompagnerait.

Quand il fut sorti, Catherine prit les œufs sur la table, elle alla les placer dans la maie.

— Je me demande bien où il les a trouvés.

— Eh ! vous êtes bien curieuses, les filles, assura Francet ; tu nous feras une bonne omelette, voilà tout.

Francet s'installa de nouveau devant son tour.

— Il t'aime bien, Lartigues, dit-il, et il lança sa machine.

Catherine détourna la tête pour que son frère ne la vît pas rougir.

L'après-midi, elle promena les petites aux alentours de la maison. Les bois dépouillés par l'hiver l'impressionnaient. Elle préférait rester à la lisière de la futaie d'où l'on continuait à apercevoir la maison-des-prés, et parfois, en gravissant quelque monticule, là-bas, le clocher de Saint-Loup. Les cadettes, elles, ne se laissaient pas abattre, elles recherchaient les flaques de glace dans les creux et glissaient sur leurs sabots en criant à cœur joie. Il tardait à Catherine que le soir revînt et qu'il ramenât Aurélien et Julie. Elle voyait bien à présent qu'avec Francet la partie était gagnée. Il lui fallait cependant d'autres alliés : le geste d'offrande qu'avait eu Aurélien en portant ses œufs l'avait touchée ; il fallait, oui, que ce soir elle tînt conseil avec Aurélien et sa sœur Julie et Francet, et qu'ensemble ils arrêtassent un plan. Les Lartigues avaient perdu leur mère depuis longtemps, ils avaient donc le droit d'en parler, eux aussi, et plus que la marraine Félicie. Tel fut bien l'avis de Francet.

Il faisait nuit noire quand Catherine et lui crurent entendre des voix approcher. Catherine ne parvenait plus à dissimuler sa nervosité, elle courut ouvrir la porte alors que les arrivants devaient encore être loin.

— Pourvu que ce soient eux !

C'étaient bien eux. Julie marchait devant, enveloppée dans une vieille cape noire, un fichu sur la tête. Aurélien suivait, le visage caché jusqu'aux yeux par un foulard élimé, les mains aux poches.

Lorsque Julie enleva son fichu, ses cheveux apparurent saupoudrés d'une fine poussière blanche. Francet s'en étonna.

— Eh ! dit-elle, il me tardait tant de venir que ce soir je n'ai pas pris le soin de défaire mon chignon et de me brosser les cheveux. Il me faut près d'une heure si je veux enlever ce kaolin. Là-bas, aux carrières de Marlac, à nous voir avec nos cheveux blancs, on nous prendrait toutes pour des vieilles.

— C'est pas un métier, protesta Francet.

— Que veux-tu, c'est dur, mais je préfère encore ça à être servante. D'abord je ne sais pas faire le ménage et guère la cuisine. Là-bas, il y a tout de même de bons moments, mais l'hiver et l'été on n'a pas envie de rire.

— On se tirera de là quelque jour, tous, affirma Francet d'une voix sombre.

— Il faudrait, il faudrait, répéta Julie.

Elle avait un visage aigu, des yeux vifs qui toujours bougeaient. Elle se tenait très droite et portait des sabots à gros talons pour se rehausser encore, elle bombait le torse, désespérée d'avoir la poitrine encore garçonnière.

— Je pourrais peut-être m'embaucher à la carrière ? demanda Catherine.

— T'embaucher à la carrière ! (Aurélien faillit s'étrangler.) Mais tu n'es pas assez forte, Cathie, et puis, tu ne veux pas que tes sœurs aillent à l'orphelinat ? Comment feraient-elles sans toi à midi ?

Julie redressa son mince torse pour remarquer :

— Ça, ma petite, aux carrières, il faut du nerf.

« Qu'ont-ils donc tous les deux, pensait Catherine, à croire que j'ai du sang de rave, comme si je ne valais pas cette rapiette de Julie. » Mais l'argument d'Aurélien au sujet des petites la touchait, d'ailleurs ce travail de la carrière devait être monotone.

— A propos de l'orphelinat, demanda-t-elle, vous avez entendu hier soir Félicie ? Elle a tort, n'est-ce pas ?

— Bien sûr, déclara Julie. Nous, quand nous avons perdu notre mère, ça n'a pas manqué, les voisins ont conseillé au père de nous mettre chez les sœurs. Nous lui avons dit que nous n'y resterions pas, que nous nous enfuirions et que nous demanderions à des romani de nous emmener dans leur roulotte, ou bien que nous nous ferions mendiants et même voleurs. Et tu vois, finalement, il nous a gardés avec lui à La Ganne ; pourtant nous n'avions pas une grande sœur comme toi pour s'occuper de nous.

— Ce qui sera plus difficile, remarqua Aurélien, ce sera pour gagner l'argent. Toi, Cathie, pour pouvoir prendre soin des petites, tu ne pourras pas te placer, mais faire seulement des ménages.

— C'est ce que j'ai pensé, et ça m'ennuie, avoua la fillette en baissant la voix.

— Tout de même, dit Francet, dans quelques mois je devrais être capable d'entrer à la fabrique.

Les yeux de Julie brillèrent et elle dit très vite :

— Tu as bien le temps d'y entrer, tu es mieux ici à tourner les fuseaux, et pour ce que tu gagneras en apprentissage...

— Dès que je pourrai me passer de mes béquilles, le père Baptiste m'a promis de me prendre avec lui à l'atelier de tournage. Le père Baptiste, il paraît que c'est le meilleur ouvrier de la fabrique, il paraît même qu'il n'y a pas de meilleur tourneur en glaise dans toute la France.

— C'est vrai, confirma Aurélien, il est le roi, et son métier gagne bien.

Se tournant vers sa sœur, il demanda :

— Pourquoi tu es contre la fabrique pour Francet ?

— Parce que, parce que, répétait Julie, et l'on voyait à ses yeux, à ses sourcils froncés, sa colère.

Elle se mordit les lèvres qu'elle avait délicatement dessinées, l'inférieure esquissant une moue gourmande.

— A cause de sa santé, ajouta-t-elle.

— Je me demande si c'est pour ça, fit Francet en se grattant la tête.

— Et pourquoi d'autre ça serait ? riposta vivement la jeune fille.

Elle avait le visage en feu, on la sentait au bord des larmes. Catherine avait déjà observé ces brusques affolements chez Julie, par exemple quand une demoiselle de La Noaille venait commander un fuseau et que Francet, pour plaisanter, demandait à sa jeune cliente de lui donner le bras afin de faire avec elle le tour de la maison.

Voulant détourner l'orage, et aussi parce qu'elle trouvait qu'on s'égarait, Catherine éleva la voix.

— Tout cela ne nous avance guère pour Clotilde et pour Toinon.

Les cadettes qui jouaient dans un coin s'avancèrent.

Catherine essaya de les repousser, en décrétant qu'elles ne devaient pas se mêler à la conversation des grands ; les petites s'entêtèrent.

Aurélien leur fit une grimace pour les faire rire. Lui qui avait le visage le plus net, le plus régulièrement tracé qu'on puisse voir, était sans égal pour se transformer en un clin d'œil en un monstre, une gargouille, un clown. Cependant que les deux petites pouffaient et se mettaient à leur tour à tirer la langue, à s'écraser le nez et à loucher, le garçon redevenu grave remarqua :

— D'ailleurs c'est normal qu'elles soient là, il faut bien leur parler de leur affaire.

— Leur parler de... ? fit Catherine stupéfaite.

Aurélien se pencha vers les petites :

— Ecoutez-moi bien toutes deux.

Les fillettes s'attendaient à ce qu'il leur fît de nouvelles grimaces, elles semblèrent déçues et décontenancées devant son sérieux.

— Ecoutez-moi bien, vous êtes toujours gentilles avec votre père, n'est-ce pas ?

— Oh ! oui, répondit Clotilde.

— Oh ! oui. Oh ! oui, répéta Toinon.

— Eh bien ! soyez encore plus gentilles avec lui. Il a du chagrin. Vous lui ferez plaisir si vous allez l'embrasser, si vous l'appelez « petit père », si vous lui dites que vous ne voulez pas le quitter.

Tous regardaient les fillettes. Toinon semblait trouver cela amusant, mais Clotilde jetait dans tous les sens des coups d'œil inquiets.

— Vous avez compris ce qu'a dit Aurélien ? demanda Catherine. Vous devez être très mignonnes avec le père, donnez-lui des baisers, et souvent pensez à lui dire : « Nous ne voulons pas vous quitter, Père. »

Clotilde poussa un profond soupir et remarqua :

— Pourquoi il a du chagrin ?

Et Toinon qui s'était comme à l'accoutumée assise par terre :

— Nous l'appellerons pas petit père puisqu'il est grand.

Aurélien avait l'air navré. Julie hochait la tête, Francet ouvrait et refermait son couteau. Catherine se pencha, prit Toinon dans ses bras et s'approcha de Clotilde :

— Le père a du chagrin parce que, vous avez vu, la mère a été malade. Tellement malade ! Il a fallu l'emporter loin, si loin qu'on ne la verra plus.

— On ne la verra plus ? reprit Clotilde dans un cri.

Catherine reçut ce cri comme un coup. Francet vint à son secours :

— Enfin, tu comprends, Clotilde, on la verra peut-être, mais ce sera dans si longtemps... Alors voilà, en embrassant le père, en lui disant que vous voulez rester près de lui, vous le consolerez.

— Mais n'allez pas dire qu'on vous a fait la leçon, ajouta Julie, sinon il vous trouverait beaucoup moins gentilles.

— Bien sûr qu'on ne veut pas quitter le père, dit gravement Clotilde, ni Catherine ni Francet. D'ailleurs où irions-nous ?

— Les pauvres ! fit Julie.

— Alors, vous croyez qu'il ne s'obstinera pas ? s'inquiéta Catherine.

— Ayez confiance, affirma Aurélien.

— Et si jamais l'argent vient à nous manquer pour les nourrir, ce sera ma faute.

— Mais non, Catherine, n'aie pas peur, continua Aurélien. Et puis l'argent, j'en trouverai bien un peu s'il le faut.

— Par exemple, fit Julie, ça va bien de faire des promesses, encore faut-il les tenir ! De l'argent ! Et où en aurais-tu ? Ta paye, le patron la donne directement à notre père, et c'est la même chose pour moi aux carrières. Alors...

— Eh bien ! je bricolerai en plus, je vendrai des pissenlits, des champignons, j'irai glaner, je donnerai un coup de main pour fendre le bois, vous verrez : ça fera toujours quelques sous.

Julie fronça le sourcil, elle semblait mortifiée d'avoir mis en doute la parole de son frère. Ne voulant pas, aux yeux de Francet paraître moins généreuse, elle déclara :

— C'est vrai, dans le fond, Aurélien a raison. Moi aussi je ferai de l'ouvrage en plus, je pourrai coudre, aller aussi aux champignons, à la glane. On vous aidera tous les deux.

— C'est comme si vous étiez frère et sœur avec nous, dit Francet.

— Ma foi, acquiesça Julie.

— Et merci encore pour les œufs, ajouta Catherine.

— Les œufs ? questionna Julie.

Elle jeta un coup d'œil sur son frère qui parut gêné.

— Aurélien vous a porté des œufs ?

— Et bien beaux, observa Francet.

— Si nous partions ? proposa Aurélien qui s'était déjà levé et gagnait la porte comme s'il voulait à tout prix interrompre cette conversation. Il est temps d'aller dîner.

Julie se leva elle aussi, embrassa Catherine, puis Francet ; Aurélien se détourna et souleva le loquet.

Quand les enfants Lartigues furent partis, le père ne tarda pas à rentrer de son travail.

A peine était-on à table que Clotilde quitta sa place, s'approcha du père, monta sur le banc à côté de lui, passa ses bras autour du cou maigre et ridé, et fit claquer un baiser sur la joue où piquait la barbe. Jean Charron, tout étonné, se retourna vers la fillette et la regarda en souriant. Voilà bien des mois que Catherine n'avait vu ce sourire, ni cet air de jeunesse qui passa sur le long visage creusé.

— Nous ne voulons pas vous quitter, Père, récita la petite.

A ce moment Toinon arrivait à son tour, elle essayait de monter sur le banc, mais n'y parvenait pas ; alors elle prit la main droite du père, la tira vers elle et l'embrassa.

Le père ne souriait plus ; il pâlit lorsque Toinon déclara :

— On veut pas vous quitter.

Jean Charron serra ses deux filles contre lui :

— Pourquoi dis-tu cela ? demanda-t-il à Clotilde.

Elle baissa le nez, regarda par en dessous Catherine, puis Francet et ne répondit pas.

— Le chat a mangé ta langue ! fit le père. Et toi, ma Toinon, te l'a-t-il mangée aussi ?

La petite montra sa langue, puis avoua :

— C'est Aurélien qui nous appris à dire ça.

— C'est donc ainsi, on vient faire la leçon chez moi, en mon absence ! Je les ai rencontrés dans le chemin les deux Lartigues, quand je rentrais, eh bien ! j'irai me plaindre à leur père !

— Non.

La voix de Francet s'était élevée calme mais forte et son « non » sembla figer un instant le père, les fillettes aussi bien que Catherine.

— Non, reprit Francet, d'une voix plus douce. Les petites ont mal compris. C'est nous (et du menton il désigna Catherine), c'est nous qui avons parlé à Aurélien et à Julie, nous leur avons dit qu'à notre avis, vous ne pourriez pas vous séparer des cadettes, que ce serait un malheur pour nous tous, pour les petites, pour nous et pour vous.

Sans lâcher les fillettes, le père s'était courbé.

— Un malheur, répéta-t-il, et nul courroux ne faisait plus vibrer sa voix. Un malheur, je sais.

Pendant qu'il parlait, Clotilde continuait à le cajoler ; Toinon, qu'il avait assise contre lui, sans qu'il y prît garde tirait de son écuelle des cuillerées de soupe qu'elle avalait goulûment.

— Je me demande... Je me demande... dit-il.

La question du père ne s'adressait ni à Catherine ni à Francet, ils le savaient bien, cependant ils firent comme s'il attendait d'eux conseil et se mirent à parler très vite.

— Nous avons beaucoup réfléchi, Cathie et moi.

— Nous ne pensons qu'à ça depuis hier.

— Si les petites s'en vont à l'orphelinat, c'est la fin de notre famille. Moi, dès que je peux, je file à la fabrique et je me débrouille, Catherine se place, les petites chez les Sœurs nous oublient, vous Père, vous restez seul.

— C'est la vérité, conclut Catherine.

Elle n'aurait jamais osé dire au père ce que Francet venait d'avouer et que, ce matin même, elle lui avait lancé lorsqu'il faisait mine de se désintéresser du sort des petites. Elle se sentait pleine de reconnaissance à l'égard de son frère ; elle espérait qu'il allait convaincre le père, car elle savait que celui-ci n'aimait pas contredire Francet depuis que la jambe du jeune garçon était malade. Elle craignit de nouveau que tout fût perdu lorsque Jean Charron dit lentement :

— Il aurait mieux valu pour nous tous et pour la pauvre Marie que je n'aie pas eu d'enfants.

Mais il reprit :

— Croyez-vous vraiment qu'il y aura assez d'argent pour élever les petites ?

— Certainement, affirma Francet.

— Et toi, Cathie, tu es bien jeune pour faire la maman, tu es bien jeune, et puis dans cinq ou six ans tu te maries, qui dit que vous voudrez vous occuper encore des petites, elles ne seront pas tirées d'affaire, et ton mari voudra-t-il les garder ?

Catherine baissa le front.

— Je ne me marierai pas.

— Ne dis pas de bêtises, conseilla doucement le père.

— En tout cas, je ne me séparerai pas des petites, qui voudra de moi devra choisir.

Clotilde et Toinon écoutaient, la mine grave. Cette façon que les grands avaient de parler d'elles sans arrêt les inquiétait. Elles sentaient qu'une menace planait sur elles, et ce sentiment les poussait à ne pas s'éloigner l'une de l'autre.

Clotilde qui était restée debout sur le banc se pencha par-dessus l'épaule de Jean Charron pour atteindre du bout du doigt le bras de Toinon, assise de l'autre côté.

— Dis, Toinon, quand je me marierai, je ferai comme Cathie, je ne te laisserai pas.

Jean Charron, à ce mot, ne put s'empêcher de sourire. C'était la deuxième fois, ce soir-là, et Catherine songea que ces sourires peut-être seraient plus forts que les propos de Félicie. Car, elle le savait, le père reverrait la marraine ces jours-ci : elle avait avancé quelque argent pour les frais d'enterrement, il restait donc des comptes à régler avec elle, et de nouveau elle parlerait de l'orphelinat. Non pas qu'elle fût mauvaise femme, mais elle pensait bien faire, ne pouvant concevoir qu'un veuf, doublé d'un miséreux, fût capable de veiller sur l'avenir de deux brimborions tels que Clotilde et Antoinette.

En effet, le père revit Félicie, et le voilà de nouveau prêt à aller trouver la Supérieure de l'orphelinat.

— Après dix ans ou quinze ans chez les Sœurs, disait Francet, vous verrez, Père, Clotilde et Toinon se feront Carmélites. Elles finiront leurs jours derrière les murs du couvent, en bas du mail.

Le père avait demandé à Catherine et à Francet de ne plus parler de cette affaire devant les petites. Ils attendaient donc qu'elles fussent endormies pour reprendre chaque soir, devant les derniers tisons de l'âtre, leur discussion.

Tout le jour Catherine appréhendait le retour de cette heure. Elle était déchirée de devoir tenir tête au père, de devoir lui faire mal, le blesser, l'effrayer, en lui peignant sous les plus sombres couleurs ce qu'il adviendrait des cadettes s'il s'obstinait à les « abandonner ».

Cette douleur qu'elle provoquait était son tourment, elle était aussi, pensait-elle, sa chance.

— Qui parle de les abandonner ? reprenait le père, les mains jointes, les coudes aux genoux, le dos courbé.

Il ajoutait :

— Bien sûr, si plus tard elles entraient au couvent, je serais triste.

— Vous voyez, remarquait Francet.

— C'est vite dit, mais si quelque jour ici on n'a plus de quoi les nourrir, les habiller. Et plus tard, livrées à elles-mêmes, si... je ne sais pas, elles deviennent... si elles tournent mal...

— Comment, si elles tournent mal, qu'est-ce que ça veut dire ? questionnait Catherine.

Le père écartait les bras.

— Rien, ça ne veut rien dire. Enfin, tu comprends, tu as bien vu à La Ganne. Il y a des jeunes, garçons et filles, qui mendient ou qui volent, ou qui boivent. Tu te souviens de l'auberge des Laurent...

— Mais nous aussi, alors, Francet et moi, et encore Martial, on aurait pu, comme vous dites.

Quand le père ne savait plus que répondre, il se levait en déclarant qu'il était grand temps de dormir.

Le lendemain soir, la discussion reprenait.

— Quand je n'aurai plus à m'occuper des petites, observait Catherine, quand je serai placée comme servante, à droite ou à gauche, peut-être un jour je travaillerai dans une auberge ; comme je me moquerai de tout, que je serai toute seule pour vivre, peut-être que je ferai comme ces filles à l'auberge des Laurent.

— Tais-toi, veux-tu te taire, petite bête, grondait le père.

Elle avait honte d'imaginer et de dire des choses pareilles, mais c'étaient là les armes du désespoir, car le père venait d'annoncer qu'il avait eu une entrevue avec la Supérieure et qu'il devait la revoir dans deux jours pour arrêter définitivement sa décision : la religieuse, à qui il avait fait part de la résistance de ses aînés, lui ayant elle-même conseillé de réfléchir encore.

Catherine réunit une dernière fois son conseil. Il fut entendu qu'Aurélien, à la fabrique, parlerait au père Baptiste au nom de Francet et le supplierait d'intervenir. Francet, pour authentifier le message de son ami, traça quelques mots sur un papier destiné au vieil ouvrier. Celui-ci ne savait lire que les caractères d'imprimerie, aussi la missive donna-t-elle de la peine à Francet qui s'appliqua lentement à tracer les lettres, cependant que groupés derrière lui, Catherine, Aurélien et Julie admiraient.

Cette manœuvre porta ses fruits. Jean Charron déclara qu'il avait rencontré par hasard le père Baptiste. En réalité celui-ci s'était arrangé pour se trouver sur le chemin de retour du feuillardier. « Il m'a parlé un bon bout de temps : il est sûr, à ce qu'il dit, que Francet se fera une bonne place à la fabrique, et peut-être que Catherine aussi. Dans ces conditions, il pense qu'il n'y a pas à hésiter, qu'on peut garder les petites avec nous. »

Il s'interrompit, regarda pensivement Catherine et Francet.

— Vous voyez, ce sont les enfants maintenant, c'est vous deux qui faites la loi ici.

— Oh ! Père, protesta Catherine d'une voix faible.

Ce soir-là, quand tout le monde fut couché, elle se releva sans bruit, vint se pencher au-dessus des petites, les embrassa sur le front ; puis marchant sur la pointe des pieds, elle regagna son lit. En passant devant le père, elle écouta son souffle un peu rauque, s'arrêta un instant et, dans la nuit, envoya un baiser.

III

C'était dit, les petites restaient à la maison-des-prés. Il fallait à présent aviser au plus vite afin d'amasser quelque argent. Catherine alla trouver sa marraine Félicie pour voir si elle lui connaîtrait des ménages à tenir.

Non, Félicie n'était pas mauvaise. Elle avait pensé bien faire en conseillant l'orphelinat pour les petites, mais puisqu'il n'en était plus question, elle ne demandait qu'à secourir les Charron. Elle obtint d'abord de ses maîtres qu'ils fissent appel à Catherine pendant quelques heures chaque jour. C'étaient pourtant de fameux avares, disait-elle, ses patrons. Avares mais avantageux, les Malavergne tenaient à avoir cuisinière, en l'occurrence Félicie, et femme de chambre. Celle-ci ayant dû revenir dans sa famille pour quelques semaines, Félicie sut convaincre Mme Malavergne qu'elle-même ne pourrait être aux fourneaux et au ménage ; en conséquence, elle se permettait de recommander sa petite filleule pour remplacer momentanément l'absente. « Avantageux et, peut-être, ajoutait parfois Félicie, un peu dédorés, alors, ils sont obligés de rogner sur tout, sur mes gages notamment, qu'ils me payent tous les trente-six du mois, de rogner, et de ruser. Pensez, lorsqu'ils veulent recevoir, je les ai vus, de mes yeux vus, emprunter à leurs cousins Royère, tout juste pareils à eux, un pain de sucre, je dis bien un pain de sucre. Les Malavergne l'installent en bonne place pour que les invités le voient, mais café et tisanes sont à peine sucrés avec des raclures d'un ancien pain qui doit dater lui, d'au moins un an... Quand la réception est terminée, on rapporte le pain de sucre chez les Royère jusqu'à la prochaine fois... Je me demande dans le fond s'ils ne sont pas associés, les Malavergne et les Royère, pour acheter en commun ce fameux pain de sucre qu'on n'entame jamais... L'hiver ils font un feu de menettes, histoire de dire qu'on ne vit pas sans feu comme les bêtes. »

— Pourtant, Mme Félicie, disait le père Baptiste lorsque tous deux se rencontraient à la maison-des-prés, pourtant à vous voir, on n'a pas l'impression que vous vous nourrissez de paille et d'eau, ni que vous passez décembre et janvier sous la neige.

— Que voulez-vous, avouait Félicie avec un soupir qui faisait trembler ses bajoues, son menton, son corsage et son ventre, près des fourneaux, près du bon Dieu, du moins quant à la nourriture et à la chaleur.

Aux côtés de Félicie, Catherine pouvait vérifier cette vérité. Si elle n'était guère payée, du moins mangeait-elle plus qu'à sa faim, et à la nuit elle emportait toujours quelque bon morceau que la marraine lui remettait pour ceux de la maison-des-prés.

— Croyez-vous, Marraine, s'inquiétait Catherine, c'est mal, et si on venait fouiller à la maison.

— Petite sotte, rien qu'avec l'argent qu'ils économisent sur toi, pendant l'absence de la femme de chambre, tu pourrais te payer dix fois ce que tu emportes. Sans compter les intérêts des gages qu'ils me doivent et qu'ils me font venir par le petit bout de la lorgnette.

— Quelle lorgnette, Marraine ?

— Est-ce que je sais moi, la lorgnette, on dit ça comme ça dans le monde.

Le salaire du père, celui de Catherine chez les Malavergne, les gains de Francet grâce à la vente des fuseaux, à quoi il fallait ajouter les « dons en nature » — Félicie désignait ainsi les suppléments alimentaires qu'elle glissait dans les poches de sa filleule — suffisaient à assurer la subsistance, d'autant plus qu'Aurélien continuait à apporter un jour des œufs, un autre un pigeon, quelquefois même un peu d'argent. Il prenait une mine confuse pour poser ses cadeaux sur le coin de la table et priait Catherine et Francet de n'en rien dire à leur père ni à sa sœur.

— Je me demande comment il fait, disait Catherine.

— Hé, il bricole, qu'est-ce que ça peut te faire ? En tout cas, pour un ami, c'est un ami.

Catherine savait que bientôt la femme de chambre des Malavergne reviendrait et qu'il faudrait alors trouver un autre travail. Elle se souvenait des maisons dans lesquelles sa mère faisait des ménages. Il en était une à laquelle elle n'eût pas voulu songer. C'était à celle-ci précisément que malgré elle sa pensée revenait toujours.

Catherine finit cependant par demander à Félicie comment elle pourrait trouver quelque autre travail, et prit un air indifférent pour ajouter :

— La mère allait quelquefois chez les Desjarrige, elle m'y a amenée un jour ; la cuisinière, Mme Pourpaille je crois, s'était montrée gentille avec moi.

— Mme Pourpaille, s'écria Félicie, en levant les bras au ciel ; en voilà une qui a de la chance. Pas seulement cuisinière, mais une véritable directrice, écoutée de toute la maison, patrons compris.

Ces Desjarrige, des glorieux toujours en chasse, en voyage, mais il fallait le reconnaître pas avares, autre chose que les Malavergne. Peut-être pas plus riches, quoique Léonard Desjarrige fût le plus gros marchand de chevaux du canton, il avait même un haras dans les environs, et bien entendu, il faisait porter ses couleurs aux courses du Dorat, de Pompadour, de Limoges. Non, peut-être pas plus riches mais fort dépensiers, c'est pas eux qui mettraient un sempiternel pain de sucre en vitrine, ils gaspilleraient plutôt, et ma foi, tant va la cruche à l'eau... qui sait, un jour, ils verraient le bout de leur fortune, alors tant pis pour eux, mais une qui ne s'appauvrissait pas chez eux, c'était bien Mme Pourpaille.

Et Félicie n'arrêta plus de commenter la chance de cette *collègue*. Catherine eût voulu ramener la conversation sur les Desjarrige, sur Emilienne en particulier mais en vain.

— Que dis-tu, Cathie, tu parles d'Emilienne ? Ah ! cette mijaurée, ça se croit sorti de la cuisse de Jubiter.

— Oh, faisait Catherine offusquée.

— Eh bien quoi, oh ! Il n'y a pas de oh ! c'est encore une expression que j'ai entendue au cours d'un repas, même que c'était un avocat qui disait cela, un causeur, tu sais.

Catherine se demandait ce que l'avocat pouvait bien entendre par là, et quel était ce *Jubiter* dont il parlait. « Emilienne se croyait sortie de la cuisse de Jubiter. » Quelle étrange croyance et en quoi pouvait-on se sentir fier d'être sorti de la jambe de ce personnage ?

Déjà Félicie revenait à Mme Pourpaille.

— Ecoutez, Marraine, Mlle Emilienne, elle est bien née de son père et de sa mère, et non pas de cet, enfin de ce... Jub...

Félicie riait, les mains croisées sur son ventre qui tressautait.

— Voyez-moi l'innocente. Bien sûr, bien sûr, qu'elle est née de sa mère ; de son père, je n'en sais rien, mais je suppose, car je n'ai jamais rien entendu dire de Mme Desjarrige... Ce Jubiter, c'est façon de parler.

— Ne va-t-elle pas bientôt se marier ?

— Qui ça, Mme Pourpaille ? Elle est veuve et, à l'en croire, s'en trouve fort bien. Remarque, est-elle sincère ?

— Ce n'était pas de Mme Pourpaille que je voulais parler.

— De qui donc alors ?... On a bien le droit de parler de Mme Pourpaille, ce n'est pas de mal ce que j'en dis...

— Emilienne...

— Toujours ta sucrée. Ma parole, tu es comme les jeunes du Haut, filles et garçons ne jurent que par cette Emilienne. Je me demande ce qu'elle leur a fait. Bien attifée, je te l'accorde et de la blancheur, l'œil en velours, mais enfin, il y en a d'autres, et cet air de marcher sur des œufs... Se marier ! Eh bien, malgré cette cour autour d'elle, et les biens au soleil du père Desjarrige, je ne sais pas si ce sera si facile. Mme Pourpaille, mais ce que je te dis là, pas un mot, petite, hein, pas un mot. Nous autres, entre cuisinières, ou gouvernantes de ces Messieurs-Dames du Haut, nous savons, nous nous rapportons des choses, mais cela ne sort pas d'entre nous. Mme Pourpaille, je peux même m'en vanter, me confie des choses qu'elle se garderait de raconter à d'autres.

La voilà relancée, Catherine n'osait pas l'interrompre de nouveau. A la fin la marraine s'interrogeait elle-même.

— Au fait, pourquoi diable, te parlais-je de ça ?...

— Vous me disiez que Mme Pourpaille avait des craintes pour le mariage d'Emilienne Desjarrige.

— Ah oui... des craintes, c'est un bien grand mot ; mais tu comprends...

Hélas, ne fallait-il pas qu'à ce moment une sauce brûlât dans un fond de casserole ou que le lait mis à bouillir passât par-dessus bord ou encore que la sonnette vigoureusement agitée par une corde qui reliait la cuisine au salon rappelât à Félicie que Madame attendait son chocolat (un chocolat à l'eau, faisait remarquer la marraine, ou plus exactement, ajoutait-elle, de l'eau chaude un peu chocolatée) et Catherine demeurait ignorante comme devant quant aux difficultés que pouvait représenter le mariage pour une jeune fille aussi parée de charmes et de chances que l'était Emilienne Desjarrige.

IV

Un matin, Félicie accueillit sa filleule avec des grognements indistincts et des froncements de sourcils. Catherine avait appris à mieux connaître la grosse femme au cours de ces heures qu'elle passait à l'aider dans sa cuisine, cependant, elle n'arrivait pas à ne plus s'émouvoir devant les mouvements d'humeur de Félicie, mouvements qui n'étaient au demeurant qu'une sorte de jeu auquel la brave femme se livrait, peut-être par souci ou espoir d'en imposer.

Après avoir secoué ses plats, critiqué ses grigous de maîtres, juré qu'il fallait être la dernière des dernières pour rester une heure de plus dans cette maison et dans cette cité, la marraine finit par vider son sac.

Elle avait parlé de Catherine à la puissante Mme Pourpaille. Voilà, c'était chose faite : à partir du lendemain, Catherine pourrait se présenter de sa part à la maison Desjarrige. Là, la cuisinière-directrice, comme Félicie appelait parfois sa collègue, l'accueillerait et l'emploierait à des tâches diverses. Le matin, avant de partir pourLa Noaille, à midi et le soir, Catherine aurait le temps de s'occuper de Clotilde et de Toinon que Francet garderait près de lui.

Mme Pourpaille reçut la fillette avec gentillesse. C'était une bien petite personne que cette maîtresse femme. « Toute ronde et pas plus haute que trois pommes sans queue », pensa Catherine qui la trouva plus courte encore qu'elle n'en avait gardé souvenir. Cette masse rebondie déplaçait beaucoup d'air. Les gestes vifs, la voix tranchante, confirmaient bien ce qu'avait dit d'elle Félicie à savoir qu'elle était le gouvernement de la maison. Devant elle, Mathilde, la jeune rougeaude qui portait mal le tablier de femme de chambre, Mathilde filait doux, mais Catherine eut vite remarqué que cette fille se vengeait de sa servilité en essayant d'attiser — ce qui était fort aisé — la zizanie entre Mme Pourpaille et la dame de compagnie Mlle Rachel...

Dans les communs au sous-sol, là où se tenait le royaume carrelé de grenat et de noir de Mme Pourpaille, Catherine n'avait guère l'occasion de voir la dame de compagnie. Mais la plupart des paroles, les silences mêmes de la cuisinière rendaient présente cette rivale. Mlle Rachel, à en croire la cuisinière, gagnait à ne rien faire le gîte, le couvert et les louis que lui assurait ici sa fonction.

— Dame de compagnie, cette grande asperge blanche, comme moi je suis évêque. Il faudrait me payer cher pour que je l'accepte moi, sa compagnie. D'ailleurs, c'est simple, ici personne ne demeure auprès d'elle, sinon cette ahurie de Mathilde qui, elle, tient compagnie à la dame de compagnie, et j'imagine les propos vinaigrés que cette Rachel doit se permettre sur mon compte. Premièrement, Madame, ou bien elle est dans ses jours de mélancolie, alors elle s'enferme dans sa chambre, fait fermer les volets, tirer les rideaux, grignote quelques biscuits, ou bien c'est tout le contraire : alors les dîners, les voyages, la chasse, on n'arrête pas, on se démène, on s'essouffle et, dans ce tohu-bohu, si on a certes besoin, bien besoin de moi pour veiller aux commandes, aux fourneaux, au ménage, on n'a que faire de Mlle Rachel... Mais voilà, elle fait partie des meubles. Il y a dix ans, Monsieur l'a engagée sur la recommandation des prêtres, vu que Madame, en ce temps-là, donnait bien des inquiétudes avec ses humeurs, et lorsqu'elle était jeune fille dans son château du Repaire, ses parents lui payaient déjà une demoiselle de compagnie pour essayer de la distraire. Monsieur a cru bien faire, « un marchand vaut un noble », voilà ce qu'il a dû se dire, et depuis ils gardent leur Rachel pour le décorum.

— Pour le quoi ? questionnait Catherine.

— Le décor si tu préfères, mais je bavarde, je bavarde, je te raconte des choses que tu n'as pas à savoir, il est vrai que tu n'y comprends goutte, et pendant ce temps le travail attend. Allons, va voir si Mathilde se décide à rentrer le linge. Demande-lui si c'est pour aujourd'hui ou pour demain. Je sens bien qu'il va pleuvoir, mon cor me lancine, si on tarde, les draps vont recevoir l'averse.

Catherine courait pour traverser le parc, elle n'aimait pas s'attarder devant les écuries qu'il lui fallait longer ; cloués sur les hautes portes, les trophées de chasse des Desjarrige : pattes de loups, de sangliers ou de cerfs, l'effrayaient toujours, et les chevaux qu'on entendait piaffer dans les boxes ne la rassuraient guère non plus. Elle s'arrêtait un instant sous le cèdre bleu pour reprendre haleine. Elle aurait voulu passer des heures sous ses branches basses et odorantes qui lui paraissaient former une merveilleuse retraite. De là, sans qu'on pût la voir, elle apercevait à travers le feuillage la façade dont le coin, à gauche, s'ornait d'une longue flamme de vigne vierge.

Catherine guettait les fenêtres du second étage car là, pensait-elle, devaient être les chambres de la jeune fille et de son frère, mais rien ne bougeait : ni persiennes, ni fenêtres, ni rideaux, la vaste demeure paraissait endormie, et la petite servante, à la fois déçue et inquiète, se résignait à reprendre sa course jusqu'au fond du parc. Au delà d'une haie, le potager s'ouvrait, la fillette y trouvait Mathilde en train de plier nonchalamment les draps.

— Vite, dépêchons-nous, Mathilde, Mme Pourpaille nous attend.

— Quoi, elle n'a pas le feu où je pense, je lui dirai que la dame de compagnie m'a gardée près d'une demi-heure pour l'aider à ranger son linge.

— Comment est-elle faite Mlle Rachel ?

— Comme une femme, tiens. Tu ne l'as pas encore vue ? C'est vrai qu'elle ne se montre guère. « Une dame de compagnie, dit-elle, doit tenir ses distances. » Tu ne la ferais pas descendre pour un empire dans les communs. C'est bien ce qui met en rage Mme Pourpaille. Mlle Rachel, tu sais, ses sorties : la messe tous les matins, et les après-midi à confesse.

Mathilde relevait une mèche de ses cheveux ébouriffés et se mettait à glousser.

— Quels péchés peut-elle bien confesser à son âge, et avec sa dégaine !

Puis de nouveau, importante :

— Tout ce que je puis dire, c'est qu'avec moi elle est toujours bien convenable, je n'en dirais pas autant de Mme Pourpaille... Qu'est-ce qu'elle va me passer, celle-là, allez donne-moi vite un coup de main qu'on en finisse.

Ces volets toujours clos, ce silence dans la maison intriguaient Catherine. Elle s'enhardit assez un jour pour faire part de son étonnement à Mathilde. La rougeaude pouffa de rire.

— L'innocente, tu ne sais donc pas que Madame, Mademoiselle et le jeune monsieur séjournent au Repaire.

Catherine avait déjà entendu prononcer ce nom à propos d'Émilienne. Elle imaginait un repaire de brigands, comme il y en avait dans les contes de la mère jadis et, parfois, dans les histoires d'almanachs que lui lisait Francet ; elle liait de nouveau cette image du

Repaire à l'idée qu'elle s'était faite du chasseur monstrueux clouant aux portes des écuries les pattes de ses victimes. Décidément les Desjarrige lui paraissaient pleins d'étrangeté.

Comme elle partageait ses journées de travail entre leur maison et celle des Malavergne où trônait Félicie, elle se risquait quelquefois à demander à celle-ci des lumières sur les mystères qu'elle avait pu entrevoir sans oser les approfondir auprès de Mathilde ou de Mme Pourpaille.

— Marraine, les Desjarrige ce ne serait pas des brigands ?

Bien entendu, elle n'englobait nullement sous ce terme Émilienne, tout au contraire, elle la voyait victime de ces bandits dont il faudrait la délivrer.

— Comment ? demanda Félicie.

Elle avait fort bien compris, mais ce « comment » marquait à la fois sa surprise et son ravissement. Sa surprise, car vraiment la chose était forte, plus forte que tout ce que le monde des cuisinières avait pu jusqu'alors rapporter sur le monde des gens du Haut, son ravissement, car elle se voyait déjà racontant à ses « collègues » les découvertes de sa filleule. Elle ne laissa pas celle-ci répéter sa question et reprit :

— C'est Mme Pourpaille qui t'a dit ?

— Oh ! non.

— Alors quoi ? Tu as entendu, tu as vu quelque chose ? Ils ont tué quelqu'un ? Desjarrige fait-il attaquer les voyageurs ? Demande-t-il des rançons ?

Catherine était épouvantée devant les suppositions que sa question suscitait. Avait-elle donc deviné ?

— Je ne sais pas, je ne sais rien, fit-elle.

Félicie eut une moue dépitée.

— Mais alors, qu'est-ce que tu nous chantes avec tes brigands ?

— C'est rapport au repaire.

— Au repaire, quel repaire ?

— Celui où se trouvent actuellement la dame, sa fille et son fils. C'est Mathilde la femme de chambre qui me l'a dit.

Félicie leva ses courts bras au ciel, les laissa retomber sur son ventre.

— Si tu savais écrire, petite, on t'engagerait dans les almanachs pour inventer des histoires... des histoires de brigands. Le Repaire c'est une maison, un point c'est tout, non, à vrai dire, un château, un château dans les environs, celui de la famille de Mme Desjarrige. Elle est née au Repaire, Clarisse du Repaire. Des orgueilleux parce que leur histoire est si vieille, qu'ils disent qu'elle se perd dans les légendes. Des orgueilleux — mais à peu près aussi riches qu'un champ de blé quand la moisson est faite et que les glaneuses et les oiseaux du ciel ont nettoyé ce qui pouvait rester une fois les gerbes enlevées.

Les mains aux hanches, elle toisa sa filleule.

— Mais alors elle te dit quoi, Mme Pourpaille ? Elle n'a donc pas confiance en toi ? N'es-tu pas prévenante avec elle ?

Elle prit un air sévère.

— Attention Cathie, n'oublie pas que tu es ma filleule et que je t'ai recommandée à ma collègue.

Catherine assura qu'elle ne l'oubliait pas en effet, mais Mme Pourpaille ne parlait guère que de la dame de compagnie.

— Ah ! c'est son écharde, fit la grosse femme.

Catherine ne comprit pas de quelle écharde il s'agissait mais jugea prudent de se tenir coite.

— Moi, je dois reconnaître, poursuivit Félicie, que rien ici ne me porte ombrage.

Catherine pensait que sa marraine employait des mots bizarres et beaux, sans doute était-ce à servir, sa vie durant, des gens du Haut qu'elle avait acquis un langage si particulier.

— Pour t'en finir avec les du Repaire, car, enfin, il faut bien que tu saches où tu es tombée, quand je dis « tombée », je ne veux pas dire que la maison soit mauvaise, pas du tout même, pas du tout. Eh bien jadis, ils étaient quelqu'un, à un moment la fabrique, la Fabrique du Roi leur appartenait, ils étaient les fondateurs...

— La fabrique où travaille le père Baptiste, la fabrique où travaille Aurélien ?

— Eh bien oui, la fabrique quoi, il n'y en a pas deux à La Noaille.

— Mais pourquoi dit-on la Fabrique du Roi, si elle appartenait à la famille d'Émilienne.

— Ça, ma petite, je ne suis pas allée plus que toi à l'école. Tu demanderas au père Baptiste, peut-être qu'il sait, lui.

Le Repaire, les brigands, la fabrique, le roi, tout cela tournait dans la tête de Catherine et composait une étrange, une glorieuse lumière autour du visage d'Émilienne. Félicie avait certes raison de dire : « la maison où tu es *tombée* », car telle était bien l'impression de Catherine : d'être *tombée* sur une autre planète où la vie n'était plus conduite par les soucis quotidiens et médiocres.

— Bref, trancha Félicie, tout en se mettant en devoir d'éplucher les pommes de terre, les du Repaire ils ont été mais ils ne sont plus guère. Ils veulent encore faire parade, et ce qui n'arrange rien, c'est que dans cette famille, si les coffres sont trop vides, les têtes, elles, sont trop pleines.

Le couteau dans une main, une pomme de terre dans l'autre, elle traçait un cercle autour de sa propre tête ronde pour indiquer le volume inconsidéré qu'elle prêtait aux crânes de cette famille.

Ce dernier renseignement acheva de rendre Catherine perplexe, à tel point qu'elle préféra s'abstenir de questionner. Elle prit place auprès de sa marraine pour l'aider à peler les légumes.

— Pendant que Madame, Mademoiselle et le jeune monsieur chassent dans les bois du Repaire, disait Mathilde en clignant de l'œil, pendant ce temps, Monsieur chasse lui aussi. Tu saisis, Catherine Charron, il chasse, il va à Limoges pour ses affaires, qu'il dit.

Catherine se demandait pourquoi la rougeaude éprouvait le besoin de cligner de l'œil. Elle ment, se disait-elle, ou alors elle déparle : comment pourrait-on chasser dans une grande ville. Dans le temps, par les grands froids, le père affirmait que les loups étaient venus jusqu'aux abords de La Noaille, mais il ne pouvait y avoir loups, sangliers ou chevreuils dans les rues d'une cité dix fois plus vaste à ce qu'on disait que La Noaille.

Toujours est-il que la maison était bien calme sans les maîtres, pas de bruit, pas beaucoup de travail.

— Alors, Cathie, tu fais un peu de tout, guère de rien, plaisantait Mme Pourpaille qui s'était vite prise d'affection pour la fillette.

— Il faudrait bien tenter quelque chose pour toi, remarquait-elle parfois en regardant pensivement la petite servante.

Elle lui donnait quelque linge à raccommoder, à repasser. Elle essaya de lui confier un ouvrage à broder, mais le résultat ne l'encouragea pas à poursuivre.

Un après-midi, après le goûter — car la cuisinière chaque jour prenait soin d'étendre sur une grande tartine une couche de gelée de groseille pour sa protégée —, elle s'approcha de Catherine qui cousait près de la fenêtre, et lui proposa de lui faire visiter la maison. Catherine ne se fit pas prier.

— Tu comprends, Cathie, la Rachel est à confesse, Mathilde en course, Monsieur ne rentrera que demain, il faut bien que tu connaisses le lieu de ton travail.

La boulotte jeta un châle de laine brune sur ses épaules, prit dans une commode un retentissant trousseau de clés. Elle noua le fichu sur sa gorge.

— Fais comme moi, couvre-toi, chez moi il fait bon, mais là-haut on ne va pas chauffer quand il n'y a personne.

Elles montèrent jusqu'au hall où Catherine reconnut l'escalier à double volée. Mme Pourpaille poussait des portes grinçantes. On apercevait des pièces obscures garnies de formes vagues et grises, celles des meubles cachés sous leurs housses, parfois un rayon filtrait par une fente des volets et venait faire tache sur le mur ou révéler sur une toile quelque visage solennel et triste. Une odeur fade régnait partout. « L'odeur de l'ennui », songeait Catherine.

Elles arrivèrent au premier. Catherine jeta un coup d'œil craintif vers la tapisserie qui l'avait effrayée lors de sa première visite. Elle devina plutôt qu'elle ne les vit : les personnages anciens, les chevaux, la bête fantastique percée de flèches. Cependant la tapisserie avait perdu son sortilège, sans doute la présence de Mme Pourpaille suffisait-elle à dissiper les maléfices mais aussi les charmes. Un miaulement retentit.

— Bien entendu, c'est M. Farou, remarqua la cuisinière. Quand la dame de compagnie n'est pas là, il erre comme une âme en peine. A propos d'âme, je ne sais lequel des deux : du chat ou de Rachel, est l'âme damnée de l'autre.

Le chat noir surgit de l'ombre et vint se frotter aux jupes de la cuisinière.

— Tire-toi de là, Satan, fit la boulotte en sautant en arrière comme si le chat l'eût brûlée.

Elle haussa les épaules et se mit à rire.

— Dans le fond, tu vois Cathie, dans le fond, la Rachel, elle sert de « dame de compagnie » à un seul être ici, elle est la dame de compagnie du chat.

Une question vint aux lèvres de Catherine, une question qui souvent lui trottait par la tête ; pourtant, cette fois encore, elle la garda pour elle. Elles entrèrent dans une pièce, la première dont les contrevents ne fussent pas tirés : une chambre aux meubles noirs, avec un grand crucifix au-dessus du lit.

Mme Pourpaille se pinça le nez entre le pouce et l'index.

— Pouah ! fit-elle avec une voix de trompette. Ça sent la punaise chez la Rachel.

Elle lâcha son nez.

— Mais non bêta, ne regarde pas sur les draps s'il y a des punaises. Dieu merci la maison est propre. Non, ça sent la punaise de sacristie.

La cuisinière s'approcha de la haute armoire, tira sur les portes, en vain. Elle alla à la commode, recommença le même manège. La fillette craignait que la dame de compagnie n'arrivât et ne surprît son ennemie en train d'essayer de forcer les tiroirs. Enfin la cuisinière, devant la résistance des serrures, renonça.

— Il n'y a pas plus fermé que cette taupe, grognait-elle, c'est bien le cas de le dire. D'ailleurs quels secrets aurait-elle, sinon qu'elle inscrit peut-être des infamies sur mon compte.

Elle se moucha bruyamment, si bruyamment que le chat qui ne perdait pas de vue un seul de ses gestes, prit peur et disparut sous le lit.

— Sur mon compte et sur le compte des maîtres qui la payent à ne rien faire, ces innocents.

Le chat risqua son museau hors de l'abri. Mme Pourpaille fit les cornes au miroir, aux meubles, comme si elle avait eu six ans et que les objets eussent été des personnes. Catherine ne pouvait chasser en elle cette crainte que le chat, au retour de sa maîtresse, ne lui rendît compte de la visite et de l'attitude de Mme Pourpaille. Elle soupira d'aise lorsque la cuisinière se décida à sortir en concluant :

— Ne restons pas là plus longtemps, ça ne doit pas être sain.

Elle referma la porte derrière elle d'un coup sec. Elles suivirent le couloir.

— Verra-t-on la salle à danser ? se demandait Catherine. C'était là, pour elle, le vrai but de leur visite : cette salle et aussi, peut-être, la chambre d'Émilienne. Elles virent la salle à danser, mais Mme Pourpaille l'annonça d'un nom qui parut bizarre à Catherine.

— Voici la bibliothèque

— Je croyais, fit l'enfant.

— Qu'est-ce que tu croyais ?

Elle désigna d'une main les vitrines garnies de livres sombres et dorés.

— Une fameuse bibliothèque, hein ! Il est vrai que ces livres, c'est à peu près tout ce que Madame a porté de dot. Ses parents, et ses grands-parents, et ses arrière-grands-parents étaient aussi liseurs que chasseurs, ce qui n'est pas peu dire. C'est bien à peu près tout ce qu'elle a pu amener de leur château. Il y en a qui prétendent que ça représente une fortune, moi, ce que j'en dis.

C'était donc ça, se disait Catherine, cette pièce obscure comme toutes celles de la maison, c'était cela qui lui avait paru être le cœur du palais. Même les têtes de plâtre sur les rayonnages lui paraissaient anodines. Comment avait-elle pu s'imaginer que c'étaient des chefs décapités ? Elle avait de la peine à cacher sa déception. Viendrait-il un jour où Émilienne elle-même ne lui paraîtrait plus qu'une personne comme les autres tout juste plus belle et un peu mieux vêtue ?

Elle eut envie de prier Mme Pourpaille d'arrêter la visite. Il lui tardait d'être redescendue dans les communs, là, du moins, rien ne venait gâter l'idée qu'on se faisait des appartements des maîtres, de leur luxe, et de leur harmonie. Mais la cuisinière déjà repartait. Au passage elle rajustait une housse, posait un doigt inquisiteur sur les boiseries, prête à fulminer contre Mathilde si elle décelait une trace de poussière.

Elles passèrent rapidement dans la chambre de Madame contiguë à celle de Monsieur. Catherine fut cependant impressionnée par le lit à baldaquin tendu de cretonne, d'autant plus que la cuisinière assura que Madame, lorsqu'elle avait ses idées sombres, non seulement faisait fermer persiennes et fenêtres mais encore clore autour d'elle les tentures de sa couche. Ce qui étonnait la fillette aussi, c'était qu'on fît usage de tant de chambres : une pour le mari, une pour la femme, une pour chaque enfant, alors qu'aux métairies et à La Ganne, les familles entières travaillaient, mangeaient, vivaient la plupart du temps dans une seule pièce où s'alignaient tous les lits. Elle se demandait si elle aurait aimé avoir ainsi sa chambre et son lit à elle. Ce devait être mieux, puisque les riches ne s'en privaient pas, cependant elle songeait avec une bouffée de tendresse à la grande chambre de son enfance aux Jaladas, à l'odeur de sa sœur aînée Mariette, odeur qui demeurait accrochée aux draps après le départ de la jeune fille, et dans laquelle Catherine, alors toute menue, se lovait comme en un berceau ; et l'odeur du parrain mêlée à celle de son frère Aubin comme elle était rassurante.

Plus tard, oui, elle souffrait de ne point posséder sa chambre, plus tard lorsqu'elle était servante : entendre grincer près de soi le lit des maîtres ou les entendre ronfler, c'était intolérable, elle en aurait crié, mais il fallait se taire et chercher en vain le sommeil.

Elle s'arrangea pour que Mme Pourpaille s'attardât un peu dans la chambre d'Émilienne, une petite pièce au second étage dont la fenêtre donnait sur le parc, les murs étaient tendus de papier bleu sur lequel étaient peints en blanc de gracieux personnages ; le lit, la coiffeuse, l'armoire étaient de même blancs et rehaussés de filets bleus.

— La demoiselle est-elle vouée à la Sainte Vierge ? demanda Catherine.

— Mais non, qu'est-ce qui te fait supposer cela ?

— Ce bleu et ce blanc. Ma sœur Toinon, Antoinette, à un an, elle a eu les convulsions, depuis on l'a vouée à Notre-Dame sa protectrice et on l'habille de bleu et blanc.

— Non, pour les gens du Haut : bleu et blanc ça fait jeune fille, ça fait « chou » comme ils disent.

Catherine avec mille précautions s'était assise à la coiffeuse, elle approchait son visage du miroir et d'une main arrangeait ses nattes.

Derrière elle, Mme Pourpaille se mit à rire.

— Voyez-moi la coquette, c'est encore une enfant et ça joue déjà aux demoiselles. Mais oui, t'inquiète pas, je devrais pas te le dire, mais je pense que tu es sage, et simple, alors je te le dis quand même : tu es jolie avec tes yeux de noisette.

La remarque fit rougir Catherine mais dans la pénombre du miroir, seul un peu de rose teinta son reflet. « Suis-je jolie ? » s'inquiéta-t-elle intérieurement, et elle s'approcha plus encore de la glace. « Est-ce donc joli des yeux de noisette ? » Elle observait son petit nez bien dessiné : son menton rond, les frisettes châtain clair des cheveux sur le front, elle ne pouvait croire que cela formât un beau visage. D'ailleurs ce n'était pas son propre reflet qu'elle cherchait dans le miroir ovale, mais — elle savait certes que c'était impossible, cependant elle n'avait pu résister à son impulsion — un visage mat, fier, aux grands yeux sombres sous les paupières bombées, à la bouche violente, aux cheveux bruns bouclés en anglaises, celui d'Émilienne Desjarrige. En face d'elle, toujours la même enfant pensive la regardait.

— Allez, tu t'es assez admirée, fit Mme Pourpaille. Il est temps de redescendre. Mademoiselle la dame de compagnie ne va plus tarder.

Catherine se leva, caressa d'un doigt furtif les peignes, les brosses rangés en bon ordre sur la coiffeuse. De nouveau elle brûlait d'envie de poser cette question que tant de fois elle avait été sur le point de prononcer et qu'elle avait cependant gardée pour elle-même. Cette fois elle se lança.

— Mlle Rachel, si elle ne sert pas de dame de compagnie à la maîtresse, comme elle le devrait, en tout cas elle doit bien être la dame de compagnie de Mlle Émilienne ?

Mme Pourpaille croisa les bras devant sa poitrine, et, la bouche entrouverte, fit entendre une sorte de sifflement comme si elle se dégonflait à la manière d'un gros ballon. Elle hocha la tête, termina son sifflet par un « ouan » sonore, reprit haleine, et déclara :

— Tu parles d'or, Cathie, il est certain que payer cette taupe de Rachel à ne rien faire, c'est un scandale, et il est certain en outre qu'une demoiselle du rang de Mademoiselle ne devrait point faire un pas sans être accompagnée... Seulement... seulement...

La cuisinière s'interrompit et se mit à marcher en rond dans la chambre, puis elle se planta devant Catherine.

— Seulement, petite, on voit bien que tu ne connais pas notre demoiselle. Elle, supporter à ses côtés la Rachel, jamais. Je crois qu'elle aimerait mieux devenir bohémienne. Tout le Haut en a fait des gorges chaudes que mademoiselle Desjarrige sorte sans être chaperonnée, mais elle s'en moque comme de sa première chemise. Une ou deux fois la dame de compagnie s'est risquée à suivre Mademoiselle mais elle n'a pas recommencé, je te le promets ; notre demoiselle lui en avait fait voir pis qu'un démon, courant un moment puis, au contraire, flânant une heure devant quelque boutique de coiffeur ou de bistrot jusqu'à ce que les hommes quittent leur verre ou leur rasoir pour venir lancer des quolibets à la Rachel et des compliments sans détour à notre jeune écervelée.

— Mais si c'était une autre que mademoiselle Rachel qui servirait de dame... ou de demoiselle de compagnie, la jeune maîtresse ne la supporterait pas non plus ?

— Ça je n'en sais rien, mais ça me paraît bien difficile... Pourquoi demandes-tu ça ? Connaîtrais-tu quelqu'un que ça intéresserait d'être la dame de compagnie ?

— Oh ! non, dit Catherine tristement, et elle détourna la tête comme si, dans cette ombre, Mme Pourpaille eût pu observer son trouble.

V

Devenir « demoiselle de compagnie », c'était là une chose impossible pour Catherine, un emploi réservé à un tout autre personnage que la petite paysanne qu'elle était. Il eût fallu parler français et non patois, avoir fière allure, habits élégants, être aussi plus âgée. En outre, elle jugeait que cette tentation l'écartait de son devoir, l'empêchait de consacrer toutes ses pensées au père, à Francet et aux deux cadettes. Certes, grâce à ce que lui rapportait son travail chez les Malavergne et les Desjarrige, et grâce aux victuailles dont Félicie garnissait son sac, on n'était pas affamé à la maison-des-prés ; d'autre part, le soir, elle ne se couchait qu'une fois le ménage achevé, le linge lavé ou raccommodé ; cependant elle n'était pas encore satisfaite, elle s'accusait d'accueillir en elle les images d'un avenir qui la séparerait des siens.

En fait, elle agissait selon une double perspective, comme si, plus tard, elle eût pu avoir deux vies. En vue de celle qu'elle passerait auprès des siens, elle s'efforçait de faire des économies. Elle les cachait, de même que les sous qu'Aurélien lui apportait le dimanche en la priant de garder le secret, dans un trou qu'elle avait aménagé en déplaçant une brique du foyer et qu'elle rebouchait ensuite avec soin. En même temps, pour se rendre capable de devenir un jour demoiselle de compagnie, elle s'appliquait à coudre ou à tricoter plus que son travail ne l'eût exigé.

— Tu te crèves les yeux, lui disait Francet, cependant qu'elle tirait l'aiguille à la faible lumière d'un *petrou*. Et pourquoi donc ? Nos vêtements sont propres, les reprises déjà faites suffisaient bien, nous ne sommes pas des princes.

Elle lui répondait que lui-même ne s'estimait jamais satisfait de son ouvrage quand il tournait un fuseau ou bien y gravait des initiales. Francet devait convenir en riant qu'elle avait raison. Mais elle ne riait pas avec lui. Cela lui faisait mal de penser qu'elle bernait son entourage en feignant de travailler pour eux tous, alors qu'elle ne travaillait, se disait-elle, que pour elle.

Un jour, elle entendit affirmer par Mme Pourpaille qu'une dame de compagnie digne de ce nom devait savoir broder, alors que Mlle Rachel en était bien incapable. Catherine décida donc qu'elle saurait broder.

Chaque matin, en se rendant à La Noaille, dans le haut du faubourg de La Ganne, elle passait devant la maison du cantonnier Anglard. Là, à une fenêtre du rez-de-chaussée dont on avait relevé les rideaux, elle apercevait Amélie Anglard, la petite blonde qui lui adressait au passage un timide sourire. La fenêtre était basse et Catherine pouvait voir l'ouvrage auquel travaillaient les doigts fluets d'Amélie. C'étaient des broderies, des dentelles, des jours. Catherine à chaque fois avait envie de s'arrêter pour admirer ces délicates réussites ; mais le temps lui manquait, elle ne voulait pas arriver en retard auprès de Félicie. De plus, elle se souvenait que les parents d'Amélie interdisaient à celle-ci de fréquenter les enfants du faubourg. Aussi, ne s'arrêtait-elle point, se contentant de répondre par un franc bonjour au craintif sourire de la brodeuse. C'était peu de chose ce signe échangé entre elles chaque matin, et pourtant si par hasard Amélie ne se trouvait pas derrière sa fenêtre quand Catherine venait à passer, la fillette s'en allait à son travail toute désappointée. Elle évoquait alors le fin visage absent, l'air inquiet des yeux malgré le sourire, et elle se rappelait que cette figure s'était éclairée doucement en elle, sans qu'elle sût pourquoi, au moment où la mère rendait l'âme. Ainsi, sans même qu'elles se connussent, il existait entre les deux fillettes comme une secrète affection.

Le jour où Mme Pourpaille déclara qu'une dame de compagnie devait être experte en broderie, Catherine se promit de parler sans plus tarder à la petite Anglard.

Le lendemain matin, elle se leva plus tôt qu'à l'ordinaire, si tôt, que de son lit Francet lui demanda ce qu'il lui prenait de ne même pas attendre l'aurore. Elle avait hâte d'achever tous les travaux de la maison avant son départ. Elle réveilla même les cadettes avant leur heure habituelle, ce qui les fit grogner, pleurer et tempêter. Elle n'écoutait ni pleurs ni cris, débarbouillait avec vigueur les petites, leur faisait avaler à grosses cuillerées leur panade, lavait en vitesse les écuelles, et s'enfuyait.

La matinée était froide mais claire, cette année l'hiver serait tenace. Catherine essayait de prévoir ce qu'elle allait dire à la fille du cantonnier : « Voilà, vous me connaissez je suis Catherine Charron, de la maison-des-prés... » Non, c'était sot, il vaudrait mieux commencer ainsi : « Bonjour, Amélie Anglard. » Bonjour, bien sûr, on disait toujours : bonjour. Oh ! et puis elle verrait bien quand elle serait sur place. On ne parlait jamais comme on avait pensé le faire.

Quand elle approcha du haut de La Ganne, elle ralentit le pas. « Pourvu qu'Amélie soit déjà derrière sa fenêtre, et qu'elle soit seule, qu'il n'y ait pas sa mère ou le cantonnier prêts à lui faire des observations et la prier de ne pas se lier avec une enfant des faubourgs. »

Amélie était bien derrière sa fenêtre, et seule. Elle leva les yeux de son ouvrage et comme chaque matin sourit à Catherine. Celle-ci s'arrêta ; derrière la vitre, la jeune brodeuse demeura interdite, les sourcils levés, les lèvres encore entrouvertes par son sourire, mais ses yeux d'un bleu violet de nouveau graves. Catherine ne savait plus que faire. Enfin, d'un doigt elle cogna à la vitre. Amélie rejeta son ouvrage, se leva vite ; tout son visage s'éclaira, elle ouvrit la fenêtre.

— Bonjour, mademoiselle Charron, dit-elle à voix basse.

Elle était rose de plaisir et de confusion.

— Je vous dérange, s'excusa Catherine.

— Mais non, mais voyons...

Et la fille du cantonnier se pressait les mains, au comble de l'embarras. Son émotion et sa timidité gagnaient Catherine qui en oubliait dans quel dessein elle faisait cette visite. Enfin elle put murmurer :

— Vous devez faire de si belles broderies que je me suis dit comme ça : « Un matin tu pourrais peut-être demander à voir l'ouvrage de mademoiselle Anglard. » Mais vous allez me trouver bien osée.

— Pas du tout ; seulement vous savez, mademoiselle Charron, je suis loin d'être aussi habile que vous le pensez, vous ne verrez rien de bien beau... Mais bête que je suis, à quoi je pense, de vous laisser comme ça, dehors, dans le froid ? Finissez donc d'entrer, vous me ferez bien plaisir.

— Croyez-vous ? Je vais vous faire perdre du temps.

Catherine baissa la voix, malgré elle jeta un coup d'œil apeuré dans la pièce derrière la fillette.

— Et vos parents, que vont-ils dire ?

— Ils ne sont pas là ce matin. Mon père est sur la route. Ma mère au marché. D'ailleurs ils seraient bien contents de vous voir.

Rassurée, Catherine pénétra dans la maison qui lui parut fort simple ; toutefois les parquets cirés, les coussins sur les chaises, un buffet sombre, et, dans un cadre fixé au mur, un papier où l'on voyait des dames peu vêtues tendant à bout de bras une couronne de laurier, tout cela suffisait pour distinguer cet appartement de ceux misérables des maisons voisines. On voyait bien qu'on était là chez un « fonctionnaire », comme disait avec respect la marraine Félicie.

Catherine posait les pieds avec précaution sur deux patins de feutre placés sur le seuil.

— Dans le temps, mademoiselle Anglard, vos parents ne voulaient pas vous laisser jouer avec nous.

Amélie rougit jusqu'à la racine des cheveux.

— Oh ! c'est qu'il y a, il y a de tout dans le faubourg, balbutia-t-elle. Des malheureux qui disent des grossièretés, et qui mendient ou qui maraudent. Alors, vous savez, mademoiselle Charron, forcément leurs enfants les imitent, ce n'est pas de leur faute ; et mon père, n'est-ce pas, était obligé de me tenir à l'écart. Il est fonctionnaire, vous comprenez, alors, vis-à-vis des gens...

Catherine, tout en l'écoutant, se reprochait d'avoir parlé de cela, par sa faute elle allait tout gâcher. C'était comme si, en elle-même, une Catherine beaucoup plus petite, l'ancienne Catherine, l'enfant de La Ganne, celle qui s'étonnait autrefois de voir la petite fille blonde du cantonnier rester à l'écart et ne pas se mêler aux jeux, c'était comme si cette sacrée gamine avait pris la parole sans demander la permission, sans même avertir ; et voilà, ses phrases imprudentes allaient tout compromettre.

Amélie bredouillait, elle se troublait de plus en plus. Enfin, tout essoufflée, elle finit par articuler péniblement :

— Mais, mademoiselle Charron, vous et votre famille, mes parents savaient bien que vous étiez différents et honnêtes, et vaillants, et polis. Ils connaissaient vos malheurs et vous plaignaient.

Cette Amélie était la gentillesse même. Son affection était douce ; quant à la pitié du cantonnier et de sa femme, Catherine n'en voulait certes pas.

— Hé ! fit-elle, moi et mes frères, on jouait bien dans la rue, ça ne nous a pas changés en brigands, les Lartigues non plus.

Amélie baissa les yeux et sourit, et ce sourire dissipa tous les nuages autour des deux fillettes.

— Aurélien Lartigues, c'est le contraire d'un brigand.

— Le contraire d'un brigand ? s'étonna Catherine.

— Oui, un brigand prend les choses, Aurélien les donne.

Catherine se demanda si elle faisait allusion à l'argent ou aux œufs qu'Aurélien apportait à la maison-des-prés chaque dimanche depuis la mort de la mère. Mais comment Amélie eût-elle pu être au courant ?

La fille du cantonnier poursuivit ;

— Un jour, dans la rue, juste devant ma fenêtre, vous mangiez un quignon de pain noir. Aurélien s'est approché, vous a arraché ce pain et vous a tendu à la place un craquelin. J'étais à ma fenêtre, je vous ai vue si malheureuse, et puis tout à coup si heureuse, quand vous avez mordu dans le craquelin. J'ai vu Aurélien, il vous regardait, et lui qui a toujours l'air moqueur, il vous regardait sérieusement, il ressemblait — oh ! vous allez me trouver sotte — mais je vous assure ; il ressemblait à l'ange qui est sur le vitrail de l'église, l'ange brun qui regarde dans le coin du vitrail la petite Sainte Vierge... De ce jour-là, si vous saviez, j'ai eu envie de devenir votre amie à tous les deux.

Elles s'étaient installées près de la fenêtre. Amélie prit son ouvrage et le montra à Catherine. Celle-ci se récria d'admiration devant les broderies.

— Ce n'est pas sorcier, prétendit Amélie.

— Pas sorcier ! pas sorcier ! Mais dans le canton il ne doit pas y avoir beaucoup de doigts capables d'en faire autant.

— Ce qu'il faut avant tout, c'est de la patience.

Catherine prit dans les siennes les mains d'Amélie.

— Comme vous avez des mains petites et blanches, et minces. A côté des miennes toutes brunes avec leurs cicatrices, leurs ongles cassés.

— Hé, je n'ai pas de mérite, c'est les mains de quelqu'un qui ne fait que coudre, tandis que vous, mademoiselle Charron, vous avez des mains de travailleuse.

— Allons donc, vous n'êtes pas feignante, mademoiselle Anglard.

Elles prenaient plaisir à se donner du « mademoiselle » et elles cachaient leur embarras en jouant les bonnes femmes. Catherine soupira :

— Je serais bien incapable de faire de belles choses comme vous.

Alors, dans un élan, Amélie :

— Si vous voulez, je vous apprendrai, je suis sûre que ça marcherait très bien.

Catherine eut du mal à dissimuler sa joie. Ainsi c'était fait, elle n'avait même pas eu besoin de solliciter ce service. La politesse selon La Noaille exigeait qu'elle ne montrât pas son enthousiasme.

— Vous n'y pensez pas, mademoiselle Anglard, cela vous causerait de la peine, prendrait votre temps. Merci bien, je vous remercie bien, mais vraiment, croyez-moi, ce serait une corvée pour vous, et je serais une si mauvaise élève !

Et toujours selon les mêmes lois paysannes, Amélie insista :

— Vous, une mauvaise élève ! Voulez-vous bien vous taire ! Ce serait un plaisir pour moi, je vous assure, de vous montrer le peu que je sais, bien entendu si cela ne doit pas vous ennuyer.

— M'ennuyer ! Je serais bien heureuse, au contraire. Mais je vous dis, ma pauvre, je n'ose accepter.

Comme il lui restait encore une demi-heure avant de prendre son travail auprès de sa marraine, elle commença à tirer l'aiguille sous l'œil vigilant d'Amélie.

Tous les jours, Catherine s'arrêtait à la maison du cantonnier.

Mme Anglard lui faisait bon accueil. Quant au cantonnier, on ne le voyait pas souvent, il travaillait sur ses routes. Lorsque par hasard il n'était pas encore parti, il se montrait lui aussi aimable avec Catherine, lui demandait des nouvelles de son père, des petites, et de Francet.

— Je vois quelquefois M. Charron, disait-il, lorsque le chantier où il fait ses feuillards est en bordure de route. Vous lui direz bonjour de ma part, mademoiselle Charron.

« M. Charron, Mlle Charron », les Anglard étaient cérémonieux. Cela glaçait un peu Catherine, mais en même temps la flattait, « et puis, pensait-elle, forcément, quand on est fonctionnaire ».

Les leçons de broderie n'allaient pas sans difficultés. Bien souvent l'aiguille allait piquer le doigt maladroit et, à la fin des séances, la vue était brouillée tant les yeux avaient dû regarder avec application. Qu'importait : chaque jour Catherine devenait plus habile et chaque jour s'affirmait l'amitié entre élève et maîtresse.

Au bout de quelque temps, Mme Anglard invita Catherine à venir, si elle le désirait le dimanche après-midi : elle pourrait amener ses sœurs.

Clotilde et Toinon qui n'étaient jamais sorties de la maison-des-prés sautèrent de joie quand leur sœur parla de les amener à la ville, mais lorsqu'elles arrivèrent devant la demeure du cantonnier, ce ne fut plus la même chanson : pas moyen de les décider à entrer, il fallut les traîner de force. A l'intérieur, elles ne lâchaient pas les jupes de Catherine ; plus madame Anglard et sa fille leur prodiguaient de sourires et de cajoleries, plus les petites se raidissaient, farouches. Cependant, elles finirent par se familiariser avec l'appartement et surtout avec le parquet ciré sur lequel, grâce aux patins de feutre, elles faisaient de longues glissades.

— Dis, Cathie, demanda Clotilde alors qu'elles regagnaient la maison-des-prés : pourquoi le plancher, chez ces gens, il était gelé comme les mares ? Il faisait pourtant chaud.

Catherine n'osait pas à son tour inviter Amélie à se rendre chez elle. Enfin, quand le temps se radoucit, et qu'il commença à faire bon s'asseoir sur l'herbe naissante, le dos au mur ensoleillé, elle s'enhardit et convia la fille du cantonnier à venir prendre le soleil devant la maison-des-prés. Lorsque Amélie arriva, Aurélien et Julie Lartigues étaient déjà là. On avait sorti un banc devant le seuil. Le père y avait pris place avec Catherine et Julie. Les garçons s'étaient assis à même le sol un peu plus loin ; devant eux, à la lisière du pré, Clotilde et Toinon se poursuivaient. Quand Amélie déboucha du chemin et vit toute la famille Charron et les Lartigues, elle se sentit aussi intimidée qu'avaient pu l'être Clotilde et Toinon dans la demeure du cantonnier.

Ils regardaient s'avancer vers eux, gauchement, cette fillette blonde et rose aux yeux bleu sombre, les cheveux rejetés en arrière et tenus par une barrette d'écaille.

— Elle est mignonne, fit Francet à mi-voix.

Julie qui était assise un peu au-dessus de lui, au bout du banc, l'entendit. Elle marmonna, les dents serrées :

— Oh ! mignonne ! Elle a l'air bien empoté, c'est une gosse.

En fait, il n'y avait pas grande différence d'âge entre Julie, Catherine et Amélie, Julie étant leur aînée d'un an ou deux. Mais, en apparence, avec son chignon, sa taille serrée à outrance, son air effronté, Julie faisait déjà femme, alors qu'Amélie et Catherine demeuraient enfantines dans leur allure.

Le père, Catherine et Aurélien se levèrent pour accueillir l'invitée.

Amélie baissa les yeux quand elle tendit la main à Aurélien. Catherine le remarqua, elle se souvint de la comparaison que la fille du cantonnier avait faite entre Aurélien et l'ange brun qu'on voyait sur le vitrail de l'église. « C'est vrai, se dit-elle, qu'Aurélien est beau. » Il y avait bien longtemps qu'elle le connaissait et presque aussi longtemps qu'elle ne le voyait plus. Ce même regard neuf qu'elle venait de poser, grâce à la venue d'Amélie sur son ami, elle le garda pour observer son père et Francet. Vêtu de propre et rasé, le père lui sembla retrouver un peu de son allure de jadis. Certes ses cheveux continuaient à blanchir, mais peut-être était-il un peu moins voûté et ses traits moins tirés. Catherine fut envahie par une bouffée de fierté : « Si le père reprenait quelque courage, n'était-ce pas la preuve qu'elle parvenait à tenir honorablement la maison-des-prés ? » Quant à Francet on le voyait de jour en jour s'épanouir : large de carrure, le torse très droit, les cheveux noirs aux boucles serrées, les gestes vifs, on n'aurait pu se douter qu'il sortait d'une maladie de sept années. D'ailleurs il s'entraînait tenacement à faire, chaque jour, le tour de la maison sans se servir de ses béquilles, et bientôt, sans doute, il les abandonnerait tout à fait.

Clotilde et Toinon s'étaient approchées. Elles étaient revenues plusieurs fois chez le cantonnier et se sentaient maintenant camarades avec Amélie.

Clotilde prit la grande fille par la main et la tira vers l'entrée de la maison.

— Laisse-la, laisse-la donc ! ordonnait Catherine, mais l'enfant insistait.

Elle amena Amélie Anglard dans la cuisine et lui fit remarquer :

— Tu vois, chez nous on n'a pas de plancher gelé.

Cette réflexion, en déclenchant les rires, effaça ce qu'il y avait encore de guindé dans l'accueil des Charron. L'après-midi fila comme une lettre à la poste. Amélie et Catherine ne trouvèrent même pas le temps de faire un peu de broderie. Au moment des adieux, Francet, en s'appuyant au bras de Julie, alla fouiller dans un placard où il rangeait ses outils et ses travaux ; il en sortit un joli fuseau de buis poli qu'il tendit à Amélie Anglard. Le jeune garçon avait gravé sur le bois deux A entrelacés. Catherine jugea pleins de délicatesse ce don et la surprise qu'avait ménagée Francet en ne disant à personne qu'il préparait et gravait à l'avance ce fuseau. Julie Lartigues ne devait point partager ce sentiment car elle s'écarta ostensiblement de Francet. Pour sortir de nouveau, il dut faire appel au bras de Catherine.

On fit promettre à Amélie de revenir. Catherine et Aurélien la raccompagnèrent jusqu'à la route de La Noaille. Là, on s'arrêta un moment. Soudain Amélie prit la main de Catherine et celle d'Aurélien, les pressa dans les siennes.

— Oh ! je suis heureuse, dit-elle.

Elle les lâcha et partit en courant.

Avant de rebrousser chemin, ils la regardèrent gravir la côte vers La Ganne. Elle ne se retourna pas.

— Elle est gentille, fit Catherine.

— Oui, mais elle est drôle. Elle a l'air timide, timide, et tu as vu tout à l'heure comme elle nous a pris la main.

Il eut un rire léger.

— Et le jour où je t'avais donné un craquelin dans la rue, devant sa maison, elle était à la fenêtre : elle nous a envoyé un baiser.

Amélie revint souvent le dimanche à la maison-des-prés. On se rangeait sous les arbres qui se couvraient peu à peu de bourgeons. Parfois on avait des visites : celle de Félicie qui arrivait en soufflant, suant et s'épongeant et qui n'arrêtait pas de faire la critique des gens du Haut, et en particulier de ses maîtres. Quand le père Baptiste était là, car lui aussi faisait partie des habitués du dimanche, il plaisantait la marraine.

— Hé, disait-il, vous n'avez pas l'air bien à plaindre, vous ne faites pas pitié, vous savez. On ne penserait jamais, à vous voir, que vos bourgeois vous nourrissent avec de l'eau et des os.

Ou bien :

— Alors, quand vous mariez-vous : aimable, rose et riche comme vous êtes, vous ne devez pas manquer de galants ?

La marraine feignait de s'indigner, elle s'empourprait, secouait ses bras courts, bredouillait de colère, eût-on dit, tendait vers le coupable un doigt menaçant, puis éclatait de rire. Le père lui-même ne résistait pas à cette gaieté. Cependant, le soir, quand les visiteurs étaient repartis, il s'assombrissait de nouveau.

— Si la pauvre Marie avait pu voir cette assemblée aujourd'hui, comme elle aurait été contente ! disait-il.

Parfois, il attirait Catherine vers lui, posait un baiser maladroit sur son front.

— Ma petite Cathie, tu es vaillante, tu es brave ; sans toi que serions-nous devenus ?

Le dimanche, venait aussi quelquefois Martial, le frère aîné, quand ses patrons du Treuil voulaient bien consentir à cette brève absence. Il aimait parler avec Francet des malices auxquelles tous deux se livraient avant que le cadet ne tombât malade.

— *Bêtio, bêtio,* disait-il selon sa coutume, quels bons tours on a pu jouer !

Francet, qui toujours l'avait mené à sa guise, le prenait en considération à présent que le régiment attendait le jeune homme.

— Tu as de la chance, disait-il, tu as de la chance, Martial, moi je ne serai jamais soldat.

— *Bêtio, bêtio,* voilà une chance dont je me passerais bien.

Martial confiait ensuite à Catherine que si : il était bien content de devoir partir sous les drapeaux, ça lui ferait voir du pays.

En fait de pays, il ne vit d'abord que les casernes du chef-lieu où il ne tarda pas à être incorporé dans l'infanterie.

De loin en loin on voyait encore, le dimanche, à la maison-des-prés, le parrain avec sa femme toujours aussi timide. Frédéric Leroy avait forci depuis son mariage et aussi depuis qu'il travaillait dans le bâtiment ; cependant, bien qu'il allât vers la trentaine, il avait gardé une sorte de gaucherie d'adolescent qui le faisait se pencher un peu de côté quand il parlait et avoir des gestes malhabiles si on lui offrait à manger ou à boire. Sa petite femme ne manquait jamais de se placer dans le coin le moins éclairé, là elle se tenait si immobile et silencieuse qu'on finissait par l'oublier. Elle cherchait, semblait-il, d'autant plus à s'effacer qu'elle était enceinte et que cet état accroissait encore son habituelle modestie.

Catherine était heureuse de voir son parrain ; il était pour elle la paix, la tendresse et la chaleur des premières années de son enfance ; et pourtant elle appréhendait sa venue, car avec lui le père évoquait le souvenir de la mère, lorsqu'elle était jeune aux Jaladas et qu'ils avaient adopté, comme un de leurs enfants, le petit orphelin Frédéric Leroy.

Quand le parrain était reparti, le père passait des jours entiers sans dire un mot ; la nuit, Catherine l'entendait se tourner et se retourner dans son lit ; et il lui semblait parfois qu'il parlait à voix basse et gémissait.

Aurélien s'arrangeait toujours soit pour arriver le premier, soit pour partir le dernier et il guettait le moment où l'attention de ses amis était distraite pour faire signe à Catherine. Ils entraient tous les deux dans la cuisine, vite le garçon sortait de ses poches des œufs ou des pommes, des châtaignes.

Un dimanche, même, il apporta, soigneusement caché dans des hardes, un poulet fraîchement tué. Il précéda la remarque étonnée de Catherine pour affirmer que c'était avec les sous que lui rapportaient ses menus travaux hors de la fabrique : ici pour aider à rentrer du bois, là pour donner un coup de main dans la boutique de l'épicier un jour de presse, qu'il avait pu acheter ce poulet. Cela ne l'empêcha pas comme d'habitude d'ajouter à son cadeau quelques piécettes.

— Mais enfin, lui disait Catherine, tu n'es quand même pas notre frère, alors pourquoi fais-tu ça ?

Aurélien réfléchissait, une mince ride se creusait entre ses sourcils. Tout ce qu'il trouvait à répondre enfin, c'était :

— Pour rien... parce que...

— En tout cas, tu nous as bien assez donné. Arrête-toi maintenant, repose-toi au lieu de travailler en dehors de la fabrique, ou alors achète des choses pour toi si tu veux.

— Vous êtes donc tout à fait sortis de la misère ?

— Ah ! bien sûr que non.

— Tu vois.

— Mais vous aussi, votre père et vous, vous êtes aussi privés que nous.

— T'occupe pas, nous, on n'a pas des bambines à élever comme

Clotilde et Toinon ; et puis, à l'usine mon père gagne plus que ton père à ses feuillards.

— Tu es entêté.

— Comme un âne qui recule, disait-il en souriant.

— Enfin, tu devrais penser à plus tard, Aurélien, au jour où tu te marieras.

— Quelle idée !

— Mais non, c'est pas une idée ; le jour où tu te marieras, il te faudra de l'argent. Tiens, tu sais pas, tu devrais te marier avec Amélie Anglard.

— Avec...

Aurélien pâlit. Il se pencha brusquement en avant et se frotta le genou.

— Je me suis cogné contre la table ; bon sang, ça fait mal.

Catherine n'avait pourtant pas entendu le coup.

— Elle t'aime bien, tu sais, Amélie. Elle me l'a dit.

Le garçon haussa les épaules.

— Alors, avec qui tu te marieras, Aurélien, si tu ne veux pas d'Amélie ?

Il regarda gravement Catherine, entrouvrit la bouche, puis détourna la tête.

— Je ne sais pas.

Il sortit de la cuisine pour rejoindre Francet dans le pré devant la maison.

« Après tout, songeait Catherine, je l'ai bien conseillé, s'il ne veut pas m'écouter, je n'y peux rien. » Elle s'assura que personne ne pouvait la voir du dehors et s'empressa d'aller placer les piécettes d'Aurélien dans la cachette qu'elle avait ménagée derrière une brique du foyer. Le tas de monnaie s'accroissait peu à peu. « Aurai-je jamais la somme nécessaire ? Je n'ai même pas idée de ce que ça peut coûter. » Elle pensa soudain que peut-être ses efforts étaient ridicules, qu'elle n'arriverait pas à économiser assez pour réaliser ce qu'elle souhaitait. « Tant pis, décida-t-elle, je n'en parlerai pas au père, mais je demanderai à Francet, à Mariette, au parrain et peut-être à Félicie de m'aider. A nous tous on trouvera bien l'argent. »

Cet après-midi, elle avertit Amélie qui jouait dans le pré avec les cadettes que le lendemain elle ne passerait sans doute pas chez elle car elle avait une course à faire.

La fille du cantonnier essaya de cacher sa déception sous un sourire. Elle et Catherine étaient devenues inséparables. Amélie

Anglard, à cause de la méfiance de ses parents de La Ganne, avait eu une enfance solitaire ; grâce à Catherine, au seuil de l'adolescence elle découvrait les plaisirs de l'amitié et des jeux qui lui avaient manqué. Francet, Aurélien et même Julie, qui d'abord s'était montrée jalouse, l'avaient eux aussi adoptée. Quant à Clotilde et Toinon, elles l'adoraient car elle faisait preuve avec elles d'une patience sans bornes et se prêtait à tous leurs caprices.

Quand le soleil déclina et qu'elle prit congé de ses hôtes, en embrassant Catherine elle lui dit d'une voix inquiète :

— Alors à mardi ?

Devant la tristesse de son amie, Catherine eut envie de lui proposer de l'emmener avec elle le lendemain matin, mais aussitôt elle se ressaisit : « Non, pensa-t-elle, je dois être seule là-bas. »

— A mardi.

VI

Le lendemain, elle hâta le pas lorsqu'elle passa devant la maison des Anglard, elle fut satisfaite que son amie ne se tînt pas à la fenêtre. Elle traversa la mail, longea l'église Saint-Loup. Comme elle dépassait le porche, une religieuse sortit de l'église et à sa suite une, puis deux, puis trois, puis toute une colonne de fillettes vêtues de noir et coiffées d'un bonnet, noir également, qui dissimulait leurs cheveux. Catherine s'arrêta un peu plus loin et se retourna pour voir le défilé silencieux des enfants s'engager, derrière la religieuse, dans les ruelles qui menaient à l'orphelinat des Sœurs.

« Clotilde et Toinon pourraient être avec ces pauvrettes à l'heure qu'il est. La messe dans ce matin froid, tous les jours, ça serait leur seule distraction... Comme leurs visages étaient pâlots et sans vie ! Un régiment de petites vieilles. Voilà, mes cadettes auraient appartenu à ce régiment... Félicie affirme que les Sœurs s'occupent bien d'elles. Eh oui, mais comment s'occuper d'un régiment ? Toute leur vie sans doute, les fillettes de l'orphelinat resteront les enfants en noir : celles qui n'ont pas de mère. » Quand les pensionnaires eurent disparu, Catherine reprit sa marche. A son lever, elle avait dû se forcer pour tenir la promesse qu'elle s'était faite la veille à elle-même, tant elle appréhendait en son cœur cette matinée. Mais si la vue des orphelines avait pu l'assombrir, en même temps elle avait affermi en elle la volonté et la conscience de son devoir comme de son pouvoir en face de la vie.

Elle arriva aux dernières maisons qui marquaient la limite de La Noaille avant les collines de Lanzac. Entre ces demeures bâties avec les pierres des anciens remparts et les coteaux boisés s'étendait une plaine ; là, un rectangle de murs gardait le cimetière. Devant la porte rouillée, Catherine s'arrêta. Elle entendait en elle-même battre son sang comme si elle avait couru. Elle pensa un instant à rebrousser chemin. Jamais elle n'aurait le courage de pousser cette porte. Elle regrettait maintenant de n'avoir pas accepté qu'Amélie l'accompagnât. Au moment de repartir, elle aperçut un peu plus loin dans la plaine, à un tournant de la route, une carriole qui venait au galop. Cette présence la décida, elle se reprit, franchit le portail. Le bruit de la voiture, les grelots, les pas du cheval s'approchèrent, retentirent très fort derrière le mur, puis s'éloignèrent. Tant qu'elle les entendit, la fillette ne sentit plus sa solitude. Elle avançait le plus vite possible entre les tombes vers le bas du cimetière. Bientôt le roulement de la voiture ne fut plus qu'une rumeur qui s'effaça tout à fait. Alors il sembla à Catherine que le silence des morts la pressait de toutes parts.

Elle allait, les bras collés au corps, comme quelqu'un qui veut se faire oublier, remuer le moins d'air possible. Au passage, sans tourner la tête, elle jetait des coups d'œil de chaque côté sur les tombes qui bordaient le chemin : tombes de marbre ou de granit, quelques-unes avec des statues penchées ; certains de ces tombeaux étaient couverts de couronnes, d'autres de plantes ; des lettres d'or disaient des noms et des choses. Catherine avait envie de dire à haute voix : « Ne m'en voulez-vous pas, je ne sais pas vous lire malgré vos écritures dorées. » Dans quelques pierres étaient insérées des plaques de porcelaine rose ou bleue avec des fleurs, des nuages ou des angelots entourant les portraits des morts : une vieille femme coiffée du barbichet, ailleurs un soldat. Elle passa devant une chapelle : par la porte grillagée on apercevait un autel chargé de couronnes, de vases garnis de fleurs artificielles, et au fond un vitrail bleu, rouge et vert. « Une véritable église en miniature », songea l'enfant. « Savoir, c'était peut-être là le tombeau des Desjarrige. Mme Pourpaille avait un jour parlé d'une chapelle qu'ils possédaient au cimetière. » Catherine aurait bien voulu s'arrêter un instant pour regarder, à travers le grillage, cette demeure religieuse où, quelque jour, on descendrait parmi les siens Émilienne Desjarrige. Elle n'osa pas. Il ne fallait pas que les morts pussent la remarquer, ç'aurait été mal de penser ici à autre chose qu'à la défunte à laquelle elle venait rendre hommage.

Elle atteignait le cimetière des pauvres. Ici, comme chez les vivants de La Noaille, le Haut était réservé aux familles riches, le bas à ceux de La Ganne. La chapelle que Catherine attribuait aux Desjarrige se tenait entre les deux domaines et un peu en retrait de chacun d'eux. Catherine voyait dans cette situation à part un accord avec la place qu'occupaient les Desjarrige vivants : loin des miséreux, mais, pensait-elle, à l'écart des autre familles bourgeoises qu'ils devaient, au nom de leur alliance avec le sang du Repaire, en secret, mépriser.

Maintenant, plus de dalles de marbre, encore çà et là quelques granits, mais surtout des croix de bois adossées à quatre planches entrelacées qui supportaient d'humbles couronnes dont apparaissait par place l'armature rouillée. Sur des cœurs en zinc des noms étaient gravés. Un peu plus bas, vers le mur, les tombes n'étaient même plus marquées par ces enclos, seules des levées de terre les distinguaient les unes des autres. Au bout de la levée, une croix grise et basse, à laquelle s'accrochaient un ou plusieurs de ces cœurs métalliques désignant les disparus.

Si elle n'allait plus retrouver la tombe de la mère !... Comment la reconnaître parmi ces sillons tous semblables ? Le nom figurait en vain sur un cœur de zinc pour qui ignorait l'alphabet. Elle sentit une bouffée de rancune l'envahir contre les Desjarrige dont l'orgueil et la richesse suffisaient à indiquer la tombe au plus ignorant alors que la mère où était-elle étendue ? Lors des funérailles, Catherine avait compté les tombes à partir du mur, mais, à présent, elle ne se souvenait plus si c'était la troisième ou la quatrième. Elle s'agenouilla dans le chemin, juste entre les deux tombes identiques. Elle priait intérieurement : « Mère, il ne faut pas m'en vouloir si je ne suis pas à genoux devant vous. Vous auriez bien voulu m'envoyer à l'école mais on n'a pas pu, et je ne sais pas lire votre nom qui est le mien. Je ne suis pas venue ici depuis qu'on vous a portée dans cette terre, mais vous savez j'ai peur pour venir jusque-là, ce n'est pas de ma faute, et tous les jours je pense à vous à la maison-des-prés, et l'après-midi chez les Desjarrige où je travaille et où vous m'aviez amenée une fois. En venant ce matin j'ai croisé l'orphelinat devant l'église, vos cadettes ne sont pas parmi les enfants vêtus de noir, je les ai gardées avec nous. Vous auriez été malheureuse si vous aviez pensé que Clotilde et Toinon puissent aller un jour à l'orphelinat. Elles n'y sont pas allées, et elles n'iront pas tant que j'aurai mes deux bras vaillants. Mère, peut-être que vous êtes là-dessous comme quelqu'un qui dort pour toujours, peut-être moins encore, comme une pierre, ou bien, puisqu'ils parlent de paradis à l'église, s'il existe, vous y êtes et alors vous demandez à la Vierge et aux Saints de nous protéger. Moi, je ne sais pas. Je ne sais pas si vous dormez ou si vous êtes devenue une pierre, ou si votre esprit est parti dans les nuages, mais je vous le dis : je ne veux pas que vous restiez sous cette mince levée de terre. On vous a descendue dans ce trou parce que nous n'avions pas de sous pour payer un tombeau qui serait à nous, à vous, où vous resteriez jusqu'à la fin des temps. Et ici, sous cette levée de terre, je sais qu'ils appellent ça du « provisoire », et, de temps à autre — Aurélien a fini par me le dire à force que je le questionne — quand ils ont besoin de place, ils creusent, enlèvent des cercueils anciens, les portent à la fosse commune, pour pouvoir accueillir de nouveaux morts sans fortune. Je ne veux pas que ce soit comme ça pour vous. Je n'ai pas voulu que les cadettes se perdent dans l'orphelinat, je ne veux pas que vous vous perdiez parmi les morts. »

Les deux tombes devant Catherine étaient nues ; aucune couronne, nulle fleur artificielle, nul bouquet. Les familles étaient trop démunies pour offrir à leurs défunts un tel luxe. Mais sur la tombe de droite, au pied de la croix, des cailloux blancs étaient posés. Catherine en compta neuf. Elle savait que des visiteurs marquaient ainsi leur passage. Ces neuf cailloux appartenaient-ils à la mère ? et qui, alors, venait aussi souvent ? Ou bien saluaient-ils ses voisins de cimetière ? Elle eût bien voulu à son tour laisser un caillou en souvenir, mais sur laquelle des deux tombes l'eût-elle déposé ? Elle se releva, fit quelques pas dans les allées jusqu'à ce qu'elle trouvât un silex. Il n'était pas blanc, mais jaunâtre. Elle chercha mieux dans l'espoir d'en dénicher un autre plus clair, en vain. Elle allait revenir vers la tombe, lorsqu'elle se ravisa, et ramassa un deuxième silex de la teinte du premier. Elle regagna alors les deux croix dont l'une surmontait le corps de la mère, et au pied de chacune d'elles plaça une pierre. Cela ainsi fit dix cailloux d'un côté, un de l'autre.

Catherine s'agenouilla de nouveau entre les tombes. « Il faut me pardonner, Mère, si j'ai mis une pierre au-dessus de vous et une autre pour votre voisin. Si c'est vous qui possédiez déjà les neuf galets blancs vous accepterez bien que le mien ne soit pas aussi joli, et dans ce cas, votre voisin, à qui personne ne pense peut-être, sa tombe sera moins oubliée puisqu'elle portera mon silex. »

Elle se redressa, tapota sa jupe tachée aux genoux de poussière.

« Mère, il faut que je parte, sinon je vais être en retard auprès de Félicie, chez les Malavergne. Je reviendrai, je vous promets, j'apporterai cette fois un caillou blanc comme de la porcelaine, et bientôt, au printemps, des fleurs. »

Elle regardait les deux levées de terre, les croix, les cœurs en zinc. Maintenant qu'elle ne priait plus, qu'elle ne parlait plus intérieurement, elle ressentait de nouveau sa solitude. Que faisait-elle ici devant ces talus, ces bouts de bois entrecroisés, ces plaques de zinc ? Il n'y avait rien, plus rien autour d'elle. Où était la mère ? Mais où était la mère ? Catherine éclata en sanglots et, pour ne pas penser, pour ne pas savoir qu'elle pleurait ni pourquoi elle pleurait, elle s'enfuit en courant.

Le soir, quand les petites furent endormies et Francet couché à son tour, au moment d'embrasser le père et de lui souhaiter bonne nuit, elle lui raconta sa visite au cimetière, son embarras pour reconnaître la place de la mère, les neuf cailloux blancs sur l'une des tombes, celui qu'elle avait ajouté à ceux-ci et l'autre déposé sur la tombe voisine. Le père la prit contre lui sans rien dire. Catherine ne bougeait pas, fermait les yeux, retenait son souffle. Elle était heureuse dans ce malheur commun au père et à elle-même. Elle aurait voulu pouvoir s'endormir ainsi dans la chaleur du père, dormir sans rêve et sans plus jamais s'éveiller.

Cependant, Jean Charron relâcha son étreinte. D'une main il se frotta les yeux, comme si la fumée de l'âtre les eût irrités.

— La tombe de la mère, dit-il, c'était celle aux neuf cailloux. Je ne sais pas qui est à côté.

Il parut réfléchir un moment puis demanda :

— Tu en as bien compté neuf ?

— Oui, affirma Catherine.

— Neuf, pas sept ?

— Non, neuf.

— Moi j'en ai porté seulement sept. Je n'ai pu m'y rendre que sept fois. Deux fois le dimanche matin pendant que tu t'occupais des petites, les quatre autres fois à l'aube en m'en allant au chantier, et une fois dans la journée, parce que le bois où nous travaillions était sur la route du cimetière.

— Et les deux autres cailloux alors ?

— Je ne sais pas qui les a portés, je me demande. Félicie ?

— Oh ! non, bavarde comme elle est, elle l'aurait dit. D'ailleurs elle a trop peur d'entrer dans un cimetière ; elle racontait ça un jour devant moi à sa patronne.

— Mariette alors ? Non, elle serait pas venue depuis Ambroisse sans pousser jusque-là... Martial, la ferme où il travaille est trop loin, ses patrons ne le laissent pas facilement s'échapper.

— Eh bien, conclut Catherine, c'est le parrain, sûr ça ne peut être que lui.

— Tu as sans doute raison, petite. Il est venu nous voir deux fois depuis la mort de Marie. Ça doit être ses deux cailloux. Il aimait tellement la mère. C'est lui tu vois qui va là-bas, il ne veut pas la séparer de la visite qu'il nous fait... Tu sais, il garde toujours le collier, la croix et le bracelet, les boucles d'or que la mère mettait quelquefois, le dimanche, quand nous étions aux métairies. Il m'a avancé de l'argent, alors ces bijoux lui appartiennent, mais non, il dit que non, qu'il les garde pour plus tard quand j'aurai pu trouver l'argent pour les racheter. Il voulait même, il voulait me les laisser ; moi je sais bien que je n'aurai jamais plus de quoi pour le rembourser et je n'ai pas accepté son offre.

Il marqua un temps, fit un geste de la main comme s'il rêvait.

— Quand je pense, reprit-il, qu'il aurait tant voulu de Mariette pour femme, il ne nous l'a pas dit, mais ça se voyait comme son nez sur sa figure. Elle a préféré Robert.

— Mariette a eu tort, dit Catherine.

— N'est-ce pas ?

Une fierté inconnue s'emparait de l'enfant. C'était la première fois que le père se confiait à elle, comme il l'aurait fait à la mère. Une fierté mais aussi une crainte : celle d'appartenir désormais au monde des grandes personnes. Oh ! il y avait bien longtemps que Catherine partageait leurs peines et leurs travaux, mais c'était par un hasard malheureux, par une malchance particulière, tandis qu'à présent elle n'était plus aux yeux du père seulement la sœur aînée de Clotilde et de Toinon, mais une jeune fille à qui l'on peut parler, d'égal à égal, des soucis ou des espoirs des hommes et des femmes.

Le père se leva, l'embrassa.

— Bonsoir, dit-il. Toi, faudra tâcher de pas faire comme Mariette quand le temps sera venu.

Elle rougit. La crainte l'emportait sur la fierté. Le père allait trop vite. Elle n'était tout de même pas en âge de se marier ! Comment Mariette avait-elle préféré son Robert tout carré au parrain si affectueux et qui parlait, qui riait, qui se montrait prévenant ? Se tromperait-elle à son tour « quand le temps sera venu », comme disait le père ? Cela lui paraissait impossible. Elle voudrait épouser un homme pareil au parrain ou au père, mais voilà, en rencontrerait-elle ? Francet se marierait avec Julie Lartigues, ils ne se quittaient pas. Amélie, c'était à Aurélien qu'elle devait penser. Pourquoi Aurélien semblait-il mécontent quand elle, Catherine, lui parlait de ce mariage avec Amélie ?

Elle se reprocha de penser à ces choses le jour où elle était allée prier sur la tombe de la mère. C'était malgré elle, bien sûr, mais tout de même : pourquoi n'était-on pas maître de ses pensées ? Elle ne serait donc jamais assez vigilante ? Et alors que deviendraient les siens, comment guider leur vie, si elle n'était même pas capable de gouverner ses idées ?...

Dès qu'elle eut fermé les yeux, elle se revit devant la tombe de la mère : elle ajoutait un caillou blanc, puis un autre, puis encore un autre, ainsi sans fin, aux neuf pierres déjà disposées devant la croix.

VII

Le printemps n'allait plus tarder. Les bourgeons s'ouvraient de jour en jour. Les oiseaux essayaient leurs chants autour de la maison-des-prés. Dans le parc des Desjarrige, les jardiniers faisaient la toilette des allées et des massifs en vue de l'éclosion prochaine. Un après-midi, en pénétrant au sous-sol du royaume de Mme Pourpaille, Catherine perçut une atmosphère insolite. Elle n'aurait su dire à quels signes elle sentait que quelque chose de nouveau se tramait, ou peut-être même déjà avait eu lieu dans la demeure ; mais elle était sûre de ne point se tromper. Mme Pourpaille semblait nerveuse, à peine répondait-elle aux questions de la fillette. Elle s'affairait plus que de coutume à ses fourneaux, tançait Mathilde sans arrêt. Ce fut celle-ci qui révéla enfin à Catherine l'événement. Sur une observation que lui adressait la cuisinière, elle remarqua en effet :

— Mais, nous ne sommes pas en retard, la voiture ne les ramènera pas avant la tombée de la nuit. Vous savez bien que lorsque Madame quitte le Repaire, elle n'arrive pas à se décider. Elle fait traîner ses préparatifs, sa toilette, son repas ; elle ne se résigne pas à se séparer de son frère.

— Où as-tu pris ça, innocente ? bougonna Mme Pourpaille.

— Hé, c'est le cocher qui me le dit chaque fois. Il dit qu'à la longue ses chevaux se fatiguent à rester attelés si longtemps avant qu'on donne le signal du départ.

— Clément est un benêt de ton espèce. Tu cherches de mauvaises raisons à ta flemme. J'entends, moi, que tout ici soit prêt pour recevoir les voyageurs bien avant qu'ils arrivent. J'aime mieux cela que le contraire. Que dirais-tu, feignante, si on entendait claquer le fouet de ton Clément ? Tu irais dire à Madame : « Oh ! Madame, le feu n'est pas encore allumé dans la chambre de Madame, et son lait de poule n'est pas chaud, parce que je pensais que Madame n'en finirait pas de faire ses adieux à Monsieur du Repaire. »

Mathilde pétrissait son tablier dans ses mains.

— Laisse ton tablier tranquille et file allumer le feu dans la chambre de Madame.

La cuisinière ajouta, alors que la servante gravissait déjà les premières marches de l'escalier de pierre.

— Et prends garde à mettre quelques pommes de pins près de la cheminée, Madame aime leur odeur quand elles brûlent...

Elle se tourna vers Catherine qui reprisait du linge.

— Toi, Cathie, laisse ça, il y a plus pressé aujourd'hui. Vois, dans le coin là-bas près de l'évier, j'ai entassé les chaussures de nos voyageuses. Quand elles rentrent de leur séjour de chasse, elles en ont assez de leurs bottes d'écuyères, la première chose qu'elles réclament, c'est leurs chaussures de ville ou de chambre ; elles les essayent toutes. Regarde si tous ces souliers sont prêts à être portés.

« C'était donc cela : elles reviennent, elles arrivent, elles vont être là tout à l'heure, je vais les entendre dans la maison. Je les verrai peut-être, je verrai Emilienne, et si ce n'est aujourd'hui ce sera demain, et si ce n'est pas demain, un jour ou l'autre, voilà qui est sûr. » Elle se morigénait en vain : « Eh bien quoi, est-ce une raison pour se mettre martel en tête ? Des patronnes c'est des patronnes. T'en as vu d'autres : des gentilles et des mauvaises. Alors qu'est-ce qu'il te prend ? »

Elle se baissa devant l'évier et découvrit contre le mur les chaussures assemblées par la cuisinière : il y avait là des bottines, des chaussures fourrées, d'autres légères comme un bijou, des pantoufles, des babouches. Accroupie, Catherine les maniait délicatement comme si elle eût craint de les abîmer. Elle s'attardait sur les plus petites d'entre elles qui devaient, songeait-elle, appartenir à Emilienne. Elle fut heureuse de repérer une bottine de chevreau blanc à laquelle manquait un bouton. Elle le fit remarquer à Mme Pourpaille.

— Ah ! merci petite, tu vois si j'ai raison de me méfier, j'avais demandé à Mathilde de s'occuper de ces chaussures il y a plusieurs jours. Bon, tu vas fouiller dans ce meuble là-bas, dans le tiroir du bout, tu trouveras des boutons à bottines, des blancs. Il y a du fil et des aiguilles spéciales. Tu penses, les bottines de chevreau de Mademoiselle...

Catherine se mit à l'ouvrage. Il lui semblait tenir non pas une chaussure mais un jouet. Comment pouvait-on avoir l'audace de traverser les rues avec de telles chaussures. « Si je m'en servais, j'aurais l'impression de ne pas toucher terre, de marcher sur les nuages. Ceux qui marchent sur les nuages, comme Emilienne, ne peuvent pas se sentir de la même race que ceux qui marchent dans la crotte et la boue et la poussière, ceux qui marchent sur terre avec leurs sabots, comme moi, comme Aubin et comme la mère quand ils vivaient, comme le père et mes cadettes. »

L'aiguille parfois glissait sur le cuir, une fois elle piqua Catherine à l'index. L'enfant étouffa un juron. « C'est ça, pique-toi donc pour qu'elle puisse croire qu'elle ne marche pas, mais qu'elle vole cette Emilienne, qu'elle est au-dessus des autres. »

Elle se remit à la tâche. « Eh bien oui, elle est au-dessus des autres, tu l'as toujours pensé. Au-dessus : avec sa beauté et son air à part... Sa beauté, son air, est-ce qu'ils ne lui viennent pas de ces chaussures justement, et des robes, et des jupons, de tous les colifichets qui accompagnent ces trésors de bottines ? Toi aussi, si tu les portais, toi aussi tu serais belle et tu aurais bel air... Menteuse, vaniteuse, voilà que tu deviens jalouse comme les enfants de La Ganne auxquels tu en voulais tant de calomnier et de haïr Emilienne. »

Elle posa la bottine enfin réparée. Les petits pieds pourraient s'amuser à essayer ces chaussures de toutes couleurs, de toutes formes qui jonchaient le sol.

« Cendrillon ! N'ai-je pas l'air d'une Cendrillon, moi qui nettoie ces souliers près de la cendre ? Je ne les mettrai jamais à mes pieds un soir de bal. »

L'après-midi fut long à passer. Catherine avait repris son travail de raccommodage.

— Dans le fond, cette Mathilde dit vrai, avouait Mme Pourpaille, quand elles reviennent du Repaire, on les attend jusqu'à la nuit.

Il fallut bientôt allumer une chandelle.

— Petite, dit la cuisinière, tu as assez travaillé, rentre chez toi, on fera bien sans toi quand la voiture arrivera.

Catherine s'attardait le plus possible, feignait de ranger ses affaires. Elle ne se résignait pas à partir avant que les voyageurs ne fussent arrivés. Cependant, Mme Pourpaille lui ayant de nouveau rappelé qu'il était l'heure de rentrer à la maison-des-prés, il fallut bien à la fillette jeter sa cape de bure sur les épaules, enfiler ses sabots et prendre congé.

Elle marchait lentement derrière la maison, sur le gravier du parc. C'était trop tard, maintenant. Pourvu que les voyageurs n'aient pas eu d'accident !

Elle gagnait le portail quand, dans la rue, on entendit des claquements de fouet, des roues qui grincent et les heurts sonores des sabots de cheval sur le pavé. Catherine battit en retraite vers le cèdre. Elle se dissimula sous les branches basses. A peine s'était-elle logée dans sa cachette qu'elle aperçut Mathilde sortir en courant de la cuisine, une lanterne à la main. Derrière les persiennes du rez-de-chaussée et du premier étage, des lueurs se déplaçaient : Mme Pourpaille, Mlle Rachel devaient porter de pièce en pièce des candélabres illuminés. Le portail gémit en tournant sur ses gonds, la voiture prit l'allée, contourna la demeure ; le gravier crissait sous les roues. Clément, le cocher, de la voix apaisait le cheval. Enfin l'attelage s'immobilisa, Clément sauta de son siège ; Mathilde, sa lampe au poing, le rejoignit. Et voilà qu'arrivait un homme grand, fort et lourd, suivi de Mme Pourpaille et de l'un des commis du bureau. La cuisinière et l'employé portaient chacun un bougeoir qu'ils élevaient au-dessus de leurs yeux : la petite flamme vacillait, semblait prête à s'éteindre puis reprenait. Clément avait ouvert la portière, et l'homme au pas lourd — le maître sans doute, pensa Catherine — se tenait à côté de la voiture. Il tendit le bras ; une forme svelte, enveloppée de voiles sur lesquels la lumière faisait jouer des reflets bleutés, s'avança, prit appui sur le bras ainsi tendu et, s'aidant du marchepied, descendit avec précaution. Il sembla à Catherine que l'homme s'inclinait et que la dame aux reflets bleus et aux froufrous de soie lui donnait sa main à baiser. Déjà apparaissait à la portière un visage que la lanterne de Mathilde éclaira quelques secondes. Catherine reconnut Emilienne Desjarrige ; une toque de velours gris faisait ressortir le sombre éclat de ses anglaises. Clément s'était approché mais la jeune fille l'écarta et sauta sur le sol.

Maintenant tout le groupe attendait devant la portière ; alors Emilienne se détacha, pencha la tête dans la voiture et éclata de rire. « Il dort », dit-elle en se retournant. A son rire clair qui de nouveau jaillit, répondait celui rocailleux de M. Desjarrige et celui en perles, flûtes, gouttes d'eau de la dame aux reflets bleus. Tous trois s'arrêtaient de rire pour appeler « Xavier, Xavier ! » puis repartaient de plus belle. Enfin surgit dans l'embrasure de la portière une tête ébouriffée, pâle, aux yeux écarquillés et « Monsieur Xavier » descendit lentement.

Le groupe des maîtres, encadré par les porte-lumière, contourna la voiture et gravit le perron. Des paroles, des bribes de phrases apportées par le vent parvenaient jusqu'à l'abri de Catherine : « Bonne chasse ? » interrogeait la voix pierre et clairon du maître. « Deux cerfs...chevreuils... sangliers... » affirmait la voix perle, flûte et goutte d'eau de son épouse. Les maîtres entraient dans la maison. Derrière eux, Mme Pourpaille referma la porte à double battant. Aussitôt le cocher et Mathilde qui jusqu'alors s'étaient tus se mirent à jacasser. La voix grondeuse de la cuisinière les fit taire. Sous ses ordres ils s'employèrent à descendre les bagages installés sur le toit de la voiture puis à les porter à l'office.

Profitant de leurs allées et venues, Catherine sortit de sa cachette et s'enfuit. Elle ne regrettait pas de s'être mise en retard, le spectacle de l'arrivée des voyageurs tel qu'elle avait pu le suivre à travers les branchages du cèdre, à la lueur des lanternes et dans la brise nocturne, l'avait fascinée. Elle avait pu entendre le rire d'Emilienne, doré comme une lampe dans la nuit, et elle l'emportait en elle, précieusement.

Elle avait espéré rencontrer la jeune maîtresse dès le lendemain, mais ce jour passa et bien des jours à la suite sans qu'il lui fût donné de se trouver en présence d'Emilienne. Laver, repasser, coudre, le travail ne manquait pas depuis le retour de la dame et des enfants, le travail qui maintenait Catherine à l'office et ne lui laissait guère de chance d'apercevoir d'autres personnes que Mme Pourpaille, Mathilde, Clément ou quelque commis de M. Desjarrige.

L'après-midi, Mathilde portait une collation à la dame et aux enfants ; parfois Mme Pourpaille faisait elle-même le transport si elle était particulièrement fière de quelque gâteau ou crème de son invention. Catherine appelait avec impatience le moment où le sort lui sourirait en retenant cuisinière et servante à quelque tâche, de telle sorte qu'il leur faudrait bien dire : « Tiens, Cathie, monte donc le goûter », mais le sort ne se pressait pas de se rendre à ses vœux. En attendant, elle guettait tous les signes qui témoignaient de la présence de la jeune demoiselle invisible : le temps d'une porte ouverte puis refermée, le rire doré résonnant dans l'escalier, ou bien des pas vifs précipités, cognant au-dessus du plafond — et Catherine se demandait si c'étaient les talons des bottines blanches qui frappaient ainsi — ou encore une phrase que lançait à la cantonade la voix à la fois grave et caressante, parfois une brève chanson ; enfin, de longues heures durant, la maison, de la cave au grenier, s'emplissait de musique, et Catherine imaginait les doigts d'Emilienne courant sur la rangée de dents blanches ou noires du piano. Il y avait aussi, dans le verger, sur des fils de fer, ou dans l'office, sur la table de repassage, les lingeries roses de la dame, blanches d'Emilienne, il y avait encore les remarques de Mathilde ou de Mme Pourpaille : « Ce matin la dame avait ses vapeurs », ou bien : « Mademoiselle, un vrai pinson depuis quelques jours », ou au contraire : « Un orage ambulant, mademoiselle Emilienne, un fléau. »

Chaque fois que possible, Catherine allait se poster sous le cèdre dans l'espoir qu'Emilienne s'accouderait à l'une des fenêtres donnant sur le parc ; mais la chance ne la favorisait pas, du moins jusqu'à cet après-midi où elle vit apparaître sur le perron, d'abord M. Desjarrige, puis un commis portant dans une main un marteau et dans l'autre des plaques de cuivre. Émilienne et son frère venaient derrière. Xavier gardait sous le bras une caissette de bois noir. Catherine eut peur que l'assemblée ne traversât le parc et passât près de l'arbre où elle risquait d'être découverte. Que pourrait-elle dire pour justifier sa présence ? Elle respira quand elle vit le groupe se diriger vers les écuries.

Ils s'arrêtèrent devant les hauts portails bruns où étaient cloués les trophées de chasse. Emilienne portait une robe jaune à large ceinture blanche, un col bordé de blanc épousait la forme des épaules que balayaient les boucles brunes, une sorte de calot garni de jonquilles la coiffait. Son frère était vêtu d'un costume gris et portait un chapeau de feutre à bord plat qui paraissait l'écraser. Il tendit à sa sœur la cassette. Elle l'ouvrit et en sortit une chose beige que Catherine d'abord ne put identifier. M. Desjarrige prit cet objet dans ses mains, cependant que le commis remettait à Emilienne les plaques de cuivre ; la jeune fille examina chaque plaque puis en retint une qu'elle garda dans sa main droite. Le maître apposa alors la chose beige contre la porte de l'écurie et le commis la cloua sous les autres trophées, après quoi il vissa juste au-dessous la plaque de cuivre que lui avait donnée Emilienne. Celle-ci, quand l'opération fut terminée, prit dans le coffret une autre chose beige, puis une autre, une autre encore. Catherine supposa que c'étaient là les pattes des cerfs ou des sangliers abattus pendant le séjour des dames au Repaire.

Elle compta six pattes et six plaques qui furent accrochées à la porte. Elle n'avait jamais imaginé ce cérémonial de victoire. Que le marchand et son commis, tous deux ayant revêtu par-dessus leur costume, la blouse bleue des maquignons, tous deux corpulents et rouges, se chargeassent de cette besogne, elle l'admettait, mais qu'ils fussent dirigés pour faire cela par la jeune fille, Catherine en demeurait stupéfaite. C'était pour elle comme si une princesse, couronne sur la tête et sceptre à la main, fût venue trôner à la caisse d'une boucherie. Jadis, à la vue de tous ces pieds ou pattes cloués aux portes, elle s'était demandé quel monstre régnait ici. Fallait-il donc le voir aujourd'hui sous l'aspect de cette jeune fille bouton-d'or ? Elle se reprocha de calomnier Emilienne. Elle songea qu'au cours de la chasse un loup, un sanglier eût pu foncer sur la jeune amazone et la blesser, la tuer peut-être. A cette seule pensée elle sentait le sang se retirer de son visage, de ses mains ; elle était obligée de se dire : « Allons, espèce de sotte,tu vois bien qu'elle n'est ni blessée ni morte puisqu'elle se tient là-bas, à quelques mètres devant toi. » Et les bêtes lui faisaient horreur, ces féroces qui auraient pu déchirer la jeune fille, qu'elle avait combattues et vaincues. Si Amélie Anglard comparait Aurélien à l'ange brun de l'église, pourquoi ne pas penser qu'Emilienne était semblable à l'archange qu'on pouvait voir sur un vitrail voisin, l'archange en robe jaune lui aussi qui terrassait un dragon ? Emilienne débarrassant les forêts des fauves, des hydres, des dragons, Emilienne archange de lumière. Quand les six pattes furent clouées, l'archange virevolta sur un talon, sa jupe s'évasa, son col vola au vent. « Quel joli tournesol, quel soleil ! » Et le soleil s'envola suivi du frère en gris, du commis et de M. Desjarrige qui moucha bruyamment sa trompette de nez.

A peine étaient-ils partis que Catherine quittait son abri et allait observer de près les nouveaux trophées. Comme s'ils fussent eux aussi sortis d'une autre cachette, arrivaient sur ses talons le cocher Clément et la grosse Mathilde.

— Que fais-tu là, petite ? demanda celle-ci.

Elle eut envie de répondre : « Et vous ? » Mais elle craignit qu'on ne la renvoyât à la cuisine. D'ailleurs la servante ne lui prêtait déjà plus attention. Elle regardait bouche bée les pattes fraîchement clouées.

— Ils ont attendu qu'elles se soient desséchées, expliqua Clément.

— Et c'est Madame et Mademoiselle qui ont occis toutes ces sacrées bêtes ? s'exclama la rougeaude.

— C'est-à-dire, rectifia le cocher, que les messieurs font toujours don du pied aux dames.

« L'imbécile, protesta Catherine intérieurement, il ne veut pas reconnaître qu'Emilienne seule a vaincu toutes ces sauvagines. »

L'homme s'était approché encore de la porte, et, le nez sur les plaques de cuivre, déchiffrait à haute voix leurs inscriptions : « Marcassin abattu le 17 février 1885, forêt de Saint-Just. Equipage de M. H. du Repaire. » « Cerf abattu le 23 février 1885 à la Chapelle-Blanche. Equipage de M. H. du Repaire. » « Chevreuil abattu le... »

« C'est comme au cimetière », pensait Catherine pendant que le cocher ânonnait. De nouveau elle se mettait à plaindre les bêtes tuées.

— Il n'y a donc pas de loups ? demanda-t-elle à Clément.

— Aucun, affirma l'homme.

— Vous en êtes sûr ?

— Puisque je te le dis.

« Il ne doit pas savoir lire », conclut la fillette : elle voulait à tout prix qu'il y eût un loup parmi les victimes d'Emilienne.

— Et alors, c'est comme ça qu'on travaille ?

La voix de Mme Pourpaille les fit tous trois sursauter.

— J'allais au verger, prétendit Mathilde.

— Et moi soigner les chevaux.

Catherine ne dit rien, elle s'apprêta à regagner la cuisine cependant que la bonne et Clément filaient chacun de son côté.

— T'en va pas, Cathie.

Mme Pourpaille, une fois les deux domestiques partis, ne paraissait plus ni courroucée ni pressée. Elle prit la main de la petite.

— De fameuses chasseresses tout de même, remarqua-t-elle. Tu sais, elles ne se contentent pas de suivre la meute à cheval pour faire joli. Non, non... pan, le coup de feu, elles savent viser. Surtout Mademoiselle, à ce qu'il paraît.

— C'est vrai ce que dit Clément, qu'elles n'ont pas rapporté de pattes de loup ?

Mme Pourpaille jeta un coup d'œil sur les dernières dépouilles.

— Non, avoua-t-elle, je n'en vois pas. En tout cas — et elle se rengorgeait pour ajouter cela, plus ronde que jamais — si elles n'en ont pas tirés cette fois, tu peux être sûre qu'elles en ont abattus dans le temps.

Elle se haussa sur la pointe des pieds, sembla inspecter toute la porte de l'écurie et, pointant son index :

— Tiens, regarde, là à gauche, cette patte brune, je suis sûre que c'est un loup, et au-dessus une autre, et à droite encore une, et là, et là encore...

Quand, à nuit noire, Catherine revint chez elle, une fois passées les dernières maisons de La Ganne, elle prit ses jambes à son cou. Un, deux, dix loups n'allaient-ils pas surgir des broussailles, la cerner, l'attaquer ? Elle se répétait bien que c'était là pure imagination de sa part, que des loups il n'y en avait plus guère, et certainement pas aussi près de la ville, mais elle ne pouvait s'empêcher de frissonner de peur. De peur et, à dire vrai, du plaisir aussi de se faire peur, car elle imaginait qu'Emilienne Desjarrige la secourrait au moment du plus grand péril et, avec son fusil, tuerait tous les loups.

Le soir à la veillée elle raconta que la demoiselle des maîtres, au cours des chasses du Repaire, venait de tuer cinq loups et un sanglier. Elle ne mentait pas, finissant par croire la fable qu'elle avait inventée et s'indignant de voir que Francet accueillait avec indifférence la nouvelle. Quant au père, il se mit lui aussi à parler des loups qui dans son enfance, disait-il, rôdaient autour des fermes.

— Et même, ajoutait-il, beaucoup plus tard, aux Jaladas, un jour que votre mère — mais vous n'étiez pas encore nés —, un jour que Marie gardait les moutons, qu'est-ce qu'elle voit ? un énorme chien brun qui sort de la haie, se jette sur un mouton et l'entraîne. Elle prend des cailloux, un bâton, court sur le chien, tape dessus, mais il ne lâche pas prise et la regarde avec des yeux luisants. Elle m'appelle, je m'apprêtais justement à sortir de la ferme. Du seuil j'aperçois la scène. « Il y a un chien ! » criait la mère. « Mais c'est pas un chien, c'est le loup ! » Je prends mon fusil. Et comment faire ? La mère suivait le loup, celui-ci tenait toujours le mouton, comment faire ? Je ne voulais pas effrayer Marie, mais pour qu'elle s'écarte, j'étais bien obligé de l'avertir : « C'est le loup ! » On aurait dit que la foudre était tombée sur elle. Elle n'a plus bougé, j'ai pu épauler et tirer. Des chevrotines ont blessé la sale bête, elle s'est enfuie en hurlant.

Catherine écoutait avidement. Elle était fière que sa mère, elle aussi, eût affronté le loup.

Elle recommença à rêver : de nouveau elle se voyait parmi les fauves avec Emilienne ; à elles deux, elles faisaient des hécatombes. Après les loups, venait le tour des hommes, des êtres à face humaine mais à cœur de loup ; elles leur donnaient la chasse : bientôt la justice et la bonté régnaient partout sans un seul méchant pour les menacer.

VIII

Enfin l'heure souhaitée sonna. C'était un après-midi tiède, sans mouvement, sans bruit, comme si le printemps soufflant un moment avant de reprendre sa course somnolait dans la chaleur.

Mathilde, que Mme Pourpaille avait envoyée faire des courses, ne revenait pas. Lorsque, contre le plafond, derrière la hotte, la sonnette retentit, la cuisinière leva les bras au ciel.

— Voilà que les dames s'impatientent, et cette feignante de Mathilde qui n'arrive pas... Et moi qui ai justement mes rhumatismes avec ce temps qui change !

La cuisinière regarda Catherine, hésita, soupesa le plateau, finit par le confier à la fillette.

— Tu ne flanqueras pas tout par terre?

Catherine monta l'escalier, son plateau dans les bras avec la gravité d'un évêque portant des reliques.

Là-haut, Emilienne se tenait déjà devant la porte de la chambre, un peu décoiffée, l'iris des yeux agrandi par la pénombre. Vêtue d'une jupe vert d'eau froncée à la taille et d'un corsage en guipure, la jeune fille tenait à la main un livre ouvert. Elle enleva elle-même sur le guéridon, près de la cheminée, quelques bibelots afin que Catherine pût déposer le plateau. Catherine la trouva moins grande qu'elle ne l'avait pensé, l'air moins sévère aussi. La fillette se dit que non, jamais elle n'avait vu personne qui lui donnât à tel point un sentiment de beauté, et pourtant, ces yeux aux paupières bombées avec une fourrure de cils noirs, ces lèvres épaisses, ces joues un peu creuses, dans les almanachs de Francet on n'eût sans doute pas écrit que c'étaient là des signes parfaits de la beauté, car il y avait en eux quelque chose de violent et de changeant qui faisait penser à certains ciels au crépuscule, pleins de nuées, de lumière et de vent.

Une voix chantante dit quelque chose en français que Catherine ne comprit pas. La fillette se retourna et découvrit dans le lit, soutenue par deux oreillers brodés, la dame. Sur sa gorge s'entrouvrait une liseuse de laine rose, ses cheveux dénoués glissaient sur les épaules. La dame allongée répéta, toujours en français, sa phrase, et Catherine ne comprit toujours pas. Alors, avec un sourire, la maîtresse demanda en patois :

— Comment t'appelles-tu ?

Catherine répondit d'une voix si faible que nul n'entendit. La dame se mit à rire.

— N'aie donc pas peur de parler.

Catherine répéta son nom et ajouta :

— Mme Pourpaille m'envoie parce que ses... parce que ses rhumas... ses rhumas... Elle n'arrivait plus à se souvenir du mot exact.

Trois rires la rendirent rouge de confusion : celui de la dame dans son lit, celui d'Émilienne qui se tenait dans la ruelle et le troisième, celui du garçon qu'elle n'avait pas remarqué en rentrant et qui déjà se jetait sur le goûter.

— Oui, Mme Pourpaille a des rhumatismes, conclut la dame.

Catherine faisait des efforts désespérés pour ne pas éclater en sanglots. Elle avait été ridicule, on s'était moqué d'elle ; voilà tout ce que lui avait apporté ce jour si désiré.

— Emilienne, offre donc une tartine de confiture à cette enfant, dit la dame qui avait retrouvé son sérieux. Viens par ici, Catherine, ajouta-t-elle.

Tête baissée, Catherine s'approcha du lit.

— Plus près, ordonna la dame.

Elle allongea le bras, du bout des doigts tapota la joue de l'enfant.

— On m'avait caché l'existence de cette jeune personne.

On ne riait plus d'elle. La dame, Emilienne et le garçon prenaient maintenant leur goûter. De temps à autre, la bouche pleine, la dame posait encore quelques questions : « Où habitait-elle ? La maison-des-prés ! Ce devait être avec un nom pareil une demeure toute fleurie et verte. » Quelles idées les riches se faisaient ; c'était comme si à leurs yeux la pauvreté n'existait pas. Et avait-elle des sœurs, des frères ? lui demandait-on encore. Sa mère, que faisait sa mère ? Morte ? Un soupçon de tristesse effleura le visage de la dame. Mais alors qui s'occupait des cadettes ? Ne devait-on pas les mettre à l'orphelinat ? La dame était bien écoutée par la Supérieure et si Catherine et son père le désiraient, elle dirait un mot à cette religieuse pour qu'on acceptât les petites et qu'on prît soin d'elles.

La timidité de Catherine, d'un coup s'envola : non ses cadettes n'iraient point à l'orphelinat. Elle s'y était déjà opposée ; aujourd'hui le plus difficile semblait fait : elle pouvait parfaitement s'occuper de ses sœurs.

— Hum ! disait la dame en levant ses sourcils bien tracés, tu crois, tu crois vraiment ?

Catherine instinctivement s'était écartée du lit, comme s'il lui fallait être prête à se reprendre, à défendre sa volonté, à défendre ses sœurs contre l'amabilité dangereuse de la dame. C'est alors qu'elle sentit se poser sur son poignet un main petite et dure, cependant qu'Emilienne affirmait :

— Moi, je suis sûre que Catherine a raison. Si j'étais à sa place, je ferais comme elle.

Emilienne lui avait donné la main, Emilienne avait prononcé son prénom, Emilienne prenait fait et cause pour elle ! « J'en étais sûre, sûre que sa beauté était l'éclat de sa bonté. Elle est mon amie, voilà qu'elle devient mon amie. »

Dans son lit, la dame, comme si elle sentait cette sympathie entre sa fille et la petite servante, et qu'elle en fût quelque peu offusquée, pria Catherine de les laisser.

« Savoir quand je la reverrai », s'inquiétait la fillette en redescendant vers l'office. En même temps, elle emportait fichée en elle l'image d'Emilienne, debout à ses côtés comme une alliée.

Contrairement à ce qu'elle craignait, elle n'eut pas à attendre pour se trouver de nouveau en présence d'Emilienne. Le lendemain même, Mme Pourpaille lui demanda de monter la collation. Mathilde, qui se trouvait là, regarda la cuisinière puis Catherine, resta un moment ahurie, et enfin grogna :

— Mais je suis là moi.

— Hier tu n'y étais pas, répliqua la cuisinière, et c'est Madame elle-même qui m'a dit d'envoyer Cathie.

— Par exemple, ça par exemple, répétait la rougeaude, le souffle coupé.

Chaque après-midi, désormais, Catherine eut la charge d'apporter la collation. Elle ne s'habituait pas à un tel honneur et continuait de tenir son fardeau devant elle comme un curé portant le saint sacrement. C'est du moins ce que lui dit Mathilde, aigre. Quelquefois, là-haut, la dame était dans son lit, mal peignée, le dos courbé. Ces jours-là, nul ne parlait ni ne souriait. Catherine posait le plateau et repartait en jetant un regard de regret vers Émilienne. Le lendemain le soleil brillait dans les yeux de la dame et ce n'était que bavardages, chansons ou rires. On priait Catherine de rester, on partageait le goûter avec elle. Souvent même, la dame lui disait d'aller chercher son ouvrage et de revenir coudre ou broder auprès d'elles.

Vint une semaine où la dame fit fermer dans sa chambre volets, rideaux, et les courtines du lit. Catherine monta la collation de Xavier et d'Emilienne dans la pièce de celle-ci au second étage. La jeune fille paraissait absente, elle soupirait parfois tout en lisant ou en tirant l'aiguille. Puis elle posait livre et fil, tournait la tête vers la fenêtre d'où l'on apercevait la cime du cèdre se balançant dans le ciel tout neuf d'avril.

— Maman ne s'habituera jamais à La Noaille, disait-elle, ou bien : Je me demande ce qui peut habiter l'esprit des gens du Repaire ; grand-père était tout pareil, paraît-il, un matin plein de gaieté, de force, de fantaisie, le soir plus abattu qu'un chien malade.

Catherine se demandait pour qui la jeune fille disait ces choses : était-ce pour soi-même, ou pour son frère qui écoutait la bouche ouverte, les yeux toujours aussi inexpressifs, ou pour elle, Catherine ? Elle aimait se convaincre finalement que c'était bien à elle qu'Émilienne se confiait, et elle était à la fois fière et malheureuse de ces aveux. On pouvait donc être belle, riche, et pourtant blessée, et pourtant menacée ? Emilienne appartenait aux gens du Repaire, à leur race fantasque et déchirée. Que faire pour elle ? Sans doute pour le moment, elle paraissait tout entière du côté de la lumière, de la paix, de la puissance, mais Mme Desjarrige n'avait-elle pas été de même dans sa jeunesse ? Oui, que faire, que dire ? Catherine ne trouvait nulle réponse à sa question. Cependant, elle se mit à parler d'elle-même, de sa vie, des siens, comme si le récit de ses épreuves pouvait apporter quelque réconfort à Émilienne.

La jeune demoiselle la regardait mais l'écoutait-elle ? Ses longs yeux bruns aux paupières bombées semblaient voir au delà de l'enfant. Soudain une lueur les traversa, Emilienne interrompit Catherine.

— Je cherche, dit-elle je suis sûre de t'avoir déjà vue, je n'arrive pas à me souvenir où ni quand...

Catherine feignit de s'absorber dans sa couture. Les paroles de la jeune fille lui avaient fait mal. Ainsi la demoiselle ne se rappelait pas ! Elle fixait ses beaux yeux sur vous et ne vous voyait point !

— Je me demande ? reprit Emilienne.

Elle attendait que Catherine vînt au secours de ses souvenirs, mais la fillette se taisait, penchée sur son ouvrage.

— Moi je sais, dit de sa voix incertaine Xavier qui, assis devant un guéridon, feuilletait une collection de journaux illustrés.

Emilienne et Catherine se retournèrent vers lui avec le même air incrédule. C'était en effet surprenant et d'entendre le garçon se mêler à la conversation et qu'il affirmât une chose que sa sœur avouait ignorer. On était accoutumé à le voir passer silencieux tout l'après-midi, ne manifestant quelque vivacité qu'au moment du goûter.

Catherine observa le visage rond et blanc du jeune maître encadré d'un duvet blond, ses yeux qui paraissaient gonflés, sa bouche molle. « Il dit n'importe quoi », songea-t-elle, convaincue par ce nouvel examen que le garçon ne pouvait s'intéresser à quoi que ce fût.

— C'était un jour de bal, reprit pourtant Xavier, dans la bibliothèque. Il doit y avoir deux ans. On avait entendu résonner la harpe et le piano. Quand nous sommes entrés dans la salle, Cathie se tenait sur l'estrade, elle tapait d'un doigt sur le clavier. Elle a paru épouvantée quand tu as parlé. Elle s'est retournée, elle s'est plantée devant nous, puis elle s'est enfuie. Arrivée devant la porte, elle a dit quelque chose, elle a dit, je crois : « Je suis la sœur... je suis la sœur de... »

— Je suis la soeur d'Aubin.

A peine eut-elle complété la phrase de Xavier que Catherine s'en repentit. Le seul nom qu'elle n'eût pas voulu, qu'elle n'eût pas dû prononcer ici, elle venait de le livrer et maintenant plus rien ne pouvait l'effacer. Emilienne interrogeait :

— Comment dis-tu ? Il fallait bien répéter le prénom du disparu : « Aubin », et il fallut bien raconter son histoire, son exil à Ambroisse dans la ferme de Mariette.

— Ambroisse, quelquefois j'ai chassé de ce côté-là, remarqua la demoiselle, il y a de grandes forêts.

Elle semblait rêver, les sourcils froncés, à quelque souvenir qui se laissait malaisément capturer.

« Est-elle donc sans mémoire ? Tout se passe dans sa vie comme l'eau dans la rivière. Elle regarde et ne voit pas, elle fait des gestes et ça ne compte pas. C'est son frère qui se rappelle pour elle, son frère qui pourtant ne paraît pas exister, il la suit partout pour lui servir de mémoire plus tard ! Mais il n'était pas avec elle dans la forêt d'Ambroisse quand elle s'est égarée, quand elle s'est trouvée devant mon frère Aubin, quand elle... » Catherine eut envie de crier : « Comment faites-vous pour ne pas savoir qui est Aubin ? Aubin que vous avez trouvé beau ! » Au lieu de cela, elle conta l'accident d'Aubin et sa mort.

— Quel âge avait-il quand il est tombé dans cette grange ?

— Quatorze ans.

— Ah ! c'était donc un enfant, fit Émilienne.

— Non, il était fort, il était grand, on lui en aurait donné seize.

Catherine se mit à décrire son frère tout en observant le visage d'Emilienne et prête à saisir le signe qui trahirait la jeune fille, qui prouverait que celle-ci avait reconnu en elle-même Aubin mais qu'elle tenait à feindre l'ignorance. Pas un muscle pourtant ne tressaillit sur la figure si souvent mobile, les lèvres ne tremblèrent point, ni les yeux ne cillèrent. On voyait qu'elle plaignait le sort de ce jeune paysan, c'était tout. Catherine dut se retenir pour ne pas conclure : « Vous le connaissiez, vous lui aviez demandé votre chemin, dans la clairière où il travaillait. » Etait-ce cela l'étrangeté qui habitait l'esprit des gens du Repaire comme l'avait déploré Emilienne, était-ce un vide en eux où leur vie s'engloutissait sans même qu'ils pussent s'en douter ?

La crise que traversait la dame se prolongea. Chaque jour Catherine retrouvait pour l'heure du goûter Emilienne et Xavier. Elle pensait qu'on ne parlerait plus d'Aubin, et peu à peu se calmait l'angoisse qu'elle avait ressentie lorsqu'elle s'était entendue livrer à Emilienne le nom du disparu. On continuait à se réunir dans la chambre de la demoiselle, ou, lorsque le temps le permettait, derrière le cèdre qui abritait du vent du nord. Ce fut là qu'un jour à brûle-pourpoint, rompant de nouveau le silence comme il l'avait fait pour rappeler à sa sœur les circonstances de leur première rencontre avec Catherine, Xavier déclara :

— Tu sais, Emilienne, je crois que le frère de Catherine, Aubin, je crois que tu le connaissais.

— Je le connaissais, moi ?

La demoiselle paraissait stupéfaite. Catherine quitta sa chaise et prétexta qu'elle devait aller aider Mme Pourpaille, mais Emilienne la retint par son tablier.

— Ne t'en va pas ! Tu entends ce que prétend mon frère ?

Si elle entendait ! Ainsi ce falot, ce taciturne de Xavier, ce nonchalant était resté plusieurs semaines à mijoter cette phrase qu'il venait de projeter comme une pierre dans un puits et l'eau en sera pour longtemps troublée. Comment savait-il cela ? Comment savait-il que sa sœur avait rencontré Aubin ? Maintenant il semblait n'avoir jamais parlé. Il mâchait soigneusement une bouchée de chocolat qui tachait ses doigts et ses lèvres.

— Eh bien, explique-toi ! ordonna Emilienne.

Il continua à faire aller ses mâchoires puis se lécha les doigts l'un après l'autre. Les yeux d'Emilienne brillaient de colère devant tant d'indolence. Enfin il se décida :

— Oui, tu revenais d'une chasse dans la forêt d'Ambroisse et tu m'as raconté : ton cheval s'était égaré, tu t'es trouvée dans une clairière. Il y avait un jeune homme qui liait des fagots. Tu lui as demandé ton chemin, il te l'a indiqué. En partant tu as voulu savoir comment il s'appelait, et le soir tu m'as dit qu'il portait un prénom que tu avais mal compris : Aupin, Aurin, tu ne savais plus.

Une ondée de sang rosit les joues mates de la jeune fille. Elle répéta :

— Aubin, Aubin.

Et levant la tête vers Catherine debout près d'elle dans l'allée :

— Crois-tu que c'était ton frère ?

Catherine fit signe que oui.

— Mais la forêt d'Ambroisse est grande et il y a plus d'une clairière et plus d'un bûcheron dans ses futaies.

Alors Catherine rapporta ce que son frère lui avait conté, son émotion quand il avait vu l'amazone.

Emilienne gardait les joues en feu, et cette couleur inhabituelle faisait paraître son regard plus brillant. Son visage prenait un air intense et dur.

— Il a été si heureux, mon frère, quand vous lui avez donné un baiser !

— Quand je... Oh ! ce n'est pas vrai !

Emilienne avait lancé cela à voix basse mais avec une telle violence que ses paroles retentirent dans le cœur et les oreilles de Catherine comme un cri. « Elle ose traiter mon frère de menteur, mon frère qui est mort peut-être à cause d'elle ! »

— Un baiser sur ses lèvres, il m'a dit, affirma-t-elle. Il pensait qu'un jour il vous épouserait...

Un éclat de rire, comme un couteau, blessa Catherine. Elle devait être aussi blanche qu'Aubin étendu au pied de l'échelle ; et la demoiselle en face d'elle gardait sa bouche tordue par le rire mais sans qu'aucun son, à présent, ne jaillît de sa gorge. Ce rictus et la tache haute et sombre du sang sur les pommettes lui donnaient un air égaré.

Après une profonde inspiration qui détendit ses traits, Emilienne décréta :

— Il avait trop d'imagination ton frère.

Il semblait à Catherine que la terre allait lui manquer ; elle n'osait faire un pas, de crainte de choir. C'était trop, celle que depuis si longtemps elle admirait s'était permis d'insulter la mémoire de son frère. Des yeux elle cherchait en vain un secours : le cèdre, les premières fleurs, les nuages mêmes, tout ici appartenait aux Desjarrige et se révélait comme eux inaccessible.

— Pardonnez-moi, dit-elle, Mme Pourpaille m'attend.

Se raidissant, elle quitta le jardin. Au tournant de l'allée, elle put jeter un dernier coup d'œil sur les jeunes maîtres. Xavier avait repris une bille de chocolat et la mangeait paisiblement comme si tout ce qui venait de se passer lui avait échappé ; quant à Emilienne, elle se pencha, arracha une fleur, se mit à mordiller la tige.

Devant le portail des écuries, Catherine songea :

— Pour un peu, elle aurait pu clouer ici un pied de mon frère mort et coller dessous une plaque de cuivre. C'est sa manière à elle de se souvenir.

IX

Les jours suivants, Catherine enveloppa son poignet gauche d'une bande d'étoffe.

— Je me suis foulé le poignet, déclara-t-elle.

Lorsque l'heure fut venue d'apporter la collation, elle montra son bras bandé et déclara qu'elle ne pouvait soulever le plateau. Mathilde fit mille manières avant d'obéir à l'ordre que lui donna Mme Pourpaille d'assurer, cet après-midi, le service de Catherine.

— Le service de Cathie, le service de Cathie, c'est mon service à moi. Elle me l'a volé, je ne vois pas pourquoi je m'en chargerais.

Elle n'en prit pas moins avec un évident triomphe le chemin des étages. Ainsi, pendant trois jours. Au matin de la quatrième journée, alors que Catherine traversait le parc pour se rendre au verger, quelqu'un à son passage, près du cèdre, bondit derrière elle. Malgré son émoi, elle ne se retourna pas et continua sa marche. Au bout d'un moment elle entendit courir, bientôt Émilienne la rejoignit.

— Bonjour, Mademoiselle, dit la fillette sans s'arrêter.

La jeune fille marchait à côté d'elle.

— Cathie, pourquoi m'en veux-tu ? Dis, pourquoi ?

— De quoi vous en voudrais-je ?

Elle s'était enfin immobilisée et regardait la jeune maîtresse dans les yeux. Alors Émilienne vite la serra contre elle, posa un baiser sur le front à la naissance des cheveux.

— C'est vrai, dit-elle, ton frère, je l'avais embrassé... comme cela...

Elle marqua un temps :

— Seulement comme cela.

Elle doit dire vrai, pensa Catherine, on n'embrasse pas sur les lèvres.

Elles firent quelques pas ensemble jusqu'au verger.

— Il ne faut pas m'en vouloir pour l'autre jour. Je me souvenais mal, je me souviens toujours mal. Et puis...

Elle détourna la tête, secoua ses boucles qui balayèrent son épaule.

— Et puis, devant Xavier, je ne voulais pas avoir l'air.

Avant de quitter Catherine, elle lui fit promettre d'apporter de nouveau la collation et de venir coudre près d'elle.

— Mais Mathilde ne voudra plus me laisser faire.

— Mathilde, je m'en charge.

Catherine reprit donc le chemin tantôt de la chambre d'Émilienne, tantôt du jardin où, grâce au printemps, on se tenait de plus en plus souvent. Mme Desjarrige avait retrouvé le goût de la lumière. Elle disait que la présence de Catherine lui apportait le calme, qu'elle ne comprenait pas pourquoi, mais que c'était ainsi. Catherine pensait que la dame avait de drôles d'idées ; cependant Émilienne lui avoua qu'elle aussi, auprès d'elle, se sentait paisible. La fillette était un peu effrayée du don que les maîtres lui prêtaient.

— Tu sais plus de choses que nous, affirmait Émilienne. Nous, que connaît-on ? Des livres, et aussi des hommes, des femmes que leur argent fait vivre en marge de la vie.

Catherine comprenait mal ces mots, elle n'en ressentait pas moins une secrète fierté. Peut-être était-ce parce qu'elle parvenait à faire régner en elle-même la paix au-dessus de ses craintes, de ses peines, de ses rêves, en elle-même et aussi parmi les siens, peut-être était-ce à cause de cette victoire intime qu'il lui était donné d'apporter une accalmie jusque chez les étrangers.

Mme Desjarrige semblait prendre plaisir à évoquer devant Catherine son enfance de sauvageonne dans les greniers, les terres et les bois du Repaire. Parfois, racontait-elle, ses parents l'emmenaient avec eux à la ville, à Paris ou aux eaux ; là, on menait grand train pendant quelques semaines, on s'efforçait de paraître, ensuite, de retour au domaine, on vivait aussi chichement et rudement que fermiers et métayers, mais les promenades dans les châtaigneraies et les friches, et, à la saison, les chasses quasi quotidiennes, conféraient son véritable luxe à l'enfance.

Lorsque la dame évoquait des bals qui avaient ébloui ses premières années, Catherine songeait aux « assemblées » des Jaladas, à ces bourrées, à ces valses où elle voyait le père tournoyer comme un beau démon, et elle pensait qu'alors la métairie des parents valait pour elle le château de la dame. Quand celle-ci disait : « Mon père s'est trouvé ruiné, il a dû vendre la fabrique de porcelaine de La Noaille, on l'appelait dans ce temps la Fabrique du Roi », Catherine retrouvait la ruine de ses parents lorsqu'ils avaient dû quitter brusquement la métairie du Mézy ; mais elle savait que la gêne de la famille du Repaire devait être un paradis par rapport à l'enfer des siens, parqués sans secours, sans espoir, dans le faubourg de La Ganne.

Le dimanche elle ne pouvait s'empêcher de parler d'Émilienne.

— Tu es bien avancée, marmonnait son frère, de savoir que ta demoiselle possède dix robes et autant de paires de chaussures ou qu'elle chasse à courre avec sa mère et que ses grands-parents possédaient la fabrique de porcelaine. Tu n'en as pas plus de lard pour ça dans ta soupe, tes sabots demeurent aussi usés aux talons, et Aurélien n'est pas payé un sou de plus pour son travail à la manufacture.

— Il a raison, reprenait Aurélien, les gens du Haut sont les gens du Haut ; qu'ils gardent leurs falbalas, leur parler pointu et toutes leurs manières.

Lui, d'habitude si calme, prenait pour dire cela un ton d'amertume qui surprenait Catherine.

— Il y en a de gentils, lui répondait-elle, ils font la charité.

Qu'avait donc Aurélien à rougir ainsi ? Ses yeux gris s'assombrissaient, il s'étranglait pour reprendre :

— La charité, l'aumône, ça ne leur coûte guère à eux et ça coûte cher à celui qui la reçoit.

— Je ne comprends pas.

— Oh ! excuse-moi, Cathie ; en effet, ça ne veut rien dire, excuse-moi.

Un peu plus tard, quand il lui remit subrepticement, comme de coutume depuis la mort de la mère, son obole dominicale, elle lui demanda si elle ne devait pas être blessée par cette *charité*.

— Je t'en prie, supplia-t-il, ce n'est pas une charité, ce n'est pas une aumône, tu le sais bien. Je t'en prie !

— Bientôt, je te dirai, Aurélien, ce qu'on va faire avec cet argent.

— Ce que tu voudras ; c'est ton argent, ne pense jamais que je te l'ai donné, c'est ton argent.

Jean Charron, lui, prenait parti pour Catherine quand elle louait les mérites des Desjarrige.

— Laissez-la, cette petite, elle a raison de bien parler de ses maîtres, puisqu'ils sont braves avec elle.

Le père Baptiste, s'il assistait à l'entretien, se mettait à siffloter d'un air moqueur.

— Maîtres braves et semaine des quatre jeudis, c'est du pareil au même, déclarait-il.

Tout le monde riait, sauf Catherine. Leur haine contre Émilienne ne désarmera donc jamais, songeait-elle. Jusqu'à la fille du cantonnier, la généreuse Amélie, qui lui reprochait de trop s'intéresser à la demoiselle.

— Ces gens-là, c'est tout orgueil, tu verras. Quand on n'aura plus besoin de toi, bonsoir la compagnie, ce sera comme s'ils ne t'avaient jamais connue.

« Tout orgueil », et le cantonnier et sa femme n'étaient-ils pas tout orgueil quand ils interdisaient à leur fille de jouer avec ses voisins de La Ganne ?

De guerre lasse, Catherine se résigna à ne plus parler d'Émilienne qu'à ses sœurs, elle était sûre de trouver ainsi un auditoire bienveillant et émerveillé : Clotilde lui demandait des détails sur la toilette de la demoiselle et de la dame, quant à Toinon elle se léchait les doigts lorsque Catherine énumérait les menus du goûter.

— Ton Émilienne, s'enquit un jour Clotilde, elle est vraie ou c'est un conte ?

— Elle est vraie, répondit Catherine stupéfaite.

— Alors, est-ce que tu deviendras comme elle un jour ? Et nous, quand c'est que nous deviendrons comme ton Émilienne avec des robes d'or et une maman qui prend le goûter sous les arbres ?

— Elle n'a pas de robe d'or, mais je ne deviendrai point comme elle, et vous non plus.

— Pourquoi ? Pourquoi ?

Les petites s'attristaient ; Catherine eut honte de leur avoir parlé de ce qu'elles ne pouvaient comprendre. Désormais elle évita de prononcer le nom d'Émilienne aussi bien devant ses cadettes qu'en présence de son frère ou de ses amis.

A l'ombre du cèdre, un après-midi, elle avoua à la demoiselle :

— Mon frère Aubin, s'il n'était pas tombé du haut de la grange, que serait-il devenu ? Il aurait eu peut-être des malheurs comme le père, il n'aurait plus été beau ni fort.

Elle baissa la voix.

— Et puis, s'il pensait toujours vous épouser, il aurait bien compris que c'était impossible. Il a mieux valu qu'il meure jeune.

Émilienne avait pâli. Ses lèvres tremblaient. Elle s'était jetée sur Catherine, lui serrait les poignets.

— Tais-toi ! Tais-toi !

— Vous me faites mal, Mademoiselle.

Émilienne lâcha la fillette.

— Excuse-moi, mais c'est ce que tu m'as dit. Tu m'as fait bien plus mal.

Elle resta longtemps silencieuse, mordillant des brins d'herbe qu'elle arrachait sur la pelouse. Catherine n'osait plus dire un mot. Puis Émilienne se mit à parler, les yeux baissés. Comme d'habitude, Xavier était près d'elle, et comme d'habitude il semblait ne pas voir, ne pas entendre ; d'un doigt nonchalant, il feuilletait la collection de journaux de voyages qui l'accompagnait partout.

— Il était beau ton frère, disait la jeune fille. Je me souviens bien maintenant de ses yeux gris, de ses cheveux drus, de sa carrure. Je le croyais aussi plus âgé que moi. Il avait quelque chose à la fois de craintif, de grave et d'altier dans le regard. Il était plus beau, il était plus noble que les godelureaux de La Noaille. Ils m'ennuient avec leurs façons de canards qui se prennent pour des cygnes ; ils me voudraient pour femme, parce que leurs parents leur racontent que je suis une héritière, c'est ainsi qu'ils disent, je le sais. Je ne veux pas croire qu'il s'imaginait ce qu'il t'a dit, Aubin, que nous nous serions mariés. Non, non, s'il t'a dit ça, il ne pouvait le penser. Il ne me connaissait pas et je ne le connaissais pas. C'est vrai pourtant : je l'aurais préféré à tous les benêts de prétendants, mais comment nous serions-nous revus ? Dans le temps, il y a eu une cousine à nous, elle a profité de la Révolution pour partir avec un jeune paysan.

Émilienne s'interrompit, releva la tête. Elle semblait voir une chose qui l'étonnait au point de la laisser muette, les lèvres entrouvertes. Machinalement Catherine se retourna, elle ne vit rien derrière elle qui pût causer cette surprise à la jeune fille.

— Xavier, dit la demoiselle, je pensais avoir un mouchoir ; sois gentil, j'ai dû le laisser sur le piano, tu veux aller voir ?

Xavier jeta encore un coup d'œil sur ses journaux, puis il gagna la maison. « C'était à moi de me déranger, pensait Catherine. Comment se fait-il qu'elle ne m'ait pas commandée ? »

Émilienne la regarda.

— Tu sais, Cathie, il ne t'avait pas menti, ton frère ; ce n'est pas sur le front que je l'ai embrassé, comme toi l'autre jour... Je ne sais pas ce qui m'a poussée, ajouta-t-elle.

Surmontant son trouble, Catherine observa :

— S'il y avait eu la Révolution, peut-être seriez-vous partie avec lui.

— Il n'y a plus de Révolution.

« Il n'y a plus de Révolution », se répétait Catherine. Elle ne savait trop ce que pouvait signifier ce mot, du moins l'avait-elle entendu prononcer quelquefois à la maison-des-prés par le père Baptiste qui paraissait alors s'énerver, élevant ou abaissant anormalement la voix. Dans les pages d'almanach que Francet lisait, le mot aussi apparaissait. Catherine l'associait à des images de châteaux en flammes, de foules qui courent. Désormais « Révolution », ce serait pour elle deux jeunes gens qui s'enfuient ensemble, un jeune paysan et une jeune demoiselle, l'amour rendu possible, léger comme si les pauvres perdaient le poids de leur misère et les riches celui de leur fortune.

— Tu crois qu'on doit mourir jeune quand on est pauvre ? S'il avait vécu, ton frère n'aurait pas été malheureux à cause de moi, je ne veux pas que tu penses ça. C'était un enfant, il m'aurait oubliée, voilà tout. Pourquoi faudrait-il mourir jeune quand on est pauvre, seulement quand on est pauvre ? Si c'est vrai ce que tu dis, c'est aussi vrai pour nous tous. Tu m'as fait mal, parce que je sais : quand maman se cloître dans sa chambre, c'est qu'elle pense comme toi, elle a cette idée qu'il faudrait mourir tôt, qu'elle ne devrait pas vieillir. J'ai peur quand elle s'enferme, quand elle ne veut plus me voir. Je sais qu'elle parle toute seule, à haute voix, dans son lit, j'ai écouté aux portes. Elle pense comme toi, et elle pense comme grand-père, celui qui a perdu la Fabrique du Roi, celui qui s'est tué à la chasse. On n'a pas su comment cela s'était passé ; lui il disait qu'il voulait vivre vite, vite, au galop.

— Il a perdu la Fabrique, s'étonna Catherine, comment peut-on perdre une fabrique ?

— Il a dû l'abandonner quoi, il a dû la vendre.

Catherine imaginait un personnage chamarré quittant à la sauvette la manufacture ; il entrait dans un bois et d'un coup de fusil se tuait. Elle croyait voir le corps allongé sur la mousse, face contre terre. Et voilà que ce n'était plus le personnage chamarré qui gisait sur le sol, mais Aubin.

Ainsi, pour Catherine, l'histoire de la famille d'Émilienne et celle de sa propre famille entrelaçaient et échangeaient leurs malheurs comme deux plantes jumelles dont les tiges et les feuilles formeraient en croissant une seule tresse, et l'on ne saurait plus dire à laquelle des deux telle branche ou tel feuillage appartenait. « Voilà ce que nous pouvons échanger, Émilienne et moi, voilà les seuls dons qu'il nous soit permis de nous faire : ceux du malheur, puisque ses couleurs conviennent aussi bien à un noble qu'à un métayer. »

Catherine découvrit cependant qu'elle pouvait recevoir un autre don, celui-ci plein de sérénité. Chaque matin, soit qu'elle vaquât à ses occupations, dans la cuisine, soit qu'elle dût se rendre dans le parc, elle entendait au hasard d'une porte ou d'une fenêtre ouvertes les bribes de musique qui lui semblaient se promener, là-haut, à travers la demeure, comme des jeunes filles chantantes. Elle s'arrêtait alors au milieu de son travail et écoutait : elle imaginait les mains blanches, fines et impérieuses de la demoiselle courant sur le clavier. « Pour qui joue-t-elle ? Pour elle-même, bien sûr, ou pour son frère qui n'écoute pas, toujours plongé qu'il est dans ses journaux de voyage, pour la dame aussi, et plus tard elle jouera pour son fiancé, puis pour ses enfants, jamais pour moi. » Comme elle eût aimé se tenir dans la grande salle, près du meuble à musique, et regarder les mains danser sur les touches.

Elle s'enhardit assez pour exprimer ce souhait à la demoiselle qui se mit à rire.

— Mais Cathie, ce n'est point moi qui joue du piano.

— Ce n'est pas vous ?

C'était comme si on eût dit : ce n'est pas le cèdre qui porte les oiseaux dans ses branches, ce n'est pas le soleil qui porte le printemps dans ses rayons.

Émilienne appela son frère.

— Catherine croyait que c'était moi la pianiste.

Xavier regarda sa sœur de ses yeux globuleux.

— Ah oui ! fit-il et on voyait qu'il se moquait pas mal et de l'étonnement d'Émilienne et de ce que pouvait croire ou ne pas croire Catherine.

Qui donc alors peuplait la maison de ces cortèges mélodieux ? La dame ? Pourtant elle disait un jour que depuis son mariage elle ne touchait plus le piano. La dame de compagnie, Mlle Rachel ? Ce n'était pas chose possible. D'abord elle ne quittait sa chambre que pour l'église et comment une personne plus desséchée que feuille morte, comment eût-elle pu faire entendre des sons aussi purs, aussi gracieux et aussi pathétiques ! Il fallait une âme au-dessus des autres et plus tendre pour pouvoir faire fleurir ces gerbes de sons ou inscrire dans l'air ces musiques, semblables pour Catherine à des êtres invisibles.

Émilienne parut réfléchir un moment, puis elle proposa :

— Tu veux venir avec nous au piano ?

Catherine eut l'impression que la demoiselle avait fait signe à son frère. Elle hésitait à répondre. Voulaient-ils se jouer d'elle ? Et si ce n'était point la demoiselle la musicienne, à quoi bon découvrir la vérité. La curiosité pourtant fut la plus forte. Catherine suivit les jeunes maîtres dans la bibliothèque. Elle pensait, tout en marchant, qu'une amie d'Émilienne devait venir jouer chaque jour et que Mathilde, sans doute, irait à présent la chercher.

— Moi, disait la jeune demoiselle, je suis meilleure pour tirer un lièvre que pour jouer une sonate. J'ai bien appris le piano, mais je trouve que mieux vaut ne pas y toucher plutôt que de taper dessus comme toutes nos mijaurées du Haut. Elles se croiraient déshonorées, et surtout point bonnes à marier, si elles ne montaient leurs gammes chaque jour afin de pouvoir, à l'occasion, charmer leurs prétendants en leur jouant une mazurka ou « Au clair de la lune ».

Ils entraient dans la salle tapissée de livres. Les jeunes maîtres se dirigèrent vers le piano. Machinalement Catherine regarda dans les coins, s'attendant à y trouver la pianiste inconnue. Personne encore ; sans doute allait-elle venir. En attendant, Émilienne et Xavier s'installèrent au piano. Émilienne feuilletait un cahier qu'elle ouvrait et plaçait sur l'instrument. Le garçon sortait de sa poche un mouchoir, essuyait ses grosses mains — pas des mains carrées, fortifiées par le travail, remarquait Catherine, mais des mains enflées et pâlies par la graisse, des mains toutes pareilles à lui, bouffies et sans caractère ni puissance, ennuyeuses, ennuyées, endormies, des mains de nuages, un garçon de nuages, de ces nuages entre gris et blanc, mal dessinés, qui restent parfois en panne au milieu du ciel.

Que se passait-il ? Les mains sortaient de leur sommeil : elles s'éveillent, elles s'envolent, sautent, bondissent, s'attardent, repartent sur les touches blanches et noires. Ce sont elles — ces mains tout à l'heure sottes, penaudes, inutiles, ces mains à présent prestes, sensibles, vives, glorieuses —, ce sont elles qui font surgir un univers tour à tour appelant le sourire et les larmes, la nuit la plus profonde puis l'azur, des cités radieuses, comme celles que Catherine, gardant ses moutons, croyait deviner dans les nuées, un paradis, le paradis. Les anges étaient là, et l'être qui faisait jaillir cette source n'était-il pas lui-même un ange, un ange caché sous l'enveloppe un peu ridicule de ce garçon joufflu assis devant le piano et dont les mains volaient, volaient comme si elles ne lui appartenaient pas ! Catherine pensa aux doigts de Francet quand il taillait ses fuseaux. Un accord resta un instant suspendu haut, dans l'air, comme un oiseau planant, et cette fois, ce fut la petite femme du parrain que Catherine évoqua, la petite femme dont la voix faisait, elle aussi, songer au ciel des matins d'été. La musique dura-t-elle des heures ou seulement l'espace d'un éclair, Catherine n'aurait su le dire. Cela se passait hors du temps et hors de ces murs, et l'on n'était plus soi-même tant que durait ce miracle, ou plutôt l'on était plus que soi-même comme si on s'élevait au plus haut de soi et encore plus haut, à l'image de ces trois notes qui tout à l'heure planaient. Cette fois, oui, un bonheur lui était offert par les maîtres, et nulle frontière ne se dressait plus entre elle et le donateur. S'il était un maître ce n'était plus à ses yeux, d'une maison, d'une fortune, mais d'un royaume que tout l'or de la terre n'aurait su payer. Elle était à un tel point subjuguée qu'elle ne s'aperçut pas du moment où les mains cessèrent de courir sur le clavier ; pour elle l'air bruissait encore du tumulte et du chant des notes alors que le dernier accord avait depuis longtemps cessé de résonner. Enfin elle remarqua les regards d'Émilienne fixés sur elle. Elle fut atterrée de retrouver assis devant le piano, aussi fade, aussi morne que de coutume, Xavier qui la regardait lui aussi. Elle n'arrivait plus à croire que ce fût ce garçon qui tout à l'heure avait su créer cet univers fabuleux. N'était-il donc qu'un masque ? ou bien un être de feu et de vent venait-il l'habiter parfois, se servait de ses mains pour tresser les forêts et les fleuves de musique, puis disparaissait de nouveau ? Elle se souvint de cet autre étonnement qu'elle avait eu à deux reprises : lorsque Xavier avait rappelé à l'oublieuse Émilienne leur première rencontre avec elle-même, Catherine, puis le dialogue de la demoiselle avec Aubin dans une clairière d'Ambroisse.

Peut-être n'était-il pas seulement cette ombre qu'Émilienne semblait traîner partout derrière elle.

X

Toute sa vie, Catherine se souviendrait de ces jours passés dans la demeure Desjarrige. Cependant l'exaltation qu'ils lui donnaient ne lui faisait pas oublier la maison-des-prés ni les devoirs qu'elle s'était assignés. Un soir, elle put dire au père quand les fillettes furent endormies :

— Père, il y a un secret.

— Un secret ?

Jean Charron comme à l'accoutumée se tenait assis sur une chaise basse devant l'âtre où il allongeait ses jambes. Quoique depuis plusieurs semaines déjà on n'entretînt plus le feu une fois la soupe cuite, car la chaleur printanière parvenait à atténuer l'humidité apportée par le voisinage de l'herbe et des taillis, il restait toujours parmi les cendres quelques tisons rougeoyants, et le père se laissait fasciner par cette lueur ; il fallait qu'à maintes reprises Catherine le tirât par le bras et lui rappelât l'heure tardive pour l'arracher à cette contemplation. Cette fois le mot de la fillette avait suffi pour le faire réagir.

— Un secret ? répéta-t-il ; la broussaille de ses sourcils se souleva.

Francet qui taillait du bois à la lumière chancelante d'une mèche posa ses outils. De la main il encouragea sa sœur qui demeurait silencieuse. Enfin, elle se lança.

— Vous savez, la mère, quand on l'a enterrée...

— Comment ? fit le père, parle donc plus fort.

Elle dut encore se vaincre pour élever la voix. Elle savait que ce qu'elle allait annoncer, elle avait eu raison de l'accomplir, mais une fois encore elle avait pris une initiative que le père peut-être n'aurait pas approuvée. Il penserait, même s'il la remerciait : « Ce sont eux qui font la loi, ce n'est plus moi. » C'était cela qui faisait mal à Catherine, et elle eût voulu lui dire d'abord : « Je vous aime, je vous respecte, Père, mais ce que j'ai fait pour vous, pour nous, vous ne l'auriez pas osé. » Elle reprit à voix presque aussi basse.

— On a enterré la mère au cimetière des pauvres.

Le père leva un peu les bras, les laissa retomber contre lui.

— On ne pouvait faire autrement.

— Au cimetière des pauvres, les tombes n'appartiennent pas aux défunts pour toujours ; quand le temps est venu, et qu'on a besoin de place, on met d'autres morts ; les anciens, on les assemble en bas dans de grandes fosses.

— Pourquoi parler de ça...

— Parce que j'ai pensé qu'il ne fallait pas que ce soit ainsi pour la mère. J'ai pensé qu'on lui devait une tombe pour toujours.

— Et l'argent, Cathie ?

— J'ai économisé tant que j'ai pu, et Francet aussi, et Aurélien nous a aidés, et puis j'ai parlé à Félicie, à Mariette, au parrain et même au père Baptiste.

Jean Charron hochait la tête, l'air effrayé.

— Ils auront pensé que c'était moi qui te poussais, oh ! ce n'est pas convenable, tu n'aurais pas dû.

— Ils n'ont pas pensé du tout comme ça, Père, je vous assure ; je leur ai bien dit que c'était un secret, que vous ne saviez rien, parce que je pensais justement que vous m'auriez empêchée de leur parler, et ils m'ont dit que j'avais raison, qu'ils étaient tristes eux aussi que la mère fût dans une tombe pas à elle, mais qu'ils n'auraient jamais eu le courage de vous en parler, ni d'en parler entre eux et que chacun n'avait pas assez pour payer à lui seul un nouveau tombeau, alors que oui, je faisais bien, je faisais très bien de m'occuper de ça.

— Ah ! ils sont braves, tous, mais quand même, ils se croient obligés... Dans le temps, je pouvais les recevoir tous et bien, et aujourd'hui les voilà qui prennent en charge ma pauvre défunte.

Francet répliqua :

— Père, nous aussi, Catherine et moi, avec notre travail, nous prenons bien part à cela. Et Mariette et le parrain, ce sont vos enfants aussi. Alors c'est bien comme si c'était vous.

— Vous croyez, vous croyez... Mais Félicie, Aurélien, le père

Baptiste, non, je ne peux pas, vous comprenez bien que je ne peux pas accepter.

Ce fut encore Francet qui affirma :

— Vous leur ferez dépit, Félicie est de la famille, tout de même. Aurélien, je suis sûr qu'il sera bien triste si vous lui refusez, et le père Baptiste il sera vexé, il ne voudra peut-être plus s'occuper de moi pour me faire entrer à la Fabrique.

— Pour Aurélien, il me donnait quelques sous chaque semaine et je ne sais pas combien, je ne saurais pas ce qu'il faudrait lui redonner. Écoutez, Père, poursuivit Catherine, dites oui, on a la somme, le parrain prépare les démarches, mais bien sûr c'est vous seul qui décidez.

— Moi seul, moi seul, répétait le père en hochant la tête, et il semblait ne pas entendre ce qu'il disait.

Catherine et Francet de temps à autre se regardaient, inquiets. Le père paraissait les avoir oubliés. Du bout du pied, il creusait les cendres comme s'il y cherchait un dernier tison. Catherine n'osait plus parler. « Je n'aurais pas dû accepter l'argent d' Aurélien. Le père ne veut pas dire oui, c'est peut-être à cause de cet argent et de celui du père Baptiste. Pour le père Baptiste, c'est Francet qui a tenu à lui demander. Il a eu tort, c'est quand même un étranger, le père Baptiste, plus qu'Aurélien. Aurélien, il y a si longtemps qu'on le connaît, des fois je le prends pour un frère... » Amélie Anglard lui avait proposé une partie de ses économies pour participer à l'achat du tombeau, mais Catherine avait refusé ; elle s'était dit que le père serait mécontent si elle prenait l'argent de la fille du cantonnier. De même, elle s'était gardée de confier son projet à Émilienne Desjarrige de crainte que la demoiselle ne lui offrît une somme ; elle lui aurait dit « non », car ces pièces auraient ressemblé à une aumône faite à la morte. « Le père devrait bien comprendre que l'argent de Mariette, du parrain, ou même de Félicie et de l'ouvrier porcelainier, ce n'était pas une aumône, mais le signe même de leur amitié pour la disparue. » Elle soupira, se racla la gorge, Francet se mit à cogner son couteau contre la table, en vain ; le père ne broncha pas. Intimidés, les enfants n'osaient même pas lui souhaiter bonne nuit. Ils allèrent se coucher en silence.

Le lendemain soir, pendant le dîner, seules Clotilde et Toinon firent entendre leurs voix. D'habitude, si elles bavardaient trop, Catherine leur ordonnait de se taire ; mais aujourd'hui, nul ne semblait prendre garde à elles, aussi les cadettes en profitaient-elles pour donner libre cours à leurs caprices. Leur aînée les voyait bien, mais elle ne songeait pas à les gronder. « Elles sont belles, elles mangent à belles dents ; de solides petits diables. Au lieu de cela, si le père ne m'avait pas écoutée, ça ferait deux orphelines en noir perdues au couvent... Alors, pourquoi il ne m'écoute pas cette fois encore ? Bien sûr, la mère, qu'elle soit dans cette terre qui n'est pas à elle, ou dans cette terre qu'on voudrait acheter pour elle, elle sera toujours morte, mais elle sera plus morte que les morts si un jour on la met n'importe où avec n'importe quels cercueils, perdue avec eux comme les cadettes auraient pu se perdre parmi les autres orphelins. »

Elle leva le couvert, rangea la vaisselle, dut se fâcher pour obliger les petites à se mettre au lit. Quand on ne les entendit plus pouffer de rire :

— Elles dorment ? demanda le père.

Catherine alla jeter un coup d'œil sur les enfants.

— Venez voir.

Le père quitta sa chaise, s'approcha du lit. Un sourire vint éclairer sa face creusée.

— Elles sont belles. Tu as eu raison, Cathie... Si elles étaient parties chez les Sœurs...

Il revint s'asseoir devant le foyer.

— Que reste-t-il à faire pour... pour ce que vous disiez hier soir ?

Catherine avant de répondre regarda son frère. Il cligna de l'œil.

— Il faudra que vous alliez voir le bedeau. Il est au courant. Il a dit que vous auriez deux croix à faire sur le papier qu'il vous donnera. Le parrain lui remettra la somme. C'est au parrain qu'on a tous versé ce qu'on avait.

Ce fut par une belle matinée de mai, pleine de soleil, d'un vent léger et d'oiseaux qu'eut lieu l'exhumation.

Devant la fosse ouverte, Catherine se reprocha avec véhémence d'avoir voulu cette chose. Cependant que deux hommes enlevaient les dernières pelletées sur le cercueil, elle observait la scène avec stupeur et avec honte. Que faisaient ces gens en noir, devant ce trou, quel acte fou et barbare ? Et c'était elle qui avait voulu cette absurdité et ce sacrilège, ce deuxième enterrement peut-être plus atroce que le premier, que le vrai, parce que le chagrin dans les cœurs toujours aussi vivace n'était plus cependant cette houle noire et profonde dont les coups aveuglaient et engourdissaient, parce qu'aussi le printemps apportait un sourire sur les tombes. Si plus rien ne subsistait des pensées de la mère, c'était rendre plus misérables encore ses restes que de les arracher à leur cachette, de les livrer au feu du soleil pour les replonger un peu plus loin dans une autre terre. Si au contraire, quelque âme demeurait attachée à ces dépouilles, n'allait-elle pas entrer dans une douloureuse colère contre ces impies qui venaient déranger et profaner les ténèbres de sa retraite !

— Ça y est, dit une voix au fond du trou.

Catherine ferma les yeux ; elle avait peur. La mère ne se dresserait-elle pas au fond du trou, ne la désignerait-elle point de son doigt décharné : « Pourquoi cette fille a-t-elle voulu qu'on me cherche jusque dans la mort ! Pourquoi ? » Quelqu'un poussa un cri, et une voix de femme — était-ce celle de Mariette ? — murmura avec horreur : « Les cheveux... les cheveux » et d'autres voix répétaient : « Les cheveux... les cheveux. » Avant d'oser ouvrir les yeux, Catherine fit un pas sur la droite, elle savait que Francet se tenait là, elle lui prit le bras et enfin regarda. En bas elle vit le cercueil : son couvercle sur un côté s'était disjoint et par la fente la chevelure de la mère s'était épandue. Ce flot de cheveux mêlés à la terre donnait une étrange impression de vie. Catherine aurait voulu en détourner son regard, elle ne le pouvait point. Elle se voyait peignant la morte quelques instants après le dernier souffle de l'agonie, puis c'était le souvenir des dimanches matin quand Mariette aidait la mère à tresser en lourdes nattes sa chevelure et que le père et les enfants faisaient cercle. Ce serpent de cheveux sombres au fond de la fosse comme un scandale, comme un défi. Les femmes sanglotaient. Mariette était tombée à genoux, le père à côté d'elle était livide, prêt à défaillir. La canne sur laquelle s'appuyait Francet tremblait. Tous ces hommes et ces femmes en noir paraissaient pétrifiés. Catherine pensait à ce qu'on lui avait dit des couleuvres qui fascinaient leur proie : et l'oiseau ou la grenouille allaient se jeter dans la gueule du reptile ; elle ne parvenait pas à chasser cette idée, il lui semblait que tous ils allaient se jeter dans la tombe où les attirait la torsade sinueuse.

Un fossoyeur se décida, il se pencha sur le cercueil, y fit disparaître les cheveux. Le groupe en deuil s'ébroua : on sortit les mouchoirs, Mariette se releva, Francet changea sa canne de main, Félicie soupirait et ses soupirs secouaient sa poitrine et son ventre. On suivit les fossoyeurs portant la boîte sur leurs épaules.

La nouvelle tombe était propre avec sa dalle de granit gris, tout frais taillé. Les femmes la couvrirent de roses, de marguerites, de jacinthes des prés. Au moment du départ, Catherine vit Francet revenir en arrière. D'un geste furtif, il sortit de sa poche une petite croix de buis vernis et rond, la déposa sur les fleurs.

— C'est toi qui l'as faite ? demanda Catherine à mi-voix.

Francet hocha la tête.

— La mère sera contente de cette tombe qu'on lui a achetée, de ces fleurs, de ta croix.

— Je ne sais pas.

— Tu ne sais pas ? Tu penses qu'elle est en colère ?

— Non, je ne sais pas si elle peut penser quelque chose.

— Au catéchisme, ils disent que oui, qu'on est dans le ciel, qu'on est heureux, qu'on attend ceux qu'on aime. Moi non plus, je ne sais pas.

— Tu as vu ses cheveux ?

Catherine ne répondit pas, elle n'osait parler de cette vision qui la hantait. Quand ils furent sortis du cimetière, Francet s'approcha d'elle.

— Attends-moi, pria-t-il. Ils oublient que j'ai lâché mes béquilles voilà dix jours seulement.

Elle donna le bras à son frère. De l'autre côté il cognait sa canne à coups secs sur la route. De temps à autre, Francet s'arrêtait pour reprendre souffle. Devant eux, les hommes et les femmes en noir marchaient sans se retourner.

— Je suis sûr, dit Francet, qu'ils font comme nous. Ils voient les cheveux au fond du trou. Ils les voient et nous les verrons longtemps.

— Ne parle pas de ça, supplia Catherine.

Lorsqu'on arriva aux premières maisons de La Noaille, Aurélien et Julie Lartigues se détachèrent du groupe des grandes personnes et attendirent leurs amis qu'ils n'avaient osé rejoindre pendant l'exhumation ni tant qu'on était resté en vue du cimetière.

— Les cheveux de votre mère, dit Julie.

Aurélien jeta un regard inquiet vers Catherine.

— Tais-toi donc, ordonna-t-il à sa sœur.

Julie le regarda étonnée, ouvrit la bouche, prête à répliquer, finalement se tut.

Quand ils furent de retour à la maison-des-prés, ce fut Catherine elle-même qui parla de nouveau de la morte. Elle entraîna Aurélien derrière la maison sous prétexte de ramasser du bois. Toujours, au plus dur des épreuves, Aurélien était là, il la soutenait de son calme regard gris, de sa voix un peu voilée, de sa simple présence enfin qui dissipait les fantômes ou l'angoisse. Ce fut à lui tout naturellement que de nouveau elle se confia.

— Aurélien, ces cheveux, on les aurait dits en vie. La mère... tu ne crois pas qu'elle était vivante, à demi vivante dans son cercueil ? N'avait-elle pas soulevé le couvercle ? Comment les cheveux ont pu glisser dehors ?

Le garçon se penchait, ramassait les branches sèches laissées à la lisière des taillis, comme s'il s'agissait vraiment d'en rapporter à la maison. Catherine avait envie de dire : « Laisse donc ce bois. » Elle aurait voulu voir le visage d'Aurélien, lire sur ses traits si la paix de ses réponses était vraie ou feinte.

— Ne te tracasse pas ainsi, disait-il tout en assemblant les branches. Des cheveux, c'est des cheveux, rien de plus. Il y a eu une fente dans la boîte et ils ont glissé par la fente.

— Mais, Aurélien...

Et Catherine n'osait achever sa phrase, n'osait préciser la pensée qui avait porté à son comble sa frayeur quand elle découvrit la chevelure mêlée à la terre. Enfin, vite, d'un coup, elle avoua :

— Mais les cheveux, ils m'ont paru plus longs qu'à sa mort. A la fin de l'été, la mère avait vendu une fois de plus ses cheveux et quand elle est morte ils n'étaient pas tout à fait redevenus aussi longs que d'habitude, et ce matin, si...

— Il y en a qui disent que les cheveux et les ongles ça continue à pousser après...

— Oh alors, tu vois, c'est qu'on n'est pas entièrement défunt, la mère avait encore de la vie...

— Écoute, Cathie, un canard, un poulet...

Les mots s'étranglaient dans la gorge d'Aurélien comme si, pour prononcer chacun d'eux, il dût accomplir un effort surhumain, et on aurait cru, à chaque syllabe, qu'il ne pourrait aller au delà ; pourtant un autre mot venait encore, et un autre...Que pouvait-il bien vouloir signifier avec ce canard, avec ce poulet ? Aurait-il le front de plaisanter en un tel instant !

— ... un lézard, un chien, quand ils sont morts, eh bien tu as vu, c'est fini... ils sont morts. Leurs poils ou leurs plumes ou leurs ongles, peut-être bien qu'ils continuent à pousser, ça n'empêche pas que le chien, le canard, le poulet, ou le lézard ils ne sont plus là, ils ne sont plus rien... Les chrétiens pour moi ça doit être tout pareil, quand c'est fini, c'est fini.

Catherine était révoltée : parler de canard, de chien à propos de la mère ! Elle était révoltée et, en même temps, une voix en elle disait : « Il a peut-être raison, il fait exprès de te dire cela pour t'apaiser, pour que tu cesses de te tourmenter à propos de ces cheveux. » Comme s'il eût deviné cette double pensée, Aurélien remarqua :

— Ne m'en veux pas de te dire ces choses, je le fais parce que je crois qu'elles sont vraies. Et puis ça ne sert à rien, Cathie, ces questions que tu te poses, rien qu'à te faire mal.

Il cessa un instant de ramasser le bois, se redressa, fit un pas vers elle et, la touchant d'un doigt au front, puis à la poitrine :

— Ta mère elle est là, et là, dans toi ; elle n'est pas là-bas, c'est rien ce qui est là-bas, n'y pense plus.

Catherine demeurait sidérée par le geste et les paroles d'Aurélien. Elle le regardait, ne trouvant plus aucun mot. Lui-même, comme s'il était après coup effrayé de son audace, baissait la tête et se balançait gauchement d'un pied sur l'autre. De la maison quelqu'un appela.

— Il faut rentrer, dit Catherine.

Au bout de quelques pas, elle s'arrêta, prit la main d'Aurélien. Elle avait envie de lui parler, de lui dire elle ne savait quoi, qui l'eût assuré de sa gratitude, de son affection, et aussi de la paix qu'il lui donnait. Elle ne put que dire à voix basse :

— Il fait beau tout de même.

XI

Ce fut une quinzaine de jours plus tard qu'elle découvrit d'où provenait l'argent qu'Aurélien lui remettait en cachette chaque dimanche. Maintenant que le tombeau de la mère était payé, Catherine n'aurait plus voulu recevoir ce secours.

— Il ne faut plus, disait-elle. Les œufs ou les légumes que tu me portes, ça doit déjà te coûter assez. Ce n'est pas raisonnable. Tu vois, maintenant j'arrive à bien les nourrir, mes cadettes et Francet. Tu es gentil mais garde tes sous, tu sais bien que tu en as autant besoin que nous, ne les dépense pas à acheter ces œufs.

— Ils ne me coûtent rien, Cathie, qu'un peu de travail chez les uns et les autres, le soir, après la fabrique ; on me donne ces œufs ou ces salades pour me payer, on me donne aussi ces quelques pièces, que veux-tu que j'en fasse, j'aime mieux te les passer.

— Non, tu m'as aidée pour le cimetière, c'est bien assez ; à présent économise pour toi.

Aurélien s'obstinait, elle voyait qu'elle le blesserait en refusant. Elle finissait donc par placer la monnaie derrière la brique descellée du foyer. Elle se promettait de ne pas toucher à cet argent et de le remettre plus tard à Aurélien. « Quand il se mariera avec Amélie Anglard. » Elle demeurait parsuadée qu'Aurélien et Amélie deviendraient mari et femme. Comme cela, pensait-elle, elle garderait près d'elle deux amis qui lui étaient également chers.

Un soir de la fin de mai, elle dut rester chez les Desjarrige jusqu'après le dîner. Les maîtres recevaient, et Mme Pourpaille avait décrété qu'elle aurait besoin d'une aide pendant le repas. La petite s'efforçait de prévenir ses récriminations en lui passant, avant même qu'elle l'eût demandé, l'assiette, la casserole, la boîte aux épices ou le pot de confiture dont la cuisinière allait se servir.

— Voilà quelqu'un qui sait travailler, décrétait la boulotte, le visage illuminé par son énervement et par les fourneaux. Ce n'est pas comme toi, ma pauvre Mathilde, toi, tu arrives toujours après la bataille.

Mathilde dardait un œil furieux sur Catherine. Depuis que la fillette l'avait supplantée pour porter le goûter, la rougeaude ne décolérait pas. Souvent elle proférait d'obscures menaces : « Bientôt ça changerait, marmonnait-elle, Mlle Rachel, la dame de compagnie, le lui avait promis. » Catherine ne prenait pas garde à cette rancune, elle accomplissait son travail du mieux possible et voilà tout. Mme Pourpaille, qui l'avait en amitié, lui disait à propos de l'amertume manifestée par la bonne : « Elle plus bête que méchante, s'il n'y avait pas cette vipère de dame de compagnie pour lui monter la tête, elle serait ravie de n'avoir plus à monter le goûter, car si elle est plus sotte que mauvaise elle est encore plus feignante que stupide. »

Il n'était pas loin de neuf heures quand la cuisinière, ce soir-là, remercia Catherine et lui dit que maintenant elle pourrait faire seule. La fillette enfila ses sabots et sortit. Elle s'attarda dans le parc embaumé de lilas, de roses et de jasmins. Par les fenêtres ouvertes venaient des bruits de voix, de rires, de couverts entrechoqués. Catherine eût bien voulu être dans la salle à manger et voir qui parlait, qui riait ainsi. Elle essayait en vain de reconnaître dans cette rumeur la joie d'Émilienne. Sans aucun doute, demain, la demoiselle lui dirait en bâillant : « Qu'est-ce j'ai pu m'ennuyer hier soir avec ces benêts et ces oies. » Mais serait-elle sincère ? A l'instant n'était-ce pas son rire qui s'élevait plus clair, plus hardi, plus léger que tous les autres rires ? N'allait-elle pas trouver un fiancé parmi ces « benêts » comme elle disait, et alors bientôt elle partirait.

Des pas lourds crissèrent sur le gravier. Ceux de Clément le cocher, pensa Catherine. Elle s'enfuit de crainte que le domestique n'allât rapporter à Mathilde que « la petite Charron espionnait dans le parc ».

Il faisait encore jour, les acacias du mail étaient en fleur. Autour du kiosque à musique quelques bourgeois marchaient gravement, mains au dos. Derrière les portails des jardins ou des parcs s'élevaient des voix heureuses ; une femme cria : « Allons, les enfants, il est l'heure de se coucher. » La tendresse de cet appel gonfla le cœur de Catherine de nostalgie : elle eût voulu être l'un de ces enfants que la jeune mère appelait, être cachée dans la pénombre odorante du parc et retarder le moment où la main maternelle vous pousserait vers le lit.

Une fois dépassé le mail, plus de portails, de hautes façades, de frondaisons au-dessus des murs ; du moins la même paix avant la nuit réunissait-elle, assis derrière leur fenêtre ou dehors sur les marches du seuil, des commerçants, des lavandières, des artisans que Catherine saluait au passage et qui lui répondaient avec un sourire. L'air était si caressant, si légère la dernière lumière du jour que la fillette ne se décidait pas à regagner la maison-des-prés. Pour allonger son trajet avant de prendre le faubourg de La Ganne, elle fit un détour par les ruelles qui menaient à l'église Saint-Loup. Elle arrivait en vue du parvis lorsque les fidèles commençaient à sortir. « C'est le mois de Marie », songeait Catherine, puis elle se chanta à mi-voix le cantique : « C'est le mois de Marie, c'est le mois le plus beau. » C'est le mois de ma mère puisqu'elle s'appelait Marie. Comme elle aurait aimé cette soirée si calme... » Le cortège en noir de l'orphelinat sortit de l'abbatiale, une religieuse à chaque bout. « Elles aussi ont dû chanter : « C'est le mois le plus beau », comme si pour les orphelines il pouvait y avoir un mois plus beau que les autres », ce mois où l'on reste longtemps dans les jardins, longtemps jusqu'à l'heure du sommeil, et où la douce, l'inquiète, la doucement grondeuse voix de la mère vous appelle, et vous ne répondez pas tout de suite pour que se prolonge cette caresse que vous donne la voix bien-aimée en lançant de nouveau votre nom dans le crépuscule qui sent l'herbe et les roses.

Là-bas, devant le porche, un jeune mendiant se tenait courbé et tendait la main. Certaines dévotes au passage lui donnaient leur obole, d'autres se redressaient et feignaient de ne pas voir le bras levé vers elles. Catherine souffrait alors pour le mendiant. « Comme il doit avoir honte quand elles frôlent sa main. » Une grosse dame s'arrêta, tira une bourse de ses dessous, déposa une pièce dans la paume du garçon. « Il a peut-être encore plus honte quand on lui donne... » « C'est le mois de Marie, c'est le mois le plus beau », ce doit être le mois où ce mendiant touche le plus d'argent, justement à cause de ces prières de mai. Chaque soir... Est-ce pour lui le mois le plus beau ? Sa honte ne l'empêche-t-elle pas de respirer ces parfums de la campagne ?... Mais peut-être il ne connaît pas la honte... Comment disait Aurélien ? « Les riches ils la font payer cher, leur charité » ?

Soudain, Catherine se planta net. Elle croisa machinalement son fichu devant sa gorge comme si elle eût senti le froid d'un coup tomber sur elle. Pourtant l'air demeurait immobile et nulle fraîcheur ne venait de la campagne proche, mais c'était bien comme si un froid mortel s'était emparé de la fillette : il lui avait semblé reconnaître Aurélien sous les trait du jeune mendiant. « Non, non, tu rêves ; Aurélien dort avec son père et sa sœur, dans leur rez-de-chaussée de La Ganne, ou bien il aide quelque jardinier à repiquer ses salades. Aurélien est trop fier pour pouvoir mendier. »

Elle reprit sa marche. A présent les fidèles sortaient en groupe de l'église et remontaient la ruelle tout en bavardant. Ils lui empêchaient de voir le mendiant. Quand elle fut sur le point de déboucher sur le parvis, elle se surprit à souhaiter : « Pourvu qu'il soit parti. » Mais il était bien là, courbé comme un bossu, la main implorante. Au lieu de traverser la place, elle alla s'adosser dans le recoin d'une porte. De là, sans être vue, elle pouvait observer ce qui se passait devant le porche de l'église.

Plus aucun doute, c'était bien Aurélien qui demandait l'aumône, le même Aurélien qui rougissait de colère lorsqu'il parlait de la charité des riches, Aurélien qui chaque dimanche portait quelque monnaie à son amie. Catherine se sentait paralysée de stupeur, de remords, de colère, de tristesse, et aussi d'un étrange sentiment qu'elle ne parvenait pas à comprendre ni à nommer devant cet Aurélien inconnu qu'elle découvrait. Etait-ce crainte ? était-ce admiration ? l'une et l'autre, et si intimement liées qu'elles n'eussent pu se départager. « J'ai honte, comme j'ai honte, honte pour lui, et honte pour moi. « Que je ne vous prenne jamais à mendier », disait le père. C'est comme si je mendiais moi-même, c'est pire que si je mendiais moi-même. Je fais mendier pour moi. Non, non, je ne lui ai pas demandé, au contraire, je le lui aurais interdit. Et lui, sa honte doit être insoutenable et pourtant il tend la main, depuis des semaines et des mois, il tend la main à ces gens qui lui donnent leur pitié en même temps qu'un sou ou deux, et il tend la main aux autres qui ne lui donnent rien, rien que leur mépris ou leur indifférence. Et si sa sœur le surprenait, qu'arriverait-il ? A moins que leur père ne s'en moque ; à La Ganne, à part nous, tous mendiaient. Mais qu'un ouvrier le voie et toute l'usine se moquerait de lui ; on l'accablerait de quolibets. Que deviendrait-il, rejeté par ses camarades de travail, tourmenté ? »

Les dernières dévotes franchissaient le porche, l'une d'elles revint sur ses pas pour remettre son obole au mendiant. De là, Catherine crut entendre l'humble merci. « Comme il doit les haïr ! Il ressemble à l'ange brun de Saint-Loup, prétendait Amélie Anglard. Si elle l'apercevait à présent, son ange, que penserait-elle, que dirait-elle ? Un bel ange, ma foi, courbé, voûté, vaincu. » Au fond d'elle-même cependant, Catherine essayait en vain de chasser cette pensée : « Ce soir, Amélie le trouverait aussi beau, plus beau peut-être. »

Plus personne ne sortait de l'abbatiale. Là-bas le garçon attendit une minute encore, puis il se redressa, passa une main sur son visage.

C'était bien de nouveau Aurélien tel que Catherine le connaissait, droit, mince et grave. Il fit quelques pas, s'arrêta, fouilla dans ses poches, en sortit la monnaie reçue, la compta, la remit dans une de ses poches. Quand il passa devant la porte où Catherine se tenait dissimulée, elle l'appela. Elle le vit sursauter et blêmir.

— Je viens de faire une course chez des gens pour mes maîtres, dit-elle.

Il resta un instant encore désemparé, enfin il déclara :

— Moi, je faisais un tour, le temps est si bon, avant d'aller me coucher.

Ils remontaient la ruelle en silence. « Est-ce que je lui dis ? » s'interrogeait Catherine. Mais si elle parlait, Aurélien oserait-il jamais reparaître devant ses yeux ? Si elle ne parlait pas, il y aurait entre eux un perpétuel mensonge et mieux vaudrait alors ne plus se voir. Quand ils arrivèrent à La Ganne, Aurélien demanda :

— Tu sortais juste de cette porte quand tu m'as appelé ?

— Oui, pourquoi ?

— Pour rien. Et il y avait longtemps que tu étais chez ces gens ?

— Je ne sais pas, je ne sais plus au juste.

— Le mois de Marie avait commencé à sortir ?

— Non.

Dans l'ombre, il sembla à Catherine que les traits de son compagnon se détendaient. Il se mit à parler, volubile, de son apprentissage à l'usine, de sa sœur qui devenait de plus en plus coquette, des voisins de La Ganne toujours aussi mal léchés. Elle le laissait aller sans l'écouter ; bientôt ils se sépareraient ; si alors elle ne lui disait pas la vérité, il ne lui serait plus possible désormais de trouver auprès d'Aurélien l'amitié de leur enfance. Dans le chemin de la maison-des-prés, ils se quittèrent.

— A dimanche, Cathie.

— A dimanche.

A aucun prix, ce dimanche, elle n'accepterait l'argent qu'il voudrait lui donner, mais d'ici là, à cause de son silence, Aurélien, chaque soir, reviendrait mendier à la porte de Saint-Loup, par sa faute à elle.

Au bout de quelques pas, elle se retourna :

— Aurélien !

Sa voix s'étouffait dans sa gorge ; là-bas, il ne pourrait l'entendre.

Elle se mit à courir ; elle trébuchait contre les pierres, des branches de la haie la griffaient au passage. Elle s'étonnait de ne pas rattraper son ami ; il avait dû courir lui aussi. Elle s'arrêta, essaya encore d'appeler. Tout là-bas, il lui sembla percevoir la voix d'Aurélien. Elle reprit sa course. Cette fois, elle reconnaissait la voix : « Je viens, j'arrive ! » criait-il. Et, brusquement, il fut là, contre elle, tous deux essoufflés.

— Qu'y a-t-il ? Tu m'as fait peur, Cathie ; es-tu blessée ?

C'était stupide, elle était stupide de l'avoir fait revenir ; que lui dire à présent ? L'avoir obligé à rebrousser chemin dans la nuit et lui lancer : « Je t'ai vu quand tu mendiais devant l'église », c'était absurde et ridiculement cruel. Elle dit :

— Je t'ai vu quand tu mendiais devant l'église.

Il faisait noir dans le sentier bordé de haies. Ainsi Catherine ressentait-elle moins de gêne à parler ; il lui semblait que pour Aurélien aussi l'ombre effaçait l'humiliation. Comme si ce n'était pas elle et lui qui fussent là mais leurs voix, seulement leurs voix, à discuter d'une chose que la nuit rendrait presque étrangère, inoffensive. Du moins Catherine essayait-elle de se faire croire cela, car l'accent rauque d'Aurélien l'assurait du contraire.

— Je m'étais dit qu'un jour ou l'autre, je serais découvert, mais je ne pensais pas que toi tu me verrais.

— Je savais bien qu'à La Ganne nos voisins mendiaient, mais toi ! Mon père nous interdisait de mendier, même quand on restait sans manger.

Aurélien se taisait. Elle devinait sa silhouette plus sombre dans le chemin. Qu'il dise quelque chose, qu'il jure, qu'il se mette en colère plutôt que ce silence ! Et son visage, comment est son visage : gris de colère ou rouge de confusion ? Et s'il pleurait, mon Dieu, s'il pleurait sans bruit. Aurélien, Aurélien, je ne veux pas que tu pleures. Je ne voulais pas être méchante, je ne voulais pas te blesser. Dis quelque chose, ne me laisse pas dans le noir toute seule !... Impossible de prononcer aucune de ces plaintes, impossible d'étendre le bras, de toucher cette silhouette. Tout à coup Aurélien pivote sur ses talons et s'en va à grands pas. Le temps de surmonter son étonnement, voilà Catherine sur les traces du fuyard.

— Aurélien ! Aurélien !

Les mots s'élancent enfin, trop tard.

— Ne t'en va pas ! Attends-moi ! Ne sois pas fâché !

Mais le garçon accélère encore sa marche. Catherine avance difficilement avec ses sabots.

— Je sais, Aurélien, c'est pour m'aider, pour pouvoir m'aider que tu as fait cela ; pour que je puisse garder les petites à la maison, pour qu'on achète une tombe à notre mère, n'est-ce pas ? Oh ! attends-moi...

Elle a heurté une pierre, sa cheville a fléchi, elle s'affale. Dans la chute son front est venu heurter contre une racine, le choc l'a étourdie. Bientôt, deux mains tremblantes la relèvent, un visage se penche au-dessus d'elle.

— Cathie, tu t'es fait mal ? Bête que je suis. Cathie, où as-tu mal ?

Non, elle n'a pas mal, qu'importe cette douleur à la tête : Aurélien n'est pas fâché ! Aurélien est son ami. Il lui donne le bras pour la reconduire à la maison-des-prés. De temps à autre, il demande, encore inquiet :

— Tu as mal ?

D'une pression de la main, elle le rassure. A vrai dire, elle est heureuse de cette douleur à son front. Ainsi, pense-t-elle, ils sont quittes. Elle est heureuse d'avoir mal puisque, par ses paroles, elle lui a fait mal. Ils ne parleront plus, plus jamais de cette soirée. Quand, sur le seuil, il lui souhaite bonne nuit, elle ne peut pourtant s'empêcher de questionner :

— Et ces œufs, ces pommes de terre, ces poulets que tu me portais ?

Le garçon hésite un instant puis, sur un ton de défi :

— Je les volais.

— Tu les... fait Catherine, non pas tant surprise par cette nouvelle, qu'abasourdie par la façon orgueilleuse de l'aveu.

Elle n'ose répéter : « Tu les volais », et achève :

— Tu les prenais ?

— Tu préfères que je n'en porte plus ? demande Aurélien, cette fois d'une voix douce.

— Non, il ne faut plus en porter ; il ne faut plus rien prendre.

Comme si elle craignait que de nouveau son camarade pût voir un reproche dans ses paroles, elle s'approcha de lui et sur chaque joue lui donna un baiser. Avant de pousser la porte de la maison-des-prés, elle attendit qu'Aurélien se fût éloigné. Au bout d'un moment elle l'entendit qui chantait sur le chemin du retour.

LA FABRIQUE

XII

La glycine tordait ses banderoles sur les murs en brique rouge de la fabrique. Le matin, avant d'entrer à la manufacture, Catherine était contente d'éclairer son regard aux grappes bleues : bleues comme les yeux du père, bleues comme le ciel de ces matins d'été qui donnait tellement envie de partir dans la campagne pour toute la journée jusqu'aux premières étoiles. Et le parfum sucré des grappes qui vient se coller à vous et vous entête et vous dit : « Il fait bon, Cathie, c'est l'été. Il fait bon sur les collines où court le vent, où volent et virevoltent et chantent les oiseaux. »Elle sait bien qu'il fait bon et beau, mais la cloche sonne, la cloche qu'agite le gardien toujours tonitruant, et les ouvriers hâtent le pas sur le chemin puis sur l'esplanade rouge et blanche, rouge de l'argile et blanche de la porcelaine cassée ; le gardien houspille au passage les gamins qui à son gré ne se pressent pas assez de gagner leurs ateliers.

Aurélien l'avait avertie : « La fabrique c'est un peu une école. »

C'était vrai. Elle y faisait son apprentissage, à la fois inquiète de ne pas acquérir assez vite le « tour de main » et impatiente d'être promue au rang d'ouvrière. Elle avait été engagée grâce au père Baptiste. Le vieux porcelainier était ici une puissance, car il était le meilleur tourneur en glaise de La Noaille et jusqu'à ce jour on ne lui trouvait point de successeur, aussi sa parole avait-elle du poids auprès du patron, M. de La Reynie. Il avait obtenu sans peine que Catherine fût embauchée comme « couleuse ». Le monde de l'usine inspirait à la fillette un sentiment complexe fait de crainte et d'exaltation. Crainte devant les machines, leur grand remue-ménage et leur bruit, crainte devant tous ces hommes assemblés et qui riaient, juraient, grondaient, si différents de son père et des paysans timides ou taciturnes qu'elle avait jusqu'alors connus, crainte aussi devant les rares ouvrières toujours prêtes à se moquer devant les apprentis qui, pour singer leurs aînés, affichaient des airs querelleurs ou dédaigneux. Mais toutes ces craintes s'atténuaient de jour en jour. Si Catherine les ressentait encore au moment où, la cloche sonnant, il fallait entrer dans les ateliers, une fois assise devant sa banquette, elle oubliait vite son appréhension. Elle se sentait au contraire envahie par une fierté qui mettait en elle plus de chaleur que le soleil tombant sur la verrière indigo : fierté d'appartenir à un monde nouveau, « le monde du travail, le monde de l'avenir », comme avait dit avec emphase, en tapant du poing sur la table, le père Baptiste ce soir où, à la maison-des-prés, il l'avait décidée à devenir apprentie porcelainière. On lui laissait le soin de *couler* la pâte dans le *s* des moules, et, un peu plus tard, ouvrant le moule comme un coquillage, elle en ressortait les anses qu'elle collait d'un doigt preste aux tasses alignées devant elle. Les premiers jours elle *coulait* trop de pâte et le liquide crème débordait, ce qui déclenchait les critiques de l'ouvrière chargée de guider Catherine. La mère Trille criaillait pour un rien ; c'était une femme d'une cinquantaine d'années, velue et édentée. Le père Baptiste avait averti sa protégée : « Laisse-la crier, ça lui plaît ; tu verras elle est brave. » L'ouvrier disait vrai, Catherine le comprit lorsque la mère Trille, en bougonnant, ajouta une douzaine de ses propres tasses achevées à celles que l'enfant pourvoyait d'anses.

— Mais, Madame, ce sont vos tasses.

— De quoi je m'occupe ? grogna la mère Trille.

Grâce à l'influence du tourneur, le patron avait accepté de payer Catherine malgré qu'elle fît son apprentissage. Elle toucherait un sou par dizaine de tasses auxquelles elle aurait posé leur anse, mais on lui retiendrait là-dessus, si elle cassait anses ou tasses. Aussi Catherine observait-elle ses gestes.

— C'est-y une anse que tu tiens, ou l'hostie à la messe ? disait la mère Trille.

Elle ajoutait :

— A cette vitesse-là, t'es pas près d'être millionnaire, petite.

Ou bien :

— Ta main tremble ! C'est-y que t'aurais peur de devenir riche ?

Quand elle poussait une douzaine de ses tasses sur la banquette de l'apprentie, elle prenait un air féroce pour faire ce cadeau, aussi Catherine n'osait-elle la remercier.

Si, tout de même, elle essayait de le faire, l'ouvrière se mettait à glapir après cette jeunesse « qui ne savait plus, qui ne saurait jamais travailler ». Catherine prit donc l'habitude de détourner la tête quand elle voyait la mère Trille s'apprêter à glisser vers elle quelques tasses prêtes pour la cuisson. Lorsqu'un moment plus tard elle se hasardait à regarder l'ouvrière, celle-ci souriait de toute sa bouche édentée.

L'apprentie songeait à l'argent qu'Aurélien mendiait pour elle, aux sucreries et au pain qu'Adélaïde Parot, sa jeune patronne de Lascaux, plaçait autrefois à son intention dans une cachette de sa chambre, et maintenant à ces tasses que l'ouvrière faisait glisser vers elle, ces tasses qui viendraient diminuer le salaire de la mère Trille ; elle revoyait ces gestes timides qu'avaient les donateurs pour tendre leur offrande et, en même temps, elle ne savait pourquoi, elle pensait aux premiers chants d'oiseaux, encore incertains comme le printemps où ils résonnent, à la fois grêles et d'une beauté de perle :toute la prairie, et le bois, et la route qui tourne, et le ciel, toute la terre paraît se recueillir autour de ces notes mal assurées mais si pures. C'était comme si Aurélien, la petite patronne de Lascaux, et, aujourd'hui, cette brèche-dent d'ouvrière, c'était comme s'ils eussent chanté sur un pays où le printemps se déprend à peine de l'hiver et autour de ce chant de leur silence, le village, la ferme ou l'usine, pour un moment, se mettaient à rayonner même si le soleil était absent, même s'il faisait nuit.

— Qui m'a fiché une empotée pareille ? Tu rêves ?

La voix de la mère Trille prenait des accents de trompette. Catherine, tirée de sa songerie, regardait, toute penaude, la tasse qu'elle tenait et sur laquelle elle venait de coller une anse à l'envers.

La mère Trille haussait les épaules et glissait vers sa petite voisine deux de ses propres tasses.

— Tu en seras quand même de ta poche, criait-elle dans le bruit des poulies et des courroies, la retenue qu'ils te font pour une tasse perdue est plus forte que les deux tasses supplémentaires que tu auras à ton compte.

Elle prenait soudain un ton grinçant comme si elle voulait répondre à un reproche :

— Hé, que veux-tu, je peux quand même pas te donner toutes mes tasses, et puis quoi encore ? ma chemise avec ?

Sa fausse colère tombait d'un coup, elle éclatait de rire :

— Allez, bébé, au travail !

Catherine s'appliquait de nouveau, posant à la fois délicatement et prestement, sur les tasses en terre tendre, les anses qu'elle venait de tirer des moules. Lorsqu'elle avait achevé une douzaine, elle reprenait les tasses une à une et avec une lame enlevait les bavures que la pâte avait pu former au pourtour des anses.

— Ça fait plaisir de te voir travailler, lui disait la mère Trille avec son sourire béant.

C'était vrai que regarder les gestes légers de Catherine pour emplir les moules, les ouvrir, en sortir les anses, coller celles-ci puis d'un coup d'outil les retoucher, donnait à l'ouvrière un calme bonheur.

Si Catherine aimait son travail, elle n'en appréciait pas moins les moments où la mère Trille l'envoyait faire quelque course à travers l'usine.

Il était de tradition que les apprentis rendissent de menus services aux ouvriers auxquels ils étaient confiés. La mère Trille demandait à sa petite voisine de se charger de diverses commissions, soit pour apporter le casse-croûte à une collègue, soit pour faire savoir à l'atelier du tourneur qu'on était sur le point de terminer la provision de tasses.

— Prends garde aux courroies, ajoutait-elle cependant que Catherine s'éloignait. Et n'écoute pas les sornettes des porcelainiers.

L'enfant était déjà sur le seuil de l'atelier que l'ouvrière lui faisait encore des recommandations :

— Ne lanterne pas en chemin ! Je mettrai les bouchées doubles pour que tu aies quand même des tasses prêtes à ton retour.

— Tu as de la chance, disaient à Catherine, lorsqu'elle passait près de leur banquette, les ouvrières. Tu as de la chance, la Trille fait les tasses pour toi quand elle t'envoie en course, comme ça tu ne perds rien. Les autres apprentis n'ont pas cette veine.

Malgré cela, les garçons et les filles qu'elle croisait parfois à travers la fabrique ne semblaient guère pressés de retourner à leur travail ; ils feignaient de se hâter s'ils apercevaient quelque contremaître, sinon ils baguenaudaient, s'arrêtant, admiratifs, près des calibreurs ou des tourneurs, attendant que les peintres poussent la romance, échangeant entre eux des quolibets ou des potins sur la vie de l'usine, ou encore des trésors composés de ficelles, de billes, de tasses ou de vases mis au rebut, de boîtes où remuaient, prisonniers, des hannetons. Catherine ne les imitait pas. Ils avaient beau lui faire signe, elle ne s'arrêtait point, ne détournait pas la tête.

Rien cependant ne lui échappait du spectacle qu'offraient pour elle les ateliers, ce spectacle qui à la fois lui paraissait brutal et raffiné : comme d'un colosse ahanant, soufflant, dont les efforts pleins de bruit et de poussière aboutissaient à ces fleurs de porcelaine. Les batteurs de pâte marchaient à pas égaux et lourds dans la cuve emplie de terre blanche que malaxaient leurs sabots sans talons, les tourneurs paraissaient se coltiner avec la masse élastique qu'étranglaient leurs mains ; on voyait les bras des calibreurs se gonfler et durcir lorsqu'ils abaissaient le levier de leur presse ; les enfourneurs tout noirs et les yeux rougis, les cils brûlés d'avoir trop longtemps lorgné les « témoins » chauffés à blanc dans la muraille des fours, semblaient sortir de l'enfer. Tous ces lutteurs avaient des gestes aussi délicats que ceux d'une dentellière quand ils prenaient entre leurs doigts et l'élevaient à la lumière la pièce achevée. Et de quelle nonchalante adresse faisaient preuve ces magasiniers qui s'en allaient d'un bout à l'autre de l'usine, portant sur l'épaule une longue planche qui ployait et oscillait sous sa charge d'assiettes, de vases ou de bols.

Il y avait tout au bout de la fabrique une salle où Catherine avait rarement l'occasion de se rendre. Quand cela lui arrivait, elle devait se retenir pour ne pas crier en chemin aux apprentis rencontrés : « Je vais au décor ! » Le décor, c'était le plus petit des ateliers. Il n'était pas le moins prestigieux : là, les plus belles pièces de porcelaine venaient acquérir un surcroît de gloire ; à leur finesse, à leur éclat, à la clarté qui jouait à travers leur minceur, allaient s'ajouter une autre finesse, une autre lumière, celles des traits et des couleurs. Papillons, libellules, feuilles, festons, pensées et roses se formaient comme par miracle au bout du pinceau que maniait d'une main sèche et jaunâtre M. Pardaloux. Le cheveu long, le binocle au bout du nez, la cravate lavallière, le costume de velours, l'air distant, tout désignait l'artiste chez M. Pardaloux, le seul ouvrier de la fabrique auquel tout le monde donnât du « Monsieur ». Il régnait, à la fois bonhomme et dédaigneux, sur le « décor », c'est-à-dire sur deux ouvrières entre deux âges, les fileuses, et sur son apprenti, Paul Degaille, un grand rouquin qui s'appliquait à imiter son maître dans ses vêtements, son maintien, sa façon de vous regarder en renversant un peu la tête en arrière, son langage à la fois tranchant et solennel. Il imitait aussi bouquets et guirlandes dont M. Pardaloux ornait assiettes ou vases, mais ces roses, ces violettes qui sous le pinceau de l'ouvrier semblaient fraîches encore de rosée, sous celui de l'élève paraissaient raides comme ces fleurs artificielles qu'on voyait au cimetière sur les tombes des riches. Quant aux ouvrières du décor, elles lançaient d'une main ferme la tournette sur quoi reposait l'assiette à orner, et la pointe du pinceau, en effleurant le bord de porcelaine, y traçait un mince et parfait fil d'or.

M. Pardaloux composait toujours avec la même maîtrise ses fleurs ou ses motifs ; mais, tandis qu'à certaines heures on eût dit que seul son pinceau contenait cette grâce et cette joie qui éclataient dans les teintes et les formes, alors que l'homme paraissait morne, plus jaune que jamais et comme absent, d'autres fois, le peintre accompagnait chacun des traits de son pinceau de remarques, d'exclamations, de rires, de soupirs admiratifs, ou bien encore il se mettait à chanter d'une voix fausse mais puissante, en roulant terriblement les *r*, des chansons bizarres auxquelles Catherine ne comprenait guère : il y était question de royauté, de trônes, de filles, de Satan, de tavernes. Paul Degaille l'apprenti, pour ne pas demeurer en reste, reprenait à l'unisson ou, si le maître l'ordonnait, se lançait avec lui dans des duos dont l'emphase laissait Catherine bouche bée.

Malgré l'attrait que M. Pardaloux, son travail et son atelier exerçaient sur les apprentis et sur Catherine, il y avait dans l'usine un ouvrier pour lequel les enfants nourrissaient une admiration plus grande encore : c'était le père Baptiste. A l'encontre des coquetteries et des prétentions de M. Pardaloux, le père Baptiste affichait un mépris total aussi bien de la toilette que du beau langage ; il se plaisait même à accentuer son débraillé, la verdeur de ses propos et les rudesses de son humeur. A tel point que, longtemps sans le confier à personne, Catherine l'avait suspecté de mentir, de se parer des plumes du paon. Comment, songeait-elle, comment cet homme violent qui jurait, crachait, tempêtait, frappait du poing sur les tables, comment eût-il été capable de créer ces chefs-d'œuvre de finesse, ces tasses sans poids, lumineuses et menacées comme des bulles de savon, qu'il sortait parfois des poches de sa blouse, élevait dans l'air et faisait tourner entre ses gros doigts ?

Le jour où la mère Trille la chargea d'un message pour le tourneur, Catherine se sentit rougir : quelle allait être dans un instant la confusion du père Baptiste lorsqu'il se verrait démasqué, lorsqu'au lieu des prodiges dont il se prétendait l'auteur, il n'aurait à montrer que les plats grossiers dont sans doute on lui confiait la fabrication !

Quand elle arriva devant l'établi de l'ouvrier, Catherine eut un bien autre sujet d'étonnement : à côté du père Baptiste, Aurélien faisait tourner une grande roue. Le jeune garçon appuyait des deux mains sur une poignée, se penchait, se relevait, se penchait, se relevait. A le voir, Catherine pensait aux écureuils que ses frères enfermaient dans une cage munie d'une roue, les petites bêtes faisaient tourner celle-ci avec un air affairé et leste, comme à présent Aurélien.

Il n'avait pas aperçu son amie qui le regardait, interdite. Elle était si surprise qu'elle en oubliait et sa commission et sa crainte de démasquer le mensonge du vieil ouvrier.

Voici quelques semaines, elle avait découvert qu'Aurélien mendiait et qu'il mendiait pour elle, aujourd'hui elle le surprenait rivé à cette roue dont il ne lui avait même pas laissé soupçonner l'existence. Il se penche, se relève, se penche, se relève, des gouttelettes de sueur perlent à la racine de ses cheveux. « Est-ce lui qui entraîne la roue ou bien elle qui tire sur ses bras puis les repousse, les tire de nouveau ? Aurélien porte-secrets, Aurélien dans la cage de la fabrique, Aurélien cage à secrets, Aurélien la honte, Aurélien qui sourit, qui bavarde, qui plaisante quand il me voit, Aurélien qui mendiait honteux, haineux au chevet de l'église, Aurélien qui peine sur sa roue quand il ne me voit pas, quand il croit que je ne le vois pas. »

Catherine fait un pas de côté, afin d'observer la machine qu'entraîne la roue. C'est un tour, un plateau qui vire, vire, régulier. Les mains pesantes, tailladées du père Baptiste plaquent un bloc de pâte sur ce plateau, les vieilles mains qui ne peuvent tirer, pense Catherine, de cette masse blanche que soupière pansue ou bol épais... La pâte gicle entre les doigts qui la pressent, elle monte en colonne ; la figure, les moustaches, la blouse de l'ouvrier se couvrent d'éclaboussures, les mains abaissent maintenant, tassent la colonne qui tourne et se modèle sous leur caresse. Les mains, les vieilles mains, mais non : elles ont perdu leur vieillesse, leurs crevasses, comme elles sont belles au contraire, belles dans leur puissance, dans leur volonté, dans cette façon amoureuse, impérieuse qu'elles ont de donner forme à ce qui était une simple motte de terre. Parfois elles s'ouvrent et frémissent autour de la colonne d'argile comme deux ailes de colombes puis se referment, et sous leur pression la glaise s'étrangle : on dirait une petite femme blanche dont la taille naît sous le jeu des doigts. Pour un peu Catherine en aurait peur de ces doigts, pour un peu elle verrait un sorcier dans ce vieil homme qu'elle connaît pourtant bien, les épaules lasses sous la blouse, le mégot éteint collé au coin des lèvres. Ce n'est point quelque soupière qui s'apprête sur le tour : un vase au pied vif se dessine, épouse la conque des paumes. L'abbé, au catéchisme, racontait : « Dieu tira l'homme du limon, le façonna entre ses mains » ; mains de Dieu, comment appartiendraient-elles au père Baptiste si rude, si carré ? Elles volent, elles creusent, elles courbent à leur gré ; elles sont seules, Catherine ne voit plus qu'elles et non les liens qui les lieraient à un homme sans grâce. D'autres mains volaient elles aussi, dansaient et ordonnaient, et la musique s'élevait, ouvrait son royaume et quand les mains cessaient de tracer leurs signes et leur course sur le clavier, quand la musique se taisait, quelle surprise de devoir reconnaître que les doigts, à présent endormis, appartenaient à ce gros et fade Xavier Desjarrige.

L'ouvrier hochait la tête, Aurélien ralentissait la rotation de la manivelle : le tour s'immobilisait. Catherine ne savait plus ce qu'il lui arrivait car, dans le même instant, elle eût crié d'admiration devant le vase qui se dressait devant elle, elle eût voulu baiser ces mains que le repos rendait à leur vieillesse, à leurs blessures, mais auxquelles un dernier contact avec leur fruit conférait une noblesse dont on ne saurait plus douter, enfin, elle aurait voulu disparaître tant la honte se lisait sur le visage soudain desséché d'Aurélien qui venait de l'apercevoir. « Un trésor, j'ai vu surgir un trésor de ces mains pareilles à celles de tous les vieux hommes que je connais, pareilles à celles du père ; mais Aurélien, malheureux, on dirait que ces mains t'ont giflé, et giflé, et que mes mains te giflent, toi dont les mains ont travaillé elles aussi à la naissance de ce vase, abondamment travaillé, rivées à la roue ; Aurélien, malheureux écureuil, tu n'as pas à avoir honte, tu as eu tort de me cacher ce travail, à ta place je serais fière d'aider ainsi les vieilles mains à accomplir leur ouvrage. »

Le visage de l'apprenti s'amenuisait encore, se racornissait comme si, au lieu de sentir dans les yeux de Catherine cette amitié qu'elle eût tant voulu dans le silence lui offrir, il ne sût y déchiffrer que mépris. Le père Baptiste soulevait le vase, le faisait pivoter lentement. Catherine devinait quel clignement de ses petits yeux il devait avoir pour observer son œuvre.

L'ouvrier se tourna légèrement de côté pour poser le vase et, dans ce mouvement, découvrit la fillette. Il jeta un coup d'œil sur elle, puis regarda son apprenti toujours raide et contrit.

— Hé, loupiote, ça fait longtemps que tu nous lorgnes ?

Catherine ne sut que répondre.

— C'est la Trille qui t'envoie ?

Oh ! c'est vrai, elle venait pour un message, elle l'avait complètement oublié tant le travail du tourneur la passionnait, et tant la troublait la peine d'Aurélien. Lorsqu'elle eut transmis la commission dont la mère Trille l'avait chargée, l'ouvrier quitta sa place devant le tour et y installa Aurélien.

— Alors quoi ? Vous ne vous connaissez plus ? C'est nigaud et niguedouille ! Allez-vous vous serrer la main, non !

Se tournant vers Catherine, il ajouta :

— Ouf ! un peu de détente, au tour d'Aurélien, au tour c'est le cas de le dire... Tu vas voir, il va te faire un bol.

Aurélien dont le visage passait du gris au rouge prit une motte de pâte, la pétrit un moment puis la plaqua sur le plateau. Il s'apprêtait à actionner le tour à la pédale quand Baptiste l'arrêta d'un signe.

— Laisse ton pied tranquille, fiston, je vais tourner la manivelle.

— Vous, vous, vous allez... bredouillait l'apprenti.

— Et alors, je te dis que j'ai besoin d'un peu de détente, ça sera bon pour mes rhumatismes.

— Tout de même... balbutia Aurélien.

— Allez, occupe-toi de ton bol, tu le donneras à Catherine, tu tournes bien la roue pour moi, je peux bien la tourner pour toi...

— Oh ! non, non...

Déjà, l'ouvrier lançait la roue, et vite l'apprenti dut presser de ses mains sur le bloc d'argile. Ainsi obligé de tenir ferme le cylindre de pâte qui virait entre ses doigts, voilà qu'il redevenait sous les yeux heureux de son amie le jeune garçon enjoué qu'elle connaissait bien. La crispation de ses traits s'effaçait peu à peu, bientôt, il ne resta plus aucun signe du masque sombre que la honte avait inscrit sur le visage, il ne resta plus qu'un pli de la bouche qui finalement se changea en une moue enfantine. Puis, cependant que d'une main il creusait la pâte devant lui, les muscles des maxillaires se durcissaient, donnaient un dessin plus net à son visage et une sorte de gravité sereine.

« On dirait, pensait Catherine, que ce n'est pas lui qui façonne la porcelaine, on dirait que c'est la porcelaine qui le façonne. »

Le père Baptiste faisait consciencieusement son travail d'écureuil tournant sa roue. Vieil écureuil malicieux, vieil écureuil bougon, gentil écureuil.

Soudain, Catherine fut prise d'effroi à l'idée qu'Aurélien, peut-être, allait rater l'objet qu'il était en train de créer. Quelle catastrophe ce serait pour lui ! Elle osait à peine regarder les mains de son ami de crainte de leur transmettre sa propre appréhension, de les rendre maladroites, ces mains courtes pressant le demi-globe blanc qui se formait sous elles, ces mains petites, barbouillées de taches blanches. « Les mains minuscules de Clotilde, jadis, sur le beau globe laiteux, sur le sein de la mère, et le lait qui parfois giclait sous les doigts. » Cette image resurgie d'un temps si lointain obligea Catherine à baisser les yeux, cependant qu'elle sentait l'envahir une insoutenable et bienheureuse confusion.

— Hé, loupiote, vise un peu le chef-d'œuvre.

Le père Baptiste tenait posé sur sa paume un bol, un simple bol, un bol bien planté, bien rond. Le regard d'Aurélien allait de ce bol aux yeux de Catherine, inquiet.

— Un beau bol, dit-elle.

Elle hocha la tête et répéta :

— Pour un beau bol, c'est un beau bol.

Aurélien enfin hasarda un sourire.

XIII

Ce jour-là, à la sortie des ateliers, Catherine attendit son ami. Jusqu'alors, dès que la cloche de la fabrique sonnait, elle s'enfuyait seule vers la maison-des-prés car elle avait peur des plaisanteries des ouvriers ou des moqueries des apprentis ; et puis, à peine le travail cessait-il qu'elle se sentait livrée sans défense au regret des journées légères passées auprès d'Émilienne. Alors elle courait sur le chemin blanc et rouge de la manufacture, elle courait comme si elle pensait ainsi échapper à la mélancolie qui s'élevait en elle. De cette fuite quotidienne, Aurélien ne lui parlait pas, mais elle savait qu'il en souffrait. Aujourd'hui, après la blessure d'amour-propre qu'elle lui avait, bien malgré elle, infligée en le surprenant en train de tourner la roue, elle pensa qu'il retrouverait peut-être la paix si elle faisait avec lui le chemin du retour. Comme elle le craignait, les quolibets des ouvriers, des ouvrières aussi bien que des apprentis ne manquèrent pas.

— Alors, Cathie, tu n'as pas le diable à tes trousses ce soir ?

— Voyez la petite Charron qui attend son bon ami.

— Sacrées gamines, elles commencent tôt à fréquenter ; de notre temps c'était pas comme ça.

Catherine faisait celle qui n'entendait pas. Pourvu qu'Aurélien ne tarde pas trop. Elle l'aperçut enfin qui sortait avec un groupe d'apprentis. La plupart paraissait être un peu plus âgés que lui, sauf un gringalet qu'on surnommait « meita de jau », le cadet d'une famille de onze enfants, les Piégut, qui passaient pour les plus misérables de La Ganne.

Quand Aurélien vit la fillette, de surprise il resta sur place. Ce fut le petit « meita de jau » qui dut le tirer par la manche pour le faire repartir. Aurélien fit deux pas comme un somnambule puis s'élança, laissant là ses camarades éberlués.

— C'est moi que tu attendais, Cathie ?

Il pétrissait ses mains l'une contre l'autre.

— C'est moi que tu attendais ?

Ils marchaient côte à côte dans le chemin jonché de porcelaine brisée.

« Est-il sot ! Il le voit bien que je l'attendais. Pourquoi veut-il que je le lui dise ? »

Puis un doute lui vint. Qui sait : il regrettait peut-être d'avoir dû, à cause d'elle, quitter ses camarades.

— Tu peux rejoindre les apprentis, si tu veux, Aurélien.

— Ils n'ont pas besoin de moi.

Il paraissait si nerveux qu'elle lui prit le bras.

— Je voulais voir le moulin de la fabrique, veux-tu m'y amener ?

Qui disait que mentir était mal ? En l'écoutant, Aurélien avait souri ; son sourire était clair comme la brise qui venait des prés environnants. D'ailleurs, avait-elle menti ? Certes, avant de parler de ce moulin, elle n'y songeait nullement, mais, à présent, il lui tardait qu'Aurélien la conduisît près de la roue à aubes qui entraînait les quelques machines de l'usine.

Ils quittèrent le chemin, grimpèrent sur la gauche jusqu'à une châtaigneraie et là, dissimulés par les arbres, revinrent vers la fabrique. Toujours à l'abri derrière le feuillage, ils avancèrent parallèlement au mur de l'usine. Le soleil jouait à travers les feuilles, il allumait des foyers blonds et verts sur la mousse. Sur une haute branche un merle sifflait son dernier chant du jour. Mais comme ce long mur brun était maussade ! Il était bien le mur derrière lequel on enfermait les hommes et les enfants, pendant que le jour de juin se déploie sur cette châtaigneraie et sur les prairies. Dorénavant, lorsqu'elle prendrait place devant sa banquette et ses files de tasses, Catherine reverrait cette muraille et au delà les profondeurs du bois et leurs allées interdites.

Ils étaient arrivés devant une nappe de fougères. Ils devaient progresser en soulevant les bras pour se frayer un passage à travers cette mer végétale qui les cernait et se refermait derrière leurs pas. Catherine ne voulait point se l'avouer, mais elle ressentait une crainte bienheureuse à se trouver ainsi perdue au milieu de cette houle à peine frémissante que survolaient les insectes du crépuscule ; perdue dans la luxuriance de l'été imminent, dans le foisonnement des fougères, des feuilles, des branches de soleil et d'ombre entrelacées aux branches sylvestres ; perdue mais rassurée, mais protégée par la présence d'Aurélien. A un moment elle ferma les yeux pour refuser cette ivresse que lui donnaient la lumière, les diamants des rayons sur la crête de certaines fougères, l'odeur entêtante des châtaigniers en fleurs, et ce silence rendu plus envoûtant par l'éphémère et lointain bourdonnement des mouches ou de quelque frelon affolé. Elle fit ainsi un ou deux pas dans le noir ; quand elle ouvrit les yeux, éblouie, elle ne vit plus son ami qui marchait un peu en avant d'elle, en même temps son cœur sauta violemment et ce fut d'un cri de bête blessée qu'elle appela. Déjà l'éclat dans ses prunelles s'était dissipé, elle apercevait de nouveau son compagnon, elle le voyait revenir vers elle. Pour marquer son désarroi, elle prétendit avoir entendu glisser à ses pieds un serpent. Cependant qu'Aurélien, armé d'un bâton saccageait les fougères pour faire fuir le monstre, Catherine s'étonnait : elle se demandait comment une telle panique avait pu s'emparer d'elle. L'espace d'une seconde, elle était redevenue l'enfant épouvantée qui devait longer, à la nuit, le pré-aux-fantômes pour rentrer à la maison et qu'Aurélien alors escortait bravement.

« Je me suis habituée à lui, à son secours, à son amitié quand la mère n'a plus été là, je m'y suis tellement habituée que maintenant, si je m'imagine qu'Aurélien peut disparaître, s'en aller, s'enfuir, je me sens perdue, je suis perdue. »

Elle le regardait, toujours baissé en train de guetter la « vipère ». Elle s'en voulait et lui en voulait de cette stupide frayeur qu'elle avait subie.

— Tu ne vas tout de même point passer la nuit à chercher ce serpent.

Il releva la tête, regarda Catherine. Elle ne put soutenir l'étonnement attristé de ses yeux. Elle ajouta d'une voix timide :

— Tu comprends, on n'aura pas le temps de rester près du moulin.

Il reprit sa marche à travers les fougères. Qu'il prononce un mot, serait-ce pour l'injurier, qu'il ne la laisse pas ainsi, plus seule que si elle était seule.

— Aurélien, tu sais, c'était vraiment un joli bol que tu as fait sur le tour.

Il se retourna, l'air encore aux aguets, mais sans doute le visage de la fillette le rassura-t-il tout à fait et il eut son sourire clair.

Ils obliquèrent sur la gauche, arrivèrent à un canal qui les conduisit au moulin, un canal noir sous les feuillages des ultimes châtaigniers. Les nénuphars étendaient çà et là des nappes où il semblait qu'on eût pu marcher.

— On dirait le canal des Jaladas où j'étais tombée. J'étais toute petite.

Aurélien fixa sur elle des prunelles dilatées, il lui prit le bras comme si de nouveau elle eût pu tomber à l'eau ; il la serrait si fort qu'elle dut se plaindre. Il relâcha un peu son étreinte.

— Tu aurais pu te noyer.

— Sûr. C'est ma cape, ma cape de bergère en s'ouvrant autour de moi comme une feuille de nénuphar qui m'a retenue, j'ai flotté.

— Mon Dieu, mon Dieu ! répéta-t-il.

Qu'il était comique, avec ses sourcils levés, ses yeux écarquillés et sa façon de rabâcher le nom de Dieu, lui qui, à l'exemple de son père, prétendait ne croire ni au ciel ni à l'enfer.

Ils reprirent leur marche. Aurélien obligeait Catherine à se tenir à l'écart de la berge. Quand ils arrivèrent à l'issue du canal, là où, grondante, l'eau se précipitait, blanche, à grand fracas, sur l'immense roue noire du moulin, Catherine déjoua la surveillance de son compagnon et se pencha au-dessus de la chute bouillonnante. Quand elle se retourna, elle vit son ami si pâle, et comme pétrifié, qu'elle faillit lui demander s'il n'était pas malade. D'une voix éteinte, il la supplia de s'éloigner du gouffre. Elle recula. Ainsi, il tremblait lui aussi à l'idée qu'elle pût disparaître, comme elle-même avait tremblé tout à l'heure quand elle ne l'avait plus vu ! Cette double découverte la bouleversait : on pouvait donc s'attacher à un étranger comme à un frère ? Elle se sentait à la fois heureuse, inquiète et attristée de cette place qu'elle avait, sans le vouloir, conquise dans la vie d'Aurélien. C'était comme si elle était en lui, comme l'arbre est dans le lierre qui l'entoure. C'était bon de sentir son image entourée, enserrée par la vie d'un autre, et c'était irritant aussi, pesant, insupportable.

Ils s'assirent au pied d'un acacia qui étendait ses branches vers la chute d'eau.

— C'est la roue du moulin qui entraîne les machines de la fabrique ?

Comme si cela n'était pas évident ! Mais il fallait dire n'importe quoi, rompre le silence.

— Oui, c'est pour ça que le roi, dans le temps, a fait installer la fabrique près de l'eau. Oh ! le moulin ne fait par tourner beaucoup de machines ; il paraît qu'en ville, à Limoges, il y a des usines cinq fois, dix fois plus grandes avec d'énormes chaudières qui font marcher bien plus de machines qu'ici. Tu as bien vu, même les tours marchent à la main ou au pied dans mon atelier.

— Le roi, vraiment le roi est venu ici ?

— Quand on dit le roi, tu sais, le roi ou ses gens.

Elle savait : un arrière-arrière-grand-père d'Émilienne Desjarrige avait fondé la fabrique au nom du roi, peu de temps après que la femme d'un apothicaire eut découvert une terre blanche avec laquelle elle faisait sa lessive : le kaolin. Près de cent ans la manufacture avait appartenu à la famille maternelle d'Émilienne. Catherine regrettait que ce long bail eût pris fin : peut-être la jeune demoiselle fût-elle venue parfois visiter les ateliers, elle eût admiré avec quelle précision Catherine posait leur anse aux tasses qu'on lui confiait.

Un matin, Émilienne et sa mère s'étaient vêtues de noir ; à Catherine qui s'étonnait de ce deuil imprévu, la demoiselle avait dit : « Nous allons à la messe de Louis XVI. Chaque année, maman commande cette messe pour l'âme du roi. » L'après-midi, le regard brillant, elle avait déclaré à la petite servante : « Il y avait plus de monde que d'habitude à cette messe. Maman dit que c'est un signe. Le roi reviendra sur le trône et s'il revient il nous redonnera la fabrique. » Catherine s'était demandé comment un roi mort pourrait revenir sur le trône. Était-ce d'un fantôme qu'Émilienne voulait parler ? et comment un fantôme pourrait-il redonner richesse et puissance à qui les avait perdues ! Elle s'était ouverte de ses inquiétudes à Francet qui n'avait pu lui répondre ; mais, lui-même, quelque temps après, malgré les signes furieux que lui adressait Catherine, avait raconté l'histoire au père Baptiste. Le vieil ouvrier s'était mis à rire. « Ce n'est pas de vous que je ris, finit-il par dire aux enfants. Je ris de ces pauvres femmes et de leurs songeries. Non, il ne reviendra pas leur roi, ni fantôme ni vivant. » Après un temps il reprenait : « Louis XVI, couic, nos anciens lui ont coupé le sifflet, j'ai connu un vieux cordonnier qui était de faction à la guillotine ce jour-là ; pas question qu'il revienne faire un tour en ce monde, Louis ; mais nos dames du Haut, elles, s'imaginent qu'un de ses petits-neveux va reprendre le pouvoir. Ce jour-là je leur paie un merle aussi blanc que leur drapeau. » Catherine avait été indignée par ces paroles, et de nouveau, maintenant, se les remémorant, elle retrouvait son courroux. Qu'en savait-il si la prédiction de la jeune fille ne se réaliserait pas bientôt, et le jeune roi — au fait, serait-il jeune ? n'aurait-il pas au contraire une grande barbe blanche ? Non, sans doute aurait-il vingt ans —, le jeune roi viendrait visiter la fabrique pour la redonner à Émilienne, à sa mère, à son oncle. Il s'arrêterait devant Catherine, Émilienne s'approcherait, embrasserait la petite ouvrière en signe de paix, et le monarque lui aussi s'avancerait :

« Catherine, Émilienne m'a parlé de toi et des tiens. Je sais vos malheurs. Je sais que des méchants vous ont chassés de la métairie du Mézy, à mon tour j'ai chassé ces bêtes féroces. Tout le domaine du Mézy est à vous. Voilà. As-tu quelque chose d'autre à demander ? » — « Notre roi — disait-on ainsi au souverain ? — notre roi, grand merci de votre bonté, faites encore que tous mangent à leur faim et, dans tout le pays qu'on voit de la colline de saint Exupère, faites que les jeunes garçons ne se tuent pas en tombant du haut des granges, que la maladie ne les emporte pas, que les mères ne meurent pas à force de faim et de peines et de tâches, que les enfants ne soient pas jetés au travail loin de chez eux servantes ou bergères comme je l'étais, ou tourneurs de roue à l'usine comme Aurélien et comme le petit meita de jau. » — « Accordé, Cathie. » Et le roi sourirait pour ajouter : « Je devine que tu n'oses pas tout me dire. Va, que souhaites-tu ? » — « Notre roi, apprendrai-je un jour à lire ? »

— Cathie, il faut rentrer.

Qui parlait de rentrer ? Qui parlait ? Aurélien ? On était à la Fabrique du Roi, mais le monarque n'était pas là ; il ne serait jamais là, et Catherine n'aurait plus jamais l'amitié d'Émilienne Desjarrige, et le monde continuerait à aller comme il allait, à la façon d'un homme qui a bu et tantôt marche dans le contentement et la beauté du soleil, juste après dans une ornière où il s'écroule, se blesse contre la pierre, se souille dans la boue, puis se relève, repart, sourit et chante, supplie, pleure, menace, retombe. Il n'y avait pas de roi. Et pourtant comme le jour à son déclin pouvait être beau avec sa treille de lumière et d'ombre sous l'arceau du feuillage, avec le poudroiement des milliers de diamants que les derniers rayons embrasaient au-dessus de la chute d'eau, avec la présence à la fois calme et inquiète d'Aurélien dont les yeux dans la pénombre paraissaient plus clairs. Qu'il était chargé de grâce cet instant à la fin de la journée : on pouvait à peine croire que l'avaient précédé des heures d'usine, des jours, des mois et des années de peine, et non plus qu'il s'ouvrirait à nouveau sur des instants amers.

— Il va falloir rentrer, Cathie.

Elle posa sa main sur la jambe d'Aurélien. Un rayon de soleil tombait sur le bout de ses doigts et les faisait paraître plus roses sur le sombre velours à côtes, usé et rapiécé, qui descendait jusqu'aux mollets du garçon.

— Oui, il va falloir rentrer, dit-elle.

Elle demeurait confondue par ce chaud crépuscule aussi bien que par le grondement de l'eau sur la roue du moulin, et elle restait là, sans volonté, sans force, regardant le jeu du soleil sur ses ongles et sur la jambe du garçon. Il lui parut que les ongles devenaient des pierres précieuses et l'étoffe du pantalon un écrin pour ces pierres. Puis le rayon se déplaça, il n'y eut plus qu'une main d'enfant, déjà abîmée par les travaux, et une étoffe misérable.

Il sembla à Catherine que la jambe d'Aurélien tremblait. Avait-il donc la fièvre pour frissonner malgré cette moiteur de l'air ? Elle leva les yeux vers lui. Il paraissait malade dans cette lumière verte du sous-bois, avec ses yeux agrandis, ses lèvres sèches, il paraissait malade, et heureux, étrangement heureux.

— Qu'as-tu Aurélien ?

En même temps, elle posa sa main sur le front du garçon ; elle s'attendait à le sentir brûlant. Si le feu battait aux tempes sous les cheveux rasés, il n'échauffait point la peau douce et lisse du front. Catherine se sentait peu à peu gagnée par elle ne savait quel trouble ; elle n'osait plus retirer sa main, elle avait envie de fermer les yeux comme venait de le faire son ami — et les paupières ainsi abaissées accentuaient cette expression d'énigmatique bonheur qui se mêlait sur le visage d'Aurélien aux signes d'un malaise. Catherine pourtant se retint de fermer les yeux. Elle se mit à observer cette figure ambiguë, et soudain elle crut voir à la place d'Aurélien, Julie, sa sœur : c'était bien là ce visage à la fois altéré, confus et exalté qu'avait Julie Lartigues lorsque Catherine la découvrait, proche, toute proche de Francet — et d'un bond Julie s'éloignait de son ami comme si on la prenait en faute.

Brusquement, Catherine écarta ses doigts du front d'Aurélien. A ce geste, le garçon rouvrit les yeux. Catherine pensa que ce n'étaient plus ceux familiers, depuis tant d'années, à son enfance ; ou du moins, c'était comme si quelque chose en eux, d'imperceptible, eût varié, qui leur donnait un regard d'homme dans un visage encore puéril. Elle se demanda si ses propres yeux également ne venaient pas de se transformer, si leur regard n'était pas regard de femme. Était-ce pour protester contre une telle trahison et pour la conjurer ? Elle se mit à courir, à sauter d'un pied sur l'autre, à chanter des comptines que ses sœurs ne se lassaient jamais de lui faire répéter. Pendant plusieurs minutes, Aurélien se contenta de hâter le pas silencieusement près d'elle, puis à son tour il se mit à gambader et à siffler. Ils arrivèrent essoufflés, étourdis à l'orée du bois, là où le talus surplombait le chemin rouge et blanc qui partait de l'esplanade devant la fabrique et regagnait la route de La Noaille.

Quand ils eurent repris haleine, ils descendirent jusqu'au chemin. Catherine esquissa de nouveau un pas de danse mais tout aussitôt s'arrêta, gênée. Aurélien, lui aussi, demeurait sérieux maintenant comme s'il eût entendu la pensée de son amie.

— On pourrait nous voir, murmura-t-il, le gardien de la fabrique, peut-être même le patron, ou bien un enfourneur qui viendrait prendre son tour d'équipe.

Il redressa sa petite taille, prit un air grave pour ajouter :

— Nous sommes des ouvriers.

XIV

Catherine aussi était fière de travailler à la fabrique. Pourtant, au début, ç'avait été pour elle un crève-cœur. Elle avait rêvé d'une vie qui lui permettrait de subvenir aux besoins de sa famille sans l'éloigner d'Émilienne. Et maintenant...

Tout cela ne serait pas arrivé sans Mathilde, la servante rougeaude, et Mlle Rachel, la dame de compagnie. L'affaire éclata cinq ou six jours après la soirée où Catherine avait surpris Aurélien en train de mendier. Elle avait gardé de cette découverte un malaise qui lui faisait trouver par contraste plus harmonieux encore ces après-midi passés sous le cèdre du parc, dans la compagnie d'Émilienne, de son frère et parfois de Mme Desjarrige.

L'odeur résineuse de l'arbre se mêlait au parfum de la roseraie proche. Catherine ne pouvait s'empêcher de lever les yeux des draps qu'elle brodait, comme si elle s'attendait à voir, dans l'air, prendre forme ces senteurs si denses. Avant de reporter son regard sur l'ouvrage, elle le posait un instant sur Emilienne assise en face d'elle. La jeune fille, vêtue d'une robe d'organdi blanc, tenait d'une main son ombrelle et de l'autre un livre qui l'absorbait si profondément que par moments elle suspendait son souffle, et devait ensuite aspirer l'air avec une avidité qui entrouvrait ses lèvres, gonflait sa gorge. Catherine admirait et enviait ce livre de pouvoir ainsi captiver cet être rebelle. Quel charme pouvait donc être enclos dans ces pages, quel charme qu'elle ne connaîtrait jamais ?

Émilienne enfin referma le volume, resta un moment rêveuse, comme si elle continuait à voir devant elle des paysages, des gens sortis du roman et dont Catherine se sentait jalouse. Puis elle rouvrit le livre, le feuilleta distraitement, et brusquement le jeta sur l'herbe.

— La vie ne ressemble pas aux livres.

Elle avait dit cela avec colère, les dents serrées. On ne pouvait savoir à qui s'adressaient ces paroles, à Xavier qui s'appliquait à lécher le fond d'un pot de confitures ? à Catherine ? Oubliait-elle que la fillette n'avait pas idée de ce que pouvaient conter les livres ? Elle ajouta :

— Ils voyagent, les gens, dans les livres, ils traversent les mers pour rejoindre celles qu'ils aiment.

Catherine avait posé son ouvrage sur les genoux.

— Mais vous voyagerez vous aussi, dit-elle.

Émilienne sursauta.

— Que dis-tu ? Je voyagerai ? Pourquoi ferais-je des voyages ?

— Parce que vous êtes riche. Les livres, sans doute, ça doit ressembler à la vie quand on est riche.

La jeune fille observa Catherine comme si elle eût craint de déceler quelque ironie dans ses remarques.

— Quand j'étais petite, je demandais à mon frère Francet de voir dans ses almanachs si je voyagerais. L'almanach répondait des choses qu'on ne comprenait pas bien. Maintenant je sais bien que non, je ne voyagerai pas, ni mon frère sans doute, ni mon ami Aurélien, ni sa sœur Julie ; pourtant on croyait qu'on irait sur les routes et sur les rivières, partout ; on passerait à Paris, et même, ça c'était un secret entre Francet et moi, nous devions percer un tunnel droit sous nos pieds dans le kaolin pour ressortir de l'autre côté de la terre, en Chine.

Catherine hocha la tête.

— C'étaient des sottises, tout cela.

Elle étala sur ses genoux l'étoffe à broder, la tendit soigneusement.

— Mais si on avait été riches, sûr qu'on serait allés partout sur terre.

Elle se remit à piquer l'aiguille car Mathilde arrivait portant un panier de linge, et Catherine ne voulait pas que la servante pût dire qu'elle avait vu la petite Charron « passer son temps à ne rien faire », comme elle osait parfois l'affirmer à la cuisinière. La rougeaude dépassa le cèdre, à quelques mètres de là s'arrêta, posa son panier vers lequel elle se pencha comme si elle devait rectifier l'équilibre des piles de linge qu'elle allait étendre dans le verger. Pendant ce temps, Emilienne Desjarrige s'était levée, rose, les yeux brillants.

— Tu as entendu Cathie ? dit-elle à son frère.

Elle marcha vers Catherine, lui prit la main.

— Si tu savais comme tu as raison ! On partira un jour toutes les deux, je veux dire avec mon frère aussi, et tu pourras amener ton frère s'il est tout à fait guéri, et même tes amis.

Elle lâcha la main de la petite, demeura perplexe.

— Mais ils nous retiendront. Ces gens du Haut, tous, sont si bêtes. Ce n'est pas eux qui penseraient que leur fortune, elle peut servir à autre chose qu'à continuer à s'enfler dans l'ombre comme une maladie qui les ronge. Il n'y en a pas un, Cathie, pas un digne d'embrasser la trace de tes pas.

Que disait-elle ? Etait-ce donc ainsi qu'on parlait dans les romans ? Catherine avait envie de lui dire : « Mademoiselle, je ne suis que Cathie, vous savez bien, Cathie Charron, votre servante ; je ne sais rien, pas même lire », mais comment oser interrompre la jeune fille, et puis ces mots, tout fous qu'ils étaient, portaient une sorte de lumière ; pensées folles, paroles vaines, mais c'était bon de faire comme si l'on croyait à leur sagesse, à leur pouvoir. Si du moins Émilienne n'eût pas parlé si fort ! Catherine voyait que Mathilde restait dans l'allée pour écouter. Comment avertir la jeune maîtresse ? D'ailleurs celle-là se moquait bien qu'on l'entendît. Elle ajoutait, cela même que Catherine en ses rêveries plus d'une fois lui avait fait dire :

— J'ai une idée : pour les voyages que nous ferons, tu seras ma petite demoiselle de compagnie.

Là-bas Mathilde empoigna la corbeille de linge et repartit. Catherine ne savait que répondre. Quel piège se cachait dans les paroles et l'enthousiasme d'Émilienne ? La vie avait déjà trop enseigné à Catherine une juste méfiance pour qu'elle se laissât prendre tout à fait à ce miroir où dansaient les reflets de ville et de pays fabuleux, mais oui, c'était bon de sentir, pour un instant, s'effacer les frontières entre la petite pauvre qu'on est, avec sa pauvre suite de jours, et la libre, la jeune victorieuse qu'on sert, qu'on admire, à qui l'on souhaiterait ardemment, en secret, de ressembler. Un instant seulement, mais tant que dure sa lumière tout est bien, le monde lui aussi se montre fidèle à l'image qu'on s'en faisait avant que ne vînt le temps de l'injustice.

Un instant. Il se prolongea jusqu'au soir, ensuite quelle dérision ! Lorsque Catherine traversa le mail pour regagner la maison-des-prés, elle vit surgir de derrière un arbre deux furies qui se précipitèrent sur elle, criant, gesticulant tellement qu'elle ne comprenait rien à leurs injures. C'était Mathilde flanquée de Mlle Rachel, la dame de compagnie. Chacune d'elles prit Catherine par un bras ; elles la secouaient plus qu'un prunier. Terrorisée, la petite n'en remarquait pas moins l'allure grotesque de ses ennemies, la laideur que leur donnait leur colère, et le ridicule de ce flot incompréhensible d'injures, de cris, de menaces, de ripostes que déversaient leurs bouches. Dans ce torrent, elle crut comprendre qu'on lui reprochait d'essayer de porter tort à Mathilde et à Mlle Rachel, de vouloir prendre leur place, d'avoir demandé cet après-midi à la jeune maîtresse de chasser Mlle Rachel afin de se faire nommer « petite demoiselle de compagnie ». Quand elles lâchèrent l'enfant, les deux femmes paraissaient épuisées par leur courroux ; de haineux qu'il était, leur regard se fit craintif, elles observèrent avec défiance le mail toujours vide, puis brusquement tournèrent le dos à leur victime, filèrent à grands pas.

Une odeur de tilleul flottait sur toute la place ; sa douceur et la paix des dernières heures du jour rendaient encore plus insolite la violence des deux mégères qui s'étaient abattues sur Catherine comme un orage éclatant au milieu d'une belle journée et disparaissant tout aussitôt, mais l'arbre qu'il a touché est brûlé dans son cœur. Ainsi Catherine regagnait-elle sa maison comme tous les soirs, et comme chaque soir, les villageois assis sur le pas de la porte lui souriaient, sans se douter que la foudre venait de la marquer.

« Mathilde a écouté la demoiselle me parler des voyages qu'elle voudrait faire avec moi, elle l'a entendue dire : « Tu seras ma petite demoiselle de compagnie », elle a couru rapporter cela à sa manière à Mlle Rachel, et voilà, c'est fini, je ne reviendrai plus à la maison du Haut, plus jamais. » Elle n'avait même pas l'impression d'avoir pris cette décision qui la déchirait : il ne pouvait en aller autrement, elle n'imaginait pas qu'elle pût se retrouver dans la même place que ces deux araignées folles. Elle ne reviendrait plus chez les Desjarrige. Même la pensée que les siens pourraient en souffrir — car de ce fait l'argent allait de nouveau manquer à la maison-des-prés — même cette pensée ne pouvait l'arrêter. Contre le malheur, contre la misère, elle savait qu'elle pouvait lutter longtemps comme déjà elle l'avait fait, comme sans doute elle le ferait encore, mais devant la haine et l'injustice, elle se sentait désarmée. Elle eût voulu fuir ce pays, tellement la blessure infligée était profonde. Si les deux harpies avaient menti en osant l'accuser, dans leur mensonge elles avaient su toucher pourtant à son plus secret désir, celui que cet après-midi les paroles d'Émilienne étaient venues aviver : troquer son état de servante contre celui de demoiselle de compagnie. De ce désir, les deux complices avaient su faire un crime à ses yeux mêmes, à tel point que, désormais, elle aurait beau se savoir innocente, les accusations de ses ennemies continueraient à la troubler — d'autant plus qu'Émilienne serait bien amenée, elle aussi, à la condamner. Qu'allaient inventer Mathilde et Mlle Rachel pour la noircir aux yeux de la jeune fille ? Oh ! il faudrait qu'elle revînt, ne serait-ce qu'un jour, dire la vérité ! Passer pour une ingrate ou Dieu sait quoi, une hypocrite, une méchante, une voleuse aux yeux de ceux qu'on vénère, n'était-ce pas comme si l'on mourait ? Se laisserait-elle donc mourir dans le cœur d'Émilienne ?

Quand elle arriva en vue de la maison-des-prés, elle s'arrêta ; elle n'osait pas entrer. Qu'allaient dire son père et Francet lorsqu'elle annoncerait sa décision ? Le père lui montrerait Clotilde et Toinon, lui rappellerait qu'elle n'avait point voulu qu'on se séparât d'elles, accepterait-elle donc de les livrer à la faim en abandonnant son travail ?

Oh ! quel refuge trouver ? Il n'était point de maison où elle n'aurait pas à se disculper, où des bras se refermeraient sur elle pour l'apaiser. Elle songea à son parrain, sa maison de l'autre côté de La

Noaille était bien loin, cependant elle eut envie de rebrousser chemin et de s'y rendre. Elle commença à faire quelques pas, puis elle imagina l'inquiétude des siens lorsque, la nuit venue, ils seraient là à l'attendre : les petites demanderaient à manger, le père et Francet les renverraient au lit avec un morceau de pain. Non, elle n'avait pas le droit. Elle reprit le chemin de la maison-des-prés, trouva la force de sourire à Clotilde et à Toinon qui l'attendaient sur le seuil.

— Tu as raison, Cathie, ne remets plus les pieds chez ces gens, et ne t'en fais pas, la marraine Félicie te trouvera une autre place.

— Mais peut-être il passera du temps avant qu'elle trouve, et comment vivrons-nous ?

Elle leva les yeux vers son frère qui parachevait à coups de lame un fuseau qu'il venait de tourner.

— T'en fais pas, Cathie, on peut attendre. Tu vois, les filles me commandent des fuseaux ces temps-ci, et puis tu as vu, les jeunes du Bas-La Ganne commencent à venir se faire couper les cheveux ici. C'est Aurélien et Julie qui les envoient, ils leur racontent que j'ai un tour de main pour tailler les cheveux mieux que les coiffeurs de La Noaille.

Tout en riant, Francet agitait deux doigts comme des ciseaux rapides virevoltant autour d'un crâne.

C'était le père Baptiste qui lui avait montré le maniement des ciseaux, « un souvenir de régiment », disait le vieil ouvrier, et ce diable de Francet avait de suite saisi l'affaire. Aussi commençait-il à avoir deux clientèles : celle des filles et des femmes qui continuaient à venir des plus lointains faubourgs de La Noaille pour passer commandes de fuseaux démontables marqués à leurs initiales, et celle de quelques-uns de leurs fils ou de leurs frères qui pensaient devenir plus beaux garçons en remettant leur tête entre les mains si habiles du « petit boiteux de la maison-des-prés ».

Savait-il qu'on le désignait ainsi à La Noaille ? Catherine espérait que non, car rien n'eût pu autant le blesser. Chaque soir, si Julie était là, il lui prenait le bras et faisait avec elle le tour de la masure en s'efforçant de dissimuler sa *boiterie*. Était-ce à la faveur de la pénombre ? on eût juré qu'il marchait sans peine, lentement, comme un qui flâne en compagnie d'une femme. Parfois même il s'écartait de Julie, et pendant quelques pas avançait sans soutien, très droit. « Tu verras, disait-il à sa sœur, tu verras, un jour on ne remarquera plus que j'ai été infirme. » Si notre mère pouvait l'entendre et le voir, pensait Catherine, comme elle serait contente, elle qui a empêché qu'on coupât la jambe de Francet. « Un jour...», disait-il, et alors il serait embauché à l'usine, le père Baptiste le lui avait promis, le trajet ne ferait pas peur à ses jambes toutes neuves. Aujourd'hui encore il remarqua :

— Vivement que je sois tout à fait dispos pour travailler à la fabrique ! Je t'assure, Cathie, que tu n'auras plus à t'inquiéter ; j'aurai une bonne paye, le père Baptiste me l'a dit. Les petites et toi, vous pourrez vous acheter de jolies robes, nous louerons une vraie maison à La Noaille, le dimanche on se paiera des gâteaux et du vin.

Ses yeux brillaient, ses mains petites, vives, semblaient modeler dans l'air on ne savait quels objets précieux, ses lèvres se retroussaient, gourmandes. Soudain il appuya les mains sur le rebord de la table, se pencha en avant, regarda Catherine.

— J'ai une idée, affirma-t-il.

Il hocha la tête.

— Tu es adroite, toi aussi, tu as de l'adresse, il t'en faut pour broder. Oui, j'ai une idée.

Il n'y eut pas moyen de lui faire dire en quoi consistait cette trouvaille.

— Non, non, de la dire j'aurais peur de la faire manquer.

Quand le père rentra ce fut Francet qui lui conta la mésaventure de Catherine. Jean Charron ne se fâcha point, il ne se plaignit pas plus qu'il ne gronda. Il prit contre lui Catherine et Francet. Elle ferma les yeux ; c'était bon de retrouver l'odeur du père comme lorsqu'elle était toute petite et qu'elle se sentait protégée par cette chaleureuse odeur de laine, de sueur, de tabac.

— Elle est vaillante, ma Cathie, disait le père, comme s'il parlait à qui donc d'invisible, à quelles puissances qu'il s'agirait de confondre ? Elle est vaillante et Francet aussi.

Il s'écarta des enfants, les regarda l'un après l'autre.

— Qu'en penses-tu, Francet ? Si Cathie a jugé bon de quitter les Desjarrige elle a bien fait, n'est-ce pas ?

Jean Charron s'était assis sur le banc, les petites grimpèrent sur ses genoux. Clotilde fouillait les poches du père à la recherche de quelque fruit qu'elle savait pouvoir se trouver là, caché, si le père avait travaillé près d'un verger. Toinon sortait du gousset du gilet la longue mèche d'amadou et le briquet de cuivre.

— J'irai voir Félicie, dit le père, elle expliquera à Mme Desjarrige ce qui s'est passé. On lui remettra certainement tes gages. Bien sûr on n'avait pas besoin de ça encore, on n'a pas de trop des quelques sous qu'on gagne à nous trois pour tenir, mais tu vois, Cathie, tu vois, j'ai confiance...

Catherine jeta un regard interrogateur vers son frère, elle lut dans les yeux de Francet la même surprise. Le père parlait-il sérieusement ? Comment lui qui, depuis bien des années, courbait le dos sous les épreuves, comment pouvait-il aujourd'hui prononcer de tels mots ? Elle n'osait pas l'observer, s'attendant à lui trouver un visage qui démentirait ses paroles. Comme s'il devinait leur incrédulité, le père reprit :

— C'est vrai, j'ai confiance.

Il marqua un temps, puis ajouta ces mots qui portèrent à son comble le trouble des enfants :

— ...Grâce à vous !

Que le père se taise ! Qu'arrivait-il ? Se rendait-il compte de ce qu'il osait proférer ? « Grâce à vous ! » Un père peut-il rendre ainsi grâce à ses enfants, lui qui depuis toujours est le maître, autrefois le maître du bonheur, à présent, depuis trop longtemps, le maître seulement de la misère, mais enfin, le principe et le cœur de cette maisonnée ! Non, il ne se taisait pas, il continuait à leur parler d'égal à égal ; n'allait-il pas même jusqu'à s'accuser !

— Tu sais Cathie, je n'avais pas le courage de garder les petites ; je pensais que nous n'aurions pas de quoi les nourrir, pas de quoi les élever ; je croyais que sans la mère ici, elles seraient perdues, je pensais cela. Mais toi et Francet vous avez tenu bon ; les mois ont passé et nous voilà, nous voilà tous les cinq, et même Cathie a trouvé le moyen de donner une demeure convenable à la pauvre défunte. Alors aujourd'hui, quoi, voici encore de mauvaises heures, qui s'annoncent, eh bien ! elles sont moins à redouter que toutes celles que nous avons eues. C'est pas vrai ?

Catherine comprenait bien que cette dernière question lui était adressée, cependant elle n'osait répondre. Elle se sentait enfant, rien qu'une enfant, et si maintes fois il lui avait fallu faire preuve d'une autorité au-dessus de son âge, elle était confuse devant cet hommage que le père venait de lui rendre et devant cette inquiétude, malgré tout, qu'il lui demandait de dissiper. Il répéta :

— C'est vrai ?

A sa voix, on comprenait que le doute montait en lui, s'apprêtait à ne plus rien laisser de cette confiance qui tout à l'heure s'opposait aux craintes de Catherine.

— Bien sûr que c'est vrai, affirma Francet.

Il a vite répondu, pensa Catherine, pour rassurer le père. Le père a confiance en nous, comme il dit, et il faut encore que nous le rassurions comme si... Dieu, comme si c'était lui notre enfant...

Francet s'approcha du père, se pencha, prit un air mystérieux pour proclamer :

— D'ailleurs, j'ai une idée.

Cette fois encore, il n'y eut pas moyen de lui faire dire ce que c'était, cette fameuse idée.

— N'insiste pas, Cathie, ton frère a raison, ça fait manquer les choses si on en parle trop avant qu'elles soient bien engagées. De toute façon, moi je passerai voir Félicie, pour qu'elle explique à tes maîtres ce qui est arrivé, et aussi pour qu'elle cherche à te recaser.

Cette nuit-là, Catherine ne dormit guère.

A son père, à Francet elle parlait de ses craintes quant à leur avenir menacé par la perte de sa place, mais elle gardait pour elle-même la plus lourde peine : celle de ne plus revoir Émilienne ni sa demeure. Au lieu de passer son temps près de cette grande sœur qu'était devenue peu à peu pour elle la jeune demoiselle, il lui faudrait de nouveau travailler pour des maîtres indifférents ou hostiles ; sa vie ne lui ferait plus penser à cette existence qu'on menait, paraît-il, au Paradis — M. le curé l'avait affirmé quand elle allait au catéchisme —, une existence où tout le noir de la vie, prétendait le prêtre, se trouvait changé en clarté, la boue en trésor, les douleurs en béatitude, et le labeur en une allégresse sans fin. Mais n'était-ce pas un péché que de vouloir se faire admettre dans ce jardin, pareil à un paradis terrestre, enclos par les murs de la maison du Haut, et de se soustraire ainsi au misérable domaine où demeuraient les siens, où sa mère était morte ? Et n'était-ce pas de ce péché d'orgueil qu'elle était à présent punie ?

Le refrain d'une complainte écoutée un jour de foire à La Noaille revint tourner dans sa tête. On y parlait de flammes, de papillons qui voulaient, les fous, quitter la nuit pour entrer dans un monde éblouissant, et ils venaient brûler leurs ailes au feu de la lampe. Catherine se vit sous la forme d'une phalène grise qui tombait en flammes. Cette image la fit fondre en pleurs qui enfin l'apaisèrent ; elle glissa dans le sommeil avec, sur les lèvres, l'amertume des larmes. Déjà l'aube pointait.

XV

Pendant la journée, on ne parla guère, à la maison-des-prés, de l'injustice dont Catherine venait d'être victime, sinon pour en faire part à Aurélien qui était passé saluer Francet, un peu après midi, avant de rentrer à la fabrique. Aurélien s'indigna, et sa colère fut douce à son amie. Quand il reprit le chemin de la manufacture, Francet l'accompagna pendant quelques pas en s'appuyant d'un bras sur son épaule. Catherine restée sur le seuil de la maison les regardait s'éloigner. Francet parlait à voix basse, Aurélien hochait la tête pour acquiescer.

— Ils ont des secrets ? demanda Clotilde accrochée d'une main à la jupe de son aînée.

Comme Catherine ne répondait pas, la petite se mit à crier à l'adresse des garçons :

— Qu'est-ce que vous dites ? La messe ?

Là-bas, il se retournèrent. Ils avaient des mines graves.

« Ils devaient parler de moi », pensa Catherine. Elle dut se faire violence pour ne pas interroger son frère lorsqu'il revint vers elle. N'était-ce pas cette idée annoncée hier soir à elle-même et au père, qu'il venait de confier à Aurélien ? Elle en voulut aux garçons de cette complicité dont elle était exclue. Lorsqu'elle était petite, avait-elle été assez jalouse d'eux à cause de cela, avait-elle assez rêvé de devenir garçon elle-même ! « Je n'avais pas tort ; garçon, je n'aurais pas été servante chez les Desjarrige et je ne serais pas en train de me morfondre parce qu'on m'interdit cette maison. » Tout aussitôt, elle s'effraya à la pensée qu'elle eût pu alors faire comme Aubin : s'éprendre d'Emilienne.

« Il en est peut-être mort, je serais morte moi aussi. Mon Dieu, que vais-je penser ? Moi, garçon, et rival d'Aubin ? » Elle se signa, à la grande stupéfaction de Francet qui venait de la rejoindre.

— Qu'y a-t-il, Cathie, tu me prends pour le diable ?

Elle faillit répondre :« C'est moi le diable. »

N'était-ce pas un démon qui s'était glissé en elle et la rendait à elle-même étrange, lui dictant cette pensée saugrenue qu'elle eût pu être un garçon et s'éprendre d'Emilienne ?

Elle rentra dans la cuisine et se mit en devoir de nettoyer, lessiver, frotter jusqu'à ce qu'il ne restât plus la moindre tache aux meubles, aux linges, à la vaisselle, jusqu'à ce qu'il n'y eût plus en elle que la fatigue qui purifie.

Au dîner le père raconta qu'il avait vu la marraine Félicie : elle promettait de dire à Mme Desjarrige ce qu'il fallait penser de sa servante et de sa demoiselle de compagnie.

A peine Catherine achevait-elle de lever le couvert que le père Baptiste entra, la casquette sur l'oreille, l'œil vif. On porta le banc devant la maison afin de profiter de la soirée. L'ouvrier tendit sa blague à tabac au père, les deux hommes se mirent à rouler lentement et en silence leur cigarette. Quand Baptiste eut tiré quelques bouffées :

— Alors quoi de neuf ici ? demanda-t-il.

— Une malchance, fit le père, Cathie ne va pas pouvoir continuer à travailler chez les Desjarrige.

— Ah, ah, grogna l'ouvrier ; puis il fit signe à la fillette : Montre-moi tes mains.

Il prit dans ses paumes crevassées, où les rides demeuraient blanchies par la pâte à porcelaine, les petites mains carrées de Catherine.

— Oui, fit-il en baissant la tête.

L'ouvrier lâcha la fillette ; il se pencha vers elle, et elle n'osait reculer malgré qu'il sentît le vin.

— Ecoute, loupiote, cet après-midi, j'ai demandé au patron, j'ai demandé à M. de La Reynie de t'embaucher à la fabrique. Il m'a d'abord répondu qu'on était au complet pour les apprentis ; j'ai insisté, il a fini par accepter.

C'était donc cela l'idée de Francet ! Il en avait fait part à Aurélien pour que celui-ci à son tour avertît la père Baptiste. Ouvrière, elle allait être ouvrière, cela l'effrayait et en même temps l'exaltait. Le monde tout neuf que serait pour elle la manufacture, le voisinage des ouvriers volontiers criards et moqueurs, d'avance l'inquiétaient, mais combien elle était rasséréné à la pensée que, désormais, après ces mois passés auprès d'Emilienne, elle n'aurait pas à connaître une autre place de servante où chaque instant, chaque geste, chaque labeur, chaque ordre des maîtres lui rappelleraient qu'elle était là en exil.

Le père continuait à fumer comme si de rien n'était.

— Et alors, Charron, c'est tout ce que ça vous fait d'apprendre la bonne nouvelle ? Car enfin je suppose que c'est une bonne nouvelle que je vous apporte.

— C'est magnifique, ne put s'empêcher de déclarer Francet.

Le père écarta les bras, fronça les sourcils.

— Si je m'attendais, marmonna-t-il... Je trouve ça... enfin je suis très content, bien sûr ; et je vous remercie.

— Vous êtes content, vous remerciez, mon pauvre Charron, dit l'ouvrier en riant, mais on vous annoncerait que Catherine entre au couvent, vous feriez à peu près la même tête !

— Oh ! protesta le père, comment pouvez-vous croire...

Le père Baptiste lui frappa sur l'épaule :

— Allez, Charron, ne vous défendez pas. Je vous comprends : vous ne redeviendrez plus jamais métayer ; peut-être un jour, c'est le bonheur que je vous souhaite, vous entrerez vous aussi à la manufacture, et pourtant vous penserez toujours avec vos pensées d'autrefois, vos pensées d'homme des labours, des semailles. Que votre fille prenne un autre chemin que celui des champs, vous n'en croyez pas vos yeux.

— C'est-à-dire, une fille, bientôt une jeune fille, à la fabrique... les ouvriers.

— Eh ! on ne vous la mangera pas votre Cathie. Elle est sage et elle est assez grande pour se défendre. Pas vrai, Cathie ? Et toi, petite, tu prends les ouvriers pour des loups ? pour des ogres ?

Le père Baptiste avait l'air grave soudain, la flamme qui brillait si souvent dans ses petits yeux enfoncés s'était éteinte d'un coup. Il désigna du doigt Clotilde et Toinon qui se poursuivaient à quatre pattes sur la terre, devant la maison.

— J'ai peut-être des petites-filles, moi aussi, là-bas, près de Paris, des petites qui ne me connaissent pas, qui ne me connaîtront sans doute pas. Si quelqu'un, un père Baptiste comme moi, une vieille carcasse qui arrive à bout de course, si celui-là ou un autre savait les faire entrer un jour à la manufacture de leur coin, la plus belle de France, du monde peut-être, eh bien, je me dirais : « Bon, ça va. »

C'était si inattendu, cette tristesse du père Baptiste et ces paroles, que les Charron ne savaient comment rompre le silence qui suivit. Ce fut l'ouvrier qui y mit fin en se levant et tous l'imitèrent, même Francet qui s'appuya sur l'épaule de Catherine.

— Toi non plus, va, tu ne tarderas pas à venir à la fabrique, lui dit l'ouvrier.

— Je marche de mieux en mieux, vous savez ; je suis sûr que je pourrai mettre mes béquilles au feu un de ces jours.

— Ça fera un fameux feu de joie.

Sur ces mots, le père Baptiste prit congé. Il s'apprêtait à partir lorsqu'il se retourna et demanda.

— Alors, je dis à M. de La Reynie que Cathie est prête à venir travailler ?

— Il ne lui arrivera rien là-bas ?

— Que voulez-vous donc qu'il lui arrive ?

— Une fille, vous comprenez, une fille, marmonnait le père, confus.

« Les filles ne vont pas à l'école, les filles ne vont pas à la fabrique », se disait Catherine.

— Oui, s'écria-t-elle, dites à M. de La Reynie que j'irai.

— A la bonne heure, conclut l'ouvrier, puis se tournant vers le père : Vous savez, Charron, ces enfants, ils sentent l'avenir.

— Oh, l'avenir, répéta le père.

L'ouvrier s'en alla dans la nuit claire. Quand les petites furent couchées, cependant que le père prenait encore le frais sur le seuil, dans la cuisine Catherine s'approcha de son frère. Elle aurait voulu le remercier, lui dire : « C'est bon que tu sois mon frère », et aussi, « à nous deux nous sommes forts », mais elle ne put proférer aucun mot.

Ce fut Francet qui parla d'une voix où transparaissait une ardeur contenue.

— Tu me raconteras, Cathie ?

— Je te raconterai ?

— Oui, la fabrique, tu me raconteras ?

Le lendemain soir, le père Baptiste revint. Dans la journée, Aurélien était passé voir ses amis. Il était enthousiasmé à l'idée que bientôt Catherine allait travailler près de lui, mais si on voulait le faire parler de son propre labeur, il prenait brusquement un air gêné.

— Et toi, Cathie, demandait-il, tu es contente, hein, tu es contente ?

Pour éviter de répondre, elle s'affairait, houspillait les petites. Les garçons ne remarquaient pas son manège. Déjà ils faisaient des projets pour le jour où non seulement Catherine et Aurélien travailleraient à la manufacture, mais aussi Julie et Francet. A les entendre, on eût cru que la fabrique alors leur appartiendrait, que les fours, les machines et toute la porcelaine du monde dépendraient de leurs doigts industrieux. Catherine se sentait exclue de ce domaine que pourtant ils construisaient autour d'elle ; il lui rappelait le temps où, avec Francet, elle bâtissait des chimères qui devaient leur apporter bonheur et fortune. Elle pensait encore qu'Émilienne aussi, tout récemment, avait inventé des aventures où elle, Catherine, jouait un rôle. Et c'était ce rêve à haute voix que faisait la jeune fille qui avait alerté Mathilde la servante. « Taisez-vous, mais taisez-vous, aurait-elle voulu crier à son frère et à Aurélien, vous n'avez pas le droit d'inventer ces histoires, vous savez bien que ce sont des mensonges, je vous défends d'inventer des mensonges, de les dresser autour de moi comme une cage, oui, comme une cage ! »

Elle seule se taisait, les autres continuaient à laisser vagabonder leur imagination. « Qu'ont-ils donc tous à s'échapper de leur vie pour s'en aller ailleurs, qu'ils soient misérables, orphelins comme Francet et Aurélien, ou bien choyés et comblés comme Emilienne, que leurs jours soient de poussière ou de diamant, qu'ont-ils tous à fuir leurs jours... ? Où prends-tu le droit de juger les autres, tu es pareille à eux, qu'as-tu fait sinon fuir ta vie depuis que tu travailles chez les Desjarrige. Brodeuse, mademoiselle s'est faite brodeuse comme Amélie Anglard, mademoiselle a pensé qu'elle passerait ainsi de sa maison-des-prés aux demeures du mail. Et maintenant c'est vrai, ta vie va changer, mais pas comme tu le croyais, ce ne sera plus la poussière des ménages mais celle de la porcelaine, ce n'est plus l'eau des lessives qui gercera tes mains, mais celle où se dilue l'argile. Tes mains, sauront-elles seulement modeler la terre comme elles savaient tirer un jour, ourler une dentelle ? »

Elle fit part de son inquiétude le soir même au père Baptiste dès qu'il fut assis devant le seuil.

— Et si mes mains n'arrivent pas, si je n'arrive pas à apprendre le métier.

L'ouvrier alluma sa cigarette.

— T'en fais pas loupiote, je m'y connais, tu t'en tireras très bien.

Il aspira quelques bouffées de sa cigarette mal roulée.

— Et puis, si jamais ça n'allait pas...

— Eh bien, demanda le père, si ça n'allait pas ?...

— Eh bien, eh bien... fit l'ouvrier.

Et soudain son visage s'éclaira, il se tourna vers le chemin.

— Tenez, dit-il.

S'épongeant avec son grand mouchoir à carreaux, la marraine

Félicie venait d'apparaître à l'orée du sentier.

— Tenez, si ça ne marchait pas à l'usine, reprit le père Baptiste, je suis sûr que Mme Félicie trouverait une nouvelle place à Cathie, chez les gens du Haut.

— Ouf ! fit la grosse femme en se laissant tomber sur le banc.

Catherine alla lui chercher un verre d'eau. La marraine le but à petites gorgées. Ils entouraient tous la visiteuse, impatients de l'entendre parler, mais dissimulant de leur mieux cette impatience. Elle ne se hâtait pas, s'essuyait la bouche, rectifiait l'ordonnance de son corsage. Manifestement elle savourait leur anxiété comme elle l'eût fait d'une de ses sauces.

— Voilà, fit-elle, et elle marqua un temps.

Catherine ne put se contenir.

— Marraine, avez-vous vu Mme Desjarrige ? Qu'a-t-elle dit ? Et la demoiselle ?

— Sont-elles fâchées après Cathie ? s'inquiéta le père.

— Fâchées ou pas, qu'est-ce que ça peut vous faire ? maugréa l'ouvrier.

Félicie agitait en l'air ses mains gonflées et courtes.

— Tsst... Tsst... faisait-elle, me laisserez-vous parler, à la fin !

Maintenant Catherine aurait voulu ne pas savoir, mais la marraine respira profondément, croisa les mains sur son ventre, et commença son récit.

Elle s'était d'abord confiée à sa collègue, Mme Pourpaille ; celle-ci avait prévenu la patronne. Ç'avait fait un foin de tous les diables chez les Desjarrige ; la Mathilde et sa complice, la dame de compagnie, s'étaient jetées aux genoux de la patronne pour implorer son pardon, mais la jeune Émilienne s'était montrée impitoyable. Bref, on allait chasser les deux harpies et...

Félicie s'interrompit, se rengorgea, promena un regard scrutateur sur l'assemblée.

— Et, reprit-elle, on était prêt à accueillir de nouveau Cathie qui deviendrait alors demoiselle de compagnie.

— Demoiselle de... s'écria la fillette.

Tous les regards se fixaient à présent sur elle, qui se sentait tour à tour pâlir et rougir.

— Demoiselle de compagnie, répéta le père, c'est quelque chose.

— Je pense, décréta Félicie.

L'ouvrier et Francet se taisaient. Le vieil homme tirait sur sa cigarette, Francet avait sorti un bout de bois de sa poche et le tailladait à coups de canif.

— Elle devra loger chez ses maîtres ? demanda le père.

— Evidemment, vous ne voudriez tout de même pas qu'une demoiselle de compagnie continue à vivre dans votre masure.

L'ouvrier jeta son mégot par terre et cracha un long jet de salive. Catherine le regarda avec crainte.

— Vous avez entendu, Charron ? dit le porcelainier.

Le père leva la tête mais, au lieu de se tourner vers l'ouvrier, il contempla Catherine comme il l'eût fait d'une étrangère, comme s'il cherchait à deviner quelle allure serait la sienne lorsqu'elle porterait les robes de ville et les falbalas d'une demoiselle.

— Vous avez entendu, votre fille ne pourra plus demeurer avec vous ; la maison-des-prés n'est pas digne d'une demoiselle de compagnie. On l'invitera sans doute à ne pas trop vous rendre visite, une demoiselle de compagnie doit savoir garder ses distances, même avec ses parents quand ils sont vraiment trop pauvres, trop mal vêtus, trop mal logés.

— Mais enfin, mais enfin, s'écria Félicie suffoquée.

Elle était si courroucée qu'elle n'arrivait plus à trouver ses mots. Elle fit la moue, tapota son ventre de ses doigts boudinés et put conclure :

— Monsieur Baptiste, vous n'allez tout de même pas empêcher ma nièce de sortir de sa condition.

L'ouvrier s'apprêtait à répondre lorsque le père le devança.

— Si Cathie prenait ce nouvel emploi chez les Desjarrige, je sais qu'elle ne changerait pas avec nous, elle ne nous oublierait pas, elle viendrait nous voir le dimanche. Ce qui m'inquiète c'est la servante et la demoiselle Rachel qu'on va renvoyer, elles chercheront à se venger, à porter tort à la petite.

— Y pensez-vous ? Moi je vous le dis, les coquines déguerpiront sans demander leur reste.

Le père Baptiste se leva, boutonna sa veste. Catherine eut envie de courir à lui, de le supplier de se taire. Elle demeura figée, tremblante en elle-même.

— Alors, Cathie, demanda le vieil homme, ça te dit d'être domestique toute ta vie ?

— Un domestique vaut bien un ouvrier, lança la marraine.

— C'est un point de vue, dit le père Baptiste.

— Un point de vue, un point de vue ! Vous croyez que mes sauces ne valent pas les gages que vous façonnez ?

— Bien sûr que si, il faut vos sauces pour garnir mes bols ou mes assiettes de porcelaine, et il faut les gages que nous fabriquons pour contenir vos sauces.

Félicie fit entendre son rire-gloussement qui secouait sa panse et toute sa ronde personne. L'ouvrier sourit et frappa familièrement sur l'épaule de la cuisinière.

Sauvée, je suis sauvée, pensa Catherine. Son espoir fut de courte durée. La marraine riait encore que le père Baptiste avait repris une mine grave. Il attendit que Félicie eût retrouvé son calme pour demander lentement.

— Alors Cathie, que vas-tu faire ?

— Cette question, grogna la marraine, elle n'a rien d'autre à faire qu'à revenir chez les Desjarrige à la première, à la toute première place.

— Taisez-vous, madame Félicie.

Le vieil homme avait dit cela d'une voix rude et brève, comme s'il criait presque. Il regretta sans doute sa violence, car il prit une voix courtoise pour ajouter.

— Vous comprenez bien que c'est Cathie qui doit choisir.

— Mais choisir quoi ? s'étonna encore Félicie.

— Notre ami avait obtenu de la faire embaucher à la fabrique, précisa le père.

— Ah ! c'est donc ça, c'est donc ça.

Et Félicie dodelinait de la tête, observait l'un après l'autre, le père, Catherine, l'ouvrier, Francet ; hochait de nouveau la tête.

— Alors Cathie ? répéta le vieil homme.

Elle essaya d'ouvrir la bouche, mais sa gorge était nouée, aucun son ne pouvait sortir, et d'ailleurs qu'eût-elle dit ? Son silence ne signifiait-il pas : « Ne m'arrachez pas à mon désir au moment où il se réalise. »

— C'est bon, fit l'ouvrier.

Il avait l'air très vieux soudain et las. Il enfonça les mains dans les poches de sa blouse, resta un moment courbé, puis il redressa la tête, sa voix se fit sifflante pour déclarer.

— C'est fini, il ne me sera plus possible de recommander qui que ce soit à M. de La Reynie. Plus possible.

Catherine jeta un regard apeuré vers Francet. Sans aucun doute, l'ouvrier entendait prévenir qu'il n'interviendrait plus en faveur de son protégé comme il l'avait promis. Il sembla à Catherine que son frère allait clamer sa révolte : depuis des années il attendait le moment où, guéri enfin, il pourrait, grâce au père Baptiste, faire son apprentissage de tourneur à la fabrique, et voilà, parce que sa sœur choisissait à présent le métier dont elle avait, elle aussi, longuement rêvé, sa sœur qu'il avait cru sauver en demandant l'aide du père Baptiste, voilà qu'il se trouvait condamné à demeurer sans espoir, sans horizon ; le vieil ouvrier venait de le lui faire comprendre... Il allait crier, Catherine en était sûre ; déjà, cette protestation, cette colère et cette prière de Francet, elle croyait les entendre, déjà elle en était déchirée. Où trouver la force pourtant de renoncer à sa propre chance pour ne pas provoquer l'infortune de son frère ?

Quelle peine, songeait-elle, quelle peine devait-elle causer à la mère, si de sa tombe ou du ciel celle-ci connaissait ce moment où s'affrontaient ses deux enfants, où la joie de l'un entraînait la détresse de l'autre aussi sûrement que le jour naissant efface les étoiles. « Tu es lâche, se reprochait Catherine, ton frère souffre depuis des années, prisonnier de sa maladie, et toi, pour pouvoir vivre dans le goût, dans la couleur, dans l'odeur de la richesse, pour pouvoir servir une étrangère plutôt que les tiens, tu détruis l'espérance de Francet. Fille égoïste et lâche, parle donc avant qu'il ne crie sa douleur, parle donc, renonce, et rends-lui la vie ! » Elle se taisait, et il y avait en elle l'infinie tristesse qui devait accabler la mère si elle savait, l'amère révolte de Francet, et encore sa propre peine, et en même temps, plus forte que la honte, que la tristesse, que l'amertume, l'allégresse que lui donnait cet avenir-là tout proche, comme un fruit à portée de sa main.

Francet ne cria point. Il se contenta, sans se retourner, de désigner de la main l'intérieur de la cuisine derrière lui, là où dormaient les deux petites, et il dit d'une voix blanche.

— Lorsque Cathie se sera installée chez les Desjarrige, il faudra bien mettre les petites à l'orphelinat.

Non, il n'avait pas crié, et c'était elle qui devait s'enfoncer les ongles dans ses paumes pour ne pas éclater en sanglots. Tous les êtres n'étaient-ils donc que pièges et Francet et le père Baptiste et Félicie et les petites enfin ! Catherine revit le long défilé noir des orphelines sortant de l'église, flanquées des religieuses en cornettes.

— Monsieur Baptiste, j'irai travailler à la fabrique.

Il y eut l'imperceptible sourire de Francet dans l'ombre, il y eut le courroux de la marraine prête à s'étrangler de fureur. Malgré la bonhomie du père Baptiste qui tentait en vain de l'apaiser, la grosse femme ne voulut rien entendre et partit à petits pas rageurs.

Que sa filleule se débrouille avec les Desjarrige ! C'était à ne pas croire, des va-nu-pieds qui refusaient ainsi la fortune sur un plat doré.

— Mais Félicie, mais Félicie, priait le père en vain.

Déjà escamotée par la nuit dans le chemin, la cuisinière lança d'une voix aiguë.

— Que Mlle Catherine ou son père ait au moins l'obligeance d'aller prévenir les Desjarrige ! Et que j'aille au diable si on me reprend à m'occuper de vous !

— C'est vrai, avait conclu le père, la marraine a dit cela par dépit, mais elle a quand même raison, il faut prévenir ces gens. Demain soir, quand je rentrerai du travail, je m'arrêterai chez eux, et je leur expliquerai.

Encore une nuit pour Catherine à ne pas dormir ou si mal ; le matin lorsqu'elle entendit son père s'habiller, vite elle se leva.

— Fallait rester au lit, petite, j'aurais bien préparé ma soupe.

— Je voulais vous dire, père, n'allez pas chez les Desjarrige, j'irai moi.

Le père se grattait la tête, à demi réveillé. Il avait taillé les tranches de pain bis, puis refermant son couteau :

— Comme tu voudras, Cathie. Je pensais que cela t'ennuyait, mais puisque tu veux, eh bien, tu leur feras comprendre, tu diras à la dame que tu aurais bien voulu mais que tu ne peux pas, qu'il faut que tu continues à t'occuper de Clotilde et de Toinon. Enfin elle comprendra bien.

Mme Desjarrige avait en effet *bien compris,* une fois que Catherine eut, à voix presque basse, essayé de plaider sa cause. Ou du moins elle fit comme si elle comprenait. A vrai dire, l'idée de congédier la dame de compagnie et de la remplacer par Catherine ne la séduisait guère. C'était là une invention d'Émilienne : elle n'avait eu de cesse que sa mère ne se déclarât à son tour enchantée par cet arrangement. Quant à la jeune fille, elle ne comprit, ne voulut rien comprendre à la défaite de la petite servante, rien si ce n'est que sa protégée agissait à son égard à la fois avec sottise et insolence. Elle l'accompagna sans un mot jusqu'au palier du premier étage. Avant de prendre l'escalier, Catherine s'arrêta, se retourna vers Émilienne. Elle aurait voulu trouver des paroles qui auraient fait de ces adieux un moment où, malgré la tristesse, à cause même de cette tristesse du départ, l'amitié se ferait si évidente que plus tard, dans la mélancolie, le souvenir serait aussi doux qu'un souvenir de bonheur.

Mais quelles phrases trouver, et quelle voix pour les prononcer ? Les larmes seraient là bien plus vite qui déjà gonflaient le cœur, mouillaient les yeux. Catherine se mit à descendre lentement les marches. En bas, elle se retourna encore ; Émilienne se penchait sur la rampe, tellement que les lourdes anglaises de ses cheveux avançaient de chaque côté de son visage très pâle. Elle pointa un doigt vers l'enfant et tordit sa bouche pour clamer : « Fiche le camp, imbécile ! Va-t'en ! Va-t'en crever dans ta misère, sale petite chienne ! File avec tous les voyous de La Ganne. C'est tout ce qu'il te faut ! » Catherine demeura un instant sur place comme si cette haine l'eût changée en pierre, et là-haut Émilienne, aussi immobile, semblait métamorphosée en l'une de ces figures tourmentées qui se penchaient au-dessus des contreforts de Saint-Loup. Comment de telles paroles n'avaient-elles pas pouvoir de meurtre ? La fillette se sentait transpercée, clouée par ces mots comme s'ils eussent été des armes, et pourtant son cœur battait, sa gorge respirait. Pourquoi Émilienne n'avait-elle pas tiré sur elle comme elle faisait sur les biches ou les chevreuils dans les forêts de son oncle. Mieux eût valu la mort que subir cette cruauté. Et d'un coup, les larmes se mirent à couler sur le visage de l'enfant ; alors elle s'élança. Au moment où elle passait la porte, Emilienne cria son nom, la fillette sans s'arrêter risqua un coup d'œil en arrière : la jeune demoiselle avait descendu quelques marches, elle se tenait sur l'escalier, l'air hagard, le bras tendu ; ce n'était plus la main qui foudroie, mais celle qui voudrait retenir, comme tout à l'heure la voix n'avait plus injurié mais appelé ! Catherine s'enfuit.

Elle ne confia à personne, jamais, les insultes qu'Emilienne en guise d'adieu lui avait jetées. Francet et aussi Aurélien, et son amie Amélie Anglard voyaient bien sa tristesse, ils essayaient en vain de la dissiper ; toujours continuaient à résonner les paroles de boue et de lave, toujours flamboyait en Catherine, comme un épouvantable archange, la silhouette d'Émilienne penchée au-dessus de la rampe. Au catéchisme il y avait une image semblable : un ange terrible chassait du Paradis Adam et Eve, « comme des chiens » s'était écrié à propos de cette gravure le curé Ladurantie qui s'était par trop laissé emporter dans sa sainte diatribe. « Comme des chiens », le père et la famille avaient été chassés du Mézy, « comme une chienne, une sale petite chienne », à son tour elle était chassée de la maison qui devait être pour elle le havre. Adam et Eve, frissonnants et nus sous le regard du ciel, et elle, Catherine, de même frissonnait, au grand soleil de juin et se sentait nue, dépouillée, livrée sans refuge ni arme à l'hostilité du monde. Elle avait cru que cette guerre n'était pas fatale qui rendait ennemis des enfants parce que les uns étaient choyés et bien vêtus, les autres affamés de douceur, et de pain, elle avait cru... et les dernières paroles que lui avait décochées Émilienne ne laissaient place qu'à la guerre. Hélas, seul Aurélien avait raison : que pourrait-il y avoir de commun entre gens du Haut et gens de La Ganne, sinon d'être les uns pour les autres un vivant, un intolérable et réciproque reproche. Aurélien avait dit à Catherine, peu de temps après qu'elle l'eut surpris en train de mendier :

— J'ai remarqué, si je les regarde dans les yeux, et d'abord je m'arrange pour être bien sale, je prends mes habits les plus déchirés, si je les regarde dans les quinquets, les gosses Desjarrige ou les fils du baron de Lasserre, ou les dames elles-mêmes, eh bien ils changent de mine, comme s'ils avaient honte eux aussi, comme si je leur faisais honte.

La guerre, la honte : le visage de guerrière d'Émilienne penchée au-dessus du vide, son visage de honte un peu plus tard quand Catherine au moment de disparaître se retourna. La guerre, la honte, et pourtant Catherine n'arrive ni à détester ni à condamner celle qui l'a blessée. Elle essaye d'imaginer qu'Émilienne regrette sa méchanceté, qu'elle aussi souffre dans sa demeure comme elle-même, Catherine, souffre dans sa maison-des-prés. Qui sait ? la jeune fille se sentait peut-être plus seule, plus démunie dans son opulence que Catherine, tant Francet, ses sœurs et ses amis l'entouraient de gentillesse. Aurélien tentait de l'amuser avec des histoires de la fabrique ; Amélie Anglard lui fit don d'une écharpe de cachemire ; Francet tailla pour elle, dans un bloc de buis, un jeu de dés qu'il rendit polis et luisants ; Julie, elle-même, d'habitude uniquement préoccupée de Francet, Julie lui apporta des craquelins tout juste sortis du four. Et Catherine avait entendu Francet chuchoter aux cadettes :

— Soyez sages, soyez très sages avec Cathie.

Instinctivement, lorsqu'elles s'adressaient à leur aînée, les petites baissaient la voix et prenaient un air attentif comme si elles craignaient de la fatiguer. Elles lui rapportaient des fleurs des prés, des nids abandonnés qu'elles découvraient dans les buissons. Francet lui proposa de lire pour elle à haute voix des almanachs qu'il demanda à Amélie Anglard de lui prêter. Elle faisait semblant de s'intéresser à ces lectures comme naguère quand c'était elle qui veillait auprès de son frère allongé, mais intérieurement elle se répétait : « Il a donc tellement besoin de se faire pardonner. » Parfois

Francet fermait son livre et se mettait à parler de l'usine.

— Tu verras, Cathie, tu verras, quand tu seras à la fabrique, tu ne regretteras rien, il me tarde tellement de pouvoir t'y rejoindre.

Elle se détournait pour ne pas lui répondre : « Que m'importe la fabrique, c'est à cause de toi que j'y vais, c'est pour que tu ne perdes pas cet espoir que tu caresses depuis si longtemps, comme tu caresserais un chat tout velours, tout chaud, blotti sur ta jambe de malade. Mais je m'en moque bien de cette fabrique, moi j'ai sacrifié mon espoir. »

Et Aurélien aussi, Julie et Amélie, tous à les entendre, on eût cru qu'elle connaîtrait quelque merveille en entrant à la fabrique.

— Ce doit être bien plus gai que de travailler chez soi, remarquait timidement Amélie Anglard, chez moi il me faut broder et coudre, et encore broder, toute seule, ou en face de ma mère qui n'ouvre pas la bouche.

— Quelle chance elle a Cathie, concluait Julie Lartigues, moi qui voudrais tant quitter les carrières de Marlac pour devenir ouvrière. Les carrières c'est loin, c'est au diable, on s'y use les mains, les yeux, les poumons dans la poussière blanche, et toujours descendre, remonter, redescendre jusqu'au fond, là où l'on pioche le kaolin. Quelle chance pour toi, tu vas faire des tasses, il paraît, coller des anses. C'est ça qui me plairait.

« La chance, se disait Catherine, ma chance, elle est passée, je ne la retrouverai plus. »

Un dimanche, le père Baptiste vint à la maison-des-prés. Il portait, dissimulé sous sa veste, un gigot.

— Tiens, dit-il à Catherine, fais-nous cuire cela, c'est moi qui régale aujourd'hui. Demain je t'amènerai à la fabrique, on t'y attend, il faut fêter ça.

XVI

Non, Catherine n'était pas allée à la fabrique comme à une fête, mais enfin elle avait bien dû convenir que là du moins, sa tristesse se laissait plus aisément surmonter. Les machines et leur bruit, la grâce des pièces de porcelaine alignées sur les rayons, les gestes habiles des ouvriers, leurs plaisanteries, toujours les mêmes, et qui les faisaient s'esclaffer comme s'ils les disaient et les découvraient pour la première fois, les bavardages des ouvrières, même les moqueries des apprentis, tout ce monde nouveau pour elle, affairé et gouailleur, bonhomme jusque dans sa rudesse, lui paraissait parfaitement étranger à la campagne environnante et à la vie de La Noaille, comme si la fabrique ressemblait à l'un de ces navires dont parlaient les almanachs de Francet, qui emportaient dans leurs flancs, pendant des mois et des mois, un petit univers qui ne savait plus rien du reste du monde. Dès que la cloche sonnait, dès que les machines se mettaient à tourner, les peintres à chanter, les ouvriers à jurer, c'était comme si on levait l'ancre : on emportait avec soi ses chagrins, mais ce qui les avait causés restait sur la rive là-bas, dans ces maisons de La Noaille qu'on apercevait au loin par la verrière de l'atelier. Il y avait encore le secours du travail, de la difficulté à vaincre. « Attention, Cathie, grondait la mère Trille, tu colles ton anse de guingois. » Diable, c'était vrai ! et Catherine s'appliquait à sa tâche, tellement qu'elle ne voyait plus que ces tasses fragiles (elle avait une si grande peur de les écraser entre ses doigts) et non plus l'image d'une jeune fille soudain changée en statue de la haine.

— Le métier, ça rentre Cathie ?

— Oui, madame Trille.

— Aujourd'hui, tu as sorti une douzaine de plus qu'hier, tu feras bientôt honneur au père Baptiste.

Il venait à la sortie des ateliers, le père Baptiste, il venait voir où en était sa protégée ; il se déclarait satisfait des progrès accomplis. Parfois Aurélien écoutait, ravi, les éloges du vieil ouvrier : il accompagnait ensuite Catherine jusqu'au chemin de la maison-des-prés. Tant qu'il était là, c'était pour Catherine comme si elle se sentait encore à l'abri de la fabrique, à l'abri d'elle-même ; dès qu'il s'éloignait, il fallait lutter de nouveau, seule, et dans cette lutte, toujours être vaincue.

Il en fut ainsi jusqu'au soir où elle rencontra sur la route de La Ganne, alors qu'elle rentrait du travail, Xavier Desjarrige. Le garçon portait un costume de cheviotte gris clair et un canotier, Catherine ne le reconnut pas tout de suite sous cet accoutrement de jeune gandin. Il vint vers elle, joua la surprise : « Il faisait une petite promenade, et il ne s'attendait guère... »Aurélien qui marchait à côté de Catherine se mordit les lèvres, elle le remarqua.

— Je suis pressé, prétendit-il, au revoir Cathie.

Xavier demeura planté devant la fillette, tout penaud. Il avança son canotier sur le front, comme s'il voulait protéger ses gros yeux du soleil vif malgré le crépuscule.

— Pour une surprise, reprit-il.

Catherine regardait de tous côtés, prête à voir paraître derrière une haie ou sur un talus Émilienne ; Emilienne qui, supposait-elle, devait les observer du fond de quelque cachette. Au bout d'un moment pourtant, elle demanda :

— Mlle Émilienne va bien ?

Le garçon se mit à se tortiller, à racler sa gorge, enfin, baissant le nez, il bredouilla :

— Oui, oui, ma sœur va bien, et à propos, elle pense, enfin elle te fait dire, elle te demande d'oublier ce qu'elle t'a dit le jour où tu es venue faire tes adieux ; elle serait contente si elle savait que tu ne penses plus à cela.

Comme il paraissait beau à Catherine soudain ce jeune messager falot, confus, ce campagnard grandi trop vite et déguisé en gandin. Le cœur qui bat, qui bat, la gorge qui se serre. L'autre, la tête basse, ne bougeait plus, comme si l'aveu l'avait épuisé. Catherine clignait des yeux, des larmes de joie embuaient sa vue. A travers ce brouillard clair, le canotier du fils Desjarrige prenait des allures d'auréole.

— Tu diras à Émilienne, tu lui diras que j'ai tout oublié.

— Je le lui dirai. Elle sera contente.

Il s'approcha et bien vite affirma d'une voix haletante :

— Moi... tu sais... Cathie... moi je... enfin... Cathie... je ne t'oublierai plus... jamais.

Elle leva vers lui des yeux étonnés. Il était devenu tout rose comme lorsqu'il était au piano. Tout à coup il fit demi-tour et détala en direction de La Ganne. Ce ne fut qu'après qu'il eut disparu que Catherine remarqua à haute voix, tant sa découverte la troublait :

— Mon Dieu, mais je l'ai tutoyé, et lui, qu'est-ce qu'il lui a pris ?

De nouveau elle scruta les haies qui bordaient la route, comme si elle craignait qu'on eût pu assister à son bref entretien avec Xavier.

Elle ajouta intérieurement, stupéfaite : « Je lui ai parlé comme je l'aurais fait à Aurélien, et je n'ai même pas dit Mademoiselle pour Émilienne. » Elle reprit son chemin ; presque à chaque pas elle butait contre les pierres. « Ma parole, tu aurais bu du cidre nouveau, tu ne serais pas plus grise. Et lui, Xavier, Xavier le taciturne, est-ce que j'aurais cru qu'un jour il me dirait de tels mots d'amitié ! Pour moi, Émilienne avait dû lui faire la leçon. A moins que... A moins qu'au contraire, ça soit lui qui ait fait reproche à sa sœur ?...

Décidément, il n'est pas ce qu'il paraît... En tout cas, je reverrai Émilienne, nous ne serons pas ennemies... Ah ! la tête m'en tourne. »

Cette légère ivresse ne la quitta pas durant quelques jours. Francet, Amélie Anglard, le père même se sentaient délivrés ; ils n'auraient su dire de quoi, ni pourquoi, mais tout simplement le sourire sur les lèvres de Catherine leur rendait la permission de sourire eux aussi à cet été qui gardait encore la jeunesse et la vivacité du printemps. Les cadettes s'en donnaient à cœur joie aussi bien pour se disputer et se battre que pour jouer : enfin nul ne mettait plus un frein à leurs jeux ou à leurs colères sous prétexte qu'il fallait se montrer « très gentilles avec Catherine ». Seul Aurélien ne partageait pas cet apaisement. Depuis qu'il avait vu Xavier Desjarrige venir à la rencontre de Catherine, il évitait de faire avec elle le chemin de retour à la sortie de l'usine, et on ne le rencontrait guère à la maison-des-prés. Sa sœur venait seule. Elle donnait le bras à Francet qui, appuyé sur elle, allongeait chaque soir davantage sa promenade aux alentours de la maison. Parfois ils pénétraient dans le bois derrière la chaumière, ils chassaient Clotilde et Toinon qui voulaient les suivre ; Amélie restait assise près de Catherine.

— Tu as vu les amoureux ?

— Quels amoureux ?

— Mais Julie et ton frère.

— Oh ! tu sais, je n'en suis pas si sûre. Il y a si longtemps que nous connaissons les Lartigues, si longtemps qu'il me semble que nous sommes frères et sœurs avec eux. Alors Julie et Francet...

— Tu crois vraiment ? demandait Amélie. Pour toi, Aurélien, alors c'est un peu ton frère ?

— Un peu.

La fille du cantonnier se taisait quelques minutes puis elle soupirait :

— On ne le voit plus, tu ne crois pas qu'il est fâché ?

— Qui ça ?

— Aurélien. Il n'est pas venu hier et avant-hier non plus.

— Pourquoi veux-tu qu'il soit fâché ?

— Je ne sais pas... Crois-tu qu'il viendra demain ?

Catherine laissait de nouveau le silence l'isoler dans la nuit qui descendait.

« Crois-tu qu'elle viendra demain ? » se demandait-elle faisant écho à la question d'Amélie. Elle s'apercevait qu'en fait, depuis sa rencontre avec Xavier, elle s'attendait chaque jour à voir apparaître

Émilienne. La jeune fille s'avancerait vers elle, l'embrasserait et une véritable amitié serait née de ce qui était le plus cruel des malentendus. « Viendra-t-elle demain ? »

Dans l'ombre, la voix timide d'Amélie Anglard continuait à s'élever. Catherine ne l'écoutait pas, elle pensait que la vie était une étrange chose. Il était question de la fabrique dans ce que racontait la fille du cantonnier. Oui, étrange, pensait Catherine : aujourd'hui la fabrique, tel était son domaine, hier la demeure des Desjarrige, avant-hier les fermes où elle était servante, et demain ? Demain, il y aurait cette amitié enfin sans blessure, sans maléfice, que ni la pauvreté ni la richesse ne viendraient obscurcir, et la paix serait là, aussi savoureuse que ce pain blanc qu'aux fours des métairies le père savait cuire

— Cathie, hé Cathie...

Amélie la tirait par le bras.

— Tu dors ?

— Je ne dors pas.

— Alors, pourquoi tu ne veux pas répondre ? Tu ne crois pas que je pourrais entrer à la fabrique moi aussi, un jour ?

Catherine avait du remords de se montrer inattentive.

— Ma pauvre Amélie, qu'irais-tu faire à la manufacture ? D'abord tes parents ne voudraient jamais : les ouvriers, les ouvrières, sans compter les apprentis, sont mal embouchés, c'est bien pire que nos anciens voisins de La Ganne. Et puis, si tu crois qu'on s'amuse à la fabrique ! Chaque apprenti, un ouvrier ou une ouvrière l'a à l'œil, sans compter la surveillance du contremaître. Il faut toujours courir après ses gestes, sinon l'assiette ou la tasse ou le vase que tu dois finir tu es encore en train de t'en occuper, qu'on te passe déjà une autre pièce, et tu te fais attraper et puis on te retient sur ta quinzaine. Moi je peux y tenir parce que j'en ai vu d'autres depuis que j'ai été placée comme servante, mais toi... oh non ! Amélie, tu n'es pas faite pour la fabrique, la fille du cantonnier, tu n'y penses pas. Toi qui es toujours restée avec ta mère, les paroles que tu entendrais là-bas te feraient mal, le travail aussi.

Mais la voix douce s'obstinait :

— Je m'habituerais, Cathie, je t'assure. Tu comprends, là-bas, toute la journée je serais avec toi et avec...

Sa voix eut sur le dernier mot comme une fêlure ; elle ne reprit pas sa phrase.

— Et avec qui ? demanda Catherine.

Amélie ne répondit pas, elle toussa plusieurs fois, se leva vivement.

— Oh ! il fait frais, dit-elle, on s'enrhumerait ; je crois qu'il est l'heure de rentrer.

Catherine ne se leva pas tout de suite. Elle était touchée de ce désir que venait d'exprimer Amélie ; de pouvoir passer toutes ses journées auprès d'elle, comme elle-même avait rêvé de les passer dans la maison d'Émilienne.

« Demain, Émilienne viendra à l'usine, elle viendra me chercher, je la conduirai sur la tombe de ma mère, nous nous jurerons amitié devant la croix. »

XVII

Ni le lendemain ni les jours suivants, Émilienne ne parut sur le chemin de la fabrique. Catherine dut bien reconnaître que la jeune fille maintenant ne tenterait plus de la revoir. Elle lui avait envoyé son frère parce que le regret ou le remords lui pesaient, mais une fois retrouvée la paix de la conscience grâce au message de Xavier, pourquoi se donner la peine de rechercher cette petite servante perdue, cette Cathie qui, plutôt que de devenir demoiselle de compagnie, avait été assez sotte pour s'emprisonner dans la fabrique.

Catherine revenait seule à la maison-des-prés. Parfois, si elle se retournait, il lui arrivait d'apercevoir au loin Aurélien ; il feignait alors de s'absorber dans la contemplation d'une haie ou bien il se mettait à tailler une baguette. Catherine repartait, il repartait à son tour. Un soir elle l'attendit, elle dut l'appeler pour qu'il la rejoignît. Elle ne parla plus à personne d'Émilienne.

A la manufacture, son travail devenait monotone, du moins la sortie des ateliers apportait-elle chaque jour sa moisson d'histoires que colportaient les apprentis à propos des ouvriers et des ouvrières, à propos aussi du patron, M. de La Reynie et de son fils, deux hommes courts et trapus, à l'épaisse chevelure grise pour le père, de jais pour le fils qui, à trente ans, paraissait être l'exacte copie de son père, rides et cheveux blancs en moins.

— Pas de mauvais diables, disait le père Baptiste, mais attention Cathie, arrange-toi pour ne jamais rester seule avec l'un ou avec l'autre. S'ils essayent de te retenir à l'atelier le soir quand les machines s'arrêtent, t'occupe pas de ce qu'ils peuvent dire, prends tes jambes à ton cou.

Catherine se demandait pourquoi l'ouvrier tenait ainsi à la mettre en garde contre les messieurs de La Reynie puisqu'il avouait par ailleurs que tous deux étaient bien braves. Un jour que le patron s'était arrêté près d'elle, la complimentait sur son travail puis lui prenait le menton pour déclarer que c'était là une gentille petite, elle fut toute surprise de voir surgir le père Baptiste — il avait donc pu quitter son tour ? quelqu'un avait-il été le prévenir ? Ce fut tout juste s'il ne bouscula pas le maître.

— Sûr que c'est une gentille petite, bougonna l'ouvrier, et dévouée, et sérieuse comme une mère de famille. Que personne ne s'avise de tourner autour d'elle, sinon...

Il leva son poing fermé blanchi d'argile. Le visage du patron déjà coloré s'empourpra encore.

— Il faut que j'aille à mes écritures, marmonna M. de La Reynie, et il s'éloigna les mains au dos.

Le vieil ouvrier fit un clin d'œil à la mère Trille ; celle-ci haussa les épaules.

— Vous en faites pas Baptiste, je veille au grain.

Le tourneur, de sa blouse sortit une tabatière jaune, offrit une prise à la commère qui se fourra avec délice quelques brins de tabac dans les narines. Elle renifla, éternua, renifla encore.

— Voilà qui chasse les humeurs, affirma-t-elle.

Le vieil homme prisa lui aussi, puis, en riant, au moment d'empocher la tabatière, il la tendit à Catherine.

— Ça ne te dit rien loupiote ?

Elle secoua la tête. Le père Baptiste fit disparaître la tabatière.

— Je ne vous avais plus vu priser, remarqua la fillette.

— Hé, je ne le fais qu'à la fabrique, ça assainit l'air qu'on respire ici, ça arrête la poussière.

Il fit un signe de la main et repartit vers son atelier.

— C'est quelqu'un, ce père Baptiste, déclara l'ouvrière. Je ne crois pas que notre M. de La Reynie revienne te prendre par le menton.

Catherine eut envie de protester. Il était bien convenable et bien sympathique le patron, pourquoi la mère Trille et Baptiste se liguaient-ils pour l'empêcher de venir faire compliment à son apprentie ? Ils étaient jaloux sans doute, ce n'est pas à eux que M. de La Reynie irait prendre affectueusement le menton entre ses doigts fins. Cependant elle n'osa pas se rebiffer et garda le silence.

L'ouvrier avait dit vrai, on ne vit plus M. de La Reynie venir s'enquérir des progrès de Catherine ; son fils non plus ne s'approchait point. Un jour cependant le maître traversa l'atelier, mais sans même jeter un coup d'œil vers elle. Il fonçait tête en avant, le front plissé, marmonnant on ne savait quoi dans sa moustache.

— Ça va ronfler, siffla la mère Trille entre ses dents.

— Qu'est-ce qu'il a ? demanda Catherine.

— De la fenêtre de son grenier il a dû surprendre quelque fumée au-dessus du Rocher de la Folie, alors il fait l'inspection pour voir qui manque.

— Qu'est-ce que ça veut dire ? interrogea l'apprentie.

— C'est lendemain de paye, voyons.

De la fumée, le Rocher de la Folie, la colère du patron, des ouvriers absents un lendemain de paye ! Catherine n'y comprenait goutte. Le soir, elle essaya d'éclaircir ces mystères en questionnant Aurélien, mais il détourna la conversation. De retour à la maison-des-prés, elle s'ouvrit à Francet des énigmes de la fabrique. Pas plus qu'elle il ne parvint à les résoudre, mais il s'enthousiasmait, émettait des hypothèses toutes plus romanesques les unes que les autres : il supposait que les porcelainiers avaient formé une secte, qu'ils se réunissaient pour célébrer leur culte autour d'un certain Rocher de la Folie et là qu'ils allumaient un grand feu. Le patron craignait cette secte, peut-être avait-il peur qu'elle ne s'emparât de sa fabrique, aussi observait-il de son bureau l'horizon et quand il découvrait la fumée du feu de joie il parcourait, inquiet, la manufacture pour voir si la secte progressait, lui enlevant de plus en plus d'ouvriers.

Quelques jours après, Catherine s'enhardit assez pour demander à la mère Trille :

— Le père Baptiste y va-t-il, au Rocher de la Folie ?

La femme se mit à rire.

— C'est le plus enragé, dit-elle.

« Le plus enragé. » Francet avait-il deviné ? S'agissait-il donc d'une secte des porcelainiers, une secte démoniaque, une secte de sorciers ? « Le plus enragé. » Catherine imaginait le vieil ouvrier se changeant en diable et dansant une sarabande de forcené, une sarabande folle au Rocher de la Folie. Elle se remémorait ces paroles du père Baptiste qui les avaient étonnés, son frère et elle, lorsque le tourneur avait fait allusion un soir, en baissant la voix comme s'il se parlait à lui-même, à une lointaine et magnifique manufacture près de Paris, d'où il avait dû fuir sans doute, après quel crime ?

Elle fit part de nouveau des ces remarques à Francet. A leurs yeux, le père Baptiste devint un héros, et l'adolescent plus que jamais eut hâte de pouvoir suivre ses traces.

Il lui tardait aussi de pouvoir se mêler aux jeux des apprentis que lui racontaient Catherine et Aurélien. Les apprentis avaient vite adopté Catherine. Malgré sa timidité et sa réserve, elle retrouvait auprès d'eux l'exaltation qu'elle éprouvait naguère lorsque aux métairies, elle parvenait à force de ruse, de prière ou de soumission à se faire admettre dans quelque équipée organisée par ses frères...

Ces jeux des apprentis, Catherine intérieurement bien souvent les blâmait, elle se blâmait plus encore d'y assister, mais elle ne trouvait pas le courage d'y renoncer ; elle était à la fois effrayée et enchantée par les mauvais tours dont elle devenait malgré elle complice.

Nul ne demeurait à l'abri de ces farces : les jours de foire, bien des paysans arrivés avec leur carriole au sommet de la côte qui précédait la fabrique sur le chemin de La Noaille crurent que leur âne soudain était pris de folie : il volait, sautait, cabriolait dans la descente au risque de renverser l'attelage ; en fait de folie, c'étaient les apprentis qui, dissimulés dans un taillis, avaient, à coups de pierres lancées juste au moment où passait la carriole, mis en fureur un guêpier repéré sur le bord du talus. A La Ganne, ils poursuivaient de leurs malices la Cul-Béni et sa bête noire le Iandou : la Cul-Béni, une maigre bigote prompte à déceler, en quelque lieu et sous quelque forme que ce soit, les suppôts de Satan ; le Iandou, un vieux garçon hirsute, sans âge, vêtu comme un arlequin d'oripeaux disparates assemblés et cousus par ses soins, et logé dans un taudis qu'il partageait avec ses trois cochons dont il ne se séparait jamais. Un soir, sous les yeux de Catherine, Aurélien que la courte paille avait désigné, se risqua à tracer une croix blanche sur la porte du Iandou ; après quoi l'on parvint, à force de tapage, à attirer sur le seuil de leurs demeures et Iandou et la Cul-Béni : l'homme aux cochons accusa la bigote d'être venue souiller sa porte avec cette maudite croix. Ce fut une belle dispute, on en parla à la fabrique pendant plus d'une semaine.

Après de telles équipées, Catherine se confiait à Amélie Anglard. La fille du cantonnier devenait plus rose encore d'émerveillement, d'inquiétude et de regret en écoutant le récit de son amie.

— Pourvu que mon père ne te voie pas avec les apprentis ! Mes parents ne voudraient plus que je te fréquente.

— Tu sais, Amélie, c'est la dernière fois que je vais avec eux. Vraiment ils sont trop enragés.

— Et Aurélien ?

— Aurélien comme les autres.

— Pas possible !

Et Amélie cette fois passe du rose au rouge.

Catherine a envie de rire. « Décidément, *son* Aurélien, elle le prend pour un ange. »

« Je n'irai plus avec les apprentis. » Mais quand on a passé tout le jour à l'atelier, comment résister à l'appel des jeux ? Elle a si peu joué dans son enfance ! Les maîtres ne payaient pas la servante de huit ans pour qu'elle songeât à s'amuser. « Catherine, viens donc, on va voir la Mistraude. »

C'était une vieille tassée sur elle-même, une carabosse. On disait que jeune elle avait été belle et un peu folle dans ses amours. Maintenant c'était la laideur et la démence en personne. Elle parcourait La Noaille, en toute saison portant un parapluie ouvert. A chaque baleine un pantin de carton colorié était suspendu, un pantin grotesque. La Mistraude se baladait avec son attirail. De temps en temps elle s'arrêtait. On faisait cercle autour d'elle, elle se mouchait dans un immense mouchoir à carreaux puis se mettait à injurier ses pantins l'un après l'autre. Celui-ci était censé représenter le maire, cet autre le sous-préfet, ce troisième le curé, ce ventru c'était le député, ce bossu le notaire, cette rougeaude, une dame du Haut.

— Voyez-le ce sale, ce bandit, ce crapaud, hurlait la Mistraude, et de débiter la vie privée des personnages qui, à l'en croire, au temps de sa beauté, avaient abusé d'elle, et qui maintenant faisaient ceci-cela, avec celle-ci ou celle-là.

Les badauds se délectaient. Les gens du Haut, s'ils apercevaient la scène, s'éloignaient l'œil noir. Dans les salons du mail on se plaignait de ce scandale permanent auquel nul n'osait mettre fin.

Catherine se demandait si la Mistraude n'était pas réellement une fée méchante qui cherchait à se venger de sa disgrâce. Un jour elle entendit la folle s'écrier en désignant l'un des ses pantins : « Regardez-le, regardez cette ordure, le gros Desjarrige. » Catherine s'enfuit épouvantée, les mains sur les oreilles de crainte d'entendre, malgré la distance, les accusations de la Mistraude. « Ça m'apprendra à ne pas tenir parole et à suivre encore les garçons. »

Mais le lendemain :

— Cathie ! Hé, Cathie ! Tu ne viens pas ?

— Il faut que je m'occupe de mes cadettes.

— Dommage.

— Pourquoi ? Où vous allez ?

— On va voir le chemin de fer.

— Viens, Cathie, ça vaut la peine, tu sais.

Aurélien ajoutait :

— Je sais que Julie doit passer voir ton frère, elle prendra soin de Clotilde et de Toinon.

— Je ne pourrai pas rester longtemps là-bas.

— Ça ne fait rien, dès que la machine sera passée, même si les autres restent, je te raccompagnerai, promettait Aurélien.

C'était une véritable expédition que d'aller guetter le chemin de fer. Il fallait faire près de trois kilomètres à travers bois, champs, prés et broussailles, gravir des talus, passer des ruisseaux. Les garçons filaient vite, Catherine avait du mal à les suivre. Parfois elle se tordait les chevilles dans la pierraille. Aurélien venait à son secours, la tirait par la main.

— Venez-vous ? criaient les autres, vous allez arriver trop tard !

La ligne ne passait pas encore à La Noaille, les notables n'en avaient pas voulu : cela empesterait l'air, empoisonnerait la terre, les moissons s'étioleraient, les troupeaux dépériraient ; quant aux jeunes, on ne pourrait plus les retenir, ils se serviraient de cette invention pour aller courir le monde. « Les messieurs ont bien raison, disait le père, pour une invention du mal, pour sûr que c'en est une. » A mi-voix, Francet confiait à Aurélien et à Catherine qu'un jour ils prendraient tous le train, et bonsoir la compagnie !

A peine la ligne était-elle achevée qu'une partie des notables avait changé d'opinion. Parmi eux, M. de La Reynie était le plus impatient ; à les entendre, La Noaille était condamnée à mourir si on ne la reliait pas d'urgence à la voie ferrée. On s'était donc mis à construire une bifurcation qui mènerait à la petite cité, mais elle n'était pas encore ouverte au trafic.

En attendant, c'était une fête cachée que d'aller voir passer, soufflant, sifflant, fumant, la locomotive de tôle noire et de cuivre jaune avec sa haute cheminée empanachée de vapeur, ses lanternes comme de gros yeux brillants. Dans un bruit fracassant, la machine fonçait devant les enfants saisis d'admiration. Quelles roues immenses avec ce levier qui, tel un bras de géant, monte, descend, avance, recule et entraîne les roues sous sa main de fer. Les deux wagons qui suivaient, ils donnaient plutôt envie de rire. Ce n'était pas derrière leurs vitres qu'on avait envie de se trouver mais bien à l'arrière de la machine, sur cette plate-forme où se tenaient les hommes au visage noir qui, parfois, pour porter à son comble l'émotion des enfants, tiraient sur la chaînette du sifflet ou bien actionnaient la cloche de cuivre et faisaient cracher par leur monstre métallique un jet de vapeur.

Ce n'était que longtemps après que le train avait disparu, à la pensée des réprimandes ou des taloches paternelles, qu'on se résignait à reprendre le chemin du retour, et encore on se racontait mille histoires à propos de ce chemin de fer. Nul ne s'étonnait quand l'apprenti peintre Paul Degaille, le plus vieux de la bande, affirmait que, dans un village voisin, une veuve et sa fille avaient abandonné leur demeure pour aller vivre dans une cabane qu'elles possédaient loin du bourg et dans un lieu sauvage, mais proche de la voie ferrée. Il ajoutait qu'elles étaient devenues tout aussi sauvages que le lieu où elles vivaient à présent d'herbes, de champignons, de racines ; les garçons, affirmait-il, venaient en cachette du bourg pour surprendre leur spectacle quand le train passait ; un fameux spectacle : la veuve et sa fille, à demi nues, des fleurs des prés dans les cheveux, chantant, riant, bavant, trépignant comme des sorcières au sabbat tant que le chemin de fer traversait leur pré. Ensuite, elles tombaient épuisées dans l'herbe, c'était le moment dont profitaient les curieux ou du moins les plus hardis d'entre eux pour se jeter sur elles. Le jeune homme laissait entendre qu'un dimanche, il irait lui aussi voir cette *histoire,* il était invité par des camarades du bourg voisin. Lui aussi se donnerait du bon temps.

Aurélien devenait rouge comme les coquelicots qui bordaient le chemin entre les blés, il jetait un regard malheureux sur Catherine. La fillette mordillait une tige, instinctivement elle se rapprochait d'Aurélien ; soudain les apprentis lui faisaient peur. Qu'allait-elle penser de partir ainsi, seule fille, avec tous ces garçons !

Un jour, d'ailleurs, elle n'eut pas seulement le pressentiment de la peur. Celui qui parlait de la veuve et de la fille sauvages, le grand rouquin dégingandé, Paul Degaille, qui était si fier d'être apprenti peintre dans l'atelier de M. Pardaloux, s'approcha d'elle et lui proposa de lui montrer un bras de la rivière, derrière le moulin de la fabrique. Lui seul, disait-il, connaissait l'endroit. Ils étaient tous assis sur la rive qui surplombait la roue noire du moulin, tous, sauf Aurélien qui s'était attardé dans la châtaigneraie à la recherche d'une nichée d'écureuils. Catherine hésita à suivre le rouquin, il ne lui avait jamais plu quoiqu'il singeât les manières « artistes » de son maître ; cependant la curiosité fut la plus forte : un bras de rivière que nul ne connaissait ! cela valait la peine de passer sur une antipathie, après tout sans fondement. Elle n'aima guère le coup d'œil narquois que lui jetèrent les apprentis. Le gringalet « meita de jau », se pencha vers eux, leur dit quelque chose à voix basse qui les fit s'esclaffer.

— Que disaient-ils ? s'inquiéta-t-elle, courroucée.

— Laisse donc, ils sont jaloux, ils voudraient bien que je leur fasse découvrir ce bout de rivière.

Quand ils furent sur le point de contourner le moulin, Catherine s'arrêta.

— Si on attendait Aurélien ?

Le front déjà étroit du rouquin se fit encore plus mince sous la ride qui le creusa.

— Toujours ton Aurélien ! Aurélien par-ci, Aurélien par-là, vous n'êtes tout de même pas mariés que je sache.

Il la regarda, la devina prête à s'enfuir, d'un coup reprit ses douceurs.

— Allons, ma petite Cathie, ne fais pas la méchante ; tu comprends, l'endroit que je veux te faire voir, c'est un secret, je ne veux pas qu'il y ait d'autres que nous à le connaître... Prends garde, le chemin est glissant.

Et l'apprenti tendit la main ; sur son dos luisaient des poils d'or, au bout des doigts des taches de couleur demeuraient.

Ils arrivèrent au pied de la muraille ; la rivière la baignait, mais des rochers plats permettaient de la contourner, ce qu'ils firent, bondissant de pierre en pierre. Pour être plus leste, Catherine tenait ses sabots à la main, elle riait quand une flaque d'eau restait dans un creux de la roche et que ses pieds venaient s'y poser. C'est en riant ainsi qu'elle arriva à une crique ouverte sur un bras de la rivière et cernée en arrière et sur les côtés par des buissons hauts et touffus.

— N'est-ce pas beau ? dit l'apprenti peintre.

Beau ? Maintenant que s'effaçait le plaisir d'aller à la découverte et de bondir de rocher en rocher au-dessus des filets d'eau vive, Catherine retrouvait le malaise ressenti lorsque le rouquin lui avait reproché de ne pouvoir se passer d'Aurélien. Ce bout de terre sablonneuse enserrée entre les taillis et la rivière lui faisait l'effet d'une prison.

— C'est beau, dit-elle par politesse.

Le garçon s'approcha d'elle, l'obligea à s'asseoir près de lui sur le sable.

— On est bien là...

Il prit son temps, l'observa en clignant des yeux.

— On est bien là, tous les deux.

Elle regarda de tous côtés, comme si elle cherchait une issue pour s'évader, mais, au-dessus d'elle, à droite, à gauche, derrière, les hautes épines enchevêtrées, un peu plus loin la muraille aveugle du moulin, et devant : la rivière. Elle sentit sur son visage l'haleine de l'apprenti.

— Cathie, prononça-t-il à voix basse.

Elle se recula vivement et se mit debout. Alors le rouquin vint vers elle, la prit par les poignets, l'attira contre lui.

— Mais tu es fou, tu me fais mal, laisse-moi.

L'apprenti blanchit et resserra l'étreinte de ses doigts.

— Non, mais, en voilà une mijaurée. Tu peux crier, petite, personne ne t'entendra.

Elle essayait de se faire lâcher, en vain ; les mains dures meurtrissaient ses poignets.

— Si tu ne me lâches pas...

— Quoi ?

Il rit tout en lui tordant le bras. Elle poussa un cri. Cette face grotesque et mauvaise contre sa propre figure. Non, elle rêve, elle va se réveiller ; c'est un cauchemar : cette face de bête plus que d'homme penchée sur elle, cette haleine brûlante. C'est bien une bête, ce rouquin, avec ses sales pattes, ce n'est pas un homme comme le père ou le parrain, ou Aurélien.

— Voilà que tu pleurniches. Ma petite, tu peux verser toutes les larmes que tu voudras, ça ne prend pas avec moi. Non mais, qu'est-ce que tu es après tout ? une Charron, une miséreuse.

Sans lâcher les bras de l'enfant, il la fit basculer en arrière ; elle tomba sur le sable en criant, mais il se jeta sur elle et lui écrasa la bouche sous sa poigne. De ses mains libres elle le griffa, il lui envoya une gifle qui lui jeta la tête contre le sol. Étourdie elle ferma les yeux, il lui sembla à ce moment entendre une voix qui ordonnait : « Laisse-la ! » Une voix qu'elle croyait reconnaître sans pouvoir nommer cependant celui qui criait : « Tu entends, laisse-la ! » Elle releva à demi les paupières et vit à contre-jour une forme mince bondir de rocher en rocher et s'élancer sur le rouquin. Les deux corps roulèrent sur le sable ; elle put se relever. Les garçons étroitement enserrés se donnaient des coups de poing et de pied, l'apprenti peintre avait le dessus et Catherine ne pouvait voir le visage de son allié. A un moment celui-ci, d'un coup de genou, put se dégager.

— Aurélien ! murmura la fillette.

La chemise déchirée, du sang sous le nez, une bosse au front, Aurélien lui souriait. Cependant, le rouquin revenait sur son adversaire. Aurélien essaya de le frapper au menton mais l'autre esquiva le coup et, se portant en avant, d'un croc-en-jambe envoya le jeune garçon de nouveau à terre. En tombant, Aurélien alla heurter de la tête une souche à demi enfouie sous le sable. Il resta un instant les yeux clos puis essaya de se relever, n'y parvint pas. Paul Degaille avait ramassé une grosse pierre et s'avançait les dents serrées.

« Mais il va le tuer, il va le tuer. » Catherine aperçut un bâton sur le sol, elle s'en empara et, le faisant tournoyer à deux mains, visa le crâne roux. D'un bras l'apprenti fit la parade, il hurla sous le choc ; le bâton échappa des mains de Catherine. Malgré la douleur, le rouquin n'avait pas lâché sa pierre ; il avança de nouveau vers Aurélien qui se recroquevilla sur lui-même, pliant les bras devant sa tête pour se protéger. Alors, elle n'eût pu dire ce qui lui dictait cette phrase mais elle était sûre soudain de son pouvoir, Catherine s'écria :

— Degaille, le père Baptiste te fera payer cher tout ça.

Le rouquin la regarda, éberlué :

— Le père Baptiste, je lui dis merde.

Mais il posa la pierre, se frotta les mains contre son pantalon à côtes, arrangea sa blouse, puis, haussant les épaules, sans ajouter un mot, s'éloigna.

Catherine aida Aurélien à se relever.

— Tu as eu une fameuse idée. Sans toi il m'écrasait avec son caillou.

— Et sans toi, Aurélien...

Elle posa une main timide sur l'épaule du garçon.

— C'est les autres qui m'ont dit : « Elle est descendue derrière le moulin avec poil-de-vache. » Je le connaissais, j'ai eu peur pour toi, alors...

Ils attendirent pour rejoindre le chemin, là-haut, que le crépuscule commençât à lancer sa brume sur la rivière. Ainsi les apprentis ne seraient-ils plus là pour se moquer d'eux.

Cependant qu'ils hâtaient le pas sur la route du retour, Catherine se demandait comment, après une telle journée, après tant de crainte, d'humiliation et de dégoût, il pouvait y avoir place en elle pour une sorte d'orgueil.

Le lendemain elle conta à la fille du cantonnier le piège que lui avait tendu l'apprenti ; sa frayeur, l'arrivée d'Aurélien, le combat, la fuite du rouquin.

— Aurélien est venu à ton secours, Aurélien s'est battu pour toi, répétait Amélie, tu as de la chance !

Ainsi toutes les filles pensaient de même : c'était donc une chance que les garçons vous poursuivent ? qu'ils se battent pour vous, prêts à s'entre-tuer comme des sauvages ? C'était une chance de quitter l'enfance pour entrer dans ce monde à la violence de bête ? « Une chance. » Malgré elle, hier soir, c'était cela qu'elle avait éprouvé, malgré elle, la femme en elle avait été plus forte que l'enfant : étonnement, regret, remords et, en même temps, une fierté qu'il lui déplaisait de s'avouer à elle-même, se partageaient son cœur.

Dès lors, elle ne prit plus part aux jeux des apprentis. Elle pensa qu'Aurélien avait dû raconter au père Baptiste l'algarade avec le rouquin, car celui-ci ne leur adressa plus la parole et il sembla à Catherine qu'il baissait la tête et filait comme un chien rossé dès qu'il apercevait le vieil ouvrier.

XVIII

L'enfance était bien finie pour Catherine, du moins en était-elle persuadée, quitte à piquer encore des fous rires avec Amélie et Julie pour un rien, une plaisanterie d'Aurélien, une mine de Clotilde ou de Toinon, la gambade d'un mouton échappé et qui venait rôder devant la maison-des-prés, quitte aussi à retrouver ses rêveries où continuait à régner Émilienne Desjarrige. Mais ce qui, à ses yeux, lui confirmait qu'un autre âge pour elle commençait, c'est que ses cadettes maintenant allaient à l'école. Ainsi en avait-elle décidé en accord avec Francet, et le père, une fois de plus, stupéfait par l'audace de ses deux aînés et par la tournure que prenait la vie dans ce drôle de siècle, le père s'était incliné. Il avait à présent quitté sa tâche de feuillardier et travaillait à la pose de la nouvelle voie ferrée. Ce labeur le tourmentait, il avait l'impression d'apporter son concours à une entreprise malfaisante, mais c'était là un emploi plus facile et mieux payé que celui de feuillardier. Quel étrange siècle tout de même, voilà que les filles se mettaient à apprendre à lire. Il se souvenait des paroles de sa femme à l'agonie : « Rien n'est de ta faute. Si un jour des gens comme nous comprenaient, savaient... » Elle serait certainement contente de voir Clotilde et Toinon aller à l'école, elle remercierait Cathie et Francet pour cela. Allons, tout était bien. Et cette Cathie, quel regard elle posait sur les livres des petites, il ne pouvait point ne pas remarquer ce regard, l'envie, la nostalgie, l'admiration qui l'habitaient. Pauvre Cathie toujours à se dévouer pour les siens, depuis si longtemps. Sans elle, une fois la mère morte, que seraient-ils devenus ? C'est vrai qu'il aurait envoyé les petites à l'orphelinat... et c'est vrai que cela aurait été le malheur pour ces petites et pour lui. Damné siècle, et dire que jusqu'au Mézy la vie avait été, non pas aimable, certes, souvent rude, blessante, mais enfin une vie d'homme, et lui pouvait se sentir le maître : le maître de la famille malgré les caprices des enfants ou les ruses des domestiques, et le maître de la terre malgré les orages, les grêles, les gelées. Peut-être dans ce désarroi et dans ce désespoir, ce qui lui était le plus pénible c'était de ne plus pouvoir donner de joie ni de plaisir à personne. Autrefois, quel bonheur il apportait à la ferme avec quelque cadeau ramené de La Noaille : les yeux brillants de la mère, des enfants, et, le soir, s'il chantait à la veillée, la bonne humeur des voisins. C'est cela qu'il se disait en observant Catherine empressée comme une mère auprès des cadettes, veillant à leur santé, à leur ordre, à leur travail. Il essayait d'imaginer ce qui aurait pu emplir d'un bonheur soudain et rayonnant Catherine, il regardait avec une tendre attention le visage un peu allongé, le fin nez droit, les sourcils clairs et minces au-dessus des yeux noisette où une flamme inattendue et fugace venait un instant dissiper l'habituelle mélancolie, la masse de la chevelure non plus tirée en nattes puériles, mais tordue en chignon au-dessus de la nuque. Catherine portait une robe d'un noir incertain, on l'avait fait teindre lorsque la mère était morte et, comme le tissu s'était rétréci, il avait fallu défaire l'ourlet : la trace en restait visible au bas de la jupe. Il fallait, songeait le père, que Catherine eût bien de la grâce pour rester belle malgré cet accoutrement. Il l'imagina avec un corsage orange, une jupe ample et longue. « Mais c'est une jeune fille ! » Vite il corrigea sa pensée : « Du moins, presque une jeune fille. » Il tirait la pointe de ses moustaches, ce qui chez lui était signe d'embarras. Catherine à ce moment releva la tête et remarqua le geste du père.

— Qu'avez-vous ? demanda-t-elle en riant.

— Rien, rien, et il pensait : « Il faudrait tout de même faire quelque chose pour cette petite. » Il se souvint de ce repas que la mère avait tenu à donner lorsqu'elle s'était sentie sur son déclin, ce repas avec autour d'elle tous ses enfants. « Si Marie était parmi nous, elle trouverait bien le moyen de fêter Cathie. » Il revit cette image en lui qui tout à l'heure l'avait étonné, Catherine en corsage orange et jupe longue, Catherine jeune fille. Il ne put s'empêcher de sourire.

— Mais enfin, Père, qu'avez-vous ? A quoi pensez-vous ?

Il la regarda, amusé.

— Devine.

— Je ne sais pas.

— Je pense à toi.

— A moi ? Elle rougit jusqu'aux oreilles.

— Je pensais que dans pas très longtemps tu aurais quinze ans.

« Voilà, se disait-il en lui-même, ce sera le jour de ses quinze ans. »

— Eh ! c'est tout de même pas encore, observa Catherine ; en même temps elle se disait : « Quelques mois et je serai une grande personne. » Cette idée, elle ne savait pourquoi, à la fois l'exaltait et l'inquiétait.

« Quelques mois. » Il semblait à Catherine qu'ils ne finiraient jamais, et pourtant, chaque journée au contraire passait comme un éclair : de l'aurore où la fillette se hâtait de préparer les premières soupes pour le père qui embauchait tôt à la voix ferrée, puis pour Francet qui mangeait au lit, enfin pour les petites qui partaient à l'école à l'heure où Catherine elle-même rejoignait l'usine, de l'aurore ainsi affairée à la pleine nuit où, une fois terminé le ménage, il restait à peine un moment avant de tomber comme une masse dans le sommeil, à peine un moment pour rêver un peu à ce jour qui venait de s'effacer, chargé de travaux et de visages familiers.

Un voyage que fit Catherine en compagnie d'Aurélien aux carrières de Marlac vint rompre cependant ces habitudes qui paraissaient devoir ne plus jamais changer. Un court voyage, mais il suffit à transformer une fois encore la vie de Catherine et de ses amis.

Les carrières de Marlac à plus d'une lieue de La Noaille fournissaient le kaolin à toutes les fabriques limousines. Elles avaient été creusées au temps où l'aïeul d'Emilienne faisait élever la Fabrique du Roi. Depuis lors, celle-ci chaque semaine envoyait à Marlac un convoi qui revenait chargé de la précieuse terre blanche.

— Hé, les loupiots, voulez-vous faire une randonnée ? avait demandé le père Baptiste.

Aurélien et Catherine attendaient, muets mais impatients, qu'il voulût bien s'expliquer.

— Toi et Aurélien, demain, vous pourrez prendre place auprès du camionneur qui mène le convoi aux carrières, c'est un ami. Je dirai au patron que j'ai eu besoin de vous envoyer là-bas, il ne me demandera pas d'explication. Toi, Aurélien, comme ça tu pourras voir ta sœur, et Cathie ça lui fera un jour de repos, je la trouve pâlotte, ce ne sera pas du luxe.

On partit dans la matinée. C'était un jour gris de novembre, le trajet parut long aux enfants. Le camionneur sentait le vin. Il leur rappelait le Iandou. Moins taciturne pourtant mais rabâcheur, il ne savait que répéter indéfiniment : « Pour un brave homme, c'est un brave homme, le père Baptiste, et ce qu'il me demande, je le fais de bon cœur. Il m'a demandé si j'avais deux places pour vous, je lui ai dit : Sûr que je les conduirai, ces gamins. »

« Ces gamins », Aurélien et Catherine, vexés, gardaient le silence. Les deux percherons de l'attelage avançaient lentement. « Ta sœur, ça lui fait un sacré bout de chemin », murmura Catherine à l'oreille d'Aurélien. Elle imaginait Julie s'en allant toute seule sur la longue route alors qu'il ne faisait pas encore jour, que le froid piquait, que par places de grands bancs de brume demeuraient où il fallait s'enfoncer le cœur battant ; et le soir, quand venait l'hiver, c'était encore dans la nuit qu'il fallait revenir.

— Au début, ma sœur, tous les jours elle pleurait, elle disait qu'elle ne reviendrait plus à la carrière, que c'était trop dur, mais le paternel il lui envoyait une paire de taloches, et le lendemain elle repartait.

— Ça n'a pas dû être plaisant tous les jours, chez vous non plus.

— Qu'est-ce que vous dites, les gamins, qui n'est pas plaisant par ici ? C'est parce que l'automne est pourri, mais si vous faisiez la route au printemps, vous verriez ça : de la verdure, des fleurs, des zoziaux. Pour un beau pays, c'est un beau pays. Et puis, c'est pas ça qui compte, vous allez voir les carrières, ça c'est quelque chose, il paraît que c'est unique au monde.

Ils furent bien déçus. Cette chose unique au monde n'était qu'une succession d'entonnoirs profonds aux parois de terre blanche. Ils demandèrent au camionneur où ils pourraient trouver

Julie Lartigues ; le bonhomme se contenta de leur désigner les entonnoirs d'un geste de la main. Des femmes, des fillettes, des garçonnets remontaient en file indienne du fond de ces excavations. Sur leur tête ceinte d'un foulard serré reposait une panière chargée de petits blocs de terre blanche. Ils marchaient tous à quelques pas les uns des autres, la tête droite, une main sur le bord de la panière pour tenir leur fardeau en équilibre. Pendant qu'une file gravissait une paroi de l'entonnoir, une autre file redescendait le long de la paroi opposée. Dans ces interminables rubans qui se dévidaient dans la grisaille de novembre, les enfants étaient en majorité ; une fois atteint le plateau, ils portaient leurs panières jusqu'à des hangars où ils les vidaient dans de grandes corbeilles. Des ouvrières penchées sur ces corbeilles triaient agilement les blocs de kaolin des diverses impuretés : cailloux ou mottes de terre banale, qui y étaient mêlées. Aurélien et Catherine restèrent longtemps sans se parler ; ils allaient d'un entonnoir à l'autre, d'une file à l'autre dans l'espoir d'y reconnaître Julie, en vain. Les porteurs de kaolin étaient gris de poussière : visage, mains, cheveux, vêtements, tout prenait la même couleur fade. A la fin, Catherine se décida à interpeller une jeune fille.

— Comment ? dit celle-ci, qui voulez-vous voir ?

Elle ne pouvait s'arrêter et Catherine devait marcher à ses côtés pour lui parler.

— Julie Lartigues ? répéta la porteuse, attendez, je crois qu'elle est à cette carrière, là-bas.

Ils remercièrent et allèrent se poster près de la file que leur avait indiquée l'ouvrière. Celle-ci disait vrai. Ils virent enfin apparaître Julie, grise comme les filles et les garçons qui la précédaient et la suivaient et portant comme eux sur sa tête très droite le panier de kaolin. Quand elle les vit, elle leur sourit et leur fit un signe de la main tout en prenant soin de ne pas déséquilibrer sa charge.

— Venez au hangar des trieuses, leur dit-elle, j'essaierai de m'arrêter un petit moment.

Catherine craignit qu'elle se fît ainsi réprimander à cause d'eux et elle assura que ce n'était pas la peine, que, ma foi, ils l'accompagneraient un bout de route. Ce qu'ils firent. Ils redescendirent même à mi-chemin du fond de la carrière ; là ils n'osèrent aller plus loin et remontèrent en donnant rendez-vous à Julie pour le casse-croûte de midi. Ils prirent ce repas, assis sur un madrier derrière le hangar du tri ; un maigre repas : du pain, un bout de fromage de chèvre, une pomme et des noix. Le pain et le fromage, c'était la pitance que tous les jours Julie apportait dans une besace jetée sur son épaule. Les pommes et les noix, c'étaient aujourd'hui des présents d'Aurélien.

— Nous, on a quand même la ressource de manger la soupe, ça réchauffe, observa Catherine.

— Oh ! le plus dur, c'est cette poussière qui se colle partout : à la peau, aux cils, dans les cheveux.

En disant cela, Julie ôtait le fichu qui serrait sa tête ; elle dénoua son chignon, secoua sa chevelure éployée.

— Tu vois, Cathie, mes cheveux restent gris.

Elle allongeait son cou, le penchait en avant, le redressait, puis du bout des doigts le massait.

— Ouf ! ça fait du bien, à la fin de la matinée et le soir on a réellement l'impression que la tête, elle rentre dans les épaules.

Elle faisait jouer ses phalanges engourdies et rouges.

— Les mains aussi, toujours levées pour soutenir la panière, à la longue, l'hiver on ne les sent plus.

Elle disait cela avec un air indifférent, comme elle eût parlé de la pluie ou du beau temps ; elle en parlait d'ailleurs, car le beau temps, remarquait-elle, c'était du feu sur la file incessante des porteurs, et la pluie ne les ménageait guère et rendait leurs pas glissants sur l'argile. Il n'y avait qu'une chose contre laquelle, de toute évidence, Julie s'emportait, c'était de ne pouvoir garder ses cheveux nets et luisants avec cette maudite poudre blanche qui se collait à eux.

— Et en bas ? demanda Aurélien.

— En bas quoi ?

— Eh bien, que fait-on ?

— Ce sont les hommes, en bas ; ils piochent le kaolin.

Catherine se blâmait intérieurement. Bien souvent, le port altier de Julie l'avait irritée. « A-t-on idée de tenir sa tête aussi droite qu'un piquet », se disait-elle dans ces moments de jalousie. « C'est pour plaire à mon frère, évidemment, pour imiter les jeunes demoiselles de la ville haute. » Elle comprenait à présent que c'était tout simplement l'habitude de son travail qui donnait à Julie ce maintien. Elle plaignait son amie de devoir s'astreindre à un labeur si pénible et, par comparaison, il lui semblait que tous ses travaux de bergère, de servante autrefois et à présent de porcelainière étaient presque des jeux.

Pendant le trajet du retour, elle déclara :

— Tu sais, Aurélien, ce n'est pas possible de laisser ta sœur à Marlac : trois heures pour aller et venir, bien peu de chose à se mettre dans l'estomac, toute la journée descendre au fond de ces trous et en remonter chargé comme un mulet, ce n'est pas une tâche de chrétien. Julie y usera ses jambes jusqu'à son cou.

— J'ai souvent pensé comme toi, affirma le garçon, et avant de le voir de mes yeux, je ne me rendais pourtant pas tout à fait compte, mais que faire ? Bien heureux encore qu'elle ait eu cette place, c'est par protection de M. de La Reynie que mon père a pu obtenir l'embauche de Julie à Marlac. Depuis on est un peu moins affamé à la maison.

— C'est pas possible, je t'assure que c'est pas possible, répétait Catherine.

Julie leur avait bien déjà, à maintes reprises, raconté son existence aux carrières mais comme le remarquait Aurélien : « Il fallait le voir de ses yeux pour comprendre. »

Le soir, à la maison-des-prés, Catherine, Aurélien et Francet tinrent conseil. On décida de faire appel une fois de plus au père Baptiste.

Le lendemain, à la sortie des ateliers, il écouta gravement Catherine en hochant la tête. Aurélien ajouta qu'il ne fallait surtout pas en parler à son père, sans quoi celui-ci ne manquerait pas de rosser d'importance et Julie pour être la cause de ce trouble et lui-même Aurélien, pour s'occuper de ce qui ne le regardait pas. Le vieil ouvrier ne cacha pas que ce qu'on lui demandait lui semblait difficile ; on annonçait une crise dans la porcelaine, et à la fabrique on avait plutôt tendance à licencier qu'à embaucher. Enfin, il promit de faire tout son possible. Il tapota la joue de Catherine.

— Quel sacré petit brin de femme ! Toi, ton frère et tes amis, vous en remontreriez à bien des grands. Si tous les hommes savaient s'entendre aussi bien que votre petit groupe, ah ! nom de Dieu !...

Il écarta les bras du corps, leva le menton, et son geste était plus éloquent qu'un discours. Les enfants eurent l'impression qu'il promettait ils ne savaient quelle merveille des merveilles aux ouvriers si ceux-ci voulaient bien prendre exemple sur Catherine et ses compagnons.

Mais le vieil homme s'assombrit, cracha par terre et bougonna.

— En attendant, ils sont tout juste bons à se chipoter pour des riens et à fabriquer des mioches qu'on transforme en bêtes de somme.

Il se racla la gorge.

— Du moins, ici, dans ce fichu pays... A Paris c'était autre chose.

— Quand êtes-vous parti de Paris ? demanda Catherine.

Le père Baptiste feignit de ne pas entendre.

— C'est pas tout ça, mais il faut que je file. Pour Julie, on verra.

Il enfonça sa casquette sur son front et s'en alla à grands pas.

— Crois-tu qu'il pourra faire quelque chose pour Julie ?

— En tout cas, je suis sûr qu'il fera tout ce qu'il pourra. Ce que tu lui demandes, Cathie, ou ce que lui demande ton frère, c'est parole d'évangile.

— D'où il vient ce père Baptiste ? Tu as entendu comme il vantait les ouvriers de Paris, et après, il a eu l'air ennuyé lorsque j'ai voulu savoir quand il était parti.

— Oui, et le soir où il parlait de cette fabrique de porcelaine, la plus fameuse de toutes qu'il disait. Pour moi il avait dû y travailler. Tu sais, il n'y a pas un seul tourneur comme lui dans tout le pays. Il paraît même qu'il n'y en a jamais eu.

— Eh bien, il ne veut pas qu'on sache qu'il a quitté cette fabrique de Paris ou d'ailleurs.

Elle marqua un temps et reprit :

— Qu'a-t-il bien pu faire pour se cacher ainsi ? Tu ne crois pas qu'il aurait commis quelque mauvais coup ?

Aurélien s'indigna :

— Oh ! Cathie, comment peux-tu ? Toi, comment peux-tu penser une chose pareille ?

Elle baissa le nez.

— C'est vrai, tu as raison, je ne sais pas pourquoi je disais ça.

Elle savait bien que si elle admirait le vieil ouvrier, si elle lui était reconnaissante de ses gentillesses et de son dévouement envers Francet et elle-même, elle n'en continuerait pas moins à lui tenir rigueur de l'avoir obligée à venir à la fabrique au lieu de rester chez les Desjarrige. Elle se rappelait aussi la méfiance que la mère avait longtemps opposée à la faconde du père Baptiste. Elle se morigéna : qu'importait le passé du vieil ouvrier ? D'ailleurs, le tourneur ne pouvait-il être victime de quelque injustice ? Peut-être lui aussi, comme le père, avait-il dû fuir devant quelque méchanceté. Des hommes aussi généreux que lui, on n'en comptait guère ; certainement, une fois de plus, il viendrait au secours de ses amis, et grâce à lui, Julie ne resterait pas à Marlac.

Quelques jours passèrent sans que le vieil homme apportât une réponse. Enfin un matin, au moment du casse-croûte, il s'approcha de Catherine et d'Aurélien. Il prisa une bonne pincée de tabac dans une narine, puis dans l'autre, se racla la gorge.

— Rien à faire, les loupiots, rien. J'ai vu le patron deux fois, il ne peut prendre personne. Bien beau, qu'il dit, s'il n'est pas obligé de renvoyer des gens. A force de lui dire ceci et cela, tout ce que j'ai pu obtenir, c'est qu'il m'a promis...

Le tourneur souleva sa casquette, se gratta la tête.

— Il m'a promis, si jamais quelque apprenti lâchait sa place, il m'a promis de la réserver à Julie.

Le père Baptiste se frotta les mains l'une contre l'autre comme s'il avait froid. Le poêle de l'atelier ronflait pourtant rondement.

— Brrr, fit l'ouvrier, pas chaud ; je cours jusqu'à l'auberge prendre un petit verre.

Quand il fut sorti :

— Il était ennuyé, fit Aurélien, et c'est pour ça qu'il n'est pas resté.

— Que va-t-on faire ? demanda Catherine.

Son ami haussa les épaules en signe d'ignorance.

— Tu crois qu'un apprenti ou une apprentie pourrait s'en aller ? ajouta-t-elle.

— Ça m'étonnerait.

Julie n'était pas dans la confidence, les enfants avaient espéré lui faire une surprise.

Ce secret rendit plus difficile le projet que Catherine s'obstina à poursuivre. Il fallait pour en parler profiter des soirées où Julie ne venait pas à la maison-des-prés, et il était bien rare qu'elle passât un jour sans rendre visite à Francet.

— Et si moi je quittais la fabrique ? dit un soir Catherine.

Aurélien, Francet, Amélie se récrièrent. Elle n'y pensait pas ! que ferait-elle ? Il lui faudrait redevenir servante chez les autres ! C'était de la folie ; perdre son avenir, elle ne le retrouverait plus. Il faut attendre, concluait Aurélien ; quand les affaires de la fabrique seraient meilleures il y aurait bien une place pour Julie. Mais Catherine ne se résignait pas.

— Penses-tu que demain, et après-demain, et tous les jours pendant des mois, pendant des années peut-être, ta sœur continuera à descendre et remonter, descendre et remonter dans la carrière ?

Un jour Amélie prit Catherine à part.

— Tu sais, ma mère a une amie, Mme Navel ; elle a un atelier de couture. Je vais y entrer. Si jamais tu voulais venir travailler avec nous, ma mère a demandé à Mme Navel si elle accepterait : elle a dit oui. Tu ne tarderais pas à gagner plus qu'à la fabrique et, comme ça, Julie pourrait prendre ta place.

De nouveau on tint conseil, sans Julie bien sûr, mais en présence du vieil ouvrier. Il ne cachait pas ses regrets de voir Catherine quitter l'usine, en même temps il ne pouvait que la louer de son dévouement. Aurélien déclara qu'en ce qui le concernait, il ne lui était pas possible de se prononcer puisqu'il s'agissait de favoriser Julie. En réalité, lui aussi, comme le père Baptiste, était divisé : il ne pouvait refuser ce qui, sans aucun doute, serait une chance pour sa sœur, mais l'idée de voir Catherine s'éloigner de nouveau l'attristait. Francet, depuis que Catherine lui avait dépeint les épreuves de Julie, ne cessait de fulminer contre « les gens » qui osaient ainsi faire trimer les enfants, contre sa jambe aussi qui ne le laissait pas encore agir à sa guise et gagner tout l'argent qu'il faudrait pour sortir Julie et Catherine et eux tous de la pauvreté. Quant au père, s'il n'osait trop le dire, il était content que sa fille prît un métier qui lui semblait plus convenable pour une femme que celui de la porcelaine.

L'affaire fut donc décidée : à la fabrique Julie succéderait à Catherine, et celle-ci, avec Amélie Anglard, entrerait à l'atelier de couture que Mme Navel tenait à La Noaille.

L'AGE DES CHANSONS

XIX

Madame Navel était une femme entre deux âges, alerte et pimpante, les cheveux de charbon. Ses ouvrières disaient qu'elle se teignait car son mari était plus jeune qu'elle de dix ans : un marchand de bestiaux, bel homme et beau parleur. Elle l'avait rencontré à Limoges où il venait aux foires, et pour le suivre elle quitta la ville et l'atelier renommé où elle était première main. Elle ouvrit à son tour un atelier à La Noaille, derrière l'église Saint-Loup, et ne tarda pas à gagner la clientèle des dames du Haut.

Velours, soieries, dentelles, lainages et linons, taffetas et brocarts faisaient de la grande pièce où régnait Mme Navel une chambre aux trésors, une chambre pourtant vétuste, au plancher disjoint et incliné vers la fenêtre à petits carreaux par où l'on découvrait la masse sombre de Saint-Loup. De chaque côté de la verrière, dans les coins, sur des mannequins d'osier et de toile aux poitrines et aux hanches avantageuses, des étoffes étaient drapées. Des images de mode posaient leurs couleurs tendres sur les murs. Autour d'une vaste table couverte de patrons, de bobines, de ciseaux, de pelotes et de craies, Mme Navel, ses ouvrières et ses apprenties cousaient, taillaient, jacassaient et chantaient. Lorsque, pour la première fois, à la suite d'Amélie, Catherine entra dans l'atelier, elle fut aussi étourdie par les bavardages et les chansons qu'elle était éblouie par les étoffes éparpillées sur la table, les chaises et jusque sur le sol.

— Elle est bien timide ton amie, remarqua Mme Navel en clignant des yeux pour observer Catherine, aussi peu hardie que toi.

Malgré cette timidité, la nouvelle fut vite apprivoisée grâce aux histoires de la patronne qui ne cessait de conter ses souvenirs du temps où elle était petite main puis première main à la ville et où elle habillait Madame la Préfète, Madame la Générale et les femmes des industriels. « Il fallait voir ces toilettes, affirmait-elle, autre chose que les robes de quatre sous » — et d'une main dédaigneuse elle montrait ces étoffes qui semblaient pourtant si magnifiques à Catherine — qu'ici elle faisait pour la Sous-Préfète, la Colonelle, les notairesses, les femmes des avocats et quelques coquettes de la ville Haute.

Ce qui plaisait moins à Catherine, c'était que la patronne n'épargnât pas à son égard les épithètes malsonnantes quand elle trouvait que le métier ne rentrait pas assez vite.

— Grande empotée, plat-de-nouilles, bécasse, cruchon, bicanarde, as-tu jamais vu un ourlet comme ça ? C'est un corsage que tu bâtis ou un sac ? et l'empiècement qu'en fais-tu ? Un plissé, tu crois que ça se fait en rêvant à la lune ? Donne donc.

Mme Navel arrachait la pièce des mains maladroites, l'aiguille volait, volait, la patronne s'arrêtait une seconde, tendait l'étoffe sur ses genoux pour juger du travail ou la soulevait devant elle, puis :

— Tiens ma fille, continue. T'as compris ? D'ailleurs faut pas t'en faire, je te secoue parce qu'on a besoin d'être secoué à ton âge, mais crois-moi, ça marche bien. Par exemple, attention, ce qu'on fait, que ce ne soit pas cochonné. Toujours travailler comme si on habillait la reine de Saba en personne.

Catherine se demandait quelle pouvait être cette reine dont elle n'avait jamais entendu parler, mais elle n'osait questionner Amélie à ce propos et encore moins les deux ouvrières : Jeanne Morlon et Florestine Dubourg. L'une était rouquine, potelée, minaudière ; l'autre sombre, maigre, brusque dans ses paroles et dans ses gestes. Toutes deux avaient coiffé sainte Catherine, pas pressées, à les entendre, de trouver un « tyran de maison ». Elles partageaient avec la patronne l'amour des potins, et poussaient à tour de rôle, et plus d'une fois à l'unisson, la romance ou la complainte, ce qui ne manquait pas d'enchanter leurs cadettes : Amélie et Catherine. Les chansons ne parlaient que d'amants éplorés, de belles enlevées : Catherine en comprenait mal les paroles françaises, mais assez cependant pour être émue ; elle goûtait moins les complaintes où il n'était question que de meurtres, d'aubergistes assassins, de jaloux assoiffés de sang. Il y avait aussi des couplets qui sur des airs traînards évoquaient des gens « jetés » au ruisseau, des enfants affamés. Catherine pensait que peut-être leur auteur avait dû entendre parler d'elle, de sa famille, de ses amis de La Ganne et qu'il y faisait allusion. Comme tout le monde dans l'atelier, elle avait les larmes aux yeux en écoutant ces vers pleins de sanglots et de malheurs, et pourtant il lui semblait — oh ! elle n'aurait su dire comment — que tout de même, la misère, la faim, le faubourg ce n'était pas cela, la vérité était à la fois plus cruelle encore et, malgré tout, souvent ensoleillée. Autre chose encore l'étonnait, c'était d'entendre ces chanteuses si fidèles aux refrains de la misère, condamner bien des fois tel ou tel habitant de La Ganne dont on venait à parler.

— Hé ! disait la patronne, s'il travaillait il pourrait manger à sa faim.

— Bien sûr, renchérissaient les deux couturières, tout ça c'est fainéant et compagnie.

Pourtant, elles n'étaient point mauvaises filles, et aussi bien elles que la patronne se montraient volontiers secourables à l'occasion.

Quand on ne chantait point, c'était pour passer en revue les notables de la ville. Mme Navel et ses deux ouvrières paraissaient ainsi prendre une revanche sur leurs clientes ; celles-ci les empoisonnaient par une exigence insatiable, des lubies, des caprices, des insolences. Qu'à cela ne tienne, tout en faufilant la nouvelle robe de Mme Baud la notairesse, on riait à gorge déployée en évoquant les cent quatre-vingts livres de chair avachie que ce tissu envelopperait.

— Marquez davantage la taille, s'écriait Jeanne Morlon en se pinçant le nez pour singer la notairesse que son poids ne dissuadait pas de sacrifier à la coquetterie.

Toujours pressée, pressée, la femme du capitaine de Mareuil, à peine une toilette commandée qu'elle eût voulu pouvoir l'emporter. « Pressée, sans doute, de montrer son jupon au petit lieutenant Maigret », susurrait Florestine Dubourg tout en ourlant ledit jupon d'organdi.

— Moins pressée ensuite de le payer, reprenait Jeanne.

— Qui ça ? Le lieutenant ? demandait Mme Navel, et toutes trois de rire, de rire jusqu'à ce que l'une d'elle jurât : à force de rire elle s'était piqué le doigt, une perle rouge se formait lentement au bout de l'index.

— Pourquoi rient-elles ? demandait Catherine à voix basse.

Cette dame ne veut pas payer le lieutenant ? Pourquoi le paierait-elle ?

— Mais non, chuchotait Amélie, c'est ce jupon qu'elle tardera à payer. Les de Mareuil n'ont guère d'argent, c'est bien connu. Ils mènent grand train et après ils ne peuvent faire face à leurs dettes.

Parfois la conversation tombait sur les Desjarrige. Catherine baissait la tête sur son ouvrage, elle eût voulu pouvoir se cacher sous les étoffes qu'elle cousait, se cacher et ne pas entendre. Mme Navel en voulait aux Desjarrige. Elle avait beau affecter l'indifférence pour en parler, on devinait son dépit. Mme Desjarrige s'habillait à Limoges, dans la maison de couture où Mme Navel travaillait avant que l'amour ne lui fît quitter sa place pour voler jusqu'à La Noaille auprès de son jeune époux. La couturière était ulcérée que Mme Desjarrige fût demeurée fidèle à la maison de la capitale au lieu de lui confier sa pratique.

— Ces gens sont des faiseurs d'embarras. Elle se disait ravie des robes que je lui faisais moi, moi, pas une autre dans la maison, que je lui faisais de mes mains, à Limoges, mais pas de danger, maintenant que je suis à La Noaille, pas de danger qu'elle vienne ici.

Mme Navel tirait d'un coup sec sur le tissu qu'elle avait en main.

— Avant tout, il faut jeter de la poudre aux yeux des gens et s'habiller à Limoges,ça jette de la poudre et quand on peut, on va même s'acheter très cher un colifichet à Paris...

A grands coups d'aiguille la patronne transperçait la ceinture qu'elle mettait en place.

— Tout ça parce qu'on sort du château du Repaire, un château du genre prison, murs épais comme ça, fantôme historique, une famille qui avait ses entrées au palais du roi du temps où il y en avait un de roi ; et c'est pour cela qu'on avait chargé un du Repaire de bâtir ici la fabrique de porcelaine... Doux Jésus, vous parlez, si je la sais par cœur leur histoire, Mme Desjarrige nous la racontait assez en long et en large quand elle venait pour l'essayage à Limoges... Tiens ça, petite, que je voie si ma ceinture est bien en place. Hum, un peu haute sur le côté, oui, trop haute d'un doigt.

Mme Navel faisait sauter aux ciseaux les points, rectifiait l'ouvrage.

— Une famille de bons à rien ; les chevaux et les femmes, pour ça d'accord. Résultat : la fabrique ? envolée. Restent les deux yeux pour pleurer et les murs du château pour s'y enfermer. Elle a eu de la chance Mme Desjarrige de trouver son mari, un marchand de bestiaux, tout comme le mien, ni plus ni moins. Et que le mien vende des bêtes à cornes et M. Desjarrige des chevaux, je vous demande un peu ce que ça change à l'affaire. Oh ! allez, elle viendra bien quelque jour, elle aussi, me commander une robe, parce que, sans me vanter, à Limoges, ils n'ont pu me remplacer.

Et Mme Navel de se rengorger. Elle n'arrivait pas à se faire à cette vie de la petite cité ; il lui fallait se draper dans ses souvenirs de la grande ville, mieux qu'elle ne l'eût fait, aux yeux éblouis des ouvrières et des apprenties, dans la plus riche des étoffes où elle taillait jupes, robes et corsages pour le bal de la sous-préfecture.

— Vous rendez-vous compte, petites, vous rendez-vous compte de votre chance ? Si l'amour (elle prononçait l'*âmour* en fermant à demi les yeux), si l'amour ne n'avait pas conduite ici dans ce trou, que feriez-vous ? bonniches, porcelainières ? ou bien vous seriez en train de fagoter des robes — elle levait les yeux au ciel comme si elle le prenait à témoin — et quand je dis des robes je devrais dire des sacs, des torchons, des guenilles, chez Mlle Rose ma concurrente !

Elle gloussait, dévisageait l'une après l'autre Jeanne, Florestine, Amélie, Catherine.

— Ma concurrente ! comme si une charrette pouvait concurrencer un carrosse.

Vraiment, on n'avait pas le temps de s'ennuyer chez Mme Navel : il y avait tellement à apprendre pour les mains et pour les oreilles. Même la timide Amélie, encouragée par l'exemple, se mettait à bavarder. Elle contait des histoires du bourg où son père était né, un bourg depuis longtemps rival de La Noaille et fier jusqu'à la déraison des forteresses en ruine qui le dominaient. Un roi, d'une flèche, avait été tué au pied des tours. Il venait là conquérir un trésor, des statues d'or massif, des statues grandes comme vous et moi, ensevelies depuis des temps et des temps dans les souterrains. Elles y étaient toujours ; les enfants là-bas se glissaient dans les souterrains avec l'espoir de les trouver, ou bien, quand ils voulaient jouer aux seigneurs, ils montaient au sommet du donjon, et là-haut, sur la large plate-forme, ils dansaient le quadrille.

Les ouvrières appréciaient beaucoup cette histoire de statues. Elles se demandaient ce qu'elles feraient si elle trouvaient un tel magot. Jeanne Morlon s'achetait une maison dans un parc, une calèche à deux chevaux, une armée de domestiques, des robes tant et tant en dentelle, en satin, en soie, en brocart, en cachemire, tant et tant que dix malles ne les contiendraient point. Florestine Dubourg, elle, partait pour Paris ; tous les soirs elle allait soit au théâtre, soit au bal ; bien sûr, elle aussi aurait des montagnes de robes, et des bijoux, ah ! quels bijoux ; Mme Grisac, la femme du banquier de La Noaille, toujours chargée de bagues et de colliers, en mourrait de jalousie lorsqu'elle verrait ma Florestine parée de diamants et de rubis comme une châsse.

— Et toi, Amélie, demandait la patronne, que ferais-tu ? Tout de même si quelqu'un devait trouver les statues c'est bien toi.

Amélie rougissait.

— Oh ! je partagerais le trésor avec Cathie et avec Aurélien.

— Voyez-vous ça, disait Mme Navel, et nous, nous n'aurions pas droit à une petite part ?... Et alors, Cathie, avec ce que te donnerait Amélie, que ferais-tu ?...

— Je ne sais pas.

— Par exemple, je t'aurais cru plus décidée. Tu ne deviendras jamais riche si tu ne sais même pas ce que tu ferais de ton argent.

Elle le savait fort bien au contraire, Catherine, mais pouvait-on dire : « J'achèterais la Fabrique du Roi. Francet la ferait marcher avec notre père, le père Baptiste et Aurélien. Ensuite j'offrirais à Émilienne de venir avec nous pour qu'elle aussi la fabrique lui appartienne puisque c'est la famille de sa mère qui l'avait fondée. La manufacture deviendrait si grande que tous les gens de La Ganne pourraient venir y travailler, et ils ne seraient plus affamés et leurs enfants iraient à l'école au lieu de faire tourner les machines de l'usine ou de descendre dans les carrières de Marlac. »

— Eh bien, Cathie ! Tu rêves !

Catherine sursauta.

— Tu sais bien que nous devons livrer cette robe ce soir même.

— Oui, Madame, oui.

Mme Navel tolérait chants ou bavardages, voire les provoquait, mais il ne fallait pas que pendant ce temps l'aiguille chômât. Les clientes, comme elle venait de le rappeler à Catherine, s'impatientaient ; il fallait souvent travailler le soir, longtemps, à la lueur d'une lampe à pétrole, innovation que Mme Navel avait apportée de la ville et qui faisait l'admiration des ouvrières et même de certaines clientes habituées encore chez elles à la lueur des bougies.

Une fois rentrée à la maison-des-prés, Catherine devait raconter à ses cadettes ses travaux de la journée.

— As-tu fait de jolies robes ? demandait Clotilde.

Catherine sortait de sa poche des franges de soie, un bout de velours ; les petites s'extasiaient.

— Tu en as de la chance, Cathie, de travailler là-bas, de faire des corsages dans ce velours rouge !

— Mais pourquoi toi tu n'as pas de belles robes, protestait Toinon, puisque c'est toi qui les fais ?

— Toinon a raison, reprenait Clotilde, toutes les trois on devrait être habillées comme la dame du capitaine, la dame du Sous-Préfet, et la dame du, de, de je ne sais pas quoi.

— Laissez votre sœur tranquille, ordonnait le père, vous ne voyez pas qu'elle est fatiguée.

Et Jean Charron, cependant qu'il poussait les petites vers leur lit, jetait un regard inquiet sur le visage soudain assombri de Catherine.

— Te plais-tu chez Mme Navel ?

— Mais oui, Père, bien sûr.

— Il parait que maintenant tu es aussi habile que les ouvrières et bientôt tu les dépasseras, c'est le père d'Amélie qui m'a dit ça. Je l'ai rencontré en allant acheter mon tabac.

Catherine était heureuse que la nuit qui emplissait lentement la pièce ne permît pas au père de voir combien elle rougissait de fierté.

— Un jour, Père, il faudra, si on peut avoir quelques sous d'avance, il faudra qu'on achète une coupe de tissu et je ferai deux jolies robes aux petites. Vous verrez comme elles seront contentes.

— Vraiment contentes ?

— Vous ne pouvez pas vous imaginer, Père.

XX

C'était un hiver précoce. Dès les premiers jours de décembre la neige était tombée, la pluie l'avait chassée, mais de nouveau tout s'était fleuri de blancheurs et de silence.

— Le même temps que cet hiver où votre mère a rencontré un loup, aux Jaladas...

— Ne craignez rien, dit Catherine aux cadettes, des loups on n'en voit plus, ce que le père raconte, ça se passait il y a très longtemps.

— Il y a très longtemps, répéta le père en écho, et il semblait regarder en lui-même, loin, avec tendresse, ce jour d'effroi.

— On les a tous tués ? interrogea Toinon d'une voix blanche.

— Tous, affirma Catherine.

Elle pensait à ce haut portail des écuries chez les Desjarrige, ce haut portail sur lequel on clouait les pattes des loups abattus.

— Moi, dit Julie, quand j'étais aux carrières, une fille m'a assuré que...

« Qu'est-ce qu'elle va encore sortir ? » Catherine s'irritait de voir Julie assise si près de Francet qu'on eût dit qu'elle aussi, comme les petites, avait eu peur quand le père avait parlé du loup, « ou du moins, elle fait semblant d'avoir peur pour se rapprocher de Francet ».

— Aurélien, veux-tu me faire passer le balai, demanda Catherine, il faut que j'écarte la neige devant la porte.

Elle voulait surtout interrompre Julie et la dissuader ainsi de poursuivre son histoire, ce n'était pas la peine de rendre Clotilde et Toinon plus craintives encore. Mais Julie reprenait.

— La fille m'a raconté, dans son hameau, ils étaient trois gosses pour aller à l'école, ils devaient faire une lieue dans les bois. Un hiver, deux des enfants tombèrent malades pendant quelques jours, le plus petit devait faire le chemin tout seul. Le soir, en rentrant, il dit à sa mère qu'il ne voulait plus aller à l'école, qu'il avait vu un grand chien qui le regardait, puis qui l'avait suivi, mais les parents l'obligèrent à repartir le lendemain, et le soir, il dit encore que le grand chien l'avait attendu sur la route, le troisième jour il s'en alla encore, on ne le revit plus jamais.

— Pourquoi ? s'écria Clotilde bouleversée.

Julie ouvrit la bouche mais Catherine ne la laissa pas parler.

— Tu ferais mieux de m'aider à balayer, au lieu de raconter des histoires stupides.

— Des histoires stupides !

— Allons, vous n'allez pas vous disputer, protesta Francet.

— Merci, reprit Julie, vraiment merci, c'est bien la peine...

Elle s'arrêta net. Il sembla à Catherine qu'Aurélien, Francet et le père jetaient des regards courroucés à Julie.

— Qu'est-ce qui est bien la peine ? demanda Catherine.

Nul ne voulut lui répondre.

Elle les trouvait bizarres depuis quelques jours ; on parlait à voix basse, on chuchotait, et qu'elle s'approchât, silence. Même jeu à l'atelier. A moins qu'elle ne se fît des idées ? Le mois de décembre, c'était son mois, le mois de sa naissance, et chaque année à pareille époque elle avait tendance à s'interroger, à se demander pourquoi cette histoire, son histoire de fille d'abord heureuse dans la chaleur des métairies, dans la chaleur du père, dans la douceur de la mère, et puis c'était comme si un hiver sans fin l'avait cernée de ses glaces, de son jour gris, même au plus fort de juillet ou d'août ç'avait été le poids mortel de l'hiver, la pauvreté de décembre, la menace de décembre ; le mois des loups affamés, le mois où elle était née voici bientôt, voici... Oh ! dans trois jours elle aurait quinze ans, l'âge des héroïnes que chantaient les vieilles chansons de bergers, ces chansons que le père entonnait, aux veillées, dans le cléier des Jaladas, l'âge encore des amoureuses dont les complaintes, que Florestine et Jeanne chez Mme Navel serinaient à longueur de journée, évoquaient la pathétique destinée. Quinze ans : la bergère se moquait du seigneur et proclamait sa fidélité envers Jeanet son ami ; quinze ans, la petite ouvrière s'éprenait d'un mauvais garçon du faubourg et ne tardait pas à mourir abandonnée ; quinze ans, comment s'appelait cette jeune princesse dans un almanach de Francet, elle aimait un prince dont la famille haïssait la sienne, cela se passait dans le temps sous un ciel toujours bleu, en Italie, et les deux fiancés se tuaient pour que jamais on ne les sépare, comme c'était triste et beau. Quinze ans, presque une femme déjà, et elle ne saurait de toute sa vie, elle ne saurait lire les almanachs, les livres où de telles histoires étaient contées ; presque une femme, ses cheveux, de châtain clair qu'ils étaient, viraient au brun ; ils lui faisaient songer à la chevelure épaisse, immense, odorante de la mère ; maintenant, quand elle défaisait ses nattes enroulées en chignon, ils lui tombaient en une cascade sombre jusqu'aux reins. Elle était à la fois fière et embarrassée de cette chevelure. Elle aurait voulu que jamais son père ne la vît ainsi, elle ne pouvait oublier le regard apeuré qu'il jetait vers ses cheveux ; il lui semblait qu'alors il devait non plus la voir, elle Catherine, mais la mère lorsque celle-ci était aux premiers jours de leur mariage.

C'était un trouble profond que lui apportaient ses quinze ans : le trouble de n'être plus l'enfant qui hier répondait à son prénom, à son visage, au battement de son sang, à celui de ses rêves, et de n'être pas encore tout à fait la femme qu'elle sentait croître en elle, à travers elle, comme une plante qui forcerait un mur, qui changerait en tiges, en feuillage ce mur même.

Quinze ans, et la femme qu'elle serait apparaissait déjà dans ses yeux, sur sa bouche, sur son corps. Oh ! comme elle voulait la cacher cette femme, comme elle voulait cacher ces seins qui peu à peu gonflaient sa poitrine, comme elle veillait à ce que ses vêtements ne permissent pas de deviner sa gorge. Elle aurait eu honte que les garçons eussent pour elle ces regards qu'ils jetaient par exemple sur Julie, toute fière au contraire de passer pour plus âgée qu'elle n'était : et elle cambrait sa taille, tendait sa jupe sur les hanches, drapait son corsage pour accuser la courbe de ses seins hauts et petits.

Mais Catherine ne pourrait plus bien longtemps, se disait-elle, garder la marque de l'enfance. Dans trois jours, elle aurait quinze ans et le cap serait doublé, il lui faudrait enfin accepter sa nouvelle condition. Quinze ans par ce dur hiver, par ce mois de neige et de loup ; il eût fallu des fleurs, des fruits, du soleil pour un tel anniversaire !

Elle fut pourtant, sans l'avouer, bien déçue quand la journée du 14 décembre 1886 se fut écoulée sans que personne, à la maison-des-prés, n'eût songé à faire la moindre allusion à cet événement qui, en ce vendredi, la faisait entrer, à ses yeux du moins, dans un monde nouveau. Il lui sembla même que le père et Francet se montraient ce jour-là plus taciturnes que d'habitude ; quant aux cadettes, elles s'approchèrent plusieurs fois d'elle pour l'observer avec curiosité, elle dut se retenir pour ne pas leur crier : « Eh bien quoi, vous ne m'avez jamais vue ? Vous me trouvez quelque chose de changé ? » A l'atelier, elle travailla avec acharnement sans écouter les commérages ni les rengaines de Mme Navel et des ouvrières. Sur le chemin du retour elle ne put s'empêcher de confier à Amélie qui l'accompagnait :

— Te rends-tu compte qu'aujourd'hui j'ai quinze ans ? Ça me fait quelque chose tout de même. Dire qu'à la maison, personne n'a pensé à me souhaiter bon anniversaire.

Au lieu de répondre, Amélie se mit à cogner ses sabots l'un contre l'autre pour en faire tomber la neige, puis elle se racla la gorge, toussa, se moucha.

— Brrr, fit-elle, quel froid. Si on courait pour se réchauffer.

Catherine la laissa s'élancer. « Personne ne s'intéresse à moi, ma mère est morte, et maintenant qui songe à m'aimer ? » La nuit d'hiver lui paraissait une prison, sortirait-elle jamais de cette geôle ? Son anniversaire ne lui avait pas apporté le moindre signe, la moindre promesse. Le lendemain, elle demeura tout aussi maussade ; le soir, au moment de se coucher, elle n'alla pas embrasser son père comme elle le faisait toujours ; il la rappela et lui reprocha en souriant son oubli. Elle posa un baiser sur la joue ridée mais ne dit mot.

Dimanche. D'habitude, Catherine se réjouissait de cette trêve, de ces heures qui paraissaient plus lentes et pendant lesquelles elle se permettait de croire encore un peu à l'enfance en jouant avec ses cadettes, en écoutant Francet parler de ses clientes venues lui commander quelques fuseaux, ou en le regardant exercer ce métier de coiffeur en chambre qui lui valait, le dimanche matin, la pratique des garçons de La Ganne. Mais ce matin, à peine ouverts les yeux, elle pensa que l'attendait une longue et morne journée. Elle se leva à contrecœur, s'avança à demi réveillée vers la chaise où chaque soir elle posait ses habits avant de se coucher, étendit machinalement la main pour prendre sa robe. Ses doigts ne trouvèrent point la rudesse habituelle du droguet mais une étoffe douce et crissante. Elle se frotta les yeux. Les volets n'étaient pas encore poussés ; seul, par un interstice des planches, un filet de lumière se glissait dans la pièce. Catherine devina sur le dossier de la chaise une draperie claire, des rubans, lui sembla-t-il. Elle dut se retenir pour ne pas courir en allant vers la fenêtre, elle s'appliqua encore à écarter sans hâte les volets, puis à ne se retourner que lentement pour découvrir enfin sur la chaise une robe de satin ponceau.

Elle s'aperçut bien que tout le monde dans la maison-des-prés feignait de dormir et, en réalité, l'observait cependant qu'elle marchait vers cette « surprise », mais elle leur sut gré à tous, à son père, à Francet, aux cadettes, de cette ruse qui lui permettait un instant de faire comme si elle était seule avec sa joie et d'admirer avant de s'en parer cette toilette qu'elle tendit devant elle à bout de bras. La lumière blanche qui venait des prairies enneigées jouait sur le satin, allumant çà et là des scintillements, ailleurs accusant l'ombre des plis.

« Non, jamais je n'oserai mettre cette toilette, elle est trop belle pour moi, trop riche. C'est bon pour une Émilienne ces drapés, ces fronces, ces rubans, moi je ne saurais comment me tenir là-dedans. » Elle demeurait ahurie, immobile lorsque, derrière elle, vibra la voix aiguë de Clotilde qui n'en pouvait plus de feindre le sommeil.

— Alors, Cathie, tu la mets cette robe ?

Cette phrase donna le signal. A son tour la petite Toinon s'écria :

— Oui, Cathie, dépêche-toi, étrenne la belle robe, et déjà l'enfant, sautant à bas du lit, courait vers Catherine.

— Tu sais, Cathie, tu as quinze ans, c'est pour tes quinze ans !

Les petites aidèrent leur aînée à se vêtir. Catherine se tenait toute raide dans la robe ponceau, osant à peine bouger. Elle jetait des regards à la dérobée sur ses manches serrées au poignet et bouffantes à leur sommet, sur sa taille que marquait la coupe de la jupe et son ampleur, sur la large ceinture qui s'ornait d'un flot de rubans. Elle eût aimé se mirer entière dans une glace et découvrir l'inconnue qu'elle devenait sous cette parure si insolite dans la maison-des-prés. Les exclamations de Clotilde et de Toinon ; le regard de Francet qui demeurait assis sur son lit sans pouvoir se décider, semblait-il, à s'habiller, comme s'il ne se lassait pas de contempler sa sœur ; la timidité enfin du père qui, elle le voyait bien, n'osait jeter un regard sur elle que s'il croyait ne pas être observé ; ces signes l'assuraient de sa métamorphose et de sa beauté. Mais c'était une étrange chose que de se sentir tranformée aux yeux des autres et de ne pouvoir juger soi-même de ce changement.

La robe se fermait dans le dos par une longue rangée de boutons et il fallut du temps aux cadettes et des disputes pour pouvoir mener à bien cette délicate opération. Après quoi, Catherine jeta un linge sur ses épaules et commença de se peigner. Quand elle eut fait crisser le peigne dans sa chevelure déployée, et dénoué ou arraché les cheveux embroussaillés, elle voulut faire une natte, mais le père, alors, s'approcha d'elle et la pria de rester ainsi décoiffée.

— Je t'assure, Cathie, pour aujourd'hui, pour tes quinze ans, garde tes cheveux comme ça ; avec cette robe c'est... enfin, si ta pauvre mère pouvait te voir, elle serait fière, elle serait heureuse, elle croirait se reconnaître dans le temps, quand aucun de vous n'était encore né et que pour sa fête j'avais pu lui payer une robe.

Il rougit, garda quelques secondes le silence.

— Oh ! une toilette tout de même pas aussi belle ; il n'y avait pas encore de Mme Navel à La Noaille.

Catherine resta donc ainsi, sa chevelure aux reflets châtains mêlés d'or et d'ombre éployée sur ses épaules et glissant jusqu'aux reins. Quand elle voulut se mettre au ménage, les petites se récrièrent : elle allait salir sa robe, non, non, aujourd'hui qu'elle se repose. Elle se tenait assise au coin de la table, les coudes collés au corps, la tête droite et fixe cependant qu'autour d'elle les enfants balayaient, rangeaient la vaisselle, ranimaient le feu.

Le père étant sorti un moment, Catherine se tourna vers Francet. Devant un fragment de miroir accroché au mur, il se faisait la barbe et ne dissimulait pas son orgueil d'avoir, depuis quelques semaines, à raser un léger duvet qui ombrait ses joues.

— Dis, Francet, le père, comment a-t-il pu m'offrir cette robe ?

— Il en a parlé à tout le monde.

— A tout le monde ?

— Oui, à moi d'abord, et au père Baptiste. On a averti Félicie, elle a été chez ton parrain, elle s'est arrangée pour faire prévenir Mariette. Aurélien et Julie ont voulu donner aussi et Amélie Anglard et sa mère. C'est Amélie qui s'est chargée d'acheter l'étoffe, Mme Navel a fait un prix pour ça et pour la façon et voilà... Elle te plaît ?

— Tout le monde, répétait Catherine, tout le monde comme pour...

Elle s'arrêta net, elle allait dire : « Comme pour la tombe de la mère. » Elle s'était tue, mais Francet avait dû deviner car il lui lança un regard gêné et ajouta en guise d'excuse :

— Il fallait bien, on voulait que ta robe d'anniversaire soit vraiment plaisante, aussi plaisante que celle de la plus riche fille de La Noaille.

— Ce n'est pas sage, dit Catherine, ce n'est pas sage.

Tout à coup, elle tourna sur ses talons. Dans ce mouvement, sa jupe s'évasa telle qu'une corolle, et sa chevelure glissa sur ses épaules. Elle courut vers le père qui rentrait, et, arrivée devant lui, se planta, interdite. Dans un élan, elle avait voulu crier sa gratitude. Elle ne put prononcer qu'un timide merci.

Vers la fin de la matinée, on entendit grincer les roues d'une carriole sur la terre gelée, les petites gagnèrent la porte.

— C'est elle, c'est elle, chuchotait Clotilde.

— Elle ? Qui donc ? demanda Catherine.

Elle avait un instant pensé, mais déjà se jugeait ridicule, qu'Émilienne Desjarrige arrivait en voiture pour fêter ses quinze ans. La porte s'ouvrit, une petite femme en noir pénétra dans la maison, la clarté de la neige éblouit Catherine et ce fut à sa voix qu'elle reconnut Mariette venue d'Ambroisse malgré la neige et le froid.

— Tu es venue ? dit Catherine, et cela voulait dire : « Tu m'aimes assez pour avoir fait ce long chemin par un temps pareil ? »

— Eh quoi, fit Mariette, tu n'aurais quand même pas voulu que je laisse passer ce jour sans t'embrasser ?

Effectivement, la petite femme embrassa Catherine sur les deux joues. A ce moment, quelqu'un s'ébroua sur le seuil, fit claquer des sabots l'un contre l'autre, se moucha. Mariette se retourna.

— Oh, excusez-moi, Félicie, dit-elle, j'étais si impatiente d'embrasser Cathie que je ne me suis pas occupée de vous.

— Il faudrait aussi s'occuper du cheval et des paquets, bougonna la marraine que Mariette avait prise au passage en traversant La Noaille.

Quand on eut enfin refermé la porte, les deux femmes se mirent à contempler Catherine, Félicie en hochant la tête — et l'on voyait son triple menton se plisser sur son col —, Mariette, immobile, les yeux à la fois graves et jeunes dans son mince visage déjà ridé.

— On ne s'est pas moqué de toi, finit par décréter Félicie. Que mes patrons te voient dans ces atours et ils en tombent d'apoplexie.

— Tu es belle, remarqua simplement Mariette avec un tendre sourire.

Elle ajouta au bout d'un moment.

— Quinze ans, il me semble que ce sont les miens, mais je n'avais pas d'aussi beaux yeux que toi, il me semble que c'était hier, et pourtant...

Elle fit un geste pour désigner sans doute derrière elle tant d'années passées, d'années sans pitié, avec les travaux qui ne finissent pas, les enfants qui viennent si rapidement, si innocemment, dévorer votre jeunesse, votre vie.

Catherine leva les yeux sur sa sœur. Elle aussi crut revoir Mariette de jadis, Mariette et ses corsages verts, Mariette gaie comme une caille et maintenant la voilà presque vieille. Alors, elle aussi, Catherine, dans dix ans serait vieille ? elle aussi les rides la marqueraient ?

La marraine Félicie tenait à palper la robe ponceau, les fronces, les rubans de ses mains potelées.

— Mazette, répétait-elle avec un balancement connaisseur et admiratif de la tête.

Quand elles eurent suffisamment apprécié la qualité de l'étoffe, l'élégance de la coupe, les deux femmes accompagnées du père allèrent s'occuper de l'attelage. Le père ramena le cheval jusqu'à la route de La Noaille dans une grange qu'on lui prêtait pour ce jour. Les femmes revinrent de la voiture les bras chargés de victuailles.

— Mais on ne pourra jamais manger tout ça, s'écria Clotilde.

— C'est que nous allons être nombreux, remarqua Félicie.

« Nous allons être nombreux », ces mots emplirent Catherine d'un surcroît de joie et de crainte : joie de la fête qu'on lui faisait pour ses quinze ans, crainte de devoir se montrer ainsi à d'autres personnes encore, dans cette robe qui à la fois l'enchantait et la rendait confuse. Et certes, au moment du repas, lorsqu'on l'installa, comme la reine de l'assemblée, au bout de la longue table, en face du père, une part d'elle-même rayonnait de fierté comme si cet anniversaire la faisait pénétrer solennellement dans une vie nouvelle, cependant qu'une autre part aurait voulu qu'aucun des regards fixés sur elle ne pût l'apercevoir.

Il y avait là pour ce repas plus grave et tendre que gai, outre le père, les cadettes et Francet : Mariette, Félicie, le parrain qui était arrivé sans sa petite femme, car elle devait rester à la maison afin de garder leur bébé dont le parrain disait merveille, le père Baptiste, Julie et Aurélien Lartigues, enfin, toujours prête à disparaître dans un coin, Amélie Anglard.

— Martial aussi devait être avec nous, dit le père, alors que de son couteau il traçait une croix sur le pain avant de l'entamer, il n'a pas pu obtenir de permission. On les tient dur dans l'armée.

Il n'y avait guère pour parler que le père Baptiste et Félicie. Le vieil ouvrier taquinait la cuisinière sur sa bonne mine, son embonpoint, son métier, ses patrons, sa toilette, et avant toute chose, sur son célibat. La marraine répondait, s'échauffait ; au moment où l'orage paraissait proche, l'ouvrier trouvait le mot qui la faisait s'étouffer de rire. Au dessert : — des pommes reinettes, apportées par le parrain, des châtaignes blanchies, don de Mariette, et une flaugnarde confectionnée par Amélie Anglard — au dessert on trinqua et le père Baptiste leva son verre de cidre aux quinze ans de Catherine, à sa jeunesse, à sa beauté, et... (il cligna de l'œil) : « à ses futures amours ». Catherine se sentait brûler de la tête aux pieds. Les jeunes : Amélie, bien sûr, Aurélien, et Francet même qui ne se laissait pas aisément troubler, lorsqu'ils virent Catherine rougir comme si on eût pris au-dehors une poignée de neige et qu'on en eût frotté tout son visage, s'empourprèrent à leur tour. Seule Julie demeura impassible, et ce fut avec un sourire mince qu'elle lança :

— Oh ! à quinze ans, les amours !

— Quinze ans, répéta Mariette avec un air mélancolique.

Catherine surprit le regard que le parrain posa sur Mariette. « Qu'ont-ils tous avec mes quinze ans. » Il lui semblait qu'à leurs yeux elle détenait une fortune, un don qui à elle-même demeurait insaisissable. Certes « ses quinze ans » lui valaient cette robe qu'elle n'aurait jamais osé espérer et cette fête autour d'elle, mais, demain, il faudrait bien reprendre les vieux vêtements, et le travail et l'existence de chaque jour.

Le parrain roulait des boules de mie entre ses doigts, il levait un instant la tête, la plongeait de nouveau dans son assiette. Il a envie de parler, songea Catherine, et il n'ose pas. Enfin il se décida et dit, si craintivement qu'on l'entendit à peine :

— Tu te souviens, Mariette, quand tu avais cet âge ?

Mariette, une lueur éclaira ses joues, redonnant à son visage une furtive jeunesse.

« C'était donc ça, pensait Catherine, c'était à *leurs* quinze ans, à leur jeunesse qu'ils s'intéressaient. La voyaient-ils seulement sous sa robe d'apparat ? N'était-elle pas pour eux le simple reflet de leurs souvenirs. » « Tu te souviens, Mariette ? » De quoi sa demi-sœur pouvait-elle bien se souvenir ? Mariette aux Jaladas, Mariette au corsage vert, Mariette au lourd chignon ; c'est vrai, elle ne devait pas avoir beaucoup plus de quinze ans, et le parrain en ce temps-là était amoureux du corsage vert, des yeux de feu noir, du chignon : peut-être le jour où Mariette eut quinze ans, s'était-il à lui-même avoué qu'il l'aimait et qu'elle serait sa femme, et peut-être aussi, ce jour-là, Mariette avait-elle deviné cet amour sans s'y arrêter car sa préférence allait à Robert le domestique. Maintenant, devant Catherine toute semblable à leur jeunesse perdue, voilà sans doute qu'ils se rappelaient, Mariette et le parrain, ce qui aurait pu être et n'avait pas été, ne serait jamais. Obscurément Catherine leur en voulait de ne voir à travers elle que leur propre adolescence, et, en même temps, à cette rancune se mêlait quelque pitié : ce qui pour elle, se disait-elle, était lumière et fête, était pour eux ombre et regret. Il sembla à l'enfant que cette robe dont on l'avait parée la protégeait, lui faisait la plus gracieuse des cuirasses, l'assurait d'elle ne savait quelle victoire sur la vie. Elle du moins ne ferait pas comme Mariette, elle du moins ne se tromperait pas. Elle épouserait un homme comme le parrain lorsqu'il était jeune, un homme dont la voix serait douce dans un corps dur, maigre ; oui, un homme comme le parrain, ou bien comme le père, du temps des Jaladas, avec ses grands gestes, son rire.

Qu'allait-elle chercher là ? C'étaient les paroles des autres avec leurs quinze ans par-ci, leur amour par-là qui lui tournaient la tête ! Sa robe d'anniversaire ne lui promettait pas forcément robe de mariée. Francet lui se marierait, il n'y avait qu'à voir comme Julie à ses côtés le taquinait, le disputait puis le faisait rire. Amélie se marierait, elle couvait Aurélien des yeux, en oubliait de manger sa tarte. Qu'avait-il Aurélien ? Il était agaçant avec sa façon de la contempler, elle, Catherine, comme si, à la regarder, il découvrait Dieu sait quoi, qui le remplissait de rêve et d'étonnement.

Tout de même, comment sa demi-sœur avait-elle pu se tromper ainsi lors de sa jeunesse, comment avait-elle pu repousser le parrain et se jeter dans les bras de Robert ? Comment pouvait-on se tromper au moment où la vie était pareille aux arbres au printemps ? Parce qu'on avait posé les yeux sur celui-ci au lieu de cet autre, pas de fruits, pas d'été, mais le gel, les fleurs mortes. Oh ! évidemment, elle n'avait point à se montrer si fière de sa certitude, il lui était facile de ne pas s'égarer, trop facile puisque elle, aucun garçon n'était amoureux d'elle et qu'elle-même n'en aimait aucun. Tiens, une qui pourrait bien se tromper dans la vie, une qui prendrait le mauvais chemin, elle en était sûre, c'était Émilienne Desjarrige : pour contrarier ses parents, peut-être pour se contrarier elle-même, elle était capable de choisir parmi tous ses prétendants le plus laid, le plus menteur, ou le plus baroque. Émilienne, Catherine eût voulu qu'elle fût là, qu'elle l'admirât dans cette robe ponceau qui, pour quelques heures, la faisait appartenir au même monde aimable que celui où, chaque jour, la jeune fille glissait comme on danse en un salon où brillent mille feux.

Dans la maison-des-prés ne luisait que le seul feu de bois, et sa clarté ne chassait guère l'ombre au fur et à mesure que le jour chétif de décembre déclinait. Du moins on y dansa aussi.

A la vive surprise de Catherine, Francet sortit de la maie un accordéon rouge et noir. Un garçon boucher de La Noaille le lui prêtait, disait-il, et cela depuis plusieurs semaines. En cachette il s'était appris à jouer « de routine ». Son ambition était d'économiser assez pour s'acheter un instrument semblable.

— C'est de la folie, s'écria le père, acheter un bazar pareil, et pour quoi faire ?

— Le garçon boucher avec cet accordéon, il va dans les noces, il va aux veillées, il va aux frairies. Il fait danser ; rien qu'avec ça il gagne presque autant qu'à la boucherie. Il dit que je trouverais plus de noces et de bals que je ne pourrais en faire. Les gens quand ils ont vu, quand ils ont entendu l'accordéon, ils se moquent pas mal des chabretaires, des vielleux ou des violoneux.

— Les gens sont fous, les gens sont fous, répétait le père.

Pourtant il se dérida quand son fils attaqua valses, bourrées et mazurkas. Il y avait bien encore des passages incertains dans le jeu de Francet, l'accompagnement était sommaire et, çà et là, une fausse note déconcertait un instant, mais enfin le rythme y était, on reconnaissait l'air. Il n'en fallait pas plus pour que le parrain dansât avec Catherine, puis avec Mariette, cependant qu'Amélie et Julie tournoyaient ensemble et que Clotilde et Toinon essayaient de les imiter. Mais les cadettes s'empêtraient dans les jambes des danseurs, on les bousculait ; elles finirent par se retirer dans un coin en pleurant. Dans un autre coin se tenait Aurélien, aussi peu à l'aise qu'elles, et soucieux de se dérober aux regards. Adossés aux montants de la cheminée, le père, Félicie et le père Baptiste observaient en souriant la jeunesse. Tout à coup l'ouvrier s'avança et entraîna Félicie avec lui, tous s'arrêtèrent pour regarder le vieux couple. A la fin de la valse on applaudit. Le père Baptiste faisait une mimique cocasse comme s'il avait le vertige et la marraine rouge, essoufflée, sacrait, gloussait et riait.

— Et alors, s'écria le père Baptiste, et alors les jeunes, c'est tout ce que vous savez faire, il faut que les vieux vous donnent l'exemple ?

Comme Francet attaquait une nouvelle danse, l'ouvrier prit Catherine par la main, la conduisit vers Aurélien.

— Regarde-moi ce badaud, dit-il, il meurt d'envie de danser avec la jolie demoiselle en robe ponceau, au lieu de cela il rentrerait dans un trou de souris s'il le pouvait.

Il poussa les deux enfants l'un vers l'autre. Ils commencèrent à tourner, Aurélien se tenait raide comme un échalas, on eût cru qu'il craignait de toucher sa cavalière ; il l'écartait de lui, les bras tendus. Avant même que Francet n'achevât sa ritournelle, Catherine s'excusa : « elle était fatiguée », disait-elle. Son ami demeura au centre de la pièce, les mains gauches ; ses traits se brouillèrent, il eut un visage d'enfant battu. Elle se précipita vers Amélie, la tira derrière elle.

— Dansez donc tous les deux, leur dit-elle, moi je veux me reposer.

Elle se laissa tomber sur une chaise en tapotant sa jupe pour la défroisser.

Elle fut étonnée, lorsqu'elle releva la tête, de constater qu'Amélie et Aurélien avaient chacun regagné leur coin respectif et que maintenant Amélie paraissait aussi désemparée qu'Aurélien. Un instant, le chagrin de ses amis l'inquiéta, puis elle l'oublia en regardant le père Baptiste et Mariette danser une bourrée. Les sabots claquaient, la jupe de la jeune femme virevoltait, le vieil ouvrier poussait de loin en loin des « I fou fou » sonores.

— Quel bonhomme, déclara Francet tout en se penchant vers sa sœur, on ne croirait jamais qu'il est étranger au pays. Regarde-moi ça, il danse la bourrée comme s'il avait fait ça depuis toujours.

Un peu plus tard, lors d'une pause, il lui demanda :

— Tu es contente, Cathie ?

De la tête elle fit signe que oui.

— Je suis content que tu sois contente, dit-il à voix basse.

Elle lui sourit.

— Elle te plaît ta robe ?

— Si elle me plaît !

— Et ça t'amuse cette danse ? tu ne t'y attendais pas, hein, à ça non plus ?

— Je t'aiderai à t'acheter ton accordéon.

Elle vit les yeux pétiller de plaisir.

— Je te rembourserai, assura-t-il. Je ferai danser dans les bals ; moi tu comprends, avec ma jambe, il vaut mieux que je fasse danser les autres.

Elle lui jeta un coup d'œil craintif, mais non, il avait dit cela sans amertume, semblait-il, il avait l'air tout à fait détendu.

— C'est quand même un beau jour, reprit-il.

Intérieurement elle le remerciait de rendre grâce à cette journée qui lui était toute consacrée.

— Un beau jour pour toi, Cathie, et un beau jour pour moi.

Elle l'interrogea du regard, elle sentait qu'il voulait lui faire comprendre qu'il détenait un secret.

— Cette fois, Cathie, on tient le bon bout.

Il s'interrompit pour jouer une polka. Ce ne fut qu'aux dernières notes, alors que résonnaient encore le trait final, qu'il annonça :

— Cette fois, ça y est, le père Baptiste me l'a dit tout à l'heure, je vais entrer à la fabrique.

Elle avait envie de se lever, de faire le tour de la cuisine, de danser avec eux tous pour cette allégresse qu'ils lui donnaient et pour cette joie de son frère. Enfin, ils sortaient de la longue nuit où ils avaient été plongés : la mère, hélas, et Aubin avaient été emportés dans cette épreuve mais eux, les rescapés, à force de patience, de volonté, d'espoir, ils voyaient enfin luire le jour ; déjà il les éclairait de sa tendre lumière.

Quand vint l'heure de se séparer, il sembla à Catherine que tous, à l'exception d'elle-même et de son frère, portaient en eux une certaine tristesse, comme si chacun en ce jour lui avait fait don de sa part, de toute sa part de gaieté et qu'il ne restât plus ensuite aux donateurs pour eux-mêmes que doute et mélancolie. Une fois le père, Francet et les cadettes couchés, elle resta longtemps à veiller auprès du feu qui se mourait. Elle regardait les reflets des braises jouer sur les plis de sa jupe. Elle ne se décidait pas à quitter ce vêtement de gloire. Demain, il serait bien temps de reprendre la robe usée et les jours sans éclat.

XXI

Elle reprit sa robe et sa peine de tous les jours ; cependant la lumière de ce dimanche ne s'éteignit pas tout à fait pour elle. Il lui suffisait d'aller à l'armoire, de l'entrouvrir, de jeter un coup d'œil sur la robe ponceau qui dormait là sur un cintre, de palper l'étoffe crissante, pour retrouver son émotion et sa fierté. Il lui semblait que dans l'ombre, à tous cachée, la robe des quinze ans l'attendait comme une amie, mieux, comme sa vérité qu'elle atteindrait de nouveau un jour : elle n'aurait su dire si celui-ci était proche ou s'il faudrait avant son arrivée qu'un long, très long temps s'écoulât. De toute façon, elle serait patiente. Elle travaillerait, elle s'appliquerait, elle ne céderait pas aux plaisirs dont les deux ouvrières de Mme Navel et leurs amies lui donnaient l'exemple : en vain se gaussaient-elles de la « sagesse » de Catherine et d'Amélie, en vain leur annonçaient-elles qu'elles demeureraient vieilles filles si elles continuaient ainsi à jouer aux oies blanches, à ne pas courir les garçons et les bals comme toutes deux, au contraire, le faisaient.

— Vraiment Cathie, on te comprend pas ; ton frère est un fameux musicien, avec sa « gnarle » il mène le bal comme pas un, et toi, tu viens jeter un coup d'œil, tu écoutes ton frère, tu l'admires, et si jamais un garçon s'approche de toi ou de cette Amélie qui te suit comme une ombre, envolées, peureuses comme des perdrix.

Non, elle n'avait pas peur, mais c'était vrai que cette cohue de garçons et de filles, énervés, criards l'intimidait ; elle aurait voulu pouvoir se placer dans un coin et se faire invisible pour écouter de tout son soûl Francet jouer de l'accordéon. Grimpé sur l'estrade il se démenait en tirant sur son soufflet, on n'eût jamais cru à le voir qu'on avait failli lui couper la jambe. Même parfois, quelque fille l'invitait à la danse, alors il passait son instrument à un camarade et il tournait la valse à ravir, la légère claudication paraissait le rendre plus virevoltant que les meilleurs danseurs.

Plutôt que de rester dans la salle enfumée, souvent Catherine, accompagnée d'Amélie, passait derrière l'auberge où se tenait le bal et jetait un coup d'œil par la fenêtre. Si ensuite elle racontait à son frère qu'elle l'avait vu valser :

— Surtout ne dis rien à Julie, demandait-il, elle m'a fait promettre de ne point danser, à cause de ma jambe qu'elle prétend, mais c'est qu'elle est jalouse.

Les apprentis se plaisaient à fréquenter les bals où jouait Francet. Ils étaient fiers qu'un des leurs fût sur l'estrade, justement applaudi. En vain essayaient-il d'entraîner Aurélien avec eux. Celui-ci affirmait qu'il ne savait et ne saurait jamais danser, qu'il n'aimait pas ça. Il disait de même à Catherine le dimanche lorsqu'il venait la voir à la maison-des-prés. Elle levait ses fins sourcils, le regardait en hochant la tête puis se tournait vers Julie.

— Ton frère, disait-elle, pourquoi ne fait-il pas comme les autres, pourquoi ne va-t-il pas au bal ?

Aurélien rougissait.

— Et toi, rétorquait-il, y vas-tu ?

— Moi, moi, c'est autre chose...

— Quelle autre chose ?

Catherine ne savait que répondre, elle ne pouvait pas leur dire : « L'idée de m'approcher de Paul Degaille, par exemple, me soulève le cœur. Je rêve d'autres bals, d'autres musiques aux chandelles, avec ma robe ponceau, près d'Émilienne Desjarrige. » Enfin elle déclarait :

— Vous le savez bien, depuis que ma mère est morte je dois la remplacer ici, m'occuper de tout, élever les petites. Est-ce qu'une mère va au bal ?

Après une telle question posée d'un air sévère, les autres se tenaient cois. Catherine marquait un temps, puis ajoutait :

— Vous êtes très gentils de rester comme ça avec moi, le dimanche, mais je ne veux pas vous empêcher de vous amuser.

Elle glissait un coup d'œil vers Julie.

— Je sais bien que Julie a d'autres raisons pour ne pas se rendre à la fête.

Julie se rengorgeait sous cette allusion à ses tacites fiançailles avec Francet.

— Mais Aurélien et Amélie, reprenait Catherine, alors eux...

Elle se tournait vers la fille du cantonnier qui ne savait plus où poser le mouvant regard de ses yeux bleus.

— Tu devrais, vraiment, Amélie, tu devrais fréquenter le bal, Aurélien serait ton cavalier.

La jeune fille arborait un sourire crispé cependant qu'Aurélien se mettait à siffler comme s'il n'avait pas entendu.

Toinon et Clotilde qui ne perdaient pas un brin des propos échangés se prenaient par la taille et commençaient à tourner sur l'herbe. Catherine applaudissait.

— A la bonne heure, quels amours toutes deux.

Les cadettes s'arrêtaient pour reprendre haleine.

— Quand je serai grande, vous verrez si j'irai au bal, moi, décrétait Toinon.

— Et moi donc, renchérissait Clotilde.

Catherine s'inquiétait :

— Ecoutez-les, il n'y a plus d'enfants. Vous irez si je veux, il faudra d'abord penser au travail, à l'école. Savez-vous seulement vos leçons pour demain, au lieu de jacasser comme des pies.

Elle soupirait. Soudain, ce rôle de mère que tout à l'heure elle avait invoqué pour couper court aux remarques d'Aurélien, il lui semblait qu'elle le remplissait bien mal, qu'elle était trop ignorante et jeune pour veiller, comme il eût fallu, à l'éducation de ses sœurs. Elle n'était même pas capable de juger si les petites étaient de bonnes écolières.

— Aurélien, tu ne voudrais pas les faire réciter ?

Les enfants apportaient cahiers et livres. Bien à contrecœur, car il ne lisait que lentement, Aurélien faisait le maître d'école.

Francet rentrait à nuit noire, l'accordéon couché dans une boîte qu'il portait sur l'épaule. S'il approchait de la chandelle, on voyait ses yeux briller. Il n'arrêtait pas de parler, de se moquer des gens qu'il avait vus au bal. Sa gaieté était contagieuse. Tous à présent, autour de lui, bavardaient et riaient. Parfois il s'approchait de Julie, lui donnait un baiser, mais parfois, aussi, elle lui frappait sur les doigts : « Toi, tu sens le vin ! » Il levait les épaules : « Que veux-tu que j'y fasse. Si tu crois que ça ne donne pas soif de jouer, de respirer la poussière, et quelle chaleur il fait avec tous ces gens ! Quand on m'offre un verre, je ne peux pas refuser, ça serait un affront. Et puis quoi, je suis gai, alors ? »

C'était vrai que depuis son entrée à la fabrique Francet était la gaieté même. Toujours à siffler, à chantonner ou à conter quelque farce qu'avec les apprentis il avait jouée aux enfourneurs, « des hommes, disait-il en clignant de l'œil, mais le feu leur avait brûlé la cervelle ». Il avait vite conquis l'usine et aussi vite la jeunesse de La Noaille. A l'usine, au moment de la pause, on venait le voir réussir des tours de « physique amusante » qu'il avait appris sur les almanachs ; à la ville, son entrain d'accordéoniste le faisait rechercher dans tous les bals. Le métier de tourneur en glaise était sans doute le plus difficile à apprendre, mais l'habileté acquise au long de ses années de maladie en taillant des fuseaux lui permettait de faire « ce qu'il voulait de ses mains », comme disait son maître, le père Baptiste, émerveillé devant un aussi bon élève. Là où il fallait des années d'apprentissage avant de pouvoir façonner correctement la pâte fuyante sous les doigts, il suffisait à Francet de quelques mois. Le père Baptiste déclarait à qui voulait l'entendre que le petit Charron ne tarderait pas à le dépasser en savoir, lui qui pourtant se targuait d'être le meilleur tourneur de France. Quand le vieil homme avançait cela, il y avait dans ses yeux, tour à tour de la joie, de la fierté, puis une tristesse profonde qu'il s'empressait de cacher sous une grimace. Il ajouta un jour, en se penchant vers le père — et malgré qu'il baissât la voix, Catherine l'entendit :

— Quand je n'aurai plus de secrets à apprendre à Francet, j'aurai fini mon temps, je pourrai m'en aller.

Il reprit après un long silence :

— Excusez, Charron, mais j'aurai l'impression que Francet, eh bien, ç'aura été aussi mon fils, un peu.

Le père n'avait pas répondu. A la façon dont il avait tiré sur le bout de ses moustaches, Catherine devinait son émotion.

Elle aussi se sentait émue quand elle pensait à la victoire de Francet. Elle la ressentait comme si elle était sienne. D'ailleurs n'était-ce pas une seule et même victoire qu'ils remportaient ensemble au seuil de leur jeunesse ? La confiance qui éclatait dans le regard, dans les sourires de Francet, parvenait à effacer la part d'amertume dont Catherine n'avait pu tout à fait se défaire depuis qu'il lui avait fallu quitter la demeure d'Émilienne. Aujourd'hui, elle pensait que le père Baptiste se serait peut-être désintéressé du sort de Francet, si elle l'avait découragé en ne voulant pas entrer à la fabrique lorsque les Desjarrige proposaient de la garder à leur service. La réussite de Francet la récompensait de son sacrifice.

Un après-midi où elle était allée livrer une robe à Mme de La Reynie, dans la maison bourgeoise qui jouxtait l'usine, elle pénétra dans les ateliers. Elle retrouvait avec une sorte de crainte mêlée de gratitude l'odeur un peu fade qui flottait au-dessus de la pâte à porcelaine et la fine poussière blanche qui revêtait ici les êtres et les choses.

Julie Lartigues l'avait remplacée auprès de la mère Trille qui se récria d'admiration sur la mine et la taille de son ancienne apprentie. L'ouvrière fit un clin d'œil à Julie.

— T'en fais pas, je collerai les anses pour toi, conduis Cathie jusqu'à son frère : les tourneurs ont changé d'atelier, elle ne les trouverait pas ; mais fais vite.

Julie était ravie de servir de guide à son amie. Catherine rougissait quand, sur leur passage, les ouvriers se retournaient et leur lançaient des compliments naïfs et drus. Prévenu par quelque apprenti, Aurélien accourut. Il était maintenant calibreur, et aurait voulu que Catherine vînt un moment le voir exercer son nouveau métier, mais elle affirma qu'elle avait juste le temps de dire bonjour à son frère. C'était vrai qu'elle avait promis à Mme Navel d'être diligente ; cependant, lorsque arrivée devant le tour où se tenait Francet, elle vit celui-ci faire jaillir entre ses mains de grandes corolles épaisses et blanches qui devenaient des vases au col pur, des coupes dont le pied paraissait aussi fragile et beau qu'une tige, elle oublia sa promesse. Elle eût passé des heures à admirer l'art de ces mains qui du bloc de glaise parvenaient à tirer ces objets précieux.

Le soir, à la veillée, elle fit part à son frère de son admiration.

— C'est pas rien, dit-elle, de pouvoir faire de la beauté avec ses mains.

Il rit mais sous son rire elle devina son trouble.

— Toi aussi, tu peux, dit-il.

Comme elle le regardait sans comprendre, il poursuivit :

— Mais oui, ces robes que tu tailles, que tu couds chez Mme Navel, elles transforment les filles ou les dames qui les portent.

Il resta un moment pensif, contempla ses mains qui semblaient dormir allongées sur ses genoux.

— C'est pas rien non plus de pouvoir rendre une femme plus belle.

Il leva les bras et Catherine croyait les voir dessiner dans l'air un corps féminin. Elle se troubla devant cette image, surgie en elle, des mains de Francet enserrant la taille de Julie comme elles l'auraient fait d'une colonne de glaise sur le tour.

— C'est vrai, s'empressa-t-elle de dire, tu as raison, c'est pas un mauvais métier, couturière, on fait de jolies choses.

Francet se planta devant elle, jeta un coup d'œil autour de lui pour s'assurer qu'on ne les écoutait pas.

— Tu verras, déclara-t-il en baissant la voix, un jour tu auras un atelier de couture pour toi toute seule, et moi j'aurai une fabrique.

Catherine toucha vite le coin de la table.

— Tais-toi, implora-t-elle, il ne faut pas dire des choses comme ça.

Il haussa les épaules.

— Tu as bien peur de rien ! le père Baptiste, il dit qu'il faut avoir peur de rien ni dans le ciel, ni sur terre, ni sous terre. Tu verras, il affirme que bientôt le patron me paiera comme un ouvrier, il dit comme ça que je vaux de l'or, il le dit.

XXII

Monsieur de La Reynie ne tarda pas à convenir que l'apprentissage de Francet était terminé et à le rémunérer en conséquence. Le père Baptiste avait su le convaincre qu'il était de son intérêt de s'attacher un tourneur aussi doué.

Cependant l'or ne venait pas vite à la maison-des-prés car Francet dépensait l'argent plus aisément encore qu'il ne le gagnait. Il était de toutes les réjouissances qui, bien souvent, en quelques heures, engloutissaient la plus grande part de la « quinzaine » que les porcelainiers venaient de toucher. Ce n'était point en compagnie des apprentis qu'il faisait ses frasques, mais avec les ouvriers qui nourrissaient à son égard les mêmes sentiments de respect et d'envie que leur inspirait le père Baptiste.

Les tourneurs, les peintres et les modeleurs s'étaient appropriés une sorte de grotte sous un rocher, dit le Rocher de la Folie, qui surplombait de son énorme table de granit une cavité que les eaux sans doute avaient creusée. Cela faisait comme une vaste pièce où régnait la pénombre verte du bois. On y était à l'abri du vent et du froid l'hiver, du soleil l'été, des curieux aussi car il fallait grimper longtemps dans les fougères et les broussailles pour atteindre ce lieu dont les porcelainiers avaient fait leur fief. Au fond de la grotte où ils avaient, avec de grosses pierres plates, ménagé un foyer – et, pour que la fumée ne les étouffât point, patiemment ils étaient parvenus à forer un trou qui débouchait là-haut dans une crevasse du granit et servait de cheminée. S'ils assuraient ainsi leur confort, ils n'avaient point songé que cette fumée qui s'échappait au-dessus des frondaisons les trahirait quelque jour. Ce fut pourtant ce qu'il advint. M. de La Reynie montait dans le grenier de la fabrique. Là, juché sur une chaise, il passait la tête par une lucarne ; son regard dominait l'horizon jusqu'à La Noaille. S'il apercevait, bleuâtre, un fil de fumée s'élevant entre les châtaigniers, il dégringolait de sa chaise, courait à son bureau, convoquait le contremaître afin qu'il allât repérer les déserteurs. A leur retour les amendes pleuvraient et feraient fondre le peu qu'il restait de leur paye après leur *tournée* au Rocher de la Folie. Mais ils juraient qu'ils s'en moquaient, qu'ils ne regrettaient pas d'avoir fait bombance et qu'à la prochaine quinzaine, ils recommenceraient.

Au Rocher, on vidait force bouteilles, on cuisait sous les braises des poulets ou parfois quelque lapin ou quelque lièvre que Francet avait pris au collet. Après boire on chantait ; le père Baptiste était applaudi plus que tout autre car il connaissait les histoires les plus lestes. « Tout de même, ces ouvriers de la ville », disait-on. Francet assis sur une souche jouait de l'accordéon, les peintres poussaient la romance et au refrain tous reprenaient en chœur.

Parfois les porcelainiers amenaient au Rocher quelques ouvrières que l'attrait des poulets, du vin et des chansons avait conquises. C'étaient presque toujours des polisseuses : cette poussière qui ne cessait de voler sur leur visage, qu'elles respiraient et qui brûlait leurs yeux, leurs narines, leur gorge, les altérait ; toutes se mettaient à boire. « Une pitié », grognait le père Baptiste. Pourtant, quand elles venaient au Rocher, il n'était pas le dernier à profiter de l'aubaine. Après, certes, quand, appuyé contre Francet, il regagnait en titubant l'usine, il n'avait pas assez d'injures à proférer à son égard. Il lui arrivait même de pleurer en s'accusant de « profiter ignoblement de ces pauvres filles qu'un métier trop dur avilissait », il se reprochait aussi d'entraîner dans ses vices Francet pour lequel il eût dû, au contraire, être un exemple tant dans la vie que dans le travail. Le jeune homme essayait en vain de le consoler, de lui faire oublier ces heures.

— Ah ! comme j'attendais le moment où tu guérirais enfin, où je pourrais te prendre avec moi à la fabrique et t'apprendre ce que je savais. Ça y est maintenant, tu en sais tout autant que moi, tu me dépasses même, je n'ai jamais eu, tu entends, jamais des mains comme les tiennes ; d'ailleurs, c'est pas seulement une affaire de main, c'est ça aussi — et il se touchait le front, les yeux, puis le cœur —, c'est pas seulement avec ses doigts qu'on arrive à faire un vase qui soit beau vraiment.

Le vieil homme s'arrêtait, se laissait choir sur le talus. D'un revers de manche, il essuyait les larmes qui mouillaient ses joues, perlaient dans ses moustaches. Francet attendait près de lui, la boîte noire de l'accordéon sur le dos. Il eût voulu être à cent lieues de là, il se demandait s'il ne devrait pas s'enfuir plutôt que d'assister à cette déchéance. L'ouvrier se relevait tant bien que mal, et s'appuyant de nouveau sur le garçon, repartait.

— Je t'ai appris à travailler, d'accord, marmonnait-il, mais je t'ai appris à boire aussi et à planter là ton travail, et à manger ta paye en compagnie d'imbéciles de mon espèce au lieu de l'apporter à la maison-des-prés ; je t'ai appris à aller avec ces soiffardes de polisseuses au lieu de rester auprès de Julie. Je te le dis, Francet, je suis un porc.

— Allons, venez, il est temps de regagner la fabrique.

Francet aurait voulu ne pas entendre la voix lourde, la voix malheureuse. A chaque reproche que s'adressait le père Baptiste, il avait l'impression que c'était lui qui méritait ces réprimandes, que c'était lui qui aurait dû empêcher le vieux de boire et de s'encanailler. Au lieu de cela il assistait impuissant à la défaite de son ami.

Un jour qu'ils revenaient ainsi du Rocher de la Folie, le père Baptiste s'arrêta tout à coup de geindre. Il posa une main sur l'épaule de Francet, le regarda comme s'il le voyait mal.

— Te voilà un beau gars, dit-il, te voilà grand.

Il lâcha l'épaule du garçon, s'assit sur la mousse, ouvrit et referma ses mains, les ouvrit encore.

— T'es un homme maintenant, mais alors quel âge pouvais-tu avoir ? Trois ans, quatre ans ? On m'aurait dit il y a un loupiot là-bas en Limousin, et il y a une vieille fabrique ; tu iras travailler dans cette baraque, travailler jusqu'à la fin de tes jours, et tu deviendras l'ami de ce marmot, tu lui apprendras ce que tu sais et après ta mort il continuera ton métier, il te dépassera même dans ce métier, on m'aurait dit ça, j'aurais bien rigolé.

Il continuait à contempler ses mains qui bougeaient lentement malgré lui, et Francet écoutait, attentif, inquiet devant ce qu'il croyait être une nouvelle ivresse.

— Quand je dis j'aurais bien rigolé, non, en ce temps-là on ne rigolait pas : le flingot au poing, les barricades, la faim, les camarades qui tombaient sous les balles. Et plus fort que la peur, plus fort que les larmes, plus fort que la haine, bien plus fort un sacré machin, un sacré espoir, quoi : on allait tout chambarder, on allait tout changer. On était massacré, on massacrait, mais la Commune aux survivants, la Commune apporterait tout, le bonheur ou l'honneur, on savait pas.

— Quelle Commune ? demanda Francet. La Noaille, c'est une commune ?

L'ouvrier cracha sur la mousse.

— Non, grogna-t-il, c'était Paris, c'était à Paris.

— A Paris ? et alors ?

— Alors rien. Maintenant il y a La Noaille, il y a la fabrique, rien que La Noaille depuis plus de quinze ans. Et bien content qu'il a été le père Baptiste de trouver ce pays perdu et cette fabrique, oui, bien content qu'on lui demande pas d'où il venait, qu'on ne lui envoie pas les gendarmes. Une fameuse veine.

— Je ne comprends pas.

— Bah ! ne cherche pas à comprendre, Francet. Maintenant, il y a toi, fiston ; alors le père Baptiste n'est plus seulement ce soldat de la déroute, ce fuyard.

L'ouvrier se leva péniblement. Ils reprirent le chemin de la fabrique.

— Tu trouveras bien quelque jour un almanach, Francet, un bouquin où l'on dira : la Commune c'était ceci, les Communards c'était cela. Rappelle-toi, moi je te dis...

Et l'ouvrier tendait ses mains, traçait des signes dans l'air.

— Moi je te dis, la Commune, c'était comme si des mains, des milliers et des milliers de mains voulaient prendre l'avenir comme une terre et la façonner, en faire une chose faite par tous, faite pour tous.

Il balaya l'air d'un geste las.

— Des malhabiles, des gauchers, des lourdauds, voilà peut-être ce que vous direz de nous, toi et tes camarades, quand vous voudrez à votre tour passer à l'ouvrage.

L'ouvrier obligea le jeune homme à s'arrêter un instant. Ils étaient arrivés au chemin rouge et blanc qui annonçait la fabrique. Le père Baptiste se baissa, ramassa des débris de porcelaine.

— Tu verras, petit, dit-il, ça ne suffit pas toujours de fabriquer un bol, ou un vase, ou une chaise, ou une maison ; la jeunesse, quand ça la prend, elle a envie de fabriquer autre chose.

Francet continuait à penser que son compagnon était plus saoul que jamais. Et pourtant —était-ce un vin inhabituel qu'ils avaient bu aujourd'hui ? se demandait-il —, et pourtant, s'il n'entendait rien à ces propos, il lui semblait pressentir il ne savait quoi de chaleureux, dans ce discours impénétrable, qui le concernait.

La voix de l'ouvrier se faisait presque implorante.

— Tu te rappelleras ? s'ils te disent qu'on était des manchots, tu te rappelleras ? On ne savait pas, on était les premiers, ou presque, on était des apprentis, et notre apprentissage on l'a payé de notre vie, ou de notre liberté.

« Pourvu qu'il ne se mette pas à chialer, pensait le jeune homme, ça serait le bouquet. »

Non, contrairement aux autres jours de soûlerie, le père Baptiste avait les yeux secs, brillants certes, comme si quelque chose brûlait en lui et jetait des reflets de flammes dans ses prunelles, mais sans larmes.

Ce soir-là, alors qu'il prenait le frais, assis sur le banc devant la maison-des-prés, Francet demanda :

— Père, vous avez entendu parler, vous, dans votre temps, de la Commune ? des Communards ?

Le père se leva d'un coup, jeta des regards de tous côtés, comme si à cette heure quelqu'un pouvait encore s'aventurer par là, et à voix étouffée répondit :

— Il faut pas parler de ça. C'était pendant la guerre, ou comme elle finissait, on disait que c'étaient des bandits, qu'on devait tous les tuer, que s'il y en avait qui s'échappaient de Paris et cherchaient à se cacher dans les campagnes, on devait tuer aussi les paysans qui les cacheraient.

— Des bandits ? s'étonna Francet, vous êtes sûr ?

Le père vint se rasseoir à côté de lui.

— Enfin, c'étaient les maîtres qui disaient ça, un jour qu'ils étaient venus compter les poulets aux Jaladas : « Des bandits, des gens qui sont contre tout, qui voudraient prendre les biens des autres » ; ils ajoutaient : « On raconte qu'il y a un fuyard ou deux qui errent dans le canton... » Quand les maîtres étaient repartis, la mère avait dit : « Vous avez vu, ils ont voulu nous faire peur, ils se demandent si nous ne pourrions pas cacher cet homme. »

— Je ne crois pas que c'étaient des bandits, affirma Francet.

— Qu'est-ce qui te fait dire ça ?

— Eh bien, commença le jeune homme, mais il n'acheva pas sa phrase. Rien, assura-t-il, mais je ne crois pas ce que disaient les maîtres.

Le père tira son briquet, mit le feu à la mèche d'amadou, alluma la cigarette qu'il avait roulée lentement avant que son fils ne vînt à parler de cette histoire.

— Je ne sais pas, dit-il, je ne sais plus. Aux Jaladas, les maîtres parlaient, je les croyais, mais depuis...

Il aspira de longues bouffées de fumée. Catherine et Francet attendaient dans la nuit tombante qu'il parlât de nouveau des Jaladas ou qu'il dît ce que depuis ce temps lointain il avait pu comprendre et qui, à présent, le faisait douter des paroles des anciens maîtres. On voyait le bout de sa cigarette rougeoyer dans l'ombre qui s'épanouissait.

Il semblait se taire comme s'il regrettait d'avoir trop parlé.

Catherine croyait deviner ses pensées ; n'évoquait-il pas la succession de malheurs et de misères qui l'avaient changé, qui l'avaient amené à douter du monde simple et clair qu'il croyait reconnaître autour de lui lorsque le travail, les champs, sa femme, ses enfants soutenaient sa tranquille espérance. Pauvre père, retrouverait-il jamais un peu de lumière, un peu de paix ? Il faudrait qu'elle-même et Francet pussent travailler avec plus d'acharnement encore pour pouvoir lui donner le sentiment que c'en était cette fois pour toujours fini de la défaite, des menaces. Oh ! jamais certes ne reviendrait pour lui le bonheur puisque la mère n'était plus, du moins pourrait-il avoir parfois un vrai sourire, un sourire où ne guetterait point, cachée, mais d'autant plus désolée, une larme, une amertume, une crainte en regardant Clotilde et Toinon, aussi jacassières que petites pies, jouer et se rouler dans l'herbe.

Comme s'il appréhendait que Francet posât d'autres questions, le père se leva et déclara qu'il était temps d'aller dormir. Les enfants le suivirent. Lorsque Catherine dit bonsoir à Francet, elle se demanda bien pourquoi il lui confia :

— Le père Baptiste, ça peut pas être un bandit.

XXIII

Par Julie, et aussi par les deux ouvrières de Mme Navel, Catherine avait eu vent des équipées auxquelles se livraient son frère et les porcelainiers au Rocher de la Folie.

Elle avait même l'impression que les deux jeunes couturières — elles qui parlaient toujours « mariage », faisant alterner, dans l'espoir de « se caser », comme elles disaient, bals et prières à Saint-Loup — avaient de bonnes raisons pour parler de la grotte des porcelainiers.

Lorsqu'il lui arrivait de faire une allusion au Rocher, Julie affectait de rire, mais Catherine voyait bien alors ce léger frémissement qui parcourait les lèvres de son amie. Elle fit part de sa remarque à Amélie Anglard.

— Oh ! il y a longtemps que je sais, dit la jeune fille, Julie est malheureuse. Elle le dissimule bien, mais ton frère la fait souffrir.

Elle se tut un moment, feignit de s'absorber dans son ouvrage, puis souleva un coin de la jupe qu'elle bâtissait et en frotta ses paupières.

— Il faut faire des points si menus, dit-elle, qu'on n'y voit plus clair.

Elle porta le fil à sa bouche, le coupa entre ses dents.

— Et pourtant, reprit-elle, Julie, elle sait bien que ton frère l'aime, elle sait bien qu'il finira par l'épouser ; sa peine, elle en verra le bout.

Elle semblait regarder fixement devant elle. Que découvrait-elle donc au delà de ce jour, qui lui donnait un tel air de désespoir ? Catherine faillit lui demander si elle avait une peine dont elle pensait qu'elle ne finirait jamais. Elle n'osa point, tant ce visage de détresse, ce visage meurtri et défait, apparu à la place du minois enfantin et rose d'Amélie, l'étonnait.

« Est-elle donc amoureuse ? Quel garçon pourrait lui donner cette tristesse, une tristesse de... une tristesse de pierre, elle qui paraît toujours si gracieuse, si légère. Il faut qu'il soit bien beau ou bien terrible. Si je connaissais son nom, j'irais le trouver et le lui dirais, je lui dirais... Ah ! je ne sais pas, mais je lui ferais comprendre qu'il n'a pas le droit de rendre aussi malheureuse une aussi gentille petite. »

Elle reprit son ouvrage et s'y appliqua pour ne plus penser car ses idées l'agaçaient ; mais elle avait beau faire, elles revenaient autour d'elle plus tenacement que ne le font les mouches quand le temps se met à l'orage. « Ce garçon, après tout, il n'est peut-être pas terrible », proposait une idée. « Et si c'était l'amour qui était terrible », soufflait une autre. Catherine haussa les épaules, ce geste fit dévier l'aiguille qui la piqua.

— Je suis idiote, dit-elle à haute voix.

Florestine Dubourg éclata de rire.

— On te le fait pas dire, Cathie !

Les plaisanteries des deux ouvrières et de la patronne parvinrent à distraire Catherine pendant un moment, puis tout le monde reprit l'aiguille ou les ciseaux, et les pensées importunes revinrent bourdonner.

« Oui, si c'était d'aimer qui est terrible. » « Mais l'amour, pourquoi ça serait terrible ? Dans les chansons c'est une chose plaisante. Dans d'autres, tu sais bien qu'il est plein de pleurs, parfois même on dit qu'il fait mourir. » Tirer l'ourlet bien droit, ajuster ce pli, voilà ce qu'il fallait faire et ne pas écouter, surtout ne plus écouter ces sottises qui tournaient dans sa tête. « Des sottises, en es-tu sûre ? Pense à Aubin ! » Catherine essaya de retrouver en elle le visage de son frère mort. « Il avait les yeux gris, se répétait-elle, il avait les yeux gris », mais elle ne parvenait pas à découvrir le regard disparu, et c'était le visage d'Émilienne Desjarrige, les longs yeux sombres, les paupières bombées, les boucles châtaines, la peau mate qui se dessinaient et s'éclairaient dans sa mémoire. Catherine aurait voulu regarder son amie Amélie pour échapper à cette vision, du moins Amélie rose et douce, telle qu'elle l'avait toujours connue jusqu'à ce que l'imprévisible détresse du cœur eût effacé cette lumière et cette tendresse, mais à présent elle craignait que la figure inconnue et tragique qui avait mis son masque sur les traits charmants d'Amélie ne vînt accroître son malaise.

Elle se décida enfin à lever les yeux. Le ciel soit loué, de nouveau c'était bien sa jeune, gentille compagne qui était à ses côtés. Avait-elle donc rêvé ? Ce n'était que dans les songes qu'un visage familier pouvait changer entièrement. L'amour ne pouvait avoir un tel pouvoir de métamorphose, l'amour malheureux. Elle se donnait ainsi, de nouveau, de bonnes raisons pour oublier l'aveu muet et triste d'Amélie, mais au fond d'elle-même, elle demeurait anxieuse, attentive à une menace que le désarroi de son amie lui avait révélée.

Le soir — on était en juin et d'un tilleul à l'orée du bois, venait un frais parfum d'enfance qui cernait la maison — Catherine s'arrangea pour envoyer au lit sans tarder Clotilde et Toinon, puis elle proposa à son frère de faire quelques pas avec elle. « Cette marche, disait-elle, leur ferait du bien ; la journée avait été si chaude qu'il était sage, pour trouver le sommeil, de prendre un peu d'exercice. »

— C'est beau la jeunesse, dit le père assis sur le banc, vous n'êtes pas encore fatigués après la journée de travail ! Moi, je vais me coucher. Que je dorme ou que je ne dorme pas, j'ai bien besoin de mon lit.

Il se leva péniblement, s'étira ;

— Ne tardez quand même pas.

Quand il fut rentré, Catherine chuchota :

— Le père, il vieillit.

— Il va sur ses cinquante-cinq ans.

— Ça en fait des années, ça en fait.

Ils parlaient ainsi tout en marchant lentement. Ils s'arrêtèrent au pied du tilleul ; Francet se laissa glisser contre le tronc et s'assit dans l'herbe. Catherine restait debout près de lui. Il faisait clair de lune quoique l'astre demeurât pour l'instant caché à leurs regards. Dans cette clarté, Catherine paraissait plus mince et blonde. « Mais elle est belle », pensait Francet, et cette découverte l'émouvait. Irrité par ce trouble, ce fut d'une voix rude qu'il demanda :

— Alors quoi, que veux-tu me dire ? J'imagine que ce n'est pas pour me parler de l'âge du père que tu m'as amené ici.

Catherine regarda le bout de ses sabots qui brillaient dans la rosée. Elle noua et dénoua plusieurs fois ses doigts devant elle.

— Assieds-toi donc, dit Francet plus doucement.

La jeune fille parut ne pas l'avoir entendu. Elle fit un pas en arrière et il crut qu'elle allait partir.

— Cathie, dit-il et le regret perçait dans sa voix.

— Amélie m'a dit, commença Catherine, elle pense que Julie est malheureuse.

Francet se releva d'un bond ; son effort dut lui causer une douleur car il grimaça et se frotta la jambe. Catherine se repentit aussitôt d'avoir parlé, en même temps elle se demanda si son frère ne feignait pas de souffrir pour se faire pardonner d'avance les griefs dont elle allait peut-être l'accuser. Lorsqu'il était malade et que la mère vivait encore, il gémissait ou grimaçait ainsi quand il voulait détourner quelque reproche. Ce fut pourtant lui qui, à la fois perplexe et curieux, semblait-il, revint à la charge :

— Malheureuse, pourquoi serait-elle malheureuse ? Depuis que tu lui as laissé ta place à la fabrique, sa vie est bien plus facile.

— Ce n'est pas pour ça.

— Et pourquoi, alors ?

Elle n'avait plus du tout envie de parler, elle appréhendait de causer cette fois quelque véritable malheur par des paroles imprudentes. Après tout, qu'est-ce qui lui prouvait qu'Amélie disait vrai ? Peut-être Julie se moquait-elle que Francet allât ou non au Rocher de la Folie ! Et maintenant plus moyen de détourner les questions de Francet.Ensuite, qui sait s'il n'irait pas blâmer Julie ? Il pourrait penser que c'était là un coup monté entre elle, Amélie et Catherine. Qui sait s'il ne romprait pas pour toujours avec sa « fiancée » ?

— Tu vas parler à la fin ?

Francet s'était approché de sa sœur et lui tordait les poignets entre ses mains d'une incroyable dureté. Comment ces doigts qui paraissaient modeler si délicatement la pâte à porcelaine, comment pouvaient-ils se faire pareils à des outils cruels ? Catherine pensait que toute la force que n'avait pu prendre sa jambe malade était passée dans les bras de Francet, la force et l'adresse, si bien que nul ne pouvait être aussi fort et aussi adroit.

Elle eut envie de crier, mais se retint et dit seulement :

— Tu deviens donc méchant, maintenant que tu vas avec les porcelainiers à ce Rocher ?

Il la lâcha, se recula, et la regarda d'un air où la gêne et la colère se mêlaient.

— C'était donc ça, fit-il, Julie fait ses jérémiades parce que je vais un peu me distraire avec les camarades.

Catherine étendit la main et cracha par terre.

— Je te jure que Julie n'a rien dit ; si je mens que j'aille en enfer.

Il haussa les épaules.

— Qu'elle ait parlé ou pas, après tout... dit-il.

Il commença à marcher vers la maison. Catherine le suivit.

— Je sais bien, reprit-il comme s'il s'adressait à lui-même, j'ai tort. J'ai tort envers Julie, je lui fais de la peine, j'ai tort envers toi, envers le père, envers les petites, je gaspille mon argent à boire au lieu de vous aider.

Il marqua une halte. Il tenait un peu voûtées ses épaules larges et paraissait à Catherine plus trapu que sous la lumière du jour. Etait-ce sa façon de se redresser tel un jeune coq tant que ses amis ou des étrangers pouvaient le voir qui, pendant la journée, haussait sa petite taille ? A présent, Catherine croyait découvrir en lui une force et une pesanteur qui l'attachaient à la terre étroitement, à cette terre que ses mains savaient former.

Il reprit sa marche. Catherine devinait sa tristesse, elle se reprochait d'en être la cause. En même temps, elle était fière d'être seule ainsi avec son frère dans la nuit ; il lui semblait qu'ils veillaient sur le repos des autres, et aussi sur celui des arbres, des oiseaux, de l'univers. Tous les deux, rien qu'eux deux, responsables des vivants et des morts, en eux seuls en cet instant veillait le souvenir d'Aubin et de la mère, eux seuls tenaient en ce moment dans leurs pensées avec leur avenir celui du père et des petites. Et même elle s'imaginait que leur veillée étendait sa bienfaisante tendresse au delà, bien au delà de la maison-des-prés ; tant qu'ils marchaient, vigilants, silencieux, dans la clarté lunaire, rien ne pouvait blesser ceux qu'ils aimaient : Martial, Amélie, Julie, Aurélien, ni Émilienne Desjarrige qui sans doute ne savait même plus qu'ils existaient.

— Vous ne vous rendez pas compte que pour moi, c'est comme si je recommençais... enfin, comme si je recommençais à vivre ?

Francet avait dit cela sur un ton plaintif, mais sa voix s'était faite âpre pour ajouter :

— J'ai l'impression que je ne travaillerai, que je ne mangerai, que je ne boirai, que je ne m'amuserai jamais assez, jamais assez pour effacer les années où j'étais attaché, où j'étais prisonnier de ma jambe malade.

Il passa une main dans les boucles serrées de ses cheveux.

— Qu'elle attende un peu, quoi, Julie, on se mariera bien.

Il continua à se frotter la tête, eut un rire gêné. Ils étaient arrivés devant la maison. Catherine se pencha pour regarder les feux des lucioles dans l'herbe.

— Pourquoi ris-tu ? demanda-t-elle en se relevant.

Elle tenait dans le creux de sa paume l'un des vers luisants.

— Je pense, Cathie, quand je me marierai avec Julie, toi tu devrais te marier...

Il hésita une seconde puis acheva sa phrase :

— ...avec Aurélien.

— Avec Aurélien !

Sa main laissa échapper la luciole.

Son frère se baissa et ramassa le petit feu vert.

— Pourquoi tu cries ? fit-il calmement.

— Je ne crie pas.

— Si, tu as crié. Pourquoi tu te marierais pas avec Aurélien ?

— Pourquoi je me marierais avec lui ?

Francet s'accroupit pour replacer le ver luisant dans l'herbe.

— Avec qui tu te marierais alors ?

— Je ne sais pas.

— Tu vois bien. Et lui, avec qui il se marierait si ce n'était pas toi sa femme ?

— Avec Amélie, répondit-elle d'un trait.

Francet répéta d'une voix courroucée :

— Avec Amélie ?

Il se rapprocha de sa sœur, la regarda avec une sorte de pitié.

— Encore celle-là, elle te raconte des bêtises sur Julie, et ça lui suffit pas, elle te raconte qu'elle épousera Aurélien.

Il secoua la tête.

— Elle l'épousera pas, reprit-il. Elle ne pense qu'à ça, on le voit comme on voit son nez sur sa figure, mais rien à faire, Aurélien, lui, ne pense qu'à toi.

— Ce n'est pas vrai.

— Pas vrai ? demande donc à Julie.

— Ce n'est pas vrai, pas vrai ! Tais-toi !

Catherine s'élança et en quelques bonds gagna la maison. Elle se hâta de se dévêtir et de se coucher avant que son frère n'arrivât. Plus tard, quand elle l'entendit remuer la chaise sur le dossier de laquelle il déposait sa blouse, elle se tint immobile pour qu'il crût qu'elle dormait ; pourtant elle ne pouvait trouver le sommeil. Sans cesse, elle répétait en elle-même : « Ce n'est pas vrai, ce n'est pas vrai... » En même temps elle revoyait la figure défaite d'Amélie cet après-midi, ce regard perdu, ce visage vieilli, brûlé. Et voilà que dans sa mémoire le visage d'Aurélien prenait le même air de détresse. Comme c'était étrange qu'ils parviennent, ces deux visages, à se confondre dans la même douleur, la même hantise justement parce que, jamais, dans la vie, ils ne se rejoindraient. Et c'était à cause d'elle, Catherine, qu'il était interdit à ces deux êtres de se rencontrer un jour dans le bonheur. « Ce tourment qui habite Amélie et Aurélien comme un monstre, c'est toi qui en es la cause. C'est toi qui es le monstre. »

Ses mains dans la nuit parcouraient son corps, son visage, comme si elle s'attendait à ce que ce corps et ce visage eussent pris un aspect effrayant. Mais ses doigts retrouvaient la marge fraîche de son front, la courbe de son nez, la douceur et la chaleur de sa gorge qu'elle frôlait peureusement.

« Depuis quand Amélie ne vit-elle que pour Aurélien ? Et lui, depuis quand croit-il devoir m'attendre ? N'est-ce pas depuis le même jour ? Depuis ce jour où Aurélien m'a arraché des mains mon pain noir et m'a tendu à la place un craquelin, et Amélie de sa fenêtre nous a vus, elle a aimé ce garçon qui ressemblait, à ses yeux, à l'ange de Saint-Loup. Lui peut-être m'a aimée pour la joie qu'il m'a donnée alors. »

Quel signe avait donc marqué cette journée ? C'était cet après-midi encore qu'Émilienne et son frère étaient apparus aux enfants de La Ganne. De quel destin la fillette du Haut, en robe verte à falbalas, avait-elle été l'annonciatrice pour Catherine ? Rien, maintenant, ne semblait plus la rattacher à la vie de celle-ci ; pourtant il semblait à Catherine que chaque être rencontré en ce jour lointain avait dû receler quelque secret qui lui était à elle-même promis et qui plus tard montrerait sur elle son pouvoir. Aujourd'hui le secret d'Aurélien et d'Amélie venait d'éclater ; il serait dorénavant dans sa vie pareil au remords d'une faute qu'elle n'aurait pas commise et qui pourtant la poursuivrait. Quant au secret qui sans doute brillait dans les yeux orgueilleux de la fillette verte, elle n'imaginait pas comment il pourrait réapparaître à présent. Mais la vie était longue, peut-être un jour découvrirait-elle le sens de cette promesse, de cette menace ou de cette prière qui s'était appelée pour elle Émilienne Desjarrige.

L'AUTRE VERSANT

XXIV

Une saison passa, une autre, une autre encore, mais pour Catherine le temps semblait ne point passer. Certes les fleurs changeaient, les fleurs se fanaient, les feuilles tombaient ; aux journées d'automne qui sentaient le cidre succédaient les pluies, les longues pluies et les brouillards et la neige, la gelée blanche sur les prés, mais en Catherine le temps était comme immobile ; quand reprendrait-il sa course ? La jeunesse paraissait éternelle, elle en devenait monotone, inacceptable. Était-ce donc cela vivre ? Amélie non plus ne *bougeait* pas, ni Aurélien, ni Francet, ni Julie. Bien sûr ils travaillaient, ils parlaient, ils riaient, parfois se disputaient, parfois s'enthousiasmaient pour quelque nouvelle machine qu'on venait d'acquérir à la fabrique ou bien pour un théâtre de toile qui s'installait sur la place du Haut, pour une complainte qu'un chanteur des rues apprenait aux badauds de La Noaille. Ils vivaient, mais, aux yeux de Catherine, eux non plus n'appartenaient pas au temps. Elle devinait toujours la même passion muette dans les regards qu'Aurélien à la dérobée jetait vers elle et dans ceux dont Amélie effleurait le visage d'Aurélien ; elle devinait toujours en eux la même souffrance. Qu'attendaient-ils ? Qu'espéraient-ils qui ne viendrait jamais ? Pourquoi les cœurs ne changeaient-ils pas ? Le temps ne pouvait-il donc pénétrer en eux et les arracher à eux-mêmes, le temps qui, s'il paraissait ignorer les adolescents, se rattrapait avec Clotilde et Toinon et avec le père. Les cadettes avaient grandi vite malgré les rougeoles, les coqueluches, les rhumes. Clotilde contemplait maintenant Catherine avec l'admiration et l'envie qu'autrefois Catherine ressentait pour son aînée, pour Mariette et son chignon et ses corsages verts. Elle quitterait bientôt l'école que les religieuses tenaient près de l'orphelinat, on lui chercherait une place à la fabrique ou bien dans l'atelier de Mme Navel. Quant à Toinon on n'eût jamais cru à voir ses joues rouges et le rire perpétuel de ses lèvres et de ses yeux que, jadis, la mort l'avait tenue un instant convulsée dans sa main. Une fierté profonde envahissait Catherine lorsqu'elle observait les deux petites en train de lire, côte à côte. « Que seraient-elles aujourd'hui si je n'avais pas empêché le père et Félicie de les mettre à l'orphelinat ? »

Pour le père aussi le temps passait. De plus en plus, Jean Charron se voûtait, se ridait ; il paraissait presque aussi vieux que le père Baptiste, son aîné pourtant de plusieurs années ; mais l'ouvrier prenait la vie à pleines mains, comme il faisait de la pâte à porcelaine, tandis que le père, on aurait dit tant il s'effaçait et gardait le silence, qu'il voulait oublier la vie ou se faire oublier d'elle. Catherine se demandait parfois si ce père à la voix haute, aux yeux rieurs dont elle gardait en elle la nostalgie, elle ne l'avait pas tout simplement imaginé ; il ressemblait si peu à cet homme timide, vieilli avant l'âge et qui paraissait toujours quêter une excuse, comme s'il se sentait étranger dans sa propre maison. Parfois, elle tentait de faire retrouver au père les chemins qui conduisaient vers quelque chaleur de la vie, mais en vain.

— Père, fait-il assez beau ce soir ! On se croirait dans un jardin, tellement le bois et les prés sentent bon.

Ou bien :

— Père, reprenez donc du clafoutis, c'est Félicie qui me l'a fait porter à l'atelier ; il n'y a qu'elle pour le réussir comme ça.

Jean Charron essayait de sourire. Catherine eût préféré une rebuffade à cette grimace hésitante qui lui faisait mal. Une fois pourtant, le père sortit de son silence. Quelqu'un — était-ce Julie appuyée à l'épaule de Francet ? à moins que ce ne fût Amélie assise dans l'herbe ? Catherine avait été si troublée par la remarque du père, qu'elle ne se souvenait plus de la voix qui avait parlé —, quelqu'un avait murmuré :

— Ah ! qu'il fait bon vivre !

Ils s'étaient tous dressés à demi lorsque le père avait repris :

— Il faisait bon vivre.

Il demeurait penché en avant, les coudes aux genoux, le regard perdu vers l'horizon où montait la nuit.

Les jeunes l'observaient avec crainte tant ses paroles les étonnaient, habitués qu'ils étaient à son silence, et même à cette sorte d'absence qu'il parvenait à créer autour de lui. A qui parlait-il donc ? Sûrement pas à eux quoiqu'il semblât répondre à la jeune fille qui avait exprimé son bonheur.

— J'aimais bien le soir, disait-il encore, les soirs d'été, j'aimais bien l'odeur du foin, l'odeur du tilleul, même le bruit des grenouilles juste au bord de la nuit, j'aimais bien tout ça, un beuglement dans l'étable, les rires des enfants, oui...

Il se racla la gorge. Que regardait-il droit devant lui ? Que voyait-il donc ? ces prés où la rosée commençait à scintiller ? les gestes noirs des arbres ? Clotilde et Toinon, à quatre pattes dans l'herbe ? ou bien plutôt d'autres prés, une autre rosée, d'autres arbres, d'autres enfants, sa prairie, sa nuit, ses arbres, les enfants tels qu'il les connaissait jadis, quand la vie était sans pièges, sans enfer, quand la vie était bonne à vivre ?

Catherine aurait voulu travailler toujours plus encore et se dévouer pour que le père retrouvât, ne fût-ce qu'un peu de sa confiance dans les choses qu'il avait aimées autrefois ; mais, à part ce soir, où, pour un instant, il avait laissé sa plainte s'exhaler, il continuait à s'enfoncer dans la même tristesse, la même humilité muettes.

Ainsi, Catherine demeurait-elle seule à ne pas changer dans l'éternité de sa jeunesse, entre la turbulente croissance de ses cadettes et la lente usure qui marquait le visage et le corps du père.

Le temps ne viendrait-il donc jamais pour elle où soudain tout se précipiterait, se métamorphoserait à l'image de certains matins de l'hiver ou du printemps où l'on s'éveillait dans un monde neuf et sacré sous l'apparition de la première neige ou la brusque éclosion des fleurs.

Elle appelait de tout son être, sans pouvoir se dire à quel désir elle obéissait ainsi, ce jour qui serait pour elle comme un éveil après une longue torpeur, et l'idée qu'au lieu de lui apporter chance et lumière, ce jour tant attendu pouvait n'être aussi bien qu'orage ou défaite, ne parvenait pas à atténuer son impatience.

Quand l'heure sonna enfin où le temps pour Catherine recommença à s'écouler, ce fut alors avec une sorte de fièvre et de désordre, qui la laissèrent désemparée et ravie. Elle avait entendu les cloches de vêpres, à Saint-Loup. Oh ! très faiblement, car nul vent ne venait glisser son bienfaisant murmure dans la fournaise de ce dimanche de juillet, et les sons mêmes semblaient se fondre dans l'ardeur du ciel. Catherine était allongée dans l'herbe, à l'ombre d'un frêne devant la maison-des-prés. Les autres devaient dormir dans la masure. Un bruit sur le chemin de La Noaille lui fit lever la tête. Elle n'en crut pas ses yeux lorsqu'elle vit apparaître, violette comme la crête d'un coq, Félicie la marraine. Il fallait que la grosse femme eût perdu la raison pour se risquer ainsi à faire le trajet de La Noaille à la maison-des-prés sous un tel soleil ; autant pénétrer dans l'un des fours de la fabrique à la fin d'une cuisson. La jeune fille héla sa marraine qui vint s'affaler haletante au pied du frêne.

— Vous n'y pensez pas, Marraine, à tant marcher par un jour comme ça.

La grosse femme faisait des signes avec son mouchoir comme pour dire : « Allez, allez ! »

Catherine s'inquiéta.

— Y aurait-il quelque chose de...

Elle n'osait achever sa question, elle craignait de déclencher un malheur en le nommant.

— Quelque chose de... grave ? finit-elle par dire.

La cuisinière tourna la tête plusieurs fois, elle n'arrivait pas à reprendre haleine, mais le sourire de ses petits yeux bruns enfoncés sous les paupières grasses et plissées rassura sa filleule. Quand la visiteuse se fut un peu reposée, elle commença à parler de choses et d'autres, de l'avarice sempiternelle de ses patrons, de la sécheresse qui menaçait les récoltes, de la nouvelle domestique qu'on lui avait donnée pour la seconder mais qui gâtait toutes les sauces, de ses collègues les cuisinières des maisons du Haut, à l'en croire toutes plus vaniteuses les unes que les autres, à l'exception de Mme Pourpaille. « Celle-là... » dit-elle, mais elle interrompit sa phrase et son bavardage en guettant Catherine du coin de l'œil. Au seul nom en effet de Mme Pourpaille, la jeune fille qui se laissait aller depuis un moment déjà à la somnolence, lassée qu'elle était par les litanies de la cuisinière, se redressa, attentive.

Félicie se rengorgea, tapota son corsage du bout des doigts.

— A propos de Mme Pourpaille, reprit-elle, puis, sortant son mouchoir, elle se mit à s'éponger lentement le front et le cou.

Catherine avait du mal à cacher son impatience, elle ne doutait plus, à présent, que sa marraine avait risqué l'insolation uniquement pour venir révéler quelque nouvelle d'importance ; elle ne doutait pas non plus que la grosse femme ne préparât son effet, retardant à plaisir le moment de lancer sa bombe. Le mouchoir à carreaux retrouva sa place dans la poche du tablier, la marraine souleva ses sourcils.

— Qu'est-ce que je disais donc ? demanda-t-elle.

« Va-t-elle se décider ? » pensait Catherine ; elle eût volontiers pincé Félicie tant la comédie de celle-ci l'agaçait.

— Vous parliez de Mme Pourpaille.

La cuisinière prit l'air le plus étonné du monde.

— Ah oui !... Eh bien, Mme Pourpaille, je te donne en mille ce qu'elle est en train de faire, même que je la plains sincèrement avec cette chaleur, tu t'imagines ce que ça peut être près de ses fourneaux.

Catherine ne voyait toujours pas où la bavarde voulait en venir, elle laissa la bonne femme jouir à son aise de l'énervement qui devait se peindre sur son visage, puis déclara, non sans rancœur :

— Excusez-moi, Marraine, mais il va falloir que j'aille m'occuper des petites, elles ont assez dormi comme ça.

Félicie lui prit le bras.

— Hé, laisse donc ! que veux-tu qu'elles fassent dans cette flamme ? Ton père et Francet s'en occuperont quand ils se réveilleront.

Elle regarda Catherine dans les yeux et prit un air guilleret pour annoncer :

— Eh bien, Mme Pourpaille est en train de préparer le dîner de fiançailles d'Émilienne Desjarrige.

« C'est cela, ce n'est que ça qu'elle avait à m'apprendre ! » Catherine avait beau se tenir un tel langage, elle ne pouvait faire que ses mains nouées derrière le dos ne tremblassent ni que la chaleur du jour ne s'effacât devant ce feu qui lui sembla dessécher ses veines.

— Quel est le fiancé ? demanda-t-elle, tout en pensant : « Aubin la prenait pour sa fiancée, quel enfant il était, et moi avec ; mais l'enfance est finie. »

Félicie n'avait-elle pas compris la question, ou bien désirait-elle débiter ses commérages comme elle l'entendait, sans s'occuper des demandes de sa filleule ? Elle reprit :

— Il était temps à la fin qu'elle trouve chaussure à son pied. Elle a repoussé tous les bons partis de La Noaille, aucun ne lui convenait. A ce qu'il paraît, des Limougeauds, des Parisiens même, n'ont pas eu plus de chance.

La grosse femme avança la tête et roula des yeux indignés.

— Tout le portrait de sa mère, c'est le sang du Repaire qui leur monte à la tête, elles se prennent pour je ne sais quoi. Il leur faudrait des anges peut-être pour époux.

La cuisinière avait dit cela avec une moue de mépris, mais ces mots, dans la pensée de Catherine, prenaient une tout autre résonance : elle voyait Émilienne en robe blanche s'envoler et, dans le ciel, venant à sa rencontre, un jeune garçon — derrière lui, glissait un sillage de lumière. On disait que les enfants morts devenaient des anges. Si cela était, Aubin aurait dû être cet ange qu'elle imaginait pour époux céleste à l'orgueilleuse Émilienne.

— Toujours est-il, poursuivait Félicie en bougonnant, qu'à ce régime-là notre mijaurée était partie d'un bon pas pour coiffer sainte Catherine.

« Il fait si chaud qu'elle ne doit pas remarquer que j'ai rougi. Suis-je assez stupide pour me troubler comme ça ! A l'atelier, quand les ouvrières disent d'une telle qu'elle coiffe sainte Catherine, ça m'est bien égal, alors qu'est-ce que j'ai aujourd'hui ? » En ce ciel intérieur où tout à l'heure elle avait vu Émilienne s'envoler vers un jeune mort, Catherine se voyait maintenant apparaître elle-même, les cheveux épandus sur les épaules, assise sur un trône de nuages comme elle avait vu, sur des images pieuses, sainte Madeleine. Émilienne Desjarrige s'approchait derrière elle, à ses côtés Aubin rayonnait comme un soleil ; les mains blanches d'Émilienne commençaient à natter les cheveux de Catherine.

— A quoi rêves-tu Cathie ?

— Comment ?... Je... je ne rêve pas...

— C'est cette sacrée chaleur, ma petite, qui te brouille la tête ? Ou bien c'est de parler mariage ?

Et la bonne femme riait, d'un rire qui faisait tressauter sa graisse sur l'estomac ainsi que son triple menton.

L'enfance était finie depuis longtemps sans doute, cependant tant qu'Émilienne demeurait inchangée, c'était comme si le monde ne bougeait pas. Maintenant, il fallait dire un dernier adieu à ces années puériles et enchantées, puisque Émilienne renonçait à elle-même et à tout ce dont elle était la promesse.

— C'est en somme une bonne affaire pour les deux familles, je devrais dire pour les trois familles puisque la fabrique a été construite par les du Repaire. Comme ça, puisque la fille Desjarrige épouse le fils de La Reynie, ça amènera l'argent frais du papa Desjarrige dans l'usine, et Émilienne retrouvera la fabrique de ses ancêtres.

Le fils de La Reynie, un homme plus tout à fait jeune, courtaud, déjà empâté, la moustache frisée au petit fer, l'œil rond et gourmand ; Catherine ne parvenait pas à imaginer que ce pût être là désormais le compagnon d'Émilienne : autant vouloir lier une pouliche fière, fine et nerveuse comme l'on en voyait parfois dans les chasses qui traversaient à fond de train les prés, à un percheron de camionnage.

— Je ne sais pas, disait la cuisinière en fronçant les sourcils, si ce sont les Desjarrige ou le fabricant, toujours est-il qu'on brusque les choses. Aujourd'hui voilà les fiançailles sans qu'on ait pu crier ouf ! et les noces c'est pour la mi-septembre...

C'était bien cela, on *brusquait* les choses, et sans doute des deux côtés, pour vite refermer le piège sur Émilienne.

Catherine sentit une main se poser sur son épaule, elle tressaillit.

— Qu'est-ce qui te prend ? demanda Félicie en riant. On ne peut plus te toucher ?

La jeune fille balbutia de vagues excuses ; sa marraine la reprit de nouveau par l'épaule.

— Figure-toi, Cathie, figure-toi qu'elle est bien toujours aussi folle, cette Émilienne ; devine un peu ce qu'elle a manigancé... Ah ! tu peux dire qu'elle n'a pas pour deux sous de raison. Dans le fond je me demande si, après tout, ça n'a pas mieux valu que tu ne deviennes pas sa demoiselle de compagnie, elle t'aurait peut-être rendue aussi folle qu'elle.

— Elle n'est pas plus folle que vous ou moi !

Catherine se reprocha d'avoir presque crié cette protestation.

— Tu trouves qu'elle est sensée ? elle a décidé que la noce aurait lieu à la fabrique ! on dansera dans la cour, et tous les ouvriers, les apprentis et leurs familles seront invités à venir boire et danser. Il paraît que le fiancé et le futur beau-père ont fait un drôle de nez quand elle leur a annoncé sa lubie, mais elle a menacé de rompre si on la chicanait là-dessus.

Catherine avait envie de secouer sa marraine et de lui dire : « Enfin ! vous me faites retrouver Émilienne ; je ne la reconnaissais plus sous ces fiançailles et ce mariage, je ne la reconnaissais plus avec ce lourdaud, ce percheron à ses côtés, mais vous voyez bien qu'elle est quelqu'un d'autre, quelqu'un qui ne ressemble à personne puisque personne n'aurait eu l'idée de cette noce à la fabrique. »

Elle avait arraché des brins d'herbe et les déchirait machinalement en menus morceaux. Une brise se faisait sentir par moments et sous sa pression légère quelques cheveux volaient sur les tempes de Catherine.

« Le changement de la voix d'Émilienne lorsqu'elle me parlait de la fabrique, de ses aïeux qui l'avaient fait construire. C'est pour cela qu'elle accepte ce mariage, par fidélité à ses morts et non pas pour l'argent, pour les convenances, ou par peur de coiffer sainte Catherine comme le prétendait cette sotte de Félicie. »

— Ah ! tout de même, on pourrait bien réveiller la maisonnée, fit la marraine, ils ont assez dormi.

Elle se leva difficilement, s'étira, puis tapota sa jupe du bout des doigts. Comme Catherine se dressait à son tour, elle l'observa avec un sourire en coin.

— Je ne sais pas trop si tu pourras toi aussi aller danser à la fabrique, vu cette affaire autrefois que tu as eue avec les Desjarrige.

Elle dut être effrayée par le visage défait de sa filleule, car elle se hâta d'ajouter d'une voix suppliante :

— Cathie, Cathie, je plaisantais. Mme Pourpaille, tu ne sais pas ce qu'elle m'a dit : « Pas plus tard qu'hier matin, notre demoiselle m'a demandé : Catherine Charron, cette petite qui travaillait à la maison, je tiens à ce qu'elle vienne à la fabrique pour la noce, j'y tiens. »

— C'est vrai ?

Pourquoi avoir posé cette question, la marraine allait la juger bien stupide d'attacher tant d'importance à cette noce.

— Vrai comme tu me vois devant toi, affirma solennellement la cuisinière.

Ainsi, après ces années qui les avaient séparées, Émilienne se souvenait encore d'elle, s'intéressait à elle ! Comment la jeune fille du Haut trouvait-elle le moyen de garder une place dans sa mémoire pour une petite servante ! Catherine, tout en accompagnant Félicie, déjà ne pensait plus qu'au jour de septembre où, dans la fabrique en fête, elle reverrait Émilienne Desjarrige ; où elle la reverrait pour la dernière fois sans doute, si, comme elle le craignait, la jeune fille, en lui demandant de venir à ses noces, entendait par là même dire adieu à sa propre enfance.

XXV

Malgré la chaleur qui, cette année-là, ne cessa de peser tout l'été sur La Noaille et sa campagne, et malgré l'abattement où ce feu plongeait les citadins, il suffisait que le nom des Desjarrige, ou celui des La Reynie fût prononcé pour qu'ouvriers ou bourgeois, comme sous le coup d'un sortilège, retrouvassent ardeur et passions, tantôt pour s'étonner, tantôt pour louer, tantôt pour condamner ce mariage. Pour les uns il semblait fort naturel, pour les autres il était le fruit de calculs familiaux, pour d'autres encore il traduisait le désarroi ou le désenchantement de la jeune fille inquiète de voir s'éloigner ses vingt ans. C'était là notamment la thèse des ouvrières de Mme Navel ; elles avaient un peu dépassé l'âge d'Émilienne et lui prêtaient volontiers leurs propres soucis. Amélie Anglard tenait pour le mariage d'amour. A vrai dire, elle devait être la seule à défendre cette opinion, non seulement à l'atelier, mais encore dans toute la cité. Mme Navel esquivait adroitement les questions et assurait toujours que ce serait là une magnifique cérémonie. « Magnifique, tout à fait magnifique », disait-elle en se frottant les mains, et son plaisir n'était pas feint car les commandes de toilettes affluaient en vue de cette solennité. Quant à Catherine, elle affirmait se désintéresser de l'événement. Amélie lui reprochait son indifférence à l'égard d'Émilienne.

— Dans le fond, lui dit-elle, un après-midi, toi, tu aurais dû te faire religieuse. Si tu avais continué à aller à l'église, je crois bien que c'est ce qui serait arrivé.

Catherine s'arrêta de coudre, regarda son amie.

— Peut-être, dit-elle.

Elle pensait : « Tu souhaiterais bien que j'entre au couvent, comme ça il n'y aurait plus d'obstacle entre Aurélien et toi. »

— Tout le monde ne s'occupe que du mariage de la fille Desjarrige, reprenait Amélie, et toi, on dirait que tu n'entends même pas quand on en parle.

— Que veux-tu que ça me fasse cette histoire ? ça ne me regarde pas.

— Oh ! des fois je ne te comprends plus.

Amélie eût encore bien moins compris si, le soir, quand tout le monde dormait à la maison-des-prés, elle avait pu voir Catherine se relever en cachette, sortir de l'armoire la belle robe qu'elle avait portée le seul jour de ses quinze ans, l'essayer, puis, ciseaux, dé et aiguille en main, défaire les ourlets, ajuster et coudre afin que jupe et corsage fussent de nouveau à sa taille. Ensuite elle pliait soigneusement la robe et la replaçait dans l'armoire. « Pauvre Amélie, se disait-elle parfois, si elle me voyait, elle me jugerait bien mal. Pourquoi me faut-il mentir ? Pourquoi ? » Elle ne parvenait pas à voir clair en elle ; une seule chose demeurait sûre : c'est qu'elle ne pensait plus qu'à ce mariage, et que, plus elle y pensait, plus elle feignait l'indifférence. Souvent elle essayait de se moquer d'elle-même : « Parole, on dirait qu'il s'agit de *mon* mariage. » Son ironie tournait court, elle demeurait à la fois angoissée et exaltée devant l'attente de ce jour qui lui semblait devoir marquer la fin d'un monde. Elle se sentit encore bien plus coupable envers Amélie lorsque, une nuit, alors qu'elle s'approchait enfin de la lisière du sommeil longtemps appelé en vain, elle se surprit à imaginer une double noce dans la Fabrique du Roi : celle d'Émilienne Desjarrige et du fils de La Reynie, mais aussi la sienne ; comme Emilienne elle portait une robe blanche plus fraîche qu'un bouquet de lilas blanc, à son bras Aurélien avançait pâle d'allégresse. Elle essaya de chasser dorénavant de son esprit de telles idées qu'elle se reprochait durement, mais ses efforts ne semblaient leur donner que plus d'emprise sur elle.

Ainsi s'écoula l'été, avec, à l'intérieur de la monotone fournaise de son soleil, cet autre feu vif, capricieux, vite éclipsé, vite rallumé que l'approche de l'événement suscitait dans les âmes jeunes ou vieilles, belles ou disgraciées de La Noaille. Ce feu secret ne cessa de rendre pour Catherine insupportables les heures qui la séparaient encore de cette fête qu'à la fois elle espérait et redoutait, soit que le temps lui parût plus immobile que les nuages égarés et pétrifiés dans le ciel torride, soit au contraire que soudain il se mît à s'enfuir plus vite qu'entre ses doigts le fil d'une aiguillée.

Septembre finit par arriver avec ses matins plus légers sous la rosée, ses feuilles déjà rousses que l'ardeur du mois d'août avait consumées, ses bleus profonds dans le lointain.

La semaine qui précéda la noce, l'atelier de Mme Navel connut une activité affolée et affolante. La patronne, ses deux ouvrières, Amélie et Catherine prenaient à peine le temps de manger, veillaient jusqu'à minuit, reprenaient le travail à la pointe du jour. On crut ne jamais arriver à livrer à temps boléros, jupes, corsages, tournures, caracos, écharpes ou capes que ces dames du Haut réclamaient avec prières, menaces, larmes, promesses et crises de nerfs. Après ce tohu-bohu, il fut entendu que le samedi du mariage serait chômé, et que l'atelier au grand complet se rendrait à la sortie de l'église afin de juger sur pièce des résultats de son travail. Catherine avait dit à Amélie Anglard qu'elle passerait la chercher pour rejoindre les autres sur le parvis de Saint-Loup, mais le matin elle se sentit si lasse qu'elle envoya Clotilde et Toinon l'excuser auprès de son amie. Elle mit sur le compte du surmenage sa défaillance. Pourtant, cet abattement qui la faisait s'affaler sur le banc devant la maison-des-prés, elle savait bien qu'il venait moins de son corps que du cœur. Jusqu'à ce jour, elle en sentait une fois de plus l'évidence, la vie, pour elle, malgré ses malheurs et ses luttes, avait continué à garder à l'horizon et quasi inaccessible, une ouverture par où venait la lueur d'un monde harmonieux, celui que dans son enfance Catherine avait cru posséder, qu'elle avait ensuite perdu, puis qui s'était confondu à ses yeux avec l'air qu'on respirait autour d'Émilienne Desjarrige. Mais puisque la jeune fille s'apprêtait, en se mariant, à abdiquer son impalpable et indéniable souveraineté, là-bas, l'ouverture qui donnait sur un au-delà d'allégresse et de liberté se refermait pour toujours. Catherine reconnut en elle-même ce sentiment d'immense, amère, et vaine révolte, éprouvé une première fois quand ses parents l'avaient placée servante chez les étrangers. Cette trahison, cet abandon — c'était ainsi qu'alors elle jugeait l'acte de ses parents à son égard — elle les ressentait à nouveau avec la même enfantine violence, comme si Emilienne était devenue pour elle une autre mère, jeune et charmante de toute la jeunesse et du charme que sa vraie mère avait trop vite perdus, une jeune mère glorieuse qui la reniait.

« Je n'irai pas à la fabrique », se dit-elle. Mais, l'après-midi, lorsque Julie, Amélie et Aurélien, gauches et fiers dans leurs habits du dimanche, vinrent à la maison-des-prés, elle n'y tint plus, et pendant que Francet passait lui aussi un pantalon et une veste de droguet bleu, elle s'empressa de revêtir sa robe ponceau. Tous s'enthousiasmèrent en la voyant sortir de la chambre.

— Quelle chance, fit Amélie, ta robe on dirait qu'on vient de la faire. J'aurais cru pourtant que ta taille avait changé depuis le jour de tes quinze ans.

Catherine détourna la conversation, en s'extasiant à son tour sur la toilette d'Amélie et sur celle de Julie. Amélie portait un corsage de dentelle blanche et une ample jupe jaune ; quant à Julie elle n'avait qu'une robe de drap bleu sombre mais elle avait jeté sur ses épaules un châle de cachemire rouge et noir qui lui venait d'une aïeule. Les deux jeunes filles, la blonde Amélie, et Julie la noiraude, formaient ainsi un piquant contraste. Julie et Catherine qui étaient en sabots regardaient avec envie les souliers blancs de leur amie ; elle s'en aperçut et proposa qu'on allât chez elle essayer une autre paire. Pour gagner du temps, on envoya Aurélien chercher celle-ci. Quand il revint, Julie se précipita pour chausser la première ces bottines marron mais elle eut beau s'efforcer, ses pieds ne passaient pas. Ce fut donc Catherine qui hérita des chaussures. Pendant tout le trajet qui menait à la fabrique, déçue, Julie bouda, puis déclara qu'elle ne resterait pas à cette noce. Cependant, à peine, dans le chemin rouge et blanc de la manufacture, entendit-on les flonflons du bal qu'elle s'accrocha au bras de Francet et le tira de plus en plus vite vers la fête. Au contraire, au fur et à mesure qu'on approchait, Catherine ralentissait le pas, elle eût voulu ne jamais arriver.

Lorsqu'ils débouchèrent sur l'esplanade devant la fabrique, ils s'arrêtèrent, interdits. Ils ne reconnaissaient pas l'usine sous son décor d'oriflammes bleues et blanches, de guirlandes multicolores, de festons et de feuillages. Une foule dense se pressait dans la cour. Là-bas, au fond, vers les fours, une estrade, elle aussi chargée de fleurs, de rubans et de rameaux, supportait un orchestre composé de violons, de chabrettes, et de vielles. Pour l'instant, les musiciens se reposaient ou buvaient : quand ils reprirent leurs instruments, le brouhaha des voix baissa d'un ton, toutes les têtes se tournèrent vers l'estrade. L'orchestre attaqua une valse, des protestations s'élevèrent çà et là, cependant que des jeunes gens poussaient des bravos sonores. Catherine et ses amis demeuraient ébahis, à l'orée du chemin. Lorsque la danse commença, il se fit un double mouvement dans la masse agglutinée sur l'esplanade : d'une part des couples se formaient qui convergeaient vers le centre, cependant que la haie de curieux reculait vers les côtés de la cour. A la faveur de ces courants, Catherine découvrit que deux vastes parquets avaient été disposés sur le sol. Sur le premier virevoltaient, sautillaient, ouvriers et ouvrières, apprentis et toute la jeunesse pauvre de La Noaille ; bien des danseurs avaient gardé leur blouse de travail, quant à leurs cavalières, elles avaient simplement ajouté à leur robe de tous les jours quelque fichu aux vives couleurs. Sur le plancher les sabots faisaient un vacarme de tous les diables ; il y avait çà et là quelque fille un peu mieux attifée et chaussée de souliers, ou quelque godelureau pommadé : on se montrait du doigt ces enfants de boutiquiers et eux jetaient des regards d'envie vers l'autre parquet où se pressait la jeunesse du Haut.

Catherine, Francet, Julie, Aurélien et Amélie se trouvaient maintenant pris dans la foule des badauds. Plusieurs fois des femmes de La Ganne s'écartèrent pour laisser le passage à Catherine et à Amélie dont les belles robes les impressionnaient. Catherine rougissait en s'apercevant de leur confusion ; elle rougissait plus encore quand les commères s'écriaient : « Mais, c'est la Cathie Charron, ma parole on l'avait prise pour une demoiselle ; est-elle assez jolie comme ça... Cathie où as-tu trouvé cette robe de milady?... C'est une fameuse chance d'être couturière ; voyez la petite Anglard, elle est nippée elle aussi. »

Les hommes à leur tour lançaient des propos d'égrillarde admiration, mais les coups d'œil furieux d'Aurélien et de Francet les forçaient vite à se taire. Jalouse du succès de ses amies, Julie ne tarda pas à tirer Francet vers le bal où ils disparurent bientôt, entraînés par le flot des danseurs. Instinctivement, Catherine prit le bras d'Aurélien.

Ils arrivèrent à la porte d'entrée de la fabrique. Là, dans l'espace demeuré libre entre les deux parquets, on s'entassait car on jouissait du coup d'œil sur les deux assemblées. Le chœur des ouvrières, des femmes de La Ganne, des mères de famille dont les filles tournoyaient sur le parquet des pauvres commentait les phases du bal : « Vous avez vu le fils du notaire, près de la petite Mme de Morgnac... Je me demande si le capitaine pourra continuer à mettre son képi... » — « Hé, pauvre Toinette, vous ne savez donc rien, il y a belle lurette qu'il les fait porter les cornes à sa femme, le capitaine. Tenez, visez-le un peu, à gauche de l'estrade, s'il a l'air de s'en faire. » — « N'est-ce pas la sous-préfète, assise près de lui, cette brune ? » — « C'est elle, vous avez remarqué sa capote de cachemire blanc ? » — « Si j'avais le quart de la moitié de ce que les toilettes ont dû coûter ! » — « A qui le dites-vous, il paraît que l'atelier de Mme Navel n'y suffisait plus, jour et nuit qu'elles cousaient, toutes. » — « Et les couturières de Limoges n'ont pas chômé non plus. » — « Pas de danger que ces dames et ces demoiselles aillent danser sur le parquet de gauche, elles auraient bien trop peur de salir leurs dentelles, leurs boas, leurs petits-gris, et leurs chinchillas contre les blouses ! » — « Que voulez-vous, on ne mélange pas les torchons avec les serviettes. » — « Les torchons, les torchons, est-ce qu'ils valent plus cher que nous avec leurs robes de soie et leurs redingotes ! » — « Je vous le dis, grogna une voix d'homme avinée, je vous le dis, ils se moquent de nous, ils nous ont fait venir ici, soi-disant pour qu'on soit de la fête, mais va te faire fiche, les bons d'un côté, les autres de l'autre. Eux, ils nous lorgnent de loin avec nos tristes nippes, et encore ils se font admirer. Tas de... »

Catherine avait cru reconnaître cette voix, mais un groupe dérobait à sa vue le protestataire. Un remous ayant dispersé ses voisins, elle l'aperçut enfin.

— J'en étais sûre, dit-elle en se penchant vers Aurélien.

D'un mouvement de la tête, elle lui désigna le père Baptiste accroché au bras de la mère Trille. Tous les deux semblaient se soutenir l'un l'autre.

— Ils ont bu. Le père Baptiste ne sait déjà plus ce qu'il dit.

— Il a peut-être bu, protesta Aurélien, n'empêche qu'il a raison.

— Tu trouves, dit sèchement Catherine.

Elle était mécontente d'elle-même et de lui et de tout le monde ; elle se sentait divisée, prête à donner secrètement raison au père Baptiste, à Aurélien, à toutes ces ouvrières que le voisinage des gens du Haut irritait, et en même temps inquiète pour Émilienne qui devait se trouver de l'autre côté du bal, inquiète comme elle l'était le jour où, pour la première fois, elle avait aperçu la jeune fille et son frère devant la boulangerie de La Ganne. « Ils n'ont jamais compris : Emilienne était, est plus proche d'eux qu'elle ne l'est des gens de son rang, c'est pour cela qu'elle a voulu cette fête à la fabrique. » Elle songeait tristement qu'elle était impossible la fête où toute la jeunesse se réunirait sans qu'aucune haine ni qu'aucun trouble ne vînt enfermer chacun dans sa propre prison, que celle-ci fût dorée ou sordide. Elle ferma à demi les yeux : ainsi les deux bals — que seule séparait une étroite bande de terrain où des fillettes essayaient elles aussi de danser — paraissaient se confondre : ici et là, la même jeunesse brillait sur les visages tournoyants. Puis Catherine relevait ses paupières et de nouveau apparaissait la frontière qui partageait les deux univers si voisins l'un de l'autre et pourtant ennemis.

La mazurka prit fin, les couples se défirent ; Francet et Julie revinrent près de Catherine, d'Aurélien et d'Amélie. Celle-ci avait bien remarqué l'émotion du jeune homme lorsque Catherine l'avait rabroué pour avoir donné raison au père Baptiste. Depuis, Amélie redoublait de gentillesse à l'égard d'Aurélien, lui offrait des bonbons qu'elle tirait d'une bourse pendue à sa ceinture, lui demandait s'il n'avait point trop chaud, s'il n'était pas fatigué. Pendant que Julie tout essoufflée donnait ses impressions sur les couples et sur les musiciens, Amélie, baissant la voix, proposait à Aurélien de revenir à La Noaille. « Je pense comme toi, notre place n'est pas ici. » Mais le garçon paraissait ne pas entendre ; elle répéta sa phrase, cependant il ne broncha pas. Ce fut Catherine qui tourna la tête vers son amie. La fille du cantonnier baissa les yeux. Catherine eut pitié. Poussant Aurélien vers son amie, elle proposa : « Faites donc cette valse tous les deux. » En effet, sur l'estrade les musiciens attaquaient une nouvelle danse. Déjà Francet et Julie repartaient. Il y avait une prière dans les yeux bleus d'Amélie, Catherine le voyait bien, mais aussi qu'Aurélien s'en moquait. Les couples se reformaient lentement. Soudain surgit de la foule un grand gars maigre au visage anguleux parsemé de taches de rousseur. Dans le soleil ses cheveux flamboyaient. Il venait à longues enjambées vers Catherine, un sourire au coin des lèvres.

— Vite, Aurélien, dit-elle entre les dents, vois un peu le rouquin, vois Paul Degaille, il vient certainement me faire danser, filons...

Et sans prendre garde à la mine bouleversée d'Amélie, elle entraîna son ami vers le parquet de danse. Ils tournaient déjà lorsqu'elle remarqua avec quel air de détresse Amélie les observait, cependant qu'à ses côtés, Paul Degaille se tenait gris de colère. Elle le vit se pencher d'un coup vers la jeune fille effrayée et la tirer malgré elle jusqu'au plancher. Là il se mit à virevolter comme si la captive ne pesait pas plus qu'une plume entre ses bras.

— Merci ! mumura Catherine à l'oreille d'Aurélien.

Il la regarda avec une telle expression de gratitude qu'elle ne put s'empêcher de se blottir contre lui cependant qu'ils tournaient au rythme de la valse. Elle se sentait enfant de nouveau et Aurélien, lui aussi, lui paraissait revenu à bien des années en arrière ; c'était Aurélien le petit garçon qui la protégeait quand elle devait traverser à la nuit le pré-aux-fantômes. Elle se laissait guider, les yeux clos, lorsque quelqu'un les bouscula en jurant. Ce fut comme si elle s'éveillait : le rouquin marchait près d'eux, c'était lui qui les avait heurtés, il ricanait en les toisant et serrait contre lui Amélie à demi défaillante. Et là, autour d'eux, quels étaient ces gens qui les regardaient, les uns étonnés, les autres amusés, d'autres encore, réprobateurs ? Ciel, dans sa hâte à fuir devant Paul Degaille, elle ne s'était même pas aperçue qu'elle se mêlait aux invités de la noce. Elle eut envie de sortir de la danse, mais elle redouta qu'Aurélien n'eût une querelle avec le peintre. Elle hésita, esquissa un pas vers le bord du parquet, puis brusquement se remit à tourner et entraîna son cavalier vers le centre du bal. Le rouquin sans lâcher Amélie essaya de les rejoindre, mais il se heurta à des couples, des protestations s'élevèrent ; Paul Degaille perdit alors sa superbe, il planta là sa cavalière et, s'écartant à grands pas, se perdit dans la foule qui cernait le bal.

Amélie Anglard se tenait égarée et immobile au milieu des danseurs. Catherine s'apprêtait à venir à son secours lorsqu'elle vit un jeune officier blond et rose se frayer passage jusqu'à la jeune fille et s'incliner gravement devant elle. Le militaire et Amélie reprirent ensemble le fil de la danse. Ils n'eurent que le temps de faire quelques tours car l'orchestre bientôt s'arrêta.

— Quand je pense, dit Catherine en s'appuyant à Aurélien tant que durait le vertige de la valse, quand je pense que nous nous sommes lancés sur le parquet des gens du Haut.

— Pour toi, ça n'avait pas d'importance, dans ta robe tu es la plus belle.

— Tu n'y penses pas...

— Si, si, mais moi...

— Tu es invité comme les autres.

Aurélien haussa les épaules.

— Invité ? invité ? répéta-t-il.

Ils aperçurent Amélie qui essayait de venir vers eux.

— La pauvre, dit Catherine.

Elle se souvenait soudain du visage atterré de son amie quand elle lui avait pour ainsi dire arraché Aurélien, alors qu'un instant auparavant elle venait de les inviter à danser ensemble.

Amélie n'était plus qu'à une dizaine de mètres, lorsque le jeune officier lui offrit le bras et la ramena vers l'estrade des musiciens.

— Ce militaire, tu le connais ?

— C'est un cousin aux Desjarrige, je crois, dit Aurélien.

Elle se sentit jalouse d'Amélie, non pas à cause de l'attention que portait à celle-ci le jeune officier, mais parce que grâce à lui, sans doute, Amélie se trouverait bientôt près de la mariée.

— Suivons-les, dit-elle.

— Laisse donc.

Et avec un timide sourire Aurélien ajouta :

— Son soldat s'occupera d'elle.

Catherine fit mine de ne pas entendre.

— Viens.

Elle commença à se faufiler de groupe en groupe en direction de l'estrade. Derrière elle, Aurélien s'efforçait de ne pas se laisser distancer. Souvent Catherine se retournait et l'encourageait. La musique reprit, le flot des danseurs reflua vers le parquet. Catherine eut du mal à continuer d'avancer à contre-courant ; quand enfin elle atteignit l'estrade et qu'elle se retourna elle ne vit plus Aurélien. Un instant elle se sentit désemparée : que faisait-elle dans cette cohue, seule ? Il fallait vite qu'elle retrouvât Francet, Julie, Aurélien, et avec eux qu'elle regagnât la maison-des-prés. Le mieux était maintenant de se diriger vers la bande de terre entre les deux parquets, c'était là qu'elle avait le plus de chance de rejoindre les siens.

Cependant, quand elle reprit sa marche ce fut au contraire pour contourner l'estrade, et ce qu'elle découvrit au bout de quelques pas lui fit oublier sa première résolution. Dans un renfoncement de la cour, on avait tendu un dais de toile rouge et blanche au-dessus d'une longue table sur laquelle s'élevaient des piles de gâteaux, et scintillaient des flacons et des verres. Aux deux extrémités, de hauts vases de porcelaine étaient garnis de roses. Autour de la table une assemblée mangeait, buvait, riait, parlait, tout cela avec des mines apprêtées. A côté de jeunes élégantes aux poses alanguies, des douairières en capelines violettes s'empiffraient. Un peu à l'écart, sur un fauteuil qui paraissait fort insolite en plein air, la mariée observait de jeunes fats assis devant elle à même le sol. A ses côtés se tenait un homme d'une trentaine d'années, assez corpulent, la chevelure épaisse et sombre, cependant qu'installé à califourchon sur un tabouret un garçon jeune, mince, une rose à la boutonnière, d'une main battait la mesure. « Le gros chevelu, c'est le fils de La Reynie, se dit Catherine, et l'autre qui suit la musique ? » De l'endroit où elle se trouvait, elle distinguait mal les visages placés à contre-jour. Elle remarqua l'officier et Amélie qui s'avançaient vers la table chargée de victuailles. Elle envia de nouveau son amie d'être maintenant si près d'Émilienne. Qui sait, elle lui parlerait peut-être, tandis qu'elle, Catherine, n'avait plus à présent qu'à rebrousser chemin. Elle demeurait pourtant immobile. Qu'espérait-elle ? Que la mariée l'apercevrait, la reconnaîtrait ? Et puis, même si cela était, qu'auraient-elles à se dire ? Ah ! décidément elle n'eût pas dû venir. Tout cela l'ennuyait : ce vacarme des musiciens derrière elle, le raclement des pieds sur le parquet du bal, la rumeur de la foule que surmontaient parfois des cris d'enfants, des rires de filles, et là, devant elle, cette table garnie de fleurs et de friandises, et cette assemblée guindée, ces messieurs en noir, ces dames couvertes de plumes, de fourrures, d'étoffes scintillantes, de bijoux, ces jeunes filles aux couleurs de printemps, cette mariée enfin à l'air morne dans laquelle on avait du mal à reconnaître la fantasque Émilienne. Tout cela n'avait pas de sens. Voici que la mariée, d'une main pointue gantée de blanc, étouffait un bâillement et qu'en face d'elle une jeune fille blême, sans doute une demoiselle d'honneur, se mettait à son tour à bâiller. « Ils s'ennuient autant que moi. Bien sûr, ils doivent se rendre compte qu'ils ne sont pas à leur place ici, avec leurs falbalas, dans cette cour d'usine, à côté de leurs ouvriers ou de leurs fournisseurs. Nous non plus nous ne sommes pas à notre place ici. » Cette dernière constatation la décida, elle tourna sur ses talons vernis — quelle drôle d'impression cela faisait cette légèreté des bottines au lieu du poids habituel des sabots, on se sentait prête à survoler le sol comme dans les rêves — elle rebroussa chemin. « Tout de même, elle avait de la chance, Amélie ; si l'après-midi avait mal commencé pour elle à cause de ce fou de Degaille, à présent elle restait avec le jeune officier, et il devait raconter à ses amis, à Émilienne peut-être, comment il avait recueilli cette jeune fille dont se moquait un voyou. Cette histoire intéresserait certainement toute la noce, l'arracherait un moment à sa torpeur. De cette distraction on saurait gré à la modeste Amélie. Peut-être demain, peut-être toute une semaine, peut-être toujours on se souviendrait d'elle. »

— Mademoiselle, hé, mademoiselle, un mot s'il vous plaît.

Qui appelait-on ainsi ? Catherine, absorbée par ses songeries, continuait sa marche.

— Mademoiselle !

Une voix jeune et grave avec un accent un peu traînant.

Catherine contournait l'estrade ; elle jeta un coup d'œil en arrière et s'arrêta. L'officier bleu et rouge, le cavalier d'Amélie venait vers elle à grands pas.

— Mademoiselle, excusez-moi, je vous prie.

Elle tourna la tête de tous les côtés : aucune femme dans le voisinage, était-ce donc à elle que s'adressait le militaire ? Elle eut envie de fuir. Que lui répondrait-elle, elle qui parlait si mal français ? Peut-être était-il de Paris, avec son accent, et ne comprenait-il pas le patois.

— Mademoiselle, votre amie, mademoiselle Amélie, serait

contente, enfin elle accepterait de passer cette journée près de nous si vous vouliez bien rester avec elle.

Catherine ne répondait pas, elle ne savait comment tourner sa phrase. Le jeune homme se méprit sur son silence.

— Oh ! ne refusez pas, mademoiselle, ce n'est pas tous les jours fête.

Elle le suivit. « Il ne croit pas si bien dire, pas tous les jours fête, qu'est-ce qu'ils en savent, lui et ses amis ? Pour eux, c'est tous les jours fête, mais moi, se doute-t-il seulement que je suis comme Cendrillon avec ma robe et mes souliers qui me déguisent ? » Son cœur se mit à battre trop fort quand elle vit Amélie rougissante se pencher vers la mariée et lui parler. « De quoi j'ai l'air avec le soldat qui me conduit, tous ces gens du Haut qui me regardent et la mariée qui a dû leur dire : « C'est Cathie, une petite servante que nous avions autrefois, eh bien, savez-vous, nous étions très gentils avec elle, une orpheline, vous comprenez ; eh bien, cette fille a préféré nous quitter pour entrer à la fabrique. » Et le marié, le joufflu, le chevelu a dû répondre : « Ma chère, ces gens-là, ça ne raisonne pas comme nous, ou plus exactement ça ne raisonne pas du tout. » Si c'était un piège qu'on lui tendait ? ne voulait-on pas rire à ses dépens ? Émilienne bâillait d'ennui tout à l'heure, à présent elle allait avoir l'occasion de se distraire, de se distraire et de se venger peut-être. Catherine se rappelait ce visage défait par la haine qu'Émilienne tendait vers elle, au-dessus de la rampe, quand elle-même avait quitté la maison Desjarrige. Elle fut sur le point de s'enfuir. Grâce aux souliers d'Amélie, elle courrait si vite qu'on ne la rattraperait pas. A ce moment, elle vit la mariée quitter son fauteuil et venir au-devant d'elle. D'un geste gracieux de la main, la jeune femme rejeta en arrière son voile blanc : son visage ainsi découvert souriait.

Devant ce sourire, Catherine oublia ses craintes. Les garçons et les demoiselles d'honneur s'écartèrent devant elle, la mariée resta en retrait, et le jeune homme mince à califourchon sur un tabouret ne cessa point de se balancer. Debout près de lui, Amélie adressait à Catherine des regards affolés.

— Je ne t'aurais pas reconnue, Cathie, déclara la mariée en lui tendant la main.

Elle faillit répondre : « Moi non plus. » Qu'était devenu le visage ardent ? Les joues, le menton s'étaient arrondis, le teint assombri, seuls les yeux gardaient cette profonde nuit sous leurs paupières bombées, chargées de longs cils drus, mais dans la figure plus lourde, ils paraissaient moins grands que jadis. Certes la jeune femme restait belle, seulement cette beauté ne paraissait plus être à Catherine que celle de la chair, et non, comme autrefois, celle de tout un être.

La mariée n'avait pas lâché la main de Catherine, comme si elle espérait ainsi mieux retrouver la voie vers ce passé perdu où une petite servante et une jeune maîtresse, par-delà les frontières de leur âge et de leur condition, avaient cru déceler en elles-mêmes une entente secrète qui les distinguait des autres, de tous les autres, qu'ils fussent couverts d'or ou miséreux.

« Elle ne me reconnaît pas, songeait Catherine. J'ai six ans de moins qu'elle, mais j'ai changé aussi ; elle doit trouver que je suis devenue pareille à tous ces gens, beaux ou laids, qu'elle dédaignait. » Enfin, Emilienne se recula un peu, et dit en hochant la tête :

— Comme te voilà jolie, avec ton chignon châtain, ta taille de fuseau, et tes yeux, tes yeux de noisette.

Elle ajouta avec une expression où l'envie, l'admiration et une soudaine tristesse se mêlaient :

— Je ne te reconnais pas, mais tes yeux si... Sais-tu que tu as gardé tes yeux d'enfant ?

Un instant, la jeune femme demeura mélancolique, puis elle pivota sur ses talons et sa robe de dentelle s'évasa autour d'elle. « On dirait un oiseau blanc. » Cette image fit retrouver à Catherine, le temps d'un éclair, l'ancienne et vive Émilienne.

— Xavier, Xavier, lançait à voix haute la mariée, viens donc saluer cette ravissante personne.

Le garçon mince qui portait une rose à la boutonnière se leva à regret.

— Tu vois, Cathie, mon frère, lui qui était plutôt gras, le voilà fil de fer ; en tout cas, il n'a pas changé de manière, toujours aussi indolent.

Xavier Desjarrige marmonna un vague bonjour. Lui aussi, observa Catherine, avait gardé ses yeux d'autrefois, malheureusement pour lui, car ils demeuraient globuleux et fades dans leur couleur bleue délavée, et si inexpressifs qu'on doutait qu'ils pussent voir quoi que ce fût. Émilienne parut deviner les pensées de Catherine, elle remarqua en baissant la voix afin d'être entendue seulement de la jeune fille :

— Il a l'air passablement dans la lune, j'en conviens, mais tu sais, il joue toujours admirablement du piano, tu te rappelles ?

Oui, elle se souvenait.

— Allez, ordonna Émilienne, nous boirons une coupe en l'honneur de Cathie.

Elle l'entraîna vers le buffet sous le dais blanc et rouge. Xavier les suivit puis le marié, enfin Amélie et l'officier, les garçons et les demoiselles d'honneur.

Des domestiques en livrée rouge s'empressèrent lorsque la jeunesse approcha du buffet ; ils tendaient des plateaux de friandises, apportaient des coupes. Des bouchons volèrent avec un claquement qui fit tressaillir Catherine. Émilienne le remarqua.

— Tu as peur des bouchons de champagne ?

Et comme la jeune fille ne répondait pas, elle ajouta :

— Je parie que tu n'en as jamais bu de ta vie, eh bien, mon mariage aura au moins servi à cela.

Elle tendit une coupe à Catherine, puis en prit une qu'elle porta à ses lèvres ;

— Vive la mariée ! crièrent les garçons d'honneur.

— Vive le marié ! reprirent leurs cavalières.

— A leur bonheur !... A leur amour !... Santé et prospérité !

Les souhaits de tous côtés s'élevaient et Émilienne et son mari remerciaient d'un sourire.

— Au bonheur des jeunes époux ! glapit une voix chevrotante.

Le marié se retourna, s'inclina gravement pour remercier.

— Merci à vous, grand-maman ! cria Emilienne.

Catherine découvrit alors à l'écart, abritée au fond d'une guérite d'osier, une petite vieille qui semblait cassée sous ses volants, ses dentelles et ses aigrettes.

— La baronne de La Reynie, murmura Émilienne, mon aïeule par alliance. Tu t'imagines, Cathie, quand je serai comme elle !

Elle souriait en disant cela et montrait l'éclat un peu cruel de ses dents. Sans quitter son sourire, elle demanda :

— Tu ne sais pas à quoi je pensais tout à l'heure, en te regardant ? Je pensais à ton frère.

— A mon frère ? Vous pensiez à Francet ?

Catherine supposait, maintenant qu'Émilienne par son mariage devenait propriétaire de la fabrique, qu'elle allait s'intéresser au travail des ateliers, à Francet dont peut-être on lui avait vanté les dons de tourneur.

— Francet ? Il ne s'appelait pas comme ça ton frère, n'était-ce pas Aubin ?

— Ah ! vous vous souvenez de...

Tout aussitôt Catherine regretta sa phrase. Émilienne ne souriait plus ; n'était-elle pas irritée ? Pourtant sa voix fut douce encore pour dire :

— Ce petit paysan, je l'ai embrassé, c'est vrai : j'étais un peu folle en ce temps... un peu...

Elle sembla chercher un mot en vain et reprit :

— Bast, la vie était belle. Et puis pourquoi ne lui aurais-je pas donné ce baiser ? Tu m'as dit qu'il s'était imaginé Dieu sait quoi après cela : qu'il m'épouserait. Après tout, pourquoi n'aurait-il pas imaginé cela, si ça lui plaisait ? Et puis il est mort, tombé de son échelle ou de sa grange, je ne sais plus, il est mort.

Elle s'approcha encore de Catherine, jeta un coup d'œil autour d'elle. Le marié plaisantait avec les garçons et les demoiselles d'honneur.

— Eh bien, Cathie, c'est lui, c'est Aubin qui a été heureux.

Elle leva sa coupe qui scintillait :

— Buvons à sa mémoire, veux-tu ?

D'un trait elle vida la coupe.

— Mais tu ne bois pas, Cathie, tu n'aimes pas ça ?

— Oh ! je ne sais pas.

Catherine effleura de ses lèvres le champagne. Elle n'aurait su dire si elle trouvait ce vin agréable, ce pétillement l'avait étonnée et les premières gorgées avalées elle avait cru un instant perdre le souffle. Émilienne l'observait tout en buvant.

— Ma pauvre Cathie, c'est le gaz qui te gêne ?

— Le gaz ?

— Oui, les bulles. Donne ton verre. Il faut battre le champagne.

— Le battre ?

Décidément ces gens du Haut avaient des manières et des mots qu'on ne comprenait pas.

La mariée prit la coupe de Catherine, appela un serveur, lui demanda une cuillère. Elle battit le vin.

— Tiens, goûte à présent.

Cela faisait penser à une légère caresse cette coulée de vin blond et puis, après cette douceur, on eût dit qu'un soleil se mettait à danser en vous, là près du cœur et là, sous le front. Que c'était étrange : le monde lui-même semblait changer, d'un coup plus jeune, plus gracieux, un peu bizarre.

— C'est bon, n'est-ce pas ? demandait Émilienne. Hep, donnez-nous deux autres coupes !

Catherine buvait à petites gorgées cependant que la mariée de nouveau vidait sa coupe d'un trait.

— Une bonne invention, dit-elle, pour faire passer le temps, pour ne pas le voir passer.

Il semblait à Catherine qu'une aussi suave liqueur, il fallait l'aspirer lentement ; n'était-ce pas précieux, n'était-ce pas de l'or, un or transparent ?

— Dis un peu, Xavier, tu exagères, observa Émilienne, je n'ai pas compté tes coupes, mais fais attention.

Le jeune homme sembla ne pas entendre et acheva son verre. Cependant, alors qu'il esquissait un geste pour le tendre au serveur, il se reprit, le posa et s'écarta de la table. Il se tenait impassible, muet.

— On va danser, dit Émilienne à Catherine, sinon mon frère va continuer à boire. On ne s'aperçoit pas quand il est ivre car il reste toujours indifférent. Il ne bouge, il ne parle pas plus qu'ainsi. Moi aussi, d'accord, j'aime boire, mais lui, c'est trop, il ne sait plus s'arrêter.

Elle se tourna vers les jeunes hommes :

— Allons, messieurs, occupez-vous un peu de vos cavalières. Voyez donc, ce sont nos parents qui dansent. Xavier, soyez galant, Cathie doit valser à ravir, j'en mettrais ma main au feu.

Le jeune officier offrit son bras à Amélie, les mariés allèrent vers l'estrade, parlèrent aux musiciens, Xavier s'inclina devant Catherine.

Comme la vie était légère, était-ce le vin de Champagne, était-ce la musique ? la danse ? La vie ressemblait à cette valse, tournoyante, aérienne comme elle. Xavier lui-même paraissait transfiguré, son visage devenait presque beau, le rythme faisait perdre à son corps sa raideur. Tout le monde tournait dans le ravissement : Amélie plus rose que jamais dans les bras du militaire, Émilienne dont le voile blanc volait dans le vent de la valse, Émilienne qui retrouvait sa grâce altière d'autrefois, enfin tous ces jeunes couples rieurs qui faisaient à celui des époux un cortège tourbillonnant.

Un moment, en passant en bordure du parquet, Catherine crut apercevoir parmi les curieux amassés dans la cour le visage d'Aurélien et, plus loin, celui de Paul Degaille, le rouquin. Encore n'était-elle pas sûre que ce fût eux. Peut-être seulement l'avait-elle rêvé, se disait-elle, car souvent dans le vertige de la danse elle fermait les yeux et alors, sous ses paupières closes, mille images continuaient à glisser. Oui, peut-être n'avait-elle fait qu'imaginer ce visage si triste d'Aurélien et ce regard implorant qu'il lui lançait, ainsi que la figure pleine de rage du peintre rouquin. Comme il avait tort, Aurélien, de ne pas être content comme elle-même, comme Xavier, comme toute cette jeunesse sans souci !

C'était stupide cette tristesse et c'était laid, on devrait interdire à Aurélien d'être triste et l'on devrait interdire au rouquin de regarder les gens, de regarder Catherine avec cette haine dans les yeux... Déjà ses pensées s'enfuyaient, déjà d'autres visages apparaissaient, disparaissaient au fil de la danse. Ah ! la musique s'arrêtait. Des gens applaudissaient. On criait « vive la mariée ! ». Puis d'autres cris s'élevaient, une voix braillait : « Les bourgeois on les pendra. Ah ! ça ira, ça ira, ça ira, les bourgeois à la lanterne, ah ! ça ira, ça ira, ça ira, les bourgeois on les pendra. » Titubant, le père Baptiste surgissait sur le parquet et venait brandir son poing sous le nez des gens du Haut. Dans la cour, des remous faisaient reculer puis avancer la foule. Des femmes lançaient : « Il a raison... c'est bien fait... Ça leur apprendra. » Comme du fond d'un songe, Catherine observait la scène et elle se disait : « Ils vont se jeter sur Émilienne, ils vont la frapper, il faut que je me place devant elle. » Mais elle ne parvenait pas à se mouvoir. Elle vit le marié essayer d'entraîner Émilienne, cependant que des domestiques en livrée s'approchaient la main levée. Alors Émilienne brusquement s'écarta de son mari, elle avança à grands pas vers le vieil ouvrier.

— Demain, dit-elle, vous aurez tout le temps pour nous pendre. Aujourd'hui, dansons.

En même temps elle faisait signe à l'orchestre.

— Une polka !

Elle tendit les bras au père Baptiste. Il jeta des coups d'œil affolés autour de lui comme s'il voulait prendre la foule à témoin... puis il se mit à sautiller avec la mariée.

Ce fut un éclat de rire général. Tout en dansant, Émilienne interpellait ses amis et aussi les villageois qui les regardaient.

— Alors vous ne savez pas faire la polka ?

Le vieil ouvrier avec un sourire béat appuyait l'invitation de sa cavalière. Bientôt le plancher fut de nouveau envahi par les couples. Cette fois, gens du Haut et villageois se mêlaient. Catherine et Xavier croisèrent Francet et Julie, celle-ci feignit de ne pas voir Catherine.

Après la danse, Xavier ramena sa cavalière au buffet.

— Tu as vu, Cathie, dit Amélie, Julie et Francet dansaient à côté de nous, Julie a fait comme si elle ne nous voyait pas.

Catherine se contenta de hausser les épaules. Que lui importait la mauvaise humeur de Julie, que lui importait, puisqu'à présent le monde pour elle était changé, et demeurait sans poids, sans ombre, monde lumineux comme cette coupe que de nouveau on lui tendait et qu'avant de boire à longs traits, car danser l'avait altérée, elle fit tinter contre celles d'Amélie, du militaire et de Xavier.

Émilienne les rejoignit accompagnée de son mari. Il pinçait les lèvres pour dire :

— Ma chère, danser avec ce vieil ivrogne.

Émilienne se planta, le regarda dans les yeux.

— Vous auriez préféré une bataille sans doute, une bataille le jour de nos noces et pour demain, pour toujours la haine de tout le pays contre nous !

— Tu as été parfaite, ma sœur, dit Xavier.

Catherine trouva admirable que son cavalier eût enfin ouvert la bouche, et que ce fût pour proférer ces paroles qu'elle jugea non moins admirables.

Elle s'entendit déclarer, et tout en parlant elle s'émerveillait d'oser prendre part à la conversation des gens du Haut :

— Le père Baptiste c'est le meilleur tourneur de toute la France avec mon frère Francet.

— Vous voyez, conclut la mariée, sans moi la fabrique aurait perdu cet artiste.

« Elle a dit « cet artiste », alors Francet aussi est un artiste, je suis la sœur d'un artiste. Et Xavier, on le dirait pas, mais je le sais, je l'ai entendu jouer, c'est un artiste. Émilienne est la sœur d'un artiste. C'est presque comme si nous étions sœurs, Emilienne et moi. » Une autre coupe ? pourquoi pas ? Une autre coupe, puis une autre danse ; cette fois pas avec Xavier, il fallait bien qu'il invitât sa demoiselle d'honneur, non, avec le militaire d'Amélie, puis avec un étudiant de Limoges — étudiant quel beau mot, mais comment pouvait-on à cet âge étudier encore ? — puis avec Xavier Desjarrige de nouveau. Étaient-ce ces danses ? étaient-ce les coupes ? elle voguait dans une brume dorée où se confondaient les êtres, où elle-même se confondait presque avec les autres. N'était-ce pas son mariage qu'on célébrait ? n'était-ce pas elle Émilienne Desjarrige ? Quelle drôle de pensée ! Et quel drôle de rire cette drôle de pensée lui donnait. Le même rire encore que celui d'Émilienne, et le même rire à côté d'Amélie, et le même rire haut, haut, tel un oiseau, des demoiselles d'honneur.

Et soudain que s'était-il passé ? Soudain c'était la nuit. Un instant avant le plein soleil de septembre, maintenant un ciel plein d'étoiles, une fraîcheur qui fait serrer frileusement les châles de cachemire sur les épaules, vingt chandelles allumées sur la table du buffet et des files de falots luisants au-dessus du bal. Cet après-midi n'avait duré qu'un clin d'œil ; n'était-ce pas étrange, effrayant même ? Catherine au sein de sa griserie pressentait une obscure inquiétude dont elle ne parvenait pas à découvrir l'objet. Brusquement, se tournant vers Amélie Anglard, elle s'écria :

— Et Aurélien, où est-il ?

Elle faisait intérieurement d'immenses et vains efforts pour tenter de remonter du fond de sa légère ivresse et pour se souvenir du moment où elle avait perdu son compagnon dans la foule.

— Tu penses bien que Francet et Julie... Amélie s'arrêta puis reprit : Tu penses bien qu'ils sont avec lui.

Gentille Amélie, Catherine aurait aimé lui dire merci pour ses paroles apaisantes, merci de ne pas lui crier :« Est-ce toi Cathie qui oses oublier pour ton plaisir cet ami qui lui ne pense qu'à toi... » Pourquoi n'était-il pas là, Aurélien ? Il aurait savouré, lui aussi, ce vin qui faisait passer le jour comme un éclair. Trop vite enfui ce jour, bien trop vite. Maintenant la nuit glissait ses ténèbres dans le cœur. Catherine avait beau admirer le mystère que la clarté mouvante des chandelles apportait aux visages, aux gestes, aux riches étoffes, elle ne parvenait pas à se libérer de ce poids que le soir avait jeté en elle. Son angoisse s'exalta lorsque Émilienne s'approcha d'elle et lui dit à l'oreille qu'elle allait partir, partir avec son mari ; un cabriolet les attendait derrière la fabrique, il les mènerait dans une demeure de campagne de ses beaux-parents, à une lieue de La Noaille.

Catherine ne put s'empêcher d'implorer :

— Non, pas encore, ne partez pas encore.

— Chère Cathie, murmura Émilienne, il le faut.

Elle s'éloigna d'un pas, brusquement revint vers Catherine, la serra contre elle, l'embrassa.

— Pense à moi, quelquefois, à notre enfance. Adieu !

Et elle s'enfuit ; bientôt la nuit happa sa forme blanche. Alors Catherine se sentit seule. Xavier se tenait près d'elle, mais qu'importait ce garçon, existait-il vraiment ? Il se penchait pourtant vers elle.

— Cathie, prononça-t-il.

Et elle se demanda ce qui rendait plus belle la voix du jeune homme.

Il désigna de la main la table servie. Ils s'approchèrent.

— Deux coupes, dit-il.

Elle pensa à la remarque d'Émilienne lorsqu'elle se plaignait de ce que son frère ne fût que trop enclin à boire. Elle faillit mettre en garde le jeune homme, mais elle n'osa pas ; ils vidèrent leur coupe. ensuite ils revinrent au bal. A la fin d'une danse, Xavier déclara :

— Moi aussi je vais partir. Depuis longtemps mon père a décidé de m'envoyer en Allemagne étudier le travail dans les fabriques de porcelaine. Je ne voulais pas, mais puisque ma sœur s'en va.

Bien plus tard il ajouta :

— Je pars dans deux jours.

Il souriait en regardant Catherine. Elle ne l'avait jamais vu sourire et elle lui trouvait ainsi un air humble et désarmé. Peu à peu la foule se dispersait, il n'y avait que quelques couples sur le parquet, les musiciens jouaient sans entrain. Catherine avait de la peine à tenir ses yeux ouverts.

— Il faut que je rentre, dit-elle.

Elle tendit la main à Xavier. Il sembla ne pas s'en apercevoir. Elle s'en alla. Elle s'efforçait de marcher droit mais le ciel et le sol vacillaient un peu devant elle. Quand elle parvint au chemin qui menait à la route de La Noaille, elle entendit des pas derrière elle. Elle se retourna, aperçut une grande ombre mince.

— Qui est là ?

— N'ayez pas peur, c'est moi.

Après un instant de crainte, elle était reconnaissante à Xavier de l'avoir suivie. Ils avancèrent lentement dans le chemin. Ayant heurté une pierre, elle faillit tomber. Il la retint dans sa chute.

— Prenez mon bras.

— J'ai trop bu, dit-elle, et elle rit pour cacher sa confusion.

— Moi aussi.

Mais lui ne riait pas, au contraire sa voix était triste.

— On ne boit jamais assez, ajouta-t-il.

— Votre sœur...

Elle s'arrêta, elle allait dire : « Votre sœur s'inquiète quand vous buvez. »

Il se planta au milieu du chemin.

— Quoi ma sœur ? Ma sœur est morte.

— Oh ! ne dites pas cela.

Elle se signa de sa main gauche restée libre. Elle croyait entendre Émilienne : « Aubin, c'est lui qui a été heureux. »

Xavier reprenait :

— Morte pour elle, morte pour moi, morte pour toi.

Il eut un élan de tout son corps dégingandé et serra la jeune fille contre lui.

— Émilienne a raison. Toi, tu as gardé les yeux de ton enfance.

Appuyée contre la poitrine du jeune homme, Catherine se mit à sangloter. Elle ne savait pourquoi elle pleurait. C'était ainsi. A la fin du jour, la vie était pareille à une brume dorée, voici qu'elle n'était plus que ténèbres. Cependant que les larmes coulaient, Catherine sentait s'en aller avec elles sa peine, ou plutôt si celle-ci demeurait, ce n'était plus comme une lourde et sombre masse mais un peu à la façon d'un nuage qui inscrit sa menace ou sa blessure au sommet du ciel. La jeune fille était encore secouée de soubresauts, du moins n'était-ce plus là que les dernières vagues de son tourment. C'était bon cette chaleur, cette odeur d'homme contre son visage. Elle y retrouvait cette sensation si lointaine de quiétude que lui donnaient, quand elle était toute petite, la chaleur, l'odeur du père ou du parrain contre lesquels elle se blottissait. Déjà, elle somnolait debout contre son compagnon lorsque, la serrant plus fort, il s'écria :

— Mais Cathie, qu'y a-t-il ? mais elle pleure ! Cathie !

Il se pencha vers son visage qu'il couvrit de baisers. Ainsi quand elle était enfant on l'embrassait, la choyait, la consolait. Qui était là contre elle ? qui la protégeait ? la berçait ? Ils s'étendirent sur l'herbe au bord du chemin. Le vent portait de loin en loin les musiques de la noce puis de nouveau c'était le silence que seule rompait la vie secrète des bois : un craquement des branches, la plainte d'une bête, une course rapide sur les feuilles mortes de l'hiver passé. Que lui voulaient ce long corps tremblant, ces mains brutales et douces, cette bouche ? Au fond de sa torpeur, à la fois elle demeurait là au cœur brûlant de cette lutte et se trouvait encore auprès d'Émilienne au bal, et, là-bas, dans le temps, devant Aubin évoquant pour elle sa rencontre avec la jeune amazone et le baiser donné.

— Cathie, disait une bouche collée à son oreille, Cathie, si les choses n'étaient pas ce qu'elles sont, enfin, tu comprends, si ma famille... eh bien, je te jure que tu serais ma femme aussi sûr que je m'appelle Xavier Desjarrige.

Que racontait cette voix ? Elle, la femme de Xavier ! Ni de lui ni de personne. Les héritières devaient prendre époux, c'était de règle, mais elle, nul n'irait certes s'inquiéter de ce qu'elle restât fille dans la maison de son père.

— Cathie, oh ! Cathie...

Quelle folie le prenait ! Elle voulut le repousser, s'arc-bouta, le frappa. En vain. A la fois violent, suppliant, tendre, un peu grotesque aussi, il l'effrayait et en même temps l'apitoyait.

— Je t'en prie, pour cette nuit, tu veux ?... Dans notre vie, il n'y a plus rien derrière nous, il n'y a plus rien devant nous ; du moins, avant que le jour revienne, nous sommes ensemble, nous sommes seuls...

Où allait-il chercher ces paroles ? lui toujours emmitouflé dans le silence. Il parlait avec une sorte d'âpreté et de hâte, comme s'il lui fallait proférer vite ce qu'il avait à dire, ce que, depuis des années peut-être, il se répétait en lui-même, et que dans un instant, il le sentait, il lui redeviendrait impossible d'avouer.

— Catherine, écoute-moi, ou alors il ne fallait pas venir ici, il ne fallait pas venir avec tes yeux, avec ton regard comme autrefois, le jour où moi je perds... je perds... ce qui était.

— Mais, je n'étais pas venue pour vous.

Il relâcha brusquement son étreinte. Elle crut l'entendre soupirer. Elle eut de la peine pour lui. Elle pensa que plus jamais il ne retrouverait la saveur qu'avait la vie dans la maison du Haut. Elle avança la main, passa ses doigts dans les cheveux du jeune homme. Il se mit à répéter tout bas :

— Catherine, Catherine, Cathie...

« On dirait un enfant », songeait-elle. Elle n'eut plus le courage de se défendre quand il revint vers elle.

— Catherine, ma femme...

Plus tard, lorsqu'il l'aida à se relever, elle l'entendit balbutier quelque chose entre ses dents, sans qu'elle pût comprendre s'il disait « allons » ou « pardon ». A peine avaient-ils fait quelques pas, qu'ensemble ils se retournaient : on marchait derrière eux. Ils arrivaient à une partie du chemin que les bois ne bordaient plus et que la lune haute éclairait en plein. Xavier essaya de rentrer dans l'ombre avec Catherine ; trop tard, l'homme les dépassa avant qu'ils aient pu se dissimuler. Il éclata de rire et s'enfuit en courant.

— Qui est-ce ? demanda Xavier.

Catherine avait reconnu Paul Degaille le rouquin.

— Je ne sais pas.

Le passant déjà disparaissait.

Ils marchèrent en silence. Le jeune homme de temps en temps ralentissait sa marche et demandait s'il ne faisait pas de trop grandes enjambées. A un moment, il offrit de nouveau son bras à Catherine, mais elle le repoussa. De même, quand ils furent arrivés à la lisière du chemin, en vue de la maison-des-prés, et qu'il voulut s'approcher d'elle, de la tête elle fit signe que non. Un instant, il resta planté devant elle, écarta ses bras.

— Voilà, dit-il.

Catherine songeait aux dernières paroles d'Émilienne : « Pense à moi quelquefois, à notre enfance. Adieu ! »

— Adieu, prononça-t-elle.

Le jeune homme eut un mouvement incertain comme si on l'eût frappé, puis elle le vit remonter le col de sa veste et, ses longues mains maigres croisées devant sa gorge, il reprit le chemin de La Noaille.

XXVI

Comment disait-il le curé Ladurantie ? : « Mea... mea ?... C'est ma faute, c'est ma faute, c'est ma très grande faute. » On baissait la tête, trois fois on se frappait la poitrine... Catherine ne baisse pas la tête, ne se frappe pas la poitrine, cependant elle retrouve cette horreur d'elle-même et cette terreur que les paroles du prêtre provoquaient lorsqu'il haussait la voix pour nommer l'enfer et le promettre aux enfants, s'ils ne se repentaient pas assez profondément de leurs fautes, de ces fautes, qui, affirmait-il, faisaient verser des pleurs de sang au Christ dans les cieux et, sans fin, le recrucifiaient.

« C'est ma faute, ma très grande faute. » Pour Catherine le ciel était vide, ou plutôt, elle ne savait plus, elle ne voulait plus savoir si Dieu et son cortège s'y cachaient puisque, de toute façon, ils ne s'occupaient point d'elle ni des siens, et ce n'était pas le Christ, mais ceux qu'elle aimait que son péché ferait souffrir.

Il lui semblait que ce jour des noces d'Émilienne s'était inscrit hors du temps, elle n'arrivait pas à le relier à la suite ordinaire des jours, avec la réalité de leurs travaux, toujours les mêmes, de leurs soucis, des présences familières de la maison-des-prés ou de l'atelier de couture. Et pourtant, parce qu'elle était allée au mariage, parce qu'elle avait revu Émilienne, bu avec elle ces coupes qui donnaient une dangereuse aisance, parce qu'elle avait dansé, parce que enfin elle était restée dans la nuit avec Xavier Desjarrige et qu'au fond de leur désarroi, le piège des larmes, de la solitude et des caresses s'était refermé sur eux, la vie, toute la vie était changée et de nouveau chargée d'un malheur prêt non seulement à terrasser Catherine, mais à frapper ses parents et ses amis.

Cela avait commencé avec Aurélien. Dans la semaine qui suivit la noce, il revint un soir de la fabrique le visage meurtri de coups, les vêtements déchirés. A Catherine qui l'interrogeait, il hésitait à répondre. Enfin, d'un trait, il avoua. Devant lui et un groupe d'ouvriers, Paul Degaille avait déclaré que Catherine et Xavier Desjarrige il les avait surpris dans le bois, la nuit, après le bal. Aurélien avait bondi. Les deux garçons s'étaient battus, les ouvriers les avaient séparés, le rouquin possédait une force peu commune, on avait craint qu'il n'étranglât son adversaire.

— Ce salaud ! ce menteur ! répétait Aurélien en achevant son récit.

Il attendait que Catherine s'indignât avec lui et le remerciât d'avoir défendu son honneur, mais elle baissait la tête. Aurélien la regardait, elle devinait la prière de ses yeux.

— Je l'assommerai, dit-il encore.

Alors elle se leva du banc sur lequel ils se trouvaient assis contre la maison et rentra précipitamment. Sur le seuil, elle se retourna.

— Non, Aurélien, non, il ne faut pas.

— Mais enfin, il a menti. Dis, Cathie, il a menti !

Elle ne répondit pas et rentra dans la chambre.

Depuis on ne voyait plus Aurélien à la maison-des-prés. Le père s'en étonnait. Julie prétendait que son frère devait faire des travaux le soir, dans les maisons du Haut, casser du bois, cirer des planchers.

Francet prit Catherine à part.

— J'ai dit au rouquin que s'il continuait à parler de toi et du fils Desjarrige je lui ferais son affaire. Depuis, il se tait, mais c'est trop tard, on parle à la fabrique et en ville. Aurélien ne mange plus, ne dort plus, Julie me l'a dit. Lui qu'on ne voyait jamais au Rocher de la Folie avec les porcelainiers, maintenant il est de toutes les parties, et le premier à boire ! Tu savais bien qu'Aurélien... enfin tu comprends, je te l'avais dit, alors pourquoi Cathie ? Pourquoi ?

Pourquoi ? C'était bien ce qu'elle ne cessait de se demander sans trouver jamais de réponse, sinon celle que l'Église enseignait : « C'est ma faute. » Le péché, l'inexpiable péché, était moins à ses yeux de s'être soumise au désir de Xavier que d'avoir ainsi trahi ceux qui l'aimaient et qu'elle aimait.

— Ce garçon qu'est-il donc pour toi ? interrogeait encore Francet.

— Rien.

Et c'était pour ce *rien* qu'elle avait abandonné les siens, qu'elle avait renié, un instant, un seul instant mais il suffisait à ternir toute une vie, ces années passées à lutter pour vaincre la misère, pour approcher du bonheur. Là était la vraie faute, mais le monde depuis toujours n'ouvrait-il pas des chemins qui y conduisaient ? Ce monde qui plongeait certains dans la nuit tout en leur laissant au cœur, pour qu'ils souffrissent mieux encore, une faim de lumière, de beauté et de grâce aussi forte que celle du pain quotidien ; ce monde qui plaçait côte à côte les enfants déguenillés de La Ganne et la trop belle Émilienne, comme aux papillons il tendait la flamme où se jeter. Merveilleuse flamme : tant qu'elle vous entourait, tout était pur et brillant comme son or, quelle légèreté prenait la vie à la façon d'une danse. Le miracle dont on avait rêvé tout en le condamnant, le miracle surgissait : la pauvreté, la richesse n'étaient plus. On était libre, libre à l'image d'Émilienne autrefois, on était l'égale d'Émilienne, plus que son égale, sa sœur, plus que sa sœur, on devenait Émilienne elle-même, et plus que ce triste mariage d'une demoiselle de La Noaille et d'un bourgeois, c'était la noce de Catherine avec la gloire qui, depuis toujours, lui était promise.

Mais la flamme retombait, et avant qu'elle ne mourût tout à fait, il fallait à tout prix se maintenir encore, ne serait-ce qu'un instant, dans le cercle enchanté de ce brasier. A n'importe quel prix, fût-ce en sanglotant contre la poitrine de ce vague garçon, de ce pâle reflet d'Émilienne, en s'abandonnant à son désir, et à sa propre panique.

Et désormais les cendres. Catherine n'était plus que cendre, et le feu qui l'avait dévorée n'épargnerait pas qui l'aimait. Elle souffrait de ne plus voir Aurélien, elle souffrait aussi de le savoir malheureux ; que n'épousait-il Amélie ! Il était bien visible que celle-ci l'aimait toujours quoiqu'elle parlât à présent de ce jeune officier de dragons qui lui avait fait la cour, le sous-lieutenant Geoffroy Marfeuil en garnison à Limoges. Amélie *savait,* Catherine en était sûre. Pourtant la fille du cantonnier feignait de ne rien entendre, lorsque son amie avait voulu lui parler, lui faire comprendre que plus rien ne devait empêcher Aurélien d'écouter son amour à elle, Amélie. « Qu'au moins ces deux soient heureux et qu'on me laisse à ma poussière. » Mais Amélie — peut-être gardait-elle le remords d'avoir fait appeler son amie par l'officier, de l'avoir fait venir près d'Émilienne et de Xavier — préférait jouer l'ignorante. C'était aussi pour apaiser Catherine, pour lui faire croire que tout le monde n'était pas au courant. Catherine n'était point dupe, pas plus qu'elle ne l'était des regards sournois ou ironiques des deux ouvrières de Mme Navel ou des remarques de celle-ci sur les gens qui s'en étaient payé au mariage d'Émilienne Desjarrige.

Quelles forces hostiles étaient tapies dans l'univers, prêtes à fondre sur vous et à vous blesser, à vous écraser à la moindre défaillance ?

Ce fut à Amélie, un matin pluvieux d'automne, alors qu'elles revenaient de l'atelier de couture qu'elle se confia.

— Je suis perdue, j'attends un enfant, je n'ai plus qu'à aller me noyer.

Amélie Anglard s'arrêta, clouée sur place. Puis elle essaya de dire quelque chose, n'y parvint pas, s'élança vers son amie, la serra dans ses bras. Sans la lâcher, elle balbutia enfin :

— Tais-toi, Cathie, tais-toi, je t'en prie, tu n'es pas perdue, tu entends, non, tu n'es pas perdue. D'abord, comment être sûre que..., et puis, s'il vient, cet enfant, nous t'aiderons à l'élever, je te jure ; jamais un enfant ne sera tant aimé, jamais une mère ne sera autant choyée.

Sous l'étreinte de son amie, Catherine ne bougeait pas, elle eut un triste sourire pour affirmer :

— Il faut que je disparaisse.

— Mais enfin ! mais enfin ! implorait Amélie.

— Tu connais les gens de La Noaille : ils me montreraient du doigt comme ils le font de la Margot des Prades.

— Oh, Cathie ! tu sais bien que la Margot, c'est parce qu'elle boit que les gens se moquent.

— Qui te dit qu'elle ne se saoule pas pour oublier les méchancetés qu'on lui fait, à elle et à son fils ; les autres gosses l'injurient.

Amélie avait lâché Catherine. Elles marchaient sous la pluie qui alourdissait la laine de leurs pèlerines.

— Tu n'as pas réfléchi, Cathie... Pense à ton père, à ton frère, à nous tous si tu... Et tes sœurs qui les élèverait ?

Catherine secoua la tête.

— J'ai beaucoup réfléchi au contraire... Mon père mourrait de honte si je restais, et ce serait la honte aussi pour mes frères, pour mes cadettes. A présent ce n'est plus la misère à la maison, et puis elles sont assez grandes pour se tirer d'affaire. Crois-moi, il n'y a pas d'issue.

Elles continuèrent à marcher un long moment en silence puis Amélie s'arrêta encore, prit la main de Catherine.

— As-tu songé que tu irais en enfer ?

— L'enfer, je n'y crois plus.

— Eh bien, moi je te dis, ton âme et celle de ton enfant, elles seraient prises éternellement dans la chasse-volante, et ta mère, tu la ferais souffrir éternellement.

— Ne parle pas de ma mère, dit Catherine et sa voix se brisa.

Le seul apaisement qu'elle trouvait à son angoisse, c'était en pensant qu'elle rejoindrait bientôt sa mère dans la mort, et voilà qu'Amélie l'assurait au contraire qu'elle causerait dans les siècles des siècles le tourment de la pauvre Marie.

Amélie Anglard pressentit qu'elle avait enfin glissé un doute dans l'esprit de sa compagne.

— Cathie, tu vas me jurer sur ta mère que tu ne... qu'enfin tu ne feras rien contre toi...

Catherine la regarda avec une expression absente.

— Je ne peux pas, je ne peux pas jurer cela, dit-elle d'une voix douce qui remplit Amélie de crainte.

En poursuivant seule le chemin de la maison-des-prés, Catherine remarquait que son amie ne lui avait point demandé quel était le père de son enfant. « C'est normal, ils savent tous. Comment voudraient-ils alors que je vive ? » Elle se souvenait de prénoms : Ilda, Mathilde, Camille, ceux des filles dont elle avait entendu dire, dans son enfance, qu'elles s'étaient jetées dans des puits, des mares, dans un canal, et l'on baissait la voix encore pour ajouter qu'elles avaient voulu ainsi échapper au scandale. Ainsi ferait-on plus tard, à son propos. Ainsi des fillettes entendraient-elles, au cours des conversations de leurs parents, résonner son prénom et elles tendraient l'oreille pour essayer d'écouter la suite et de comprendre ces mots sombres de mort, de déshonneur que les grandes personnes prononçaient avec une sorte à la fois de mépris et de plaisir. Catherine s'arrêta essoufflée au bord du chemin. Elle dut s'appuyer à un piquet de clôture pour ne pas chanceler. Elle imaginait Clotilde et Toinon dans la cuisine guettant les propos des grands et se répétant à mi-voix avec crainte son prénom. Elle faillit crier « pitié », elle se demanda même si elle ne l'avait pas fait et regarda de tous côtés pour voir si quelqu'un n'avait pu être témoin de son égarement.

« Je deviens innocente », se dit-elle. Dans l'excès même de son accablement, elle trouva le besoin de se ressaisir. Plus d'une fois déjà, c'était au moment du plus grand désespoir, même lorsqu'elle était tout enfant, que sa nature s'était révoltée. « Ces malheureuses qui se sont jetées dans les puits ou les étangs, personne ne vient défendre leur mémoire, personne si je les suis ne viendra dire à mes cadettes que j'étais autre chose quand même que cette fille qui, un instant, un seul instant, s'est trompée, et la honte s'est abattue sur elle et l'a broyée. » L'honneur n'était-ce pas plutôt de reprendre le combat, ne fallait-il pas de nouveau faire front, pour elle et pour l'enfant qu'elle portait, et même pour ces Ilda, ces Mathilde, ces Camille dont nul n'avait voulu entendre le cri d'épouvante qu'étranglait leur gorge serrée et qui s'étaient enfuies dans la mort ? Il le fallait, certainement il le fallait.

Son courage un moment l'exaltait, elle se mettait à marcher vite comme si cet élan devait se prolonger dans la bataille qu'elle aurait à livrer. Mais voilà qu'elle longeait la mare de la maison-des-prés, et la vue de cette flaque d'eau piquée de roseaux desséchés la rendait d'un coup au désespoir. « C'est là bientôt qu'on me trouvera parmi ces joncs. Il faudra que je m'arrange pour qu'on puisse croire à un accident, seulement à un accident. Du moins, comme cela, on ne parlera pas de moi en mauvaise part. Pourvu qu'Amélie garde le secret. »

Elle comprit que son amie avait parlé. Elle le comprit à cette vigilance dont Francet et Julie se mirent à l'entourer. Elle ne pouvait plus rester seule. Amélie venait l'attendre à la maison-des-prés pour partir avec elle à l'atelier de couture, à midi et le soir elle la reconduisait. Ensuite, Francet et Julie se chargeaient de veiller sur elle. Ils faisaient tout leur possible pour dissimuler leur surveillance sous des jeux, des plaisanteries, ils prétextaient qu'ils s'ennuyaient seuls. Se trouvaient-ils empêchés, ils trouvaient le moyen d'envoyer Clotilde et Toinon rejoindre Catherine. Elle était touchée par tant de secrète tendresse, se reprenait parfois à espérer ; elle aurait là les meilleurs alliés pour traverser les épreuves auxquelles elle était promise. Mais il suffisait d'une minute de mauvaise humeur de la part de Francet ou de ses amis pour qu'elle retrouvât sa hantise ; non, mieux valait disparaître, sinon elle risquait d'être abandonnée par les siens. Elle pensait à l'accident d'Aubin. « C'est lui qui a été le plus heureux », affirmait Émilienne ; le dirait-elle aussi de Catherine quand elle apprendrait la nouvelle ? Les autres remarqueraient : « Les Charron n'ont pas de chance, après Aubin, Catherine à présent. » Hélas, Degaille le rouquin se récrierait : « Un accident, vous n'y êtes pas ! » Pourquoi donc était-elle née ? Qui avait besoin d'elle en ce monde ? Son père, Francet, les cadettes ? Mais elle ne pouvait plus faire que leur malheur.

Amélie ni personne ne lui parlait de ce à quoi elle-même et les autres pensaient sans cesse, seulement dans les regards elle lisait toujours la même inquiétude. Elle la lut encore dans les yeux d'Aurélien lorsqu'il revint à la maison-des-prés, ramené par Amélie. Qu'avaient-ils dû raconter au jeune homme ? qu'il ne serait pas de trop pour monter la garde autour d'elle ? qu'elle devait souffrir de son absence, de sa réprobation et qu'il risquait ainsi de la pousser un peu plus vers la désespérance ? Il ne fit aucune allusion à ce qui s'était passé, tout naturellement il reprit ses habitudes du temps où il craignait pour la santé de Catherine. Il portait chaque jour des œufs, des pommes, parfois un pigeon, d'autres fois des craquelins. Catherine du moins voulait croire que la paye d'Aurélien suffisait à couvrir les frais de ces cadeaux et qu'il ne commettait pas à nouveau des larcins ni ne mendiait pour elle.« Comment peut-il encore s'intéresser à moi ? Il devrait me haïr ou me mépriser. Peut-être en est-il ainsi, ses gentillesses il les fait pour ne pas déplaire aux autres, à Julie, à Amélie ou à Francet. » Pourtant cette détresse dans ses yeux quand il la regardait. « Pour toi aussi, Aurélien, il vaut mieux que je m'en aille. Plus rien ne viendra faire obstacle à ton mariage avec Amélie. »

Elle finit par s'ouvrir de cette idée à la fille du cantonnier. La jeune fille en resta le souffle coupé. Quand enfin elle put parler, ce fut pour s'exclamer : Catherine était folle, folle à lier ; jamais personne n'avait envisagé un tel mariage. En tout cas pas elle, et certainement pas Aurélien non plus. D'ailleurs, ajoutait-elle, l'officier de dragons lui faisait tenir des lettres par l'intermédiaire d'une cousine à lui. Comme elle mentait mal ; comme elle se débattait Amélie Anglard : peut-être le petit sous-lieutenant lui écrivait-il, mais qu'elle continuât à rêver d'Aurélien, cela se voyait comme son nez sur sa figure.

Les veillées à la maison-des-prés étaient lourdes. Tant que les cadettes n'étaient pas couchées, leur bavardage apportait l'illusion de la paix, ensuite comme il pesait le silence entre Catherine, son frère et ses amis ! Ils la guettaient, elle le sentait bien, et avec elle ils guettaient aussi le père. Jusqu'à quand ignorerait-il ? Les regards qu'ils essayaient en vain de détourner d'elle, elle y voyait toujours la même interrogation anxieuse, et si leurs yeux se tournaient vers le père, elle savait, pour porter la même frayeur dans ses propres prunelles, de quelle crainte ils étaient chargés. Cependant les jours passaient, et Jean Charron ne semblait se douter de rien. Il avait toujours la même tristesse et la même lassitude pour se tenir courbé, mains aux genoux, devant le feu. Chaque soir, au moment de l'embrasser et de lui souhaiter bonne nuit, Catherine sentait la peur élever en elle le flux de son eau noire. Elle s'avançait vers le père en pâlissant ! « Tu n'iras pas, tu n'as pas le droit de lui donner un baiser ni de recevoir le sien. Tu n'en as plus le droit. Tu le trompes, il croit embrasser sa fille, son enfant, il t'appelle : « petite, ma petite » et qui es-tu sinon son malheur. Tu l'embrasses et tu te prépares à le déchirer. »

— Bonsoir petite, dors bien, disait le père.

Ainsi disait-il, il y avait longtemps, aux Jaladas, avec la même voix et sa moustache chatouillait la joue comme en ce moment même. « Dors bien », les paroles comme un talisman vous protégeaient tandis que la nuit pénétrait sous les paupières. Mais aujourd'hui plus rien ne la protégerait, et elle avait le sentiment de prendre ce qui ne lui appartenait plus, ce dont elle n'était plus digne. Ces baisers, ces paroles du soir, c'était à une morte que sans le savoir le père continuait à les adresser. Quelle peine et quelle colère s'empareraient de lui lorsqu'il saurait. Chaque soir, en tendant sa joue, Catherine se disait : « C'est la dernière fois qu'il m'embrasse, demain quelqu'un lui parlera et ce sera fini. » Elle devinait à la nervosité de Francet, de Julie, d'Aurélien et d'Amélie qu'eux aussi, de jour en jour, redoutaient le même drame. Elle supposait qu'ils devaient se concerter en son absence à son sujet, mais que pourraient-ils faire pour la sauver, ne savaient-ils pas aussi bien qu'elle-même qu'elle était perdue ?

Etait-ce du fait des conseils qu'ils tenaient en cachette, ou bien Julie avait-elle agi toute seule ? Un dimanche, elle arriva à la maison-des-prés, emmitouflée dans sa cape ; elle saisit le moment où Catherine demeurait seule avec elle dans la cuisine pour sortir de dessous sa pèlerine une fiole qu'elle tendit à son amie.

— Prends, c'est une tisane. Tu la boiras au moment de te coucher. Demain, tu seras délivrée. Prends vite, et cache la bouteille.

Catherine n'osa demander aucune explication. D'ailleurs Julie ne s'attarda guère. Quand elle fut partie, Catherine alla à l'armoire où elle avait dissimulé la fiole. Elle déboucha celle-ci, respira l'odeur du liquide brunâtre. Cela sentait les herbes amères. La jeune fille replaça le flacon dans sa cachette. Une idée qu'elle ne parvenait pas à chasser la poursuivait : était-ce du poison que lui avait apporté Julie, par pitié. Il lui suffirait d'avaler cet élixir et, comme avait dit Julie, demain elle serait délivrée. Ce devait être un poison qui plongeait dans un sommeil sans fin, on ne souffrait pas, on n'avait pas peur, on s'assoupissait, et voilà : demain on dirait : « Vous savez, Cathie, la fille de Jean Charron, elle ne s'est pas réveillée. Une si jeune fille ! » Quel sorcier avait bien pu donner le poison à Julie ? Mais était-ce sûr qu'on ne souffrait pas ? Elle regrettait que son amie fût repartie si vite, elle se serait peut-être enhardie assez pour le lui demander.

Tout à coup, elle s'effara devant ces pensées. Fallait-il donc que sa hantise lui fît perdre le sens pour s'être ainsi imaginé que Julie lui proposerait un poison ! Julie, comme Francet, comme Amélie, comme Aurélien, n'avait qu'une peur, c'était qu'elle mît fin à ses jours. La tisane n'était certes pas du poison. Quoi alors ? Elle revint à l'armoire, s'apprêta à sortir de nouveau le flacon puis soudain s'immobilisa, la main déjà tendue. Comment n'y avait-elle pas songé plus tôt ? Elle se rappelait certaines conversations entendues à la fabrique ou bien à l'atelier, des commérages entre femmes où il était question d'élixirs composés par une vieille des environs quelque peu rebouteuse. C'était donc ça la tisane offerte par Julie, il suffisait de la boire, et sa *faute* serait effacée.

Pendant le reste de la journée, elle ne put détacher sa pensée du flacon qui l'attendait dans la cachette. A tout instant elle jetait des regards furtifs vers l'armoire. Elle se le reprochait d'autant plus qu'elle suspectait Francet d'être au courant de la proposition faite par Julie ; il avait une façon ce soir-là d'éviter de lui parler ou de lever les yeux vers elle qui trahissait une profonde gêne. Elle eut l'impression, au moment où ils se séparaient pour aller se coucher, qu'il voulait la retenir et lui parler, mais sans doute n'osa-t-il pas. Il la laissa entrer dans la chambre et lui se dirigea vers son lit dans la cuisine.

Les yeux fermés, elle ne trouvait pas le sommeil. Elle attendit longtemps dans le noir. Tout le monde depuis plus d'une heure déjà, pensa-t-elle, devait dormir dans la maison-des-prés. Alors, retenant son souffle, elle se leva, avança pieds nus, pénétra dans la cuisine. Là elle s'arrêta, s'assura que Francet ne bougeait pas dans son lit. Elle vint à l'armoire, l'ouvrit précautionneusement ; la porte grinça un peu. Catherine croyait entendre battre son cœur. Elle jeta un coup d'œil vers le lit de Francet. Rien ne bougeait dans l'ombre. Elle chercha à tâtons, d'une main, derrière le linge empilé, trouva le flacon, le sortit.

Dans la nuit, l'odeur amère de la tisane s'exaltait. Il semblait à Catherine que cette senteur pouvait être aussi insolite qu'un bruit et donner l'alarme. « Tu boiras cette tisane en te couchant et demain tu seras délivrée. » *Délivrée,* Catherine porta la fiole à ses lèvres, ferma les yeux. *Délivrée.* Elle entrouvrit la bouche. Boire, il suffisait de boire. Elle voyait en elle-même une enfant, elle pouvait avoir l'âge de Toinon, qu'elle était jolie avec ses grands yeux obscurs, une toute petite fille qui la regardait, quelle prière au fond de ses yeux noirs, une fillette : le portrait vivant d'Émilienne, une enfant, *son* enfant. Il lui sembla entendre le cri de la petite. C'était elle-même qui avait crié tout en jetant le flacon sur le sol, où il se brisa.

Elle se laissa tomber sanglotante sur la terre battue. Deux bras chauds et forts ne tardèrent pas à la relever.

— Cathie, ne pleure pas, je t'en prie. Recouche-toi et dors. J'enlèverai les débris de la bouteille. Cathie, allons, Cathie, compte sur moi. Je t'aiderai, nous t'aiderons tous.

— Tu es gentil, Francet, vous êtes tous gentils, mais comment voulez-vous m'aider ?

Elle se laissa pousser vers la chambre.

— Je n'ai pas pu, ajouta-t-elle à voix très basse, au dernier moment je n'ai pas pu me décider à boire.

— Mais oui, je comprends.

Il lui parlait comme à une enfant. « Pauvre Cathie, songeait-il, on ne croirait pas qu'elle va être mère ; ne dirait-on pas une gamine, dans sa longue chemise de nuit avec ses cheveux sur les épaules ? »

Alors qu'elle entrebâillait la porte, il lui serra le bras.

— Tu entends, Cathie, tu n'as rien à craindre, rien, nous sommes avec toi.

Le lendemain soir, quand elle revint de l'atelier, elle fut surprise de trouver déjà à la maison Francet et le père. Celui-ci se tenait près de l'âtre. Contrairement à leur habitude, les petites ne jouaient pas près de lui. Catherine pensa qu'elles devaient être dans la chambre. Elle avait pu acheter deux craquelins qu'elle leur rapportait ; elle cria :

— Clotilde, Toinon, j'ai une surprise pour vous.

— Elles ne sont pas là, dit Francet.

Catherine le regarda. Il avait un drôle d'air et le père aussi, les traits plus creusés encore que de coutume.

— Julie les a emmenées avec elle, précisa Francet, elle avait une tarte à leur faire manger.

Le père se dressa. Comme il était blanc ! Il tremblait, ses mains s'ouvraient, se fermaient, s'ouvraient. Instinctivement, Catherine recula vers la porte, mais elle vit Francet se diriger vers elle comme s'il voulait lui barrer le passage. Le père abattit ses deux mains sur la table.

— Morte, j'aimerais mieux que tu sois morte !

Il se mit à avancer, les poings levés.

Ah ! qu'il la frappe, qu'il l'assomme et que ce soit fini ! Pour la première fois depuis des années, depuis la misère, depuis la disparition de la mère, pour la première fois il sortait de sa torpeur, et c'était pour la vouer à la mort, elle Catherine, sa fille, sa « petite » comme il disait chaque soir en lui souhaitant bonne nuit... Pourquoi n'avait-elle pas tenu sa résolution, pourquoi n'avait-elle réalisé plus tôt le vœu que formulait le père ?

Le vieil homme n'était plus qu'à un pas devant elle. A ce moment, Francet se glissa entre eux.

— Tire-toi de là ! cria le père.

Francet secoua la tête.

— Père, vous rendez-vous compte de ce que vous faites ! Vous m'avez promis.

— Qu'est-ce que j'ai promis ?

— Père, laissez Catherine.

Jean Charron haussa les épaules, il se détourna, alla à l'évier, se versa un verre d'eau avec la couade. Quand il eut bu, il s'essuya les moustaches d'un revers de main, et, comme malgré lui, jetant un regard sur Catherine, de nouveau il serra les poings.

— Je vous l'ai dit, Père, je ferai tout pour défendre Cathie ; si vous la chassez je partirai avec elle à Limoges, je trouverai bien une place dans une fabrique.

Soudain, le père sembla avoir oublié sa colère ; Catherine le regretta presque, tellement il lui parut alors vieilli et hagard. Il alla s'asseoir au bout de la table, s'y appuya lourdement.

— Qu'ai-je fait ? Qu'ai-je donc fait ? Seul, je suis seul, mes enfants se liguent contre moi.

— Non, Père, reprit Francet, nous ne sommes pas contre vous.

C'est vous qui êtes injuste ; est-ce sa faute à Cathie, si...

Le poing du père s'abattit une fois encore sur la table.

— Ne me parle plus d'elle.

Après ce sursaut, il se courba plus encore et garda le silence. Catherine restait figée près de la porte. Elle n'était plus qu'horreur muette, horreur d'elle-même, horreur de cet instant, horreur de la vie à venir. Elle se sentait guettée par son frère, prêt à s'élancer si elle voulait s'enfuir. Elle ne savait que trop qu'elle ne rêvait pas, qu'elle ne se réveillerait pas de ce cauchemar ; pourtant, au fond de son désespoir, elle trouvait elle ne savait quel sentiment d'étrangeté, comme si cette accusée qui se tenait raide et blême devant la porte n'était plus elle-même, et ce vieil homme, haineux et meurtri, accoudé à la table, n'était plus le père.

— Assieds-toi donc, Cathie, proposa Francet, tu n'en peux plus.

Elle était bien incapable de faire un geste, elle était une pierre, elle était foudroyée et debout comme ces arbres qui continuent à se dresser sans sève ni feuilles après que l'orage les a frappés. Elle resta ainsi jusqu'à ce que sa vue se brouillât, qu'une rumeur se mît à bourdonner dans ses oreilles, puis dans tout son être, et qu'enfin elle tombât.

Quand elle revint à elle, elle était étendue sur son lit ; deux faces inquiètes se penchaient sur elle.

— Petite, ma petite.

Vite elle referma les yeux, peut-être n'avait-on pas remarqué quand elle les avait rouverts : c'était bon d'être étendue et de sentir tout près d'elle ces présences tendres et de s'entendre appeler par le père comme autrefois « petite, ma petite ».

Dès lors, à la maison-des-prés, se resserra autour de Catherine, comme aux jours qui suivirent la mort de la mère, l'alliance des enfants. Seulement, cette fois, Catherine n'était plus l'animatrice de cette alliance, elle en était la protégée. Francet, Julie, Aurélien, Amélie avaient le sentiment de se préparer à soutenir un long combat contre les gens de La Noaille aussi bien que contre ceux de la fabrique pour défendre Catherine et l'enfant qu'elle mettrait au monde. Pour le moment, il leur fallait chercher des complices dans le camp ennemi. Francet et Aurélien n'eurent pas de mal à convaincre le père Baptiste. Du moins leur fut-il difficile de se décider à lui parler et ensuite ils ne savaient plus comment faire part du secret. Le vieil ouvrier repoussa sa casquette en arrière.

— Je vais aller lui dire son fait au rejeton Desjarrige.

— Il n'est plus là.

— Eh bien, au pater, non !

— Non, Cathie dit non, faites pas ça, surtout pas.

— L'argent des Desjarrige, vous croyez qu'elle n'en aura pas besoin ; qu'ils n'en auront pas besoin, elle et son gosse ?

— Cathie, elle dit, il ne faut pas, absolument pas.

— Alors que voulez-vous de moi ?

Ils ne voulaient rien d'autre que la force et l'amitié du vieil ouvrier avec eux : on le craignait à la fabrique et à La Ganne, il ferait taire les bavards et les vipères, et pour commencer Paul Degaille.

Julie et Amélie Anglard eurent plus de mal avec Félicie. Elles avaient pourtant demandé l'aide de Mariette qui vint d'Ambroisse pour faire avec les deux jeunes filles le siège de la marraine. Celle-ci faillit s'étrangler de surprise et d'indignation. Qu'allait penser Mme Pourpaille ! et que diraient les autres cuisinières, gouvernantes et femmes de chambre du Haut ! « La filleule de Félicie, vous savez, cette jolie petite, on la prendrait encore pour une enfant, eh bien madame... » Elles ne diraient rien de tout cela, rétorquait Mariette, il suffirait que Félicie clouât le bec une fois pour toutes à ces tant-parle avec un mot bien senti, elle n'avait pas la langue dans sa poche, que diable ! et elle savait assez que chaque maison du Haut ou presque, de l'appartement des maîtres à l'office, avait son paquet de linge sale, qu'on remuât un peu ce paquet et c'était miracle de voir les détracteurs se recroqueviller comme cornes de limaçon.

On tint maints conseils : ainsi faisait-on quand il avait fallu décider du sort des cadettes et empêcher qu'on les mît à l'orphelinat, et de nouveau c'étaient les jeunes qui imaginaient, proposaient, s'efforçaient de convaincre les vieux. Mariette et le parrain quand ils pouvaient s'échapper, elle de sa ferme d'Ambroisse, lui de ses chantiers, venaient apporter secours aux « enfants », comme ils disaient — par une sorte de pudeur, ils feignaient d'ignorer que seul le destin de Catherine était en jeu, en outre ils avaient été conquis par cette façon qu'avaient les « enfants » de se grouper autour de leur sœur et de leur amie menacée.

Ce fut Amélie qui eut l'idée, et tous l'aidèrent à la réaliser. Catherine, remarquait Amélie, ne pourrait plus dans quelques mois venir à l'atelier de Mme Navel, alors mieux valait prendre les devants, prétexter que les soins de ménage à la maison-des-prés devenaient de plus en plus absorbants, bref, rester chez soi. Pour continuer à gagner de l'argent, Catherine deviendrait tout simplement couturière en chambre, bien des clientes qui appréciaient son travail lui amèneraient leur pratique.

— Pour bien faire, ajouta Francet, il faudrait que Cathie ait une machine à coudre.

Devant une telle ambition, le père se récria et Félicie, mais le père Baptiste approuva son protégé. Après une semaine de discussions, de recherches dans les catalogues, sou après sou, franc après franc, on parvint à assembler la somme initiale nécessaire, et commande fut passée d'une machine que l'on continuerait ensuite à payer à crédit, chaque mois.

Le père, Félicie, et même Mariette étaient effrayés par cette dette que tous contractaient au nom de Catherine. Francet semblait au contraire prodigieusement impatient de voir arriver la machine. Quant aux cadettes, elles en parlaient comme d'une étrange merveille. De toute façon, on trouvait là le moyen de moins penser au drame de Catherine, et dans l'esprit de chacun, la machine prenait peu ou prou figure d'un être susceptible de conjurer le sort.

Son arrivée fut un événement. Francet la tira de l'emballage avec des précautions d'amoureux. Il la plaça devant la fenêtre, là où lui-même se tenait jadis avec le tour sommaire que lui avait agencé le père Baptiste afin qu'il pût « tourner » les fuseaux. On faisait cercle. Avec son nickel, son corps noir et luisant, son pédalier ajouré, la machine prenait une apparence quasi fabuleuse en contraste avec le sol de terre battue, les murs lézardés, les poutres rongées du plafond et la rusticité des quelques meubles.

Le dimanche, Francet et Aurélien procédaient à la toilette de l'engin, le démontaient, huilaient les rouages. La semaine, cependant que Catherine piquait robes, doublures ou manteaux, les cadettes délaissaient devoirs et leçons pour admirer le jeu rapide de l'aiguille transperçant à toute volée les étoffes, et ces étoffes elles-mêmes que la jeune couturière avait bien du mal à protéger de leurs doigts tachés d'encre ou de terre.

Le soir, même si elle était en avance dans son ouvrage, Catherine se mettait à la machine parce que le va-et-vient du pédalier, le cliquetis des rouages lui semblaient la dérober au regard du père. Il ne lui avait plus adressé un reproche, il ne s'était plus mis en colère, seulement, à diverses reprises, alors qu'il ne se croyait pas observé, elle avait pu le voir dissimuler son visage dans ses mains. Elle pensait qu'elle eût préféré subir de nouveau ses malédictions plutôt que de le savoir résigné sans doute, mais accablé, mais jeté au plus bas de la détresse, semblable sous ses rides et ses cheveux blancs à un enfant qui s'interroge sur la cruauté du monde.

Elle aussi, dans la journée, alors que le père était sur la voie, Francet à la fabrique et les cadettes à l'école, bien souvent, repoussant sur la table ou la machine les robes en train, elle enfouissait son visage non pas dans ses mains mais dans les étoffes. Une torpeur l'engourdissait, il lui semblait changer, plonger vers des sensations de la première enfance, celle par exemple, apaisante, qu'elle éprouvait à se blottir, à se fondre en quelque chose de doux — ainsi se cachait-elle au fond des draps dans son lit des Jaladas, ou bien se lovait-elle, les yeux clos, dans les bras de la mère. Mais, à présent, la paix et la honte ne pouvaient plus se séparer, la paix absurde que donnaient l'ombre et le contact soyeux des étoffes, la honte qui poussait à se dissimuler, à vouloir disparaître sous la terre, sous la nuit. Rejoindre la mère, s'abriter en elle, maintenant qu'à son tour il allait falloir devenir mère.

Longtemps Catherine demeurait la face voilée sous la laine ou la soie. Elle écoutait la vie en elle, cette vie qui ne lui appartenait plus, qui la dépassait, qui préparait un être nouveau. Elle guettait les premiers signes de présence que donnerait l'enfant. N'avait-il pas bougé ? Non, pas encore, ce n'était pas possible, elle était le jouet de son imagination. Qu'était-ce donc que ce bourgeonnement obscur d'une autre existence dans sa chair ? Elle songeait à Xavier Desjarrige, ou plutôt elle s'efforçait d'y songer, elle ne parvenait jamais à saisir son image, à y appliquer sa pensée. D'ailleurs n'avait-il pas toujours été un reflet, rien qu'un reflet, rien que l'ombre d'Émilienne ?... Quel serait le visage de l'innocent à l'avance condamné ? Celui indécis de son père ? Non, Catherine croyait voir une petite fille, sa fille, et toujours elle lui prêtait les yeux, le teint, les gestes d'Émilienne.

Si Émilienne Desjarrige savait, pensait Catherine, tolérerait-elle que fût vouée à l'opprobre une enfant en qui trait pour trait elle devrait se reconnaître ? Alors, pourquoi s'obstiner à empêcher Francet ou le père Baptiste d'avertir la jeune madame de La Reynie qu'ils croisaient parfois dans le chemin de la fabrique ? Peut-être ne forcerait-elle pas Xavier à épouser une ouvrière, du moins elle prendrait soin de l'enfant que ni la misère ni l'indignité ne pourraient plus atteindre.

Lentement Catherine relevait la tête, rouvrait les yeux ; ses mains demeuraient prises aux plis moelleux de l'étoffe jetée sur la machine. Brusquement, elle remettait celle-ci en marche. Quelle folie ! Une fois de plus, elle s'était laissé abuser par la tentation dont pourtant elle connaissait à présent le prix, ce prix qu'il lui faudrait payer chaque jour jusqu'à la mort. Jamais il ne faudrait avertir Émilienne, car celle-ci, ou bien se moquerait du sort de son ancienne servante, voire la blâmerait, et ce serait ajouter un surcroît de fiel à la coupe qu'il fallait vider, ou bien avec son argent elle achèterait l'enfant, peut-être même prétendrait-elle devoir l'arracher à la maison-des-prés. Il n'y avait rien d'autre à faire qu'à reprendre l'interminable chemin où chaque pas était blessure.

XXVII

L'hiver, cette année, était plein de pluies, de brouillard ; la neige ne tenait pas, mais l'humidité rendait le froid plus pénétrant que ne l'eût fait le gel. Le père se plaignait de ce temps qu'il devait endurer de l'aube à la nuit sur la voie du chemin de fer dont il posait les traverses au delà de La Noaille. Une voiture à deux chevaux prenait les travailleurs sur le mail avant le jour, les conduisait aux abords du chantier et les ramenait à nuit noire. Quand on s'éloigna encore de la petite ville, le père ne rentra plus que tous les trois jours. Son équipe couchait sur les lieux de travail dans des baraquements. Jean Charron souffrait de devoir ainsi quitter la maison. Il ne s'était jamais habitué aux manières de ses camarades dont la plupart, recrutés dans des cités lointaines par la compagnie, se montraient prompts à la bagarre comme aux quolibets. Il se sentait mal à l'aise parmi eux, plus différents encore des fermiers et des métayers que ne l'étaient les besogneux de La Ganne qui avaient travaillé à ses côtés comme feuillardiers.

Il ne se plaignait pas à ses enfants, mais le père Baptiste avait dit à Francet combien Jean Charron se déplaisait sur la voie. « Ton père, bien longtemps il s'était imaginé qu'il arriverait à se replacer à la campagne, sinon comme fermier puisqu'il n'avait plus le sou pour faire face aux premiers termes du bail, du moins comme domestique avec vous tous. C'était une chimère qu'il gardait pour lui, histoire de se remonter le moral. Dans le fond, il savait bien que ça n'arriverait pas, qu'il n'était plus assez jeune pour que des propriétaires lui confient un domaine... » Le vieil ouvrier ajoutait :

« J'ai bien essayé de lui trouver quelque chose à la fabrique, mais pas moyen là non plus, c'est une question d'âge. Dans de grandes manufactures, ça ne serait peut-être pas pareil, à Limoges... »

Quand Francet rapporta ces propos à Catherine, elle remarqua vivement :

— Il a raison, pourquoi ne quitterions-nous pas La Noaille ? Si on allait dans une ville, on ne nous connaîtrait pas !

Elle reprit en baissant la voix :

— On ne me connaîtrait pas. Tu l'as dit au père lorsqu'il voulait me chasser.

— J'y ai pensé, Cathie, c'est vrai, mais comment faire ? Personne ne nous attend à Limoges ; le temps de me faire embaucher dans une usine, nous serions morts de faim. Et puis...

Il hésita, alla jeter un coup d'œil à la fenêtre.

— Et puis nous sommes bien ici.

Il se retourna vers Catherine.

— Nous sommes bien avec les prés, les arbres, avec les amis. Savoir comment c'est fait une ville, il n'y a peut-être que des maisons et encore des maisons et pas d'amis.

Il revint vers la fenêtre et continua à parler en tournant le dos à Catherine.

— Tu ne t'ennuierais pas sans Amélie, sans Julie ?

Il frappa de petits coups sur la planche qui remplaçait une vitre cassée.

— Tu ne t'ennuierais pas sans Aurélien?

— Bien sûr, mais pourquoi eux aussi ne s'installeraient pas à Limoges?

Francet tambourinait toujours contre la planchette.

— Quand je pense, dit-il, qu'Aurélien s'est mis dans la tête qu'il devrait s'engager.

— S'engager ?

— Oui, un des neveux du patron lui donnerait de l'argent pour qu'il prenne sa place au régiment. Ils échangeraient leurs numéros ; d'après le tirage au sort, Aurélien ne serait pas obligé d'être soldat.

— Tu lui as pas dit qu'il avait tort ? Qu'est-ce qu'il en fera de son argent ? Ça ne lui fait donc rien à lui de nous quitter ?

Francet regarda Catherine.

— Je veux dire, ça ne lui ferait rien de quitter son père, sa sœur ?

Il lui sembla que Francet souriait ; elle n'en était pas sûre car elle le voyait à contre-jour.

— Tu penses, je lui en ai dit tant et plus, affirma le jeune homme. Il vaudrait mieux que tu lui parles toi aussi, il t'écouterait.

— Tu crois ? demanda-t-elle, de crainte que son frère ne s'aperçût de son trouble, car l'idée de voir Aurélien s'éloigner pour des années lui était insupportable, et, en même temps, elle pensait que si, en effet, elle-même demandait à son ami de ne pas partir, il lui obéirait.

— Je lui dirai qu'il ne faut pas, qu'il gagnera bien de l'argent autrement. Je lui dirai que s'il veut voir du pays, il n'aura qu'à venir avec nous quand nous partirons pour Limoges.

— C'est cela, c'est cela.

Il n'y avait plus de doute, Francet souriait. Il s'approcha de la machine à coudre.

— Je peux ? demanda-t-il.

D'un mouvement de tête, Catherine acquiesça. Son frère s'installa devant la machine. Elle sortit de l'armoire une coupe de toile.

— Tiens, il y aurait un ourlet à faire.

Le garçon se mit à l'ouvrage. C'était un de ses plaisirs que de se servir de la machine. Quand il n'y avait rien qu'il pût coudre, il démontait l'engin, vérifait les rouages, y versait une goutte d'huile. Ce soir-là, quand il eut terminé l'ourlet, il tendit l'ouvrage à Catherine.

— Aussi bien fait que par une couturière, s'écria-t-il en riant.

Catherine alla replacer l'étoffe dans l'armoire. La soupe mijotait sur les braises du foyer. Elle mit le couvert. Après quoi, elle s'assit sur le banc près de son frère. Les cadettes ne rentreraient pas avant une demi-heure du catéchisme. La jeune fille soupira :

— Dis, Francet, j'aurais envie...

Elle s'interrompit, d'une main lissa son tablier.

— T'aurais envie de quoi ?

— Tu ne voudrais pas jouer un peu d'accordéon ?

Francet se leva.

— Bonne idée ; comme ça, je jouerai mieux dimanche prochain au bal de la Sainte-Agathe.

Il grimpa sur un escabeau, atteignit une boîte noire posée sur le fronton de l'armoire. Il prenait soin de hisser son instrument jusque-là afin que les cadettes ne pussent s'en emparer pendant son absence. Il revint à la cheminée et s'adossa à la paroi de pierre. L'accordéon en se déployant fit entendre une longue plainte. Le garçon essaya quelques notes au hasard, puis il se lança dans une bourrée qu'il rythmait du bout de son sabot heurtant l'âtre.

Après la bourrée, il joua un quadrille, puis une valse, une polka, une bourrée encore, une scottish. La lueur du feu jetait de rouges reflets sur le soufflet jaune et noir de l'accordéon et sur les touches. Parfois Catherine fermait les yeux ; elle revoyait alors le bal d'Émilienne et elle-même tourbillonnant parmi les robes mauves, bleues, vertes, roses et blanches. Si, pour échapper à ce vertige, elle relevait les paupières, elle ne pouvait s'empêcher de trouver que les doigts vifs de Francet couraient sur les dents blanches et noires de l'accordéon comme ceux de Xavier Desjarrige sur le piano. Elle n'osait pourtant pas demander à son frère de s'interrompre après l'avoir prié elle-même de jouer. Elle prit le parti de regarder le feu, mais là encore il lui semblait reconnaître des formes dansantes qui passaient de l'allégresse aux gestes d'effroi. Elle ne prit pas garde au moment où Francet referma l'accordéon et s'avança vers elle. Lorsqu'elle prit conscience de sa présence, elle tourna vers lui des yeux qu'avec stupeur il découvrit pleins de tristesse.

— Je croyais, balbutia-t-il, je croyais que la musique te ferait plaisir.

Elle essaya de sourire, mais ne parvint qu'à esquisser une grimace.

— Mais oui, dit-elle.

Elle sentit la main de Francet s'appuyer sur son épaule, cependant qu'il se penchait vers elle et lui glissait à l'oreille :

— Courage, Cathie.

Il avait enfin neigé ce dimanche de la Sainte-Agathe. Oh ! une neige qui ne durerait pas, du moins sa mince parure redonnait-elle pour quelques heures aux champs et aux bois une grâce qui semblait s'être étendue à toute la terre. Julie était allée surveiller Francet à son bal, les cadettes étaient invitées à goûter chez Amélie, le père Baptiste avait pu décider Jean Charron à monter jusqu'à La Noaille pour une partie de cartes. Catherine restait seule à la maison-des-prés.

Elle s'étonnait que tous, d'habitude si enclins à monter la garde auprès d'elle, l'eussent ainsi délaissée. Elle avait débarrassé la machine à coudre de son coffre ciré, mais elle demeurait immobile, les pieds sur le pédalier, sans pouvoir se décider à piquer la doublure d'un boléro puce qu'elle étalait sur ses genoux. « Maintenant ils s'habituent, ils ne s'inquiètent plus pour moi. Eh bien, à mon tour il faut que je m'habitue : on va se détourner ainsi de moi chaque jour davantage ; je les gêne, c'est bien visible. » Elle demeurait plongée dans ses réflexions lorsqu'on gratta à la porte. Elle sursauta. Qui pouvait bien venir à cette heure alors que tout le monde devait être à la fête à La Noaille ? « Voilà que tu deviens peureuse à présent », se reprocha-t-elle. De nouveau, on heurta à la porte d'une main timide.

— Entrez ! cria Catherine d'une voix qu'elle s'efforçait de rendre sévère.

La porte s'ouvrit lentement. Catherine chercha des yeux quelque objet qui pût lui servir d'arme. Elle aperçut la hachette dans le coin de la cheminée et quitta sa chaise pour se diriger vers l'âtre. Par la porte entrebâillée, une bouffée d'air froid s'engouffra, cependant qu'un homme encapuchonné cognait ses sabots l'un contre l'autre et appuyait de tout son poids pour refermer la porte que poussait le vent.

— Qui êtes-vous ? cria Catherine.

Le visiteur se retourna, fit tomber son capuchon.

— Mon pauvre Aurélien, tu peux te vanter de m'avoir fait peur.

— Peur ?

Il paraissait stupéfait et contrit.

— Ne va pas t'ennuyer pour cela. Je suis... Je suis nerveuse, tu comprends. Tiens, donne ta cape, je vais la mettre à sécher devant le feu. Approche-toi, tu as l'air gelé.

Le garçon souriait enfin, gauchement.

— Je ne te dérange pas ?

Qu'avait-il donc ? se demandait Catherine. Comment pourrait-il la déranger ? C'était presque un frère : son frère pourrait-il penser qu'il la dérangeait ?

— Je m'ennuyais, tu as bien fait de venir.

Il parut se rasséréner tout en conservant son air guindé.

— Tu travaillais, Cathie ?

Elle montra le boléro sur la machine.

— Tu peux continuer, tu sais, j'aime bien quand tu couds.

Les garçons, tous les mêmes, pourvu qu'ils voient tourner une machine, ils sont contents.

— Tu aimes quand la machine marche ?

Il remuait les mains, fronçait les sourcils. Qu'avait-il aujourd'hui ?

— Oui, la machine, finit-il par conclure en rougissant.

Elle se mit à l'ouvrage. Quand elle s'interrompait pour changer l'aiguille ou nouer le fil, il parlait vite comme s'il craignait le silence.

N'était-ce pas un boléro qu'elle apprêtait ? Quel était donc le nom de cette couleur ? Puce, vraiment puce ? On désignait ainsi une couleur ? Quel beau métier que celui de couturière, ça convenait bien mieux à Cathie que la porcelaine. La porcelaine, ça ne serait pas mal, mais la fabrique avec ce contremaître mal embouché, et ces ouvriers et ces ouvrières qui buvaient, sans compter la poussière...

Quand la machine reprenait son va-et-vient, il s'arrêtait. Catherine lui jetait un coup d'œil à la dérobée. Il détournait vite la tête, pas assez vite pourtant qu'elle n'ait pu surprendre l'inquiète tendresse du regard qu'il posait sur elle.

Elle porta le point final à un revers du boléro.

— Voilà, fit-elle en tendant le vêtement à bout de bras.

Il fit entendre un sifflement d'admiration. Catherine sourit.

— Tu me fais penser à ce bûcheron d'Ambroisse. Le meilleur siffleur qu'on ait jamais entendu, à ce que dit ma sœur Mariette. Il paraît que sa femme raconte à tout bout de champ : « Mon mari, il n'a jamais le sou, mais il siffle si bien, que voulez-vous, il siffle comme un merle, alors je suis bien aise d'être sa femme. »

Elle croyait qu'Aurélien s'amuserait de cette histoire. Au lieu de cela il devient sérieux comme un pape pour affirmer :

— Mais moi je gagnerai de l'argent, je t'assure.

Ça ne lui allait pas, l'air sérieux ; il paraissait alors lourd, et, pour tout dire, pas dans sa peau. Au contraire, quand il plaisantait, selon son habitude, le rire qu'il gardait caché tout au fond de lui-même animait ses yeux gris, y allumait de brefs éclairs, tordait le dessin régulier de sa bouche sous la moustache naissante. Catherine avait envie de le taquiner, de le secouer, d'empoigner ses cheveux en brosse pour le forcer à quitter cette allure empruntée. Cependant elle n'osa pas. « Je le vois toujours comme un enfant, se disait-elle, mais j'ai tort, c'est un homme maintenant. » Elle se sentait peu à peu gagnée par la gêne de son ami. Pour essayer d'échapper à cette pesanteur qui les figeait, elle dit ce qui lui passa par la tête :

— Les petites ne tarderont plus à rentrer, je pense, j'ai recommandé à Amélie de les ramener assez tôt. Clotilde a un rhume et avec ce temps je ne tiens pas à ce qu'elle soit dehors à la nuit. Oui, elles ne devraient plus tellement tarder.

Elle se demanda ce qui dans ces paroles pouvait donner une aussi vive émotion à Aurélien. Il s'était mis à pâlir, puis à rougir, à pâlir de nouveau, et il se levait, se rasseyait, s'agitait. Il quitta une fois encore son siège, alla à la fenêtre comme s'il voulait s'assurer que personne n'approchait de la maison-des-prés. Après avoir observé un moment le chemin où la neige commençait à geler, il revint vers Catherine... Sans la regarder il parla d'un trait.

— Ton frère m'a dit qu'il t'avait dit que je voulais m'engager et que toi tu étais contre.

Elle le contemplait étonnée. Quel drôle de garçon ! Elle se demandait si elle le connaissait ou bien si elle s'était contentée de le voir, de lui parler depuis des années sans jamais soupçonner qui, réellement, il était. Certes, plus d'une fois déjà, il l'avait surprise par des gestes, des attitudes qu'elle n'avait su prévoir. Aujourd'hui, elle se reprochait de s'être appuyée sur son affection sans chercher à le mieux comprendre. Elle voyait bien que son propre silence maintenant tourmentait Aurélien. Il parut faire effort pour parler de nouveau.

— C'est vrai, tu regretterais que je m'en aille, Cathie ?

— Nous te regretterions tous. Pourquoi partir soldat ?

Aurélien vint s'asseoir près de la jeune fille. Elle remarqua que des gouttelettes de sueur perlaient au front de son ami : il ne faisait pourtant pas chaud dans la cuisine ; elle fut sur le point de lui demander s'il n'était pas malade. Il ne lui en laissa pas le temps ; lui prenant les mains, il questionna :

— Mais toi, Cathie, toi, tu voudrais que je reste ?

— Bien sûr que je voudrais que tu restes ; tu vas rester, n'est-ce pas, Aurélien ?

Il la lâcha. Elle eut l'impression qu'il se parlait maintenant à lui-même.

— Oui, je vais rester, je ne voudrais jamais te quitter.

Il se mit à marcher de long en large. Catherine se taisait, aux aguets devant l'allure insolite de son ami. Elle crut n'avoir pas compris lorsqu'elle l'entendit prononcer ces mots qui, à la fois, l'emplirent d'inquiétude et d'une douceur qu'elle ne savait nommer :

— Marions-nous.

Elle dut se rendre à l'évidence quand il répéta tout en poursuivant sa marche :

— Marions-nous vite.

Il alla se planter devant la fenêtre, redoutant sans doute quelque arrivée. Le vent dehors s'était levé, on entendit son glissement contre les carreaux et ses coups dans la cheminée. Aurélien se retourna. Elle ne pouvait deviner dans la pénombre l'expression de son visage. Il lui semblait que l'air même se chargeait d'elle ne savait quelle prière. Il fallait parler, il fallait, mais comment s'y résoudre ?

— Ce n'est pas possible, Aurélien.

— Pas possible !

Il avait crié cela, et elle n'avait plus reconnu sa voix dans ce cri d'une douleur presque animale.

— Aurélien, je te remercie, jamais je ne te remercierai assez, mais je ne veux pas faire ton infortune. Tu es jeune, et moi c'est comme si j'étais devenue vieille avec cet enfant qui viendra... Il te faut une femme jeune, Aurélien, une jeune fille qui te donnera des enfants à toi.

Il s'était approché d'elle ; il esquissa un geste de la main comme s'il voulait lui toucher l'épaule, mais son bras s'immobilisa un moment puis retomba.

— Ton enfant serait mon enfant aux yeux des autres et aux miens.

Elle baissa la tête, sa poitrine se gonfla, elle reprit dans un soupir :

— Non, Aurélien, on sait. Je ne veux pas que tu pâtisses de ma faute. Et puis cet enfant, comment pourrais-tu l'aimer ?

Il cherchait en vain le regard de Catherine comme s'il pensait que ses propres yeux mieux que ses mots sauraient la convaincre ; toujours elle se dérobait.

— Je te jure, Cathie, je l'aimerais ce petit, comme...

Il resta quelques secondes silencieux, puis il baissa la voix pour ajouter :

— Comme je t'aime.

Qu'arrivait-il ? N'était-ce pas hier seulement que ce garçonnet de La Ganne était venu se mêler aux jeux des enfants Charron ? Et soudain plus d'enfant : à sa place un homme qui parle mariage, qui parle d'amour. Était-ce donc possible ? Lui-même sans doute se trompait ! Se rendait-il compte que cette fois il ne s'agissait plus de donner un craquelin, ou un réconfort ou quelques subsides comme ceux qu'il avait pu, après la mort de la mère, recueillir pour Catherine en se faisant mendiant ou voleur ? Comprenait-il que c'était un don autrement grave qu'il proposait, celui de sa vie même ?

Ainsi pensait-elle, tout en se penchant vers le foyer pour mettre du bois dans le feu qui s'exténuait. Elle prolongeait cette tâche afin de retarder le moment où il lui faudrait dissuader Aurélien de poursuivre ses projets. « Et pourtant, se disait-elle tout en arrangeant bûches et brindilles, ce serait bon de se blottir contre l'épaule du jeune homme et de lui dire : « Oui, Aurélien, qu'il en soit fait selon ta volonté, nous ne nous quitterons plus, tu m'emmèneras dans une ville où nul ne saura quel fut notre tourment. Aux yeux de tous, et peut-être un jour à nos propres yeux, nous serons semblables à ces jeunes mariés qui se sourient sans fin, étonnés de leur bonheur. »

Elle se releva, s'aidant des mains qu'elle appuya sur ses genoux : elle commençait à s'essouffler vite depuis une semaine ou deux. Cette fois, elle ne chercha plus à éviter le regard de son ami.

— Ne pensons plus à cela, dit-elle. C'est vrai, Aurélien je n'oublierai jamais ta bonté ; mais il ne faut pas ; un jour tu regretterais, tu serais malheureux, tu trouverais une fille qui t'aimerait, tu m'en voudrais d'avoir accepté de te lier à moi et à l'enfant. Ce n'est pas possible, tu vois bien.

Elle prit la main du jeune homme. Il ne bougea pas, comme s'il ne l'entendait pas ni ne sentait le contact des doigts sur son poignet.

— Je te l'ai déjà dit : Amélie ne pense qu'à toi, ajouta-t-elle, épouse-la, tu la rendras tellement, tellement...

Il tira brusquement son bras en arrière pour lui faire lâcher prise. Une lueur affolée traversa ses yeux.

— Tu te moques de moi !

De nouveau il avait crié. Sa voix se radoucit — et cette douceur affligea Catherine — pour ajouter :

— Si tu refuses, Cathie, ce sera bien triste pour moi, et, j'en ai peur, pour toi aussi.

Elle ne savait que dire. Comment enlever cette peine à son ami et comment le persuader qu'il ne pouvait ainsi perdre son avenir avec elle ? Ce fut lui qui parla encore :

— Si tu dis non, Cathie, je quitterai La Noaille, on ne me reverra plus ici.

— Tu partiras bien toujours assez tôt au régiment.

— Je te le répète, je n'aurai pas le courage de rester si tu ne veux pas de ce mariage.

— Amélie...

Il ne la laissa pas achever, sa voix sourdement implorait.

— Alors, Cathie, c'est non, tu es sûre ?

Elle ne trouva pas la force de répondre. Elle tourna la tête trois fois de gauche à droite.

Il se pencha en avant comme si on l'eût frappé. Il tint Catherine longtemps sous son regard puis fit volte-face. Une bouffée d'air neigeux bondit dans la cuisine quand il ouvrit la porte. Aurélien s'arrêta une seconde ou deux sur le seuil. Derrière lui, Catherine tendit la main. Il ne se retourna pas. Elle entendit ses sabots écraser la pellicule de neige glacée.

XXVIII

On ne revit plus Aurélien à la maison-des-prés. Amélie, un matin gris de février, vint dire à Catherine que leur ami venait de partir par le train pour la caserne d'Angoulême. Elle faisait un bien grand effort pour retenir ses larmes. Lorsque Catherine posa une main sur son épaule, elle s'écroula. Il fallut inventer des mensonges pour la réconforter, des mensonges auxquels se blessait Catherine tout en les inventant.

— Amélie, il reviendra, Angoulême ce n'est pas si loin. Il reviendra, et ça s'arrangera pour vous deux. Il est jeune, vous aurez de belles années.

La jeune fille avalait ses pleurs.

— Oh ! non, je sais bien qu'il ne reviendra pas.

Catherine avait pris la tête d'Amélie sur ses genoux, d'une main elle caressait les blonds cheveux.

— Tu l'aimes donc si fort ?

La fille du cantonnier ne répondit pas ; ses sanglots redoublèrent.

« Comme elle se croit malheureuse, Amélie, « la plus malheureuse de toutes », doit-elle penser, et pourtant qu'est-ce que ce malheur à côté du mien ? C'est un malheur qui ressemble à ceux que l'on connaît parfois au fond du sommeil ; sa vie demeure libre, sa vie peut s'éveiller, sa vie peut changer ; heureuse Amélie ! »

— Et ton militaire, Amélie, ton bel officier, il te distraira.

La jeune fille releva son visage. Ses yeux étaient secs, ses joues en feu où restaient accrochées des larmes.

— Je m'en moque pas mal. D'ailleurs que veut-il, sinon s'amuser avec moi ! Mais à présent ça m'est égal.

Elle se mit debout, porta les mains à ses tempes.

— Oui, ça m'est bien égal, qu'il fasse de moi ce qu'il lui plaira, maintenant je ne suis plus rien.

— Tais-toi !

Catherine avait lancé cet ordre comme une pierre. Elle reprit d'une voix lasse :

— Garde-toi, Amélie, de connaître une honte comme la mienne.

La fille du cantonnier fit un geste vague de la main, puis elle vint se rasseoir à côté de son amie. Elles restèrent longtemps sans bouger ni parler. Ce ne fut que lorsqu'elle prit congé qu'Amélie, après avoir embrassé Catherine, lui dit :

— Tu as raison, j'ai dit des bêtises, tout à l'heure, mais en tout cas, toi, tu entends, tu n'as aucune honte à avoir, aucune.

Dès lors nul ne parla plus d'Aurélien à Catherine. C'était elle qui, parfois, prenant un air d'indifférence, se hasardait à demander des nouvelles à Julie Lartigues. « Mon frère va bien, merci », ou bien : « Mon frère, il a écrit que son régiment allait faire des manœuvres. » A ces quelques mots se bornaient les renseignements que voulait bien donner Julie.

A ce long silence, à ces quelques brefs et rares propos, on aurait pu penser que le souvenir du jeune homme s'effaçait de la maison-des-prés, pourtant il n'était guère de moments où Catherine n'évoquât la bonté de son regard, la paix qui presque toujours rayonnait de son visage. L'absent se parait à ses yeux des charmes et des dons auxquels, trop habituée, elle n'avait plus prêté attention. Elle reconnaissait avec une nostalgie douce-amère combien fidèlement, patiemment à travers les années, depuis leur enfance, il n'avait cessé de veiller sur elle. Parfois, quand elle était seule, elle s'asseyait, fermait les yeux : il lui semblait alors que juste derrière elle Aurélien devait se tenir, calme. « Amélie te comparait à l'ange brun sur les vitraux de Saint-Loup. Aurélien debout derrière moi comme un ange gardien. » Elle rouvrait les yeux : seule, elle ne le savait que trop ; Aurélien, c'était comme s'il n'était plus ; aucun ange gardien pour la protéger.

Seule ? mais cette chose, cet être qui dans sa chair de plus en plus souvent manifestait sa présence par des coups sourds ? Cet être, cet enfant, qu'il lui reviendrait bientôt de protéger, de défendre, ne faisait que rendre plus évidente sa solitude. Elle le guettait, elle épiait ses mouvements, sa croissance qui se nourrissait d'elle-même sous son ventre tendu. Elle avait le sentiment d'appartenir à cette vie dont sa propre vie devenait servante. De plus en plus fréquemment, de longues somnolences s'emparaient d'elle, alors elle se sentait pareille à une plante qui n'est plus que le lieu où passe la sève neuve et millénaire, où se préparent en secret, venus du fond de la terre et du fond du temps, les feuilles, les fleurs et les fruits prochains. Quand elle devenait la proie de cette torpeur, si l'on prononçait son nom, il lui fallait faire effort pour s'assurer qu'il s'appliquait bien à elle, tellement elle se sentait indistincte dans la vague qui l'entraînait, elle et cette force obscure et têtue dont elle était le nid.

Cependant, les regards que ses amies, et les cadettes aussi, jetaient à la dérobée sur son ventre ne lui échappaient pas : regards à la fois troublés et complices. « Dis, Cathie, ça bouge dans toi? » « Qu'est-ce qu'on sent? qu'est-ce qu'on pense? » et les petites : « Cathie, qu'est-ce que tu as là? qu'est-ce que tu caches? Tu veux pas le dire? »

Parfois il lui arrivait d'oublier tout à fait, pour quelques minutes, sa crainte des jours à venir, et de connaître, au lieu de la nonchalance dont elle devenait prisonnière, l'exaltante impression d'entrer dans une autre existence que celle des travaux et des soucis quotidiens. Ce n'était point là cet univers trop beau dont elle avait à maintes reprises rêvé, mais le domaine majestueux et tragique des mères. Il lui semblait que de l'aube à la fin du monde une mère ne cessait de mourir et de renaître, et qu'elle était cette femme éternelle. La mère n'était pas ce pauvre amas sans nom dans la tombe qu'on avait ouverte un jour, puisqu'elle, Catherine, bientôt serait mère à son tour ; la morte n'était ni au ciel ni sous terre, mais dans le sang double qui coulait à la fois dans les veines de Catherine et dans celles de l'enfant encore mêlé à elle. Quand elle apprit par Julie qu'Émilienne aussi dans quelques mois serait mère, Catherine eut l'impression qu'une mystérieuse fraternité s'établissait enfin entre elle-même et celle qu'elle avait si longtemps admirée. Elle imaginait leurs deux filles qui sans doute jamais ne se connaîtraient, jamais ne sauraient quel lien les unissait : là-bas, la petite bourgeoise, désirée, choyée, promise à la louange, au respect avant même d'être née, et qui plus tard hériterait de la Fabrique du Roi, de la maison sur le mail avec le portail des écuries orné de trophées de chasse, et du château du Repaire ; ici, la gamine jetée comme une malédiction dans la maison-des-prés, vouée à la faim, à la cruauté, à la moquerie du monde, au labeur qui ne finit jamais, et qui n'aurait pour tout héritage, avec les souvenirs de son enfance sans doute attristée, que l'amour et la peine indissolublement liés de sa mère. Pour elle-même, Catherine acceptait à présent l'injustice, la pauvreté, la rudesse harassante de la vie, tandis qu'à l'idée de l'immense différence entre les sorts de ces deux enfants qui pourtant posséderaient peut-être les mêmes traits, les mêmes pensées, les mêmes songes, son cœur se révoltait. Ainsi s'était-elle de tout son être rebellée contre la mort qui avait emporté Aubin, mais la mort, c'était une muraille qui s'abattait sur vous, et l'on était écrasés par cette puissance, non pas vaincus, non pas déshonorés alors que ce malheur attaché à un enfant et ce bonheur offert à une autre c'étaient les hommes qui en étaient comptables, monstrueusement.

Était-ce le sursaut de sa raison et de son cœur, ou bien en elle-même instinctive volonté de la nature avide de se survivre, elle ne pensait plus qu'avec malaise aux moments où elle avait songé à se détruire. Une fois de plus elle ferait face, une fois de plus elle lutterait.

— Clotilde, Toinon, écoutez.

Les petites levaient vers elle leurs yeux bruns : la gravité du sombre regard de Clotilde, déjà grande pour ses onze ans, contrastait avec le pétillement qui toujours s'allumait dans les yeux bridés de Toinon. Catherine prenait les cadettes contre elle, caressait leurs cheveux.

— Écoutez, bientôt je serai la maman d'une toute petite fille, enfin il me semble que ce sera une fille ; il faudra que vous l'aimiez. Il faudra beaucoup l'aimer, beaucoup.

— Ça sera notre sœur ?

— Oui, Clotilde, ce sera comme votre sœur.

— Mais non, puisque tu es notre sœur, Cathie, et que tu seras la maman de cette petite, ça sera notre fille à nous aussi.

Catherine embrassa Toinon.

— Oui, ce sera aussi comme votre petite à vous. Vous m'aiderez à l'élever, vous m'aiderez à la défendre.

— La défendre ? contre qui ?

— On lui veut du mal ?

— Je ne sais pas, Toinon, je ne sais pas.

— Oh ! je prendrai un bâton.

Et les yeux de la cadette brillaient plus encore cependant que de la main elle faisait mine de vouloir frapper.

— Et quand va-t-elle venir, cette fille ? Où est-elle ?

Catherine ne répondit pas, elle surprenait le regard de Clotilde vers son ventre, elle rougissait en même temps que la fillette.

— Allons, laissez-moi, je suis en retard pour préparer la soupe.

Elle se levait péniblement, écartait d'elle les cadettes.

Quand le printemps cerna de fleurs et de chants la maison-des-prés, on s'inquiéta de trouver marraine et parrain à l'enfant qui devait être là avant les fenaisons. Francet fut chargé d'écrire à Martial en garnison à Nancy. Il mit bien des jours avant de se décider à envoyer le difficile message, enfin il parvint à dire qu'on allait bien à la maison-des-prés, que les cadettes grandissaient et que... Catherine attendait un enfant. Elle serait heureuse, et tous avec elle, si Martial voulait être le parrain ; et puis il pourrait ainsi obtenir une permission, on lui enverrait un mandat pour le voyage.

Catherine n'osait pas demander quelle serait la marraine. Elle voyait Amélie se troubler chaque fois qu'on parlait de cela. La fille du cantonnier tricotait chaussons et brassières avec un tel dévouement qu'enfin son amie un jour s'enhardit et lui proposa de la choisir avec Martial. Amélie balbutia des remerciements.

Souvent Félicie, le père Baptiste, Frédéric Leroy, le parrain de Catherine, venaient aux nouvelles. Ils parlaient de choses et d'autres, on devinait aisément qu'ils ne parlaient tant que pour mieux taire le sujet de leur souci. En un seul mois, Mariette vint deux fois de sa ferme d'Ambroisse : elle aussi parla du temps, des cultures, et jamais de ce qui lui tenait à cœur.

Au milieu de cette anxiété générale, dissimulée sous des sourires et des bavardages, Catherine connaissait un étrange calme. Elle avait dépassé le temps du désespoir, celui aussi de la révolte. Elle était prête, elle acceptait l'avenir qui se préparait à bouleverser tout le reste de sa vie. Elle était prête, et elle sentait que tous autour d'elle, malgré leur fièvre, étaient prêts eux aussi à se liguer pour protéger le petit être qui demain serait jeté dans le monde hostile. Certes, ils ne seraient pas trop, du vieil ouvrier au père, de Félicie à Frédéric, d'Amélie à Francet et à Julie, de Clotilde et Toinon à Martial pour veiller sur l'enfant réprouvé...

Calme, Catherine était calme comme on peut l'être lorsque les dés sont jetés, et que, pour un instant, tout semble s'immobiliser, se pétrifier sous une lumière égale, juste après le geste qui a décidé et juste avant que sonne l'heure du dénouement. A travers cette distance qu'elle prenait pour quelques jours encore vis-à-vis d'elle-même et des autres, ses pensées de même que ses sentiments s'estompaient, comme s'ils lui avaient non pas appartenu mais qu'ils eussent été ceux de quelque sœur qui lui en aurait fait confidence puis eût disparu. Ainsi songeait-elle à Aurélien, à ce moment où le oui qu'elle aurait pu prononcer aurait changé leur vie, elle y songeait avec douceur et mélancolie comme si ce n'était pas d'elle-même et de son compagnon de toujours qu'il s'agissait mais d'un jeune couple qu'elle avait connu, dont elle voyait bien aujourd'hui qu'il était fait pour atteindre le bonheur, et qui, hélas, avant de cueillir cette promesse, s'était laissé défaire par un sort absurde. Ses proches puisaient de nouvelles raisons d'inquiétude dans ce qu'il fallait bien appeler une sérénité, une sérénité qu'elle découvrirait à l'ultime lisière du désespoir, et qu'eux devaient prendre pour une sorte d'égarement. « Cathie ! » appelaient-ils, comme on s'adresse à un être qui s'enfonce dans ses propres labyrinthes. « Cathie, ça va ? vraiment ça va ? » Il leur fallait bien lancer ainsi leur appel, car à peine en effet les entendait-elle, devenus eux aussi à leur tour lointains pour elle, lointains comme tout ce qui n'était pas le mouvement, dans sa chair, de cette vie qui s'apprêtait à éclore. Parfois sans leur répondre, elle posait un doigt sur ses lèvres. Comment auraient-ils deviné qu'alors elle guettait en elle-même un soubresaut de son enfant ? Elle souriait, fermait les yeux pour mieux imaginer cet être qui bougeait en elle, comme plus tard, sans s'éveiller, il remuerait dans ses rêves.

Ce fut par un soir de juin que commencèrent les douleurs. Julie emmena les cadettes dormir chez elle, puis elle alla prévenir Félicie. Le père pressait Catherine de se dévêtir et de se coucher, mais elle, entre deux élancements, s'obstinait à ranger la vaisselle, à achever de mettre tout en ordre dans la maison.

Quand elle eut terminé ses travaux, elle parcourut d'un lent regard les meubles, les vêtements suspendus près de la cheminée : elle alla jusqu'à la machine à coudre s'assurer que le coffre était bien en place et bloqué le pédalier. Enfin, après avoir remis des branches dans le feu sous la marmite pleine d'eau, elle consentit à aller se reposer. Ce soir, elle occuperait le grand lit : le père au contraire disposerait de la couche plus étroite que jadis elle partageait avec Mariette et qu'ensuite elle avait gardée pour elle seule.

Elle se tenait allongée sur le dos, ses doigts se crispaient sur le drap quand une vague de douleur tordait son ventre, après elle se contraignait à se détendre, à rouvrir les yeux que la souffrance lui avait fait fermer. Par la porte entrebâillée entraient les odeurs de la nuit : celles de l'herbe haute qui commençait à quelques enjambées de la maison et de là s'étendait en nappes mouvantes jusqu'à la route de La Noaille. Parfois — était-ce le vent qui s'était levé ?— le parfum des lilas pénétrait dans la chambre et effaçait les autres senteurs des prés. Catherine souriait, il lui semblait reconnaître dans cette bouffée odorante un signe que lui adressaient trois jeunes lilas qui poussaient à l'orée du bois.

De nouveau, sous un bond de la douleur, tout chavirait. Catherine geignait faiblement, le calme revenait mais pour des instants de plus en plus brefs, et à la peine du corps voilà que répondait celle de l'âme. « Je n'aurais pas dû accepter de me coucher dans ce lit. C'était celui de la mère, c'est dans ce lit qu'elle est morte. Est-ce que je ne suis pas moi aussi en train de mourir ? » Un dégoût de la mort la soulevait soudain : elle avait tout oublié du temps pas si lointain où elle eût aimé disparaître, à présent elle voulait vivre, vivre non point pour elle mais pour cette petite fille qui, à travers elle, montait vers l'aube de demain. « Pourvu que la mère n'ait pas laissé un maléfice dans le lit de son agonie. Non, non, ne pas croire cela, c'était ainsi, par la pente des idées, qu'on donnait corps à une menace... On ne devrait pas la laisser seule en ce moment. Seule avec le souvenir d'une morte. Le père ne doit pas oser venir près d'elle ni Francet. » Elle essaya d'évoquer leurs visages familiers pour y puiser réconfort, mais les coups de la douleur déroutaient sa pensée ou l'affolaient. Dans une éclaircie ce fut le visage d'une adolescente qui apparut, avec l'ombrage des cils touffus, les boucles châtaines peignées à l'anglaise, la bouche avide, les dents fines, cruelles. Catherine se mit à secouer sa tête sur l'oreiller comme si elle espérait ainsi chasser de sa mémoire le beau visage. Elle avait peur : ainsi avait-elle songé à Émilienne Desjarrige, lorsqu'elle se tenait au chevet de la mère et, à peine reprenait-elle conscience, qu'elle découvrait l'œuvre de la mort, la mère avait *passé*. Était-ce donc à nouveau un piège cette pensée dédiée à Émilienne ? Était-ce tentation d'abandonner l'âpre et tenace et sournoise lutte qu'on nomme la vie ? « Émilienne qui étais-tu donc ? Ton visage n'était-il que celui de la mort et de mon malheur, était-ce courir à ma perte que de voir en toi celle que j'aurais voulu être ? »

Catherine continuait à rouler sa tête et à geindre, et sous ce mouvement et cette rumeur, elle croyait conjurer à la fois la douleur de la chair et les pensées qui l'apeuraient. Elle respira profondément, la souffrance pour quelques secondes s'écarta. D'une main elle essuya son front en sueur. Elle crut entendre des pas dans la cuisine : le père sans doute qui devait aller de long en large. Et Francet dormait-il à cette heure-là ? Sinon, il serait fatigué demain pour se rendre à la fabrique. Elle imagina les cadettes endormies dans la maison de Julie. Il lui semblait que le père et elle-même seuls veillaient sur le sommeil de ceux qu'elle aimait : souvent ainsi la nuit avait-elle évoqué tendrement le sommeil de ses sœurs et aussi celui de Mariette à Ambroisse, du parrain Frédéric, d'Amélie, de Martial dans sa lointaine caserne. Ainsi les voyait-elle une fois encore, séparés les uns des autres, et pourtant tout proches d'elle dans la nuit où ils se confondaient. Tous dormaient. Non, il y en avait un, elle le sentait, elle en était sûre, qui ne pouvait trouver le repos, qui devait veiller : Aurélien. Sans en prendre conscience, elle leva la main pour esquisser un signe d'amitié à travers l'espace et la nuit. A ce moment la douleur revint, d'abord sourde, puis farouche, en même temps le visage d'Émilienne enfant glissa de nouveau sous les paupières closes de Catherine. Elle serra les poings, elle eut encore le temps de penser en un éclair :

« Tu ne m'es rien, mais ma fille, elle, sera mienne, et te ressemblera car mon sang et ton sang l'ont faite. » Elle sombra au plus profond du déchirement, ne fut plus que sueur, cris et plaie brûlante.

Déjà les étoiles s'effaçaient et la rosée blanchissait les prés lorsque la grosse voix de Félicie appela par trois fois.

— Cathie, Cathie ! Hé, Cathie ? Tu dors, ma belle ?

La cuisinière se tourna vers le père.

— Elle a eu du mal, du coup elle s'est assoupie.

Le père prit dans les siennes les mains de Catherine.

— Ma pauvre, dit-il.

Alors elle ouvrit les yeux.

— En voilà une mère ! souffla Félicie.

Elle tendit vers Catherine un minuscule être ridé, ratatiné, rougeaud dans la clarté fumeuse de la chandelle, et tout nu : un garçon. Avec son duvet noir collé sur le crâne, ses yeux plissés, on eût dit une menue caricature de Mariette.

Un instant, Catherine regarda comme si elle ne comprenait pas, puis, doucement, elle prit l'enfant, l'amena contre sa gorge et, soudain, se mit à rire et à pleurer.

TABLE DES MATIÈRES

ACHEVÉ D'IMPRIMER
LE 17 MARS 1993
SUR LES PRESSES DE
L'IMPRIMERIE HÉRISSEY
À ÉVREUX (EURE)
POUR ROBERT LAFFONT
(ÉDITEUR À PARIS)

Dépôt légal : Mars 1993
N° d'éditeur : 22218
N° d'imprimeur : 60970

Imprimé en France